中国式青[illegible]

上

中学时代

贾飞 著

人民东方出版传媒
People's Oriental Publishing & Media
東方出版社
The Oriental Press

图书在版编目（CIP）数据

中国式青春．上，中学时代／贾飞著．—北京：东方出版社，2023.5
ISBN 978-7-5207-3405-9

Ⅰ．①中… Ⅱ．①贾… Ⅲ．①长篇小说—中国—当代 Ⅳ．①I247.5

中国国家版本馆 CIP 数据核字（2023）第 065107 号

中国式青春　上　中学时代
（ZHONGGUO SHI QINGCHUN　SHANG　ZHONGXUE SHIDAI）
作　　者：贾　飞

策划编辑：鲁艳芳
责任编辑：王晶晶
出　　版：東方出版社
发　　行：人民东方出版传媒有限公司
地　　址：北京市东城区朝阳门内大街 166 号
邮政编码：100010
印　　刷：成都旭美印务有限公司
版　　次：2023 年 5 月第 1 版
印　　次：2023 年 7 月北京第 2 次印刷
开　　本：880 毫米 ×1230 毫米　1/32
印　　张：9.25
字　　数：191 千字
书　　号：ISBN 978-7-5207-3405-9
定　　价：168.00 元（全三册）
发行电话：（010）85924663　85924644　85924641

自序

一个人最大的才华是认知和格局

确实没有想到，时隔十年之后，长篇小说《中国式青春》系列三部曲，终于又要再版了。我十分欣慰，也颇有感触。这套书分为三部，即上中下三册，分别叙述了“中学时代”“大学时代”“就业时代”。三个“时代”，三段非同寻常的人生，也是三种不一样的境界。

《中国式青春》上册，写于我的高中时代。当时，我正在故乡四川渠县的一所中学读高三。学习的压力、成绩的苦闷、爱情的感伤、前途的迷惘，等等，困扰着我的青春。我从小成绩就名列前茅，最好的一次，还曾考过全县第一名。但是，后来因为学习上的懒惰、思想上的抛锚，成绩渐渐下滑，到高三时已是班上的倒数了。百无聊赖，我在高三那年，开始鼓捣起了小说，其中一部就是《中国式青春》上册。在这本书里，有我的童年，有我的爱恋，更有我的彷徨和悲伤。写完之后，刚好是我的高中生涯结束之时。没有任何悬念，更没有惊喜，我意料之中没能考上好大

学。心理的落差、亲朋的调侃、父母的责难，一系列问题都摆在了我的面前。但是，这又有什么办法呢。那一年，我所有的苦闷，都装在了这本书里。这部书，似乎是我中学的全部。

写《中国式青春》中册时，我已经大二了。当时的我，从迷茫中走了出来，给自己设定了学习的目标，人生中第一次有了梦想的概念。那些年，因为韩寒、郭敬明、九把刀等青春作家的横空出世，中国的文学掀起了一个小高潮。网络文学、青春文学等，在这片土壤上相继开花结果。我也有幸赶上了这个时代的火车，开始踏上了自己的文学征程。于是，我经常一个人待在寝室，每天认真看书、记笔记，勤奋写作。很多个夜晚，我一个人坐在电脑旁，敲击着键盘，书写着文字。我编着一个又一个故事，然后将它们寄给杂志社、报社，甚至大型文学网站。或许是一种机遇，我的文章一篇又一篇被刊物发表。有一段时间，我几乎每个月都会收到稿费。当然，我也会去参加全国的征文大赛，如《中国作家》杂志社、《星星诗刊》杂志社等刊物举办的全国文学大赛，紧接着就接连不断获得全国一等奖、二等奖、三等奖等。到大三时，我自己都感到惊叹，我居然写了 80 万字，发表文章 150 余篇，获 10 余次全国大奖。在此期间，便有了我的第二部长篇小说《中国式青春》中册。到大学毕业时，我已是小有名气的青春作家，在全国的青春作家中，排名十分靠前。同时，我也入围了全国大学生年度人物，从 2800 万大学生中脱颖而出，最终定格在了全国第 96 名。

《中国式青春》下册，就是我毕业之后的事了。当时，我先后

就职了几家媒体，中途定居在达州，其间也到过成都。在毕业多年之后，有了新的体会，也感受到了就业的艰辛。在工作的过程中，更是体验到了人情的冷暖。于是，我开始创作《中国式青春》下册。这部书写了美丽的成都，叙述了一群年轻人跌宕的就业路程，也再现了生活的艰辛和困苦。但是，尽管前路漫漫，他们并没有放弃梦想，最终找到了适合自己的方向。

再后来，《中国式青春》系列三部曲都分别出版了，也取得了较为巨大的影响，并荣幸地被业内赞誉为："中国十大青少年必读青春小说"，同时北师大中学语文教材也高赞其为："中国最好的青春小说之一"。

三部小说相继出版后，我经历了多次的工作调整，包括记者、编辑、老师、警察、公务员、秘书、基层领导、巡视专员，等等。每一次工作的变动，都给我带来了宝贵的人生财富。我也随着岁月的磨砺，慢慢成熟起来。其实，我们在时代和历史面前，就是一粒尘埃。如果不是因为伟大的时代给我们提供了良好的机会和平台，那么我们也不可能在自己擅长的领域中闪光。另外，我深刻地认识到，一个人最大的才华，其实不是学历，不是知识，也不是技术，而是认知和格局。因为，真正的认知和格局，能帮助我们判断是非，从而做出正确的人生选择。诚然，在许多时候，选择往往大于勤奋。

目录

第一章 鬼域

一

我记得自己的尸体，躺在六舍楼下时，灵魂轻轻地飘了起来，飘在半空中，飘在云彩下。这时，我看到自己一直以来热爱的灰色土地，正离我越来越远，接着渐渐地消失，消失得没有踪迹。

我看到许多人围在我的尸体前，正七嘴八舌地议论着什么。

有的为我惋惜，有的称我悲哀，有的骂我愚蠢，有的吐了一地口水，麻木地说：“这年代，谁还有闲心去管谁呢！”

花园里的茉莉，也似乎在一瞬间黯淡了色彩。树枝上歌唱的鸟儿，见到这么多人围成一群，也吓得止住了叫声。

我的灵魂，随着一阵清风，向一条黑暗的隧道飘去。就像一支不断加速的箭，速度越来越快、越来越快。渐渐地，我便看不到眼前的一切了。我在黑暗里，在一条无限延伸的隧道里。同时，这停留二十年的世界，很快也在我的视线中模糊。

其实，我仅仅是一个卑微的诗人。一个热爱祖国、歌唱祖国的诗人。可是，我却常常不被人理解。我的诗，被人认为是垃圾。我的思想，也被他们排斥。我的生活，被人打上了“疯子”的记号。

记得有一个人，当众这样说：“写一首诗，还不如回家放一头牛呢！”是的，写诗不能让你幸福，而放牛却能让你生儿育女，还可以买到维持生命的粮食。我不争辩，我知道越争辩，越会理屈词穷。因为，事实有时确实如此。现在写诗的人，比看诗的人都多。或许吧，谁叫这是一个没有爱情与鸿雁的年代呢。

诚然，现在人们追求的大多是物欲的东西。那些所谓的精神、思想，早已不被现代人所看重。他们眼中，只有金钱、美女和佳肴。

于是，我不再期待爱情，不再相信真情，也不再迷恋这个曾让我欢喜与痛苦的世界。我只想去一个地方。那个地方，能让我长久地睡去，安静地休息。什么也不用想，什么也不必做。于是，我选择离开，以一种很多诗人都选择过的方式，悄然地离开。

我穿上了最漂亮的衣服，换上了新鞋子，还擦了最鲜艳的唇膏，然后怀揣着黑色的诗集和祖国的一片绿叶，从学校七楼的阳台掉了下来。我希望自己的身体，就像一片云，轻轻地落下，然后悠然地躺在六舍楼下的地面。

我确定我是死了。我确定我的心脏停止了跳动。

一阵疼痛之后，我停止了呼吸。

这时，我看到了天使。我对她说：“我不要幸福，也拒绝沉默。我只求你，尽快带我离开。”

天使摆了摆她的手说：“孩子，我亲爱的孩子，你违背了上帝的旨意，你将要受到惩罚。上帝会安排你去一个地方赎罪，那个地方名叫鬼域。”

我说：“为什么？我做错了什么？我不能选择生，难道连死都不能做主吗？”

天使说：“每个人都会有上帝安排的命运，你没有按你的命运走，所以你要受到惩罚。”说完，天使向我挥了挥手，便向天堂飘去。

我使劲地喊着，她却终究没有回头。

于是，我的灵魂便被一种巨大的力量带进了一个黑暗的轨道。这个轨道，比之前进入的轨道更冷、更阴森。在轨道的两侧，我看到一双双沾满鲜血的手不断地朝我身上抓来，仿佛要抓掉我身上的肉。

“我要出去，我要出去……”这些手正张着“嘴巴”，向我凄冷地喊着。我感到莫名的惧怕。心里想，以后的路会是什么样子呢？会不会是书里所说的那样，被放进油锅里炸，还是站在刀山上，任刀锋划过我的脚掌？

尽管，我已不惧死亡。但是，我却依旧畏惧和迷茫。因为，这迷惘会让我感到窒息和恐慌。

二

突然，我的灵魂掉到了一个地方。我感觉不到疼痛。

我睁开眼，才发现自己被带到了一扇高大的门前。这扇门是用巨大的鲸鱼背骨做成的，门上镶嵌着象牙和珍珠。门的左边，有一个恐龙样本摆放在那里，看上去像活的一样。它的嘴里含着一颗恐龙蛋般大的宝石。门的右边还种着一些花，据说有剧毒。人一旦碰到这些花，便会在一分钟之后痛苦地死去。

我的灵魂爬了起来，在门前站定。

这时候门开了，一只巨型怪兽爬了出来。它的脚掌，就像一座山那么大。我只有仰望着它，才能看清它的牙齿和眼睛。

它说着人话："你来了，贾小刀是吧？可怜的家伙。"

我问道："你怎么知道我的名字？"

它说："我是天地通，是鬼域的第一站门鬼。这扇门以及门里的所有一切都由我管。"

"哦，你是怎么成为现在这个模样的？"我问。

"天机不可泄露。不该你问的，千万不要打听。快进去吧，迟到了将被惩罚在鬼域多待三个月。"它带有怒意地对我说。

我无语，于是过了门。

我看到一条条尖刀铺成的路，密密麻麻。我从上面走过，感到脚底有一丝冰凉，但并不感到疼痛。路的周围种着一些橡树，显得高大健美。一些不知名的花草努力地昂着头，欣欣向荣，仿佛要顶破鬼空。

不一会儿，我来到一个岔路口，又看到一扇门。门的两边分别站着一个小鬼，他们只有我的膝部那么高。它们晃动着脑袋对我说："大个子！对了，贾小刀！现在你要选择，确定你做阴，还是做阳？”

“选择什么？什么阴，什么阳？”我不明白地问。

“就是你们人世间所说的，男和女，阴就是女，阳就是男。快说，你做阴，还是阳？”其中一个小鬼催促道。

“我可以不选择吗？”我问。

“不可以，这是上帝的旨意。你不能违抗。”皮肤较白的那个小鬼说道。

“嗯，看来我是没有选择的余地了。”我显出无奈的表情。

“是的，你必须选择，我们是按章办事。”两个小鬼齐声答道。

“好吧，我选阳。”回答之后，我才知道，选阳后，我将再一次做男人。

接着一个小鬼站在我的面前，面对着我伸出它的小手，对我说：“请看我的手心。”

我看到它的手心里出现一个红颜色的洞，那个洞越来越大。然后我的身体便飘了起来，向那个洞飘去。

我感觉头好痛，我的头部朝下，我的脚朝上，我的身体被颠倒着，我的周围一片黑暗。我像处在深黑的潭水里，不能翻身。我不知道我在洞里待了多久、睡了多久。我的身体先是变小，然后又渐渐地变大。

直到有一天，我仿佛觉得自己从天而降，然后重重地摔了下来。我缓缓地睁开双眼，眼前有一位表情严肃的男鬼，旁边还有一个看上去很美丽，就像天使一样的女鬼。这个女鬼看上去很善良，我看到她甜甜地对我笑。

我开始意识到，我又出生了一次。

于是，我真的痛苦死了。我大声地哭了起来，声音凄惨而决裂。我的脚不断地在男鬼的手里挣扎，心里一直想着，我要回去。我不想再来人间！

可是这个严肃的男鬼，哪里知道我哭喊的原因。他见到我哭了，就一个劲儿地亲我，亲我的脸，亲我的脚，亲我的小手，然后高兴地对旁边的人说："是个带把的。老婆，我们家有后了。幺儿，乖，给爸爸亲亲，亲亲！"

"嗯，是啊，老公，我们的梦实现了，快给他取个名字。"

"要得，给他取个名字。叫什么呢，叫什么好呢？子夫，太柔弱了；易天，太强硬了。小刀，小刀，小刀怎样？"

"老公，你说小刀就小刀吧，挺好的名字。一把小刀走天涯，何处潇洒何处家。"

"好，就叫小刀。这个名字有点霸气。"

我看着他们的眼神，觉得这个场面好熟悉，但一时又想不起什么时候经历过。我突然之间觉得自己把人世的事情，仿佛都忘记了。只是，我偶尔会想起一些零星片段。于是，我被男鬼抱在怀里，久久不曾被松开……

后来，我开始明白上帝给我的惩罚——就是让我再一次去经历，经历那我已经历过一次的濒临绝望和痛苦的生活。人生最大的悲哀，就是让你重复令你痛苦的昨天的故事。

第二章 亡羊

一

我不知道这是第几次做这样的梦。每次梦醒后，都后悔自己为何不在梦中，为何还要继续面对这个冷冰冰的世界。然后，看到周围这些让人害怕而悲哀的人们，心中有无限的凄凉。

每一次，似乎都是月夜。不知为什么，好像每一次我做梦，都会“选择”月夜来做。我想，这会不会是上天的安排？或者，仅仅是一次又一次的偶然。

醒来后，看到月光淡淡地洒在楼台上，像水一样包裹着这个小小的房间。

其实，我是害怕死亡的。因为，只要一站到高楼的阳台，我就不敢向下看。我害怕自己的身体掉下去时，一切都会瞬间没有了，然后消失得无影无踪，包括生命、理想，以及爱情。

我想，倘若自己是一只蚂蚁多好。即使，在这么高的楼台，也不会畏惧坠落。因为，蚂蚁的身体是轻盈的，它会随着浮力，在空中慢慢滑翔，从而保护自己不被摔伤。

但是，我不是蚂蚁。于是，我妥协了。我只能在梦中去勾画我的死，去设想我死亡的多种方法。我想，即使我的死，是必须的，那也是早已被命运所安排。但我仍不厌其烦地去设想我死亡的多种方式，比如跳楼，比如割腕，比如服毒，等等。

前几天，我收到朋友吴兵的一封信。他说，他在监狱里面挺好的。每顿有二两饭、三个菜，还会有冬瓜汤。但是，对于他那样一个有罪的人，我想这些饭菜，已经够奢侈的了。他说，监狱在沿海，阳光很强烈。因为，每次放风的时候，他就会亲身体验到那种热烈的温度。他让我一定要好好珍惜自由的生活。因为，人最悲伤的便是，当自己无比自由时，却不知道珍惜自由的可贵。

我该怎么说呢？他进去的时候，才只有 16 岁。因为抢劫和诈骗，最终他和一群小伙伴，都被抓了进去。听别人说，当时他泪流如河。悲伤，绝望，悔恨，他心中都有。

我想，亡羊补牢对于失去自由的吴兵来说，已经没有任何意义。因为，他的未来，除了百无聊赖的等待，便是陷入长久的回忆和悲伤。

有时，我觉得自己似乎得了一种怪病。在洗头时，我总是掉头发。我怀疑这种病，是无药可治的。于是，我想到了死亡。我想，我到底还有多少日子，可以活下去呢？我开始想起那次坐公交车遇见的那个孩子。他大概只有两岁的样子，白皙滑腻的脸，像云彩一样的笑容，对公交车上每一个人露着洁白的牙齿，然后毫无顾忌地大笑。天真的笑脸，就像人海中绽放的一朵玫瑰。

我想，这个孩子多么幸福呀。

他可以任意去亲吻自己所认识，抑或不认识的路人。而我呢，仅仅是一个看着别人幸福，而自己又不断堕落的看客。别人的快乐，仿佛与我无关。我的悲伤，也似乎和别人无关。

于是，我便想有必要为自己留下一些文字，留下身边存在的或迷惘的东西。因为，我的生命已经不长。我已经没有多少日子可以挥霍。是的，我真的可能得了一种怪病，这种病无药可治。或许，从古至今也没有人知道它的名字，就连华佗、张仲景，也应该毫无办法。因为，这种病，既像孤独，也像绝望，更像绵延无尽的黑夜。

于是，我想一定要给这个世界留下点什么。文字也好，思想也好，抑或垃圾也罢。总之我得留下点什么。就像流星划过星空，闪耀的一刹那，也有着奋力燃烧的光。

二

自己凭空想病的时候，顺其自然就会想到自己的童年，回忆起那些青春往事。

是的，我出生在一个美丽的地方。那个地方有巍峨的山，有清澈的水，还有郁郁葱葱的树林。我们那里的人们都很善良、质朴。他们靠种植庄稼维持生活，过得艰难，却很欢愉。就像沈从文笔下的湘西，质朴的村民，以及亮丽的风景。除了这些，还有着让人心疼的爱情。

我的出生，给家里人带来了巨大的欢乐。他们都非常喜欢我。毕竟我是一个带“把”的，要知道我们那里重男轻女的现象特别严重。记得我们村里有一个女人，一连生了六个女孩。可是她还是躲着生，全然不顾高昂的计划生育罚款。到第七个的时候，她还挺着大肚子，到我们那里的一个小型寺庙烧香，当时还量了几尺红布呢！

她的第七个小孩掉下地时，全家人都欢呼起来——终于生了个带“把”的。于是，之后全村人都叫他“老七”；然而他的真名，却没有多少人记得了。

很小的时候，我就显得特别聪明。这都是我妈告诉我的。记得她说过，在我三岁时，家里装修厨房，来帮忙的是我的两个舅舅。吃饭时，筷子却还没有拿，舅舅就问我：“小刀，你说我们这几个人要多少根筷子才够呢？你帮舅舅算算。”

“嗯，要得，我算算。”于是我便在心里盘算着，并轻声默念：“一个人一双筷子，一双筷子两根，那么我们家三个人，再加两个舅舅就是五个人。五个人是多少根筷子呢？一二得二，那五二是多少呢？”脑子里转了一下，便得出了结果——“十根！”我高兴地喊出声来。我那可爱的举动，被我的舅舅看到了，他便对我妈说：“小刀是不是上了幼儿园呀？”

我妈当时并没注意，便随口说：“还早呢，等明年才让他去读。现在才三岁，走路都还走不稳当，怕伤了他。”

“怪了，没读书，他怎么会算数呢？”舅舅疑惑地把刚才的情况告诉了我妈，我妈听了后也十分惊讶，既惊喜又质疑道：“不会吧？”

于是，为了验证我当时的算术是不是胡乱猜的，大家便把我叫到他们跟前，都出题来考我。妈妈摸着我红彤彤的脸蛋说：“小刀，你说说看，五个人是十根，那么十个人要多少根筷子？”

“是考我吗？我回答对了，我要坐上席，我要和舅舅一起坐！”我调皮地说，眼睛一眨一眨的。

“好，你答对了，让你和我一起坐。”舅舅摸着我的头，微笑着。

“十个人，一个人两根，那就是……是二十根！对，就是二十根。”我十分确定，还翘着小嘴巴。

我妈和舅舅听了后，感到不可思议。他们想，一个三岁的孩子，怎么会算乘法。简直有点聪明得不正常。于是，他们接着又问了我 100 以内的加减乘除，我都能准确地回答出来。

除了问我算术外，他们还考了我唐诗宋词。一些简单的诗词，我也能背诵。他们彻底服了，最后我也就理所当然地坐了上席。不过这些，都是我妈后来告诉我的。我开始也不相信。因为，我想一个没有读过书的人，是不可能做出那些题，并且会背唐诗的。

不过，后来经过我考证，才明白其中缘由。原来，是因为我常到隔壁的一个小叔家玩。这个小叔比我大四五岁，正在读小学。每次他背诗、做题时，我便在旁边听。久而久之，自己就听会了。或许，这就是所谓的潜移默化吧。

不到四岁，我就上了一年级。幼儿园我没有去上。因为在三岁半的时候，我就能背诵一些诗歌，做 100 以内的加减乘除了。再加上我也常常躲到隔壁小叔的课桌底下听老师讲课，不经意间学了很多东西。

我现在还清晰地记得，当时小叔的老师留着长长的胡子，戴着一个很大的黑框眼镜，看上去很严肃、很精神。有时，那位老师下课了，就会走到我身边，摸着我的头对我说："小孩，几岁啦？"

而我会天真地问他："老师，你的胡子那么长，睡觉时是把胡子放在被子里，还是放在被子外啊？"

他听了后就会哈哈地笑，直叫我"小鬼"。也就在那个时候，我就把他讲的一些课程都听了。那上面的一些简单的题，我也基本上会做。另外，还有我妈也经常教我数学。不到四岁读一年级，也就很正常了。

就这样，小学很懵懂地就过去了。在小学里我认识了一些天真的孩子，做了一些天真的事情，比如到河里捉鱼，用螺蛳肉钓螃蟹，到山坡上偷花生烤着吃。一切的一切，都是那样快乐，而又天真无邪。

三

时间过得很快，弹指一挥间，我便读六年级了。

我们的学习气氛变得紧张起来。虽然我还算比较努力，成绩一直很好，但是我有一个坏毛病，就是每天中午都要和班上的几个朋友，一起到学校后面的坟场打牌，我们称呼为“钓金花”。

我们的筹码是饭票，要是运气好的话，每天可以赢几斤饭票，那样一周就可以大吃大喝了。但是运气不好的话，那周就得挨饿了。不过挨饿的人也有办法，就是偷偷从家里面带几个红苕，中午洗了吃。或者到学校后面的果园偷果子。但这个办法不是很奏效，要是被抓住了就得被没收衣服，还得告诉老师，给个严重警告什么的。尽管这样，我们还是快乐地度过了六年级，完成了升学考试。

那一年我考得并不太好，总分 300 分的试卷考了 287 分，只是全年级第 3 名，下降了两个名次，失去了我连续多年保持年级第一的优势。

最后我去了一个叫 HN 中学的学校读书。

第一天去报名时，我穿着一双快要掉底子的拖鞋来到学校。上衣的袖口处已经少了一块，套着一条白色的短裤。

因为那天捉鱼，短裤已经脏成灰色了。

我来到报名处，给我们登记的是一个长得十分漂亮的女老师。她的皮肤很白，仔细看还会隐隐看到血管印在她的皮肤上。她的头发有点淡淡的黄，还有一些卷曲，看上去就像电视里常播的广告女主角：“飘柔，我只信赖飘柔！”

老师穿着一条黑色的短裙，上身是一件粉色的衬衣，配起来十分好看。作为农村的孩子，在当时我们很少能看到这么时髦的女老师。

因此，一听说她教我们英语，我的心里便莫名地高兴，觉得这个老师这么漂亮，上课一定很有味道。

后来听人说，她姓熊，英语教得特别棒。以前她曾教过的学生都很喜欢她。大家还给她取了一个外号，叫“川东西施”。但是，尽管外号在私底下叫得响，却很少有人敢公开称呼她。

这时，她看到我走近，便轻声地问：“你是来报名的吧？叫什么名字！”

“贾小刀。”

“六年级三班的贾小刀是不？我早就听说过你。以前教你的其他老师都说你很调皮哦，还经常打架。以后你到了我班上可不许这样，要守规矩，要听话。因为，在我手里不听话的学生，可不好过哦！我有许多方法惩罚调皮的学生。”熊老师有些严肃地对我说。

我的脸瞬间红了起来，就像一块烫山芋一样，整个皮肤都发烫。

我在心里想：熊老师怎么知道我以前的糗事啊？一定是我们原来的班主任告诉她的。想到这里，我便小声地骂道：“这个老‘面条’，专门告状。”

“不许骂你以前的老师，这样做是坏孩子。”她看到我在嘀咕，猜到了我在骂人，于是很严厉地对我要求道。

听到这话，我吓得闭住了嘴巴，心里猜道：这个老师凶得很，以后可得小心点呢。想到这里，我便随口回答说：“要得，我一定遵守纪律。”

“对了，这就听话了。看你小学毕业考试的成绩不错嘛，要继续努力哦，不要骄傲。”熊老师看了看我，露出洁白的牙齿。

“嗯，知道了老师，这是我的学费。”我从短裤兜里掏出几百元钱交给她。

熊老师伸手接住了钱，她的手白皙细嫩。我在心里暗想，这位老师一定是城里来的，看她那手就知道没有做过重活，更没有做过粗活。不然她的手怎么会那么嫩，那么滑，仿佛一碰就会破裂似的。

“你看看，这钱都被你弄湿了，你是咋个搞的哦？”熊老师接过我的钱，脸上有些愠怒。

“湿了啊，一定是刚才捉鱼的时候弄湿的。”我像做错事的孩子，埋着头小声地回答道。

“哎，真是个调皮的家伙，快回去把衣服换了。看看你都脏成啥子样了！这么漂亮的男孩子，这样不爱干净，以后就没漂亮姑娘喜欢你了。”熊老师笑着对我说，她的笑充满善意。

我的脸唰的一下红了一大片。“好，老师，我马上就回去。”说完，我便提起裤腿，朝家里走去。

“好，记住再过两天就开课了，不要迟到啊！”熊老师一边朝我招手，一边叮嘱我。

“知道了老师，老师再见。”

“再见！路上注意安全，傻孩子！”

四

在家里玩了两天，我便背着书包到了学校。当时，我发现教室里多了许多新面孔。当然也有以前就认识的原班同学，更多的却是一些陌生朋友。他们都来自不同的村小，这次通过升学考试，考进了我们班。

在教室里，大家彼此都感到很新鲜。

一阵沉默之后，都敞开了话题，开始从陌生到熟悉畅聊的转变。

当然，班上也来了一些漂亮的女生。作为刚刚初一的小青年，大家心里都会有一只小鹿在狂蹦。我也对一个来自镇上的小姑娘产生了莫名的好感，却没有勇气和她谈天论地，而是假装漠不关心的样子。

其实，我心里面还是想找个什么恰当或者不恰当的理由，和她接近一下。哎，可惜我缺乏的就是勇气啊。

正在大伙聊得热闹的时候，开始上课了。一个新来的老师，向我们翻开了中学的第一页，而我们也在这种宁静而躁动的环境下，正式开始了自己的中学生涯。

我学得很用功，毕竟刚开始就要打好基础，这个道理我是懂的。因此通过努力，我的排名在本年级当中是最高的。

当时我老妈看了这个成绩，对我十分赞扬。每天她都是乐呵呵的，逢人便夸我的成绩如何之好云云。

当然，成绩优越，也让我在其他方面占到了优势。比如在同学们心目中，我就是一个十分聪明的人。

有的同学甚至惊奇地问我："贾小刀啊，平时看你不都在玩吗。怎么一考试就这么牛，还是全年级第一。难道你的脑袋和我们长得不一样？"

而这时，我却神神秘秘地说："其实，我也不知道自己成绩是怎么好的。一碰上做题时，脑袋就特别灵光。我想应该是上天帮助吧。"当我这样忽悠他们时，同学们却作鸟兽散，然后异口同声地说："切，又开始骗人了。"

当然除了这些，还有两件事可以证明当初我在学校的"光辉历史"。

第一件是在一个星期一的早上，当时我们那个乡镇学校，每到星期一就有升国旗开校园大会的惯例。全校上千人站在偌大的操场上，听校长给我们讲话。现在想起他的发言其实又臭又长，就像个别人员开会时讲的天书、念的口号一样，既没有文采，也没有逻辑，反而是一个道理使劲讲。

碰巧那次，我十分不幸，和别的同学打了群架。校长当众批评了我们，还让我们站在主席台上，像接受审讯的"犯人"一样，让我们面对上千学生认错做检讨。

我们大多感到无地自容，但其中一个姓单的家伙，不仅不觉得不好意思，反而还特别享受这种"皇家级"的待遇。只见他拿着扩音器，歪着嘴巴对大家说道："我叫单小东，初一·二班的。我不该和贾小刀一起去打初三的同学。我向大家道歉，我以后一定改正。以后如果见到初三的同学，我一定当好师弟。”单小东做完检讨之后，李君也开始做检讨，他十分不好意思地低着头，尽管很小声，但是扩音器绝对不是假冒伪劣产品，效果在当时出奇地好。他说道：“我不该和贾小刀打架。我知道错了，错了。我错在不应该两肋插刀，我错在不应该起哄跟风，我错在不应该打坏别的同学的鼻子。”李君做检讨时，始终不敢朝台下的同学看。我想，当时他一定惭愧得羞死了。尽管是照着稿子念的，但是李君却念得很吃力。

他们两人做完检讨之后，理所当然就轮到我了。我拿着那个扩音器，对着喇叭便检讨道：“我是初一·四班的贾小刀，这次我不该打架，也不该和单小东一起说女生的坏话。我错了，以后我一定改正，请各位老师和同学们原谅，不要向我学习。我在同学之中，产生了不好的影响。我是个坏学生，我要积极改正。”做完检讨之后，我们三个人便被惩罚到主席台的左边石板上站着，然后干等着校长、年级主任在那里继续讲话。

过了很久，校长说完了，年级主任也说完了，这时教导主任便开始上台继续发言，他拿着一张纸条对台下念道：“下面，我宣布本学期优秀学生名单，并将颁发奖学金和奖状以兹鼓励，请大家鼓掌欢迎他们！”说完，下面响起了雷鸣般的掌声。

掌声之后，教导主任念道：“贾小刀。语文 98，数学 100，英语 100……总成绩初一全年级第一名……”教导主任念到我的名字时，下面的师生嘘声一片，大家的表情十分惊讶。我旁边台下的一些学生小声嘀咕：“这不是刚才打架的贾小刀吗？这怪得离谱啊，这样的坏学生也是全年级第一呀。”当听到教导主任念到我的名字后，本是低着头很失落的我顿时来了精神，装模作样地整了整衣领，便朝主席台上走去。那时的我，是多么自豪和骄傲呀，以至于现在想到那一段“光辉历史”，心里也觉得十分畅快。

当然除了这件事，还有一件事也值得一说。那应该是初二了。有一次，我们下午上音乐课，大家都坐在下面听老师弹风琴。这时旁边的刘江碰了碰我说：“我这里有好东西，你要不要看看？”

我问：“什么东西？”

于是刘江神神秘秘地从自己的烟盒里拿出一条小蛇来。

“妈呀，这东西你带到教室里了？”我很是震惊。

“咋的，怕啊？”

“不怕，你想干啥？”我问。

“你看我的。”刘江这小子是班上的调皮捣蛋大王，平时什么事都做得出来。他把烟盒放在我手里，将小蛇倒了出来，接着把它丢到了一名女生的裙子下面。然后用手碰了碰那名女生，对她说：“美女，你看你的裙子下面是什么？”

这不看不知道，一看吓一跳。女生在看到裙子下面是一条花色的蛇时，顿时吓得没了魂儿。她尖叫着跳了起来，躲着在教室跑，一边跑一边喊爹喊娘。她的这一喊，也引起了其他女生不明就里的尖叫。

正在弹风琴的老师听到大家莫名奇妙的喊叫，便停下手中的动作，前来一探究竟。

刘江立即将蛇抓了起来，迅速放进了我手中的烟盒里。而我则迅速地把烟盒揣在了口袋里，装着若无其事的样子。

老师走过来，询问我们在干什么。

我和刘江都摇头否认。由于烟盒没关紧，那害人的蛇就从我的口袋里钻了出来。老师看到我口袋中钻出来的蛇，也像那个女生一样吓得面如土色。

等她平静之后，才愤怒地大声说道：“贾小刀，你干啥子？你把这东西带到教室干啥？”说完，便把我和刘江一起带到了教室门口。她眼睛死死地盯着我，心中无比愤怒。

“你这是干啥？你晓得后果多严重不？真是捣蛋坯子，一天不好好学习，以后有啥出息？！我看工地上就差你这样的去凑数。”音乐老师对我狠批一顿，骂得我一无是处。

然后她又语重心长地对刘江说：“刘江，你也是，为什么要跟贾小刀学？你看他从小就是农村娃儿，没啥教养，是个撇火药。以后他考不上大学，就会去耕牛种田，或者到沿海打工。你要是跟他学，将来也就这样。一天不向好同学看齐，尽受坏同学影响！”音乐老师对刘江谆谆教导，把我看成是班上最垃圾的学生。

“老师，贾小刀不是撇火药。他是全年级第一名。”刘江见老师说得有些不符合事实，便轻声向音乐老师坦言。

“啥子？他是全年级第一名？他要是第一名，太阳都从西边出来了。”音乐老师表现出打死也不相信的架势，然后继续对刘江进行教育，劝他少和我接触。

直到后来，音乐老师通过其他老师介绍，才知道我的确是年级第一名，便渐渐改变了对我的偏见。

像上述的例子，其实还有许多许多。这些典型的案例，也确实让我在学校声名鹊起，享受到了不一样的待遇。比如在班上、校内办事，也实实在在有了一定的优越性。特别受到了一些女同学的青睐，这其中就包括一个叫王小梅的女生。

她是一个长得十分白净的姑娘，脸上看不到一颗痘痘。眼睛大大的，就像两颗宝石，看上去炯炯有神。

她很喜欢和我在一起，每一次都愿意坐到我旁边，听我给她讲书上的历史故事。当然，我给她讲完历史故事后，她也会对我讲自己村上的趣事。她说她们那里是一片高山，山上是茂盛的草丛。每一次，她在山坡上玩耍，都会看到一些野兔出没。有时，她从草丛中经过，甚至会有一只突然飞奔出来，兔脚就踩到她的脚背上。这让她感觉到自己与大自然离得很近很近。

然而，她对我说这些的时候，我总会故意不相信地说："你就使劲'吹'嘛，小心把气球给吹爆，小心把云朵吹成泡沫。"尽管这样，我还是很喜欢和她聊天。因为，和她说话时，我感到淡淡的幸福。

记得那时，她坐前排，我坐后排。

我总爱在上课时偷偷拉她的头发。要知道她的头发并不漂亮——黄黄的，也不直顺。可我却总爱拉她的头发，而她总是骂我调皮鬼、大坏蛋。后来她还告诉了老师，于是老师便惩罚我在后排站了整整一节课。

她天真地以为老师处罚了我，我以后就再也不会捉弄她了。可是，我是八匹马也拉不回的人，疾风也吹不醒的典型调皮狂。

我依旧我行我素，甚至变本加厉，不仅常常拉她的头发，还会在她的后背贴上小纸条，纸条上写着“美人鱼”“小妖精”“茶馆西施”等字样。

对于我的调皮捣蛋、无理取闹，她实在没有办法了，最后只得任凭我胡来。但我这种人，都是三分热情、七分淡漠。当她对我的胡闹感到麻木时，我却没有任何激情了。

我看她没有反应，又不怎么理我，心里便觉得十分无聊，没有任何意思。于是就不再拉她的头发了，但也找不到任何有意义的其他事做。

之后，我就乖乖地坐在自己的位置上，一边望着窗外天上的白云，一边浮想联翩。

有时，我还自我感觉良好地遐想，以后要成为一位画家。于是，为了不浪费自己的天赋，便拿起铅笔在纸上“一本正经”“装模作样”地作起画来。但是“画虎不成反类犬”，画好之后，才发现这画丑得很委婉。庆幸的是，王小梅从没讨厌过，总是违心地对我说：“不错不错，你的画我一并笑纳。十年以后，说不准就值钱啦！”

其实，说起画画，我曾经还有一段拜师学艺的经历。那是小学四年级的时候，由于班上来了一个美术老师，美得俨然是个尤物，我们班上的同学全都喜欢她。本来不很重要的美术课，大家却期盼着天天有、周周有。

因此，美术老师上课，我们都表现得十分认真。

就连我这种班上的调皮大王，也破天荒地认真起来。每一次上课，都是一笔一画地练习老师布置给我们的作业，比如画老鼠、猫狗之类的。大家都感到美术课是那么惬意与舒服。

然而好景不长，后来发生的事，却让我们措手不及。

最开始时，有一个年轻人，总是会到我们教室门口的操场上打篮球。我们一下课，这个男青年便会来到教室门口，跟我们美术老师打招呼。他一边跟美术老师说笑话，一边表演自己的篮球技艺。我们的老师，总是像个灰姑娘一样，紧紧盯着男青年的步伐，眼睛里闪着幸福的光。

然而，这男青年也因此引起了班上大多数男生的不满。大家便在私底下商量，一定要好好教训这青年不可。

但是就在大家摩拳擦掌准备教训男青年时，他竟带着我们的美术老师去了城里，听说结了婚，再也没有回来。而我们在那时便整体失落了。因此，我那所谓的绘画梦想，以及自以为还有的很高的绘画天赋，也随着美术老师的离开，消失得一干二净、无影无踪。

直到后来小学六年级时，我才在一位骨干教师那里学到了一些绘画知识。那时就常听人讲，这个老师姓周，是“文革”期间被派下乡来的知青。其实，他原本住在大城市里，年轻时就在一所著名的美术学院学习绘画。但是，由于政策等各方面的原因，他和其他知识分子一起被下放到农村进行再学习。

周老师是美术专业的高才生，绘画水平的确不错。由于我们村小把这门课程当成了小学的业余课，他除了教其他科目外，也顺带着教我们绘画。这个十分有经济头脑的老师，竟然在当时就有超前意识，在乡村办起了美术培训班开始赚钱。现在想起他的观念来，我也感到十分佩服。

正因为有了培训班，我怀揣着当年对美术老师的想念和遗憾，便报名参加了学习。

自从进了培训班，我的生活就被完全打乱了。在培训班的那些日子，我并没有找到曾经的那种快乐，也体会不到画出一幅自我感觉良好的作品时的那种陶醉感。当然，我也无法再次细细体味到曾经那个美术老师带给我的奇特感受和美好憧憬。以至于多年以后，当这位美术老师拿着自己父亲创作的长篇小说手稿，托我家人转交给我修改时，我也再也没有了当年那份无以言说的奇妙了。

于是，我变得没有了信心，也变得十分急躁。

再后来，由于自身的原因，加上家里也不愿意花钱让我去学这看来没有任何前途的东西，我便放弃了。

与此同时，周老师其实也犯了一个不小的错误。那就是，他高估了农村市场的消费能力。上培训班的学生越来越少，周老师也因为生意惨淡而结束了培训班。但是每到过年时，他仍会一心一意地给乡村里的农民写对联、描字帖。

在很多人看来，他的字就像铅字刻出来的一样。而这些朴实的农民，看到周老师的墨水字，感到十分佩服。每当他们将对联挂在大门两旁的门柱上，心里面总会自我祝福：来年一定会有一个好收成。可是，许多时候，事情并不是想象的那么顺利。

再到后来，随着科技的发展，找周老师写字的人越来越少了。

因为，过年时，街上摆满了用电脑打出的各种字体的对联，而这些对联又对得更加讨农民的欢心，也更加工整。他们看到这些新科技，也不再像以前那样，十分羡慕和崇拜周老师了。

有的农民竟还对其他人说："看来一山更比一山高，你看街上现在这么多大家写的字，比周老师的可好看多了。"

而周老师每一次看到这些，心里就有说不出的滋味。他摆在街上的展台，显得更加冷清。

而我作为他曾经的学生，看到这些，心里也有一种说不出的感受。但是，我得感谢他，正因为有了在他培训班学习的那段经历，才让我后来有在王小梅面前画画的勇气。

"你画的画，给我一张好不好？"王小梅会笑嘻嘻地转过头来，对坐在后排的我说。

"凭啥给你，你是美女，还是天使？"

"肯定是美女，你见过我这么漂亮的美女不？我是美如西施，形如貂蝉；风韵赛过杨贵妃，豪情堪比王昭君。"

"切，吹不完的死牛。"

"你到底给不给？不给就算了，小气鬼！"她撇着小嘴。

"谁说我小气，给你就是了嘛！不过，你可别给我弄坏了，以后我会找你检查的。"

"不会，不会，我一定把它挂在我卧室的墙上，天天朝你的画膜拜，期望它以后成为名画，这样我就发财啦。"

"这还差不多，给你！"听到王小梅的话，我很高兴，于是很乐意地将画送到了她的手中。

“谢谢了哦，我明天请你吃糖啊！”

“真的还是假的哦，可别骗我！”我说。

“真的，怎么敢骗你贾大帅哥啊，谁不知道你是我们学校文武双全的人物，再说我家是开副食店的，糖是大大的多。”王小梅拍着胸脯向我保证。

“咦，那不是我以后每天给你画画，每天都能吃到糖了啊？舒服。”我在心里打着小算盘。

“好啊！好啊！你的画，多多益善。”

“嗯，就这么说定了。”

于是我们傻傻地看着对方笑，笑得像两只幸福的企鹅。

我们真正成为无话不谈的好朋友，是在一个星期一的升旗仪式后。那天早上全校同学都聚集到了操场，是为了唱国歌、开大会、颁奖等。当学校宣布我的成绩为全年级第一时，她简直不敢相信自己的耳朵，愣愣地看着我，一百个不相信。

后来，她问我：“你是怎么考的啊？”她心里纳闷，一个上课拉她头发，还经常被老师批评，总被惩罚站在墙角面壁思过的坏同学，竟然还能够考那么好的成绩，这世道怎么了？她感到不可思议。

我只是轻轻地笑，然后骄傲地说：“人聪明啊！”

“你骗人！肯定是晚上打着手电筒，在被窝里偷偷奋战吧！”她表现出不相信的样子。

“呵呵，怎么会呢，现在是节能社会，我可得为家里节约电费。不过，我是学的古人，凿壁借光的。这样，我不仅为爸爸节约了电费，还学习了不少知识。”

“切，你就吹吧。”

“这下被你猜准了，我的确是吹的，你还真牛。”我笑着说。

“哼，我是谁，我是……嘿嘿，不说了。”

“你是笨小猪！”

“你说什么，我要活剐了你！”于是，她就把我追得满教室跑。她的白色长裙，就像一朵被风吹散的蝴蝶花……

这时，同学们全都诧异地看着我们俩，看着我们在教室里撒欢儿的样子。

再后来，她总是找机会让我给她讲数学题。我也不知道她当初是因为脑袋笨，还是其他的原因。我给她讲了好几遍，她都说自己不懂，还不停地催促我再讲一遍。有时候我说她：“你啊，真是难教啊！”她却撇着嘴对我说：“自己教得差劲，还说人家，不理你了。”她的蛮横让我喜欢又有些害怕。

现在想来，那时她一定是装的，其实她早就懂了。

再后来，经过很长一段时间的接触和交流，我发现自己偷偷地喜欢上了她，可是我却不敢对她表白。于是我总是在放学的时候，远远地看着她回家。我喜欢看她的背影，在乡村的田野上，就像一朵绽放的野玫瑰，散逸着迷人的香……

我是个爱睡懒觉的人，可是那段时间我总是早早地起床，早早地到那座桥边。我知道她一定要经过那座小石桥，一定要从那座小桥到学校。那座小桥说起来还有一段历史，听说是一个姓贾的人在外面飞黄腾达了，便捐了一些钱修这座桥，这座桥便以他的名字命名了。不过前几年我回去的时候，那座桥已经不见了，被一座漂亮的钢筋水泥大桥代替。村民们说是国家要修高速公路，所以修了大桥。但是也因为这座大桥查出了大贪官，不久这个贪官就被“双规”了。

一天早上，天气很冷。我很早就来到桥边。我知道王小梅的规律，一般在8点钟的时候就会经过这里。我坐在桥墩下等她。果然不出我所料，我在桥墩上等了几分钟，就看到了她的身影。我假装没看到她，低着头，而眼睛却后斜着注意着她。

等她走到我身边时，我仍然假装没注意到她。于是，她神秘地大声吓我：“砰！砰！”

我假装被吓住了，装出大惊失色的样子，连说：“你吓死我了，你吓死我了。”

“哈哈，你在干吗？看水里的鱼儿，还是看你那张胖嘟嘟的脸？”

“我在看你呢！你看，那水中不是有一张美人的脸吗？”

“你是个小色鬼。”

“我可不是小色鬼哦，我是大英雄。我看到你掉进水里了，要把你救起来。”

“我什么时候掉下去了啊？我现在还在桥上呢！”

“你看，你的身子都在水中了，现在我就把你救起来。”于是，我便拉着王小梅的衣角，小心慢步朝桥下走去。

河里我们的影子，便随着我们的跑动，渐渐地离开了水面，消失在空气里。

然后，我们就一路说笑着朝校园走去。那样单纯，那样简单，没有任何心机和复杂。

她坐前排，我还是坐后排。

我仍旧会抽时间给她补习功课，她依旧会悄悄把家里的糖和巧克力带到学校来分给我吃。有时，我们也一起到学校的天台上看天空，看天空的鸟儿飞过。

在天台上，我们放上一张报纸，然后两个人紧挨着坐着。她望着天空的云朵，那么专注，那么入神。

而我总是会悄悄地看她，看她白皙的脸，看她清澈的眼睛。她的眼睛好像会说话，好像能闪出漂亮的光。我看着她，心里有着说不出的幸福与甜蜜。

“你看，那天空的云儿，为什么不停下来啊？”

“因为，它们要去远方。远方有它们的梦想，有它们的爱人。”我胡乱编着毫无边际的话。

“它们的爱人是什么样子呢？是不是也是云朵，或是小鸟？”

“它们的爱人是小鸟，因为小鸟在飞，在向前方飞。它们如果不向前，就追不上小鸟了。”我一边回答王小梅的话，一边含情脉脉地看着她，感觉她就是我的整个世界。

“以后我要做一只鸟儿，但要做一只飞得好高好高的小鸟，因为我飞高了，就没有人能抓住我了。”

“那我就要做一个鸟笼，把你关住，再也不让你飞走。这样，我就能天天看着你，看着你美丽的脸，听到你甜蜜的声音。”

她生气了，狠狠地捶了我的肩。可我也分明看到，她的脸羞涩得像红苹果，像樱桃。

五

就在我和王小梅交往得非常开心的时候，我们班来了一位新同学。他叫学松，是一个非常有男子汉气概的男生。

我之所以觉得他很牛，主要是对他性格的欣赏。我从小就看《灌篮高手》，觉得里面的帅哥，比如流川枫都是很酷、很冷漠的。在我的印象中，学松也是这样的类型。

在我们同学的眼中，他是一个独来独往的人。大家都认为，他是我们班上长得最好看的男生，又是唯一一个不主动和女生说话的男生。

或许是他比我大的缘故，也或许比我发育得更早，他的个子已经远远地超过了我，也比班上大多数男生高出一个头。

他喜欢一个人坐在最后一排，拿着一本武侠小说在那里看。我猜他一定常常将自己幻想成金庸小说中的独孤求败，是武林中的顶尖高手，喜欢一个人行走江湖，然后打抱不平，驰骋武林，打遍天下无敌手。

当时，香港影片《古惑仔》正放得红火，像我们这个年纪的小孩，就喜欢影片中的陈浩南、山鸡这些义气兄弟。但是，不得不承认，《古惑仔》这样的电影，确实影响了一代人，也让很多年轻小伙最终走上了犯罪之路，从此不见天日，后悔莫及。

而学松就像古惑仔中的陈浩南，总是一个人想着自己的事，行走自己一个人的“江湖”。他的样子看上去酷而有型，就像动作片中那个拿着砍刀，走在最前面的大哥。因为这些大哥都有一个普遍的特征，那就是脸棱角分明，皮肤黝黑，眼睛特大，眉毛浓而有张力。有的大哥还会戴着一条金手链，染着黄色的头发，穿一件黑色的风衣，爱把手揣在裤兜里，埋着头，摆出一副凶悍的模样。

学松和这些描述就有很多相似之处。

我是班长，管理着班上所有的事务。

有一天下午，轮到学松所在的那个小组打扫卫生，我便分配了任务，当然也把这个所谓的班上第一酷人给安排了进来。我走到学松跟前对他说：“同学，等会儿你扫走廊，他们扫教室。”

他用余光扫了我一下，不答理我，继续看他的书。

“咦，你还有点冲呢？”我感到有些莫名其妙，这个酷哥还真有个性，我堂堂一个班长，他竟然也不放在眼里。

“大哥，我也是个办事的，都是听老师安排。扫地的事，不是我说了算，是老师说了算。老师委托我来安排，你就得听从，给个面子。”我有些愠怒地说。

学松没有出声，继续看着他的小说。我见他不动，便去安排其他人了，直到最后也没有见到他来参加劳动。我想，这个人有个性，不受人指使。

我本想把这件事告诉老师，但最终没有。

就这样，以后每次打扫卫生他都没有参加，我也习惯了他的不服从，心想，他牛就牛吧，只要井水不犯河水就行。

直到有一次，我在外面打游戏回来，在学校的后门旁，被两三个不良少年给拦住，他们其中一个抽着烟的人问我："小子，有钱吗？我借点儿，拿去买烟。"

当时，我还没有开始混社会，胆子在班上稍微大点儿，但出了班级就比较怕事了。一听到他们向我要钱，我就想到了《古惑仔》里的情节，那就是要用刀逼着我，我不拿钱就要被砍一样。

"没有，我真的没有。"我十分紧张，感到慌乱与害怕。我该怎么办？我在心里想。

"没有，怎么可能？早上你出来，你家长没给你拿钱？把钱掏出来，老实点儿。我刚看到你从商店出来，还敢说自己没钱？"另一个染着红头发的恶狠狠地吓我道。

"真的没有，不信你可以搜我的包嘛。"

"那就搜，要是被我搜出来了，你可跑不脱。"说着，红头发就拉着我的衣领把我抵在墙壁上开始搜我的口袋。

我裤袋里仅剩的两元钱被他搜出来了，红头发拿着钱在我的眼前晃荡，然后说："这不是钱吗？你还撒谎，你知道对你哥哥我撒谎的后果吗？"说着，他就用钱在我的脸上扫来扫去，忽然"咣"的一巴掌打在我的脸上，我的脸顿时火辣辣地疼。我当时就蒙了，活这么大，还没有被别人打过，今天可是倒了八辈子霉，竟然被狠狠地打了一巴掌。

这时，红头发又将手举了起来，继续朝我挥舞。

我害怕了，潜意识地缓缓移动身体，以躲避他下一次的巴掌。另一个男的也加入到了打我的行列，他们对我拳打脚踢，还一个劲儿地骂我道："你小子以后放聪明点儿，不要对你大爷我隐瞒什么。否则，后果不堪设想！"

听到这些话，我害怕极了。我担心他们会天天在校门口等，害怕自己被他们打得半死。正在绝望时，一个熟悉的身影出现在眼前。

"你们在干什么，红毛？"我寻声望去，原来是他，学松。学松穿着他那件黑色的风衣，一双棕色的皮鞋擦得锃亮，跟电影里黑社会老大出现的场景一样：总在关键时刻上场。

他朝我们这边走来，然后用力拉住了红毛的手。

"兄弟，你们这是干啥？这小兄弟是我的人，以后别对他有啥想法，也别想欺负他。今天就算给我一个面子，你们觉得怎么样？"

"哦，松哥，你这是什么话，你的兄弟就是我们的兄弟。来，抽一根烟。"红毛看到学松过来，有一些颤抖，急忙从包里掏出一根烟递给学松。

学松利索地接住烟，含在嘴里。旁边的另一个人立即点燃打火机，递到学松的嘴边说："松哥，我给你点上。最近在忙些什么？"

学松抽了一口烟，吐出烟圈，然后慢悠悠地说："哎，还不是一些小事。对了，今天就这样算了，以后注意点儿就行。他是我表弟，以后多关照他。"

“啊！他是……真对不起，真对不起。不知者无过，我真不知道他是你表弟。以后，我们绝对按照你的吩咐，不碰你小弟的一根汗毛，不干涉他的一言一行。”

“这就好。”学松骄傲地扬起头，然后对我笑了一下。

红毛连忙把两元钱递到我手上，然后说：“兄弟，对不起，刚才的事是误会，是误会啊。”

我接住钱，嘴里没说什么，但心里想，这学松的面子还真大啊。

“好了，就这样吧。”学松开了口，他举起手做了个让红毛他们走的手势。

接着，红毛等人便似解脱了一样，灰溜溜地顺着小路一溜烟儿跑开了。

在往教室走的路上，我问学松：“你是干什么的，他们怎么会怕你呢？”

“没干什么啊，我是初一·四班的学生啊！”

“这些人在学校牛得很。他们个个都怕你，你真是牛人！我在学校这么出名，他们还敢来找我要钱。看来出名也没用啊！”

“呵呵，你想多了。自己好好学习吧。”学松笑而不答其中原因。过了一会儿，他又有点儿神秘地问我：“对了，问你个事。上次你没给老师打小报告说我不打扫卫生吧？”

“哦，这件啊，没，没有。这点小事情我才不说呢。再说了，我又不是那种打小报告的人。”我坦诚地说。

“那多谢了，我最讨厌劳动了。你成绩很好，应该好好学习，以后在班上多关照我们这些差等生。”学松表现得很客气。

“哈哈，谈不上关照，特别感谢你今天帮助了我。”

“不必客气，都是一个班上的。你学习不错，说不定以后就是一个大官，到时我可要仰仗你。”

“你见笑了。”

从那以后，我和学松成为朋友。他是一个成绩一塌糊涂的学生，尽管他很少打架，但是学校和外面的混混都给他面子。我们班要是有哪个同学在学校外面被欺负了，只要报他的名字都会免一顿拳脚。

在混混队伍中，他为什么会这么被推崇呢？后来听说他的名气主要是在小学六年级时确立的。那时校外有一个混混想泡他们学校的一个女同学，那个女同学可真是漂亮，被称为校花呢！这个女同学是学松的邻居，可以说和学松是青梅竹马、两小无猜。

一次放学后，学松和这个女同学一起回家，那个混混把他们堵在路上。混混去摸女同学的脸，被女同学打开了。混混火了，强行拥抱女同学，女同学被吓哭了。

学松见此情景，便去拉开混混。哪知道却被站在一旁的另外两个混混围着，然后他们就对学松一顿拳打脚踢。学松招架不住，他一边躲闪，一边寻找机会。突然，他跳起来抓住一个混混的头发，使其头靠近自己的嘴，然后一口咬下去。只听杀猪一般的叫喊，混混的一只耳朵已被学松含在嘴里了，血水从学松的口里流出来。一会儿，这个混混痛得昏死了过去。

其他两个混混呆住了，停止了动作。他们把昏在地上被咬掉耳朵的混混给扶起来，一边逃跑，一边大声骂学松："你他 × 的给老子等着，我们大哥是强子。到时有你好看的。"

而学松全然不理这些，扶起女同学一起回了家。

此后的几天里，学松都会背一个包，包里装着一把砍刀。当那几个混混带着他们的大哥强子来找学松时，学松并没有害怕，他表现得极其勇敢。

强子问学松："你就是他们说的松子？我的小弟你也敢碰，是不是活得不耐烦了？"

"是他们在大白天欺负女同学，出来混的欺负女生有什么出息？有本事就朝着我来！"学松据理力争道。

"你还比较强硬，但是你弄错了对象！大黑，给我把他往死里打！"强子招呼自己的小弟大黑等三人打学松。

"他 × 的，你们要是敢靠近，老子就砍死你们！"学松显得有些激动，从书包里掏出一把 30 厘米的砍刀，拿在手上朝着混混的方向一阵乱舞。

强子等几个混混没有想到学松竟然会拿出这么长的凶器来。为了不丢面子，他继续强硬地说道："他 × 的，有刀就了不起吗？老子出来混的时候，你还不知道在哪里打酱油呢！兄弟们，给老子上！"说完，便从地上拿起一块砖头与学松对峙。

学松越战越勇，心中的怒火被彻底激发。他提起手中的砍刀，就朝他们几个人冲去。强子等人没有想到学松会真砍，以为他只是拿出来镇镇场面，哪知道学松会来真的。几个人顿时慌了神，四散而逃。

尽管最终学松也没有把他们砍倒，但这一次砍人事件成了他成名的起点。从那以后，学松便在我们当时的乡镇声名鹊起。凡是在江湖上混的，无论是老字辈的，还是新生代的，都听说过学松的事迹。他的砍人事件也成为“江湖”的一大经典案例。

当然，事情闹得这么大，肯定要有人打和牌才行。为了让学松不被其他人欺负，为了不再发生类似的事情，学松的老爸便亲自出面，帮学松摆平了这件事。听说是请强子等人在街上的小饭馆吃了一顿饭，喝了一场酒。

从那之后，乡镇的一些混混全都有些畏惧学松了。他们看到学松时，要么主动打招呼，要么就退避三舍。当然，学校里的小杂皮就更得给他面子了。学松也常常对我们自嘲：“我是被别人打出名的。哈哈，怪，奇怪。”

“你这是一砍成名啊！你虽不在江湖，但江湖到处都有你的传说。”那个时候，我们都会这样吹捧他。

六

我觉得王小梅对我也有好感，因为她看我的眼神与别人不同。我感觉有点儿奇怪，她总是在我背后偷偷地笑，不知道她笑的是什么。每次看到她笑时露出两个小酒窝，就像一朵盛开的花。

而王小梅也会问我一些关于《伊索寓言》的故事，关于《梁山伯与祝英台》的故事，关于《西厢记》的故事，而我则会毫不厌烦地给她讲。当然，我还会给她讲狼和羊、狮子和狐狸，讲牧人和鹰等。王小梅便认为我是一个知识渊博的人。在她的眼中，我就是一个图书馆，许多她想知道的东西，在我这里似乎总能得到满意的答复。

我和王小梅常常坐在学校顶楼的天台上，看天空的白云。那些白云一朵一朵，像雪一样，又像是棉花糖。这让我想起多年以后，我第一次坐飞机，通过舷窗，看山脉上的白雪，那雪一片苍茫，而在那雪山顶上，或许还有罕见的正盛开的雪莲花。

我觉得当时的王小梅，就像雪莲花一样美丽，让我失去知觉，让我感到眩晕和迷离。

“王小梅，我喜欢上一个人了。”我坐在王小梅的旁边对她说。

王小梅问：“她是谁？她漂亮吗？”

“嗯，很漂亮。漂亮得就像童话中的白雪公主，就像挥着翅膀的天使。”

“那么漂亮，真让人喜欢。我祝福你啊，希望你们能在一起。”我看到她的眼神瞬间黯淡下来，头也垂了下去。

“王小梅，你想知道她是谁吗？”

“她是谁？”王小梅表现得很期待，但又很沮丧。

“你跟我去一个地方，你就知道我真正喜欢的人是谁了。”于是我拉着王小梅的手，一起来到了学校附近的水池边。我指着水面，深情地对她说：“你看，王小梅，那池水里的人就是我喜欢的人。你看她那白嫩的脸庞，像天使一般漂亮的身段，就像我心中的女神，让我陶醉，让我无法忘怀。”

王小梅看到池水里美丽的自己，羞红了脸。她含有怒意地说：“你骗我，坏蛋！”

于是我把王小梅抱在怀里，感受到了温暖的爱意。这时候水池里有两条鱼儿游了过来，它们的身体紧紧地挨着对方，仿佛也在拥抱，仿佛也在说着甜言蜜语。

爱情，就这样无声无息地来了。

我和王小梅度过了一段非常甜美的时光。

我们到山上摘野果子吃，我们到河边去找蚌壳，我们到桃花林去捉迷藏，当然我们也一起到油菜花地里，看着金黄色的花海和花丛之上的蓝天和白云，一同做着春天的梦。

那段时间，王小梅教会了我种花。她说种花和培养感情一样，需要细心浇灌，需要精心培植，当然还需要耐心等待。只有经过了细心、精心、耐心之后，花儿才能开出美丽的花朵。

我牢牢地记住了她的话，一直把它藏在心里。

后来，我和王小梅常到学校的美术室去玩。在美术室里，看到别的同学画画，我们特别羡慕。王小梅就对我说：“小刀，你不是也会画画吗？你给我多画几张好不好？我希望你给我画向日葵。”

而我总是信誓旦旦地对她说：“我不仅会给你画画，还要给你找到全世界最美丽的王国，让你真正知道，我愿意为你做任何事。”

于是，在王小梅不在身边的时候，我便悄悄地到美术室去偷几支画笔回来。笔偷到后，我便一个人坐在乡野的河边，对着一座石桥，画我心中的向日葵，画我心中的维也纳。

当我把画交给王小梅，她常常会说："瞧，世界上又多了两个小偷。"

而我则疑惑地说："怎么是两个小偷呢？不就我一个吗？"

"咋会是你一个呢？你偷走了画笔算一个小偷；用画笔画画之后，又来偷走了我的心，当然又算一个了。所以，就是两个小偷啦！"

"哪有这种说法？照你这么说，我觉得一个都不是。第一，阿Q说过，读书之人偷书不算偷。以此类推，我画画之人偷笔也不算偷。第二，'关关雎鸠，在河之洲。窈窕淑女，君子好逑'。你是美女，我爱上你也不算偷，只能算取或者求。所以一个小偷都没有，老公倒是有一个。哈哈。"

"不算，不算。你就是偷，你就是偷嘛。"

"不是偷，就不是偷，顶多算窃！"

"偷和窃还不是一个意思啊？"

"不是一个意思，你查字典。"

"就是一个意思。你再狡辩，我就在你的脸上画乌龟。"

"就是……"话没有说完，我的脸上就沾上了笔墨。

于是我就拼命地逃，王小梅便在后面追。可是她那速度太慢了，遇到我这种超级长跑健将，如何追得上？没跑多久，她就跑累了，便坐在一块石头上，气喘吁吁地生气道："贾小刀，你再跑，我就不理你啦！"

“我就要跑，我就要跑，你抓不到我。”我在那里得意扬扬。

“真的？再跑，以后就别抱我啦。”王小梅有些赌气道。

“我要抱你，我要抱你。”

“那，就快点过来，5 秒钟不过来，我就得说话算数了。”

“好，好。”于是，我以百米冲刺的速度来到王小梅身边，蹲下身子，望着王小梅漂亮的眼睛，就像欣赏一幅永远也看不够的画。

她命令道：“坐下！”

于是我坐在她旁边的石头上，她就拉着我的衣领说：“小娃，你还跑不跑？把脸伸过来，快点，别婆婆妈妈的！”

我不情愿地伸过我的脸，于是我的脸上便多了一只小小的乌龟。看到我脸上的杰作，她就哈哈地笑个不停，当时她的玉女形象便被毁得一干二净。

我也会不好意思地苦笑。

最后，我费尽九牛二虎之力，才将脸上的“杰作”洗掉，可是我的脸，却被折磨得火辣辣地疼。

然而，那一段时间我却感到从未有过的快乐。因为它是我人生之中无法磨灭的印记，我想这一辈子，我都无法忘记这段故事。就像一个人身上曾经留过的痕迹，永远都会有着与众不同的疼痛与幸福。

第三章 失恋

一

昨晚，陪一个异性朋友 L 在校园里逛到很晚。我想，我只是她的“接受器”或“垃圾桶”，每一次她都把不快乐的事全部塞给我。不管我能不能够接受，能不能吸收，我都只能默默听着她的悲伤、她的痛苦。

我不明白一个女人为什么会那样深爱一个根本不爱她的男人。她和男友分手已很久了，可她还是在盲目地等待，没有任何希望地等待，等待他能回心转意，等待他能再次回到她的身边。但是，他真的会回心转意吗？其实，我知道她的男朋友，并且还打过几次交道。

他也永远不会在乎，还有一个傻傻的女孩仍在默默等待他的归来。他也不会知道，这个女孩在他离开之后，就发现自己怀孕了，只能一个人悄悄去打了胎。医生还叮嘱她，如果再堕胎的话，以后或许就不能生育了。

爱情真的那么让人难以琢磨吗？真的那么令人费解吗？我不得不承认，我不懂爱情。我的爱情在童年的春天就消失了。而现在，我的爱情在冬天里。

于是，我写了一首诗发在网上。我不想获得什么，也不想表达什么，只是想排解一下抑郁的心情——我快要窒息的心情。它就像被勒着脖子的兔子，开始呼吸困难，开始缺氧。

这首诗名为《失恋女人》，内容如下：

今天，我遇到一个失恋的女人
她对我说
她还爱着以前的男人
于是我拼命劝说这个女人
过去的已经过去
还那么纪念着干吗
可这个女人，是一个愚蠢的女人
她说她以前的男人
现在躺在另一个女人怀里
可她还想赌一把
想静静地等待他会再来爱她
我想：
这是一个多么没骨气的女人呀
爱了一个不值得爱的男人
这是一个多么没有尊严的女人

还保留着风花雪月的天真
可是我还是不能劝服这个女人
最后我不劝了
我开始保持沉默
我甚至觉得
自己是一个多么愚蠢的男人
竟把自己宝贵的时间花在
劝说一个天真的女人身上
我是一个多么天真的男人
我竟也还在傻傻地等待
等待那像野玫瑰一样
散发香气的鲜艳的女人

我想，爱情啊，你在哪里？

你为何像一只鸟儿，总是回避你的爱巢。

爱情啊，你这样远远地逃避着我，你可知道我很孤独，也很寂寞。

爱情啊，请你一定要穿越这座城市，远远地过来，来看看我，来看看贾小刀。马上就要高考了，可是他还在经历着痛苦，正面临着绝望……

二

时间再次回溯到童年，我继续给大家讲述自己的故事。

不知道当时是谁在我爸爸面前夸耀，说 T 中学的教学质量一流，升学率出奇地高。

于是，我爸爸便下定决心让我另谋优校，到 T 中学去读书。其实在当时，很多家长为了让自己的孩子读一所好学校，不知道花了多少心思。有的家长花重金走后门进一流中学，有的家长则给校长或者班主任送上大礼，有的甚至想到了考试作弊，他们的目的无非就是为了自己的孩子将来能够成龙成凤。在许多人看来，只要进了重点中学的大门，就相当于踏上了人生的康庄大道。

而当时我心里有着一百个不愿意，但我也没有什么办法阻止这一切。我把这件事情告诉王小梅，她听了后，请求说：“能不走吗，亲爱的？”

“我也不想走，可是为了升学，为了能考入国家重点高中，为了将来我们能好好地生活，我必须得去啊！”

“可是我舍不得你呀，你走了之后，我该怎么办啊？我会感到孤独的，我会绝望得要死的。”

“不会的，亲爱的，你咋会死呢？你会好好的，到时我一定抽时间回来看你。相信我，亲爱的。”

王小梅感到很难过，她眼泪溢满眼眶说：“你知道我的心在疼吗？就像被刀子划了一条很深很深的口子。”

“我知道，我知道。别哭，乖乖，我会经常回来看你的，我又不是不回来了啊！我回来的时候给你带巧克力，给你带向日葵！”说着，我用手去擦拭她脸上的泪珠。

“嗯，你走了要给我写信！”

“嗯，我保证想你的时候就给你写信。”

“那你天天都想我啊。”

“呵呵，小果皮，你真贪！”

“嘿嘿！”她笑着露出雪白的牙齿。她的脸红彤彤的非常好看。

“小刀，我带你去一个地方。”说着她便拉着我的手，开始朝学校后面走去。

我问：“什么地方啊？”

“你去了就知道了啊！”王小梅说。

王小梅带着我去了学校后面的桃花林。

这个时候正是四月，桃花就像赶赴一场花开的盛宴，竞相开放。走进桃花林，满园的香气扑鼻而来，整个人就沉浸在这美好世界中了。王小梅把我带到一棵桃树的背后，叫我闭上眼睛。当我闭上时，我的脸突然湿了一下。我知道，是她吻了我。我不知道自己该说些什么，觉得自己好像躺在幸福的海洋上，心中有一种无法形容的甜蜜感觉。

她说：“你要经常回来看我，要记得我的样子，永远永远！”她的眼睛含情脉脉。

我狠狠地点了点头，怎么会不记得呢？我看着她，她的样子像桃花一样美丽。

最后我走了。

走的那天，王小梅到汽车站送我。她穿着花裙子和白色的球鞋，裙子上绣着粉红色的花。她轻轻地走到我面前，一下子抱住了我，说：“小刀，你不要走，我不要你走！”

“车票都已经买好了。不要这样，我会难过的。”

“可是我舍不得你。”一滴滴泪水掉在我的手背上，冰凉冰凉的。

我的泪水也忍不住掉了下来，“让我抱紧你，让我抱紧你。”

我紧紧地抱住她的身体，真希望用自己的体温将她融化在我的身体里，永远永远都不要分开。我心里想，小梅啊，你知道吗？你就像我身体里的细胞，像我内心里的血液，像我跳动的脉搏，再也不能分开了，再也不能隔离了。不管是白天还是夜晚，不管是今生还是来世，你的笑容、你的每一个细微动作，它们都深深刻画在了我心里。你已经是我的唯一，是我的生命。

我流着眼泪看着她，看着她雪白的脸，然后亲吻她的头发。我感到自己的心情如死神降临一般的难过，心里如刀割一般的疼痛。我似乎在残忍地用一把刀子一块一块割掉自己的肉。我似乎看到我的血液鲜红鲜红的，就像那傍晚夕阳的红。

汽车的鸣笛声响了起来。我摇了摇扑进我怀里抽泣着的王小梅说：“车来了，我要走了。你一个人要好好保重身体，要懂得照顾自己，天冷了多穿件衣服，晚上要盖好被子，别感冒了，知道了吗？”

“嗯，你也一样，在那边要好好地学习，不要总是贪玩，要把学习放在第一位。”

“嗯，知道了，车来了，我要上车了。”

……

汽车停住了，人潮顿时汹涌起来。人们提着大包小包往车上挤。我再一次把王小梅抱进怀里，心里像被剑刺穿了一样，很疼很疼。

我想，这个车站每天有多少人在这里面临生死离别呢？又有多少人落下伤心的泪呢？有多少人怀着梦想到远方闯荡呢？这只是一个起点抑或一个交点。我们只是在这一个点上离别，抑或相聚。

三

很快，我就到了 T 中学。这个学校并没有我想象的那么好，也不会比以往的学校差。整个校园很大，大概占地几百亩。另外，这里的班级与其他学校不同。或许是因为学校生源不错的缘故，几乎每个班都是大班，大多都有一百多号人。

我被分到了这个学校的优等班，也很受老师照顾。但是我却很不适应这里的环境，因为这里每天都要上早晚自习，一周只放星期日半天的假。这让我感到好累好累。

我开始想念王小梅，想念家乡的一切。我也想念我的老师，想念那个我报名时穿着漂亮裙子的美女老师。他们好吗？

于是，我坐在教室里，看着正安静学习的同学，铺开信纸，开始给王小梅写第一封信。

乖乖：

好吗？你在那边过得快乐吗？我想你了，想你的发梢，想你的笑容，想你的唠叨，想你的一切一切。我在这里一点也不习惯，我开始厌恶学习了。这里好苦，我不知道为什么会有那么多的早晚自习，为什么一周只放一个下午的假。要知道我才读初二啊。我讨厌早自习，那铃声总是把我从睡梦中惊醒，我已经好几个晚上睡不着了。我失眠了，我的状态越来越不好，我要崩溃了。

乖乖，我当初为什么要到这个破学校来呢？这是一个巨大的错误啊。这个学校简直就是一部机器，一部整天都在重复运转的机器。这里每天都有练习，周周都有补课，月月都有测试。我们班有个同学因为压力过大昏倒在教室里，到医院检查确认她患了抑郁症。隔壁班还有一个学生，因为考试没考好，被家长骂了几句，就跳楼了。我害怕有一天也会像他们一样，变成神经质，那样我连你都不认识了。

对了，我在这里还认识了几个朋友，有一个朋友唱歌唱得好极了，如果不看人，只听声音的话，你定会认为是著名歌星在唱。还有一个拳击打得可好了，在我们学校武术堪称第一，我和他们成了好朋友。对了，我最近看了王蒙的书、张恨水的小说，还看了《鲁迅全集》《唐诗三百首》，以及王小波的《黄金时代》，我觉得那些作家写得挺有情感的，我常常被他们的文字打动。我认为鲁迅一定是近几百年来最难遇的文坛奇才。

乖乖，不说了，又上课了。现在挺忙，可我却不知道在忙些什么、为什么而忙。愿你快乐。

Your BF　小刀

2000 年 10 月 18 日

四

我刚来班上时，还引起了全班的轰动。当时，我们班主任让我们几个新来的学生作自我介绍。那时，我不知是为了出风头，还是为了证明乡下的孩子也能说英语，便自以为是地用英语作了自我介绍。由于我的口语不错，并且说得十分流利，不出意外地受到了班主任张老师的青睐。张老师在班上表扬我：“你看看人家贾小刀的英语，说得流利而标准。你们这些平时觉得满贯了，真是山中无老虎，猴子称霸王。”自那以后，T学校的老师对我也是格外器重。

但我对这些却不感冒，也厌倦了这突如其来的忙碌生活。我依旧像原来一样，爱找班上的调皮学生玩。其中有一个学生叫吴兵，他是一个拳打得很好的人。

认识吴兵或许是一个巧合，但这个巧合如有所改变的话，我可能就会受皮肉之苦。

我刚到班上时，喜欢穿一条白色的休闲裤，上身也穿一件白色的衬衣，而且还爱搭一双雪白的球鞋。全身纯白，让人感觉特立独行。

另外，我走路时也总是把手揣进裤兜里，仰着头，眼睛里没有光亮，还带有一点儿忧伤。可能我的这一特殊造型让班上的人看上去不舒服吧，其中一个叫大比的人看我特别不顺眼。确切地说，他是我们班的“黑社会”老大。大比看不惯我之后，便总是找理由想给我一点“下马威”。

于是，在一天晚上，他采取了行动。他首先叫吴兵从后面袭击我（这些事是后来吴兵告诉我的）。当时，下晚自习后，我像平常一样往自己租房子的地方走，根本就没感觉到后面有人跟踪。

突然一个声音响起：“慢点，前面那个！老子叫你慢点，听到了没有？”

我回过头来看到吴兵这个我们班上的“拳王”，心里就有些疑惑了，他找我干吗，为何骂我？

仔细看，吴兵后面还跟着大比和其他两个我不认识的同学。

他们跑了过来，把我围住。大比很嚣张地说："你很拽哈，老子最不喜别人穿件白衬衣，还套个烂球鞋，在我面前晃来晃去！到我们班上，就得遵守班规，你不懂事哦。为啥没拜码头？"

"什么码头？"我听了后，觉得他是神经病，我穿什么、我怎么走路是我的喜好，关他屁事！于是我对他说："我喜欢怎样就怎样，关你锤子个事？"

"喜欢？你他 × 的还嘴巴歪呢，老子今天就让你瞧瞧喜欢的后果！大兵哥，弄他。"大比向吴兵使眼色。吴兵会意，便向我冲过来。

"慢点！"我大喊一声，气势恢弘。

大家都停止了动作，有些木讷地看着我。

于是我便说道："吴兵，我和你可没冤仇，你不会只是为了多一个敌人，而成为别人的工具吧？再说，我对你印象很好，你还记不记得上次在厕所，你还欠我一个打火机？"

看到吴兵，我急中生智，想起不久前在厕所，我和吴兵分别蹲在两个茅坑上。他烟瘾来了，掏出一支烟，可惜没有火，于是他便对旁边的我说："兄弟，有没有打火机，借用一下。"

我随手递给他一个打火机，说："拿去用吧。"

过了一会儿，我要走了。吴兵对我说："兄弟，打火机以后还你。"

"不用还了。"当时我说。

吴兵回忆起来，他看了看我，说："上次借打火机的是你哦，你不说，我差点记不住了。"停顿片刻，他便侧过头低声对我说，"今天这件事情我不插手，你找个空当就跑。"说完他给我让了一个道，示意我快跑。

“谢谢兄弟。”我心领神会，呼的一下跑出了重围。他们还没有反应过来，我就在五米开外了。大比在后面大喊：“给老子追那个龟儿子，跑得还挺快！不要让他给跑了。”

由于离出租屋比较近，不到一分钟我就跑到了房东的店前。于是，我来到房东的旁边，假装和他闲聊。大比他们在外面等了许久，见没有机会下手，就趁着夜色回学校寝室去了。

等他们离开后，我便来到房东的座机电话旁，打了一个电话给学松。我问：“学松，你在 T 中学有兄弟吗？我被人盯住了，遇到了麻烦。”

“先别慌，我给我那边的朋友打个电话，叫他明天到你班上来找你。你早点睡，不要想太多，要好好学习，你不是混这行的料，不要总去惹事。”

“哦，知道了，兄弟，我没惹他们！”

“好，明天再联系。常回来，兄弟们等你打金花。”

“要得，一定。”

“好。”

那晚我回到床上很快就睡着了，没有过多想当晚发生的事。

五

第二天上课时，吴兵走到我的座位旁，低声对我说：“你今天要小心一点儿，大比好像还要找你麻烦，我跟我的兄弟都说了，他们不会出手的。”

“谢了，兄弟！我会注意的！”

“好，我过去了，对了，你的打火机我还要借一段时间！”

“兄弟，见外了！”

我拿出一本书开始胡乱地翻起来，心思完全没有在书上。我想，今天我该怎么躲避这场灾难呢？但愿上帝保佑我，阿门！

不知不觉就已经到了第三节课。下课铃声刚一响，大比就叫一个小屁崽到我座位旁傲慢地对我说：“小子，大比叫你到厕所说话，记住要快点，不然剥掉你的皮！”

我没答话，因为心里没底。我不知道自己该不该去，去了免不了一顿皮肉之苦；不去，这事情迟早都要解决。我犹豫起来。

小屁崽开始往外走，我站起身，磨蹭着，最后心一横，豁出去了，他 ×× 的，弄死当睡着。大不了就是顿皮肉之苦，人在江湖漂，哪能不挨刀？就当被我儿子搔痒罢了，被打后好好保养两天。想到这儿，我便跟随小屁崽往厕所的方向走去。

到厕所时，我看到至少有十个人在那里等着了。他们都是比较流行的混混装扮：黑色的衬衣，大头皮鞋，牛仔裤，戴着玛瑙手链，染着黄色或者红色的头发。每人嘴上还叼着一根烟，大家在那里一字排开。

大比看见我，便向我招手，示意我快点。

我的脚步却始终提不快，腿开始发软。疼痛似乎过早地进入我的身体，我感到无法呼吸。

同学们还是像平常一样从厕所里进出。他们看到这种场景，装着没有看到一样，唯恐避之不及。

外面操场上打球的打球、摔跤的摔跤、谈恋爱的谈恋爱，他们似乎谁也没有注意到这厕所旁呈现的浓重火药味。

第四章 痞子

一

我走进厕所，来到大比跟前，我俩都没有说话。

我发现他们的眼睛，都盯着站在中间的一个黄头发的人，似乎在等他的命令然后开打。其他的混混也都幸灾乐祸地盯着我。他们似乎在想，等会儿又可以练一下拳脚、松一松筋骨了。

我感到麻木，心里已经准备承受这躲不掉的皮肉之苦。

这让我想到自己上小学时，明知道打不过那个大个子，可还是要冲上前去，结果被他揍得头破血流。

突然之间，我觉得自己一直都很傻。我不懂得躲避这飞来的横祸，不懂得去讨好对我有敌意的人。

如果今天早上我掏五元钱买一包烟给大比，再可怜巴巴地求他原谅，求他大人不记小人过，或许现在就可以安安静静地坐在教室里看我的小说了。我想自己不是一个懂得阿谀奉承的人，也不是一个懂得圆滑处世的人。要知道在社会上阿谀奉承是一门技术，含金量极高，如果灵活运用它，那么前途将不可限量！但我终究没有做到。

这时黄头发走了过来，他的眼睛一直盯着我，盯得我发毛。我觉得他的眼神像一把刀，砍在我的身上，我似乎看到自己已经流出血液了。

我颤抖着后退了几步，眼睛不敢正视他。他伸出了手，我害怕地侧了侧身子。

我以为他要给我一拳，可是他的手搭在了我的肩膀上，温和地说："没事的，不要害怕，昨晚学松给我打了电话，他说你是他小弟。那以后你就是我小弟了。有我在，没有人敢欺负你！"

说完后，他又转回头对厕所里站着的其他人说："你们几个现在都搞清楚了吧，他现在由我罩着，谁要是敢动他，就是不给我面子！"

站在一旁的人全都蒙了，他们打死也不会想到会是这样的结局。就连我自己也没有反应过来，以至于大家都没法接受。

沉默了一会儿，许多混混都作鸟兽散了。

我看到大比的脸唰一下就白了，或许他和我一样也没有料到会是这样的结局。昨晚他请他们喝酒，不就是为了教训我吗？

人群散去。

黄头发拿出大哥大接了电话。

"喂，松哥，你在哪儿？什么，过来了，在哪儿，我马上来接你。"然后转身对我说："小弟，松哥过来了，你陪我出去一下。"

我有些胆怯，但又高兴异常。因为还有课没上，我有点为难。

这时吴兵走了过来，拍了拍我的肩膀说："没事的，你去吧，我回教室给你顶着。"

他又对黄头发说："彪哥，我们过去了，你和小刀慢慢耍。"

"好，你们先上课吧，以后好好照看我弟弟。"彪哥叮嘱道。

"好的，你放心。"吴兵回答。

我转过头看了看彪哥，对他说："谢谢。"

彪哥摆了摆手，示意我和他出去。

于是，我便坐在彪哥的太子摩托上，一起来到了学校外面的一个茶楼门前。这时，学松带着几个小弟骑了几辆摩托车过来了。看到学松，我心情大好。

"哥，你过来了，想死弟弟我了。"

"哈哈，救驾及时吧。"

"及时，及时。谢谢了，学松哥。"

于是，我便和学松、彪哥一起到外面的饭店大吃了一顿，彪哥请的客。吃完饭之后，学松便和彪哥到街上去办他们爱办的事去了。我独自回到了学校。

当我回到教室，看到教室里的学生，并没有因为我短暂的离开，而有什么不习惯。是啊，在他们看来，一个班上少一个人、多一个人与他们有什么关系呢？因为，他们在乎的仅仅是分数的高低。

同学们埋着头，不断重复地做着练习题。

我走到吴兵旁边，和他坐到了一起。

"上午没受惊吧，兄弟？"

“没有，谢谢兄弟提醒。”

“以后要多注意，以我对大比的了解，他绝对不会善罢甘休的，因此还是小心为好。”

“嗯，知道了，兄弟。”

从此，我们开始海阔天空地聊，也渐渐了解了对方。

听吴兵说，他的父母是农民，都外出打工去了，只留下他和弟弟在家。他们村里大部分年轻力壮的村民，都去沿海地区的工厂打工，只有年老幼弱的人留在了村里。

那时，在村民的眼中，沿海地区就是人们淘金的地方，就是他们发财的地方。但是，现实并不一定像村民想的那么美好。有的村民出去之后，再也没有下落，有人说是被工厂老板给弄死了；有人说是迷上了赌博，最终被黑社会砍死；有人说是去抢劫被警察抓进了监狱；当然也有人说是因为没有得到工钱，最终走上了乞讨之路。

这些都是传言，而吴兵毕竟太小，这些并没有引起他足够的在意和重视。

吴兵的成绩不算太好，只能算中上水平。他喜爱拳击，在他家里有李小龙的电影全集。他模仿李小龙的动作，跟真的一样。当然，由于吴兵懂一些武术，在学校的混混里面常常扮演打手的角色：替别人打架、收劳务费或者蹭饭吃。

吴兵向我解释，那天晚上大比叫他来教训我，当他看到我的面容时，就感觉特别面熟，可能有啥渊源。要不是我提醒他，他也许就忘了借打火机的事。这样，我就会成为他的“拳下鬼”了。

当我们谈论这个的时候，就觉得人生其实很巧妙，我和他的相交竟然是在这么一种尴尬紧张的场面上。

当然，我也给他讲了我的家乡，讲我们那里美丽的乡村、清澈的河流以及绿油油的麦田。我还特别跟他说起了我们山村的那块巨大的石头，我称那块石头有着一个美丽的传说。

传说是这样的：在很久很久以前，一位善良而美丽的女子住在这个山村，她在等待她远走他乡的丈夫归来。可是山上的野花开了又谢，河里的水结冰了又融化，她的丈夫始终没有回来。有人说她的丈夫在外地升官了，有人说她的丈夫客死在异乡，有人说她的丈夫掉进了悬崖被野兽叼走了。可是她全都不信，她的心里一直默念着丈夫，她想他一定会在某一个早晨回来，然后陪她一起采摘荇菜，收割桑麻。

有一天，一位神仙从这个山村经过，他见到这个等待丈夫归来的女子便对她说："你的丈夫不会回来了，他被人拉去充了军，在战场上死了，你还是改嫁吧。"可是她却坚定地答道："就算他不在了，没有实现他许给我的承诺，但是我还活着，我还要遵守对他的诺言，直到我死亡。"神仙感动于她的回答，在她死后将其变成一块坚硬的石头，以此来告示后人对爱情的坚贞。那块石头叫"爱情石"。

从小我就生长在那个村子，因此对那个传说从来没有怀疑。我相信遇到王小梅，就是我真正的爱情。我相信星星一定会闪耀出灿烂的光芒，我相信人生也一定会开出美丽的爱情之花。

吴兵痴痴地听着，过了半晌说了句让我大跌眼镜的话："你是不是爱情小说看多了啊，整天沉浸在童话世界中，我可不信这个。”

我说：“不信就算了，我们那里连河水都是甜的。”

“你就吹吧，把公牛吹成母牛，把男人吹成女人吧，或者把气球吹到月球上去。”

“谁说我是吹，我说的是大实话。不信，你等着瞧。”

“好，我等着。”

于是我们两个便哈哈大笑，竟忘记了当时老师正在讲课。数学老师看到我们哈哈大笑的样子，显得十分气愤，摇了摇头，嘴里骂道：“你们这样真是没救了，给我站起来，你们不听课，不要影响别人！”

于是，我们便灰溜溜地站起身来，脸羞愧得像猴子屁股一样红。

班上的混混大比看到我和吴兵的关系正突飞猛进，心里很不是滋味。于是他偏过头去和同桌的女生“翻马儿”（一种游戏）了，嘴里在嘀咕着什么，脸上有着怒气。

二

那个时候，我们学校的确是一个在县城里数一数二的学校，远近闻名。很多家长甚至托了不少关系，才把自己的孩子送到我们学校来。在他们心中，只要孩子进了这所中学，成绩就不用担心了，更不会去怀疑学校的师资力量。因为，有具体成绩摆在那儿。

我们学校地处一个比较富裕的小镇。这里有一条美丽的大河，水路运输很发达，平时拉沙石都是通过河流，也有客船和娱乐船，甚至汽艇。

听吴兵说，夏天的时候他们喜欢到河里游泳，从河的这一头游到另一头。我说自己没有那个能耐，整整 1000 米的宽度，我是游不过去的。吴兵就说我是扶不起的阿斗，没出息。但是，我清楚不是因为我游不过去，而是因为我害怕危险。

因为，在这之前曾有学校的同学私自下河游泳，最后淹死在了河里。为了这件事那个学生的家长还找到了学校，要求学校赔钱。学校认为自己没有过错，坚决不赔。后来，学生家长竟将学生的尸体抬到了校门口，召集了几十名村民来闹事。这事弄得学校很被动，最后通过相关部门的调节，学校最后以赔钱收场。但是，这个事件让我对游泳产生了恐惧，因此对于吴兵所说的从河的这一头游到另一头，压根就不敢去尝试了。

我的同桌雷雨是一个学习很用功、很踏实的好学生，他的笔记做得密密麻麻，看上去像是一个绣花女绣的刺绣一样，工整美丽。他的成绩是班上前三名，能和他坐一起是因为我们班主任打听到了我原来的不俗情况。再加上作为新同学，第一次作自我介绍时，我是唯一用英语作介绍并且流畅得像管子里的水、鱼缸里金鱼冒泡的人。这把老师给震住了。于是他安排我和班上成绩最好的雷雨坐在一起，也许希望我和雷雨比个高低，互相促进、互相帮助。

刚开始的几个月，我还能够考赢雷雨，能考个班级第二名、第一名什么的。可是慢慢地，我明显不行了。因为我是一个比较懒惰的人，平时基本上不做笔记，要么就拿雷雨的笔记抄，要么就看他的笔记来蒙混过关。雷雨总是说，好记性不如烂笔头。

而我总会辩驳：“切，得了吧，我的字那么差劲，写出笔记来会吓死人。要是你有心脏病，你某一天无意间见了我的字，突然来个休克，或者一命呜呼，我该怎么向你老爸老妈解释呢？他们不全到法院告我间接谋杀啊？所以啊，还是不写笔记的好，又轻松又方便。”

“你小子，就知道贫嘴，以后会吃亏的！”雷雨语重心长地对我说道。

我和雷雨关系处得很好。每次老师讲完新课后布置课后的练习题，我都会很快草草几笔涂抹完事。涂抹完之后，就一个人东张西望，看班上的同学埋头苦干的样子。

那时候，雷雨和大多数人一样，拿着笔头在那里仔细演算。看他认认真真的样子，我就说：“哪里用得着这么仔细，兄弟，有些题不用算都知道结果的，你也要再写一遍啊，不是资源浪费？再说现在都讲究资源节约，讲究环保，给国家节约点是为子孙造福。”

“你不懂，我这是在修炼。修炼习惯，修炼一种境界，以后要想得高分，这些习惯和准备工作是必不可少的。不然，丢分会更多，包括格式分、字迹分等。”

“那你慢慢修炼啊，贾哥我出去溜达溜达了。”于是我便和吴兵一起到后操场抽烟，狂吹一下理想。

“吴兵，你以后想干什么？”

“挣钱吧，挣好多好多的钱，多得我的书包都装不下。装不下的时候，我就把钱堆到我的床底下。如果床底也堆满了，就把你的床底也借给我用一下。”

“好啊，那样我不就也有很多钱了。那你把那些钱拿来干什么呢？”

“用处可大了。先买车，后买房。特别是在早上吃饭时，我要喝一袋豆浆，手里提一袋豆浆。一袋豆浆用来填饱肚皮，另外一袋豆浆用来扔到大街上。不然，别人怎么知道我有钱呢？”

“典型的小农意识啊。你这种人不是社会的好人。”

“什么好人不好人的啊，这一切都要现实点才好。对了，你有钱的时候打算怎么做啊？”吴兵说这话的时候，一点也不觉得有哪里不对，也不觉得自己的价值观可耻。

“我啊，给王小梅修一幢房子吧。房子外再修一个围墙，另外再在围墙内修很大很大的游泳池，在泳池旁边建一个天然的花园。花园里种着许多名贵的花，然后我就把王小梅放到里面，每天看着她，就像看自己梦中的天使。”

“那，你给她修监牢啊。”

“你懂什么，那叫浪漫，那叫‘花屋藏娇’。呵呵！”

“啥子哦，文绉绉、酸溜溜的。”

“你不懂，这叫文学，一种奇妙得无法用任何语言形容的东西。它就像冬天里的一把炉火，就像春天里的一阵凉风，总之美不胜收。懂不？小文盲！”

“什么文盲不文盲的，我可是正牌的中学生，读了七八年书了。在过去，说不定都是秀才级别了，这能算文盲？”

“文盲就是文盲，还给你讲什么理由啊。”

“我看你还敢叫，还敢叫。”说着，吴兵便来追我。于是我拼命地跑，就像一只快乐而紧张的兔子，没有悲伤，也没有凄凉。

三

回到教室，雷雨显得十分惊讶，就像发现新大陆的哥伦布。他夸张地对我说：“耶，看不出来你小子还是个人才啊，脑瓜子灵活得很。”

我丈二和尚摸不着头脑，问：“你说什么啊，没头没尾的，让人莫名其妙。”

“啥子莫名其妙哦，说的是正事。刚才看了你涂抹在书上的数学题，居然全做对了，没有一点小错误。以前我还真的小看你了。”

“哦，那是，我这个人没什么优点，就只有两个。第一是打枪准。每一次在公园门口摆放的打枪游戏，我总会去打一下，过把游戏瘾。另外一个就是做题准，不是给你吹牛，我一般做题准确率都达到百分之九十九。当然，那百分之一就是我没认真做或者确实不会做，再不就是老师把答案弄错了。”

“你就神吹吧，争取帮我吹一个千万富翁出来。”

接着我们沉默下来，他开始做他的习题，我拿出琼瑶阿姨的言情小说开始看。琼瑶阿姨的小说影响了一代又一代人，尽管现在想起来感觉比较假，但是当时却能够催人泪下，让不少年轻人心怀向往。再说，世界有几样是真的呢，假烟，假酒，假电视，或者假胸，假情人……

教室里出奇地安静，同学们都在做题、看书，或者开小差，一些人则埋着头趴在桌子上睡觉。我们班算是人数比较多的班，班上一共 110 人。这些人最初来的时候，大多都是自己那个小乡村的精英，可是到了这所学校之后，大部分被埋没，仅有一小部分崭露头角。于是有的哀天怨地，有的春风得意，有的无可奈何。

雷雨是属于那种来的时候不算特别顶尖级的人物，可是他却踏实认真、好学努力，不久成绩就名列前茅了。要知道我们学校的学生，进国家级重点高中的人数占整个县城总名额的百分之四十左右，基本上垄断了整个县城的优质生源。

因此，像雷雨这种人才不出意外的话，会稳进国家级重点高中。那样，他的前途可真是一片光明了。尽管我的成绩和雷雨不相上下，但是我却不稳定，整个人是飘的，不像他那样把知识学得很扎实。因此我自己深知是没多少底的，再说我也没有太关心上不上重点高中，我认为读书之人不一定都要上名牌大学，不一定好学校就能出好学生。现在想来，当时确实有些幼稚。

阿梅寄来了一封信，是我们班的情歌王子王亮送来的。他放到了我的抽屉里，对我笑了笑，似乎有一点羡慕的味道。

亲爱的小刀：

我想你了，我们这里桃花开了，开得好鲜艳。我常常一个人到桃花林走走，闻见花的芬芳，我就会想起你来。你知道我有好几次都幻想着，那些花丛中的其中一朵就是你。可是我找啊找，却始终没有找到你的位置。

小刀，你知道吗？我的思念正如我的头发一样越来越长。我开始感到绝望，感到窒息。收到你的信，我兴奋了好多天。你知道吗？我喜欢你写给我的每一个字，我喜欢它们正如喜欢每一滴雨水。它们似乎都渗入了我的身体，渗入了我的细胞，渗入了我的骨头。

小刀，我能够理解你在那边的孤独，正如你能够理解我的寂寞一样。我希望你微笑着面对每一天，你还有我啊，我永远支持着你，深爱着你。小刀，你还记得我们学校门前的那条小河吗？它涨水了，每一次我站在桥头看到那匆匆流逝的河水，我就会想起那些早上，你站在桥边偷偷地看我。别以为我不知道，其实我心里清楚着呢。我只是装着什么都没发生，还是像平常一样跟你打招呼。

小刀，你那里下雨了吗？我们这里经常下雨，这是一个多雨的季节，雨水将远处的田野清洗得洁净异常，雨水将那沾满灰尘的树叶清洗得闪闪发光。有时候我真的希望我就是那片树叶，然后任雨水将我内心深处的疼痛与悲伤，清洗得一丝不留。

小刀，你还记得我们班的英语老师吗？就是那个对你很好却又罚你在墙壁旁站着的老师。她比以前更漂亮了，她的头发被拉得很直很直，更爱打扮了。我们女同学想，做女子就要像她一样，做一个永远有着无穷魅力的漂亮女人。

小刀，我要停笔了，我希望你快乐，每天都愉快地迎接早晨的第一缕阳光。我希望你有一个好的成绩，那样我就可以对我的朋友骄傲地说起，我有一个很优秀、很优秀的男朋友。小刀，不要让我失望，我等着你的好消息。

你的 GF 梅

2000 年 10 月 21 日

看完信，我的心里像被什么东西堵着一样，感到难过。

我想自己就像六月的天气，在抑郁中燃烧了，燃烧得很旺、很急躁。我觉得我似乎在荒废光阴了。来了这么久，我还没有认真地学过东西，只是靠以前的老底子维持着。我想是不是应该看看书了，或者做点习题，或者和雷雨一起讨论点学习技巧之类的东西，什么牛顿三大定律、什么二次函数、什么二氧化碳、什么碳酸钾之类的，这些可都是决定我命运的要素啊。

我抬头看了看周围，教室里挤满了人，他们深埋着头，黑沉沉的，仿佛是堆着的一团团黑草。不过这世界上是没有黑草的。在墙角的某个女孩在背她的字典，在墙角的某个男孩在写单词，在前排的某个男生正在修改刚刚发下来的卷子。

一些人在赶作业，一些人在小声地问考试得了多少分……

一阵不太悦耳的铃声响起，教室外流动着嘈杂的人潮。同学们一个个往教室外走去。这偌大的校园，顿时就有了纯净的空气，有了非同一般的生气。郁闷与死沉，就在这时悄然散去了。

吴兵走了过来，凑近我，显得特别的神秘。“贾小刀，出来，我有好东西给你看。”

“什么东西，这里不可以看吗？”

“你出来，叫你出来就出来。”

于是吴兵拉着我的衣袖就往外走，我们来到楼梯的位置。吴兵神神秘秘地从兜里掏出一张钞票，100 元的。他很兴奋地说：“瞧，这是什么？”显得十分得意。

“哇，100 元大钞，从哪里得来的？”

“嘘，别声张，假的。”

“假的？不是等于没用吗？”

“那你可大错特错了，等会儿放学看我的，看我怎么把这张大钱变成一张张小钱。”

“你这可是违法哦。”

“违啥子法啊，本人未满18岁，未成年，法的事对我不生效。”

“你是个法盲。”

“你才是，对了，我们把王亮也叫去吧。”

“好啊，等会儿我去叫。”

校园里突然喧闹起来，人们在校园里奔跑、吵闹，一些女同学从小卖部出来，拿着一个廉价冰糕，含在嘴里发出喀嚓的声音。一个长得很好看的男生戴着手链，牵着一个扎着蝴蝶结的女孩从我身旁经过。他们的小手紧紧拉在一起，似乎就是两具被焊在一起的躯体，又似乎是连在一起的绳索。

第五章 文人

一

朋友看了我小说的前几章，问我："为什么你没有用华丽的语言去装饰它呢，那样会让人觉得你的才华是无时不在的。"

我听了后，沉默了半晌，然后说："我不想用什么语言去装饰我的童年，因为我的童年是唯一没被污染的地方，在那里我的快乐不带有忧伤和绝望。我只想安静地把它写下来，不去形容什么风景或勾勒什么场景，也不写什么颓废的心境。那时我还不知道有'颓废'这两个字，这两个字在遥远的遥远里。"

我想，要是人永远都不要长大，那该多好，那样我就没有烦恼了，那样就不会面对人世间自己坚决不想看到的事。可是我还是在慢慢地长大，而我还是像个孩子一样会难过，会在一个安静的角落，体会着寂寞与落寞……

小A说："小刀，你就算天天写你的文字，将来还是没有我混得好，尽管我每天睡觉、谈恋爱。你知道为什么吗？"

我沉默着不说话，我想或许我真的没有他混得好，他有个做高官的老爸，还有个经商的老妈。而我有什么？我一无所有，除了我的笔、我的思想、我的爱。

现在人们都说穷困潦倒是文人，可我依旧在这条道上艰难跋涉，明知不可行而为之。我分析了一下自己，我到底还有什么呢？我什么都没有。但是，我还是得坚持，因为我知道就算自己什么也不做、什么也不写，我还是要毕业，还是要拿到毕业证。我天天写作，天天看书，我也要拿到毕业证，也要去面对社会。那我为什么不写呢？尽管我写的不一定都能够发表，但是我还是要写，因为除了这点爱好，我别无长物。

而一个人如果连爱好都没有，是很可悲的，也是很失败的。仅仅是势利与贪婪，这于人是一件可怕的事。我不知道自己属于哪种人，但是我知道我是我自己。能够做自己，未尝不是一件令人欣慰的事。

这部小说已经写到第五章，可是还没有写到十分之一，情节还没有展开，该有的人物还没有出现，我只是在安静地记录着那些发生在我身边的人或者事。我希望能把他们写进这部小说，也希望给自己一个交代，给自己的人生一个交代。

这几天天气突然热了起来，我害怕晒黑了皮肤，因此除了上课，其他的时间都待在寝室里，看书或者在梦里去看花开花落。有时候我真的梦到了花开，还听到了花开的声音。它们像云一样轻轻地飘啊飘，最后终于飘到了我的肩膀上。我用手轻轻抚摸它们，可是却怎么也摸不到。我摸到的只是水，是冷冷冰冰的水。

三

下课后，我叫上了王亮，然后我们三人一同去街上一个副食店买东西。我们的学校就在镇上，只要一出校门，就可以看到繁华的街市，就可以看到匆忙的人群。人们穿着五颜六色的靓丽衣服在街头穿行，或许谁也不认识谁。

副食店的老板是一个老人，看上去很精神。他穿着白色的短衫，拿着一把扇子坐在藤椅上，看到我们进去，便麻利地站了起来，对着我们说："买啥子，小朋友？"

我有点紧张，手心在出汗，我的头脑开始混沌起来。吴兵拿了三瓶可口可乐和两袋怪味胡豆，掏出钱便递给老头，假装洒脱。老头看到大钱说："有没有零钱啊，找不开。"

吴兵说："没有。"我看到他的手在颤抖，他把手贴在大腿上，轻微地搓着。

老头拿过钱后，便在他的钱箱子里找钱。他找了一会儿，说："今天零钱都被我那老伴拿走了，找不开。"然后又说，"我到隔壁饭店给你找啊。"接着他向隔壁走去。

吴兵有些急了，大声叫道："别走，别走。"

"啥？"老人转过头感到有些吃惊。

我和王亮也感到紧张起来。

"我，我，我这好像有零钱，我找找。"说完，吴兵便从口袋里掏出零钱给了老头。

“早说嘛，有零钱何必拿一百的呢！给，这钱给你。”

吴兵接过钱，喊了我们走了出来。

我心里纳闷，正要开口问，王亮已抢先问道：“你怎么把钱要回来了啊？”

“呵呵，你不知道，要是他把钱拿到隔壁，被隔壁老板认出是假钱，我们不是吃不了兜着走吗？”吴兵说。

“你娃还真聪明。”说着，我拍了拍吴兵的肩膀。

“现在我们只有到经常吃饭的那个饭店去换钱了，你不是欠老板 20 元钱吗？你假装去还钱，她应该不会怀疑的。”吴兵对我说。

“我，哎，不好吧，要是被发现了，那对我影响多不好！”我难为情地说。

“什么好不好，她给我们做的饭难吃、分量又少，价钱还那么贵！该用，不用白不用！”

王亮也点了点头，表示赞成。

我看了看他们，于是答应了。

三

当我们来到饭店的时候，女老板正在招呼客人，很忙碌的样子，我走上去，假装镇定地说：“老板，生意好吗？”

“一般，你们吃什么啊？”

“哦，刚吃过了，对了，我还欠你20元吧？欠久了，真过意不去。现在把它还给你。”说着，我把100元钱递给了她。

“没事，没事。”老板当时在给顾客拿啤酒，随手接过了钱，放在她的钱箱子里，她找给了我80元钱，随后又拿啤酒去了，嘴上说着，“我忙着呢。”

我拿过钱后，手一直在抖，手心出了汗。我战战兢兢地离开了饭店。刚离开饭店门不远，我就飞快地往大街上跑。我跑啊跑，一直跑到一个巷子里才停住。我蹲了下来，喘着粗气，还一直在担心。

过了一会儿，我的肩膀被拍了一下，我吓了一跳，以为是饭店老板来找我了，要我把钱退回去。当我抬头时才发现，原来是吴兵和王亮在我身边。

吴兵说：“你跑什么啊，又没有人追你，那么心虚干吗？”

“紧张啊，我紧张死了。”我说，然后用手揩了揩脸上的汗。

“也没什么，老板每天赚我们‘无产阶级’的钱还少吗？每次菜的分量那么少，还不讲卫生，我们在那里吃饭，不知道被坑了多少。因此，我建议大家都不要内疚，要觉得理所当然才行。”王亮紧接着说。

“对了，这钱怎么用？”我问。

“哎，我想我们先找个饭店好好地吃一顿大餐、喝点酒，酒足饭饱后再说。”吴兵提议。

“好，这个主意不错，先去happy吧。”王亮附和道。

“对了，我知道一个饭店味道不错，又很实惠，要不要去？”

我提议道。

“走吧，就去你说的那里。”

于是我们到了我所推荐的饭店，名叫“张大姐菜庄”。来到饭店之后，我们要了三瓶啤酒，点了几个菜，大吃起来。

在饭桌上，吴兵说：“小刀啊，想不到我们第一次见面竟在厕所里，还是我蹲在‘黄河上’的时候，呵呵，你说我们搞笑不？我居然问你要打火机，也怪那天我没带，不然我们就不认识了。对了，上次大比叫我来教训你，你别放在心上啊。”

“都是朋友，计较那些干吗？我还得感谢你在这里照顾我呢！”我端起酒杯向吴兵敬酒。

“喝吧，小刀。”吴兵一口饮下了酒，然后又利索地添满了一杯，他端起酒杯面向王亮说：“王亮，你是一个讲义气的人，大伙都知道，特别是你的歌唱得真他 × 的过瘾，简直跟个明星似的，以后出名了可别忘了扶兄弟一把。我把你当兄弟，喝吧。”

“哎，出名谈不上，权当爱好而已。不过，兵哥，你的拳击堪称校内第一，并且很够哥们儿。兄弟我认识你这种朋友，是一种荣幸啊。来，喝了，兄弟！”于是王亮和吴兵一饮而尽。

“想当年朱元璋在农村当放牛娃的时候，常常和村里孩童一起在村里的山坡上戏耍。他们当时就曾许诺，要是有一天哪位富裕了，一定不忘记曾经的儿时兄弟。但是朱元璋当了皇帝后，他儿时的伙伴去找他，有的却被杀了。你们知道这是为什么吗？因为，这些儿时的伙伴不懂得尊重人啊。人家都是皇帝了，还叫人家小名。这就完全是不懂事了……”

“哎，小刀，别在那里谈啥子历史，我们对那不感兴趣。我觉得，只要我们兄弟好，其他什么都可以忽略，对不对，王亮？”吴兵打断我的话说道。

“对，对，既然我们都当对方是兄弟，我们何不真的成为兄弟，我们结拜吧！”我提议。

“这个建议好。为你刚才伟大的提议，我们再喝一杯酒。”吴兵举起酒杯敬我和王亮。

“好，我们结拜吧。”王亮眼中闪烁着兴奋的光芒。

“那好，就这么说定了，每人先倒一杯酒！”

“喝了这杯酒，从此以后我们就是兄弟了，有福同享，有难共当！”吴兵举起酒杯说道。

“喝了吧，从此以后我们是兄弟了，要荣辱与共！”我们都端起了酒杯！只听到酒杯碰撞的声音在房间里回荡。

酒足饭饱后，我们互相搀扶着走出了饭店，在一个小卖部买了一包烟，每个人拿出两支放到嘴里点起来。烟味刺激着我的鼻孔，可是我醉得已经麻木。吴兵也已经说着醉话，只有王亮还神志清醒，他搀扶着我们。

我提议说：“王亮，给我们唱一首歌吧，我们听听，那样才有感觉！”

“你们要听什么歌？”王亮问。

“随便吧，只要好听就行！”我说。

“要是十年后，听王亮唱歌都要买几百元一张的门票。现在听他唱，才是真正的原生态，也是最宝贵的。”吴兵吹嘘道。

“那是，那是。我们现在是听兄弟唱歌，以后是听歌星唱歌。”

“好，好，你们别吹捧我了。现在我就给你们唱一首我自己作词作曲的歌，很有个性的哦。这首歌的名字叫《菜鸟日记》。”

接着王亮那富有磁性的声音回响在我们耳边：

4月23号
我站在立交大桥
看从我身边走过的陌生姑娘
她们奇装艳服，媚眼发光
对面的繁华写字楼里也站着一个女郎
叼着香烟，品味红酒
她的身材高挑，风情举世无双

4月24号
我坐在公交车里穿着新买的服装
假装睡眠，捂紧胸膛
空荡荡的口袋让我心里发慌
没有钱币，没有房子
更没有心爱的姑娘
一个人望着窗外，深深迷惘

4月25号
我躺在床上

想着女人的肉体，满眼泪光
那些陌生的姑娘，那些面无表情的姑娘
你们住在高高的山岗
你们远离我寂寞的心上

4月26号
天气放晴，春风淫荡
啦啦啦啦，啦啦啦啦，啦啦啦啦啦
看啊，看啊
从前面又走来一个丰满的女郎

“好，好，王亮，你他 × 唱得真好！你太棒了，天才，真他 × 的是天才！”吴兵醉话连篇。

我也沉浸在王亮的歌声里，很久不能回过神来。

我在歌声里仿佛看到了一个孤独的影子，他每天流浪，不停地流浪，流浪在公交车里，流浪在大街上。他寻找着爱情，可是那些爱情却是水中的月亮。他始终摸不到，也够不着。他只能用他孤独的心，去承受这份绝望。我仿佛看到了海岸，看到了一个孤岛，看到了一只蝴蝶寂寞地飞翔……

四

我们三兄弟又跑到山上去烧了香，拜了土地爷爷，行了结拜礼。

当我们把事情做完之后回到教室时，班主任张老师已经在教室门口等着我们“大驾光临”了。我们气喘吁吁地跑到教室门口，就听到一声严厉的训斥：“给我站住！还跑什么跑，中午到哪里去了？”

我们抬头看到班主任，吓了一大跳，心里暗暗叫苦。我们班主任是一位五十岁开外的人，头发已经白了一半，中间有一处地方已经秃了，他站在教室门口狠狠地看着我们，那种眼神像是在审问犯人似的。其实平时他是一个比较和蔼的人，只是被惹急了，便会翻脸不认人。

我们都不敢看他，低着头，等待他的惩罚。

“刚才都干什么去了，快交代！”他威严地说。

“没什么，在睡觉！”吴兵胆怯地说。

“什么？睡觉，睡觉还满身的酒气，是不是喝酒了？”他严厉地问。

“没，没，真的没有。”王亮辩解道。

“没有？你闻闻你身上的酒气有多重，还撒谎，一天天不好好学习，就知道贪玩。可惜你们的父母在外面辛苦挣钱，你对得起他们吗？”班主任似乎生气了。

“老师，不是那样的，今天是我生日，我请他们一起吃饭，顺便喝了点酒，我们一向都不喝酒的。”我解释道。

“生日就能喝酒啊？你们才多大，就喝酒！一天打扮得像个混混一样，你们到底是来学习的，还是来混的？混的话就早说，我给你们放长假，让你们慢慢混去。”

“张老师，我们错了。”我们几个很识时务，异口同声服软道。

“生日也不能耽误学习，更不能喝酒。你们现在还是学生，要有个学生的样子。你看看你，吴兵，戴什么手链，你像个学生吗？本来你刚进校的时候，成绩还是可以的，现在怎么越来越不行了呢？你还不反省一下啊？还有你王亮，你不是在你们那个镇成绩很好吗？到这里来就‘拉稀’了啊？最该说的就是你贾小刀，你说你转到我们学校之后，有没有努力过？不要以为你在你们那里猴子称霸王，告诉你，这里老虎多的是。刚来的时候，你作自我介绍，英语那个流畅度还行嘛，可怎么到现在就越来越糟糕了啊？你们还不好好悔改一下！”老师说这些的时候显得很激动，我们听了后，把头埋得更低了。

“老师，我们真的错了，我们会好好学习的。”我们说话的时候声音很小。

“好吧，进去吧，要考试了。”老师拍了拍我们的背。

“谢谢老师。”我们齐声说完后便走进教室，回到座位上。同学们都埋着头，有的在看数学资料，有的在做数学题，有的在看数学书，大家都很忙碌。

而我旁边的雷雨正拿着数学书在背公式，边背边在纸上画。

我问他：“今天中午怎么过的？”

“别说话，要考试了，快看点书吧，我正忙着呢。”说完，他又背起公式来，汗水顺着他的脸颊流下来。我觉得不能打扰他，也拿出数学书胡乱翻起来，这时候我还没有完全醒酒，有些公式看了后也记不住。

过了一会儿，数学老师抱着一叠卷子走了进来，他一脸严肃地说：“这是一堂摸底考试，要认真对待，不能作弊，考场中的相关事项也用不着我多说了吧。”说完，就开始发卷子，同学们鸦雀无声，教室里顿时安静下来。

大家埋下头，认真地扫描着试卷，然后静静地开始答题。只听到笔尖在纸上划出哧哧的响声，教室里开始热起来，电风扇呼呼地转个不停，扇出闷热的风，同学们的汗珠顺着脸颊掉下来，一滴又一滴。

校园内的操场上像是火烧一样，远远地看去似乎在冒着白烟。窗外的树枝上有一只鸟儿在那里叫唤，似乎在喊“太热了，太热了”。沉闷的空气让人窒息，试卷上密密麻麻的符号与文字让我的头变得好大。我看着它们，有一种畏惧感，演算的时候头脑一片空白，只能根据直觉进行计算。

这是一套比较难的试题，里面有许多知识我都没有接触过，不知道是我平时不认真的缘故，还是老师没有教到，我做题的时候感到很生疏。我开始担心起来，有点紧张，有点忐忑不安，但还是硬着头皮做了下去。

我不知道自己做得是不是正确，但我还是小心翼翼地写满了整张卷子。交卷后，同学们都垂头丧气地直摆头，说道："完了，题太难了，简直就不是人出的！那出题的该拖出去枪毙。"同学们议论纷纷，仿佛心里极度不痛快似的。

雷雨交了卷坐到我身边，沉重地问："贾小刀，你感觉这题怎么样？"

"挺难的，感到很陌生！"

"我也有这种感觉，不过我做过一道现题，是我在《发散思维》书上做过的，我当初也解不出来，最后看了答案才慢慢理解的。"

"呵呵，你还行嘛，有这等鸟运气！"

"其实不是运气的问题，只是因为我做的题比较多，看的学习资料也比较丰富！"

"我想联合国应该给你颁个'最佳做题能手'，是不是？"

"呵呵，是啊，你真会开玩笑啊。"

"哪里，祝你好运啊！"

"你也是啊！"

第六章 孤独

一

今天中午的时候，朋友曹打电话给我说："小刀，到某某小吃店来一下，我请你吃饭。"我当时蒙了一下，问："你生日吗？"

他沉默了一会儿，接着说："不是，我告别单身了，所以请你们几个好朋友一起聚聚。"我还能说什么呢，我说："祝福你啊，祝福你找到了幸福。"

来到约定的饭店，我发现他的幸福是一个普通的女孩，看上去很善良。我想，或许女孩善良就够了，还要求什么呢？

曹看了看我，说："喝一杯吧，为我们的友谊干杯！""好，喝，为你的幸福干杯！"我端起酒杯爽快地喝了下去，一点没有犹豫，连眼睛都不曾眨一下。

我想又有一个朋友找到幸福了。而我，一次次提起幸福，却一直不知道幸福到底是什么。

幸福是两个人在人潮里牵起手，一起走，一同笑，并且一起哭；还是一个人要用他所有的光，去照亮另一个人，照亮黑夜里行走的他或者她？

在席间，朋友问我："小刀啊，为何不去找个女朋友呢？看你长得人模人样的，还是需要一个人陪的。"

我不知道该怎样回答他的话，只能自我嘲讽地说："哪会有女孩子喜欢我呢？我是一个写字的人，写字的人是没有人喜欢的。并且我还是一个理想主义者，是一个不现实的人。所以我心中的幸福总是距离我太遥远，我根本就没有能力去触摸到。她就像是海市蜃楼，只能给你幻想的空间，永远也不能让你真真切切地接近。"于是大伙都不说话了，他们看我的眼神开始变得迷离起来。

然后我们接着喝酒，接着划拳，接着说一些无聊而又无关痛痒的话。外面的天空像火烧一样，似乎是火炉里正燃烧着的熊熊火焰。

二

我该给王小梅回信了，这几天一直很忙，一直无聊地过，连她的信都没有及时地回。于是我铺开了信纸，在纸上写道：

乖乖：

一切都好吧，很想你。很想回去看看家乡的水，看看家乡的树，还有家乡的人们。我感觉到家乡的一切东西都是美的了，我总是怀念小的时候，和朋友们到隔壁村去偷橘子，被没收了衣服；总是想起和小黑在烈日炎炎的时候去捉蛇，在捉蛇的时候我被蛇咬了一口，疼得哇哇地叫。还想起你秀美的长发、你美丽的大眼睛。我们那里的麦田，应该是一片金黄了吧？应该到了丰收的季节了吧？还有那座小桥，我想它应该要塌掉了，那个时候就残败不堪。

乖乖，想我了吧？没有我在，是不是感觉时间过得很慢？是不是总会不经意地失落？不要难过，我很快就会回来的，很快的，你要相信我。

你一个人要好好照顾自己，珍惜自己的身体，努力学习，加油！

就此停笔了，尽管还有许多话要说，希望你快乐！

你的 BF

小刀　2001 年 3 月 20 日

不知道吴兵什么时候来到我身边，他急切地说：“不好了，李旋的自行车被偷了，偷他自行车的人是大比的小弟。李旋正在那里解决呢，我们快去看看吧！”

“好，我们快点去！”我把信纸塞在抽屉里便和吴兵一起向操场跑去。

当我们来到操场的时候，李旋和大比他们正站在那里。王亮扶着自行车，正对着一个看上去个子比较矮小的人说着什么，边说边用一只手在那里比画。大比和他的朋友站在一边，幸灾乐祸地看着这一切。

我和吴兵来到李旋、王亮身边。王亮指着那个比较矮小的人说：“你他 × 的眼睛长在狗肚子上了？李哥的自行车你也敢偷！”

“谁偷了，这自行车是你的吗？你能把这自行车叫答应吗？”矮个子狡辩道，倚仗着有大比在，口气比较强硬。

“这不是我的？你 × 的，看看这上面的标记，老子亲自写的记号。我 × ！”李旋显得很气愤。

“你他 × 的嘴巴干净点。”说着，矮个子就冲过来，摆出一副要打李旋的架势。

“× 的！”这时候吴兵冲上前去，瞬间就扇了矮个子两耳光，只听“啪啪”的两声。矮个子摸着脸庞，说：“你 × 的，大比哥看着干吗？打啊！”说着就朝我们冲了过来。

大比随即也吩咐他的一伙，向我们冲过来。我知道，大比想借矮个子这事，报上次的仇。

我后退几步，避开了他们。吴兵和王亮与矮个子他们打了起来。大比和一个比我稍高的人向我靠近，我再一次后退，蹲下身子。稍高的人一拳打向我，我的鼻子被打到了，鼻血马上就流了出来。我从口袋里掏出纸巾堵在鼻子上，然后非常气愤地捡起一块石头打在了高个子的身上，一边打一边骂道：“你他 × 的敢打老子鼻子，你龟儿子，弄死你，弄死你！”

在我的迅速进攻下，高个子痛得蹲下身子，喊不出话来。

大比见状，欲解身上的皮带。我几步冲上前去，使劲用石头砸他的肩膀，砸他的手，被砸的同时他不停向后退。最后他也捡起一块石头猛地向我扔来，我躲闪了一下，石头砸在我的肩膀上，我的肩膀疼得要命。

当时我眼睛冒着火，冲上前去，用石头狠命地砸大比的头，大比疼得蹲下身子，用手护着头，石头砸在他的手上。突然他抓住了我的左手，把我的左手往后背，我感到剧烈的疼痛。我的骨头似乎要被背断了，眼泪也疼得要流出来了。我骂道：“你他 × 的，大比，你放手不！不放手我 × 你全家！”

“小子，你还嘴硬！”说着他加大了力度，我的手疼得更厉害了，我的骨头仿佛真的碎了。我已经失去了理智，迷迷糊糊地看到吴兵和王亮与他们纠缠在一起，他们好像没有注意到我的处境。

我用右手从口袋里掏出水果刀（自从上次和大比打架之后，我就一直把这把水果刀揣在口袋里，就是防止有人再来打我），然后狠狠地插向大比抓住我的那只手，只听“咔”的一声，他因疼痛松开手，尖叫了起来。我看到他手上的鲜血不停向外冒，像喷泉似的，血鲜红鲜红的，已染红了他的衬衣。他在地上跳着，痛苦的样子像是身上掉了肉一样。其他的人停止打斗，大比的矮个子小弟跑了过来，看到大比血淋淋的手，愤怒地向我冲来，我比画着刀对他说：“你他 × 再走近一步，老子把你捅在这里！”

他愣愣地，僵在那里，没有移动脚步。他似乎害怕了，看着我沾满血迹的刀，眼神中有着无奈的凶光。

吴兵和王亮来到我的身旁，和我并排站在一起，朝着他们说：“你他 × 的还不滚，是不是还要再来一刀？！”

大比看了看我，带着仇恨说：“你龟儿子有种，不过，这件事情不能这样就算了，走！”说着，他把手靠在矮个子的身上便朝医务室走去。

我和吴兵还有王亮互相看了对方，发现吴兵没有什么伤痕，只是脸上被划了个指甲印；王亮的手有点肿，李旋也没什么大碍。我的手上有红红的鲜血，那是大比手上流的，而且鼻孔处还在流血。于是在王亮的陪同下，我到学校外的一个诊所处理了一下。

天空中有几朵云挂着，在慢慢地移动，是乌色的。

三

这一天晚自习，数学老师气急败坏地抱着卷子走了进来。他愤怒地说：“先把卷子发下去，你们自己看看考得啥样子，再慢慢到我这里来交代，班上 8 个人及格，最高分 137，其他人简直是窝囊废。”说完，他点上了一支烟，在讲台旁吧嗒吧嗒地抽。

卷子像雪花一样纷纷扬扬地发了下来，同学们紧张得不敢正眼看卷面。有的女同学把手掌蒙在脸上，在手指间留出一点缝隙，像是偷窥敌情一样小心翼翼地看，仿佛那是一个炸弹，随时都有可能爆炸一样。有的男同学拿到试卷后，就把它揉成一团丢进抽屉里，可是没过几秒钟又把卷子拿出来，慢慢地展开，惊慌而又胆怯地看着它。有的拿起卷子闪电般地一扫，然后把卷子放下，两只手掌交叉在一起，做沉思状。有的女孩拿起卷子战战兢兢看了一眼后就羞愧地哭了起来，这引起了同桌更大声音的哭泣。

雷雨的卷子发了下来，鲜红的 137 分，我看了后简直要骂他不是个人，这么难的卷子居然考那么高的分。

我使劲地拍了拍雷雨的肩膀说："你娃吃了啥子药，怎么考这么高的分数？要知道我们班只有 8 个人及格！"

他面带笑意地说："其实我考不了这么多分，只不过我做对了两道现题，20 分啊！所以我就考得比较高啊，运气好嘛！"

"说那些，平时不烧香，现在哪里有佛保佑，全靠你的努力罢了！"

"贾小刀，拿卷子！"我听到学习委员喊我，转头接住了她递过来的卷子，只听她说："考得不错哦！"

我拿着卷子展开一看，109 分，心里高兴得打起鼓来。× 的，我还以为不及格呢，好多公式我都记不住，哎，简直就是运气！

"贾小刀，你看你平时题都很少做，还得这么高的分，我要是像你那样学习的话，得 100 分都困难，真的！"雷雨笑着对我说。

我表现出一种惊讶的态度说："运气来了嘛，我是没有实力的，我自己心里清楚，现在还在吃原来的老底子！"

"也是，你基础比较好，智商又不赖！"

“呵呵！”

“卷子都发下去了吗？都知道自己的成绩了吗？”数学老师严厉地问，带有一丝愤怒！“知道该怎么处理了吗？”教室里的人都不吭声，全都深深地低着头。

“不说话是不是？学习委员，快去办公室把我的竹条拿来，多拿几根，快！”老师接着说。

我们开始惊怕起来，“他不会要施行体罚吧？”我问雷雨。

“这一次在所难免了！”雷雨在那里说。

我问：“老师要惩罚我们吗？”

“你不知道吗？这里的老师经常体罚学生，成绩考差了，轻则站在墙壁旁两个小时，重则用竹条狠狠地鞭打手掌。你刚来不久，有些事情你不知道！”雷雨小声地对我说。

我吓得出了一身冷汗，老师体罚学生在我们家乡是少见的，甚至是没有的，而在这里却是极为普通的！难怪升学率这么高，严师出优生啊！

学习委员拿了十几根竹条放在了数学老师的面前。

数学老师发话了：“及格的前八个人，从第一名开始到第八名，第一名打一下，第2名打两下，依此类推。后面没有及格的，差多少分，就打乘以2的数，差10分，打20下。开始，雷雨，上来！”老师喊雷雨。

雷雨走了上去。他伸出手掌，数学老师便“啪”的一声打下去。虽然声音很大，但是看得出来，他把竹条举得高，打下去的时候却很慢，我想是故意留了情的！雷雨被打后，手揣在口袋里，回到位置上。我问他："疼不？"

"不疼！老师留了情的！"

我嘿嘿地小声笑了一下，突然又闭了嘴巴。我想我也要忍受皮肉之苦了。过了一会儿，老师叫了我的名字："贾小刀！"

我磨蹭着走了上去，脚步缓慢，心思涣散，心里紧张极了。老师看了看我，说："你看你看，到这里来之后，成绩下降了好多，你知道不？听说你们原来的老师很看重你的，说你是个人才，是个苗子，我看你是个贪耍的苗子。伸出手！"

我缓缓地把手伸出，举起来。老师催促说："磨蹭什么，快点！"

我举起手来，只听啪啪的响声响亮而沉重，我的手掌像是被一排排针刺一样，痛极了！我直喊疼，老师却冷笑着说："就是要你知道疼是什么滋味！一天天不好好学习，出去游荡，出去当古惑仔，你以为你多潇洒，其实是个大笨蛋，回去好好反省反省！"

我忍着疼痛，咬住嘴唇默默地走回了座位。其他人继续被竹条惩罚着，啪啪的响声像鞭炮一样在教室里回荡！有的女同学被打哭了，在座位上埋着头轻轻地抽泣。

吴兵是班上第 78 名，离及格差了四十多分，因此他要被打八十多下。八十多下竹条打在手上，不死都要脱层皮。

轮到吴兵时，他走上去，将手举得很高，然后坦然接受数学老师的惩罚。数学老师高高地举起竹条，然后重重地打在吴兵的手上，又不怀好意地问道："感觉怎么样，力度还够不？"

"一般，一般。"不知道吴兵怎么想的，他居然敢用挑衅性的语气对数学老师说话。

“一般，真的一般？那就给你来点实在的。”看来数学老师有些生气了，他将竹条举得更高，重重地打下去，看上去下了不少的力。“怎样，怎样？”数学老师加快了打的速度，一边打一边问：“怎样，力度可以不？你跟老子牛，跟老子牛的人还没生下来！”

吴兵举着手，咬着嘴唇，似乎在向数学老师挑战。竹条打得啪啪作响。同学们看着这场面，许多都吓住了。有的女生，竟然还吓哭了。

“45，46，47……”学习委员站在一边，一边看着数学老师手中的竹条，一边帮忙计着数字。

“你服不服，你服不服？”数学老师表现得盛气凌人，为了给自己找台阶下，他继续用力地打着。然而，倔犟的吴兵却依旧咬牙坚持着，不说一句话。其实，我们大家能看得出来，吴兵这是鸡蛋碰石头，何苦要和竹条过不去。

不知道过了多久，终于被打完了。吴兵回到座位上，我看到他的手肿得像馒头一样。

“痛不痛？”我问。

“不痛才怪。”吴兵回答。

“那你还挑衅？”

“他这种体罚是违法的。要不是数学老师是校长的儿子，早就被媒体曝光了。说不定还要被撤职，这年代都是这样。你看他，借助学生考差为由来体罚学生，纯粹是为了树立自己的淫威。我才不吃他这一套！”

“哎，好歹他也是为学生好。”

“你这样认为就认为吧，我可不这样认为。”

于是我们都没说话，保持沉默。

体罚还在进行，教室里的空气沉闷极了。

四

惩罚风波过了以后，班上一半的学生都到学校医务室去买了消炎药。我想，这次体罚，最大的受益者是校医务室的医生。他们白白捡了这些意外之财。

大比也将自己的伤口处理好了，回到了教室。老师向他问了情况，他谎称自己切菜时不小心被刀割了，老师并没有怀疑什么。

那一天晚自习，大比叫他的同伙红毛来到我的座位旁通知我说：“大比说的，晚自习下课后到后操场去，不去就是孙子！”

我听了后只是冷冷地笑了一下，便不再理睬红毛，红毛带完话后就走了。这时候吴兵和王亮以及知道我们事情的李旋一起来到我的座位旁。吴兵说：“今晚去吗？”

李旋说：“去吧，怕什么？要是打不过，就撤。实在打不过，我们只攻击大比一个人，反正保本就行了。”

王亮问：“贾小刀，你说该怎么做？”

“还是躲吧，好汉不吃眼前亏。留得青山在，不怕没柴烧，我们今晚躲过了，明天找救兵。你们看行不？”我说。

“这样不就显示出我们怕他们了吗？”吴兵说。

“也是，面子放不下啊！”王亮附和着。

“先好好想想吧，你们说的有一定的道理，我们得想个万全之策。”李旋说。

“还是躲比较好，今晚我们如果去了，肯定是头破血流地回来。那样，明天想报仇都没有机会了。”我沉重地说。

“好，看情况吧，能躲过今晚最好不过。不过，今晚我们住在一起，到吴兵家去，你们看行不？”李旋说。

“好，就这样，今晚从厕所翻墙过去，然后抄小路，去吴兵家。”王亮补充道。

“好，就这样说定了！”我说。

然后，我紧张而惶恐地等待下课铃声响起。

最后，还没等到下课，我们便从后门溜了。这个主意是吴兵提出的，他说我们要趁大比他们还在上课的时候就先溜。那样通过时间差，就可以逃过这一劫。我们都表示同意。

我们从教室后门溜了出去，然后很快跑到那个荒废的老厕所，几个人翻墙出去了。我们刚翻过墙，一条白色的大狗汪汪地叫了起来，它像一只猛虎一样向我们冲来。我吓得躲到吴兵的身后，一步一步开始缓慢移动。

吴兵说：“别怕，不过一条狗，你们躲在后面看我的。”说着，他蹲下身子，捡起一块石头就对准白狗扔去，可是没有击中。

白狗似乎更凶猛了，刹那间就靠近了，并且不断狂吠着。吴兵又接连捡起几块石头扔过去，终于砸到白狗的头上。白狗嗷的叫了一声似乎被砸疼了，摇晃着脑袋停了下来，还有一种后退的趋势。

吴兵叫我们几个捡石头扔它，于是我们几个人都捡起石头扔过去，石头像雨点一样砸在白狗的身上和旁边。白狗疼得痛叫着往后跑，最后烟一般地消失了。

我们几个松了一口气，便继续沿着小路走，突然听到大比的声音："快追，他们肯定是从厕所那里翻墙跑了的，大门口和后门处我都安排了人，他们只有这样走！快追！"

我们几个听到这些话，便哧哧轻声笑了起来，轻手轻脚地走过小路，大比他们的声音便听不到了。于是我们便放松起来，那晚的月亮很圆，月光洒在田野上仿佛给大地披上了一件银白色的衣服。虫儿在唧唧地叫着，远处的村庄有着一些灯火。王亮不觉哼起了自己创作的歌，歌声悠扬而美丽：

走在乡间的小路上 / 田野的风光是我们的忧伤 / 不知道是谁在夜里彷徨 / 不知道是谁在寂寞里惆怅 / 你的心是否还在荡漾 / 你的心是否还在为我流浪 / 可是我已经不能为你起航 / 我也不会为爱而疯狂……

五

来到吴兵家后，我们如释重负。

“兄弟，喝酒不？”吴兵拿出一箱啤酒，放在了我们的面前。

“喝，有酒不喝非君子。”王亮拍了拍我的肩膀说道，“贾小刀，今天你也得喝哦，为了我们今天的成功逃脱干杯啊，为我们胜利翻过大别山、过草地干杯。”

“呵呵，什么逃脱啊，毛主席不是说过，这叫撤离啊。”李旋解释说。

“来吧，喝酒吧！”吴兵打开了瓶盖，给我们每人递了一瓶啤酒。

我们端起啤酒，碰了杯。“喝吧。”大家说。

“喝了，喝了这杯酒，就知有没有。”

“喝了这杯酒，兄弟情义天长地久。”

“喝了这杯酒，美女跟着哥哥到处走。”

大家笑了起来。

外面的月光照进了房间，落到墙壁上，泛起白白的光亮。橙黄色啤酒的泡沫，似乎要腾起到天花板上，而那些酒味在我们的头顶弥漫开来。

吴兵开了电视，电视里电影频道正在热播《古惑仔之胜者为王》。一些蚊虫不停地在电灯的周围飞来飞去，它们似乎是拼了命地想冲进灯内。

我开始想，其实每一个人都选择了自己的命运，只不过自己没有意识到。就像这蚊虫一样，它们那么拼命地向有光亮的地方飞，只是因为自己喜欢光明。然而它们永远也不知道，其实死亡一直在等待着它们。正如人一样，永远也不会知道自己离死亡是多么近。

“在想什么呢，贾小刀，喝酒吧。”吴兵坐到了我身边，向我举起了酒。“喝吧，‘人生应喝友谊酒，不叫青春枉此行’。”

“耶，贾小刀，又在说你那狗屁文章啊！对了，我差点忘了，上次，我上厕所，找了半天的纸都没找到，于是乎……”

“于是乎什么，王亮？”李旋喝了一杯酒，紧接着问他。

“哎，说了，你们别见笑啊。于是乎我把贾小刀的文章当卫生纸了。”

“你娃死了。”我随即向王亮冲去，王亮开始往吴兵的身后躲。

“我说我写的那篇《剥皮记》怎么不见了，原来被你拿去……赔我的损失！”

“救命啊，贾小刀要杀人啦！”王亮一边喊一边躲避我的追打。

其他人哈哈大笑起来，他们幸灾乐祸地看着我们在房间里跑来跑去。

第七章 巅峰

一

第二天早晨醒来的时候，太阳光已经照进了窗扉，房间里有了光亮。

远方村子里，公鸡偶尔叫了几声，仿佛在催促那些赖床的人赶快起来。

新的一天，已经来临。

我穿好衣服打开窗子，强烈的太阳光铺在我的脸上，让我突然之间感到眩晕。

我来到厨房，吴兵和李旋已经在做饭了。王亮已出去呼吸新鲜空气，顺便去练声。我打了满满的一盆水，端到外面洗脸。这清凉的水在这个清晨打湿在脸上，让人感到神清气爽。

我想，要是人能够像鱼一样生活在水中，在水中感受水的凉润，没有波澜，没有起伏，没有命运中的磨难，那该多好！我羡慕起鱼来，它们活得是多么自由与轻松呀。

“贾小刀，起床啦！”王亮走了过来，他的头发沾有露水，露水像珍珠一样晶莹剔透。

“你发财了，瞧你头发上的珍珠。多富有！”我用手指着王亮的头发说。

“嗯，是发财了啊！你别说，早晨起来呼吸新鲜空气，生命都会延长呢。”

“说的也是，对了，今天我们到学校去，怎么处理和大比之间的过节儿？”

“这个慌也没用，要冷静一点，反正车到山前必有路。今天去了后我去找一下彪哥，他在学校混得很开的，我想他会帮我们的。还有就是去联系一下我们学校的兄弟，万一大比不给面子，也只能来硬的了，看来这又是一场大战。”

“嗯，也只能这样了，等会儿吃饭的时候，跟李旋他们商量一下，看有没有更好的办法。”

“对了，你和王小梅怎么样了？一定想她了吧，真羡慕你有那么漂亮的女朋友，她还那么爱你。”

“别说了，我真的很想她，不知道她现在的情况怎么样，真希望她过得好。要是她知道我现在的情况，又会说我不好好学习，和别人打架，她一定会骂死我的。”

“看来你比较惧内啊！”

“不是，是她对我的期望很高，要知道我在她心目中是一个比较听话的人。”

太阳在天空中挂得老高了，冲破了云层发出强烈的光。一排又一排高大的树长得郁郁葱葱。

田野间那些草儿绿油油的。

小河从屋前经过。河水哗哗地流，清澈见底。

二

“同学们，今天我们要学的课程是作用力与反作用力……”物理老师在讲台上讲着新课。我和王亮坐在一起。

“对了，大比今天好像请了‘大鲨鱼’来帮忙。这个‘大鲨鱼’很有来头，听说他是这条街上小混混的老大，人们提到他就会谈虎色变。有人这样来比喻，‘他一跺脚，整条街都会震动一下’。你说威力大不？”王亮跟我分析“敌情”道。

“大鲨鱼”的成名史在我们这个镇上，混混几乎全知道。“大鲨鱼”刚当混混时，经常被打，每一次尽管十个二十个人打他，他都会像参与战争一样，不退不屈，一个人也会和他们火拼。后来，随着他的小弟越来越多，打架也是常胜不输了。有一次，他还将镇上的老江湖给打伤住进了医院，从那以后他就成了街上小混混的老大。镇上的老江湖都畏惧他三分。后来，他也成了镇上老江湖的干儿子，在镇上以至于在整个县城都有了不小的名气。当然，多年以后，“大鲨鱼”的干爹办了民办中学，在县城成了屈指可数的富翁。再后来，中央扫黑行动，“大鲨鱼”的干爹就被打掉了，进了监狱，百姓欢呼雀跃，纷纷称快。

“威力是挺大的，看来今天我们凶多吉少了。”我对王亮说。

“李旋今天没来上课，他去喊人了。他去喊彪哥，还有其他年级的兄弟。这场硬仗看来非打不可了。”王亮说。

“‘兵来将挡，水来土掩’，没什么可怕的，我正想疏松一下筋骨，好久都没有活动了。你不会害怕了吧，王亮？”

“我怕？我担心的是你！你看你那个身材，又没怎么运动过。好歹我也练过几年散打，不像你风都吹得倒。我想，到那个时候你一定会挂的。”

“我靠，你开玩笑吧，别的不行，打架我在行。”

“你说话也不脸红，到时候别尿裤子就行了。”

“你尿哦，小娃。”

“不说了，老师来了，快坐正。”

物理老师一边讲课，一边向我们走来。他的唾沫在空中飞溅，然后一瞬间破裂，有的落到地面上，打湿了地上的尘埃；有的落到其他女同学的脸上，这些女同学的面部突然僵硬了起来。其他的同学伸着脑袋，目光没有从老师的身上移开。这让我想起游戏中的狙击手，以老师为目标不停地移动方向。我想，这些狙击手一定不专业，因为没上子弹。

“贾小刀，起来回答一个问题，贾小刀，贾小刀。”

“在叫你呢，贾小刀。”王亮用手摇了摇我。

“啊，啊，什么事啊？”我从神游中醒过来，看到老师已经站到了我面前，一脸疑惑地看着我。

“你刚才在做啥子梦啊，贾小刀？”老师问我。

“没做什么啊，老师。”我辩解道。这时，同学们都专注地看着我，笑了起来。有的在窃窃私语。

“你一天天不好好听课，在东想西想啥子？现在不好好学习，吃亏的时候在后面，到时你就后悔了。”老师语重心长地说道。

我低着头不说话。

“算了，你还是坐下吧，以后上课认真点！”老师让我坐下，转过身去继续讲他的课了。

三

或许谁也没有想到那一天我们和大比各请了多少人，在我们学校后面的大桥下站得密密麻麻的，少说也有一百人。

我们分成了两派，一派是大比请来的，一派是我们的兄弟。我们中有拿着砍刀的，有拿着从自己板凳上取下的板凳腿的，有从家里拿来钢管的，有手里拿着石头和砖头的。

两派人就这样对峙着。谁也没有先动手，就这样注意着对方的一举一动。这些人似乎约定了一样，都穿上了黑色风衣、蓝色牛仔裤和黄色大头皮鞋。这种装束是当时流行的一种混混装束。

这个场面也是当时镇上少有的，就像真正的黑社会对峙一样。我们这边代表“洪兴”，大比那边代表“东兴”。全都“荷枪实弹”，准备要开打了，形势一触即发。

“贾小刀，王亮，你们有胆量就过来，别他 × 畏首畏尾的，不过来不是好汉。”大比在那边大叫。

“大比兄，我想还是你过来吧，你不是很有种吗？现在给你个机会，就看你把握不？怎么了，大比，有兴趣过来吗？”王亮笑里藏刀地说。

“看来，你们是敬酒不吃吃罚酒啊！兄弟们，给我上。”大比开始指挥他的兄弟们准备开战。

“慢！”这时候一个洪亮的声音传来，我们寻声望去，原来是彪哥来了，他身边还有一个大哥级别的人。彪哥对我们打了个招呼，然后和那个大哥级别的人一起走到了大比的身旁。

这个大哥级别的人穿着白色的才子衬衣，下身穿着黑色西裤。他个子不高，但看上去很精神。他对大比耳语了一阵，然后将大比叫到了我们身前。彪哥也跟着过来了。

“几位小兄弟，我叫大飞，你们和大比的事我都知道了，都是一个班的，抬头不见低头见，何必要弄得你死我活的呢？多一个朋友比多一个敌人好啊！我劝你们还是把这件事情给了结了吧，你们说呢，小兄弟？”这位大哥级别的人对我们说。

我们沉默着不说话。

“对啊，大事化小，小事化了，都在一个屋檐下，以后在一起做事的时候那么多，还是把这件事给解决了吧，王亮，贾小刀？”彪哥说。

“那要看大比的意思了，我们没什么说的，能够化解是最好不过的。”王亮开始说话，我也跟着点了点头。

“这件事情既然大飞哥都已经表态了，我作为小弟还有什么说的，也只有欣然接受了啊。不过，我回去不好给大鲨鱼哥交代。”大比有点不太情愿地说道。

“大鲨鱼，这好办。我给他打个电话。”说完，大飞哥便给大鲨鱼打了一个电话。“鲨鱼，你跑哪儿去了，多久都看不到你人了。”

“在县城办事，有啥事，大飞哥？”电话那头的声音我们听得很清楚。

“对了，你的小兄弟大比今天在桥下和我的小弟闹矛盾，我在场，正在阻止他们。他 × 的，都是兄弟。”大飞跟那边说。

“是，是，你阻止得对。这事就按你说的办！”

“好，就这样了。快回来，老子好久没找你打牌了。”

大飞哥打完电话，便示意大家散了。

四

那一天，我们一伙人和大比一伙核心成员一起到饭店喝了酒，喝到很晚。

在酒桌上，大比对我说：“贾小刀，你他 ×× 的，不在江湖，江湖都有你的人啊。你是运气不错啊，上次因为彪哥来救你，这次又来了一个大飞。你这是存心让我没法在班上混啊！”

“兄弟，不是我不要你混，是你不让我活啊。我刚到班上不懂事，很多地方做得不对，还需要你多原谅。”

“啥子原谅，你娃儿上次把老子捅了一刀，老子颜面扫地，这个账还没找你算呢！”

“大比，人在江湖，都是你打我，我打你。不过这样打来打去，有啥用呢？还不如多交几个朋友，这样路才好走。上次，我用刀的事，首先我向你道歉，诚恳地向你道歉，希望得到你的原谅。第二，我请你喝酒，以表示我的诚意。第三，我和王亮几兄弟拥护你当班上老大，当年级老大，并支持你继续扩展势力。你觉得怎样？”

“此话当真？”

“千真万确，决不食言。都是一个班的，不要斗得你死我活。我觉得我们要一致对外，才是硬道理。‘本是同根生，相煎何太急’，你说呢？”

“说的也有道理。今天看在你这么诚恳的份儿上，以前的事就一笔勾销。看你也是一个耿直人，与你太过计较也没多大意思。”

“谢谢大比兄宽宏大量，兄弟我们拥护你继续发展。”

“哈哈，哪里，哪里。”

酒桌上，我和大比的矛盾得到化解，从那之后再也没有发生过冲突。

我的初中也因此过了一段平静的日子。

就这样一直到初三毕业。

中考过后，我搭上了最后一班车，勉强考进了国家重点中学的尖子班。吴兵和李旋没能考上高中。李旋当兵去了，吴兵南下打工去了。王亮由于成绩很差，便到了一所职业高中学习，尽管我们在同一个县城上课，但见面的机会相对少了起来。

时光就这样像一条小河慢慢地流，而我在其中不停地沉浮。

浪花变作泡沫，悬浮在天空中，似乎悬浮的是一个又一个命运。

第八章 年少

一

升入了高中，或许就意味着要进入大学。在外人的眼中，能读我们班就已经被看成是一只脚踏进大学的大门了。在中学时，我似乎一直很幸运，轻松地考上最好的初中，也顺利地进了最好的高中。

但是，进入高中之后，好运似乎就离我越来越远了。

尽管，在许多人看来，我们高中是进入大学的准门槛。但是年少轻狂的我，却并没有把考大学的事放在心上，也根本不知道读高中意味着什么。每天无所事事地茫然鬼混，像一个城市里的游魂。那时青春对于我来说，就是迷惘与颓废，每天抽烟、喝酒、打牌，或者逢场作戏。

我们班的学生都是来自各个县区的精英，他们在自己那个小范围都是顶尖的高手。据班主任老师介绍，上一届毕业的尖子班，本科上线率是百分之九十八，重点上线率是百分之八十。也就是说，我们班上只会有倒数两三位同学考不上本科。没有想到，后来高考结束时，我就成了那两三位之一。这倒是后话了。

尽管没有当时的省城第一中学老师吹得那么牛：“同学们，要是你们不努力，就只有到隔壁的大学去读书了。”然而，他们所谓的隔壁大学就是我们四川省最好的大学，四川大学。或许是命运弄人，多年之后的某一天，我成了省城第一中学的办学指导委员会的特聘专家，并在该校设立了个人工作室，其中的感慨真是无以用言语形容，或许这便是人生吧。

再回到本文的故事吧。

我们当时读书的高中相对来说已是一个极好的学校了。只要我们努力，考大学是没有问题的。只是老师说的时候，我始终没有听上几句，要么拿着一本小说在下面看，要么和同桌讨论一下自己喜欢的话题。

我的同桌是一个比较帅气的人，他叫刘军。我觉得他是我见到的现实生活中最聪明的人。他的城府很深，有许多鬼点子。

聊着喜欢的话题，我们不禁笑出了声。

“笑啥子？”班主任周老师听到刘军的笑声，有点气愤地向我们走来。“你们两个在笑啥，有那么好笑吗？我明确告诉你们，来这个班是来学习的，不是来卖笑的。下课后罚你们去扫教室，听到了没？”

“听到了。”我有点胆怯地回答。

刘军却满不在乎。

二

下午扫地的时候，又多了一位同学叫斗辉。他是上课看小说被地理老师抓住的。说实话，这娃还真有点天赋。老师抓他起来的时候，叫他背诵小说片段。本来是为了惩罚他的，让他在班上同学面前丢面子。谁知道这小子记忆力超强，绝对是万中挑一，居然能够一字不落地当场背出小说里的文字片段。

地理老师先是诧异，然后带着不相信的眼神，从另一位同学那里拿了一本地理书给他。随便给他指了一页，叫他迅速看完一段文字，然后背下来。地理老师想用这种手法继续收拾他。

谁知道这本是不可能当场完成的事情，居然被他做到了。斗辉拿过书后，看了半分钟，然后当着班上同学的面，一字一句给背了下来。当时惊诧了所有的同学，有的在小声骂道：“这还是不是人啊，记忆力这么好。”

地理老师走到他座位前，扶了扶眼镜，然后看着他说：“斗辉同学，你记忆力这么好，如果把心思用在学习上，以后一定是一个人才，为啥上课要看小说啊？这不是在毁自己的前途吗？小伙子，以后要注意啊，别再浪费自己了。”

“嗯，我知道了，老师，我会改正的。”

“好，坐下，下午罚扫地。”

接下来老师继续讲他的课。

看到斗辉也跟着扫地，我和刘军走了过去，拍了拍他的肩膀，说："兄弟，你的记忆力真的太好了，你到底是不是人哦？"

"我不是人，是鬼啊？"斗辉有点愠怒地说。

"我们不是那个意思，我们是说你的记忆力那么好，我们还真的不相信。"我向他解释道。

"哦，这个啊，我也不知道我的记忆力为何那么好。小的时候就这样了，记得读一年级的时候，我就能记住36位被打乱的数字，当时也把老师惊呆了。"

"你太强了！"刘军说道。

"哪里哦，其实我成绩不太好，直到初中二年级都不是太好，在全年级也只能在前10名左右。可是到了初二下学期，我的小说瘾退去后，我便踏实地努力了一阵子，结果期末考试就得了个年级第一名，还超过第二名20分，当时这件事情还轰动了整个学校。老师说，这匹黑马一旦走上了正道，将是很有前途的。我听了后也没在意什么。中考的时候我吃错了东西，考试的时候头晕，结果没考好，不然的话我就到成都去读书了。哎！"

"你叹什么气啊，想当初我还是年级第一名，只不过耍女朋友才考差了的。你呢，贾小刀？"刘军在那里说。

"我啊，说起来惭愧。我是初中二年级以前从没有考过班上第二名，一般情况下都是年级第一名。可是初中二年级以后，成绩就一塌糊涂了，到最后勉强进了这个班。看来我们以前都曾风光过啊。可是风光无限好，只道是过去。"我带点郁闷地回答。

"哈哈，都是些英雄，快，把地扫了，等会儿一起吃饭，我请客。"刘军提议道。

“好，我赞成。”我和斗辉异口同声地说。

于是我们草草地扫完地，向学校外的饭店走去。

三

高中的生活就是这样，除了星期天下午放半天假，其他时间都是学习。不过，我从初中就经历了这样的过程，所以对此也见怪不怪了，倒是斗辉和刘军两人有些不适应。

他们是乡里学校来的，因此没有经历早晚自习和周末上课这样的过程。

为了不上课，我们总会想些理由请假。比如装病，比如逃课，比如哪个亲戚死了……都是我们常用的伎俩。

因为有这些方法，我们就可以偶尔溜出去耍几天。刘军最近走桃花运，女朋友耍了好几个，其中有他追人家的，也有追他的。

那些女孩还都不赖，个个都是美女，都是极品。

这可把斗辉急坏了，这小子耐不住寂寞，也开始对一个高年级的姐姐发起了进攻。据他的理论就是，那些高年级的女孩更成熟，更懂得照顾人、体贴人。

我们提醒他：“就你那个小屁孩，人家不把你当小弟弟看啊，没希望的。”

斗辉却说：“切，哪里的事，‘只要主义真，姐姐也能骗来结婚’！”他坚信自己一定能追到满意的姐姐女郎。

我和刘军都笑了起来。

是的，斗辉坚决没有放弃，那种架势似乎就是古代战争时的士兵，是拿着脑袋和激情去战斗的，表现得特别英勇顽强。

我们被他的勇气给折服了，觉得就算是月宫里的嫦娥，也要被他感动得流泪。于是我们衷心地希望斗辉能够抱得美人归。

可是没过多久，斗辉就遇到麻烦了。他破天荒地请我喝酒。要知道这小子可是出了名的吝啬鬼，他请我喝酒一定有求于我。

“贾小刀，现在我郑重地告诉你一件惊天动地的事，你听了后千万不要被吓住，也不要惊讶。”

“什么事？”他的表情引起了我的注意。

“你知道吗？我追的那个姐姐居然是个才女，在高三年级文章写得相当好。你也知道就我那么两把刷子，比程咬金的三板斧都不如。因此，要是写几个字被她看到了，还不被她笑掉大牙。但要是我不会写，追她也就彻底没有希望了。”

“她文章写得好，你就抄嘛！你可以找几首有名的情诗给她，比如聂鲁达的情诗，这不就充分显示你的文采了吗？”

“这样不行，光抄没有自己的东西要不得，要是被发现了，我就名声扫地了。对了，贾小刀，你文章写得可以，你为我代劳行不？事成之后必有重谢。”

“怎么谢我啊？总得说明白点啊。”

“我请你去烫火锅行不？”

“空口无凭，得立字为证！”

“你还不相信我吗？我堂堂七尺男儿，怎会说假话？”

“切，男人没一个好东西！七尺男儿，你就是十尺，我都不相信。任何东西都要有凭据才行，不然女人为啥不相信男人，需要去办一个结婚手续，这是因为需要法律保障。”

“好，我以我的人格做担保，可以了吧？”

“人格值多少钱啊，人格不值钱，再说你又没什么人格！”

“你到底帮不帮？”

“帮，帮。我开玩笑的，兄弟你的事情，就是我的事情。只要你一句话，别说帮你写点文章，就算是帮你去牵她的手，我也干。”

“你娃不想混了啊。看老子不打死你。”说完，斗辉便来抓我。

“救命！”我飞快地逃走了。

四

于是，我抽时间帮斗辉写了一封堪称“千古绝书”的情书。内容如下：

梦：

见字如面。

又是一个炎热的夏天，树上的知了叫个不停，它在呼唤它的爱人吗？听人们说，只有陷入爱情中的知了，才能唱出这种感人肺腑的歌。

突然之间我觉得自己就是这只知了，可是我却无法歌唱，或许是因为自己没有勇气吧？

梦，你知道吗？有时我想，我要是能做你的影子多好，形影相伴，不离不弃。那样，我就能永远感受你的气息，听到你的心跳。

有时候还挺羡慕一场雨水，因为那些雨水可以轻易吻你的发梢，而我却不能接近你。突然之间我觉得自己很懦弱，我不能自如地表达我对你的情感，而只能在一个安静的角落悄悄对着墙壁说话。

梦，我想起了几句话。“你的脸笑得好勉强，一种莫名其妙的悲伤，仿佛我们之间有一道墙。我情愿为你翻腾，为你失眠到天亮……”可是我却不能，不能把自己想说的话说给你听。

每一次看到你轻微地低头，我都觉得那是一种无法形容的美丽。而我只能静静地看着你像一朵水莲花一样开落。

梦，你知道我为什么叫你梦吗？因为我觉得你在装饰我人生的梦。这个梦太美丽，可我却不能把这个梦握在手心。梦，你是风儿，我是沙，我们相伴一生到天涯。梦，你是鱼儿，我是水，没有你，我的生活没有任何色彩。梦，你是花儿，我是绿叶，我情愿一生为你做陪衬，让你永远美丽。

梦，亲爱的梦。因为，有了你，我才有了梦想。因为你，我才有了对幸福的渴望。

……

你看，李商隐正在向我们吟唱："此情可待成追忆，只是当时已惘然。"

斗辉

某年某月某日

斗辉看了我写的情书以后，叫了句："妈呀，是比我写得好！贾小刀，你娃要是追女生，那要有多少小妹妹上当啊！谢了，兄弟。"

"不用谢，不过，'冰工厂'，另外再来一个牛板筋。"

"没问题，成交。我把信寄了，回头就请你啊。"

五

"刘军，听说你不住寝室了啊，要和你的小妹妹到外面租房子？"在教室里，我问刘军。

"你的消息挺灵通啊！"

"地球人都知道了，不要以为把这个秘密捏在裤裆里，就神不知鬼不觉，实话告诉你，正义是要战胜邪恶的。”我说。

“我哪里邪恶了，你娃是吃不到葡萄说葡萄酸吧。”

“你怕吗？你老哥我的女朋友也不赖，不会对你的有想法的。”

“你那个女朋友多不现实，你们又不在一个地方，迟早都要各奔东西的。”

“打住，打住，别诅咒，老子坚信得很。”

“看你人模狗样的，原来是个幼稚的小屁孩。我告诉你，还是重新找一个吧，你们确实没可能在一起。是兄弟，我才跟你说实在话。你想想，现在这个社会，讲究的是实际，你那样空想，盲目地去信仰最终是要失败的。”

“哎，别说了！我自己心里清楚。”我打断了刘军的话。

“好，不说了，今天下午放学后，你和斗辉帮我搬东西。我要搬家了，哎，‘外面的世界真精彩，亲爱的姑娘你慢慢等待’。”刘军唱起了歌，看上去他的心情好极了。

六

下午帮刘军搬东西的时候，我们看到了他的女朋友，长得跟明星似的，雪白的皮肤像是冬天的雪，洁白整齐的牙齿，还有标致的脸蛋。斗辉看了后，感叹道：“人生得如此之红颜，幸也！皇帝不当也可以。”

“是啊，这是个看了后会让人蠢蠢欲动的女人。”

“刘军这小子是哪辈子在哪儿修的福气哦，什么好事情都让他给占了。真他 × 让人不平。”斗辉抱怨道，他的抱怨引起了我的共鸣。

帮刘军搬东西的，还有我们班的班长。他叫张河，成绩非常好，老是占着第一名的位置不肯下来。他家比较贫困，读高中的钱都是学校给减免的。平时的生活费，还是同学们给捐助的。所以，他对班上的事情非常用心。刘军搬家，我去叫他，张河没有丝毫犹豫，便来帮忙了。

我走到张河身边，对他说：“张河，你说，你平时成绩那么好，是怎么学的啊？”

“这个也没什么窍门，上课认真听讲，把该做的作业做好就足够了啊。我看你们上课很少听课，又不做作业，成绩怎么好得起来啊！还是认真点啊，我说的是心里话。”

“哦，是啊，我们平时都不努力，哪像你啊，真要向你学习啊。”

“别那样说，我成绩不算好，成绩好的那么多。”

“别谦虚了，以后我向你请教啊。”

“没问题。”

“到了，兄弟们，就在这里，把东西放在房间就行，今晚我自己收拾。谢谢你们，下午我请你们吃饭啊。”

“不用了，你还是陪陪你的准夫人吧！”斗辉开玩笑道。

刘军的女朋友突然脸红了起来。

“怎么不好意思了啊，弟妹。”我笑着对她说。

“别拿我取笑了啊。”

“好好，不说了，我们先走了。”斗辉说。

搬完东西后，我们几个便回学校了。

七

“贾小刀，快过来，我收到回信了，才女的信哦。”下课后，斗辉跑到我的座位旁边。这时教室里没有几个人，有的到操场去打篮球了，有的在阳台上看蓝蓝的天空，有的趴在栏杆上发呆，还有的在教室里做作业。

斗辉把信给我，我打开信纸，一排排整齐、隽秀的字展现在眼前。

“多美的字啊，就像她的人一样美丽。”斗辉感叹道。

境：

见字如面。

你叫我“梦”，我想我就叫你“境”吧。看了你的信，觉得你的文笔不错，煽情的技巧很好。不过，从你的笔风中可以看出，你的心思很乱，也很矛盾。想必你是一个有心事的人，不知是什么事让你这么悲伤。

认识你很高兴，也很庆幸遇到了一个文学上的朋友。希望以后能够多多交流，和你谈谈文学也是一件快乐的事。你说，知了叫是因为伤感。我想不会吧，或许是因为高兴呢。因为夏天是知了出现的季节，这个季节赋予了它成长，或许它会因为这而欣慰也说不定呢。

也许知了是在说，好热啊，我受不了了，我受不了了。呵呵，说这些话，只是想让你快乐一点。

对了，你喜欢李商隐的诗啊，这个我也喜欢。特别是他的“无题诗”写得炉火纯青，如“身无彩凤双飞翼，心有灵犀一点通”等等。

不过我更喜欢李后主的词，委婉凄然，让人潸然泪下。“春花秋月何时了，往事知多少，小楼昨夜又东风，故国不堪回首明月中。”写得多好啊！

糟了，老师过来了，我停笔了，下次聊。

李彩雪

某年某月某日

第九章 文采

一

“怎么样，贾小刀，我女朋友文采飞扬吧！呵呵，我斗辉的女朋友还能对不起观众吗？”

“你娃说话也不脸红，八字还没一撇，你就在那里春风得意了，哎，无可救药也。”我对斗辉说。

“哪里，我可是大白天说真话啊，你别给我乱评价。对了，嘿嘿，这个嘛，回信你帮我琢磨一下。写好了我去交啊。”

“这个我不干，当初说好只写一封，现在还要写这么多啊。不行，要加工资了。”

“什么，你问我要工资啊！好歹也是兄弟一场。”

“哪个跟你是兄弟，需要我的时候就是兄弟，不需要的时候就滚一边去。切，坚决要工资。”

“哎，别说得那么生疏啊。说说，多少，一封信多少钱？先说好了，你我两兄弟得少点啊。”

“这个当然，我尽量最低价卖给你啊。本来我是不想收费的，但是你想啊，我帮你写信，一是要浪费我的时间，二是要浪费我的笔墨，三是最重要的，就是要浪费我的脑细胞。你知道世界上最辛苦的是什么劳动吗？告诉你，是‘脑力劳动’。你再想一想，脑细胞值多少钱？无价之宝啊。所以，兄弟我也不是坑你，是‘物超所值’‘正当收入’。”

“对，你说得对，那快给我写吧。一封信多少钱？”

“这个嘛，起码也得 30 元一封信。”

“××的，你抢劫啊！ 30 元一封，你是日本鬼子啊。烧光，抢光，杀光？不干，这简直是光天化日之下抢劫。”

“舍不得了，要抱得美人归，不付出点代价怎么行呢？还是认了吧，乖乖掏钱。”

“我还是找别人给写吧，你太滑了。”

“找别人？你可想清楚啊，我的笔风别人能模仿得来吗？再说，你那个女朋友又不是傻瓜，她一看就会知道的。要是你突然之间换了写作风格，你怎样对她交代？你不会是说‘这两天感冒了，写的东西就不一样了’吧？”

“哎，俺是服了你了。认命了，你写吧。”

“好，这就对了嘛，男人就得洒脱点，婆婆妈妈的多不好。”

“好，你快点给我写吧。我的贾兄弟，假假的兄弟！”斗辉催促着我。

“好，今天下午给你写好啊。”

“谢谢。”

二

这几天我们班要进行期中考试，老师已经给我们传了消息，说一定要好好复习，争取考出好的成绩。我和刘军听了，心里咯噔了一下，妈妈呀，平时没有听课，又没怎么做题，怎么应对考试啊？完了完了，我们处在焦急之中。

刘军说："哎，反正也没有学，要想考出好成绩是不可能的；但是考个倒数第几名，又觉得对不起父母，还是临时抱佛脚，复习一下吧。"

我很赞成刘军的观点，于是拿起书和练习册开始进行"重点进攻"。

我还向张河请教，有些例题看不懂就问他。他这个人还是很乐于助人的，给我讲题的时候，没保留，不自私。不像有的同学仗着自己成绩好，别人问他，还装着说："哎呀，这道题还真是难啊，我做不来，真的对不起啊。"这样虚伪的回答，伪装得真他 × 的像。

还有的学生上课找人说话影响别人学习，让其他同学以为他很喜欢玩，其实暗地里却勤奋得要命，每天晚上都要学习到 12 点以后，结果一考试还可以考到班上前几名。这给其他同学的印象就是，那个同学智商高，难以和他比。于是，这娃就像是打了胜仗一样沾沾自喜。

张河不是那样的人，他懂的一定会耐心地给你讲解，不懂的也会和你一起思考，所以和他一起复习，收获蛮大的。

我基本上把老师讲的内容给看了一遍，也勉强能够做一些题。刘军那小子也在那里认真复习，他拿着一本书专注地看着，嘴里咬着一支圆珠笔。而斗辉这娃却仍在看他的小说，偶尔也会拿出英语书来背几个单词。这娃记忆力好，要不了半个小时，几个单元的单词就被他给背完了。××的，简直不是个人。我们还要硬着头皮努力地背啊背啊，背得花儿都开始凋谢了。

班上的其他同学也像打仗一样，进行全面进攻。尽管那些知识点“节节把守”，但还是被这些学习高手给攻破了“城池”。

三

斗辉来问我信了，他向我的座位走了过来。

“贾小刀，给我女朋友的信写好了没有啊？”他问。

“写好了，你要不要看看？”

“当然要看，不然我怎么知道信里面的内容啊。要是不知道信的内容，我怎么和我亲爱的彩雪姐姐聊天，怎么和她吹嘘文学、讨论文学？”

于是斗辉铺开了信纸看起信来。

梦：

我们要考试了，心里面还真慌了神。要知道平时我可没怎么听讲和做题啊。哎，眼看着其他同学镇定自若的样子，我心里就打起退堂鼓来，但是我还是咬牙去翻开那一页又一页的书。

对了，梦，你们也要考试了吧？复习得怎么样？我想你一定复习好了吧，应该是的。

要是在古代考试，我想自己一定会名落孙山。别说什么举人、进士，我连个秀才或许也考不上。我一定会跟古时那不得志的文人一样，到处抱怨或者发牢骚，说什么“天生我材必有用，千金散尽还复来”。

但是，一些落第的文人，还能写出几句千古好诗。可我呢，我恐怕一句都编不出。因为，我自知没有那样的才华，只能暗自惆怅与悲伤。

又是一个夏天，可是这个夏天比一条河流还长。我在这条时光的河流里迷失了方向，每天迷惘地过活，不知道前方有多远，有多艰险。

突然之间很怀念自己的童年，快乐而不带悲伤。那时候的自己，会因为一朵花的盛开而兴高采烈；会因为一条河里流动的鱼而欢娱无比。可是现在，我的快乐已消失在这百无聊赖的时光里。

梦，最近特别想念你。但是，由于考试紧，没时间过去找你，请你原谅。

好了，还是不说了。这忧伤的情绪将要弥漫我的全身。本想把快乐传递给你，却无意中给你带来了忧伤。见谅。

希望你每天都有好心情，祝福你像天使一样美丽。

斗辉

某年某月某日

斗辉把信看完以后，疑惑地看着我。他似乎在寻找我眼中的秘密。

“贾小刀，我怎么感觉是在写你自己呢，我好像没有那么伤感吧？”

“我写东西，是以我的情绪在写。再说，这么写才能引起你女朋友的同情，或者好感啊。你不知道现在的女生都喜欢忧郁王子，要是这个王子还有一点才华的话，她们会爱得死去活来的。”我对斗辉乱说理由。

“他 ×× 的，有这种歪理？信你吧。我去交信了，谢谢。”

“慢走！”

斗辉交信去了，这时候有人拍了拍我的肩膀，我回过头一看，原来是张河。

“怎么样？复习好了没有？”张河问我。

“哎，没有，心里没有底，一定会考得很烂吧！”我有点泄气地说。

“别担心，只是一次平时考试，没什么大不了的，自信一点，一定会考出好成绩的。”张河开导着我。

“谢谢，我想这次考试，你又会是第一名吧。”

“别那样说，谁敢保证啊，大家都很努力，都有机会的，或许第一名是你。”

“别拿我开玩笑了，我怎么会呢，都还没复习好！”

“要相信自己。”

“但愿。”

“对了，我过去了，要上课了，好好复习啊。”

“谢谢。”

张河回到了他的位置上。上课的铃声就要响了。

同桌江红正在和其他同学吹牛。他们谈的是NBA要进入季后赛了，他们说活塞队实力真强，尽管队中没有一个超级巨星，却是NBA中实力最强的球队之一。他们说，今年湖人不行了，尽管有科比，但是篮球不是一个人的篮球，是一个球队的，其他球员实力太弱，是不能胜利的。

江红随后又开始吹起姚明来，他说姚明的身高超标了，太高了。姚明那么高的，NBA还真没有几个。姚明的实力也比较强，特别是他的钩球已经达到出神入化的地步。有的同学也说出自己喜欢的明星，比如“小皇帝”或者“大鲨鱼”。

我听了一会儿，然后转过身来，开始看书。我想，一定要好好准备这次考试，尽管没有把握，但还是要去努力。亡羊补牢不一定就会晚。

四

“贾小刀，你的电话！”张河让我接电话，我便跑到电话旁。

“喂，哪位？”

“我，你老哥。”

“哪个老哥？”

“我啊。”

“哦，哦，晓得你是哪个了，王亮啊，你是把兄弟忘了哦。好久不见了，最近可好？”

“一般啊，对了，今天下午放学后，我准备到你们学校来玩，好久没有在一起玩过了，我想该聚聚啊。”

“也是，什么时候到，我到校门口接你。”我对王亮说。

“下午，我们五点放学，五点半吧。”

“好，说定了。”

“对了，听说你娃在学校混得不错哦？换女朋友了没？”

“哪里哦，女朋友还是原来的那个，我觉得毕竟还是有感情的嘛。”

“哎，别说了，你娃只能在一棵树上吊死。”

“别说那些，你呢？”

“我啊，耍了两个，都分了，没意思。还是单身好。”王亮口是心非地说。

“也是，是没意思。就这样啊，下午五点半我在校门口等你啊。”

“好，兄弟，来了后好好喝一杯。”

“好。”

接完电话，我便把这几天没有洗的衣服给洗了。要知道我们这些大男人，衣服有的时候泡臭了都没洗，结果只能慷慨地把那件衣服给扔了。没办法，不能穿了。

我们寝室，斗辉是最典型的一个。一件脏衣服放在水桶里要泡个好几天，很多时候都把水给泡臭了才发觉。这娃，记忆力那么好，偏偏这件事情记不住。

所以说上天是公平的，比如给了女人一张漂亮的脸蛋，又让这个女人缺少智慧。给了斗辉一个好的记忆力，却让他在生活中丢三落四，还有点白痴。

五

下午是英语考试。当老师把卷子发下来的时候，我还真的捏了一把汗，不过努力说服自己不要慌张，然后心情慢慢地平静下来，才开始答卷。

时间一分一秒地过去，同学们陆续交卷。我还有几个题没有做，本来这几个题，我是在书上看到过的。只是印象不太深了，怎么也想不起来。我看了看斗辉那娃并不紧张的样子，想到他娃应该没有遇到大问题。

一想起自己是不怎么在乎成绩的，但是明明看到过的题却答不出来，这给我很大的心理压力。我想，我一定要想出这道题。可是越想越紧张，我平时不做题，只凭小聪明，以为自己的记忆力还过得去，便马马虎虎地学习，而造成现在的场面。想来，学习和搞建筑是一样的，偷工减料怎么能行呢？只有踏实学习才是真的。

正当我准备放弃的时候，我的脑海里突然一转，想出来了！于是我以最快的速度把答案写了上去，生怕突然之间答案飞了。一写上答案，心里就轻松了，于是整理好笔和本子，交卷。

看了看教室里还在做题的少数同学，我心里有一丝欣慰，毕竟不是最后一个交卷的啊。

斗辉从教室外的走廊尽头走了过来，对我说："怎么样，感觉如何？"

"考得不好，及格的样子吧。"我回答。

"你娃不行啊，我都做到了几个现题，还有阅读理解，那些单词都是我前几天背过的，因此做阅读理解的时候感觉最轻松。"

"我有好几个单词都不认识呢。"

"没办法，你娃没有背到。对了，告诉你个好消息，今天晚上我要去看电影，是彩雪约我去的。她说今晚的电影好看，问我愿意去不。你想想，我能不愿意吗？我想都没想就答应了。"斗辉带点炫耀的口气说。

"那多好啊，本来今天下午我准备请你们吃饭的，没想到你有事，只能算了啊。"

“哎，他 × 的，又损失一顿饭。你娃儿不早向我预约，跟老子专挑好日子。对了，小刀，你下午有啥子事情吗？”

“一个兄弟下午要来我们这里，很久没见他了，兄弟之间要聚聚。你那边看完电影后，如果有时间就联系我。”

“哈哈，我看够呛。看电影要看到很晚，况且看完后我还要和彩雪好好聊聊。真抱歉，跟你兄弟说我下次请他。”斗辉很为难的样子。

“好，他 × × 的。你重色轻友太正常了。”我取笑斗辉。

第十章 扬威

一

下午放学后，我到寝室换了件衣服便出去了。我到校门口的时候，就远远地见到了王亮。这娃半年没见，变化很大：头发留得比筷子还长，一套比较流行的时装，还穿着一双大头皮鞋。他在校门口的榕树下站着，摆着造型。

街上的行人来来往往，汽车也穿梭不息。

我们的城市是一个县级城市，不太繁华，但也绝不萧条。我们城市有三个高中：一中、二中和职业高中。一中是国家级重点高中，二中是省重点，过一段时间也要申请国家级重点了。我读的是一中，而王亮读的是职业高中。他们学校离我们学校不远，走路十分钟左右。

王亮走了过来，甩起一个高鞭向我攻来。我一闪，没被打着，然后我们拥抱了一下。

“兄弟，你想害命啊，练了几年散打，就在那里耀武扬威。”

“我看看你娃躲闪能力怎么样。”王亮说。

“对了，我们好久都没有见了啊。自从中考过后，便没再见面了，还真的很想念我们那些兄弟。”

“是啊，快半年了吧。走吧，边走边聊吧。”

“好！”于是，我们向寝室走去。

“对了，初中的那几个兄弟都在干吗，你联系过没？”我问。

“吴兵南下打工去了，这你是知道的。李旋本来要去广州的，但最后选择去大连当兵。其他几个兄弟有的读了技校，有的也出去闯荡了。”

“哎，还真想念他们，不知道何时才能聚在一起喝酒。”

“你在学校混得怎么样？成绩如何？我是知道你的，你娃学习不努力，到考试的时候来个急抓，也能考个比我好几倍的成绩。真佩服你啊。我就不行。”

“哪里，现在成绩不行了，高中课程太多，以前那一套方法已经完全不适用了。成绩现在直线下滑，简直差得丢人现眼了！你在学校怎么样？”

“一般，你也知道我那成绩是不能拿出来说的，怎一个瘪字了得。最近在学唐朝乐队的歌曲，还有黄家驹的歌。你呢，你不会没有学了吧。”

“哎，对于音乐，我已经没什么爱好了。”

“哎，可惜了人才，你娃初中的时候唱歌，还真的有天赋，现在怎么不学了呢？”

“现在没那个爱好了，对了，你唱几句我听听看。”我对王亮说。

“好，给你显摆显摆。”

随后王亮哼起了黄家驹的歌曲。

“细雨带风湿透黄昏的街道，再次泛起双眼无数的思念……”

“是谁在唱歌啊？”刚从寝室出来、准备往外走的刘军大声问道。

原来，我们不知不觉已到了寝室。

“这是我兄弟，王亮。介绍一下，这是刘军。”我介绍道。

“兄弟，你好。”王亮和刘军握了一下手说。

“你好。对了，你的歌唱得不错啊！”刘军夸奖道。

“那是，我给你说，记得还是初中的时候，我和王亮在澡堂洗澡，王亮便唱起了伍佰的歌。当我们洗完澡出来的时候，听到几个同学在换衣间说，‘× 的，刚才是哪个放磁带，放到一半就不放了，气死我了。要放也放完嘛。’你说，我们王亮唱得还是有水平啊！”我接过刘军的话继续吹嘘。

“别听贾小刀瞎说，没那么夸张，我只是爱好而已。要知道贾小刀这小子在初中举行的歌唱比赛中，还得过第三名呢。”王亮拍了拍衬衣上的灰尘，然后一本正经地夸我。

“他，贾小刀，参加歌唱比赛得第三名？这个世界还真的乱套了，打死我也不相信。”对此，刘军表示极度怀疑。

“爱信就信，不信拉倒。”我做出无所谓的态度。

“好了，别说了，一起出去吧，等会儿还有个兄弟要过来，我们先出去逛一下。”王亮提议道。

于是，我们三个人在大街上没有目的地走着。

二

我们这个县城严格意义上来说还算贫困县，尽管这样，大街上还是呈现出一种繁华的景象。来往的行人穿梭不息，那些车辆也不停地穿行。

县城被切割成了几小块，有“衣服街”，这条街基本上都是一些服装店和鞋店；也有“小吃街”，县城内各种饭店都聚集在这个地方；还有“步行街”，是一些娱乐场所的聚集之地，许多发廊、酒吧、夜总会就在这里。

尽管刘军和王亮第一次见面，却像已熟悉多年的兄弟一样。

我表示抗议，一个人走在了前面，他们在后面笑了起来。这时候城市的天空开始暗了，灯火已经通明。这些灯光照在街头，看上去十分暧昧。

我看着远处河上那些客船，一列列排在岸边，船角处的灯照耀着船的周围。在河水中，也能看到这些灯光和客船，别有一番风景。

一些人悠闲地坐在船上的椅子上，看着这暧昧的城市，看着这水流。他们在想些什么呢？是这生活的悠闲，还是这时光的飞逝？

一些人围在一起打着扑克，垒着“长城”。他们面带笑容，露出满是油腻的牙齿。再看看近处那些挺着大肚皮、头发梳得油光的青年男子，一个一个走进酒吧、发廊，他们的脚步时而缓慢，时而匆忙。

突然之间，我感到有些伤感，叹了一口气，放慢脚步。我想，要是我的时光能够跟随我的脚步缓慢下来，该有多好。那样，我就能重新选择另一种生活方式。可是，这是完全不可能的。

这时，王亮接了一个电话：“喂，是海哥吗？我阿亮，你在哪儿？什么，皇朝大酒店。好好，我们来找你啊。”

“快跟我一起去，海哥在那里等我们。”接完电话，王亮对我们说。

“海哥是谁？”我问王亮。

“一个大人物，去了就知道了。”于是，我和刘军便跟着王亮向皇朝大酒店走去。

三

说起这家皇朝大酒店，还真有来头和渊源，我们班的“小秃子”就曾经给我们提起过一些情况。他说皇朝大酒店是一个叫郑鱼的人开的。郑鱼的父亲原来是这个县城的领导，借着这层关系，郑鱼便为自己组织了一个保护网。上至县委书记，下至公安局局长，几乎一半的干部都是他的人，全都和他是过命的交情。

是啊，有人说当钱多到了一定程度后，就能玩弄权力。当权力大到一定程度后，就能玩弄钱了。有些人一生中，无非就是追求名利、权色。因此，许多人为了这几样东西，不知道害过多少人命，这其中也包括他们自己。

皇朝大酒店是县里的重点保护企业。表面上看，这个酒店俨然是一个正规的企业，其实不然。据说光赌博一个项目，郑鱼每天都能获利几万元，更别说其他的了。

郑鱼还把这个县城所有黑社会头子给组织了起来，然后进行了明确的分工合作。比如烟酒归一个人垄断，副食品的批发归一个人垄断，沙石归一个人垄断，建筑方面也分派下去，当然还有社会上的保护费用，也派专人去打理。

这些被分了工的头子，每年得给郑鱼进贡，少则 50 万，多则 500 万不等。我们班小秃子的三爸，就是管理烟酒的。听小秃子说，他三爸每年得上交 80 万给郑鱼。因此人们都说郑鱼是这个县城的首富。大家对这个也一点儿没有怀疑过。

我和刘军走在路上的时候，心里就有点害怕。王亮看出了我们的心思。他安慰我们说："没事的，海哥是郑鱼的侄子，我们只是去找海哥玩儿。"

"哦，原来是这样啊！"我和刘军松了一口气。

四

来到皇朝大酒店，就见门口显眼处停放着一辆奔驰轿车，牌照是 77777。王亮说那是海哥的爱车。这让我们很是羡慕。开这么牛的车，那要多少钱才行？我在心里猜测着。

进了房间之后，我们看到了所谓的海哥。原来是一个长相并不出众的 25 岁左右的年轻人，他穿着鳄鱼牌皮鞋，上身是梦特娇衬衣，下身是劲霸西裤，看上去就是一个有钱的公子哥儿。

我们坐在桌子旁，王亮给我们介绍："这是海哥，我的'表哥'。这两位是我的兄弟，贾小刀和刘军。"

其实，我们知道表哥是假，认的哥是真。

"海哥好！"我和刘军异口同声地说。

"你们好，坐，坐。以后有什么事情可以来找我！"海哥向我们表态道。

"谢谢海哥，谢谢海哥。"我和刘军连声说。

"抽烟吗？"说着，海哥递给了我们一人一根烟。

我们接过来，一瞥，中华牌子。接着我们点燃烟，烟头一闪一闪地亮了起来。

不一会儿酒菜都上来了，我们几个人都埋头吃菜，说着一些客气的话。还没有吃到一半，海哥的电话响了。

"说，啥子事？什么？张百万不愿交保护费，你把他的手给剁了，给他点教训。"

我们几个一边吃饭，一边直打哆嗦。我在心里想：把别人手给剁了，这不是故意伤害罪吗？

“我马上过来。就这样，叫小李把车开过来。”海哥放下电话对我们说：“小亮啊，你们几个慢慢吃，钱我已经付了，我有事情要出去一下，你们吃完了早点回学校。”

“知道了，海哥。你慢走啊。”王亮说。

海哥出去了。

刘军问：“那个海哥是什么来头啊？”

“他啊，是郑鱼的侄子，负责这个县城保护费的问题。不过他们收保护费的标准，必须是财产超过100万的商人。所以一般的平民百姓，他们根本就搭不上边，也看不上眼。”王亮解释道。

“哦，原来是这样啊，真牛啊，大丈夫本该如此。”刘军表现出一副羡慕样。

“你以为你是项羽和刘邦啊。刘邦看到秦始皇巡视时，就说，大丈夫本该如此。项羽看后，也称‘彼将取而代之’。”听到刘军这么感叹，我挖苦他道。

“好了，别说了，快吃吧，这可是山珍海味啊。快吃，快吃。”王亮一边说一边大口大口地吃菜。

吃完后，我们几个人走出酒店，来到大街上，王亮告诉了我们他为什么和海哥认识。原来是海哥主动找了王亮，最开始请王亮出去耍了几次。等耍熟之后，便让王亮在学校给他介绍几个漂亮的学生妹。于是，王亮就成了海哥的托，专门为海哥等人叫一些学生妹出去。一些经不住诱惑的学生妹，最终就学坏了。她们开始幻想过上奢侈的日子，便渐渐沦落到给别人当情人。

知道这些之后，我们劝王亮最好不要给海哥介绍这些学生妹。在我看来，这是在毁她们的前途。

王亮对我的话无动于衷，他对我说：“兄弟，有的事不是你想象的那样，其实很多时候，都是周瑜打黄盖——一个愿打，一个愿挨。最终做决定的还是她们自己。好了，不说这个了，说了影响心情。”

于是，我们几个人顺着滨河路走了一会儿。在河边的一个烧烤店，我们又去吃了一顿烧烤。吃完烧烤后，都差不多 10 点了。

几个人走在城市的大街上。我想我有点醉了，不然我怎会看到街上的那些景物有些迷蒙起来。刘军他们两个，也似乎有点微醉，走路东倒西歪的。

王亮唱起了张宇的歌，唱得完全失去了水准。可能是喝醉了酒的缘故，严重跑调。

“我是被你囚禁的鸟，得到的爱越来越少，看着你的笑在别人眼中燃烧，我却得不到一个拥抱……”

“唱得好啊。”我和刘军胡乱赞叹起来，一边夸一边也乱唱道：“姑娘，你慢慢走啊，我在后头跟着走啊……”

正当我们胡乱唱时，还真有一个妙龄少女从对面走了过来。身材之好，无法用语言形容。

我们几个看着看着，就觉得是看到了仙女，心里面便翻起了巨浪。

王亮似乎真的醉了，他摇摇摆摆地走上前去，拍了拍女子的肩膀。那女子转过身，一脸愤怒地看着王亮。

“小，小，小姐，我们要朋友吧，你好漂亮！”王亮吐字不清地说。

“神经病，把你的脏手拿开！”这位女子挣脱王亮的手继续往前走。

王亮几步跑上前去，拦住了女子的去路，“小姐，我们要朋友吧。”王亮真的醉了。

一个响亮的耳光打在了王亮的脸上。王亮似乎发火了，他正要还手，我和刘军跑上前去，拦住了王亮。

“小姐，真对不起，我兄弟喝醉了。”看到美女生气了，我和刘军解释道。

“还是学生就这样，你妈妈真没好好教你！”女子说完这句话，便扬长而去。

第十一章 绿树

一

回到寝室时，已经差不多 12 点了，几个人胡乱找张床，倒头便睡。因为是周末，王亮没有回学校，和我们几个人在一起耍。刘军的女朋友回家了，还没有回来，于是刘军也和我们在一起。而斗辉又去约会了，听说和彩雪到“绿树山庄”去了。这娃真是重色轻友。

王亮向我们谈起了他这半年来的一些情况。他说他谈了两个女朋友，女朋友长相还算可以。他自己在班上当了个劳动委员，很受老师的器重，但不是成绩上的器重，只不过他在班上还有点影响力。他和一些不爱学习的同学耍得很好，有的时候也出去帮他的兄弟们打架。更多的是，他这段时间更酷爱音乐了。他一直在琢磨着买一把吉他，可是又找不到比较好的商家。他对这方面又不太懂，买了几本吉他学习教材，可是没有真实乐器也没看明白。于是他向我询问哪里的吉他好一点儿，本来我也是个外行，但是我有个朋友是学音乐的，所以就准备介绍给他认识，希望他真的能够学好。

王亮的音色比较好，沙哑而有磁性。我让他听阿杜的歌。

那段时间，高中校园都有阿杜的粉丝团。每一个角落都会传来阿杜的声音。王亮更是疯狂，他组织班上的同学，在学校舞台上了搞了一场阿杜专场演唱会，当时迷倒了不少漂亮的姑娘。

二

开始上课了，我们又进入到了紧张的学习中。

一天，斗辉走到我的身旁，故意卖关子对我说：“贾小刀，你知道我和彩雪在绿树山庄是怎样度过的吗？我们在山庄里玩得可真高兴啊，我们钓了鱼，还到桃树林摘了熟透了的桃子，真好吃啊！对了，我们还划了船。那清澈的湖水照着我们的影子，真浪漫啊！”

“呵呵，你多幸福啊。我羡慕你，兄弟。”我回答。

“哦，我想起来了，彩雪喜欢梅花。她希望我能够给她写一首关于梅花的诗。你就帮我写一首吧。谢了哦，好兄弟。”

“可是我对古文真的不擅长，写诗写词，都要讲究格律的，不是一天两天就能把这个东西学好的。你还是别为难我了！”我表现出很勉强的样子。

“不要谦虚了，你随便涂抹一下就够了，表示一下心意就行。至于质量问题就不要管它了。你尽管写，我想没几个人懂这个的。写好了，我给你买个‘冰工厂’。”斗辉给我打气说道。

“好，有你这句话，我就乱写了啊！首先声明没有讲究平仄，也不算古诗，免得被笑话哈。”

“没事，没事，权当写着玩。”斗辉继续说。

“好的，等会儿，我先给你构思一下。”接着，我胡乱写了一首不讲究平仄的诗歌《咏梅》，权当哄人。

白如雪花迎风飘，
粉如胭脂傲树梢。
疾风劲扫千秋叶，
哪年寒冬不妖娆？

斗辉拿了诗后，便装进信封给彩雪送去了。我想他和彩雪的事情应该有眉目了，突然之间感到悲伤起来，我开始想念起王小梅。我和她已有半年没有通信了，想起曾经的甜言蜜语、海誓山盟，不由得感到凄凉。

是啊，谁知道她现在在做什么呢？她给我写有电话号码的纸被我洗衣服的时候给打湿了，我又不记得号码。就这样我们算是失去了联系。

真希望早点放假，那样就可以去看看她。

三

王亮打来了电话，说他找到了一个音乐老师，正在学习声乐的基本技巧。他希望通过这次专业的学习，能够提高他自己的水平。他还说买了一把吉他，是一个朋友介绍买的。他问我要不要买一把，我想我哪有那个天赋，只是对他说等他学会了，可以顺便教教我。

刘军最近愁眉苦脸的，也不知道为什么。问他，他也不说，只是哼哼几声。我想，他一定是遇到什么困难了吧，不然怎么是那副苦瓜脸呢?

我没事的时候会写写文章，看看杂志。其实我看《故事会》看得比较多，我都不知道自己看了多少了。平时也看点其他文学性的东西，但是我看书有一个习惯，看书不记书名，只看内容，一本书看完，我也不知道是谁写的。我还有个习惯，从来不买书，要么是租书看，要么周末到新华书店蹲一下午。就这样，我记的东西都是比较零散的。

一般上课不听课的时候，不是看书，就是写书。我写了一部长篇小说，叫《一只北方的狼》。讲的是一只小狼为了躲避敌人的追杀和本族狼的残害，便悄悄地逃离了狼群。它到了一个陌生的地方，那个地方没有厮杀，只有和平。在那个地方它试着像羊一样吃草，试着和一些小动物交朋友。就这样，它在这个陌生的地方有了许多朋友，发生了许多的事。可是，有一天它们狼族的一个臣狼找到了它。臣狼告诉它，它的父母已经被敌人杀害。它小时候的爱人贝贝，也被那个领头狼占有了。在听到了这一切后，这只狼准备回去报仇，夺回自己的王位与爱人……

这部小说只写到三分之一。

四

班主任抱了一大堆卷子，走进了教室。班上的同学都很紧张。毕竟这是期中考试，对于同学们来说，还是比较重要的。

老师开始从第一名念名字："第一名张河，总分 672 分，希望张河继续努力，照这样下去考北大是不成问题的，但是不要骄傲。第二名陈进，665 分，第三名……"

等了好一会儿终于等到了我的名字："贾小刀，631 分，平时不怎么努力，还贪玩，只要用心一点儿，成绩决不是这个样子的。"老师开始训导起我来。我低着头不敢说话，心里却嘀咕着，斗辉那小子考试前也没怎么复习，怎么还考了个第六名呢？分数竟比我高 20 分。这娃还真的生了一个大脑袋啊，真是服了他啊。

最后老师念到了刘军的名字，倒数第三名，493 分，这小子考这点儿分数太正常不过了，他是我们三个中最不认真的一个，一节课都没有听过，成绩能好起来吗？对于他的成绩我们并不感到惊讶。

见刘军没精打采的样子，我问他：“怎么了，是不是成绩考得不好？”

“切，我会在乎这个？哎，说了你也不懂。”我看他欲言又止的样子，便没有再去打搅他。

卷子发下来后，教室里喧哗起来。

有的说，要不是自己粗心一定会考得更好；有的说，不过就是一场平时考试，根本没放在心上。总之说什么的都有。

五

“贾小刀，有人找。”

听了这话我便叫上刘军和我一起到走廊看个究竟。走廊上站着两个我不认识的同学，好像比我高一年级。他们看到我出来，主动上前来和我握了个手，然后对我说：“兄弟，借个地方说话。”于是，拉着我到了走廊外的阳台处。

“兄弟，听说你文章写得很好，我们找你帮个忙啊。”那个看上去很有型的男生对我说。

我仔细打量了一下他，留着长头发，穿着整洁，看上去混得不错。我回答：“我文章写得不好，再说我又不认识你。”我提出了我的顾虑，刘军在一旁听着没说话。

“对了，忘了介绍了，我叫高天，高二的。最近我在追一个女孩，可是这个女的是校文学社的，我想给她写封情书总该有点文采吧，你也晓得像我这种人书都没看过几本，怎么写得出来嘛。我听同学说，你的文章写得不错，每期学校的杂志都有你的文章。所以想请你帮个忙，再说你不是帮了斗辉吗？斗辉是我耍得好的，刚才我看了一下，他没在教室，所以直接把你叫出来了。我还听斗辉说，你写一封情书要收 30 元钱，钱不是问题。怎么样，帮个忙嘛。咱们都是一个学校的，低头不见抬头见，是不是，以后你有什么事情，我也能出点力嘛。”

“贾小刀，行啊！文章写得好还能赚钱啊，你就答应了吧。”刘军在那里附和道。

我点了点头，说：“不过有一点我得声明，你追不追得到那个女的，与我没有牵连啊，因为作用不在情书上，而在你自己。”

“这个我清楚，你别担心，就这样说定了。谢谢兄弟。”

“没事，你下午带我去看一下她的人，然后给我说一下她的爱好、习惯，我就给你起笔啊。”

“没问题，下午见。”

“就这样，我先回教室了，你们慢走。”

“好，慢走。”

我和刘军回到教室。刘军在那里说：“你娃还真行啊，变成情书专业户了啊。老哥我对你的佩服如滔滔江水连绵不绝。”

“谁承认你是我老哥，不要脸。”

六

下午高天真的带我去看了那个女的。我们是七个人一起去的。走到教室外走廊的时候，那种气势还真的像古惑仔里的镜头。

这不得不让我想起平时聊 QQ 的时候看到的一张图片：陈小春一伙的图片，图片上再写几行字——“兄弟，我带人来看你了”。

我们一行人走在走廊上也有那种感觉，“小妞，我带人来看你了”。走到那个女的所在教室的时候，高天有点紧张起来，他要我走在前面，叫其他人在一边等着。

我和高天两个走到教室的窗子旁，高天害羞，他指了指第一排正在做作业的女孩。我观察了一下那个女孩，觉得她是那种比较文静的女孩。清秀的脸庞，雪白的皮肤，看上去身材也很好。她正专心地看着书，丝毫没有察觉到窗外有人在看她。教室里其他的同学，有的发现了这种情况，在那里窃窃私语。

“看好了没有？”高天表现出一副紧张的样子。

“好了，我们走吧。”我做了一个 OK 的手势。

高天如释重负地拍了拍胸脯说：“哎，终于完事了。知道怎么写了吗，贾小刀？”

“知道了，她是那种比较安静的女孩，应该用一种文静的笔风和她交流，但还需要一点幽默。我会好好写的，别慌，你以后多约她出去耍嘛，主动权在你自己手里，是不是？”

“好。谢了，兄弟。”

和高天看完女孩后，我们到一家饭馆吃了饭，喝了酒。本来高天准备请我去打游戏机的，但我没有兴趣，也就算了。最后高天回去上课了，我也回到了教室。

我看完了一本书后，便帮高天写了情书。与其说是情书，还不如说是一些安静零散的句子。再加上最近心情不是很好，写的东西也都有那么一些伤感。

这段时间我写了一些散文，当是发泄自己的一些心情，如《贝贝归来》《一朵孤单的茉莉花》《剥皮记 2》等。这些文章似乎记录着我的一点一滴，写它们的时候，心里都有一种隐隐的痛。

我也有点想念王小梅了，我再也不能那样亲近地叫她“小果皮”。我们已经失去了联系。初中的同学，有好多已经音信全无。我在班上和斗辉他们做着无聊的事情。但是最近斗辉和彩雪经常出去约会，他们感情上升的速度和火箭一样快。

刘军那小子这几天没有来上课，我也找不到一起耍的人。我们班的同学说白了都是考大学的精英，平时找个人玩都难，全都在那里认真地学习。张河就更不用说了，那个认真劲儿在班上是排得上号的。

没有什么事情做，也不去看课本，每天看一些文学书籍，写一些凌乱的东西，我就这样懒散地打发日子。这一段时间，除了帮高天写情书外，也有其他年级的学生找到我，叫我帮他们写一些东西，于是我便可以赚一点润笔费。

文学社的活动，我一次也没有参加过。我平时发表文章也是用的笔名。他们只知道有一个叫原野的人，不知道有一个叫贾小刀的人。除了编辑老师和几个文学社成员知道我真人外，其他的便不熟悉了。

于是日子还是照常地过，时光还是照常地流。只是我这忧愁的心，却一天一天更甚起来。

第十二章 思念

一

斗辉约会回来了。他跑过来对我说："贾小刀，还真得谢谢你帮我写的情书，现在我和她已经成鸳鸯了。现在关系确定了，也不用写情书了，多好啊，每天抱着美人亲啊！今天中午我带你去吃饭，顺便我也把彩雪叫去，让你看看我女朋友的风采！"

"好，没问题。"我答应了下来。

接下来，我安静下来。我还要帮高天写一封情书，帮另一个兄弟小陈写一篇作文，他们老师布置的作业必须得完成。

很快就到了放学时间。

斗辉还真的叫上了我一起去吃饭。这是我第一次近距离地看彩雪，也就是他所提起的那个传说中有才华的女子。

看了后，我才觉得，上天真是不公平，他既给了这个女子才华，又给她美貌。彩雪是一个干干净净的女生，戴着一副眼镜，但丝毫不影响她的美丽。她笑的时候会露出两个小酒窝，雪白的牙齿就像象牙一般闪着光泽。

她说："你就是贾小刀啊，听说你就是在学校报纸上经常发表文章的原野。你的文章干净而富有感情，忧伤但不绝望，就像一滴泉水滴在眼睛里清凉而不疼痛，真希望能和你一起讨论文学。真的，我很欣赏你！"

"哪里，我写得不好，有的时候还很消极，没有你们高年级的写得好。"

"别谦虚了，我们文学社的人都认同你的文章，你在我们社团是个名人呢！只不过你这个人从来不参加活动，不去开会，也不用真名，所以你是一个神秘的人，但是你的笔名大家都知道的！"

"别那样说，我没你说的那样好，比我写得好的人文学社还有很多。"

"你就别谦虚了，告诉你一个秘密，我们寝室的女生可崇拜你了。真的，要不要约出来吃一顿饭。"李彩雪低声神秘地对我说道。

"还是不要了，我这个人不会说话，又是一个安静的人，还是算了吧！谢谢你们的好意。"

"好吧，不勉强你了，听斗辉说，他写给我的信，还是你修改的。"

"哪里，只是看了一下，大部分是他自己写的，他很有才华！"我夸斗辉，斗辉听了在那里偷笑。

"哦，是这样啊。我们吃饭吧，菜都上齐了。"

于是，我、斗辉、李彩雪三个人在一起吃了午饭，也谈了许多话。这个中午过得比较惬意。

二

晚上，我正要睡觉的时候，电话铃响了。

“贾小刀，你的电话！”张河喊我。

“我的？”我睡意蒙眬地说。

“真的，是个女的。”

我爬了起来，心里在琢磨是谁，自高中以来我没跟其他女生联系过，到底是谁呢？

我拿起电话，打了个哈欠。说：“喂，喂，哪位？”

“我。”

“你是哪个？”我继续问。

“我你都不知道了？贾小刀，信不信，我一刀捅死你！”

“啊，是你啊，小梅。你咋这么久都不跟我联系，你干啥去了？”接到王小梅的电话，我又激动又高兴。

“你说呢？我们有多久没联系了？老实交代，为什么半年不给我打电话？”

“对不起，我把电话号码搞丢了，洗衣服的时候给搞丢了，给你家打电话的时候，你妈妈也不说，真对不起啊。”我委屈地说。

“你不知道找其他人问吗？”

“可是没有人晓得你的电话啊，你联系的人也少。”

“也是，我也是打了好多的电话，问了好多的人，才知道你寝室电话的。我回家了，过两天就要到 × 城去，顺便路过你那里，我来找你玩几天。”

“好，真的啊，我等你啊。”

“高兴不？”

“高兴。我终于可以看到你了，你知道我很想你吗？”

“我又不是你，我怎么知道？”

“真的，你摸摸我的心。”

“我摸不到。”

“哎，别那样好不好。”

“我信你就是了。”

“你来了，我一定抱着你不放手。”

“嗯，糟了，我妈来了，我要挂电话了，我也想你……”

只听到电话嘟嘟的声音，她挂了电话。

我的心里像翻起了巨浪，兴奋起来。

我倒在床上，怎么也睡不着。我想起和王小梅在一起的美好时光。记得有一次，我和她在河边，那时候正是春天，河边的草儿开了花，白白的红红的。我看到河水静静地向下游流去，时而会有几条小鱼儿浮出水面。天空中有几片白云，风轻轻地吹着。

王小梅问我：“小刀，你知道吗？我特别希望做这水里的鱼儿，自由自在的，没有任何羁绊。”

“其实鱼儿也会有烦恼的，它们会经不住饵料的诱惑，被钓鱼人拉上钩。正如人一样，会被现实中许多诱惑拉上钩。”

“是吗？那我可不是轻易上钩的人哦。”

“你不要那么自信，其实你到了一定的年龄，也会和这些鱼儿一样，明知道会陷入深渊，但是依然会背弃自己的初衷，选择一些东西。”

“小刀，你怎么说得像个哲学家似的。你不要有那么多稀奇古怪的想法好不好？开心比什么都好！”

“或许吧。”

“小刀，答应我，以后无论我们遇到什么样的困难，都不要轻易说放手，好吗？”

“嗯，我答应你。”

“那拉钩钩。”

“好。”

“拉钩上吊，一百年不变。”

……

三

清晨，窗外还依稀有着些虫鸣。

同学们都早早地到了教室上早自习。

不知道从什么时候起，我们已经习惯了这种起早摸黑的日子，也习惯了清晨 6 点的时候在教室里大声朗读。同学们有的拿出外语课本卖力地背诵，有的在座位上读唐诗宋词，有的还在补觉，有的在那里窃窃私语……

我在一个安静的角落想着自己的心事。我想，王小梅就要来了，我该怎样去想象那种高兴的场景啊？我已经快半年没有看到她，她变了吗？还是那样漂亮吗？还是那样喜欢甜甜地笑，喜欢看着我像怀着心事似的吗？

我真的好想念她，真的希望她立刻就在我的面前。我这一天又一天的孤独与忧郁，还不是因为她吗？我不敢想象和她见面时会是什么样子，我只知道我会急切地拥她入怀。

斗辉坐到了刘军的位置上，刘军这几天没有来上课。他请假了，一定是在照顾他那如花似玉的女朋友吧。

“在想什么呢，有什么心事吧？你小子怎么老是一副苦瓜脸，不知道的还以为是谁欺负了你呢。”斗辉问我。

“没什么，只是一不小心走神了。”

“骗小鬼去吧，真的，有什么事情，或许我可以帮你。”

“真的没什么，你不要想那么多。”

“哎，没办法，你这号人总是把自己的想法藏在心里，不让别人知道。我给你说，据最新医学研究发现，长期忧郁的人比正常的人要少活十岁。你知道郁达夫是怎么死的吗？”

“怎么死的？”

“得忧郁症死的。”

“哈哈，你娃真的是文盲，亏你还看那么多小说。”

“什么，难道我说错了？”斗辉不相信地问道。

“郁达夫是被日本鬼子害死的，哪里是什么忧郁死的。”我解释说。

“不管怎么说，他的死与忧郁有关。你看看他写的小说，那个悲那个伤的，看了让人心里难受。你说他这样长期下去能不早死吗？”

“哎，你的歪歪经蛮多的，不和你理论了。”

“本来就是，这叫什么来着，那个词语叫什么，我想想，哦，叫旁征博引。对，就是旁征博引！”

“你说是就是，不和你说了，快读书吧。”

“好，不理你了，我去看小说了，新出来的《霹雳娇娃》很强悍哦！”

我隐忍地笑了笑，这娃看的都是些不健康的书。

第十三章 甜蜜

一

就这样我每天在焦急中等待，等待王小梅的到来。终于在星期五的下午，王小梅要到我们学校来见我了。

我真的是太高兴了，我不知道怎样形容自己的心情。我就好像躺在很大的一片花丛中，那些花儿散发着迷人的香味。我在这些花中迷失了自己，迷失在幸福之中。我又像躺在一片白白的云上，看到了天空中飞翔的鸟儿。我侧一侧身子，似乎就可以碰到鸟儿的翅膀，似乎就可以碰到翅膀上柔软的羽毛。

下午，我早早地请了假。

斗辉问我什么事，我什么也没说。我是一个不爱把自己的想法告诉别人的人。我喜欢一个人品尝这生命中的苦与乐。

我早早地来到了车站，在车站的候车室坐着休息。我看到车站内的副食店生意红火，买东西的人很多。我看到那些司机招揽着乘客。我看到那些背着行李包的人一个个满头汗水，他们背着包裹将要远行。他们要到什么地方去呢？他们到另一个陌生的地方去做什么？是实现自己多年的梦想，还是去挣钱养家糊口？

其实人的一生都在不停劳累，不停奔波，他们从祖国的南方到北方，从祖国的北方到南方。有的只是去看一看外面的世界，当他们发现外面的世界并不像自己想象的那么精彩，于是便开始惆怅。有的是去实现自己的梦想，其实这些梦想早已经扎根在他们内心深处，时时刻刻地提醒着他们一定要去远方，因为远方有自己实现梦想的土壤。

有的只是去旅行，他们想在一个陌生的地方留下自己的足迹，想让自己认识更多的生命抑或物体。而有的或许是去赴一场约会，人生的约会。正如我一样到这个车站来赴我的约会。我的约会是偶然的，或许也是必须的。因为这是我生命的必须，我命运的必须。

其实，每一个人都会在自己的人生路上去赴一场约会——爱情的约会，亲情的约会，或者是友情的约会。这些约会，填满了我们早已经饱和的命运。

我这样想着事情，时间就这样不停地流逝。这时候我看到墙上的钟已经指向了下午 4 点，我想，王小梅也快来了吧。一辆车开进了车站，我起身看了看，不是家乡开来的车，王小梅不在这车上，我确定地点了点头。

车上的乘客慌张地下来，一个个风尘仆仆。无意间，我看到两个形色可疑的年轻人往车上挤。他们的手指轻微地伸进了下车人的口袋，摸出了钱，摸出了一个个黑色皮包。

而这些下车的人，谁也没有察觉，谁也没有注意，只是候车室里和我一样呈观望态度的人和那些副食店的老板看到了这情景。大家仿佛已经司空见惯。他们有的轻微地点头，对旁边的人说话，有的在那里轻微地笑，有的麻木地看着这一切，脸上没有任何表情。

这两个形色可疑的年轻人又下了车，开始走向一个角落，他们是去干什么呢？或许是分赃吧。谁知道呢？

又一辆车开进了车站，这两个形色可疑的年轻人又来了精神，从那个角落走了出来，他们的眼睛里放射出贪婪的光。

我清楚地看到这是家乡来的列车，我确定王小梅就在这辆车上。我急急来到下车的位置，眼睛专注地观察着周围的一切。

王小梅下车了，我替她拿了行李拉过她的手，以最快的速度离开车站。可是我的眼睛依旧没有忽略周围的一切。我似乎听到了一个人的争吵，不对，或许是几个人，或许更多，他们在为自己丢失的钱财而嚷嚷……

二

我拉着王小梅的手来到车站外，叫了一辆出租车便向学校驶去。在车上，王小梅问我：“小刀，刚才为何走得那样急？”

“有小偷，我看到他们偷了别人的钱包！”

“哦，小刀”，王小梅拉过我的手放在她的胸口上，对我说，“我想你。”

“我也想你，你知道吗？我的脑海里每天都是你的影子。真的，晚上睡觉的时候，我总是梦到你，梦到我们曾经在一起的短暂而快乐的时光。”

“嗯，我知道了，我也是。小刀，你还记得吗？有一次我们在小河边，我说过我要做水里的鱼儿，自由自在。你还答应过要做河里的水，因为这样我就能感觉到你。”

“我记得，我会永远做你的水。”

“小刀，你看外面。”

我偏头看了看车窗的外面。

这时候我的脸上感到清凉湿润，我转过头来一看，王小梅羞涩地把头埋进了我的怀里，嘴里不停地说：“羞死了，羞死了！”

三

我抚摸着王小梅的头发，眼泪盈满了眼眶。我不知道怎样来形容自己的感动，我的心都被前所未有的甜蜜给融化了。我在心里想，梅，你知道吗？我多希望自己能和你不离不弃，共度一生。

王小梅靠在我的胸口上对我说：“小刀，真想就这样倒在你的怀里，幸福地死去。”

“别说瞎话，你是不会死的，我希望你永远活在我的生命里。”

“哈哈，傻瓜，人哪有不死的呢？”

“嗯，真希望不会死啊。”

“嗯，真希望。”

……

学校到了，司机停下了车。我给了车费，提着行李往寝室走去。我对王小梅说：“先把行李放在我寝室，走的时候再去拿。”

“好，听你的。”

“嗯。然后我们去吃饭，吃完饭后去逛滨河路，好不好？”

“好。”

我和王小梅来到寝室，张河和斗辉都在。我把行李往床上一放，叫王小梅在床上坐一下。

王小梅和他们打招呼：“你们都是小刀的同学啊，很高兴认识你们，希望你们互相帮助。”

“哇，你就是传说中的嫂子啊。真是闭月羞花、沉鱼落雁，胜过西施之美、貂蝉之形啊。难怪贾小刀每天晚上抱着枕头在那里喊，‘梅梅，梅梅，抱抱，抱抱’。哈哈。”

“你们真会说笑！”王小梅听到这话，又看了看我，深情的样子让我心动。

“嫂子，这次来了，要待多久，我们小刀哥可是盼星星，盼月亮，终于把你给盼来了。”斗辉也在旁边添油加醋，弄得我和王小梅很不好意思。

张河走到我旁边，低声对我说：“兄弟，你真是有福气啊，美女，美女一个。”

“那是，那是。”我表现出久违的骄傲。

于是我换了一件衣服，对斗辉说：“走，一起出去吃饭吧！”

斗辉先是张了一下嘴，然后停了一下，说道：“还是算了吧，我下午有事情，你们去吃吧，时间宝贵啊。兄弟，你可要好好珍惜啊！”

“张河呢，去不去？”

张河正要答话，斗辉抢先说了：“张河要陪我到书店买资料，他没时间。”说着，轻轻拍了拍张河的后背。张河会意地点了点头说：“是的，是的，你们去吃吧，要好好照顾嫂子哦。”

“张河，你娃，什么时候学会油腔滑调了。”我开始说张河，随后笑了起来。

“哪里哪里。”张河笑着说。

“那好，我们先出去了，你们慢慢耍啊。”于是，我带着王小梅到饭店吃了饭。王小梅在路上说斗辉他们是那么客气，她叫我把同学之间的关系搞好。

我说她，八字还没一撇就开始当起“准妻子”来了，把我管起来了。她就一个劲地捏我，我只好躲。

四

我和王小梅来到河边，看到河边的大排档已经坐满了人，人们悠闲地坐在椅子上吃着火锅，天南海北地神侃着。他们的日子就是这样，忙碌了一天便在夜晚找寻自己的空间。我看到那些灯火微微地亮着，似乎是在营造一种气氛，一种安宁的气氛。

河上的那座大桥横跨在河岸的两头，似乎是一条巨龙横悬在空中。江上偶尔有一条小船划过，这样的小船在这条河上并不多见，或许是打渔的人晚归回家。我依稀可以看见船上有一个老人，花白的头发，戴着一个斗笠坐在船头，他在欣赏这黄昏夜景。

“小刀，你在想什么？”

“你看到河上的那条小船了吗？其实每个人心中都有这么一条小船，这条小船可以带我们去自己想去的地方。可是，不是每一个人都能到达自己理想的地方，不是每一个人都能接近自己的盼望。”

“小刀，我也要拥有我们自己的一条小船，那条小船上就住我们两个人，没有迷茫，没有悲伤。我们可以划着这条小船到桃花源。你知道陶渊明笔下的桃花源吗？那里才是人们所追求的地方。”

“知道，可那是一个梦，一个遥远的梦，没有人能够到达。人们只是在骗自己，其实世界上根本就没有这样一个地方，这只是一个摆脱现实的理由。”

“好了，小刀，不说这些了，说说我吧。我在卫校读书，其实蛮辛苦的，每天背一些病理知识，重复着那一本又一本书。对了，我们还要学英语。你知道我英语很差劲的，但是还是要学啊，我想考试一定是不及格。要是你在我身边就好了，你记得我们原来一个班的时候，你英语得过满分，这分数我想都不敢想。那个时候，你真棒！”

“别说了，现在我成绩也不好了，什么都不行，有的时候真想静下心来好好学习，但是我已经养成了懒散的习惯。我现在一拿起书本就头疼，不知道怎么了，难道我命本该如此吗？”

“小刀，别那样，我对你可是有期望的，你一定要好好学习，以后我还要靠你养啊！”

“以后我要饭你还跟着我吗？”我用眼睛看着她。

“呵呵，怎么会要饭呢，以后要饭我也陪你要饭吧！不过那好没面子哦。”

听了这句话，我不知道该说什么，人生有许多的感动，青春年少的感动，年迈成熟的感动，一切一切的感动，都让我热泪盈眶。我拉紧了王小梅的手，紧紧地。我希望突然有一把锁能把我们的双手锁住，即便海枯石烂、沧海桑田。

五

“小刀，告诉你一个秘密，我们学校有‘玻璃’。你知道‘玻璃’是什么吗？”

“不知道，你说是什么？”

“就是同性恋啊！”

“男的，还是女的？”我问。

“女的，就是我们隔壁寝室的。她们睡在一张床上，每天都拉着手，一起吃饭，一起看电影，那个女性角色还帮助另一个洗衣服。你说怪不怪？”

“这太让人难以接受了，那感觉好怪哦。”

“说的也是，我总是不明白她们为什么对同性感兴趣，真是不可思议。或许这个世界本身就有许多让人想不明白的事情。我记得有一次，一个外班的男生去追其中一个女生，被另一个女生给臭骂了一顿，弄得这个男生很不好意思。”

“是啊，谁会去喜欢同性恋啊。但是这是不可避免的，你知道现在中国的男女性别比例是多少吗？117 ：100，也就是说将有接近五分之一的男人打光棍，这不更进一步滋生了同性恋吗？”

“你想一下，随着科学技术的发展，B 超技术的改进，人们对下一代性别的选择就更进了一步，于是便造成恶性循环。我想若干年后，中国恐怕只有男性了吧。”

“到那时你们女性就是国宝了，我想每一个女人都可以包个几房男人，那多好。”我调侃地对她说。

“嗯，但是现在我们学校是卫校，基本上都是女的，男的很少。我们学校那几个男的长得丑，却傲得很，耍了一个女朋友，又换一个女朋友。你说这可不可恨？”

“没办法，谁让那些女生空虚呢？江太公钓鱼，愿者上钩。这是心甘情愿的事，怪不得谁。”

“哎，所以说，任何事情都要讲条件，无论耍朋友，做生意，还是建房子，同样是一样东西，摆的位置不同，它所具有的价值就不同。”

“说得对！对了，喝水吗？我看到街道上有一个卖凉水的小摊同时在卖烧烤。”

“嗯，有一点儿饿了，你呢？”

“我也是，来点羊肉串和凉水吧？”

“好，我要香菇和火腿，还要莲片，你呢，小刀？”王小梅问。

“我也一样。”

于是我们在烧烤店买了吃的，便向前面走去。这时候街上灯光闪耀着，来来去去的人，从街的一头走向另一头。

那些车辆扬起尘土，在马路上飞扬。我牵着王小梅的手走在这长长的街头，感到这个世界突然之间安静了下来。我似乎听不到身边商人的招揽声，听不到酒桌上的划拳声，听不到那些车鸣，似乎这个世界只有我和王小梅两个人。

我们走在一个空间里，一起走向幸福。

第十四章 承诺

一

不知道过了多久，当我低头看表的时候才发现已经很晚了，而这时候城里的夜生活才刚刚开始。

我和王小梅找了个旅馆住了下来。

在旅馆里，来来往往的情侣和我们一样，只是在这个狭小的房间得到暂时的栖息。或许他们来自远方，在这个旅馆做短暂的停歇；或许他们就在本地，将要到远处奔波；或许他们仅仅是情人的关系，到这里是找那消失的青春……

王小梅洗完澡对我说："小刀，有件事情我要和你说清楚。"

"什么事情？"我一脸茫然地问。

"就是我们不能做那种事。"

"嗯，我知道，我会把最美好的东西留到我最需要你的时候。"我对王小梅说。

"嗯，我希望有一天你能驾驶一辆装满玫瑰花的马车来娶我，马要白色的马，我希望我能穿上最美丽的婚纱坐在马车上举行婚礼。那样好浪漫。”王小梅倒进我的怀里，她说这话的时候，那美丽的脸上是幸福的憧憬。

“好，我答应你，如果将来我们能够在一起，我一定驾驶着最美丽的马车来到你家的窗前，大声地喊你，喊你做我的新娘，做我最美丽的新娘。我会在我们的房间放上九百九十九朵玫瑰和九百九十九朵丁香。我希望我们永远都像新婚一样沉浸在甜蜜的海洋里。”

“答应我，以后不管遇到多么大的困难，我们都要在一起。哪怕是山无陵，天地合，我们也要在一起。答应我，小刀？”

“嗯，我答应你，以后我一定爱你，爱你就像爱我的眼睛。因为你是我前行的灯光，没有你，我的世界将是一片黑暗；没有你，我将会在孤独里迷失自己。”

“小刀，一定不要放弃自己的希望，一定不要丢掉自己的理想。我相信你，你是最棒的，我相信你能带给我幸福。”

“嗯，我爱你。”

接着，王小梅的一个轻轻的吻，落在了我的脸上。

那一晚无比温馨，我守住了对她的承诺：当我驾着马车去娶她时，才会要她。

现在，我要保留最完美的自己。

二

王小梅来学校的那两天，我每天都陪着她，牵着她的手走在大街上，走在小巷里，走在河边，走在桥上。这或许是我一生中最幸福的时刻吧，这一段时间我没有烦恼，没有悲伤，只有这暖暖的甜蜜。

我拉着王小梅的手，仿佛拉着的是一个世界，仿佛拉着的是通向幸福的绳索。我多希望时光能静止在这一刻。

王小梅要走了，她走的那一天，我到火车站送她，拉着她的手，看到她眼睛里满是泪水。她哭着对我说："小刀，你好好照顾自己，你看看你这么单薄，我真的很替你担心。"

听到这些话，我的心仿佛被刀割了一下，很疼很疼。我不知道怎样来形容自己的心情，只感觉到自己的喉咙仿佛被一团棉花堵住。我强迫自己不要掉下泪水，可是我的眼泪还是像崩溃的洪水掉了下来。

"小刀，不要掉泪，男子汉要坚强，男儿有泪不轻弹。"王小梅用她洁白的手擦去了我掉下的泪水，在我的脸上轻轻地吻了一下。

我只能用双手紧紧地拥抱着她，直到火车的鸣笛响起。王小梅上车了，我看着她上车的背影，才发现她是那么瘦小、那么美丽。我的心开始疼起来，我觉得自己是一个无能的人，我不能做许多事情。我不能去陪她，不能和她在一个城市，不能照顾她，不能给她温暖，不能给她拥抱。在她最需要我的时候，我却不在她身边，我不是一个称职的男朋友。

其实人的一生中有许多不能完成的事，这让我想起了自己曾写的一篇散文《你不能》，那里面的文字正如我现在一样，我不能去拥抱，不能去拉着王小梅的手，对她说“亲爱的，让我陪你一起，我们一同度过那幸福的年华”。

你不能轻微地低头，对一朵还未曾开放的花说，请把春天带来；你不能仰望天空，用手捧起一片飘动的云，让它变成你的衣裳；你不能睁开眼睛让黑夜消失，让黑夜成为你的宠物……

你不能沉默，你不能悲伤，你不能抬起你低垂的头，对它说，你拒绝幸福，你只求命运带你离开。其实你不能摆脱命运的手，正如野草不能摆脱肥沃的土地。你不能亲吻石头，你不能将石头亲吻出感情，你不能因为秋天一块巨大的乌云而消瘦，你不能怜爱你单薄的身影。

其实你什么也不能。

你不能去追逐伊人的步伐，你不能注视，你不能同行。你不能让你的情绪成为乐章，你不能在琴键上奔跑抑或跳舞。你不能坐在公交车里，假装睡眠，然后去拆散那些同居的嘴唇。你不能从墙上摘下一朵桃花，你不能在黑夜里走进你的诗集。你不能长出第六根脚趾，然后走进美丽的幻城。

其实你什么也不能。

你不能远离寂寞，你不能逃避忧伤。你不能让绿树挂上果实，你不能让内心长出河流。你不能坐上宝马，你不能用马车举行婚礼……

于是你也不能说出下面的话语：亲爱的姑娘，陌生的姑娘，从我身边走过而面无表情的姑娘，我还有多少春天可以迷茫，我不要幸福，也拒绝沉默，我只求你，安静地带我离开……

王小梅真的走了，我的心就像冬天里的雪花，冰凉冰凉。我感到前所未有的失落，我感到前所未有的寂寞。每天做任何事情都好像少了灵魂似的，一天天就这样沉沦。

三

这一段时间我帮许多人写信，我把我这零乱而悲观的情绪发泄在他们给那些女孩的信中。我把对王小梅的思念写成文字送给那些找我写文章的人。我不知道这是怎么了，我不停地写啊、写啊，为了别人或许也为了自己。

不知道是什么缘故，这一段时间总有人请我吃饭。

记得高天对我说，你写的信把一个女孩感动得哭了。每一次收到信，这个女孩就会疼痛。高天说，他以为追那个女孩子没什么希望了。可能是因为感动，她答应和高天交往。高天对我说，他一定要请我吃一顿好的，感谢我帮他找到自己喜欢的人。尽管这样，除了为他祝福，我什么也不能做。我仍然不能摆脱自己的悲伤。

刘军最近似乎很少来上课，或许他的女朋友需要他照料。老师已经好几次点名批评他，说他来学校哪里是来读书的，分明就是来游荡。他说，要是刘军再这样的话，学校准备开除刘军。

下午的时候，刘军让人带信叫我到他的出租房去。

于是，一放学我便去了。来到刘军的出租房里，我看到他的女朋友思思在床上躺着，似乎病了。刘军拉着我到门外的角落说："贾小刀，坏了，思思做了人流之后，一直这样。我真的很担心会出什么事。你看，她全身无力，头晕，还总说小腹痛。去看了医生，医生说要住院。你看，我们还在读书，住院的话不就让她父母给知道了吗？其实她母亲已经开始怀疑了，她这几周没有回去都说是补课，这已经引起了她母亲的怀疑。我真的不知道怎么办了。"

"还是住院吧，要快，生命不是开玩笑的。"我建议道。

"看来这次非得住院了，你帮我把学校的事情处理好了，实在不行我准备跑了，事情闹大了只能这样。"

"你不能这样做，你一个大男人得对自己做的事情负责，再说你不是还要读书吗？"

"唉，别说了，你几时看到我听过一节课。不管怎样，即使我走了，我们仍旧是好兄弟！"

"那是，好兄弟，这是没话说的。兄弟，我劝你还是让她住院吧。"

"嗯，快了。"

"好，就这样，我会帮你把学校的事情给处理好。"

"谢谢。"

那天我们吃完饭后，我便回到了学校，我帮刘军写了请假条，给了班长张河，还特别强调，刘军家里出了急事回家了。

四

斗辉现在是春风得意，每天日子过得跟神仙似的。

他对我说："贾小刀，你说怪不怪，以前总是我像先人一样伺候着彩雪，现在她像祖宗一样伺候着我。哎，人啊，也有峰回路转的时候。三十年河东，三十年河西啊！风水轮流转啊！"

"没办法，女人都这样，一旦她爱上了你，你赶都赶不走。女人就是这样黏。"

"对了，贾小刀，你说我家彩雪嘛，自从和我谈朋友之后，什么狗屁文学，她硬是没有摸过。"

"她的时间不是花在你身上了吗？哪有时间来搞那玩意儿。"

"说的也是，每天我都和她缠在一起，她哪有什么灵感写些风花雪月的故事。看来大罪之人是我呀，阿弥陀佛，放下屠刀，回头是岸。"斗辉一边说着话，一边摇头晃脑。

"去去去，别拿什么阴阳怪气的声音污染我耳朵。我要复习功课了。”

“你？复习功课？别人我还相信，你嘛，就算了。你自己算算，自从读书以来你听过几节课？我算算，一学期应该不超过 50 节课嘛。因为你听课的规律是三天或许有那么一节课在听课。你也不想想，你被老师叫起来挂了多少次了。”

“哎，不跟你说了，你娃听课的次数比我还少。你是一节都没有听过。我不知道你把黄色小说拿来看有个啥子用，看了那么多，没有一点儿文采，写出的文章像小学三年级水平。”

斗辉说：“这你可就错了，我的文章至少也是初中水平吧，小学三年级也太损我了吧。再说每次作文 60 分的满分，我不是也答了个 35 分左右嘛。不要以为你小子打过一次满分，就屁股冲翻天了。告诉你吧，那是印象分，换个老师改的话，说不定也给你打 30 分。一千个读者心中有一千个哈姆雷特，所以你的文章要是换了老师，一定会打低分！”

“哎，不和你讲歪理了。快去抱你的乖妹妹吧。你不是想她了吗？瞧，这不又放学了吗？走吧，我就不留你了。”

“好，老哥去也！”

铃声响了起来，成群成群的学生开始向外走。我看到这些人，感觉到这好像是一河洪水，不停地往一个洞口冲去，洪水滔天，波涛汹涌。

我似乎看到这洪水中，那一些被水冲走的树木或者花草。而人，似乎就在一场命运的洪水中被冲洗着，有的被冲洗得浑身伤痕，有的则被冲洗得异常洁白。

第十五章 出逃

一

刘军真的出事了。他打电话告诉我，那天晚上思思突然头痛欲裂，不停地在床上翻滚。于是他把思思送到了医院，医生说是因为做了人流手术，没有保养好身体造成的，说必须住院。

思思的父母知道这件事情后，来到医院，了解了事情的来龙去脉。刘军的事情也被学校知道了，学校明确表示要劝他退学，他的情况给学校的声誉造成了恶劣的影响。刘军由于害怕，既没有来上学，也没有去医院。他怕见到思思的父母，他不知道思思的父母得知这件事情后会怎样对待他。他真的感到手足无措了。

一天晚上，刘军找到我，对我说："我不读书了，贾小刀。我准备到广州去，我想找我表哥，我留在这里已经没有什么意思了，学校已经表示要开除我，与其他们赶我走，还不如我自己走好些。"刘军绝望了。

"其实你用不着走，你去向学校领导承认错误，求他们宽恕。

这样一来或许能够继续读下去，或者你可以转校啊，到其他学校去读也可以啊。”我建议道。

“还是算了吧，你也知道我不是读书的料，我已经对读书完全丧失了兴趣。我不想再这么耗下去了，浪费青春，浪费时间。我只是觉得对不起思思，我真的喜欢过她。说实话我耍过的女朋友不少，但是我对她是真的动了感情。唉，没办法，我和她彻底不可能走在一起了。她父母说，看到我要打断我的腿，你说我还有可能和她在一起吗？我只是放心不下她，不知道她身体好了之后能否得到她父母的原谅。是我害了她。真的，我对她真的很愧疚。”刘军用手指揉了揉额头。

“别那样想了，事情已经成了这样，还有什么可追悔的呢？不过我还是劝你留下来，我们这些兄弟会舍不得你的，真的希望你考虑清楚。”

“我也会想念你们的，真的，在这边好好地发展，希望你们都能够无怨无悔。”

“嗯，我会的！”

“谢谢。我要走了，你先回去吧，我会想念你们的。告诉斗辉他们，我会打电话回来的。”

“好，对了，今天晚上我叫斗辉他们给你饯行吧！”

“还是算了吧，我已买好了晚上 8 点的火车票，没有时间，下次回来时一起聚聚也不迟。”

然后我与刘军来了一个深深的拥抱。这个拥抱只属于兄弟，这个拥抱不能用金钱衡量。

二

校园里的空气清新起来，来往的同学都去吃饭了。

校园内的树上有一些鸟儿在叫。这些鸟儿不知道怎么了，为何如此眷恋这城市的土地呢？其实城市也并不见得有多好，除了过多的喧哗，还有什么呢？

几辆白色的轿车停在树下面，这些车里曾经坐过多少个劳累奔波的人。每一个人都为了自己的那一张嘴，不断拼搏。可是有多少人能够摆脱这早已经被注定的命运呢？校园内有一个亭子，亭子里坐着一对恋人。他们说说笑笑，表现得无比的甜蜜。

我想起刘军来，他们以前不是也表现得无比的甜蜜吗？命运啊，多少人在你的安排下相遇，多少人在你的强迫下别离？

“贾小刀，刘军离开这么久，我还真的很想念他啊，不知道那小子现在怎么样啊！”斗辉对我说。

“或许已经混得不错了吧。”我说。

“是啊，你知道思思怎么样了吗？听说病好后转校了。我想她和刘军恐怕是不能见面了。”

“或许吧，人生本来就是这样，有太多的东西不是自己能够掌握、预料的，我们只是在默默地承受这突然来临的福祸。”

“也是，谁会预料到明天发生的事呢？不是每个人都是孔明，孔明还不是一样不能预料自己的生死。”

“没办法，一切都是这样。对了，你和彩雪怎么样了？”

“关系还是蛮好的，真希望能永远这样。对了，你呢？你和你的王小梅呢？她也是个美妙的女子啊。”

“不知道怎么说，只是偶尔打打电话。最近她写的信我也没怎么回了。我不想把自己的悲伤传递给她，所以我宁愿不给她回信。”我叹着气说。

“其实你这样是错误的，你要知道男人与女人组合在一起才能有结果，你的快乐与悲伤应和她一起承担。”

“唉，谁知道呢？”

“天知道吧。”

三

王亮打了电话来，说他跟一位老师学习了几个月的声乐，感到自己有了很大的进步，现在唱歌也比原来唱得好了。他买的那把吉他，每天他都拿来练习。经过认真刻苦的自学，他现在已经可以自如地自弹自唱了。他说要是继续这样下去的话，过不了多久，他就可以自己写歌。听了这话，我真的很羡慕他，又一个才子将要横空出世了。

最近接到了许多电话，中学时候的吴兵说要回来发展。吴兵告诉我，他初中毕业后，便到了广州发展。最开始在那边做黄牛党，赚了一些小钱。哪知道，好景不长，很快就被派出所给抓住了。这小子嘴硬，最终没有承认以前的犯罪事实，就承认被抓住证据的那一起。没办法，挣了大半年的钱，就被罚款罚没了。

突然没有了经济来源，吴兵又先后进过工厂，当过机械师傅。然后又去过建筑工地，当过民工，也卖过烧烤，后来被城管给没收了工具。

最后他遇到了本村的一个混混，那个人在广州混得不错，便跟着跑了一段时间的场子。吴兵由于性格暴躁，与人发生了争执，将人给砍了。他没法在广东待下去，便打算回到四川来发展。

他给我打电话时，我都差不多听不出他的声音了。吴兵说，他想到四川来开服装店。说回来后，一定要找我聚聚。我当然希望这个兄弟能够回来，毕竟有很长时间没见了。

李旋不久就要退伍了，他说退伍后要找关系去火车站当列车员。

我也接到了学松的电话。学松现在正在省级城市开赌场，挣了不少的钱。听说，他已经开上了奥迪车。

接到这么多兄弟的电话，我心里面似乎热乎起来。兄弟之间的情义，让我暂时忘却了对王小梅的思念。

不知不觉高中第一年就结束了，自己的成绩除了上学期考了个班上前10名外，这学期的几次考试都考得一塌糊涂。突然之间，感到自己浪费了许多的青春，浪费了许多的年华。

张河的成绩越来越好，已经成为老师和学校重点培养的对象。

而初中一起读书的雷雨，中考的时候考了全县第一名，可是到了高中，竟鬼使神差地迷上电子游戏，上网聊天耍女朋友，打架。所有学生该犯的错误他都犯了，不该犯的也犯了。现在在某国家级重点中学，成绩竟然比我还差劲。听同学说，他还迷上了赌博。前不久他因为和社会上的人赌钱出老千，被打得半死，差点被砍掉手指。后来，通过学校的老师出面，才解决了这个事。令我感到不可思议的是，雷雨这样的优秀学子，竟然在一年之间变化这么大。

雷雨的事件，也让我不得不醒悟。其实世界上哪有什么天才，只是有一些通过刻苦努力，最终取得成就的人才。谁能不学习、不努力，就能够获得成功呢？

王小梅打了电话来，说她妈给她介绍了一个男朋友。她问我她该怎么办。

我说，要是她答应了，我会恨她一辈子。

最终，她没有答应她妈。她对我说，她马上要毕业了，将要到成都的某家医院去实习。她说她很可能要在那家医院工作下去，因为她的一个叔叔在那里当后勤处的处长。她可以借助这层关系留在医院。我只是祝福她，祝福她找到了好的方向。也希望真的能如她所愿，在那个城市稳定下来，最后快乐地生活。

而她却对我感到失望，她说到底还要等我多久，才能等到我们在一起。

其实我也不知道，心里一点儿底也没有。我现在才读高二，还有一年高中、四年大学，再加上工作一两年。如果真要和王小梅在一起的话，至少还有七八年时光。七八年对于女人来说，是多么漫长的岁月啊！

她们的青春是那么宝贵，谁会为了一个男人去等待这么久呢？其实，现实社会中，又有多少至死不渝、苦等到老的例子啊！

我感到无可奈何，但又不愿意失去心爱的梅，便自我打气地对她说："亲爱的，不管多久，我都会等你。因为，我相信真爱。"

"亲爱的，我也相信你。我希望你好好努力，到时我们就能在一起了。"

我开始继续写《一只北方的狼》，我断断续续差不多写了三个月，不久将完稿。

我想，这部小说是我最用情的一部小说！因为有很多次，我都会不自觉地掉下泪来。我的寂寞，填满了我忧伤的胸膛；我的落寞，填充了我饥饿的腹腔。

每一次写到伤心处，我就会不自觉看着一件东西久久地发呆。我想我并不是在看它，只不过在转移我那汹涌而来的迷茫。

四

最近喜欢一个人到城市的街头走走。

我看到那些忙碌的人永远都是那样忙。其实，很多人都一样，都在为生活而奔波，为理想而繁忙。因为，每一个人的心里都有一块希望的田地，他们在土地里辛勤地耕耘，然后等着收获。

最近总是在街头看到一些乞丐，他们头发凌乱，双手肮脏，在大街上盲目地游走抑或停留。他们提着一个蛇皮口袋，口袋里是他们全部的家当，里面有他们的粮食，也有着他们命运的蔬菜。

他们会因为别人随手丢掉的一个矿泉水瓶子而快速地蹲下，接着捡起放进袋子里。他们会向四周看看，仿佛自己捡了一个宝贝，生怕被别人抢走了一样。于是我的心不能安静下来，我觉得自己似乎也和他们一样，是走失在城市街头的男人。于是我写了一篇散文，想把自己的想法记录下来。

头发凌乱

你的头发凌乱，你走在大街上，穿着灰黑色的衬衣，这衬衣几年以前是白色的。你的口唇干裂，你的眼角深陷，你的脸庞发黑。你提着一个深灰色的蛇皮口袋，里面装满了东西，那些东西对于你来说是不可或缺的。里面有破烂的被子，有发臭的裤子，还有一些瓶盖抑或其他东西。你赤裸着双脚，脚底上有着黑色的趼疤。我看着你从我身旁走过，一股臭气突然袭来。你的眼神茫然。你看着从你身边走过的每一个人，你对他们笑，可是他们远远地避开你，就像避开一场风雨。

你在一个墙壁旁停了下来，你蹲下身子，坐在光秃秃的石子路上。你拿出一个瓶子，然后掀开盖子。你看了看瓶子里发黄的水，然后大大地喝了一口。你是渴了吧？你理了理你的头发，你的头发凌乱，它们卡住了你的手指，头发上有着泥土，已经干硬。一个小孩从你的身边路过，她的小手被母亲轻轻地握着。她看着你的眼睛，突然之间她哭了，她开始喊“妈妈”。她的母亲抱起了她，说了声“乖乖，别怕别怕”。我想她是怕你了，她怕你深黑色的脸，她怕你凌乱的头发。你无辜地看着她，眼睛里满是忧伤。

他的头发凌乱。他游荡在大街上，穿着白色的卡通衬衫，这衬衫是特地从外地买回来的。他的嘴唇红润，他的头发鲜黄。他穿着一双用一只牛才能相抵的皮鞋，他穿着进口的运动裤。他的眼睛放射光彩，但是有时也很迷茫。他在一个商店停了下来，伸出白嫩的手，掏出一张崭新的人民币，买了一瓶澄清的饮料，随口说了一句，不用找了。他轻轻地掀开盖子，抿了一小口水，然后骂道：“× 的，越来越不好喝了。”他在一个理发店停了下来，然后进去。他对老板说：“我的发型不好看了，帮我弄得更乱一些。”老板乐意地答应着，和他攀谈起来。

从理发店出来的时候，他的头发更乱了，还染上一片金黄。他理了理凌乱的头发，他的手指被发胶卡住了。于是，他轻轻地抽出手指。一个小男孩远远地看到了他，这个小男孩对同伴说：“瞧，贝克汉姆就是这样的发型。”“真的吗？我长大了也要去弄那样的头发。”“嗯，就是。”他又喝了一口澄清的水。他的眼神茫然，他的眼神黯淡。

你还是在那个墙壁旁坐着，你开始假寐。他从你的身边走过，他的头发凌乱，他的头发金黄。他喝了一口澄清的水，然后丢掉了瓶子，瓶子里还有一大半的饮料。瓶子掉在你的身旁，你睁开了眼睛，你的眼睛大放光彩。你“嗖”的一下就拾起了瓶子，速度比任何人都快。你把瓶子里的水倒进你发黄的瓶子里，于是倒进瓶子的这些水也变得发黄。

他看了看你，理了理头发，静静地不发一语。他依旧游荡在大街上，然后慢慢地消失。

你看到他的头发凌乱。其实，你的头发也是凌乱的。

写好这篇散文后，我自己感到很悲哀，我觉得我总是在自己的命运之路上迷失方向，做着一些没有多大意义的事情，这些事情让我成长，却增添了我的绝望。

五

斗辉在食堂吃饭时和别人发生了口角，他坐了高三年级强子的位置。斗辉去坐那个位置的时候，强子正好不在，他去上厕所了。当强子回来时，发现斗辉坐着他的位置，很是气愤。

于是，强子不由分说，直接就上去将斗辉掀了起来。

“给老子滚开，你还以为是人走江山失啊。告诉你，爷的位置别乱坐。坐了，你就不好过。”强子对斗辉发话道。

“切，凭啥子要起来。老子今天就坐了，就不让。你想咋样，我还不相信这个邪！”斗辉被掀起时，差点摔倒。他趔趄了一下，站稳脚跟便继续反驳道：“跟老子，以为你是哪个，告诉你，不让就不让。”

“你他 × 的，不想混了。是哪个班的，报个名。”

“立不改姓，坐不改名。老子叫斗辉！”

“好，斗辉是吧。你他 × 的，吃饱了撑的是不？兄弟给老子打。”与强子一路的几个伙伴听到口令后，便集体围攻斗辉。

斗辉也不甘示弱，抄起一只板凳就朝强子打去。

强子看到斗辉拿着板凳，也随即拿起板凳打斗辉。斗辉见敌不过，三十六计走为上计，于是丢下板凳，拔腿就跑。强子他们便跟在后面追。

斗辉跑到了寝室，然后“当”的一声关上寝室大门，一屁股坐在寝室床上，然后小声骂道：“他 × 的，老子一定要报仇。”

强子追到我们寝室楼后，见斗辉关了寝室门，本想冲进我们寝室打斗辉。看到我们寝室里有人，又惧于管理员盘问，便悻悻离去了。

他们一边走，一边大声骂道：“斗辉，你给老子识相点，下次再遇到你，一定让你死得难看。龟儿子，害得老子中午饭都没吃好！”

斗辉在寝室没回话，躺在床上喘着粗气。

“追你的是哪个？”

“是三年级的，叫强子。他 × 的真不是东西，把老子打惨了，幸亏我跑得快，不然都回不来，见不到你们了。”

“耶，你辉哥也有被打的时候。真是太阳从西边出来了。”

“切，别取笑老子了。我们还是商量商量怎么去打回来，他 × 的这口气一定要出！”

我当时正在洗衣服，见斗辉被打回来，便丢下手中的衣服，坐在床上听斗辉讲起事情的来龙去脉。

“那下一步怎么办呢？”我问。

“不可能就这么算了，必须出这口恶气，否则老子不是斗辉。兄弟，这次你可得帮我，明天上午找他们出来，把问题给解决了。”斗辉对我说。

“既然你已经这样决定了，我也没什么说的，要弄就把他们弄怕，不然他以后更猖狂。”我提议。

“好，下午我去找高天，到时候我叫你。”

“嗯，事情做得秘密点，不要让太多人知道。”我叮嘱斗辉。

“这个你放心。好了，就这样说好了。”

斗辉做准备去了。

第十六章 斗殴

一

第二天早上，我和斗辉还有高天几个人到三年级的楼下等到了强子。我们看到他的时候，他们一伙人也看到了我们。斗辉上去对他们说："你，过来，跟我到厕所里来一下，找你有点事！"

"好，老子正说要找你，你给老子自己送上门来了，走。"强子似乎是久经沙场的老手，听到这话立即明白了意思，于是跟着我们往男厕所走去，后面也跟了三个他们的同伙。

进入厕所后，我们叫斗辉和强子说清楚，叫他道歉。可是还没有说上几句，那小子气焰蛮高，火气挺大，不由分说就和斗辉打了起来。

我看到这种情况，以最快的速度与爆发力冲上前去，抓住正攻击斗辉的强子，对他拳脚相加起来。这时候高天也跟了过来，和其他几个人打在了一起。慢慢地，我觉得我们打不过高年级的人，他 × 的鼻子不知怎么的，被强子的拳头碰了一下，血流了出来。

我急了，拿出随身携带的钥匙链上的小剪刀朝强子头部插去，只听到他“哎哟”一声，便蹲在地上，耳朵处流出了血来。他的同伙看到这种情况向我一拥而上，我喊道：“快跑！”

斗辉他们心领神会，也跟着我跑了出来。我们跑啊跑，跑到一个网吧后面，蹲下疲乏的身子。

高天说：“× 的，把老子脸上打出这么多伤痕。他们死定了。”

“我的手也肿了，× 的。”斗辉埋怨着。

“你们还好一点，我鼻血都流出来了，你说，这不是血的见证吗？”我气急败坏，又无可奈何地说。

“没办法，你那个鼻孔是皇帝鼻孔碰不得。”高天边开玩笑地说，边递给我一张纸巾。

我接过纸巾，接着骂道：“今天下午我们让他们死得毛都不剩。他 × 的，你们都去找自己的兄弟，今天下午群殴他们。”

“好！”大家都答应了下来。

于是我们草草吃了饭，接着便分头去联络人了。我想那三年级的崽儿们也在到处找救兵吧。

二

我给王亮打了电话。

“喂，哪位？”

“是老子。”

“是你哦，贾小刀。你也舍得给我打个电话啊。最近咋没过来找我耍，每天在做啥子？”王亮问。

“也没什么，这不，你兄弟我被别人给砍了。”

“你也会被别人砍？”

“真的，我被别人给打了，你找点人过来。”

“××的，是哪个不想混了？要得，今天下午我过来，你把打你的人给我叫出来！”

“好，就这样说定了，下午你请假，早点到我们学校门口，对了，人不要叫多了，叫三四个就够了，不过要能打的。”我提醒道。

“这个你放心，我有数，都是老江湖了，肯定要找几个能打的才行！”

“好，下午见。”

“好，兄弟！”

找了王亮以后，我又找了几个自己同年级要得好的——小余和刀疤他们。小余是我同一个地方的朋友，从小玩到大。刀疤是学校的不良分子，我平时没怎么找他玩。一是觉得自己已经够坏了，二是怕他把我带得更坏。

斗辉找了他的兄弟赵砍他们，高天找了自己的初中同学三鸡。听他说，三鸡已经不读书了，现在在县城里混，听人说，现在“混”得还不错。

三

下午刚一放学，我们几个就像离弦的箭一样冲到了学校外面。在校门口，我远远就看到了王亮带了阿伟他们。三鸡他们也在校园外的饭店等我们，赵砍也带人出来了。

为了不让学校的保卫人员怀疑，我们分成了几个小组。我和高天两个人带着王亮、小余他们往校园左边的方向拿人，三鸡、斗辉他们往校园右边的方向拿人。赵砍他们走在前面去等我们几个。我和王亮、高天、小余几个人在后面。这时候我们看到三年级其中的两个人。他们朝我们的方向走过来，我们放慢了脚步，躲在一个隐蔽的位置，等他们走在我们前面。就这样我们跟着他们两个到了“梦”网吧附近。小余跑上前去叫住了那两个人。

我们把他们叫到“梦”网吧附近的小巷里。还没有来得及说话，高天就冲上前去，给了强子两耳光。小余也接着给了另一个稍微矮点的一拳。强子竟还起手来，于是我也冲上前捡起地上一小块砖头打在他的背上，嘴里骂出一句：“× 的，你还敢还手！”这时，王亮冲上前来就是一个高鞭，抽在强子身上。强子“当”的一声就倒在地上。其他来的兄弟，都走近围成一团用脚踢。疼痛难忍的强子只能抱着头不断地喊“救命”。

我转过头来，看小余打的那个人蜷缩在墙角，用手护着脸不敢说一句话。小余和几个兄弟在那里扇他耳光，一边扇一边说：“你 ×× 的，不是很牛吗？现在怎么不牛了？”接着响亮的耳光扇在他脸上。

我们打他们的时候弄出了巨大的响声，周围围满了人，但没有一个人站出来说一句话，他们都茫然地看着眼前发生的一切。赵砍一直没有动手，都是他的兄弟在动手。他喊了一句“停下来”，于是我们停下了动作。赵砍把被打在地上的高年级的同学拖起来，对他说：“你不是很牛吗？高天过来。”高天听到这话便走了过去。

“他打的你脸是吧，你也扇他几耳光。”接着，高天响亮地扇了他一巴掌。过后，赵砍丢下高年级的同学，对他说：“你，给我长点记性，我的人你不许碰。今天到此为止，我们走。”

于是我们一伙人走出巷子，然后都散了。我、王亮、小余、高天四个人到饭店吃了饭，然后去上网。

四

斗辉送走三鸡他们，也来到了网吧。他谈起今天下午发生的一切。他对我们说，他和三鸡他们拦到了高年级的几个人，可是他们都带着棍棒。他们便跟高年级的几个人到县城粮站的某个僻静处，叫住了高年级的同学。那些人仗着自己有武器也跟着到了粮站里面。

到了里面后，大家开始对峙了一段时间。接着，三鸡开始说话："你碰了我的兄弟，要么你今天赔礼道歉、赔医药费，要么今天你们就得倒在这里！"

对方仗着自己手上带着棍棒，放肆地说一些霸道话："医药费门都没有，倒下的人今天可不一定是谁。"高年级的人站成一排，摆出随时准备战斗的架势。

"哈哈，有意思。"三鸡阴笑了一下，接着以最快的速度跑到对方阵营里，以闪电般的速度抓住一个人，用刀抵在那个人的脖子上，然后对高年级的人说："把你们的棍棒都放下，不然老子就把刀捅进他的脖子里，快给老子放下！"

"我开始数数，一，二……"当三鸡数到二的时候，那个高年级同学的脖子上就流出血来了。当时，所有的人都吓呆了。斗辉也不知道该怎么办，那边的人也吓得手在发抖，他们从没有经历过这样的场面，一个个像傻了一样。

"把东西丢下，快！"三鸡火红愤怒的眼睛冒着可怕的光。

这时候只听到棒子落地的声音，连我们自己这边拿着棒子的人也条件反射地丢了东西。这时候三鸡命令他们站到墙脚处，然后对斗辉他们说："打！"

斗辉反应了过来，接着便是一伙人围攻另一伙丧失斗志的人。结果可想而知，斗辉他们大获全胜。最后完事后，斗辉和三鸡他们一起吃了饭，过后就来找我们了。

我们对斗辉说："你们那边比我们更惊险啊。我们这边没有什么大的风险，就像打个死鱼一样得心应手。"

于是我们把自己这边的情况，也说给了斗辉听。那一晚，我们在小余他们租的房子里过夜。

五

第二天，在去学校的路上听到一个兄弟说，高年级的同学报了案，派出所都到学校找我们好几次了。听说这件事情闹大了，弄不好要拘留几天。我们决定不去学校，准备到外面躲一躲。

我和斗辉给刘军打了电话，说出事了，我们要到广州去待一段时间。刘军答应接应我们，我们当天就买了车票。时间过得很快，我们急匆匆地上了火车。

在车上，我对斗辉说："你我也是患过难的兄弟了，哈哈。"

斗辉笑着说："是啊，一生中有几个人共患难过呢。"

于是我们聊了许多事情，斗辉说从小他父母就到外地上班，他没怎么享受到亲情，小的时候，都是和自己要好的朋友一起。想来，他经历了许多事情。

我问他："想不想念彩雪，这次事情过后，或许你们之间可能要分离了。"

"唉，别说了，有的东西是无法预料的。不过如果真的分了，我还是会祝福她找到一个真心喜欢她而不会给她带来烦恼的人。"斗辉有点伤感。

"也许吧。好多东西来的时候，我们都无法阻挡。"

“兄弟，真对不起，这次把你连累了，你要是不参加，现在还在学校读书呢。”

“别说那些，有些东西是无法避免的。再说了，你我兄弟一场，说好的有福同享，有难同当的嘛！”

接下来我们都没有说话，各自想着自己的心事。

我看到火车上那些来自各地的人，将会去往不同的地方，他们背着行李，怀揣着理想，为了心中的向往去起航。

或许他们仅仅是为生活所迫，离开自己的家乡，到另一个陌生的地方奔忙。

那些沉重的行李被堆在行李架上，一层又一层。

一些人没有座位就站在走道上，半闭着眼睛，他们就以这样的方式来释放着自己的疲乏。

一些人在地上放一张旧报纸，然后一屁股坐上去，坐得心安理得，坐得心情舒畅。一些人因为运气好，或者是提早订票，他们有座位，正拿着杂志在看着，一些人围在一起打扑克。

一些人望着窗外，他们仿佛想要把这陌生的世界，全部印在自己的脑海里。

第十七章 逃亡

一

我的对面坐着一个姑娘，她听着 MP3，仿佛正想着心事。我仔细地观察了她，发现她是一个美丽得无法形容的女子，洁白光滑的皮肤，整齐好看的牙齿，一头浓密的黑头发。她的脸很有棱角，像是漫画中的公主。她穿着粉红色的上衣，性感但不妖娆。

我入了神，紧紧地盯着她看。她似乎没有察觉，仍旧听着她的歌曲。我想，这个姑娘来自什么地方呢？她仿佛来自天堂，因为只有那里才会有这样迷人的姑娘。

突然之间，我想起冯唐写的那段文字："一个又一个陌生的姑娘，让我的内心肿胀。"是啊，世界上有多少美丽的姑娘，让自己的内心肿胀呢？

姑娘口袋里的一个小笔记本掉在了地上，于是我弯下腰帮她捡了起来。

"姑娘，你的笔记本。"我对她说。

“谢谢。”她取下了耳朵上的耳塞对我说。

“没什么，你听的什么歌？”

“周杰伦的歌，很好听的。”

“我不大喜欢他的歌曲。记得一位明星这样说过他，‘没有一张明星的脸，没有一个实力派歌手的唱功。可是就这样一个不被看好的年轻人却红得过了火’，很多事情真的是想不明白。”

“其实那个明星的看法是错误的，你想叫每个人都去喜欢那些歌唱家唱的歌，听众会传唱吗？那些歌曲难度太大，听众唱不好，就丧失了兴趣。兴趣一旦丧失，怎么会喜欢呢？再说了，我们杰伦不是很有才华吗？”

“也是，他有才华是肯定的，其他的我就不发表议论了。”

“对了，你在读书吗？”

“是啊。大学二年级了，你呢？”

“高二。”

“你好小啊。”

“哪里，不小了。对了，大学好吗？”我问她。

“怎么说呢，大学比较自由，自己分配的时间比较多，可以做自己喜欢的事情。还有就是大学要靠自己，有些同学来了后天天上网、打游戏、谈朋友，就挂科了。”

“哦，原来是这样啊，我读这么久的书，还从没有想过要考大学。”

“你们不是还没放假吗？怎么有时间出来？”她问我。

“哦，我有急事要到广州去一趟，所以请了两星期的假。”我没有告诉她真实情况。

“原来如此，祝你一切顺利。”

“谢谢。”

接着我们谈了其他的许多事情，也互相认识了对方。

她说自己叫袁小芳，过了几个站，她就下车了。就这样，我在车上与一个陌生姑娘相遇，然后相识。

其实人一生都在和一些人相遇，然后别离。

斗辉一直在睡觉，或许他太累了。

二

我在想，我们一生中到底要与多少人相遇，与多少人离别呢？谁也说不清楚。

不知不觉已到了广州，刘军到车站来接我们。我们先是赶了大约一个小时的公交车，然后坐了不到五分钟的出租车，便到了刘军住的地方。

我立即给中学的朋友吴兵打了电话，他听说我到了广州后，立即赶了过来。于是，我、刘军、吴兵，还有斗辉四个人一起到歌厅里包了个小包间。刘军和吴兵点了几首歌，在那里鬼哭狼嚎地唱。

吴兵提议叫几位陪唱小姐。我本想拒绝，但是斗辉说叫小姐过来助兴也是一件幸事。于是，一会儿就来了几个漂亮的女子。

我们几个人在KTV里唱歌、喝酒。几个穿着暴露的姑娘坐在我们旁边，一边和我们划拳，一边和我们喝着红酒。

从KTV回来之后，我跟刘军、吴兵他们详细讲了在学校与高年级打架的事。他们劝我们道：“其实，你们用不着跑出来。这事不算大事，只要受个处罚就行。你们现在跑出来了，反而将事情弄得更大，这是你们的失误啊！”

“唉，有什么办法呢？不提这个了，兄弟，我们出来是寻开心的。”

由于很累，回到刘军的住处，很快我就睡着了。

之后的几天，我一直和刘军同吃同住，早饭和中午饭大家一起吃。

我从刘军那里了解到了他在广州的情况。他来广州后本来是想进厂打工，可是进去不到两周受不了里面的约束，于是便出来了，最后和他表哥一起做“业务”。所谓的“业务”就是行骗。

他们一年只干几个月时间，其余的时间就是玩，熟悉全国各大城市的情况。他向我提起有一次他和表哥在一个私人商店骗了一个中年妇女的钱。正当他们要离开的时候，这个中年妇女突然醒悟过来，发现自己被骗了，便一边喊“骗子”，一边来拉扯刘军的表哥。

刘军那时刚要爬上摩托车。看到妇女追过来，他飞起一脚，将妇女踢翻在地，然后与表哥骑上摩托车，扬长而去。

自那之后，他便没有在那一带做过“业务”，怕被那个妇女认出来而遇到麻烦。

三

吴兵到了广州之后，先是在同村的亲戚那里干建筑工。他受不了苦，没干上半年就出来了。

后来他无意中遇到了他的小学同学。那个同学在酒店上班，混得不错，自己还有了小车。原来他的小学同学是带小姐的，吴兵遇到他以后，便和他一起干了，做了他的下手。

最后他的小学同学准备开赌场，放弃了带小姐，就把小姐转让给了吴兵。因此，吴兵现在就是一个鸡头。他说他才刚刚上路，生意一般。我听了这些，不知道怎样去表达自己的看法，也不知道怎样评价吴兵这个人。

正如在中学时吴兵对我说，他当官一定要当贪官，挣钱一定要挣偏钱一样。

唉！人一旦在社会，便与读书的时候有了天壤之别。

或许因为生活所迫，年少时的许多想法都改变了，所做的事情也是自己无法预料的。

四

我打了电话回学校，接电话的是张河。

张河告诉我，那几个被我们打的高年级同学住院了，派出所的人来了几趟。最后基于是学生斗殴，未造成极大的社会负面影响，便把这事情交给学校办理了。

校方称，一旦我们回学校，将会受到严厉处分。同时，还要偿付高年级同学的医药费。

张河劝我回去。

我叮嘱张河不要告诉别人我和斗辉的情况，王小梅如果打电话来，也不要告诉她我打架的事情。张河答应了。张河还说，彩雪来找过斗辉几次，叫张河给斗辉递信，说她和斗辉之间已经没有什么了，叫斗辉以后不要再找她。

斗辉听了这消息后感到很悲伤，但这也是意料中的事情。我们在刘军这里耍了几天，便一起到吴兵那边去玩了。

来到吴兵住的地方，他给我们安排了房间，我和刘军、斗辉待在房间里无事，便打开吴兵的电脑上网。我登陆 QQ 的时候，看到了一个陌生人加我的信息，原来是火车上认识的那个姑娘。于是我打开了信箱，发现有一封她写给我的邮件：

贾小刀：

见字如面。

在火车上认识了你，算是一种缘分。

我觉得和你很合得来，希望能和你做朋友。在车上和你谈了那么多，文学、音乐、艺术、哲学等，我觉得和你在一起说话放得很开。告诉你吧，我也是一个文学爱好者，比你更喜欢文学。为此我付出了许多的时间，但是得到的回报却太少。你知道现在喜欢这个东西的人太少了，喜欢写字的人并不被别人欣赏。我在大学里读的是中文系，但是却没有文学的气氛。没有几个人会拿着笔杆子，认认真真地写故事。因此，在学校，我是不快乐的。

岳飞曾写过一句话：知音少，弦断有谁听。在这个浮躁的年代，谁有幸能真正的遇到知己呢？

我希望我们能成为朋友，我会常给你写信，希望我们不要断了联系。

还是那句话，很高兴认识你。

小芳

2003 年 3 月 20 日

看到这封信我心里宽慰了许多，想到那个陌生的姑娘将要成为我熟识的姑娘，我心里感到很高兴。

我给她回了信，告诉了她我的爱好以及我的一些情况。我没有告诉她我是因为打架出来逃亡的事情，我想这不在我和她交往的范围之内。

第十八章 职校

一

买完水后，我和吴兵在街上走了走。我看到这个城市比想象中更繁华，那些豪华的车辆行驶在大街上，那些美丽的女郎在马路上像阳光一样妩媚。

民工们在一个个小饭店里吃着廉价的饭菜，大肚子的“青蛙”搂着漂亮的“白雪公主”。乞丐蹲在马路边向来往的行人乞讨，他们的眼神中充满了忧伤和绝望。

我看到一个骑三轮车载客的司机被交通局的人抓了，他的车子被没收了，他一个人蹲在地上流着委屈的泪。而学生们背着书包迈着无忧无虑的步子，他们还不知道别人的悲苦与这个世界的凄凉。

吴兵劝我回去读书。他对我说：“贾小刀，其实你不适合到社会上来混。说真的，你这个人心不狠，又不怎么爱耍滑；你这个人文人气质太浓，有时候说话太直，还很清高，容易得罪人。我劝你回去读书。真的，你是一个读书的苗子。你还记得初中吗？那个时候你多风光，平时不怎么努力，考试的时候照样考班上前几名。你还是回去吧，这是我的心里话，真的。把你当兄弟，我才这样说。”吴兵的语气显得很诚恳。

“谢谢你，过几天我会回去的，这几天我明白了许多事情。这个世界有太多我们不愿意看到的东西，但是它还是存在着。”

“嗯，其实在外面也不容易，如果做正当职业，只有进工厂、做民工，这样打工一辈子也不可能有什么出息。我也是无奈啊，谁不想拥有一个稳定的工作、和睦的家庭，可是像我们这没有文化的人行吗？找到好工作的机会都没有。到时候你就明白了。这个社会，成功是需要很多因素的。一是家庭背景，二是经济条件做支撑，三是个人才能，四是机遇，五是平台。这五样，必须要具备其中的两三样才行。不然，什么都是空谈。像我这样，出来闯荡就靠胆量和机遇了，其他的想具备都没有啊！”

听了吴兵的肺腑之言，我感触颇深，心里很不是滋味。

二

我们在广州待了两周，觉得该回去了。

于是，吴兵帮我们买了车票。我们踏上了回家的列车。

张河说高年级的人已经出院，学校已经开除了我和斗辉，我们已经没有了回校园的理由。张河将我的书本和其他东西整理好放在了寝室里。

斗辉最后想了想，拿着行李回家去了，他说他不想读书了。我不知道怎样劝他，我想我也劝服不了他。

斗辉还是走了，走的时候似乎有一点儿留恋。

我不是一个做事果断的人，我不能像斗辉和刘军那样把什么都看得那样淡。放弃读书对他们来说，是很简单的事情。可是我不能，我像个懦夫一样，明知道自己不喜欢，但还是勉强自己在挣扎。

我的父母不知道我的情况，我瞒着他们到了王亮的职业高中去读书。去的那天，王亮和小余他们来接我，帮我搬行李。我到了他们学校，老师似乎觉得收到了一个人才，对我格外照顾。

我在这个班安顿了下来，和王亮一起喜欢音乐，打架的事情似乎离我渐渐远去了。

三

尽管王小梅不知道我的任何情况，我也没把自己转校的事告诉她，但是我和她之间的关系突然之间冷淡了起来。

她现在在成都的一家医院实习，每隔一周就给我打一次电话，我们也很少写信了。

她在电话中告诉我，她们医院许多护士都找了有钱人做男朋友，有的还做了医生的妻子，有的当了官员的情人。她说，有一个军官因为受伤住院，和她熟悉了起来。这个军官渐渐对她产生了感情，现在正在追她。她说现在的女人都变得很现实，没有人再去相信爱情。

她觉得爱情只不过是青春年少时冲动的激情和青春年少的天真。她对我说，面对这个军官的追求，她有些犹豫和动摇了。她不知道该怎样拒绝他，她问我，她该怎么办。

或许是经历了许多的事，我变得淡然起来。我对她说："你自己的事情你自己做主吧，我又不能主宰你的思想。其实，你在问我时，心里已经有了答案，也有了偏向。既然你心里已有了打算，还来问我干吗呢？我不需要你的可怜，也不需要你的同情，更不需要你对我感情的施舍，你如果真的要离开，请趁早。"说这话的时候，我显得有些激动。我心里知道，自己的爱情将要守不住了。

"我是给你说我的近况，你却东想西想的。你这是啥子意思哦？纯粹是找我吵架嘛！你真的是不可理喻！"

"是，是，我不可理喻，行了吧。我还有事，没时间和你闲话了。我要挂电话了。"

"好好，你要挂就挂吧。不知道你现在是啥脾气，谁受得了你。"

王小梅挂了电话，我这边听到电话嘟嘟的声音。

之后，我一个人跑到了学校外面的河边，迎着河风，大声对着天空喊道："上天啊，你为何对我如此不公……"

一行泪情不自禁地流出来，浸湿了我的整个脸庞。我感到视线模糊，什么都看不清。我感到心有些疼，脑海中空荡荡的，一片空白。

我抓起一块石头，向河水中扔去，石头落入河水的一刹那，便预示着什么都要沉下去了。

第十九章 游戏

一

“喂，是小刀吗？”王小梅再次打来电话。

“是我，还好吗？”我问。

“还好，原谅我这么久没有给你打电话。来到这个医院实习后，我接触了许多的人，也改变了以往许多的想法。爱情对于我们来说是什么，只是一个海市蜃楼而已，只是一个虚幻的影子，看不到，摸不着。”

“小刀，人会随着环境的变化而变化。你知道吗？我们的同事都说我太单纯、太天真。她们说我们是不可能在一起的。你想想，自从我们相恋以来在一起的时间有多少？你给我的快乐有多少？你能给我幸福吗？你不能，你不能到我的城市来，你不能到我的身边来。女人最希望得到的是稳定的生活，而不是虚幻的泡沫似的憧憬。”

“小刀，对不起，我已经答应了那个军官，我们已经住在一起了，真的很抱歉。对不起，我不奢望你的原谅，我只希望你能找到一个真正喜欢你的女孩。你在听我说吗？”

“在，继续！”我伪装着坚强对她说。

“小刀，你还在读书，你不知道这个世界是多么复杂，你也不知道真实的生活，在我们的面前是多么的沉重。你知道吗？我进这个医院，又成为正式员工，通过了多少关系！这个世界并不像我们想象的那么单纯、那么洁净。许多和我一样的女子，都曾经憧憬过美好的未来，可是一个又一个都被现实的刀锋给割伤，最后她们都妥协了。面对这艰难的生活，谁会像一个勇士一样去做无畏抵抗呢？每一个人都是凡人。你我都一样！”

“小刀，你在听我说吗？以后你要保重，不要来找我。因为我们的见面，已经没有任何意义……”

二

我听着电话那头王小梅的语句，心里面就像被刀割一样，似乎还流着鲜艳深红的血。

我控制不住眼泪，它掉了下来，可是我却不能发出声音，我不想让她知道我是多么在乎她，我不想让她知道我的脆弱。

“既然你已经决定放弃这段感情，我还有什么好说的呢？难道还要让我跪在你面前求你不要离开我吗？一切的东西都是虚幻的，那好，虚幻就让它虚幻吧，没什么大不了的，我又不是非你不娶。不过我还是祝福你，希望你获得幸福！”说这话时我带着几分讽刺与无奈。

“别这样好吗？我知道你会恨我，我真的是没有办法，在现实面前什么东西都是空的，我会永远记住我们曾经拥有过的美好时光，我也希望我们仍旧是朋友。”

“朋友？你认为我们还会是朋友吗？恐怕我办不到。不过我还是想问你一句话，你爱过我吗？你以前对我说的话都是发自内心的吗？”我问了她一连串的问题，心里一点儿也不甘心。

“现在说这些还有什么意义呢？我们已经不能在一起了，爱与不爱有什么值得去诉说的呢？”她在逃避回答这个问题。

“不，我要你告诉我，我想知道，曾经那个叫我‘亲爱的’的人是不是一个懂得伪装自己的人，是不是一个利用别人感情的人？”我不停地问着这些话，似乎得到了她的回答就能减轻我的痛苦似的。

“你认为呢？你好好想一想，每年你的生日我都准时给你打电话，给你买生日礼物，每一次回来都给你带了东西。你还记得我给你买的白色衬衣吗？我是请了假跑了好几个商店才给你买到的。你还记得我写给你的信吗？在卫校读书的时候我一边给你写信一边流着泪水，你知道那时候我是多么想你就在我的身边，可是可能吗？贾小刀，我承认我是爱过你，而且爱得比你多。可是那只是以前，以前的你和我都是天真得可笑的人，以为得到了爱情就得到了整个世界似的。其实我们都错了，人生不仅仅需要爱情，还需要更多。当其他不能满足的时候，爱情就是个笑话，也已经没有了任何的意义。”

“好吧，我知道了，分就分吧，没什么好说的。还是那句话，希望你过得比我好。”说完这句话，我迅速地挂掉电话。我不想让我崩溃的泪水，滴湿我那清澈的眼睛。

我一个人去做了许多事情，喝了酒，抽了烟，还去电影院看了一场电影。我开始觉得自己的绝望比这一年的夏天更长。

看完电影后，我去逛了一下书店，但是却没有心情去看书。在书架的显眼位置，看到了我喜欢的诗人泰戈尔的书。随手翻开一页，他的代表作又一次闪现在我眼前。

…………

世界上最遥远的距离

不是树与树的距离

而是同根生长的树枝 / 却无法在风中相依

世界上最遥远的距离

不是树枝无法相依

而是相互了望的星星 / 却没有交汇的轨迹

…………

以前看这首诗，只是觉得语句优美，并没有特别的体会。然而，当我失恋后，再看这一首诗，才发现泰戈尔真不愧是伟大的诗人！他真真切切写出了我当时的心境，在诗歌里我仿佛看到了落魄的自己，看到了悲伤的自己。

三

王亮得知我和王小梅分手，几次来劝我看开点。然而，我却怎么也看不开。几年的感情，几年的爱恋，说分就分了。即便是养一条狗，当它死去后我也会悲伤，更何况是爱情呢？

王亮对我说："贾小刀，我还是给你介绍个女朋友吧，这样一来你或许会好过一点。感情这东西，你越在乎，它离你就越远。我建议，你还是换一个环境，换一种口味。你看看，现在要朋友的，有几个是自己的初恋？初恋百分之九十五最终都没有走到一起。为什么呢？是因为各方面条件不成熟啊！你想想，我们现在多大，才十六七岁。结婚的年龄是多大，最早也得二十三四岁吧。这中间的六七年有多少变数？首先读大学不一定能在一个城市，即使一起读了大学，也不一定能在一个城市上班，谁能保证一直相恋？因此，我建议你，高中要么就别谈恋爱，要么谈恋爱别抱太大希望。中学期间的恋爱，很多时候都是一种试探或者锻炼，哪会真的成功，你还是要放宽心才行啊！"王亮给我讲的这些道理其实我都懂。但是，很多时候，我就算是懂，也不一定真的做得到，而是会一如既往地陷得更深、更决绝。

"他 × 的，这世上的女人没一个好东西！"我有点气愤地说道。

“是啊，是没一个好东西。没有哪一个女人会心甘情愿等你一辈子的。青年作家魏来就在长篇小说《蓉城之恋》里写道：女人的一生，是被诱惑的一生。无论哪个阶段，女人都被身边的人和事所诱惑着。但她们往往找着各种理由，为自己的背叛解脱。谁也别去奢望一个女人会等你一辈子。同样的一个女人，两年不见，绝对会睡到别人的床上。不管一个女人多么貌美如花，不管一个男人多么丑陋无比，只要将他们放在一个与世隔绝的孤岛上，一年，两年，乃至十年，这两个人，最终都要进入原始的状态。要么死去，要么活下来，并且生儿育女。”

“这是谁说的？有点道理，但也太偏激了。”

“80后作家魏来写的。你不知道啊？我认为，他这么说，对于大多数女人来说，是有道理的。当然也排除个别忠贞的女人。但这种女人，就像国家保护动物大熊猫一样，少之又少啊！”

“是啊，我也不过是个凡人。”

“别说那些了，兄弟，信我的，我给你介绍几个。”

“介绍就介绍，他×的，凭啥就准她背叛，就不准我到处耍呢？”

“对的，不要‘只准州官放火，不许百姓点灯’。你照样也谈几个女人看看，这样才不会亏本。别单纯得像个傻×一样。”

不久后，王亮便在学校张罗着给我物色了几个低年级的小师妹。这些人有些是不爱学习的流浪人，有些和我以前一样还对未来充满着憧憬与幻想，有些也是文学小青年……

我似乎已经厌倦了专一。我和她们每一个人交往，和她们都说着违心的话。慢慢地，我才发现这些小女孩和几年前的我是多么相似啊！看问题看得太简单，对爱情充满了好奇与希望。她们永远也不会知道，这一场轰轰烈烈的爱情，在不久之后的某一天，就会像玻璃一样掉在地上发出声响。

四

这段时间我接到了一个陌生女孩的电话。

“喂，是贾小刀吗？”她在电话那头说。

“是，你是谁？”

“说了我的名字，你也不认识。我叫李莉。”

“你好，有什么事？”

“你的声音，很有磁性。你转校后，我再也没有看到过你的文章。要知道，我可是你的超级粉丝。”那边笑出了声音。

“别那样说，我算什么呢？我已经不在那个学校了，也没有拿稿子过去。我们这个学校的文学社我根本没有去参加，也没有兴趣参加。最近比较忙，没写什么东西。除了把我的长篇小说《一只北方的狼》写好了之外，便不怎么动笔了。你呢，你平时写些什么？”我开始问她。

“你把你的大作给我拜读一下，好吗？我很喜欢看你的东西，很真实很有情感。我平时就写一些零乱的句子，权当练笔的。”

“哦，是这样，希望你能坚持下去。你要看小说的话，可以来找我。你来的时候给我打电话，提前联系。”

“好，谢谢，很高兴认识你。其实，我早就认识你了，只是你不认识我罢了。我们还是初中同学呢，那个时候你在三班，我在二班，我们教室是隔壁。”

“是吗？还真的很巧。好了，就这样，以后聊。”

“嗯，拜拜。”

“拜拜。”

五

月考成绩下来之后，我才发现自己是如此的垃圾。

是啊，都已经高二下学期了，我却依旧迷惘。人，为什么总是这样？每一次都在心里告诫自己，要努力，要奋斗，可是每一次都没能坚持下来，在学习一阵之后，又开始了更深的迷惘。

转校后，我才明白自己当初被这个职业高中老师喜欢的原因。原来这里的成绩真的差得离谱，像我这种在以前尖子班时倒数几名的人，现在在这个职高，竟是班上第 3 名。

然而，这有什么用呢？一只被折断翅膀的雄鹰，来到一群小鸡队伍里，又能证明什么？反而让雄鹰失去了飞翔的希望。

听人说，我们现在这个班有希望考上本科的学生只有那么几个，有时甚至一个也没有。我越来越觉得自己已经没有任何希望。打开卷子的时候，物理 80 分，英语 100 分，数学只有 40 分，化学 51 分，生物 59 分，语文 137 分。这样的成绩，根本就上不了本科线。我开始变得焦躁起来，卷子被我撕得粉碎。

我想了又想，不知道该如何是好。突然之间，便有了想考大学的冲动，这是我读书以来从来没有过的情况。看到有的同学转了文科，我也有了读文科的想法。文科数学简单，转过去后或许还能有一线希望。于是我下定了决心，与一位文科班班主任联系上了，该老师让我当天下午找他面谈。

放学后，我便按该老师的指示，到了他所住的家属楼。敲了门，开门的是一位中年男人，戴着眼镜，很瘦，但很精神。

“你是贾小刀？”老师问。

“是的，老师，以后希望您多帮助，多指导。”

“进来吧。”

于是，我走进了老师的客厅，在沙发上坐下。老师给我倒了一杯清茶，然后和我面对面坐着。

“为什么想读文科呢？”

“因为文科数学简单。”我低声回答道。

“只是这个原因？”

“我想最主要的应该是，我现在已经没有实力了，考学已没多少希望了。我想读文科来改变一下自己的命运。”

“听说你以前是国家级重点中学尖子班的，为何要转到我们学校来呢？这可不是一般人的作风！有什么原因吗？”老师问。

“对以前的学校有些厌烦了，所以想换个环境。”我撒谎道。

“这个理由似乎说不过去。”老师表示质疑。

“真的是这个原因。”我坚持道。

“你不用隐瞒了，其实我已经调查了你的一些情况，对你转校的原因也有了一些了解，你就不用对我隐瞒什么了。”老师坦白了态度。

于是我对老师说了我以前的事，讲起了我和斗辉他们一同与人打架的事。说完这些之后，一心等待老师的表态，我想自己转班已经没有希望了。

“初中考试能考进重点中学，说明你是有一定基础的。每一个人都可能犯错，但必须知错能改。因此，转到我们班来可以，但必须改正缺点，别给我添乱。如果我发现你还是不思悔改，继续犯错影响班上的纪律，那我就对你不客气了，从哪里来，就滚回哪里去，听清楚了没有？！”

“听清楚了，我一定努力改正。以后，也绝对不会出现打架或类似的事了。”我向老师保证道。

“好，我知道了。你先回去吧，下周一到我班上来报到，其他的事我知道怎么处理。”

“谢谢老师，谢谢老师。”

进入文科班后，开始的一段时间我很努力，成绩也提了起来，破天荒地考了班上第一名。连那最不起眼的历史，也被我征服，考了个年级第一名。我开始觉得自己向大学的校门迈进了一步。

但是，这种情况并没有维持多久，后来我又开始堕落了。

六

文科班没有了原来理科班的学习气氛，更看不到曾经在国家重点中学读理科班时那种勤奋与拼搏的精神。在这里，没有了以往兄弟们的前呼后拥，没有了打斗厮杀的刀光剑影，有的只是平静与安宁。

最近习惯了上网，习惯了和小芳在网上聊天，也习惯了收她的电子信件。我觉得自己似乎已经习惯了另一种新的生活，谈朋友、上网、打游戏，偶尔在网上写一些文章。

王亮说我变了，说我不像以前那样单纯。他说我把感情当成了儿戏，说我谈女朋友同时谈几个。

我告诉他，我要谈满十个女朋友，然后就松手。的确，这半年来，我换了不少的女朋友。我和她们轰轰烈烈地爱，平平淡淡地分手。或许正如一位名人所说，只在乎曾经拥有，哪管它天长地久呢！

李莉来找我的那一天，我们刚好放假。她给我打电话时，我正在寝室洗衣服。我接过电话："喂。"

"你好，我找贾小刀。"

"我就是。"

“是你啊，我是李莉。我正在你们学校门口等你哦，专门来拿你的大作的！”

“好。你等会儿，我马上就下来。”于是我把脏衣服泡在盆子里，换了一件干净的衣服便下楼了。当我走到校门口的时候，才发现李莉不算美丽的女子，却是那种看久了觉得十分耐看的女子。

她看到我出来，便立即走过来对我说：“怎么了，和你想象中差距太大，让你失望了？”

“你想到哪里去了，你吃饭了没有？我请你吃饭。”我真诚地说。

“你请我，我可不客气啊！”看得出，李莉是一个开朗的女孩。

“好，我们边走边谈。”于是我带李莉到饭店吃了饭，然后就在我们学校的操场上散步、聊天。

七

“我已经很久没有看到你了。自从那次你和高三的同学打架过后，就再也没有到我们学校来过。这一年过得怎么样？”李莉看着我说。

学校足球场旁边的槐树长得特别茂盛，槐树上开满了白色的小花。

“还是老样子，没什么可说的，每天就这样盲目地过活。有时候真希望自己到一个岛上与外界隔绝，然后自己劳作，不去想太多的现实，那样多好！”

“或许是吧，谁不想过自己希望过的生活呢？可是这是不能实现的。”她紧皱着眉头，随手扯掉一串槐花，然后接着说，“其实做一朵花也好，在自己开放的那个季节散发芬芳，美了自己，也幸福了别人。”

“呵呵，做一朵花多好，拥有自己的那一片天地，尽管会枯萎、凋谢，却无怨无悔。”

“嗯，就是。对了，还是别说这些感伤的东西，换个话题吧。你准备考什么学校？”李莉问我。

“我啊，我想我已经彻底没有希望了。我放弃了，因为我已经没有升学的可能，现在过一天算一天了。你呢？”

“我啊，我想考四川美术学院。我的文化课成绩不好，平时喜欢画画，所以就去学艺术，也满足了我的爱好。”李莉说。

“那祝愿你能够考上。”

“谢谢，但我还是希望你不要放弃。没有到最后一步，谁也不知道结果是什么。”

“凭我现在的水准，已经知道结果了。升学无望，已经是铁定的事实。”我表现得有些垂头丧气。

“也不一定，你以前是尖子班的人，应该有底子啊。别泄气，考到什么程度就算什么，只要自己觉得不后悔就够了。”她开始安慰我。

我沉默着不说话。我们就这样安静地在树荫下走着，想着各自的心事。

到了晚上，我把《一只北方的狼》的草稿交给了她，将她送回学校。之后，我在这深深的夜里，顺着冷清的街道一个人回到了校园。

第二十章 眼泪

一

高三的时候，班上来了个实习老师，教我们语文，年龄比我们大不了多少。她刚到班上的时候，给我们作自我介绍说：“我的年龄和你们相仿，你们可以叫我姐姐，也可以叫我的名字，因为我们是朋友。”

她是一个美丽的老师，她的善良增添了她的美丽。

她给我们讲了大学的生活，说大学比高中更自由，课余时间比较多，可以自己安排时间。大学也不像高中这样，有这么多考试，大学仅有期末考试。

因此，对于学生来说，压力就相当小。她告诫我们，一定要努力学习，争取上一个好大学。

以前我对语文课是不重视的。从初中二年级开始，我就没有认真听过语文课了。我一直有一个偏见，我觉得文章是靠自己去摸索的，只有多看书多练笔，才能写出好文章。真正的老师，应该是图书馆，而非语文老师。

但是这位老师来了之后，我开始喜欢听语文课。她给我们讲了许多文学家的经历，她讲到了艾芜，讲到了《南行记》，讲到了《春风沉醉的夜晚》，讲到了《鬼恋》，讲到了《漂亮朋友》《呼啸山庄》《红与黑》《活着》《废都》《白鹿原》《平凡的世界》等。她不仅给我们讲作家的经历，还讲作家写作品时的境况和磨难。

那时，我经常到老师的公寓向她请教一些文章的写法与技巧问题。她给我看了她写的文章，我很喜欢她文章的风格。我悄悄地学习她写文章的技巧，从中汲取营养。我也把自己曾经写的一些零乱的东西拿给她看，她总是认真地给我修改，并鼓励我好好写。她看了我的长篇小说《一只北方的狼》后，告诉我说这是她看过的学生文章写得最好的，其中有许多的细节打动了她。她说我的《一只北方的狼》骗去了她的眼泪。她鼓励我一定要坚持下去，不要把目光定在学校，要定得更远一点。我听了她的话，有一种久违的受宠若惊。

或许这是我初中以来受到的最大一次的震动。在这位老师那里，我学到了书上所没有的东西。

二

李莉看了《一只北方的狼》之后，总是问我小说中贝贝的结局如何，可是我却没有办法回答她。

我不忍心让它有一个悲剧性的结局。我害怕自己让贝贝死亡，害怕我会忍不住为贝贝掉眼泪。

李莉听说这篇小说没有结局，感到很遗憾。她琢磨了好一阵子，对我说，她要给我写续集。可是她是一个今天说了、明天就忘得一干二净的人，于是这续集最终她也没有写出来。

我和李莉就这样交往着，其他的女朋友都是耍了几周就分手了。分手的时候，我会这样来说我们分手的理由："我怕我再和你耍下去，会真的爱上你。那样以后我们会很受伤，我们最终会因为爱情而痛苦、迷惘。长痛不如短痛，现在就把它扼杀在摇篮中才明智。"这样的处理方式，对于她们相对残酷了一点儿。但是，当时的我已经不会考虑那么多了。

最近接到了刘军的电话，他说他要回来发展，他在外面已经厌倦了。是啊，他出去这一年多的时间，竟把全中国跑了一圈，觉得什么事情都不再新鲜。刘军说，他现在做的是掉脑袋的事，每天都会去做"业务"，去骗不同的人。

我问他挣了多少钱。他说要是不大手大脚的话，少说也有上百万了。刘军在电话中告诉了我他最经典的一次骗钱经历。

那是一个冬天的下午，当时他们在一个县城开展"业务"，经人介绍，认识了一个县级领导干部。

刘军几个人谎称自己是某某领导的亲戚，声称自己将在这个县城投资，开发一些新项目，从而加快这个城市的发展步伐。

这个县级领导为了招商引资，为了给自己增添政绩，便对刘军几人格外重视。刘军也借助自己的骗术，赢得了该县级干部的信任。时机成熟之后，刘军便施展了他“空手套白狼”的骗术，最终成功在该县城骗到了几十万元钱，然后就人间蒸发了。

刘军现在所做的事情，我知道是违法的。我想他一直在走钢丝啊，说不定哪一天就被抓住了。那样，等待他的就是牢狱之灾。

“兄弟，你还是尽快收手，不然后果是很严重的。”

“知道，兄弟。再干几票就收手了，到时回来做点小生意。”

过了几天，我又得到了吴兵的消息。吴兵在电话中告诉我，他已经不再带小姐了。被扫黄组抓捕之后，他就没有再干过，他把那些小姐转手卖给了别人。

他说，过一两个月就要回到本地开服装店，最近正在想办法处理一些私事。

斗辉和一个大他几岁的女人一起去了上海。他说，他在上海成了一条漂泊无用的船，没有方向，也没有终点。

我劝斗辉回来读书，说凭他的智商和超群的记忆力，只需要两年就可以考上个好大学。可是他拒绝了我的建议，他称自己已在外面飘荡惯了，回来读书已经不太现实。他静不下心来，读书并不是他的爱好。

我觉得人真奇怪。有的人明明有很大的优势，却不曾把握机会。譬如我、斗辉、刘军，本来都是比较聪明的人，却没有早点醒悟，没有明白知识改变命运的道理，在中学时代我行我素，荒废时日。最终命运便给我们开了一个巨大的玩笑，让我们失去了太多。

三

班长已经在黑板上写下了高考倒计时。我们看着黑板上的时间一天一天地改变，心里不知道是紧张还是期待。课桌上堆着满满的书，每天做着如雪花一般发放下来的卷子。

一些成绩好的同学，做这些卷子的时候感到很轻松；可是成绩差的同学，做起来却相当费力。

后排的同学正谈论着高考填什么志愿的问题。

A 问："兄弟们准备考什么学校呢？" A 说这句话的时候，似乎很自信，好像已经有了决定似的。

B 说："还没想好呢，我得听我妈的，她叫我去学医，她说学这个专业不仅可以赚钱，还永远不过时。像有些专业报考的时候正热门，但是一毕业就已经饱和了，到时满街都是了。因此学医算是很好的选择吧！你呢，C？"

"我啊，大学都有可能考不上，还选什么专业？一切随它去吧，车到山前必有路。" C 说这话的时候，没有任何信心，表现得很无奈。

听到他们的讨论，我想自己和 C 是一样的。大学，对我来说已是一个无法抵达的世界。它就像是一个遥不可及的梦想，放在高高的山上。而我却在山脚下，望山兴叹。

四

实习的语文老师要走了。

她在讲台上对我们说："同学们，我实习的时间就快结束了，马上就要离开你们。和你们在一起的这段时间，我过得很开心，你们都像对待朋友一样对待我，我感到我们已经成为知己了。很抱歉没能给你们更大的帮助，但我还是希望你们每一个人都在高考中取得好成绩，考上理想的大学。"

班上有些女生哭起来，她们劝老师不要走。有的男生走上讲台向老师赠送了纸做的千纸鹤。老师很感动，她接着对我们说："天下没有不散的宴席，今天的离别代表不了什么，我相信以后我们还会再见面的。"

教室里一个男生站了起来，他提高嗓门说："老师，你能给我们留下通讯地址吗？我们以后给你写信。"同学们听到这话，也强烈恳求老师留下地址。

于是，老师在黑板上写下了她的通讯地址和电话号码。她对我们说："我一定给你们回信，希望我们永远是朋友，希望你们考上理想的大学。"老师说这话的时候，充满了期待。我想她是真心地希望每一个学生都能考上自己理想的学校，她也希望每一个学生都能有一个光明的前途。

就这样老师离开了我们，回她的大学去了。她走的那一天，我们全班去送她，她嘱咐我们一定要努力学习。

老师留了一张纸条给我，我打开一看。上面写着："贾小刀，你一定要坚持下去，专心写作。不管生活给你多大的磨难，你都要挺下去。也不要为自己的过往忧伤，更不要绝望。你一定要坚持你的理想，相信有一天，我会看到你的作品，在新华书店，被人们捧在手上。相信自己，加油！"

看到她那隽秀的字迹，我真的不知道说些什么。这一次感动，融化了我内心深处厚厚的冰。

五

老师走了，我们很想念她，有的人给老师写了信。我还是老样子，做着自己的事情，茫然地生活。

王亮对我说他要出去闯荡，他不想再学这些乏味的东西。他深深爱着音乐，他希望自己有一天能够成为一个资深音乐人。他希望有一天，音乐风云榜能够有他的名字。他说他想退学，我劝他马上就高考了，不要轻易说放弃。他说他知道自己有多少斤两，考大学完全没有希望，与其在这里浪费光阴，还不如出去走走，或许会学到许多东西。

我问他："你准备到哪个地方去？"

"还没确定，我想我会选择去北京。因为，北京是中国文化艺术最繁荣的城市，搞艺术的都应该到北京去发展。北京的音乐搞得十分红火，许多北漂一族，许多音乐天才，都在那里扎下了根，也在那里发迹。因此，我想去碰碰运气。”

“是啊，搞经济的就到上海和深圳，搞文学艺术就应该到北京。你既然这么坚持，我就不拦你了。不过，我真心希望你能够有所成就，以后哪一天我来听你的演唱会可不许要钱。”我鼓励王亮说。

“我相信终有一天我会成功的，每个人都有自己的理想，能不能实现不要紧，关键是自己去做过没有，有没有去奋斗过、努力过。”王亮这样对我说。

“嗯，祝你成功！”

“谢谢你，贾小刀。我也希望你能够将文学创作坚持下去，我希望有一天你能出版自己的书。到那时，你千万不要忘了我曾把你的文章拿来当卫生纸用的事哈！”

“别那样取笑我，我这条路成功的希望只有万分之一。因此，我也没有奢望自己在这方面有什么成就。或许不久后的我，将会放弃写作。或许有一天，我会后悔文字浪费了我的青春和光阴。”

“别那么颓废好不好，一切都得向前看。你啊，就是一个忧郁的人。什么事情在你面前，都成了悲伤的事了。还是高兴一点儿，这样，人才能多活几岁。”说完，王亮便豪放地笑了起来。

我和他一起笑。

但是，笑过之后，我身旁又少了一个兄弟。

第二十一章 抵达

一

在将要高考的时候，我居然和李莉谈起了恋爱。

以前谈的女朋友，分的分，走的走，有的连名字都不记得了。我对小余说：“我谈够十个女朋友就不再让心到处漂泊了。”

小余对我说：“你不是只差一个了吗？对了，那个李莉不是总来找你，你就和她谈朋友吧，完成你要十个女朋友的任务。”

我不可思议地说：“这怎么行呢？我对她不是很有感觉。”

“你是不是现在良心发现了？你耍初中的小妹妹，怎么不说没有感觉呢，把人家搞得哭哭啼啼，你怎么没那样犹豫呢？”小余反驳我说。

“是啊，我浪费了许多青春，接触了爱情，现在看来却觉得一切都是那样虚无，没有任何意义。那些恋情为何要进入我的生活？为何我要伤害别人，也伤害自己呢？”

“别说那么多为何了，把你那十个女朋友的任务完成后，就金盆洗手吧。”小余继续调侃，他的眼睛里有狡黠的光。

我开始变得不知所措，脑海里一片混乱。我不知道自己怎么了，突然觉得自己没有多少时间可以迷茫。

一天晚上，李莉约我到外面逛街，我去了。走在长长的街头，才觉得这个城市比刚来的时候繁华了许多。那些新的建筑，不知道什么时候起矗立在马路边。这个城市，又一次被打造了，不过打造之后，比以前更繁华了。

来来往往的人，谁也不认识谁。就这样，自己走着自己的路。

我和李莉走在街头，任冷冷的风吹着我们的身体。我看到李莉那长长的头发被吹了起来，在空中飘着。

突然之间，我产生了幻觉。我仿佛想起一年前的那个晚上，一个女孩被我牵着手走在这条大街上。那晚的风，和今晚一样轻柔；那晚的灯光，和这晚一样耀眼。

我发现离我身旁只有 10 厘米的地方，有一只洁白的手。这只手，我似乎曾经握过。不知道是不是这个夜晚太沉醉，还是因为自己在一场梦中没有再醒来，我鬼使神差地牵住了身旁李莉的手。李莉诧异地看了看我，然后嘴角边露出了轻轻的笑。

我与李莉的恋情，就这样开始了，没有独白，没有前奏。

二

王亮真的走了，他走的那一天，离高考还有 107 天。

我和小余到火车站送他。离别的时候没有眼泪，男人之间是不会有眼泪的。

火车向北方驶去。我想北方是他的梦想，那里有他奋斗的土壤。

在回来的路上小余对我说：“贾小刀啊，你别说，王亮那小子歌唱得真他 × 的好，昨晚我们在酒吧喝酒的时候，王亮对我们说，他要上去唱两首歌。结果他唱了《兄弟》《光辉岁月》。你知道吗？他唱完之后，全酒吧的人都轰动了。要是这娃有机遇，弄不准还真的会出名呢。”

“是啊，这小子确实唱得好。特别是唱刀郎和黄家驹的歌，简直就是原版。你不知道，原来我和他在一个班时，他喜欢等同学们走后一个人在教室唱歌。有一次他把窗子关好后，在教室里唱羽泉的《烫心》。唱完之后回过头来一看，不知道什么时候后排坐了十几个女生。你说没这实力，能有那么大的吸引力吗？”我继续夸奖道。

“嗯，真希望这小子到北京后能够有所发展。现在想想，我们的兄弟都走得差不多了。你算算，刘军、吴兵现在在广州，高天听说到了云南，斗辉和一位大姐去了上海。刀疤、赵砍他们几个现在不知道去向，联系方式都没有。”小余说这话的时候有点惆怅。

“兄弟们走的走，散的散。命运就是这样捉弄人。不说了，我们还是赶快回校吧。回去好好地睡一觉，把所有的烦恼都忘掉算了。”

三

班主任每天都会给我们宣传高考的最新情况，每天都叮嘱我们要抓紧时间多做题、多看书，做最后的拼搏。

他喜欢在讲台上大肆吹嘘日本武士道精神。他说："同学们，掉几斤肉不要紧，只要考上了大学，就算累死在考场上也是值得的。为了高考，把命给豁出去了也中。"接着他又笑了笑，"不过你们还是得注意营养，跟你们的父母说这几个月不要节约钱，要吃好点。有的同学成绩差，尽快找家教，能补多少算多少。我这个人就主张一切向高考看齐。你们现在正是学习的时候，要把主要精力放在高考上，这才是最正确的。"

李莉要去考专业课了，那天晚上她叫我出去玩。我陪她在滨河路逛了一圈，然后跟着她去了她家。李莉的父母在广州开了工厂，很少回家。她父亲在这个城市给她买了一套房子，李莉自己一个人住。

我从冰箱里拿出两个苹果，一边看电视一边削皮。李莉坐到我旁边看电视。

李莉对我说："贾小刀，我就要到C城考试了，要几周才回来，你有时间的话来帮我整理一下房间。"

"好，你到那边好好考试，别慌张，争取考好。"我一边说一边把削好的苹果递给她。

她接过了苹果，然后对我说："其实我蛮担心你的，不知道你该怎么办。不过，不管你考试考得多坏，我都希望你去读大学，差一点儿的大学也不要紧，差大学里面一样会出人才。”她这样安慰我。

突然之间我觉得很感动，曾经有一个我深爱的女人，也这样对我说过，不管是海枯石烂，还是沧海桑田，她都不会离开我，可是现在她却倒在另一个男人的怀里。

四

李莉的手机响了。

“喂，哪位？”她问。

“是我啊，小张。你快来，小吴喝醉酒了，我们没办法搬动她，你过来一下，帮一下忙。”

“好，马上到。”说完，她挂了电话，然后对我说：“贾小刀，跟我出去一下，我朋友小吴喝醉酒了。”

我和她一起到了一个酒吧，看到一个醉得死去活来的女子在那里面说着疯话：“我爱你，不要离开我，我真的很爱你，你为什么那么狠心！”

两个女同学正扶着她。这个喝醉酒的女子长得很胖，是一个平凡的女子，旁边两个瘦弱的女同学根本扶不住她。

姓张的女孩告诉我们，小吴失恋了。

于是，我们几个人连扶带抬地把小吴送进了出租车，接着把她送到了李莉的家。回家后，我到另一个房间早早地睡去了。第二天早晨，我很早就去了学校。

五

后来听李莉说，那个女的酒醒后，也回到了学校。她还告诉李莉，她要去找她的男朋友，她不甘心就这样算了。她说自己为他付出了那么多，把自己的所有都给了那个男的，可是那个男的却那么绝情地把她给甩了。她想不明白，她说一定要找他问个清楚。

我突然发现自己也曾经和她一样幼稚过，一样伤心过，只是我没有去找她。因为一个不爱你的人，是不会同情你的脆弱，也不会因为你的眼泪，而改变对你已消失的感情。

这个世界上有多少人，因为爱得深而伤得痛彻心扉啊！

一位作家曾经说："亲爱的，不要悲伤，冬天夺走你的东西，新春她又会还给你。"我想，每一个人都应该忘记自己以往经历过最严寒的冬天，因为那里只有你的悲伤，只有你的绝望。我们应该忘记那冬天的严寒，期待着春天阳光明媚、百花盛开。

李莉最终去了锦官城，我才猛然发觉，曾经有一位自己深爱着的姑娘也在那座城市。她穿着白衣天使的外衣，为了她所谓的理想在奔忙。我觉得自己似乎得到了许多，又失去了许多。

这一切的失去与获得，能够说明什么呢？只能说明人生是如此的漫长，却又如此的让人绝望。

我看了看黑板上的高考倒计时，才发现时光原来如此匆忙。高考越来越近，我却仍旧迷失在梦里。

无意间听说有人害怕，因不能承受即将来临的高考压力跳楼自杀了，这让我们很是震动。是啊，有的人在一件事上倾注了太多希望，可是这失望却比夜晚更长。

我还是会去上网，还是会习惯性地收小芳的邮件。我想，和她的通信或许就这样持续下去，也或许会在某一天终止。

第二十二章 河流

一

偶然间在书店里遇到了张河。

发现他的时候，张河正站在“高考冲刺栏”旁边。

我走了过去，拍了拍他的肩膀。我发现他出奇地瘦。他看到了我，表现出异常的惊喜。

“贾小刀，你怎么在这里啊，我们有大半年没有见面了吧？”张河很热情地对我说。

“是啊，是有一年多了，过得怎么样，来书店买什么？”我这样问他。

“买一些高考最后冲刺的书，你也知道离高考还有将近两个月的时间，我真的很担心，觉得自己还有许多东西没做好，所以再来买两本资料做一下，总之让自己心里踏实一些。”

“还要买书啊，你成绩不是已经很好了吗？模拟考试考了吗？考得怎么样？”

“别说了，这次考得有点差，才 637 分，离我理想的学校分数线还有距离。”

“什么！ 637 分还低，你真是不知足。哎，人都是这样，永远处于不满足的状态。即使有一天你当了市长，你还会幻想自己当省长。”

“别开玩笑了。你呢，模拟考得怎么样？”他问我。

“说点其他的吧，我们原班的同学都好吗？”我不想提我的成绩，因为在他们面前，我已经不好意思提起自己那可怜的分数，于是我转移了话题。

“我们原班啊，高一的时候是 56 个人，现在只有 45 个人了。你、刘军、斗辉几个走后，过了不久又有几个人没有读书了。说是没有希望，与其在学校浪费时间，不如早点逃离。还有两个人到文科班去了。”张河这样回答我。

“哦，那我们班人好少，真的没有想到。”我这样叹息道。

“对了，你的理想是考什么学校？”张河问我。

“我现在已经没有理想了，因为我什么学校可能都考不上，你呢？”

“我想报考北大的中文系，但是我现在的这个分数，还有一点摇摆，所以我还是挺担心的。”张河对我谈起了理想，这触碰到了我最脆弱的地方。

曾经的我何尝没有理想？年少时，我希望自己能去北方的那所大学，能去读那里的中文系，感受其繁盛的文学氛围。可是这理想，却随着消逝的时光一同烟消云散。突然之间，觉得自己一无所有，理想、爱情，似乎一切的一切，都不曾在我的命运中。

二

高考越来越近。面对高考，同学们采取了不同的应对计策。成绩好的人，开始继续猛攻复习；成绩差的除了请家教外，还在联系重点中学的同学，给自己发答案创造机会。

H 同学是一个成绩相当垃圾的人，平时基本不来上课。快要高考了，他却到处张罗开来。

H 的父亲是我们这个县的副县长，我同桌 S 的母亲是我们县著名的企业家，于是他们总是能够走到一起。

H 坐在课桌上对我的同桌 S 说："告诉你，我爸已经去 C 城给我买考号了。他给排考试位置的工作人员送了红包，希望他们能够给我分一个好位置。能够和成绩特别好的人坐在一起，特别是和国家级重点中学的尖子生坐在一个考场里。那样我看他们的答案就很方便了！"

"其实这个方法并不是很好，我妈帮我联系了一个学生，他平时成绩都是 600 分以上。他考试的时候给我递答案，你要知道光选择题就有接近 400 分。这样一来，我还愁考不上大学？"同桌 S 紧接着说。

我厌烦了这些无聊的谈话，便一个人走出了教室，来到操场上。操场上一些低年级的同学正无忧无虑地欢笑着。他们的欢笑让我想起了曾经的自己。

三

小余找到了我，说要请我吃饭。

我和小余在“朝天饭店”吃的饭。这个饭店的名字，让我想起了几年前和王亮、刘军几个人一起在皇朝大酒店吃的那顿饭。如今，皇朝大酒店早已经不存在了。

听说去年进行的“大风暴”活动，上级亲自派人来督战，硬是把皇朝大酒店给查封了。该酒店的一些黑社会分子基本都被抓了。而那个海哥，也畏罪潜逃到了外地，杳无音信。郑鱼因为提前得到消息，逃到了国外。

“贾小刀，我要到深圳去，过两天就要走了。这次吃饭，就算我们的分别宴吧。”小余有些悲伤。

“怎么要走了呢，不等考完了再走吗？”我有些失落地问。

“还考什么试啊，已经完全没有希望了。去考了也等于白去，简直是浪费时间。”小余解释道，我从他的眼神中，看到有一些不甘。

“哎，高考过后，都要说再见。现在说再见，也不算太早。你出去好好混，别再像现在那样，为了一点儿小事就和别人争吵、打架。有什么事情不能解决的呢？退一步海阔天空。”我这样劝小余。

“嗯，这个我知道。我现在已经改了许多。想起曾经我们的无知和轻狂，真觉得不可思议。你还记得我们两个人去打隔壁班的小程吗？对了，那次还是你惹的祸事。要不是你和他发生口角，我们也不会和他打起来。往事不堪回首。”小余说这话的时候，有些无奈地笑了笑。

“是啊，那时，我们真做了许多可笑的事。你还记得吗？有一次，那个女的和你分手，你不愿意。在网吧，你坐在她的身边，悄悄用剪刀把她的头发给剪了。你说，这样的女人就要那样对她，害得那个女孩去理发店剪了个男生头。当她走在学校的时候，我们还叫她‘男人婆’呢。”我讲起了小余做的荒唐事情。

那天，我们聊到很晚，直到月亮挂上了树梢。

小余到了深圳后，很快就找了一家学校学起了模具设计。听说他们只学两年，学完了就可以分到厂里工作。

小余的父亲和我的父亲也是同学。他的父亲初中没毕业，就在镇上拜了师傅，学习修理电器，后来，在镇上开了一家电器修理店。没想到 2000 年以后，电器市场进入销售的红火时代，他的父亲不仅修理电器，还开了电器店，生意非常火爆，也积累了人生的第一桶金。小余学完模具设计之后，确实进了一家模具厂。但是，结果没有他预想的那么好。工资没有想象的高，没干多久，他就离开了工厂。他爸喊他回乡镇接班，帮忙打理家里的电器销售生意。但是倔强的小余并没有接受父亲的建议，听闻又到深圳倒腾网上销售去了。再后来，我便没有了他任何消息。

我想，没有消息，或许就是最好的消息吧。

每一个人，都有着自己不同的人生。

不知不觉高考已经临近，大家似乎放松了学习，每天很少看书，开始了海阔天空的闲谈，并且开始给班上的同学写留言。这些留言似乎都是写好的一面。就像被贿赂了一样，男的就叫帅哥，女的就叫美女。全都是些好听的话、赞扬的字眼，似乎这里每一个人都是全面发展的人才。这让我想起一句话，“人之将死，其言也善。鸟之将死，其声亦哀”。而同学们将要分别，留言也善啊。

一些人在那个招生考试报上选着自己要学的专业和学校，好像他们翻到的地方，就是自己真要去读的地方一样。一些人在那里谈论自己的理想，表达自己对大学的憧憬。他们把大学想象得太美好，而我却把大学想成是一个遥不可及的幻境。

第二十三章 北京

一

高考终于来临，它来得那么快，来得那么突然。

我似乎还没有来得及看清它来临的征兆，它就已经在我的面前。

老师给我们作了最后一次演讲，祝福我们能够考得更好。这时候城市的每一个旅馆都已经住满。一些乡镇的学生提前几天来到了城里，他们早早预订了房间。

考试前的那个晚上，本来我是很早就躺在床上了，但是怎么也睡不着。到半夜的时候，室友小赵爬起来，对我说："贾小刀，睡了吗？"

"没呢，怎么了，你睡不着？"

"嗯，有点紧张，担心明天考不好。"小赵表现出担心的样子。

"不要想那么多，要相信自己。你看我，反正知道自己没有希望，反而没把它当回事。"我这样安慰小赵。

“贾小刀，你买答案了吗？听说我们班有许多同学都买了答案，你买了吗？”小赵问我。

“我啊，本来有个初中同学要卖我答案的，但是被我拒绝了。”我这样回答道。

“其实你应该买的。”小赵为我叹息道。

“还是算了吧。这次考完试后，我要去北京，或许不会再回来了。读书，已经是一个遥不可及的梦想。”我想去王亮那里，看能不能和他一起搞音乐。

“哎，你有你自己的想法。还是不说了吧，睡不着，我们出去吃烧烤吧。”小赵建议道。

我翻身起了床说：“好吧，我也睡不着，走吧，去吃点东西，喝点酒。”

于是我和小赵一起来到了街上，街上出奇地静。偶尔会有一辆出租车经过。

我们来到夜市里的烧烤店，坐了下来，点了一些烧烤，要了两瓶啤酒。

烧烤店的老板看了看我们，对我们说：“你们是学生吧？”

“是的，明天就高考了。”小赵答道。我吃着菜，没有说话。

“最后一次考试哦，改变命运的时候到了。我听说今年还有人卖答案啊，有这种事情吗？”卖烧烤的老板和小赵聊起来。

“是啊，最后一次考试，你说卖答案的事情，是从哪里听说的呀？”小赵问。

“这个要从我们的邻居说起，邻居是交通局局长。他娃儿今年高考，可是成绩又差得要命。于是，他就在一个尖子生那里买了答案，还跟监考老师打了招呼。”烧烤店老板有板有眼地对我们说。

我看了看这个城市，原来它是如此安宁。想想自己在这个城市待了这么多年，却从没有认真地看一看它。

我看了看天空，月亮散发着淡淡的光。

天空很暗，正如这黑夜。

那些房子里，偶尔有一处灯光还亮着。远处的河边停靠着几只客船。风轻轻吹来，吹在身上感觉到有一点儿冷。

我和小赵吃完了烧烤，回到了旅馆。由于酒精的作用，我们很快就迷迷糊糊地睡着了。

二

第二天早晨我们很早醒来，走出去一看，外面早已经挤满了人。

我和小赵吃完饭后，便来到考试的地点。我们惊奇地发现，考场外站满了人，绝大部分是学生的家长，他们是来陪孩子考试的。

我看到他们期盼与渴望的表情，才猛然间想到，世界上有谁比自己的亲人更亲、更无私呢？

匆匆忙忙进了考场，等待了十几分钟后便打了考前预备铃。

第一堂考的是语文，我开始做题。可是做到一半，才惊奇地发现自己特别困，头昏沉沉的，特别想睡觉。我努力说服自己不要睡、要忍住，可最终还是睡着了。

等我醒来时，看到有些同学已经开始交卷了。监考老师提醒考生还有 30 分钟考试结束。我看了看自己的试卷，还有 90 分的题没有做。作文 60 分，阅读 20 分以及默写 10 分。我看了一下默写，决定放弃，因为这个我平时也只能得个两三分左右，阅读用了 5 分钟搞定。接下来飞快地扫描了一下作文题目，于是草草地加了个题目《天问》，便开始以神速挥起笔。当我的手指停下来的那一刻，交卷的铃声正好响起。

接下来的考试，可以称之为一塌糊涂，但我最后还是强忍着把它考完了。我想，权当给自己留一个纪念吧！当有一天自己的儿子问起我这个文盲时，我会大言不惭地说：老子也曾经参加过高考！

考试完毕以后，我没有到学校看成绩。听别人说我们班这次考得比预想的好，比如 H、S、K 几个人都考上了比较好的大学。老师说，不管怎么说，考上大学的学生就是好学生。是啊，不管白猫还是黑猫，抓住耗子的猫就是好猫。

李莉的专业课成绩上了中央美术学院，文化课成绩听说也不错。考完试后，她找到了我。问起了我的成绩，我不好意思说出口，只是对她说我已经无缘去读大学。

她感到很惋惜，为我难过。

我告诉她我要去北京，可能和王亮一起组建乐队。她听了后没有说话。

然后，我对她说，我和她之间已经没有可能在一起，还是分开好。

她恳求我不要说那样的话，于是我对她说："其实你到了一个新的地方，就会改变现在的看法。你会觉得我们在一起是多么的幼稚，你会觉得你曾经是多么的天真。如果你真的珍惜这份感情，一年之后，你我见一次面吧。那时候看你心里还有没有我。"于是我和李莉就这样告别了。

就好像有一句歌词写的那样："高考后，我们彼此说再见。什么爱恋，什么伤害，在转过身的时候，却发现早已经不见……"

我没有勇气自己去填志愿，叫一个朋友去帮我填的。

我对他说："就按照我父亲安排的意见填写吧。"

我的成绩出来后，父亲挺失望。他忘不掉曾经优秀的儿子，也无法接受现在失败的儿子。曾经，我考全县第一名时，父亲去镇上，总是热情地和他以前的朋友打招呼，逢人就夸耀说自己的儿子考上了全县第一名。后来，我读了国家级重点中学的尖子班时，他又会给身边的人吹嘘：不就是半只脚踏进了大学的大门呢，没什么了不起。再到后来，我的成绩已经在班上垫底了，他似乎就不怎么去赶集了，常常在家里生闷气，有时干脆就去了外地打工，过年过节也不愿意回来。

高考，我的失败，令他无法接受。但毫无办法之后，他还是给了建议，对于我的专业他是操碎了心。第一专业，他建议报选临床医学，他希望自己的儿子以后能接我们家族的班，再培养一个乡村医生。第二专业，准备给我报师范教育，由于我们村的知青胡老师的儿子在县教育局，他认为报考一个教师专业，以后还能找找关系回镇上教书。

父亲的建议，我毫无保留地执行了。我知道，高考败北的自己，几乎也谈不上什么专业可言。读哪里，都是一个专科。强调专业有什么用呢。

三

我很意外地接到了小芳的电话，她问了我的高考成绩，问我下一步打算怎么办。

我突然觉得自己似乎少不了这个朋友，一年以前她就和我联系着。我们彼此通信，鼓励着对方，互打电话，似乎已经是一种习惯。我们谈论着文学、人生、理想、爱情，似乎无所不谈。

她在我最困难的时候鼓励我，让我远离伤害。有的时候，我觉得她似乎就在身边，仿佛是自己的灵魂、自己精神的依托。收她的邮件、与她聊天成为一种习惯。我想她或许是我网络中最虚拟的朋友，也是最亲密的朋友。

“我会去北京，去找我的一个朋友。到了那里再说吧。”我没有底气地回答她。

“哦，也好，出去走走，或许心情会放松一些。真的希望你能发展得好。”她在电话里安慰我道。

“谢谢。你呢，大学要毕业了吧？怎么样，找工作有信心吗？”我问她。

“我英语过了六级，计算机过了四级，还拿到了会计证，找工作应该不成问题。”小芳很有把握地回答。

“那祝贺你啊，取得这么好的成绩。”我突然之间羡慕起小芳来，羡慕起她的大学生活，羡慕起她所取得的成绩。

“没什么，对了，我可以邀请你到我这里来吗？我希望你能来看我。”小芳真诚地邀请我。

“到你那里去？我真不知道该怎么面对你。看看吧，有时间我会去的。或者说有缘分我们会见面的。”我这样回答。

“好吧，我们生活在虚拟中也好。到了北京要给我打电话。”

“好的，我会的。谢谢你。”

“祝你幸福，希望你每天过得开心。”

“谢谢。”

我挂了电话，挂上电话的那一瞬间，我觉得自己的脑海一片空白。我觉得自己失去了一切，觉得自己已经走在人生的最低谷，那里没有阳光，没有星辰，只有漫无边际的黑暗。

四

在我准备去北京的那段时间，李旋打来了电话。他说自己当兵已经回来，现在复员了，在火车上做乘务员。他说他想和我聚一下。

我想，我们已经三年没有见面了。

于是我就去了他家，在那里玩了几天。

他告诉我，初中的兄弟小伟大专已经毕业了，在重庆找到了工作，听说月薪有三千多元。

听到这些，我开始怀念起我的兄弟来。还记得曾经年少的时候，我们一起到大河里面去洗澡，在游戏厅里疯狂地游戏。我还记得他们曾经喜欢的那些女孩。

似乎一切就在眼前，历历在目。

李旋告诉我，曾经和我们闹矛盾的大比已经结婚了。

李旋告诉我，当兵的几年让他明白许多事情，也让他知道了自己曾经的冲动与轻狂。李旋劝我以后做事情要三思而后行，有的时候不要那么冲动。我想这是肺腑之言。

可是以后，我已经没有冲动的机会。一个人过了那个年龄，还会像儿时那样什么都不想吗？人到了这个阶段，考虑的事情有许多，烦恼也随之而来。

李旋问我："想去上海吗？"我曾经喜欢上海，不是因为上海繁华，而是因为《萌芽》，因为那里有实现自己梦想的平台，那里有新概念。

记得高三的时候，我还寄了一篇作品《网》给新概念作文大赛，希望这篇文章能够实现我的大学梦。可是我并没有收到复赛通知，我才明白自己一直活在梦中，一直不曾醒来。上海，我想我永远也去不了上海了。

当李旋说到上海这个词的时候，我的心颤抖了一下。

在李旋那里玩了几天之后，我回到了家。我猛然醒悟：自己离家乡原来是如此遥远。

家乡的人们还是那样的朴素。他们每天早早起床，来到田地里，呼吸泥土的气息。其实这些泥土，不知道被他们翻耕过多少次了。

我看到那些扛着锄头的中年人，含着一根烟杆，站在田间，他们似乎在想着些什么。老人们花白着头发，胡子堆满了整个嘴巴。他们牵着一头黄牛，黄昏的时候，在山坡上缓慢地走着。他们那苍老的眼神，正如这个黄昏的霞光一样苍老起来。妇女们背着蔬菜、衣服，或者其他什么东西，来到河边，在那里清洗。水泛起了涟漪，一圈一圈的，好像一朵朵盛开的花。

家乡的山，还是那样高大。家乡的石头，还是那样坚强。家乡的那些树，似乎比以前更加茁壮。

我已经有很多年没有回到自己的故乡了。这里的一切似乎都变了，可是还如原来那样亲切。我看到村里多了些新建的房子，多了些陌生的女人。听人们说这些女人来自四面八方。

在家中待着的时候，我感到自己似乎对不起家乡的土地。在外那么久，却没有学到知识回来，我的心惭愧到了极点。

无意中遇到了曾经的老师，曾经的启蒙老师。她问我高考考得怎么样，我没有回答。只是违心地说了一句：“一般。”她关切地问：“有没有 650 分？”

我听了后感到无地自容。

这个老师一直认为我是她心目中最优秀的学生，可是她不会想到，我已经不是她心目中曾经那个优秀的孩子了。

我没有说话，只是问了她的身体情况，和她聊了一会儿便匆匆走了。我的走是一种必然，正如雨水的到来与雨水的停止，都是一种必然……

五

刘军回来了，在 × 城买了房子。我对他说：“你的钱是从哪里来的？”

他说：“有些事情你还是不要知道的好！”

刘军说他回来准备做服装生意，希望能够这样稳定下来。于是我祝福他，希望他真的能够像他想的那样，过他想要的生活。

斗辉在上海安定了下来，他和那个“姐姐”一起开了个小吃店，生意还过得去。斗辉对我说：“你不是一直想来上海吗？你可以到我这里来啊！我非常欢迎你。我们已经很久没有见了。”

听到这话的时候，我感觉温暖无比。我的兄弟还想念着我。

王亮催我速去北京，他说他在北京搞音乐，希望我过去帮他填词，以及做一些文字方面的工作。我告诉他，我很快就会过去。

吴兵也给我打了电话，是在牢里面打的。他告诉我他被抓了起来，因为绑架和抢劫。之后，他被判了 15 年。和他一起被抓的还有海哥，曾经横行一时的海哥，在我们县城曾是一等一风云人物的海哥。

人的命运是那么多变，曾经叱咤风云的海哥染上了毒瘾，败光了所有钱财，无奈之下便想到了继续犯罪。本打算回来做服装生意的吴兵，见到海哥的那一刹那，感慨万千。

同是老乡，吴兵本身又是在江湖上跑的人，他把义气看得很重。于是，他收留了海哥。

他哪里知道，海哥不仅没有给他带来好运，还拖他下了水。有一天，海哥看到一个香港老板，经多方打听知道这个香港老板至少有 5 亿身家。于是海哥起了歹心，准备绑架他。

吴兵本来不想参与这件事，但受不住海哥等几人的蛊惑，再加上金钱的诱惑，于是几个人便策划了一起绑架案，并成功获得了数千万的不义之财。但是，天网恢恢，疏而不漏，海哥由于毒瘾再发，一不小心就被警察抓了一个正着。在警局里，他不仅交代了吸毒事实，还交代了绑架一事。

吴兵因为海哥的供述而被警方批捕。因为绑架罪，他被判有期徒刑 15 年。海哥被判了死刑。其余的几个小混混，也被判了 10 年到 15 年的徒刑不等。

吴兵在电话中哭了，他很悲伤，也很绝望。他说他很后悔，后悔当初没有做一个好人。他不该将金钱看得太重，也不该为了钱做一些违法乱纪的事。他说，进入监狱之后，他才真真切切体会到自由是多么重要。他再也不能坐在城市的茶楼望着窗外的天空，静静地品尝人生的酸甜苦辣了；他再也不能与自己心爱的姑娘走进幸福的婚姻殿堂；再也不能去实现自己的远大理想了。

吴兵托我抽空去看一看他远在乡下的父母，托我告诉他们，他这个不孝的儿子让他们失望了。

我答应了下来，他还劝我要珍惜自由的生活，不要等到失去了才想到去珍惜。

受到吴兵的启发，我开始珍视自己的自由，趁我的自由现在还在我的生命里。

我简单地收拾了一下，便踏上了北上的火车。

坐在靠窗口的座位上，我最后看了一眼故乡。这里有着我多少故事与伤痛，也有着我难以忘记的青春与迷惘。

阳光依旧照耀在城市的每个角落，随着火车的移动，这个城市离我越来越远。

第二十四章 歌手

一

时间过得很快，坐了近二十个小时的火车就到了北京。

看着繁华的北京火车站，我在心里说，这就是北京吗？当这个全国人民敬仰的城市展现在我面前，我却感到很惊慌。

车站很庞大，人群川流不息，十分拥挤、嘈杂。我望眼欲穿，才看到前来接我的王亮。

“贾小刀，我们走！”

“你住的地方离车站有多远？”

“不远，一个小时就到了。”

“一个小时还不远啊？”

“当然，在北京一个小时的车程不算远。我们先去我住的地方。把行李放好后，我们再出去吃饭哈。”王亮对我说。

“嗯，好的，兄弟，真是太麻烦你了！”

“你我之间说这些，太客气了吧！”王亮笑了笑。

“对了，现在你在北京音乐做得怎么样？是不是有什么导演看上你了，或者给你拍什么专辑什么的？”

“哪里有啊。千里马常有，而伯乐不常有，我还没有遇到自己的伯乐呢！”

“慢慢来，你才到这里不久，苦尽甘来，一定没错。兄弟我看好你。”鼓励王亮时，我的内心也是很虚的。

随后我们提着行李，走过人行道，穿过红绿灯，走到了一个公交站台。

“车来了，兄弟，我们上车吧。”

于是我和王亮便上了刚刚进站的公交车。买了车票坐在了公交车后方的位置上。

坐在窗户边，看着窗外繁华的北京城，我不禁感慨万千。这就是我常在电视和书里看到的北京城啊！高楼大厦，车辆云集，的确繁华至极。一些人来来往往，各自忙着自己的事。

一个网友曾经说，以后工作一定要选一个文化底蕴深厚的城市，譬如北京、成都、西安。而对于文化人、电影人来说，北京应该作为寻梦的首选。在北京能够得到最新、最全面的信息，渠道也较其他地方更广泛。

然而，我却以一个失败者的身份来到这个文化最为繁荣的城市，心里不免有些忐忑起来。是啊，作为一个高中毕业生，我怎样在这个城市生存，又该怎样生活？

王亮推了我一下说：“北京怎么样，与你想象的有什么不同？”

“还不错吧，没有我想象中的那么好，当然也没有我想象中的那么差。”看到北京，除了繁华，我还不知道怎么去形容它。

“在这里多待一段时间，你就会对北京有深刻的认识的。它是一个让人又爱又恨的城市。”

“嗯，或许是这样吧。”

一边与王亮说话，一边看着窗外宽阔的街道、匆忙的人群，我的内心还是有些恐慌。北京啊北京，明天的我会是什么样子，你能告诉我吗？

二

“贾小刀，下车了。过了这条街，再过两个巷子就到了。”王亮拍了拍我的肩膀，示意我下车。

“哦，好。”这时我才从恍惚中回过神来，跟着王亮往一片老式建筑群走去。

“你就住在这一带，亮哥？”

“是啊！再走一会儿就到了。”

王亮说走一会儿就到，其实，我和他走了将近二十分钟。我们穿过一排排房子，再走过一个农贸市场，然后穿过一个小巷，最后来到一个小区内的地下室门前。

“怎么，你就住地下室？”

“是啊，北京的房子难找啊，有得住就不错了。15 个平方的单间也要两千多一个月，谁能吃得消呢？”

“哎，大城市就这样啊。当年连李清照也曾蜗居过，更何况你我呢？”我安慰王亮，其实自己心里却有说不出的感慨。

随后，我和王亮一同走到了他的房间，房间大概有八个平方，仅够摆上一张床。没有办法，我和王亮就挤在他北京的窝里，一起谈天说地。

“贾小刀，来，我给你弹奏一曲，看你亮哥的琴艺如何？”我们将行李放下，整理好房间后，王亮便从墙壁上取下一把擦得锃亮的吉他，拿着拨片对我说要给我弹奏一曲。

看得出王亮对乐器是很爱护的。在地下室微弱的灯光下，王亮的吉他一尘不染，还闪着光。

“贾小刀，要听什么？”王亮问我。

“《不再犹豫》，黄家驹的！”这首歌，是我初中时和王亮一同参加全校歌手大赛的得奖曲目，记得当时我们获得了全校一等奖。

王亮开始拨动琴弦，吉他声伴随他充满磁性的歌声，在地下室回荡着。王亮唱得是那样忧伤，又是那样坚定。听到这忧郁而沧桑的歌声，我想，王亮在北京真的不再犹豫吗？为了理想，为了音乐，一个人到了这个令人感觉压抑的城市，总想混出个人样来，可是现实真有他想象的那么好吗？

“……谁人定我去和留，定我心中的宇宙，只想靠两手，向理想挥手。问句天几高，心中志比天更高，自信打不死的心态活到老……”王亮忘情地唱着《不再犹豫》，他似乎沉浸在音乐声中，完全忘记了旁边听歌的我。

看着这个年轻帅气的男孩，看着他脸上的忧伤与沧桑，我想，有多少像王亮一样的人，在北京这样的城市，被这无情的岁月所埋葬啊！

我也想到了自己的理想。曾经志比天高，觉得海阔天空，哪里都可以是自己实现梦想的地方。如今，那些伟大的、美丽的梦想却被现实无情地埋葬了。多么可悲啊！

“唱完了！”王亮一曲结束，我从回忆中惊醒过来，连连夸奖他唱得好。

“我觉得还有许多地方需要改进，本想去找个专业老师学习，可是那天到音乐学院去看，一节课350元。他××的，像我这种穷小子哪里学得起啊。”王亮陷入了痛苦之中。

“别灰心，以后会有机会学到的。努力吧！说不定，以后就会有什么大媒体给你宣传宣传，然后你就红了。你红了之后还怕没有老师教吗？”

王亮并没有因为我的安慰而开心起来，他依然是一副愁容。

这时，我才知道其实有些东西是穷人不能爱好的。

三

“对了，贾小刀，咱们出去吃饭吧，我们出去喝两杯。”说着，王亮便小心地将吉他挂在墙上，然后搭着我的肩膀往外走。

我们一同来到亚运村的一条步行街，随便找了一个安静点的位置。王亮对我说："就在这儿吧，这里安静。"然后，王亮便坐在靠窗的椅子上打起了电话。

"喂，不忙了吧，今天生意怎么样？"

"一般，看热闹的人多，给钱的人少。"依稀可以听到电话那头一个男子的声音。

"快到C街来，我们在'乐书阁'吃夜宵，过来一起喝酒吧。"王亮挂了电话。

"谁啊？"我问王亮。

"一个兄弟，也是做音乐的，他上晚班。"王亮用牙齿咬开一瓶啤酒，倒了一杯给我。

"呵，你牙齿还这么硬朗！"

"那是，喝酒少不了它。"

"佩服！"

"对了，贾小刀，你和其他的兄弟联系过没？我很怀念我们初中的时光。当时和大比的打架事件，和李旋一起打那个偷车贼……对了，我还喜欢过一个叫翠翠的女孩，不知道她现在怎么样了。"

"是啊，初中的那段时光，有过太多激情，也有过太多欢乐。那时，我们还没有那么多烦恼，人也很单纯。哪知道，高中之后，一切都变了。压力、生活以及看不着影子、摸不着头绪的狗屁理想，都变了。"

“别说什么理想不理想，你说说看那个翠翠怎么样了？当时她可是我们班上的美人。”

“哈哈，别说了。这个美丽的翠翠，早就名花有主了。”

“他 ×× 的，是哪个主？我要宰了他。”王亮表现得义愤填膺，然后咬掉一个啤酒瓶盖，用力地将盖子吐在地上，看上去十分气愤。

“说起这个男的来，你更气愤。他就是我们班上的小不点李中平啊。”

“是他？他 × 的，天理不公啊。这是什么世道？武大郎也能追到翠翠妹妹。郁闷，悲哀，没有天理，气死我了。早知道，我该早点下手，可惜啦！可惜啦！一朵美丽的鲜花插在牛粪上了啊！”王亮惋惜道。

“世界上很多事都是这样啊，兄弟！”我端起一杯啤酒，一饮而尽。

“听说李中平在重庆读了中专，在一个厂里上班了。这小子用的什么独门绝技把翠翠妹妹给追到手的，真让我佩服！”

“人家是高手中的高手，你就别感叹了。兄弟，学习任贤齐吧，‘不是你的，就别再勉强’。”

“对，不是你的就别再勉强。”王亮说完后，就将啤酒一饮而尽，接着说，“谈点其他的吧，谈起这翠翠，我就心痛。”

“好，我给你讲讲其他兄弟的近况。”

“好。”王亮来了兴趣。

“小伟在重庆上班，好像在做机械设计。刘军现在发财了，挣的钱，数也数不清，听说回乡镇修了一个大别墅。李旋当兵回来，在火车上当列车员。”

“对了，还有吴兵呢，吴兵咋样了？”

“唉，一言难尽啊！”

“怎么了，他到底怎么了？”

“可惜了，我们的兄弟。”

“出了什么事？”王亮继续问道。

“他在坐牢，判了 15 年。不知道什么时候才能见到他。”

“为什么？”

“因为绑架啊，和海哥一起被抓的。和他一起进去的，还有我们初中的几个校友，一大帮人就这么进去了。”

“哎，提起这个伤心。兄弟，不说了，不说了。我们先喝酒。”

于是我和王亮，又每人干完了一瓶啤酒。喝了一会儿酒，王亮又打开了话题。

“你高考怎么考得那么差？真让我感到意外。”

“不是意外，是意料之中的事。平时不努力，临时抱佛脚，佛是不会来帮助我的。”说完这些，我很感伤，于是又端起一杯酒，敬了王亮。

“哎，杯子喝酒不过瘾。来，我们兄弟一人一瓶对吹。”说完，王亮咬开两瓶啤酒，递给我一瓶。

“是啊，这样喝才过瘾。”我接过酒，一口气喝了一大瓶。

菜一盘一盘地端到了桌上。我和王亮一边吃菜，一边聊天。这样没过多久，王亮的朋友到了，王亮开了一瓶酒递给他。

“兄弟，你好，我叫刘刚，以后叫我小刘就是，很高兴认识你，也欢迎你来到北京！”刘刚举起啤酒瓶说。

“我叫贾小刀，是王亮的结拜兄弟。大家都是朋友，别说客气话。一切尽在酒中。”我举起啤酒一饮而尽。

“贾哥，好酒量！”

“今天生意不错吧，王亮？”刘刚问。

“一般，差点上一百，你呢？”王亮说。

“我今天运气背，几十块钱。”刘刚回答道。

“哎，地下通道的生意不好做，像我们这样的歌手太多了，竞争也太激烈啊！”王亮分析道。

这时我才知道，这两个年轻人在北京所谓的做音乐，是在地下通道当流浪歌手，说白了就是卖唱。

那一晚，我们三个一直喝到第二天凌晨两点多。回到地下室，我和王亮倒头就睡。

四

第二天醒来时，已经是早上八点。王亮开始在地下室里整理自己的家当。

我问：“你要出去做什么？”

“上班啊，每天早上九点左右，我都要出去上班。这时候人流量大，听歌的人比较多。但愿今天有好运气！”王亮一边擦拭吉他，一边对我说，“快起来吧，跟我一起去吃饭，然后上班去。”

“好，我马上起来。但我去做什么？”我问。

“你什么也不做，就站在旁边看着。要是真想帮我，就写一首让人愿意掏钱的诗。反正你小子的文章一直都很不错！”

“好，我看情况怎样。如果不妙，就实施你的建议。”

随后，我们简单吃了早点，然后便向地下通道走去。

我们走进了地下通道，王亮找了一个开阔的位置，整理好家当，从口袋里拿出一个纸盒，然后往纸盒里放了 1 元、5 元、10 元、50 元的人民币，大概放了近百元。

“你放这些钱干什么？”我问。

“这是引子，有了这些引子，丢钱的人就会更多，这是经验。待会儿你就知道了。”王亮对我说起他们的行业规则。

“哦，原来还有这些窍门啊。不错，不错。”

“前方啊，没有方向……”王亮唱起了伍佰的《白鸽》，一些路人围了过来，停留了半分钟，听了一会儿歌，然后丢下 5 元钱便离开了。有的人放慢了脚步，然后从我们身边慢慢走过，并不给钱。也有的人，就在我们旁边站住，然后对王亮说“唱得不错”。

一曲唱毕，王亮又唱起了“摇滚之父”崔健的成名曲《一无所有》。围观的人有的表情冷淡，有的似乎在专心听歌，有的以一种试探的眼光看着我们。

又一曲唱完，一个小孩小跑着过来，丢了 1 元钱到王亮早已准备好的盒子里。也有一些人对王亮的歌一点儿也不感冒，他们目不斜视地从我们身边走过，脸上没有任何表情。

随后，王亮又唱起了台湾歌星邰正宵的《千纸鹤》。歌声哀婉动听，就像一小片有着刃口的叶子，轻轻割伤了你的手，你的心便随着音乐的节奏疼痛起来。

我一边听歌，一边从王亮的包里找出粉笔，在王亮旁边的空水泥地上写下了如下的文字：我是一个离家的孩子，流浪在北京，没有所谓的好衣裳，也没有亲人在身旁。北京的人们啊，你们质朴又善良，就像天空的星星，闪耀着美丽的光。我是一个离家的孩子，流浪在北京，想起了远方的爹娘，忍不住热泪盈眶，北京的人们啊，在这里，你们就是我的爹娘……

看到我在地上写字，许多人都停下了脚步，看着我一字一句写完。有的人看了后，摇了摇头，感叹了一句："可怜的孩子。"

有的人，则蹲下身子放下了 10 元面值的人民币。也有的人看了我写的字后，然后看似很聪明地说道："假的！"

也有的人停留了一会儿，说一句不着边际的话："字写得还不错。"

一个戴着眼镜的奶奶，拍了拍我的肩膀，从口袋里掏出 50 元钱，放在我的手中，对我说："孩子，还是回到家乡吧，你的父母需要你！"

接过钱，我的手在颤抖。突然之间悲伤起来。为什么我要出来呢？这样的生活好吗？每天出来卖唱，不知道何年何月是尽头？

“谢谢，老奶奶。”接过钱，我退到了旁边，蹲在王亮的身后没有说话。人们来了又走，王亮仍旧唱着那属于他自己的歌。

不知道过了多久，王亮说：“下班了，咱们该回去了，今天生意不错，差不多有200元。”

“哦，走吧，回去吧。”我的脸上有着无法言语的忧伤。

五

这一段时间，我和王亮辗转于北京各大街区的地下通道。他卖力地唱着歌坛红人的代表作。如刘德华的《男人哭吧哭吧不是罪》《冰雨》，伍佰的《白鸽》《浪人情歌》《痛哭的人》《挪威的森林》，汪峰的《我要飞得更高》，信乐团的《离歌》《北京一夜》等等。

王亮唱得最多的要数黄家驹的《光辉岁月》《海阔天空》《不再犹豫》《农民》以及汪峰的《春天里》等歌曲。

王亮说，每一次春天来临，在北京，尽管百花盛开，万物一新，他却一点儿也感受不到春天的气息。在这个繁华而压抑的城市里，他的梦想总是离春天那么远，那么遥不可及。

有时，王亮也唱我们自己写的歌曲。由我写词，王亮作曲。可是我们知道这些歌曲是拿不上台面的。我觉得，一个人再有天赋，也需要经过专业的学习才能成为高手。这样唱一辈子，是不能实现自己理想的。

我越来越想回到故乡。尽管曾经那么想出来，想出来忘掉过去，但现在，我想要回去，回去重新开始。

就这样，我在北京待了近两个月，备受煎熬。在8月的某一天，我终于下定决心要回四川去。我对自己说，一定要回去重新开始，一定要混出个模样来。尽管朋友告诉我，以我的分数仅能上一个一般大学的专科。

临走之前，王亮带我去游了长城，看了故宫，也在北京天安门前留了影。我对自己说：贾小刀，有一天你会回来的。当你再来的时候，一定会以一个巨人的姿态，在这里生根发芽。

王亮对我说："贾小刀，我也知道自己这样卖唱不是办法。可是像我这种没文凭、没学历的人，能做什么呢？北京这里人才如云，我是别无选择啊！你回去吧，作为你的兄弟，我真的希望你以后能够出人头地！"

王亮送我到了火车站，要上车的时候，他哭了："贾小刀，你小子要是混不出来，别来北京找我！"泪水顺着他的脸庞往下掉，他用手抹了一把眼泪，挥舞着手，说："贾小刀，好好读书啊，千万不要像以前那样虚度光阴。回去对我爸妈说，我在北京很好，让他们别挂念！"

看到王亮痛哭的样子，我使劲地点点头。

走上火车的那一刹那，我的泪水夺眶而出……

我坐到靠窗的位置上，看着在车窗外站着的王亮。王亮的身影，在这个城市是那么瘦小，仿佛是一粒尘埃。他朝我挥手，我看到他已成为一个泪人。

车厢里挤满了人，他们操着不同的口音。在北京这个大城市里，不知道有多少寻求理想的年轻人；更不知道有多少人，在这茫茫人海中消失或者沉没。

转过头，强忍住内心的悲伤，我害怕看到王亮的泪眼。我突然想起一个作家曾在网上发过一首诗《雪花落满了你的故乡》：

雪花落满了你的故乡
你在城市的高楼
将浩瀚的星空仰望
一个一个提着蛇皮口袋、背着大包
浑身肮脏的年轻人
从颓废的喘着粗气的车站走出来
那眼神中的惊奇与向往
正如你当年的模样

雪花落满了你的故乡
你将自己的身体和行李
寄存在北京郊外狭小的地下室
这里住着一个民工
两个乞丐，还有三个妓女
他们喝着廉价的酒水，吃着平常的米饭
只是时光

无情地切割了他们的青春与梦想

雪花落满了你的故乡
你和一群孩子站在繁华的商业广场
他们的口袋里装着巧克力、面包
或者其他什么东西
一对又一对搂着腰、头发光亮的成年人
身上散发着浓烈的香水味
而囊中羞涩的你却显得无比惆怅

雪花落满了你的故乡
一个村庄接近荒芜，一条河流将要干枯
可是那个年过半百、身材瘦小
头发花白的老人——母亲
时时站在山里的村口，满眼泪水
固执地朝着北方遥望

想起这首诗，我终于忍不住用手蒙住脸庞，任无尽的悲伤逆流成河。这时，火车发出尖锐的叫声，火车启动了。它将开往四川，开往我待过 18 年的城市。

第二十五章 归宿

一

坐了近二十个小时的火车，我终于从北京回到了家乡 Q 城。在北京的体验，让我对北京有了新的认识。

北京，它不会偏爱某一个人。因为，不管你去与不去，它都在那里。不管你坚持，还是放弃，它都无动于衷。

我提着包走出出站口，正准备搭一辆出租车到汽车站，就碰巧看到了张河。

“贾小刀，你从哪里回来？”张河也看到了我，他小跑着来到我跟前。

“兄弟，是你啊！到哪里去呢？”看到张河，我有些惊讶，也有些说不出的自卑。

“我去北京旅游，顺便去看一下北大怎么样，提前去熟悉一下环境。”张河搂着我的肩膀，高兴地对我说，“哎，你知道，读北大一直是我的梦想。这次终于实现了，心里很高兴啊！对了，前段时间我爸爸为我办了升学酒，本来要请你的，可是却联系不到你，你到哪里去了？”

“我到北京去了。本来打算在北京找一份工作，但是去了之后才知道北京并不像我想象的那么好，我也没有能力留在北京，便搭车回来了。”我将实情告诉了张河。

“你的成绩情况，我们都知道了。兄弟，其实不要在意。我建议你去复习，还有机会。”张河诚恳地说道。

谁愿意再一次坐进高三的教室，望着暗无天日的天空，和一群自己的师弟、师妹拿起曾经荒废过的课本，继续为了丢失过一次的梦想而再次努力？我已经没有那个勇气，我也不再想回到以前的那个伤心之地。让我复读，还不如让我去死。听到张河建议我去复读，我从内心深处有一些排斥，我真的无法去面对曾经教过我的老师，也无法去面对比自己小一级的同学，当然也无法再次走进那个熟悉的环境。因为，这一切我都不想再次经历，它们就像魔鬼一样，吞噬了我曾经所有的骄傲。

“那你想怎么办呢？你的成绩只能读一个大专，你填志愿了没？”

“找一个兄弟帮我填了，听我家里人说，被一个师范专科学校录取了。家里的意见是让我去复读，但是这不是我的选择。我先回去看看，看有没有其他路可走，到时再确定。”我对张河说。

“兄弟，不要气馁。生活才刚刚开始，以后的机会更多。我相信，你会找到属于自己的方向。”知道我对于自己的高考充满着悔恨和无奈，谈到这里，他知趣地转移了话题，“对了贾小刀，以后要经常到北京来玩，作为兄弟，咱们千万别断了联系。”

“张哥，你说这话就见外了。都是一个寝室的，还是兄弟。你考上北大了，以后前途是一片光明，还需要你多关照啊，到时不要忘记兄弟我就是！”

“怎么会呢？朋友是一辈子的。”

“嗯，一辈子。”

“时间马上就要到了。我要去检票了，兄弟你慢走。随时联系，我的新号码是1378083××××，随时联系。”

“嗯。一路顺风，在北京好好混，以后出来争取当大官。”

“兄弟，我走了，在北京等你。”

“好。再见。”看着张河远去的背影，想着他那充满自信的笑脸，我才知道人生就在这个十字路口，让我们走向了不同的方向。一个在天上，一个在人间。他走的是一条阳光大道，而我走的却是一条羊肠小径。

二

坐在出租车里，看着窗外这座自己待了三年的城市，我的心里有无限感慨。顺着河流延伸的地方，我很清晰地看到了我的母校。

然而，从此之后我再也没有勇气踏进那片学习的净土了。我想，我再也不会有信心走进自己的母校。因为在这里，刻印着我的悲伤；在这里，存留过我颓废的青春。

“这几年Q城变化很大。你看那个地方，以前还是一片田园，现在都修起了高楼大厦。城市建设的步伐真快！”出租车司机看到我在看窗外的城市，与我搭讪。

“是啊，变化真大。”

“不过，尽管发展得快，老百姓可没得到啥好处。现在房价这么高，老子一个月不吃不喝，还买不到一个平方。他×的，压力大得很呢！”出租车司机抱怨道。

“谁都有压力。压力是必须的，也是我们无法摆脱的。”听到司机的抱怨，我附和着说。

“看你就像高中生，是不是今年参加高考了？”出租车司机很有把握地猜测道。

“是的。”

“高考考得怎么样？”

“差劲啊，本科都没考上。”

……

不一会儿，就到了汽车站。下了车，我便到售票大厅买了一张到老家的车票。想想自己离家都差不多两个月了。在田里干活的父亲，他在担心我吗？

记得公布高考成绩的那天晚上，我用家里的座机号码查出自己的分数时，父亲脸上的表情从希望变成了失望，最后又变成了绝望。

当时，父亲坐在堂屋里的破椅子上，从来不抽烟的他竟拿出了一包红塔山，将烟含在嘴里吧嗒吧嗒地抽。我看到他的脸色铁青、眼睛红肿，夹着烟的手指在颤抖。

“爸，对不起。我错了。”看着父亲当时痛苦的表情，我来到他的面前跪下，眼泪顺着脸颊往下流。

父亲没有理我，他将头偏向了一边。

“爸，我错了，我真的错了。”我抱着父亲的手臂，望着父亲花白的头发和布满皱纹的脸，心里就像刀割一样。

过了一会儿，父亲深吸一口气。他转过身，用粗糙的手擦干了我脸上的眼泪，然后问我：“下一步你有何打算？”

“我不想读书了，我想到北京，去那边看看有什么事可以做。”

“你考虑好了？”父亲有些怀疑地问我。

“是的。”我小声地说。

“你想怎么做就怎么做吧，我不拦你。不过，路是你自己选的，到时后悔可别怪我们。”父亲放下狠话。

“不会，我自己选的，自己负责。”说完后，我站起了身，一个人回到了房间，倒在床上，任由泪水汹涌成河……

三

终于回到了家，但父母都外出打工去了，家里便只剩我一个人。我在村口的小路随便转转。村里的人看到我回来，就在我背后指指点点。

“那不是贾小刀吗？听说成绩很好的，这次高考却没考好，真可惜了，是不是运气差了点。”

“还是祖训说得好，我们村这个小地方，祖坟都不是那么长起的。鲤鱼跳龙门，也得分什么品种。像我们这个村子，要想走出去，不是那么容易的，还是老老实实种田更实在。”在田间锄草的张大婶感叹道。

“他不是到北京打工去了吗？怎么回来啦？是要回来复读，还是种庄稼？”李大叔充满了疑问。

“这小子，一直都是个调皮捣蛋鬼，我早就知道他考不上。”村里二娃也开始放马后炮。

听了他们的谈论，我沉默着。在我们这个小村子，当你发达时，人们会嫉妒你。当你落魄时，人们又会嘲笑你。

我走回院子，搭了一个长椅，躺在椅子上看着祖父栽的柏树，经过几十年的岁月洗礼，它已长成了一棵参天大树。

正躺在椅子上发呆，同村的阿牛走了过来。阿牛和我一起读过初中，或许是智商的缘故，阿牛一直被班上的人瞧不起。在我的印象中，他一直比较孤僻。

“小刀，你回来了啊。北京咋样啊？听叔叔说，你到北京去了。这次有什么感受？”阿牛搬了一个板凳，坐到我的旁边，向我打听起北京的事来。

“回来了，北京不好。”我回答道。

“怎么会不好？他们都说北京是天堂，你唬我的吧？”阿牛有些不相信，以为我是在骗他。

“不信，你以后自己去看。”

“我哪有那个福气啊，我从生下来到现在，去过的最远的地方，就是县城。哪像你，去过很多地方。”

看到阿牛羡慕的样子，我感到无地自容。是啊，在他眼中，我到北京竟然是他的一种奢望。

“阿牛，你要去读大学不？”

“不读了，我没考上好高中，更没考上好大学。我妈妈说，再过几天让我到外地打工。其实，我想去北京。所以来问问你北京怎么样。”阿牛很期待的样子。

“你可以到一个用民工人数比较多的城市。比如广州，那里厂子多，民工需求量也比较旺盛。”我建议道。

“这个，我要回去和妈妈商量商量。你呢，小刀，是去复习，还是去读大专？”

“我不想复习了。现在还不知道怎么打算，迷惘得很啊！”

“哎，是啊，你这学校上不上、下不下的。不过，去读个师范也可以，至少以后可以回我们乡镇教书，教师也是吃国家饭哦，是个铁饭碗！”

“看看吧，还没做决定呢。对了，阿牛，你见到王小梅没？她回来过没？”

“王小梅？回来过，你走了不到一个月，她就从C城回来了。好像还带了一个男朋友回来。他穿着军装，肩膀上有两个星星。”

“军官。军官是个球？！”

“小刀，你别太在意了。现在谈朋友，分手是很正常的事。谁能爱你一生一世呢？现在的人都很现实。”

“是啊，都很现实。”

“哎，你还好，至少谈过恋爱。我到现在都还没谈过朋友，都不知道那是什么滋味。”

“劝你不要过早谈这个。感情这东西，是个烧油的机器，更是一朵带刺的玫瑰，看起来很美，但是却很刺手。”

听到这些话，阿牛托着下巴，坐在院子里望着天空，遐想起来。他似乎正在大白天做一场没有任何征兆、没有任何可能的梦。

我躺在椅子上，双目紧闭。回想着被自己荒废的青春，心里充满着悔恨与悲伤。

四

不久，我收到了SC大学的录取通知书，专业是语文教育。我打电话问远在沿海地区的父亲，我到底去不去读这个大学。他在电话那头沉默了半晌，然后对我说：“读不读，你自己选择吧。总之，这是最后一次机会，你自己好好把握，以后可别怪父母没有给你机会！”

“嗯，我知道。我不想复读了，我想去读大学。尽管这个大学并不好，但我想到大学去看看。”

“你已经长大了，很多事要懂得自己决定，也要自己学会处世，别整天让我们操心。过去的都过去了，我们不再怪你，好好把握你的未来吧。”

父亲对我说这些话时，我知道其实他心里很难过，我也知道他在很多朋友面前抬不起头。他曾经向别人吹嘘的令他骄傲的儿子，现在竟然连本科也没考上。这是多么让人丢脸的事啊！

“嗯，我会努力的。你放心，爸爸。”在电话中，我再一次向父亲保证，保证自己会做一个上进的人。这样类似的保证，不知道已说了多少次，而每一次对他的承诺和保证，我都没有去实施过。我想自己是一个不孝的儿子，总是在他面前做着一件又一件错事。

“别说那些了，你的话我也不太相信了，好自为之吧。读书报名的事，你自己去解决，反正学校离家也不远。”父亲在电话那头说。

“嗯，好的。”挂了电话，我充满了挫败感。现在，连父亲也不相信我了。自己这么多年的行为，已彻底让他失望。

我一个人到房间里整理了自己的书籍，才发现自己读了几年中学，没什么亮点。唯一的亮点，就是看了上千本文学作品，写了数十万字的散文、小说。我将自己写满小说的草稿本收集到了一起，其中那部《一只北方的狼》，最让我感慨万分。因为，这本小说让我结识了李莉，可是，最终我却没有和她走到一起。

是的，一个学美术的艺术生，怎么会和我走到一起呢？况且，她已经考上了自己理想的大学了，而我却只能在一个偏僻小城，读一个没有前途的专科。我怎能配得上她呢？正如我配不上王小梅一样。

有时，人活的就是一张皮。当你将这张皮扒掉之后，你什么都不是。以前读书时，我还是个学生，而她们也是学生，因此，大家都没什么分别，也没什么悬殊。然而，现在我和她们有着本质的区别了。一个在工作、一个在读重点本科，而我却只能在一个三流大学晃荡。这之间的差距，是无法用任何仪器去测量的。

想到这里，我的心里有着莫名的疼痛。将文章、书稿全部整理好之后，我将它们装在了书包里，然后将书包放进了卧室柜子的最下层。我想，就让这些都过去吧，让自己心中的文学，将远逝的青春永远尘封。

最后，我决定去读专科。我没有勇气去面对复习的课堂，也没有勇气选择到外地闯荡。

张河离开家乡的时候，他们村的人给他办了一场酒宴，村上的许多老一辈走了很远的山路去送他。大家敲锣打鼓，很是热闹。

在这些老年人的心中，张河考上了北大，就注定以后会回来当大官。他们个个满怀着希望，期待张河荣归故里。那样，他们就能去找张河办事。当时，他们村上的人排起了长龙去送张河，送这个村里百年才遇的人才。

当我离开村子时，人们表现得很平静。他们知道，像我这样的学校、这样的水平，即使以后回来当一个教师，也要找关系才能摆平。这个社会就是这么现实，人们都打着自己心里的小算盘。

与自己没有利益关系的人，要么不闻不问，要么就把他当成茶余饭后的笑料罢了……

到了大学后，我发现学校并没有自己想象的那么好，也没有别人所说的那么差。一个人在大学，少了喧哗，多了孤独，添了迷惘。

是啊，曾经中学时代的兄弟和同学，都走了不同的路。有的结婚，有的读书，有的做生意。我们就像人生十字路口的行人，朝着自己的方向，走向人生的下一个街口。而街口的另一方是什么，其实我们谁也说不清楚。

大学的日子是枯燥的，也是残酷的。特别是像我这样的专科生，在大学里更没有多少发挥的空间。当那些本科生一次次在我们面前细数着他们的优越时，我们的内心深处，有着无法比拟的自卑与彷徨。

我渐渐失去了希望和激情。未来该怎么办，我始终没有理出头绪。因此，我常常做噩梦，梦见自己从七楼的阳台跳下去，然后离开了这个世界。

百无聊赖，我以写诗来安慰自己。希望诗歌能排解我的忧愁。然而“抽刀断水水更流，举杯消愁愁更愁”。我越是写诗，心里的苦恼便越深。在现在这个社会里，谁又会在意你的诗歌呢？

寝室里住的其他五个人，其中两个是本城的，另外三个谈了女朋友。而我却依旧一个人舔舐着自己的孤独，每一天，每一夜……

五

今晚，我又做了这个关于鬼域的梦。

在梦里，我似乎看到了自己的明天，也看到了那些熟悉的他们。

张河考上了北大，本科毕业后去了美国留学，自此再也没有回来。是的，他并未像我小说写的那样去了天上，而是去了另一个国家。这个国家，不是我们想象的样子，也不是我们所期待的样子。于是，张河几乎从我们的世界里消失了，再也没有踪影。

雷雨后来没能考上大学，去了广州当修车师傅。至于，他到底有没有机会，在未来的岁月里成为一家修车店的老板，谁也说不清。

斗辉回到了 Q 城。他带了一个老婆回来。这个女人已经三十多岁，就是那个和他一起开小饭店的“姐姐”。斗辉和他的老婆在 Q 城开了一家小面馆，生意很不错。斗辉让我有空便回 Q 城找他。他说要向我展示一下他那高超的厨艺。

刘军在重庆干起了装修，和他的朋友合伙成立了一家装修公司。他居然会改邪归正，从此再也没有行骗，而是做起了正经的生意。他是我们同学中为数不多的发了大财的之一。听说，后来还买了一套别墅，有了自己的私人花园。至于曾经因刘军而做流产的思思，现在已为人妻。刘军，或许只是她人生中一闪而过的记忆。或许这段记忆，已在思思的脑海中消失。

王亮没有当上乐坛的歌手，和一个开理发店的姑娘结了婚，“近朱者赤，近墨者黑”，他很快便成为一名理发师。只不过在闲来之时，还是会搞一搞短视频，发一些他唱歌的日常，尽管粉丝只有寒酸的几百人，但他乐此不疲。

吴兵依旧在监狱里服刑，每天做着重复的手工作业，以完成自己的工种和积分。他怎么也不会猜到，后来的贾小刀会考上狱警，并成为他的管教。

李莉从中央美院毕业之后，进了安徽的一所大学当美术老师。曾经有一次，她到成都来找贾小刀。可是，却并没有如愿。因为，他们已经失去联系太久了。

学松最开始在干高利贷的买卖，也积累了一大笔财富。但是，他却不知足。正如《易经》所称的那样“亢龙有悔”。他将所有的积蓄用来坐庄了地下六合彩。没想到，一次就亏了个精光。再后来，他找到了曾经的同学贾小刀帮忙。看在当年的友谊上，贾小刀给学松介绍了一份工作，实质就是给D城的一位市领导开车。学松成了领导身边的司机，同时开了一家茶楼，生活渐渐步入了正轨。

而在梦里的贾小刀，后来当了一名狱警。他在监狱工作时写了关于吴兵的故事，后来这篇小说竟奇迹般改编成了电影，票房大卖，很快成为一个时代的热潮。自此，贾小刀告别了枯燥的警察生活，走上新的人生。

……

醒来之后，我惊出一身冷汗。这到底是第几次做这样的梦，我也记不清了。梦里的一切，好像是真实的，却又看不清楚。总之，既分不清现实，也感受不到未来。

命运不就是这样吗？真实的人生，就是让你重复经历一次前世的故事。这样的人生，会让你在重复中枯萎，又在重复中死去。

梦不是也一样吗？看上去，我们都是在现实中做梦。可是，梦中的你们，到底是现实中的我们？还是现实中的我们，就是梦中的你们呢？

正如文学。文学又怎会仅仅是写作呢。看似我们在写众生，但是众生却反过来在写历史。看似我们在记叙往事，实则往事在教会我们成长。

醒来时，月色当空，万般寂寥。

我穿上衣服，来到六楼的阳台。花园里的花开得正艳，与我此时的心境完全不符。在冷风中站了一会儿，我转身回到寝室，心里有说不出的悲伤。

于是，我开始想念爱情了。想念自己的初恋王小梅，想念陪我度过艰难日子的李莉。她们都还好吗？

我从抽屉里掏出一支钢笔，含在嘴里，内心万分疼痛。在这个月色冷清的夜晚，我想为她们写点儿什么。

不知不觉，已是凌晨两点，我却迟迟未能落笔。

回想起这飞逝的时光，那远去的过往。我知道，这一切都不属于我了。什么都过去了，都像长了翅膀一样飞走了。

是啊，人生如梦。

谁又能分得清楚，自己是在梦中，还是梦中闪耀着自己呢？于是，我开始明白。人生也，命运。命运也，梦境。

我们只不过是在人生的路上，做着不同美梦的过客，按照命运的轮廓，在书写自己的传奇。

中国式青春

中

大学时代

贾飞 著

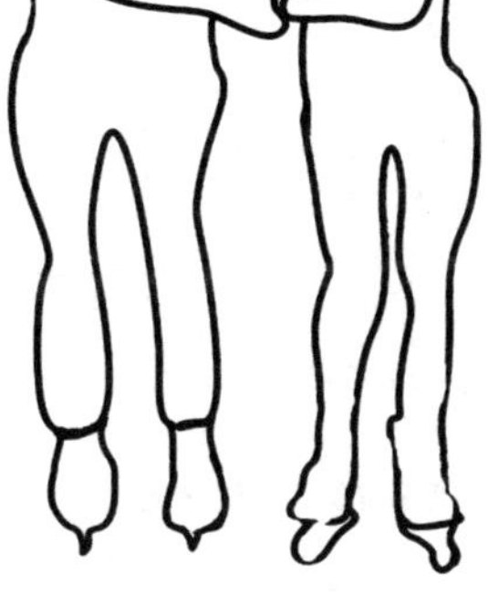

人民东方出版传媒
People's Oriental Publishing & Media
東方出版社
The Oriental Press

图书在版编目（CIP）数据

中国式青春．中，大学时代 / 贾飞著．—北京：东方出版社，2023.5
ISBN 978-7-5207-3405-9

Ⅰ.①中… Ⅱ.①贾… Ⅲ.①长篇小说—中国—当代 Ⅳ.① I247.5

中国国家版本馆 CIP 数据核字（2023）第 065105 号

中国式青春　中　大学时代
（ZHONGGUO SHI QINGCHUN　ZHONG　DAXUE SHIDAI）

作　　者：贾　飞

策划编辑：鲁艳芳
责任编辑：王晶晶
出　　版：東方出版社
发　　行：人民东方出版传媒有限公司
地　　址：北京市东城区朝阳门内大街 166 号
邮政编码：100010
印　　刷：成都旭美印务有限公司
版　　次：2023 年 5 月第 1 版
印　　次：2023 年 7 月北京第 2 次印刷
开　　本：880 毫米 ×1230 毫米　1/32
印　　张：9.5
字　　数：196 千字
书　　号：ISBN 978-7-5207-3405-9
定　　价：168.00 元（全三册）
发行电话：（010）85924663　85924644　85924641

自序

一个人最大的才华是认知和格局

确实没有想到，时隔十年之后，长篇小说《中国式青春》系列三部曲，终于又要再版了。我十分欣慰，也颇有感触。这套书分为三部，即上中下三册，分别叙述了“中学时代”“大学时代”“就业时代”。三个“时代”，三段非同寻常的人生，也是三种不一样的境界。

《中国式青春》上册，写于我的高中时代。当时，我正在故乡四川渠县的一所中学读高三。学习的压力、成绩的苦闷、爱情的感伤、前途的迷惘，等等，困扰着我的青春。我从小成绩就名列前茅，最好的一次，还曾考过全县第一名。但是，后来因为学习上的懒惰、思想上的抛锚，成绩渐渐下滑，到高三时已是班上的倒数了。百无聊赖，我在高三那年，开始鼓捣起了小说，其中一部就是《中国式青春》上册。在这本书里，有我的童年，有我的爱恋，更有我的彷徨和悲伤。写完之后，刚好是我的高中生涯结束之时。没有任何悬念，更没有惊喜，我意料之中没能考上好大

学。心理的落差、亲朋的调侃、父母的责难，一系列问题都摆在了我的面前。但是，这又有什么办法呢。那一年，我所有的苦闷，都装在了这本书里。这部书，似乎是我中学的全部。

写《中国式青春》中册时，我已经大二了。当时的我，从迷茫中走了出来，给自己设定了学习的目标，人生中第一次有了梦想的概念。那些年，因为韩寒、郭敬明、九把刀等青春作家的横空出世，中国的文学掀起了一个小高潮。网络文学、青春文学等，在这片土壤上相继开花结果。我也有幸赶上了这个时代的火车，开始踏上了自己的文学征程。于是，我经常一个人待在寝室，每天认真看书、记笔记，勤奋写作。很多个夜晚，我一个人坐在电脑旁，敲击着键盘，书写着文字。我编着一个又一个故事，然后将它们寄给杂志社、报社，甚至大型文学网站。或许是一种机遇，我的文章一篇又一篇被刊物发表。有一段时间，我几乎每个月都会收到稿费。当然，我也会去参加全国的征文大赛，如《中国作家》杂志社、《星星诗刊》杂志社等刊物举办的全国文学大赛，紧接着就接连不断获得全国一等奖、二等奖、三等奖等。到大三时，我自己都感到惊叹，我居然写了 80 万字，发表文章 150 余篇，获 10 余次全国大奖。在此期间，便有了我的第二部长篇小说《中国式青春》中册。到大学毕业时，我已是小有名气的青春作家，在全国的青春作家中，排名十分靠前。同时，我也入围了全国大学生年度人物，从 2800 万大学生中脱颖而出，最终定格在了全国第 96 名。

《中国式青春》下册，就是我毕业之后的事了。当时，我先后

就职了几家媒体，中途定居在达州，其间也到过成都。在毕业多年之后，有了新的体会，也感受到了就业的艰辛。在工作的过程中，更是体验到了人情的冷暖。于是，我开始创作《中国式青春》下册。这部书写了美丽的成都，叙述了一群年轻人跌宕的就业路程，也再现了生活的艰辛和困苦。但是，尽管前路漫漫，他们并没有放弃梦想，最终找到了适合自己的方向。

再后来，《中国式青春》系列三部曲都分别出版了，也取得了较为巨大的影响，并荣幸地被业内赞誉为："中国十大青少年必读青春小说"，同时北师大中学语文教材也高赞其为："中国最好的青春小说之一"。

三部小说相继出版后，我经历了多次的工作调整，包括记者、编辑、老师、警察、公务员、秘书、基层领导、巡视专员，等等。每一次工作的变动，都给我带来了宝贵的人生财富。我也随着岁月的磨砺，慢慢成熟起来。其实，我们在时代和历史面前，就是一粒尘埃。如果不是因为伟大的时代给我们提供了良好的机会和平台，那么我们也不可能在自己擅长的领域中闪光。另外，我深刻地认识到，一个人最大的才华，其实不是学历，不是知识，也不是技术，而是认知和格局。因为，真正的认知和格局，能帮助我们判断是非，从而做出正确的人生选择。诚然，在许多时候，选择往往大于勤奋。

目 录

第一章 求职

一

这是一列开往 D 城的火车。

酷夏的天气有些闷热，阳光十分刺眼。车上充斥着浓烈的体臭味和腥味。

贾小刀坐在靠窗的位置，望着窗外，心事重重。他在回忆一段最近所经历过的故事。多么惊险哪，贾小刀心里不禁感叹。

是的，这段故事发生在深秋。

贾小刀所在的大学，花园里的菊花正开始凋谢。毕业班的学生，似乎再也没有了大三、大二时的激情，分手的分手，出国的出国，找工作的找工作，迷惘的继续迷惘。

也有那么一小部分人，每天都按时起床，然后早早地来到所谓的考研奋斗室里，再次进行一场没有硝烟的战斗。他们希望，在高考之外的这场考研厮杀中，拼搏出另一番天地。

贾小刀在为自己的前途发愁了。第二年 6 月，他就要正式离开学校，可是工作单位，却连个影儿也没有。班上一些家庭背景好的同学，父母早已为其联系好了优越的工作，一些平时努力的学子，也争取到了自己满意的职位。

看到这些，贾小刀心里不禁慌了神。

但是，他又能怎样呢？社会就是如此。要么拼自己，要么就拼爹。因此，没有一个强悍的老爹，就只有自己给自己当“爹”了。

如果这两样你都没有，那么，你就是一头等待被宰割的羔羊。而残酷的现实，就是狼林。就像中国著名青年作家贾飞在其长篇小说中写道：“生活其实就是一个复杂的动物世界，贫困人的儿子，就是一群群羊，而大官商的儿子，就是一群群狼和虎。因此，穷人子弟要想不被吞吃宰杀，就必须努力让自己跑快点，多活几年。或许经过几代人的努力，翻身后的贫困儿子，也可能成为狼和虎。而那些狼虎的儿子，有些因为是病的残的，这就让穷困子弟，有了角色转换的机会。”

贾小刀想到这句话，心里不免有些感慨。自己不正是其中的那只羊吗？他心里有些埋怨，又有些失落，但是又十分不甘。他不想自己被社会抛弃和吞噬。

最近这一段时间，除了担心工作，贾小刀还在忙碌自己的长篇小说《中国式青春 1》出版的事。生活显得忙碌，而又无奈。

然而，就在贾小刀为此焦虑时，自己的高中同桌王明联系上了他。

是啊，自从高中毕业后，与这个曾经的同桌兄弟王明，已经多年不见了。王明现在就读于西南 ×× 大学法学系，明年也和贾小刀一样，正式毕业。

联系上王明，贾小刀非常高兴。他在 QQ 上兴奋地与王明海阔天空地聊了起来。

“兄弟，在哪里高就呢？”王明在 QQ 那头问。

“还没找到工作啊，难找得很。现在用人单位都挑啊。以前读高中时，老师就激励大家：同学们，你们要加油啊，只有今天的辛苦才会换来明天的幸福。大学，就是你们的命运转折点。读了大学你们就改变了命运。可是现在命运倒是改变了，却是越改越差。有的家里甚至欠了一屁股烂债。哎，提起来就伤心。你呢，现在上班没？”贾小刀有些无奈而气愤地说。

“找了一份工作，在湖南 A 城一个律师事务所，当助理律师。一个月就五六千元吧，等转正后可能有一万元左右。”王明轻描淡说，但从语气中可以听出一丝隐隐的骄傲。

“这么牛，兄弟不错啊，以后可要多关照关照我。”听到这话，贾小刀对这位身高不足 160 厘米的高中同学刮目相看。

是啊，记得高中读书时，王明鼻孔下总是掉着一串长长的鼻涕，他一用力，鼻涕就被吸进呼出。整个人像个小丑一样，傻乎乎的。当时，班上都没几个女生愿意和他交流。

真是人不可貌相，海水不可斗量。几年不见，没想到变化这么大。

“五六千元算啥，当律师挣不了什么大钱，要发财必须走其他道！”正当贾小刀对王明佩服得五体投地时，王明却表现出了对目前工作无所谓的态度。他继续补充道：“其实还有很多挣钱的方式，既自由，又有前景，这些都比给别人打工要强。”

“你说的什么道，黑道、白道，还是商道？”贾小刀有点好奇地问。

“小道。就是一种新型的赚钱模式。这个东西，一时半会儿给你说不清。它是一种新型的理念，有了这种理念之后，你做任何事情，都会显得特别容易。就像战争中当将军一样，熟读了《孙子兵法》《三十六计》，打仗就可能会百战百胜。”王明在贾小刀面前吹得天花乱坠。

“这样吧，我过几周要到重庆的出版社签合同，到时过来后和你详聊。顺便你也给我当一下法律参谋，看看我那合同有啥问题没？”

“没事，那时我也正好要回重庆考英语四级，我们见面后一起好好聊。好久没见了，我们兄弟俩得喝点小酒。”

聊完这些，贾小刀下了线。

之后，贾小刀开始投入到紧张的改稿工作中。他的室友林峰、李博士等人，也完全没有心思待在寝室里。他们有的继续和女友出去共度春宵，有的到校外的游戏厅打游戏虚度青春去了。

贾小刀待在寝室里改着小说。

深秋的景色很美，但是贾小刀却没任何心思出去观赏。

二

通过和出版社编辑的不断沟通，近半个月的改稿工作终于完结！

贾小刀就像完成了一项重大任务，心里顿时放松了许多。是啊，自己这一年的劳动成果，终于可以面市见天，及时与读者见面了。

在和出版社编辑约好见面时间后，贾小刀买了一张火车票坐车赶往重庆。贾小刀所在的 D 城，离重庆并不算远。无论是火车，还是汽车，只有几个小时车程。

在火车上，贾小刀心里想，已经有 5 年没到重庆去了。记得第一去重庆，还是在他高中时。当时，他看到重庆繁华的街道，就觉得自己像刘姥姥，仿佛走进大观园，城市的一切都很新鲜，都很繁华。

时过 5 年，贾小刀又踏上了重庆的土地。这一次，与众不同的是，他是以一个作家的身份来到重庆。贾小刀想到这里，心里有了一丝自豪感。

在火车站出站口，贾小刀见到了久违的同桌王明。王明穿着一件七匹狼牌子上衣，一双黑色皮鞋擦得油亮油亮。手指中夹着一根中华烟，烟雾在周围缭绕。

看到贾小刀，王明便远远跑过来，和他热情拥抱。

两人短暂寒暄之后。王明带路，贾小刀随着一同乘车，往出版社赶去。

在公交车上，贾小刀问王明英语考了没有。王明摇了摇头，淡淡地说："不考那个了，没什么意思，现在那个证件也没什么用。一个大学本科毕业证也不过值 10 万元！钱才是真正的老大，有了钱，一切皆有可能！"

听到王明的话，贾小刀感到有点惊讶，心里为他的价值观感到疑惑和不解。但是，贾小刀却不得不承认，没有钱的日子，其实什么也谈不上，更别说美丽的姑娘、香醇的红酒。

大约过了半个小时，王明陪贾小刀到了出版社。双方看了出版合同，均无异议，于是相互签了合同。晚上，编辑为了尽地主之谊，邀请贾小刀和王明一同吃了火锅。

席上，王明详细告诉贾小刀，尽管他的收入相对不错，但并不够开销。最近，他正在谈一笔生意。如果生意成了，王明称自己第一桶金也就有了，以后做什么事，也将显得极为方便。

听到这话，贾小刀心里有些怀疑，但看到王明说得唾沫横飞，激情四射，就像背好台词的演员，心里有一些小小的佩服。

随后，王明对贾小刀大谈人生宏图，扬言在数年之内，要挣百万。这让贾小刀感到王明彻底变了，变得特别有能耐，变得特别有志向。

贾小刀备感失落，觉得自己的大学有些虚度了。

吃完火锅后，编辑建议去酒吧唱歌。贾小刀不想让编辑继续破费，便谎称自己有事，和王明一同在街上看了下夜景。

三

路上，王明对贾小刀说：“兄弟，你这次出来反正也是耍，不如我带你到湖南律师事务所去看看。权当旅游，见见世面也行。”

“好啊，我去看看王哥的办公室，到底何等豪华！哈哈，会不会是总统办公室一般的派头。”贾小刀想，自己现在主要是赶快找一份工作，此次到湖南或许能遇到机会。

晚上差不多 11 点，王明和贾小刀在重庆火车站买了两张去湖南的车票。火车始发时间是凌晨一点。由于时间还早，王明提议，他们先到火车站附近的网吧上网，打发一下时间。贾小刀欣然允诺。

网吧里，贾小刀和王明，各自和 QQ 好友聊天，打开不同的网页。贾小刀一边上网，一边为自己的前途担忧。是啊，大学以来，一直没好好学习过，奖学金也没有得到一次，还不幸挂了几科。再加上旷课太多，毕业时他的学位证，也极有可能领不到。

贾小刀认为，要是自己的父母知道这个消息，定会气得炸开锅。他那常年多病的母亲，一定会忧愤跺脚，万般痛骂。在他们看来，如果领不到学位证，几年大学就白读了，更何谈找工作呢。

贾小刀不知道怎么向父母交代，也不知道下一步该怎么办。现在，他的身上除了身份证，唯一还能证明身份的，就是那个共青团员的证件。

可这些，贾小刀拿来有什么用呢？就好像想吃馒头的乞丐，手里却捧着一块坚硬的石头。其实，解决不了饥饿。

贾小刀感到前途一片迷惘。他在心里，为自己当初冲动的行为感到悔恨。当初，为什么不多考虑呢？要是不把女友娇娇带进寝室，他现在应该还在慢慢享受大学人生呢。可是，后悔已经来不及了。学位证，已经泡汤了。女朋友，也因为这和自己分手了。

贾小刀现在丢失了爱情，还将丢失学位证，或许还会丢失前途。唯一让他还有些欣慰的，就是自己写了一本书。可是，这书还未出版，在注重经济效益的今天，又能有什么用呢？

他也想过去找一份工作。但是，当他到用人单位求职时，负责人看到贾小刀的简历后，脸上没有任何表情，便婉拒道："我们单位比较注重选拔实干人才，你的简历我看了下，还是不太符合我们的要求。"听到这些，贾小刀心里很难受。但是，又什么办法呢？在自己的简历上，他拿不出像样的东西去证明自己。

这次答应和王明一同到湖南去，贾小刀心里清楚，表面是王明极力邀请，实质是因为他对自己许诺，答应帮贾小刀在湖南 A 城找一份工作。王明称，要么是新闻媒体，要么是文化公司。

想到这儿，贾小刀心里又涌起小小的希望。是啊，现在窝在学校也是待着，还不如出去闯一下。随王明到湖南闯事业，或许真能够闯出一片天地来。

想到这里，贾小刀多了一些信心。他随意偏过头去，看到王明正打开一些与 AL 公司有关的网站。贾小刀心里咯噔了一下，在他的印象中，这好像是什么直销公司。

贾小刀注视着王明，看他很专注的样子。便在心里有了一丝疑惑。

贾小刀问：“兄弟，你翻 AL 网页干吗，他们不是传销吗？”

“呵呵，你或许对 AL 误解了。AL 是世界五百强公司，全球合法经营，怎么会是传销呢？分店在中国都有好几百个。”王明很自信地回答。

“哦。”贾小刀半信半疑地答应一声。

王明又继续说，“AL 的产品全世界都有名，它的营销方式是销售业的一个新的里程碑。我们应该学习它的经营理念，在以后的生意中，能够做到运用自如。”

贾小刀听到王明的高谈阔论，便不再说什么。因为他找不出合适的理由来反驳。毕竟现在生意场上，胜者为王，败者为寇。学习一些超前的经营方式，的确也是一件好事。

时间过得很快，火车开车的时间马上就到了。贾小刀和王明便各自背上一个包，搭上了开往湖南的列车。

车上，贾小刀和王明回忆着高中的趣事。他们对于高中的怀念，是那样热烈，也是那么兴奋。他们谈到了高中时，怎么追隔壁班的班花，怎么写情书，怎么旷课去打游戏机。是的，那些年，他们有过共同喜欢的女孩，但是这女孩已经投入了别人的怀抱。

当然，王明也不失时机向贾小刀吹嘘，自己在湖南 A 城是何等吃得开，又是何等呼风唤雨。王明向贾小刀拍胸脯保证道：“兄弟，我一定能帮你找一份满意的工作。我和 A 城报社的总编辑很铁，前几天还在一起喝酒。你是个文学青年，还小有名气，只要我打个招呼，他们铁定要。”

“可是，我拿不到学士学位证。他们不在乎？”贾小刀有些没有底气地问。

“哎，你娃儿。文凭值几个钱，不就是一张纸。相信王哥的，只要你有才，走遍天下都不怕。”王明随即鼓励贾小刀。

其实说到这时，贾小刀依旧没有信心。也不太相信王明的豪言。因为，在大学，他也与媒体打了多年交道，知道要去当记者，不是那么容易的事。很多时候，都是解决内部家属，或者公考。公考也不过走个形式罢了，萝卜招聘而已。

贾小刀隐隐感觉王明在吹牛了。但是，由于自己现在没有任何出路，也不能说破王明的自吹自擂。他还是抱有一丝希望，或许是自己多虑了，或许王明真有那么大本事呢。谁能确定呢？

这时，王明吹牛的劲头更猛了。他还提到，与哪个哪个老总认识，与哪个哪个政府官员是哥们儿兄弟，又炫耀自己还有一个很有钱的女朋友。

针对女朋友这一点，贾小刀就更觉得好笑了。是啊，像王明这样，身高不到 160 厘米的五短身材，都能找到漂亮水灵的女朋友，并且还很有钱。那么身高 178 厘米的贾小刀，不就“妻妾成群”了。

真是太阳从西边出来了，或者说是天方夜谭。

贾小刀一边嗑瓜子，一边迎合王明的吹嘘。在他心里，压根就不愿承认，王明现在已拥有娇嫩女友。

四

不知道为什么，你越希望火车开得慢，火车就越像火箭一样。贾小刀和王明都还没怎么神吹，车子就到了 A 城。

在 A 城车站来接王明的，是他对贾小刀提起的一个结拜姐姐，名叫小杰。小杰穿着时髦，皮肤白皙，身材十分苗条，看上去很诱人。贾小刀注视着小杰，魂都被勾去了。

其实，在车上，王明就不止一次对贾小刀说，小杰大学二年级就自动退学了。退学之后，她几乎跑遍了大半个中国，当过公司文员，干过编辑，还推销过美容产品，后来，在 A 城和人合伙开了一间酒吧，现在生意红火得不得了。

据王明说，现在小杰已经是百万富翁了，黑道、白道、商道，是道道吃得开。家事、国事、天下事，是件件都熟悉。王明一提起这位姐姐，便佩服得五体投地，唾沫横飞。

贾小刀从王明的眼神中，可以看到一种夸张的向往和羡慕。

王明称自己到 A 城找工作也是小杰姐姐帮的忙，小杰通过自己的人脉关系，在 A 城律师事务所给王明找了一份律师的工作。王明对贾小刀说这个时，鼻子都会向上一扬，眼睛睁得大大的盯着贾小刀，仿佛害怕贾小刀不相信自己说的一样。

和小杰一起来的，还有两个大汉。贾小刀当时也没有多想什么。他觉得人一旦富了，就会显摆，请上几个保镖，也很正常。就像一夜暴富的煤老板，有了钱之后，总会找几个漂亮的姑娘，左拥右抱，以显示自己的实力。

这两个大汉帮贾小刀和王明把行李放在小杰的大众汽车后备厢里，然后和贾小刀一起，挤在了后排座位上。王明坐在副驾驶位置。两个大汉将贾小刀挤在中间。

空气有点抑郁，更有点燥热。贾小刀感到压抑和难受，胸口有些回不过气来。他感觉自己就是一个囚犯，被两个“警察”守候着，失去了空间和自由。

车子开了很久。一路上，王明和小杰都在神侃着生意上的事。贾小刀对这个并不感兴趣，旁边的两个大汉却挤着贾小刀不发一言，就像两个雕塑。

贾小刀想起《大话西游之月光宝盒》里面，唐僧旁边那两个牛头蛇面的小妖精。可是贾小刀觉得自己并不是唐僧，没有那么好的口才，可以啰唆得让两个小妖精痛不欲生，吐血而死。

贾小刀也想和大汉说一下话，也想学习一下唐僧，发挥自己的口才，让这两个大汉吐血而死。可是一张口，却总是找不到一些合适的词语。

于是，贾小刀便看着车窗外繁华的街道，保持沉默，以表现自己沉稳和高深。

贾小刀问：“大哥，你们是哪里人呢？”

“本地人，你和王明是一个地方的吧？”大汉本想和蔼地说话，但由于长相彪悍，说出这几个字时，总感觉僵硬得很。

“你们当保镖啊，我小时候看电影时，就最崇拜杀手和保镖。我觉得他们好有型，特别是穿着黑西装，戴一副黑墨镜，那简直帅呆了。大哥，要是你们戴上墨镜，比电视里的演员还帅！”贾小刀继续敞开话题对大汉说。

“呵呵，别套近乎，说话别当放屁，实在点好！”一位有胡子的大汉嘴角动了动，笑得有点僵硬。

“呵呵，真的，你别说我还真想放屁呢！”贾小刀也不知怎么的，还真放了一个响屁。不一会儿，就把两个大汉臭得捏住鼻子往两边倒。

大汉有些气愤，脸拉得很长，嘴里骂道：“你他 × 的来锤子的臭屁！”

“呵呵，大哥，没办法，你都发话了，我不得不遵命啊。还把屁放响了。”

贾小刀这一响亮的大屁，终于让他觉得身体舒适了一些。他感到身体不那么挤了。两个大汉都将身子侧向了车的两边。

很快，车子开进了一个小区停了下来。贾小刀发现，这是一个家属院，房子是 20 世纪 80 年代修的那种，外墙都铺满了尘灰。没有电梯，十分陈旧。楼共有 8 层。

王明最先打开车门，朝后备厢走去。他将自己和贾小刀的行李拖出来，对贾小刀说，“兄弟，我们到了，搬东西回家吧！”

王明说完，提着他的大布箱，就朝一个楼梯走去。贾小刀也抱起自己的行李包，跟着王明往上走。两个大汉跟着小杰，走在后面，在小声低语着什么。

来到 5 楼，王明按响了门铃。

开门的是一个很年轻的女子，染着金黄色的头发，穿着一条白色的裙子，皮肤很白，脸上没有一点瑕斑。贾小刀发觉，这个女孩，是一个放在人群中，一下就能被注意上的人。

“回来了，王哥。李三姨、大家他们在等你呢。”女孩打开门后，准备接王明手中的大布箱。

“谢谢，不用，很沉的，你提不起。我来。”王明将箱子提在手上，向房内走去。

贾小刀跟在后面，女孩友好地对贾小刀笑了笑，露出雪白的牙齿。跟着王明走进房间，贾小刀惊呆了，房间是三室一厅的套房。在客厅里，坐了一大群人，大概有十几个。他们围在一起，正讨论着什么。

房间很挤，也很乱，几乎都是地铺。

王明将行李放在自己的床铺旁边，然后洒脱地一屁股坐在床上。所谓的床，就是一张席子，席子下面垫着几张装可口可乐的纸箱盒子。席子上有一床单薄的棉被。

王明坐在床上，招呼着贾小刀把东西放在那里就可以了，这里随便坐，都是一家人。王明一边指着旁边的床位，一边说：“这是大姨的，这是二姑妈的，这是萧萧姐姐的。全都是自家人哈。”

王明给贾小刀介绍时，发现贾小刀疑惑的表情，便站起身来，拍了拍贾小刀的肩膀，安慰地说，“兄弟，出门在外闯荡，吃点苦有什么啊。这里不比家里，舒适安逸。我们现在还在创业，要学会吃苦，学会忍耐。这点苦都吃不了，以后怎么闯荡一片天下，你说是不？”

贾小刀心里翻江倒海一样，他不知道这所谓的吃苦，就是眼前的这个样子。但是他又找不到合适的理由来说服自己。正在这时，外面客厅里响起了热烈的掌声。王明条件反射性地站起来，精神抖擞地拉着贾小刀，往客厅走，“兄弟，出去听课了，我姐姐讲课！”

贾小刀还没明白怎么回事，就被王明拉着走到客厅。他们在最后一排坐了下来，坐在地板上。贾小刀看到，客厅里的十几个人围成一个大半圆，目不转睛、聚精会神地听小杰姐姐在前面“讲课”。

“大哥大姐，兄弟朋友，叔叔阿姨们，21 世纪最缺的是什么？缺的是人才。什么是人才，促进社会发展，推动社会进步的是人才，比如科学家、文学家、哲学家，这类是人才。但是这样的人，又有多少，只是一小部分而已。”

“你是科学家吗？你是文学家吗？你是哲学家吗？你是不？你是不？（小杰姐姐指着眼前几位听课的中年男女。）你不是。那么，现在所谓的大学生呢，他们是什么，他们是人才不？告诉你，他们不是。为什么，大学读了几年，他们学到了什么？知识？技术？还是挣钱的手段？没有。有人说，大学学到的，就是毕业之后几乎没用的陈旧理论！我赞成这种观点，你们知道最近重庆万人弃考的事吗？你们知道现在大学生毕业后出来当乞丐、卖串串吗？你们知道名牌大学研究生当流浪乞丐的事吗？这说明什么，人才不一定非要读大学！”小杰姐姐喝了一杯水，继续给大家灌输着“金玉良言”。

“爱迪生说过，天才是百分之九十九的汗水和百分之一的勤奋。鲁迅先生提到，他是把别人喝咖啡的时间，用来写作。是的，我们不相信天才，但我们相信自己。谁说我们成不了比尔·盖茨，成不了李嘉诚，他们行的，我们一样能行！命运掌握在我们自己手中，我们自己来改变……”小杰姐姐的话振奋人心，坐在后排的贾小刀，有些被感染了。他似乎又燃起了些许奋斗的勇气。

贾小刀听小杰姐姐讲课时，意外发现刚才为自己开门的漂亮女孩就坐在自己旁边。可她并没有认真听的意思。他轻轻碰了碰女孩的肩膀，低声地问：“你怎么不听啊，讲得挺好的，比学校的教授好多了！”

“呵呵，我听过很多次了，嘿嘿！”女孩尴尬地笑了笑。

贾小刀继续听小杰姐姐传授“心得”，听她临场发挥。小杰讲得铿锵有力，激情四射。

“贾小刀，你来回答一下，文凭重要吗？”小杰姐姐突然问贾小刀，这让他感到措手不及，十分意外。

贾小刀愣了一会儿，然后回答说：“重要啊，毕竟在我们国家拿个文凭，考进稳定单位，就可以混吃一辈子，晚年可基本幸福。要么就在 40 岁之前，创办自己的企业，还必须成功，晚年也可幸福。如果在别人的企业或公司，充其量就是一个普通员工。文凭不够，是不能提拔的，随着年龄的增长和新人的进入，我们就会被渐渐冷落，晚年会很不幸的。”贾小刀表现得很悲观。

“贾小刀，姐姐现在明确告诉你，文凭只对庸人有用，对于能人，有本事的人，有才能的人，不过是一张纸而已。一张纸值多少钱？一文不值！你看人家毛泽东，什么学校，长沙师范学院。一个普通师专学校。可他最后还不是成了国家主席，成了著名的军事家、文学家、政治家。你看人家齐白石，什么学历，小学文凭，可最后却闻名中外，名扬千古。再来说最近的韩寒，中学文化，怎么样了？全国著名的作家、赛车手，还是意见领袖。更别说那些企业家、富豪，他们没有念什么狗屁大专本科吧，结果还是出人头地，令万人仰慕。所以，我告诉你，学历不重要，重要的是，你有没有理想，你有没有想改变自己命运的信念！21 世纪什么最重要，告诉你，信仰！孔子曾经对弟子说，一个国家可以没有军队，可以没有粮食，但是他的人民不能没有信仰。信仰是什么，信仰是一个民族活下去的精神支撑。因此，在座的各位，你们想一下，你们从小到现在，是不是有过理想。大了，老了，为什么都没能实现。你们还记得曾经年少时的梦吗？还记得当时小孩过家家时夸下的海口吗？李大叔，你来说一下，你小时候的梦想是什么？”

用一本书垫着屁股的李大叔，满脸胡子。他有些害羞地摸了摸自己的头，胆怯地说：“我小时候的理想，说起你们都会笑，我想当一位将军，去打仗，指挥千军万马，建功立业，功成名就！”

“李大叔的理想，好！远大！可是为什么最后没有实现呢？不是因为没有仗打，不是因为是和平年代，而是你李大叔自己否定了自己。是他自己扼杀了自己的梦想！为什么呢，因为我们都在否定自己的梦想，总以为什么都不现实，都不可能，可是我们真正去做过没有？我们没有！我们一直都没有！”

小杰姐姐又喝了一口茶，然后在不知是什么时候被哪个搬到台前面的黑板上，写上两个大字“奋斗”。她激情昂扬地对大家说，“现在我们就要记住黑板上的这两个字，奋斗。就像电视剧中说的那样，为了我们的理想奋斗，为了我们以后美好的生活奋斗，为了我们的人生价值奋斗！大家说，这样好不好！”小杰姐姐说到这时，台前的人都鼓起掌来，大声喊道：“好，好，好。”

五

小杰姐姐讲的话让贾小刀彻底叹服了。他觉得，这是他读书以来听到的最有激情、最有水平的演讲。他认为，让小杰姐姐到任何一所大学讲授，都够资格和水平！

贾小刀觉得人才啊，为什么都埋没在人群中呢？就好像，金子总在沙子中一样，非要被淘出来才行。

为什么有那么多蠢材，还耀武扬威地待在大学里误人子弟，端着他们的铁饭碗沾沾自喜，自以为是。可是，他们又有几个真正讲出了人生哲理呢？又有几个给学生提供了指导？他们大多拿着一本七八十年代出版的教科书，在那里照本宣科，讲着所谓的理论，所谓的高深知识。可这些全他 × 的没用。

贾小刀听了小杰姐姐讲的课，才觉得什么是真正的教学，什么是真正的讲授。他开始想起自己的大学，想起了自己所读的中文系，心里就觉得有太多的郁闷。

是啊，偌大的中文系居然没有一个真正的作家，全都是一些拿着教科书，像个老夫子似的，教学生怎样思考，如何创作，或者把大量的时间花在让学生唱歌、跳舞、搞学生政治上。

其实，大家都明白，这些教授和老师又出过几本书呢？唯一值得自豪的就是曾发表过几篇学术论文，并且是拿着学校发的工资自费排队发表的。他们的书，也不过是打着科研基金的旗号，然后争取一些公费，接着出版自产自销。这些所谓的理论，所谓的研究，真的算当代文学吗？真的有文学价值吗？

这些所谓的教授，有几人对我国文化事业的发展做出过一丁点儿贡献。他们那些所谓的学术论文，不就是从网上东拼西凑，然后添上摘自哪里，引自哪里，等等（证明自己查阅了几本书，看了一些资料，以表示做了一些研究），接着就求爷爷告奶奶，求得几个学术刊物编辑的同情，终于给他们便宜了几分钱，最后发表出来，尽管这些学术刊物从来就没几人看过。但是，他们却拿着这些所谓的教研成就，跑到科研处领什么奖金，争取什么补贴，评一些不大不小的职称。

贾小刀一想到这里，就想起曾经一个宣传部女老师为了给体育系教书的男朋友写论文，在网上广发征稿帖，寻求论文一篇。很快就被中文系的一位正生活紧巴的师兄中标，于是给她在网上东拼西凑了一篇洋洋洒洒 4000 字的学术论文发了过去。

当然这位师兄也得了所谓的润笔费 200 元，而那位体育系的老师拿着那篇买来的学术论文，屁颠屁颠地去找学报的编辑给发表了。

最后，他当然如愿以偿地评上了主任科员的职称，然后跷着二郎腿，坐在办公室里，对自己的学生教导：“你们要好好学习，争取做一些学术研究。研究还是有用的，增加文化内涵嘛。”所以说，这世上某些人撒谎时脸不红、心不跳，就像鲁迅笔下的禽兽装得一本正经。

“××的，世界就是这么怪！”贾小刀想到这里就有点愤青味道！

回想起自己的大学，好歹在四川也算是个名牌。一大半的高考学子梦寐以求的学堂，在贾小刀看来却是那么让人失望！他看到眼前的小杰姐姐，觉得她美死了。

淡妆化得恰到好处，身材匀称得让人遐想联翩。再加上小杰姐姐讲演时那绝佳的状态和感觉，让贾小刀佩服得五体投地，就像电影里周星驰那句经典的台词：“我对你的崇拜，如滔滔江水，连绵不绝！”

贾小刀原来一直不明白为什么那么多人去追星，现在他终于知道为什么了。就像唐伯虎看上秋香的那一刹那，便决定抛却家里的优越生活，甘心到华府去当一名打杂工，目的就是博得秋香一笑。

是的，一切就是这么奇妙。贾小刀深深体会到了这一点，这时也完全理解了有的粉丝为了明星死去活来的感受。

贾小刀觉得，小杰姐姐就是自己心中的明星，就是自己心中的偶像！

小杰姐姐的课终于结束了，贾小刀却还回不过神来。他看着小杰姐姐静静地下台，自己就像一个花痴，对她的崇拜之情，不能断绝。

贾小刀心想自己怎么了，为什么在火车站见到小杰姐姐的时候，没有这种感觉，听了小杰姐姐的讲演之后，就有了感觉呢？

或许是因为小杰打开了自己心灵的自卑之门吧。是啊，他大学本科学位证没有拿到，对一般人来说，是多么绝望。在他最迷惘、最无奈的时候，是小杰姐姐的讲演给了他信心，打开了他心中的结，让他从失望迷惘的沙漠中走了出来，走进了绿洲，走进了茂密的森林……

但是，直到后来，贾小刀才明白，小杰的演讲其实就是在洗脑。因为，世界上没有不劳而获的事，更没有小杰姐姐所称的那样，成功一直都唾手可得……

第二章 逃亡

一

这已经是从传销队伍中逃出来的第二个晚上。贾小刀和农民工挤在开往 D 城的一节车厢里，看到车窗外星星点点的灯光，心里有些感慨。

他拿出一把刀子，不停地在手里玩弄，刀子边缘已被磨出了浅色裂痕。刀子背面反射着车顶上散射下来的灯光，微暗浅黄。

贾小刀想，回去以后，还是要去拿文凭拿学历。他 ×× 的，这年代，对于穷人的孩子，还是学历和文凭可靠。其他挣钱啊，发财啊，其实都不现实，不过就是乌托邦的幻想罢了。就像《等待戈多》里的主角一样，傻傻地站在大路边，等待戈多。可是戈多是什么样子，叫什么名字，什么时候到达，等到他之后又能改变什么？大家都不清楚。

因此，贾小刀不再相信小杰姐姐的鬼话了，要是真像她说的那样，为什么小杰姐姐进队伍那么多年，也没能开上奔驰、宝马呢？要是真那样，进入传销队伍的人都能发财的话，中国的国民经济早就赶超美国日本了，还用搞什么科学发展，搞什么经济，都搞传销算了。

贾小刀一边想，一边在心里策划，回去以后准备请系上的书记和主任去大吃一顿，然后给他们每人封一个红包。红包，虽然不多，但绝对要恰到好处。

反正自己的新书月底就要面市了，会有 2 万多元的稿费。对于红包的事，贾小刀勉强可以承受。这年代，舍不得孩子套不着狼。不然，贾小刀怎会连续三次申请入党，三次都被各种理由给拒绝呢。这年代，拿钱办事才放心。对方不收钱，心里不踏实。贾小刀这时才明白《康熙微服私访记》里一县令所践行的人生格言。

贾小刀想这些时，一位漂亮的女列车员从拥挤的人群中穿行过来。她一边挤，一边大声提醒："各位旅客，注意了，请保管好自己的财物，防止小偷！"

贾小刀看到列车员的嘴角处有一颗小小的黑痣，就像一片雪白的花瓣上，落下一只美丽的小昆虫，充满了生命美。

贾小刀很久没看到陌生的美女了，这次看到后，感觉特别舒服。

"还是呼吸新鲜空气好，还是自由好。"贾小刀在心里这么想到。

车上的乘客，听到列车员的提醒后，有的四处张望，有的小心地生怕被人发觉似的，悄悄摸了摸贴身的口袋，有的假装镇静，但似乎又有点忐忑不安……

“小弟，拿把刀子不会是想不开吧！”一个30岁左右的气质女人对贾小刀说。她就坐在贾小刀的旁边，嘴里含着女士香烟。这种香烟比一般的烟要修长一些。女人吸了一口，熟练地吐出烟圈，烟圈在她的嘴唇处，缭绕徘徊。看上去缥缈、陶醉。

“怎么会呢？这把小刀是一个女人送给我的。”贾小刀微微地笑了笑，然后侧了侧身子，注意身边走过的每一个人！

车里其他乘客，有的坐在椅子上打盹儿；有的三四人围坐在一起打扑克牌，发出轻微的吆喝声；有的在车道里走来走去，似乎烦恼着什么……

贾小刀右前方位置，一个小女孩正注视着车外的夜景。外面城市的灯光迷离，像一颗颗星星，眨着诱人的眼睛。小女孩眼神中有着一种难以表达的向往，这向往对于贾小刀来说，是那么熟悉，又那么陌生。贾小刀觉得，这好像是他年轻时的影子，天真、纯真，对一切都充满好奇与渴望。

“呵呵，你的女朋友吧，是不是很美？”女人饶有兴趣地问。她的烟已经抽完，扔在地上踩灭了。女人注视着贾小刀的眼睛，仿佛想要从贾小刀的口中掏出点什么。是的，女人都有打听别人隐私的嗜好。

“她的确很美，20岁。如花的年龄。水莲花一般不胜凉风的娇羞！”贾小刀缓慢地开了口，眼神变得恍惚起来。他理了理凌乱的头发，用手指揉揉脸部僵硬的肌肉。“有烟吗？给我一根。”他的手指在颤抖！

“有，给！”女人从手提包里拿出一包香烟，从中抽出两支，一支递给贾小刀，一支留给自己。女人又掏出打火机，熟练地给贾小刀点上。烟雾弥漫开来，像冬天清晨的白雾，笼罩在贾小刀的头上，将未知的方向迷失。

“谈谈你们是什么关系。”女人表现出一种强烈的求知欲。她似乎很想探究这个奇怪的迷。

“先生，请到吸烟室抽烟！”一个陌生女声响在贾小刀耳边。他抬头看了看，一个漂亮的女列车员，站在贾小刀座位旁，用手指指着贾小刀嘴里含着的香烟。她的手指雪白细嫩，就像刚出土的竹笋。

贾小刀想起小时候，曾有一个愿望，他希望能找一个女列车员当老婆，让老婆穿上制服，给自己跳一支舞。呵呵，那时贾小刀是多么天真，多么幼稚。想到这里，贾小刀忍不住笑了笑。

“对不起，真抱歉。”贾小刀将烟头按熄，接着将烟头扔向了微开着窗子的车外。一阵风呼呼地吹过来，有点冷。

女列车员继续往下一个车厢走去，她的身影消失在人群里，就像一个亮点，慢慢地消失，消失在黑云密布的天空，消失在这节列车上。

“其实，我只是她的过客，她的过客很多。她就像一个卖豆腐花的女人，而我就是买豆腐花的顾客。我排在人群中间，拿着我的钞票等着，直到等到自己买豆腐花的瞬间，才觉得眼前的这个女人，比豆腐花更美丽。”贾小刀对身旁的女人说。

“说得这么深奥干吗？难以消化！”女人在笑，露出雪白的牙齿。牙齿如玉。

二

提起贾小刀身上的这把刀子，那就得从几个月前的那个夜晚说起。

那时贾小刀刚刚拿到毕业证，即将离开学校走进社会。全寝室的兄弟都聚到了“二月花”茶楼，搞毕业别宴。

这茶楼是贾小刀他们经常光顾的地方，也是寝室兄弟们泡女人、砌“长城”的场所。茶楼的老板付阿姨，特别欢迎这帮年轻人，因为他们豪爽、肯花钱、常照顾她的生意。

那天，贾小刀一伙要了两箱啤酒，买了几斤卤肉和一大包零食，坐在茶楼里干了起来。大伙畅谈大学几年压过多少马路，亲过多少女人的大嘴巴，摸过多少妹妹的大白腿，挂过多少专业课……甚至李大嘴追隔壁班班花惨遭失败的糗事，也被大伙戏弄了一翻。

酒席上最为失意的便是“眼镜”王洪，他是寝室唯一一个每堂课必去，每次作业必做，每次考试必被旁边的同学抄袭的好学生。这次考研他彻底失败了，失败的原因是那该死的英语。

他眼睛红红的拉开大嗓门高叫：“× 的，狗 × 的英语，早知如此，还不如学你们！”说这话的时候，他的青筋鼓起，喉节突出，像一个面带凶光，要与谁决斗的战士。

这不得不让人想起，当初普希金就是因为冲动的情绪和可怕的表情，去和情敌决斗的。可惜普希金失败了，他高估了自己的实战能力，尸骨未寒，名声早播。

贾小刀知道王洪喝高了。他用手轻轻拍了拍王洪的肩膀，表示理解和安慰。坐在一旁的林峰没有说话，其实林峰是最轻松的一个，他比一般人要少奋斗二十年，毕业后可以到他妈开的公司上班，当个副总经理，或者到他当电视台台长的父亲那里当记者，然后混个几年，升职为中层干部，立马过上贵族生活。

林峰拍了拍王洪的肩，安慰说："别难过，考不上研究生，照样是好汉，你们农村不是有的是土地，回去搞'房地产'开发。说不定还能整个百万富翁。"

"切，你还损，回去当养猪佬还差不多。"正拿起一瓶啤酒将要灌进嘴里的熊杨说。

"我这不是在安慰他吗，瞧他那点出息，还拿一等奖学金呢？这点打击也受不了。人家伟人说，要经受得住打击，人在打击中成长，花在风雨中开放！"林峰继续反驳道。

"别说了，喝酒！他 × 的今天是出来寻开心的，吃大肉，喝大酒的。"贾小刀在一旁愤愤地说。

"好，喝他 × 的纸醉金迷！"大伙端起了酒杯……

那一晚王洪喝醉了，是被林峰和熊杨抬回来的。贾小刀一个人走在后面，心里无比惆怅。是啊，这些一起生活了四年的兄弟，明天就要离别了。王洪或许要回农村，熊杨要到一个小镇教书。而自己却不知道去什么地方。因为这个城市似乎没有他立足的土地，没有他发挥的平台。

晚上，王洪吐了一地，折腾了许久才躺下。贾小刀趴在床上睡不着，开始勾勒明天的出路。

他衡量了自己，一个二流大学的本科文凭，英语四级还是作弊考过的，专业课挂了一科，更要命的是学士学位还不一定能拿到，现在还悬浮在半空中。没有家庭背景，关系都在农村。他们除了谈粮食的收成，或者李黑娃的媳妇睡在张屠夫的床上，还谈点村里哪个人家的女儿在外乱搞，给大款当情妇。当然，他们绝口不谈政治，中央领导到哪里访问，到哪里出席大会，他们也一概不知。

贾小刀身材虽然高大，但不威猛，178 厘米的个子，却少有强健的肌肉，口才不好，有时还总说错话，搞不转政治家撒谎那一套，属于感性耿直的那类。

因此，贾小刀觉得自己一不适合当官，没有背景；二不适合做业务销售，口才不好，卖东西弄不好把自己卖了也说不定；三不适合吃软饭，女人见了不来电，前奏没有，主菜就上不来。

综合这些情况，贾小刀觉得自己只有去教书、当记者，或者干点写字的勾当。因为自己文章写得还将就，也曾在刊物上发表过百十来篇，还侥幸拿了一个省作协的会员证。

想到这里，贾小刀似乎松了一口气，他觉得眼前仿佛有一道亮光在闪烁。这亮光就像从黑云里冒出来的，妖精一样迷迷离离。

月光很淡，淡如处子。

深夜的校园，安静得似平静的湖水，偶尔远处有一列火车的尖叫声传来，像是这个城市被掐住了脖子。

三

第二天早晨醒来，寝室空荡荡。林峰陪一个叫阿紫的女人到芬山去了，他们要去共度春宵，说要多待几天，玩够了才回家。熊杨走了，回到他那个有着水库和黄土地的乡镇，他的女朋友也回到故乡，和他分了，说什么“不现实”之类的话。

王洪也走了，带着惆怅与失落走的。

贾小刀看到电脑桌上放着一张纸条，一看字就知道是熊杨写的，字体歪歪扭扭的，跟毛毛虫一样。

“小刀兄，我们已走，没喊醒你，是怕打扰你的春梦。以前没带钥匙，常敲门打扰你的春梦，很抱歉，今早做一件善事。是啊，佛说，要与人为善，才是君子。呵呵，所以我是佛家的好弟子。兄弟，我们四年情谊终有一别，天下没有不散的宴席，我回去为祖国的教育事业做贡献，× 的，一定要培养几个北大出来，给老子争光，给我们寝室的兄弟争光。对了，王洪改变了主意，没去农村搞‘房地产’，他去杭州了，他说那里出美女，要去挽回青春的损失。那小子的青春肯定丰盛，大伙都知道他还是处男之身，到杭州不出意外一定是抢手货。林峰今天早上招呼都不打一个就消失了，那小子典型的吕布，为了女人，爹娘不认。对了，窗子上还有一大盒牙膏，带不走，送你，希望你充分利用，一次刷完也行，不刷完太浪费。以后你再也不会大骂寝室的兄弟用你一人的牙膏。你再也不会悄悄把牙膏藏在鞋子里，说臭死我们，就你一个人用。还有，我床上留着一本书，那本你借了几次都没借给你的《霹雳娇娃》，实话告诉你，里面的内容很强悍，你拿去看吧。其实，是我背包装不下，已经满了，本来狠命装的，还是不行！林峰送了你一本古董《金瓶梅》，他一直吹嘘是他爷爷的爷爷那辈留传下来的，现在归你。我们都希望你看了后能写出比它更牛 × 的作品出来。希望你不要辜负了兄弟们的厚望。还有就是，离别了，真有点舍不得彼此，本来想流几颗眼泪，可是挤了良久，也不见得掉下泪来。算了，兄弟，男儿有泪不轻弹！希望若干年后，还记得我们在一起的破烂事。就这样，我要去赶火车，王洪和我同到车站。兄弟，不要难过，‘熊杨乘车将欲行，忽忘同室兄弟情。香烟一根抽上来，啤酒之中见真心’。再见，兄弟。

你最强悍的战友：熊杨、王洪。”

看着这张纸条，贾小刀眼睛里好像进了沙子，有点不舒服。

他走到阳台上，看着外面的天空，想起伍佰唱的一首歌：“有一个美丽的新世界，它在远方等我，那里有天真的孩子，还有姑娘的酒窝……”

离宿舍不远的地方，有条长长的铁路，一些工人背着铁锹从上面走过，贾小刀想，从今天起，就是新的一天，他要去面对这个世界，要去为了生活而奔波。

想着这些，他觉得自己如尘埃一样渺小起来。

贾小刀开始整理自己的行李。一些衣服、一些卫生巾、一些未用完的避孕套，贾小刀拿在手里，哀叹两声，最后果断地扔了出去。就像曹操当年捧着鸡肋轻叹：“鸡肋鸡肋，丢之可惜，食之无味！”可是，这鸡肋却成了自己的痛楚。

贾小刀将行李寄放在付阿姨的茶楼，然后去找工作。

贾小刀想到不久前才认识的一个朋友，他希望这个朋友能帮上一点忙。朋友是网上认识的，她的网名很特别，叫“温暖你”。正是因为特别，贾小刀才加的她，他们聊得很投机，谈哲学、政治以及性。“温暖你”似乎对性特别感兴趣，总谈起西方弗洛伊德和柏拉图。

她说，她更支持柏拉图的精神恋爱，爱一个人用自己的意志去爱，便已足够，肉体接触会让男人与女人之间变得不纯洁，如欧洲宗教曾大肆鼓吹节欲正说明这一点。

贾小刀虽然不同意，但总是附和她的观点。“温暖你”是新华网一个分站的记者，平时除了采访，便是在网上消磨时间。贾小刀给“温暖你”打了电话，说要请她吃饭。“温暖你”很爽快地答应了。这年头请吃饭和睡觉，很少有人会拒绝。这两样东西要么和钱有关，要么和色有关。

四

贾小刀在中心广场见到了“温暖你”，她穿了一件鹅黄色的外套、一条休闲的牛仔裤和一双白色的运动鞋，看上去像一个学生。

贾小刀觉得她在装清纯，但没说出口。

贾小刀说：“好久不见了，瞧，我都毕业了，也不来找我，是不是忘记我这个朋友了？”

“怎么会呢？最近比较忙，对了，准备到哪里高就？”

“不就是为这件事吗？想找你帮个忙，给我介绍一份工作。”

“这样啊，报社怎么样？我有一个朋友在报社。”

“行，我正有此意！想吃什么，到白天鹅小吃店去怎样？那里的毛肚味道特牛！”

“随便。”

贾小刀和“温暖你”来到好吃街最里面的“白天鹅”小吃店。小吃店装修得很古典。墙壁、桌子、椅子以及用来隔音的墙板都是用木料做的，店里还放了几棵盆栽。

贾小刀不认识这些植物是什么，叫什么名字，它们的叶子有点像芭蕉叶，绿绿的，给房间里增添了清新的气氛，顾客可以闻到植物的气息。贾小刀点了毛肚和猪肝，“温暖你”点了海带排骨汤和一只墨鱼。

饭桌上，贾小刀问：“说说给我介绍工作的情况？”

“这个？我认识报社的一个主任，我可以带你去见他。看能不能让你在他那里干！”

“工资多少？”

“不知道，我也没去过，不过，我们新华网的工资不固定，有的时候一个月能挣 5000 多，有的时候一个月只有 1000 多，看怎么干了。”

“哦，这样。吃菜，吃菜！”贾小刀说后便给“温暖你”挑了一块猪肝。

店里的生意很好，小小的一个饭店座无虚席。老板娘热情地招呼每一位顾客，有时还主动到顾客那里喝一杯酒，助一下兴。她离开的时候扭着浑圆的屁股，似乎在展示她那即将逝去的妖娆与性感。

贾小刀一边吃一边和“温暖你”聊起大学的生活，他觉得有点留恋和不舍。“温暖你”便安慰贾小刀：“哎，正常，每个人毕业时都特怀念。我当初也一样，还哭鼻子呢！”

“呵呵，是吗？美女哭鼻子是什么样子呢？”贾小刀笑着问。

“该是什么样子，就是什么样子。”

“一定像个妖精！哭泣的妖精！”

“没那么夸张，不过那时我喝了许多酒，还和班上的男同学亲了嘴，当时什么都不知道，人都是昏的，第二天早上他们对我说的，羞死了。”

“呵呵，那个得到你香吻的男子，一定到现在都没洗脸刷牙吧，刷牙了多舍不得啊，他觉得自己的嘴是多么与众不同啊，这个嘴上有着你深深的香吻。呵呵，是吗？”

“切，哪有那么夸张啊，不过，听说那个男的现在在一个乡村中学教书。生活很艰辛的。”

“哦，看来，他一定是刷牙了，不然不会混得这么差。”

“你乱想嘛。对了，我吃够了。”“温暖你”拿起纸巾开始擦嘴巴。她的嘴唇性感妩媚。

五

贾小刀和“温暖你”吃完饭后，便向报社走去。他们来到报社找到了“温暖你”所认识的主任。主任姓黄。

黄主任说：“老实给你说吧，你这个情况，有点特殊，你知道，其实你不是学新闻专业的，再说，你拿的文章都是文艺稿，并没有发表过新闻。所以，我们觉得搞文艺的搞新闻不太适合！”

“文艺与新闻不都是中文吗？再说，新闻的要求要低一些。”贾小刀说。

“这就是你的无知了，写好新闻可不是一件容易的事，它需要敏锐的观察能力和超级敏感的嗅觉和触觉，特别是对新闻的把握度。以前，我们单位也有一位同事，最后当作家去了。可是，他的新闻就从没被同行看得起过。因此。有些东西是难以说清的。”

“能不能通融一下呢？”“温暖你”在旁边说。

“这个问题很难，很难办，记得去年一个川大的毕业生也是很优秀的，要到我们报社，最后还费了不少周折。所以这件事情很悬，需要研究组统一决定才行啊。”黄主任显出一种为难的神色。

“哦，这样啊，打扰了，黄主任。我们走了。”“温暖你”拉着贾小刀的胳膊往外走。

他们来到报社外的大门口，“温暖你”说：“这个事难办，刚才黄主任都开口了，需要研究研究，看来，你的工作得花钱。”

“我要是有钱，还用找工作！他 × 的，这社会怎么了？读书要花钱，找工作要花钱，以后他 × 的结婚讨老婆更要花钱。这社会就只认钱，钱是他 × 的大爷，钱是他们的奶妈。”贾小刀显得十分愤怒。

“没办法，有奶便是娘，我是无能为力了。”

贾小刀沉默了一会儿，然后说：“好吧，谢了。”

“没什么，没帮到你的忙，真不好意思！”

“没事，你先走吧，我还有事。”

“好，我下午还有个采访，你自己慢慢去玩，有事打电话给我，多联系！”

“行，再见！”

和“温暖你”分开后，贾小刀一个人在滨河路走着，心情极度不爽。内心似乎被什么压抑着，就像一只猫被拴着链子一样，憋得慌。这种憋的感觉，比有屎拉不出还难受，就像一根鱼刺卡在喉间，这时劝客者还不停让你吃好喝好。

贾小刀一边走一边踢路上的石头，还顺手去折路旁开着的花。滨河路上少有的几个行人悠闲地走着，一些情侣坐在亭子里搂着腰忘我地亲吻。还有一些老人牵着宠物狗走在路上，那不懂事的狗会一边嗅嗅，一边在游人坐过的石凳子旁撒一泡狗尿。

贾小刀望着灰暗的天空，没有一只飞鸟，更不可能有彩虹。石栏下流动的河水滔滔不绝，发出轻微的涛声。远处的山脉还是那样巍巍，似乎是蹲着的严肃巨人。

想着自己的遭遇，贾小刀觉得这个世界上找工作都与金钱、关系挂钩。贾小刀有些绝望，但又无可奈何。

“先生，过来耍耍嘛！”贾小刀抬头一看，一个打扮妖艳的女人坐在一个稍稍隐蔽的地方抽着烟。她向贾小刀招手。

贾小刀感到很茫然，他心里产生了怀疑。“我又不认识你！”

“呵呵，先生，这有什么，认识不认识还不都一样，我还不想做熟人的生意，难做！”女人抬高了她雪白的大腿，露出紧绷着腿肉的丝袜。

“哦，原来你是……”贾小刀拍了一下自己的脑袋，顿悟。“没兴趣，老子心情不好，你还是找别人吧！”贾小刀转身要走。

“先生，别这样嘛，心情不好，就要放松。今天我给你优惠价！”女人走上前来，将脚靠在贾小刀的脚尖，身体也向前倾，抛媚眼地说。

“别，不需要！”贾小刀侧身便走。

“他 × 的装什么正经，没事一个人跑到这里来干 × 事！”女人横着脸，嘲讽意味地骂了一句。

贾小刀这时才明白自己走到站街女郎的红灯区，他本想还骂两句，终于没有动口。贾小刀一边走一边压制心中的怒火。

天色开始暗下来，视线有点模糊不清。远处的灯光亮着，闪烁着。滨河路上行人变得更少了，都是些情人或者恋人。

贾小刀看到一个老头，头发只有零星的几根，搂着一个十七八岁的姑娘走了过来。这个姑娘看起来很面熟，贾小刀想起来了，是外语系的一个大二的小师妹，贾小刀以前见过。她橘红色的头发在夜色中显得格外耀眼。

“哥哥，光大商场的钻石项链样式蛮多的，明天去买条嘛！”

姑娘在老头面前撒娇。

“上个月，不是给你买了的啊，有几条你都还没带过。”老头笑着说。

“不，不，哼，哼……我要买嘛。”女人用涂满胭脂的脸在老头的头发上蹭，她看起来比老头高出一个头。或许是高跟鞋太高。

贾小刀回过头，加快脚步向前方走去。夜色朦胧起来，一棵柳树倒垂在河边，身子像被什么扭曲了一样。

六

贾小刀想起自己初中时的兄弟学松，上次是和一个女性朋友到市区买衣服，在门诊医院看到他的。他穿着黑色的运动服，身体很强壮。真他 × 像个黑社会，其实就是个黑社会。学松叫住了他，“贾小刀，贾小刀！”

贾小刀回过头，愣了一下，然后认出学松来，“呵呵，你怎么会在这里，听说你不是到北京当兵去了吗？”

“早就退伍了，在这里都待了好几个月。你呢，还在读书？你小子读书，人都读老了。”学松走过来拍了拍贾小刀的后背。

“在做什么？”贾小刀问。

“呵呵，做点小业务。”学松淡然地说。

“不会还是原来的‘业务’吧，比如……”

“别，别，早就不做那个了，对了，你们学习怎样？”学松问。

“哎，还是老样子，不知道学了些什么，每天都空虚地过。”

“呵呵，有时间出来喝茶，好久不见了。”说着，学松告诉贾小刀他的电话号码。贾小刀便陪女性朋友在各大衣服店里选来选去，直到他感到头晕目眩。

再后来，贾小刀找过学松。那次见他的时候，他正在和几个朋友喝茶。贾小刀坐在他们中间，感觉气氛有点紧张。贾小刀轻声地问：“气氛怎么不对劲呢？”

“等会儿，你就知道了。”学松小声地说。

过了一会儿，贾小刀才明白，原来学松他们放了高利贷给其中一个在场的中年人。中年人穿着有点陈旧的西装，领带处有一些油脂，他从包里掏出几支香烟分给了学松他们，也递了一根给贾小刀。贾小刀摆了摆手，谢绝了。中年人点上烟，点烟的时候他的手在发抖，他时不时地将烟灰往桌子上的烟灰缸里敲落。

中年人开口：“大哥，你宽限几天，我一定会想办法还你的钱，真的，一定会想办法！”

“宽限？我们已经宽限你好几天了。办法你自己去想，总之，这几天之内必须还钱，还有就是息钱一分也不能少！以前我们做事，都是将人带到一个地方，慢慢再叫他拿钱，今天对你算是客气的了，你可别敬酒不吃吃罚酒。”学松的一个朋友凶神恶煞地说。

“大哥，你别逼我，我会想办法的，你们不是到我家去了吗？我老婆会还的。”中年人低着头，带点哭腔。

“你老婆说，你和她离婚了。”学松说。

“我们离婚手续还没办下来，现在还住在一起！”中年人耷拉着脑袋说。

“不是我不给你机会，我回去还要向大哥交差，我们也不好办！”学松的朋友吸了一口烟说。

这时中年人摸出了手机开始打电话，“兄弟，这次一定要帮我……”话没说完，电话那头就‘当’的一下挂了。

“李哥啊，有个事请你帮忙，我最近手头比较紧！”

“哦，兄弟，你也知道，最近生意难做，我真的无能为力！”电话那头传来这样的声音。

中年人一直在那里打电话，一边打电话一边骂，“× 的，平时我是怎么帮他们的，现在个个都虚伪！”

这时候，中年人又拨了一个电话，“吴哥，我现在遇到了一点麻烦，我借了点钱，现在被人禁锢了，他们要杀我啊。吴哥，你可得保小弟啊，吴哥！”

“哦，小事，到时给我电话！”电话那头传来淡定的男中音。

“好，好，吴哥，我一定给你电话！”中年人挂了电话，又从口袋里掏出一支烟狠狠地抽，烟雾在他的眼睛处缭绕着。

“不管你给谁打电话，都没法救你，我们现在需要的是钱。”学松的朋友喝了一口茶，冷冷地说。这时候一个女服务员过来添水。

“小妹妹，你长得很漂亮啊，跟哥哥做个朋友行不？”学松的朋友说着这些话，将自己的脸贴向女服务员。

“先生，你的茶水快喝完了，我给你添上！”女服务员是一个很标致的女孩，大约 16 岁的样子，看上去还有着孩子般的天真与清纯。

“好好，给我添。”学松的朋友侧了侧身子，紧紧盯着女孩。手指有向前去摸人家屁股的冲动。

女服务员添满了茶水，便起身要走。

“耍会儿嘛，小妹妹！”

“经理不准的，对不起。”女孩说着这些话离开了。

“我不想对你多说，你尽快凑钱吧，实在不行，我们只有按规矩办事！”学松转过身子，正对着中年人。

“你们大不了把我杀了，杀了我，对你们有什么好处，人财两空！”中年人似乎坚强了一些，鼓起勇气说。

“我们哪会杀你呢？呵呵！我们会把你打残，你的一生不会只值几万块钱吧？”学松表现得有点严肃。

中年人沉默了好一会儿，然后咬了咬牙，最后说：“今晚到我家吧，我和老婆商量一下，看有没有办法！”

“别耍花招，期限已经给你定得很充足了。”学松的朋友表现得凶神恶煞。

“大哥，我怎敢呢？”

七

“喂，过来一下。”贾小刀对面几个青年人在叫中年人。中年人答应了一声便过去了。

“那些是？”贾小刀问学松。

“呵呵，也是放高利贷的。”学松冷笑了一声说。

“哎，这人怎么借高利贷呢？明知道那是个火坑，也要往那里跳！看看现在这个狼狈相。”贾小刀摆了摆头。

“现在狼狈，你怎不想到他借到钱后，在外趾高气扬，花天酒地的样子！”学松的朋友说。

贾小刀感到无语，坐在那里没有说话。他端过茶杯喝了一口竹叶青。

“对了，贾小刀，你们晚上上课不？”学松问。

“不上，我们不上晚自习的，好了，我要走了，以后找你。”贾小刀感到自己似乎不适合在这里，站起身说道。

“好吧，今天我实在太忙，以后有机会请你吃饭！”学松说。

“呵呵，没什么，下次再玩。”贾小刀一边说，一边向茶楼外走去，眼角的余光看到那个中年人手舞足蹈地比画着什么，似乎在解释或者在道歉。贾小刀叹了一口气，离开了茶楼。

从那以后，贾小刀给学松打过一次电话，学松说到深圳提货去了。贾小刀便没找过他。

贾小刀一边走在滨河路上，一边掏出手机给学松打电话。

“学松，我是贾小刀！”

“哦，太吵，你说什么？”那边传来摇滚音乐声。电话挂了，发来了一条短信。

“贾小刀，我在七日娱乐城顶楼，你在哪里，快过来。”

“好，我马上到。”贾小刀收到短信后，便招手拦了一辆出租车。

车窗外城市的夜景格外妖娆与迷人。飞驰的汽车，缓慢行走的路人，以及一块块闪亮耀眼的商店招牌，在这个夜晚充斥着整个城市。

贾小刀来到七日娱乐城，上了电梯。电梯两旁的两个女招待异常洁白美丽，他们穿着露着半个背部的旗袍，袍子分衩的地方可以看见雪白雪白的肉腿。贾小刀想，他 × 的，连个女侍都这样漂亮，可想而知这里面是何等的豪华。

难怪寝室的林峰说，七日娱乐城是本市最豪华的酒吧，这个城市大部分有头有脸的人物都喜欢泡在这里。林峰还说，酒吧里提供一流的服务，听说还有日本妞、韩国妞。

贾小刀边想边走进了酒吧顶层。进门的一刹那，他感到眩晕，灯光在地板上不停地闪烁，像发光的星星。贾小刀觉得自己的身体也被颠倒了过来，很不适应。

“贾小刀，我在这里，过来。”贾小刀仔细瞧了瞧，是学松在向他招手。学松穿着 T 恤和一条膝盖部位有着拳头般大洞的牛仔裤，他走了过来，将手放在贾小刀的肩膀上，问道：“贾小刀，是不是毕业了，怎么样，找到工作没？”学松的声音拉得很高，因为酒吧里有点吵。

“毕业了，他 × 的还没找到工作，地方跑了好几个，都需要关系与钞票！”贾小刀气愤地说。

“没事，慢慢来，实在不行，我给你安排个工作，只是你愿意干不？”

“什么工作，工资怎样？”贾小刀和学松来到稍微安静的沙发上坐下来问。

“工资你放心，不会低的，一个月 5000 元，另加提成和奖金。”学松也坐了下来，开了一瓶红酒。

“那么高，干什么？”贾小刀感到疑惑。

“怎么说呢，说白了就是看一下场子，顺便推销点商品。干不？”学松将手拍在贾小刀的左肩上问。

“这个啊，说实话，我还真拿不下来，你看我这个身体，弱不禁风，怎能干那种大事？谢谢你的好意，兄弟。”贾小刀意识到有问题，便坚决地拒绝了学松。

“没什么，兄弟，你或许不适合做这个。不过，我得告诉你，现在什么年代了，有钱才是上帝！”

“等过段时间再说，让我考虑考虑！”贾小刀喝了一杯桌子上的红酒。

八

“美女们，过来，我给你们介绍一位帅哥！”学松叫了正在

Happy 的几个女人。其中的两个走了过来。

这两个女人看上去很年轻，其中一个还未成年，从她脸部的轮廓能够看出来。这个年轻女孩来到贾小刀身边坐下，倒了一杯酒，端起来说：“大哥，我敬你们。”

“呵呵，我可不会喝酒哦。”贾小刀故意这样说。

“大哥，你怎这样为难小妹呢？出门在外跑江湖，谁不喝酒呢？人家公关考试不都明明写着会喝酒者优先，是不是，大哥喝吧！”女孩子端着酒杯对着贾小刀亲昵地说。

贾小刀清晰地看到，这个女孩漂亮得像个妖精，说有沉鱼落雁之貌、闭月羞花之容一点也不为过。她的皮肤洁白得像牛奶一般，一头清秀亮丽的头发披在腰间更增添了她的妩媚。特别是那一双大眼睛更是神来一笔，让人内心颤抖。

贾小刀问：“告诉我，你叫什么名字。”

“我叫刀子。”

“什么，刀子，这么奇怪的名字？怎不叫黑蜘蛛呢？比刀子还毒！”贾小刀感到不可思议。

“刀子就叫刀子呗，还说什么蜘蛛，我有那么丑吗？”女孩温柔地说，那声音就像屋檐下掉下的一滴滴雨水，听上去轻柔悦耳。

“呵呵，你叫刀子，我也叫刀子。看来，我们他 × 的是天造一对。真不错，刀子美女，我猜你一定是一个有故事的人，快给哥哥讲讲你的故事。”贾小刀端起酒杯，饮干了杯中的葡萄酒。

“大哥，好酒量，来，再来一杯！”女孩又添满了酒杯。

“别了，我们聊聊吧。告诉我，你今年多大了。”贾小刀蛮有兴趣地问。

女孩坐在贾小刀的膝盖上，张开红唇露出洁白的牙齿说：“你猜猜。”

“呵呵，我猜你只有十几岁。”贾小刀卖关子地说。

“十几呢，快说说。”女孩将手放在了贾小刀的肩膀，嘴唇紧贴住了贾小刀的嘴唇，她的呼吸清晰得可以感觉到轻微的震动。

“我猜对了，有什么奖励？”贾小刀说这话时候，将手环住了女孩的后背，她的后背光滑而温暖。

“猜对了，今晚我亲你一个。”女孩装着害羞的样子说。

“好，你今年 15 岁到 20 岁之间，对不对？”贾小刀说完后就在女孩的嘴唇上贴了一下，哈哈大笑起来。

“你坏，你坏，这也叫猜。这是萝卜装坑，范围太大。”女孩用白嫩的手在贾小刀的身上轻轻地捶。这时候包间里其他的人正用力地晃着脑袋，自我陶醉。音乐的声音顿时感觉小了许多。

贾小刀拉住女孩的手，对女孩说：“我有你坏吗？你骗的可是大哥我的感情，你是大灰狼呢！”贾小刀说这话的时候心里想，是啊，像这样的风尘女子不知道玩弄了多少人的情感，不知道对多少人说过“我爱你，亲爱的，你最棒”。贾小刀想到这里，冷笑了一声。

“大哥，谁不知道你们男人坏，脱掉裤子就是鬼，穿起裤子尽装人！”

“我们划拳吧！”于是贾小刀和女孩在沙发上划起拳来。这时学松已走在电视屏幕前，和其他人摇晃着脑袋，他们紧闭着眼睛，像是抽空了自己的思绪一样，尽情忘我地手舞足蹈。一些男人搂着女人的腰在台上做着亲昵的动作。

贾小刀将身子靠在沙发上，闭上眼睛沉思了一会儿，他开始觉得自己也在慢慢地麻醉自己。他的下身紧紧地顶着姑娘的大腿。

不知道玩了多久，大概2点多，大家在一片酒气中散了场。

第三章 霓虹

一

小雨，风声，夜色弥漫。

小城的霓虹灯闪烁不定。偶尔几辆疾驰的出租车呼啸而过。依稀还能看到一些行人。

夜已经深了，许多老实的模范夫妻，早就窝在家里，要么看着韩国电视剧，要么搂着自己的爱人甜言蜜语。

一个绝色美丽的姑娘，站在红灯街的榕树下，正打望着来来往往的行人。这个姑娘叫徐安琪。今年 21 岁，是这座城市高校的学生。由于临近毕业，班上大多数学生都找到了实习单位，一些特别优秀的，甚至已经找到了工作。

一直以来徐安琪就是一个不太安分的人。小时候，她就爱跑到邻村的河边洗澡。尽管是个黄花姑娘，却活泼得像个男孩。长大了，她依旧不安分。村子里的人都说，农村的女娃娃读书有什么用。“嫁出去的人，泼出去的水”，反正终究是要离开娘家的，还不如早点找个婆家，耕田种地，生娃育女。但是徐安琪一直不相信命运。在母亲的教育下，她始终坚信，自己终究要走出村里，翻过村口的大山，然后去实现自己的梦想。

就是这样一个不服输的孩子，上大学后也像城里姑娘一样，幻想着和自己的小王子邂逅相遇，然后相知，相爱。但是，残酷的现实，却一次次击碎了她的梦想……

徐安琪不是被人逼的，而是被生活逼的。在失去爱情的那段时间，她像一只无头苍蝇，用尽所有的力气，却找不到出路。

是的，如果不是因为那件事，即使家里贫穷，申请不到助学贷款，徐安琪也能够靠做家教、搞兼职，挣得微薄的收入，以养活自己。但是，事情最终还是发生了。

徐安琪是因为一个男人，才做了皮肉生意。这个男人叫林峰。这个口口声声说爱她的男人，最终还是离开了她。

这天晚上，徐安琪心情十分好。她穿上了平时很少穿的白色连衣裙。一个人吸着烟，站在街头一棵榕树下，显得格外妖娆。

不过这年代，张开大腿的女人，不妖娆就没有生意。没有生意，可就得喝西北风了。职业习惯和素养告诉她，任何行业，都得有自己的规矩和法则，性工作者也不例外。

徐安琪用余光瞟了一下周围经过的男人们。在她的世界里，男人没一个好东西。

在她身后，是一间华丽的门市，玻璃大门虚掩着。丝绸的布帘软绵绵的，耷拉在玻璃后面。屋内霓虹闪烁，彩灯柔和，就像一层淡红色的雾。沙发上，围坐着一群半裸的女人。长发，短裙，丝袜，浓妆艳抹，这些成了红灯场所明显的标志。

现在，认不清小姐的男人，要么是傻子，要么就是呆子。因为，为了让顾客熟悉她们具体的特征，在进这行之前，妈咪总会告诉新手一些窍门和方法。

首先，红灯区的门市一定要在稍微隐蔽的地方，晚上的灯光一定要是暗红的，并且带点迷离。小姐们的穿着一定要性感，大腿能够摆出来就尽量摆出来。看到顾客来了，不管帅与不帅，都得叫帅哥。戴着眼镜的，可以调侃地喊“眼镜哥哥”。年老一点，还可以喊他们叔叔。

与客人谈生意时，要分不同顾客，因人而异。看他们的穿着，领夹、皮带、手表，就能判断他们所能出的价位。能多挣一分钱，就决不能放过任何一丝机会。要是遇到刚出来找小姐的客人，还可以趁机敲诈一笔，不仅要收他们服务费，还能乱加项目收取台费、消磨费，等等。当然，这样的情况，毕竟是很少的。

徐安琪上班已有大半年。大半年里，到底与多少男人进行过交易，谁也数不清。不过，闲暇时，徐安琪总会和大家聚在一起，吹点牛，聊下天。谈论的话题，很多都关于男人。

街道上的行人，越来越少。

晚上 12 点左右出来的人，要么是牛鬼蛇神之流，要么就是作奸犯科之徒。除了这些，剩下的就是出来寻开心的有色男人。

徐安琪有些累了，理了理头发，密切关注着从远处走近路过的每一个男人，并努力朝他们微笑，露出几颗雪白的牙齿。

看着自己修长的身段、姣好的面容、“专业一级”面带寂寞的微笑，徐安琪有了些许的自信。

二

“安琪，进来喝杯水吧。这么晚了，怎么还没个好兆头！”舒大姐从屋内走了出来，点了一根烟，递给徐安琪一支，埋怨今晚的生意。

舒大姐是这个发廊里的老大，因为她年龄最大，今年已经34岁了。据她讲，她从事这个行业近5个年头，曾是H市某工厂的工人，由于下岗后，一直没能找到稳定工作，便只身来到D城打工。然而，没有任何技术和学历的她，只能在饭店当服务员，领着几乎是被施舍的微薄工资，生活过得窘迫，亦没有什么奢求。

但是，事情总是不像人们所期望的那样。后来，舒大姐的丈夫不知从哪里攀上关系，做起了建筑工地的包工头，挣了一大笔钱，开始变得财大气粗，脾气也变得坏了起来，还常常在外花天酒地。舒大姐看到老公这样，心里尽管有百般不愿，但是想到他在外劳累奔波，辛苦流汗，只能将苦水吞在肚子里。

然而，有一天她丈夫却公然将一个18岁的漂亮姑娘带到了家。当天，舒大姐正从市区给丈夫买完衣服回来。在打开房门的一刹那，她惊呆了。一个年轻貌美的姑娘，赤裸着身体，斜躺在自己的床上。而她的丈夫，却搂着这个姑娘，陶醉在美梦之中……

一向沉默老实的舒大姐，这次被刺痛了神经，终于火山般爆发了。她扔掉新买的衣服，从客厅里拿起一个扫把，就狠狠地朝那姑娘打去。一边打，一边大声骂道："你这个不要脸的娼妇，你这个卖 × 的娘们，老娘要弄死你，弄死你！"

18 岁的姑娘看到愤怒的舒大姐，居然没有被震住，反而恬不知耻地抓扯着舒大姐的头发，回骂道："老子就要勾引你男人，又咋样，你这个老婆娘，你这个没有胸的老婆娘！"

舒大姐听了姑娘的回骂，内心翻江倒海，气愤异常。她扔掉手中的扫把，一把抓住姑娘的头发，将其使劲往地下扯，扯到用力处，还动用起口来，一口咬住姑娘的耳朵。

"哎哟，你她 × 的，你咬住我耳朵了。"姑娘被舒大姐咬痛耳朵后，直跺脚。她又反过来用指甲挖舒大姐的眼睛。

两人在舒大姐的卧室里打得不可开交，双方都弄到了彼此的痛处。舒大姐的丈夫却站在一边，插着手，看着热闹。这两个女人为了自己争得面红耳赤，叫爹骂娘，然而这个男人脸上露出了一丝怪异的冷笑……

屋里闹得天翻地覆，沸沸扬扬。锅碗破碎，凳椅折断，一阵阵撕扯争吵声响彻整个房间。

是的，这是舒大姐和丈夫结婚以来第一次因为感情问题闹得这么凶，这也是她第一次和第三者在自己的卧室里打架。

对于一个女人来说，这是永远都不能磨灭的耻辱。

……

不知过了多久，舒大姐力气用完了，姑娘也躺在地上喘着粗气。舒大姐的丈夫，冷冷地看完她们撕扯的全过程。静下来之后，他便拿出一包烟，从中取出一支，开始坐在沙发上悠闲地抽起来。烟圈在他的脸部周围缭绕，烟雾中映出了这个麻木的有些苍白的男人的脸。

舒大姐看着眼前这个可怕的男人，第一次感觉到世上的男人真不可靠，真应该被枪毙。十几年的感情，竟抵不过一个跟他只有鱼水之欢的女人。

……

一切平静之后，谈到了离婚。是舒大姐提出来的。她的老公听到之后，求之不得，爽快地签了字，在送给舒大姐一笔钱后，迅疾离开了她。

她的儿子，舒大姐自己争了过来，留给自己抚养。舒大姐办了一张卡，将钱存在里面。她说，这些钱一分也不能用，全部留给儿子以后读大学。

然而，一个离婚的女人，带着一个孩子，生活是何等的艰难。

之后，舒大姐找了几份工作，但是由于生活的压力以及高涨的房价，她实在无力承担儿子和自己的基本生活费用。被逼无奈之下，她最终走上了卖淫之路。

其实，就在她选择这条路时，还有一个小插曲。

那是 5 年前的一个夜晚，舒大姐在一个饭店当服务员。下班了，她洗完澡后，正准备到饭店给员工所租的房子里睡觉。这时，饭店五十多岁的老板李天力却悄悄尾随着她，并趁其不注意，用一块手巾将其嘴蒙住。不一会儿，舒大姐便失去了知觉。

当舒大姐醒来时，她发现自己躺在饭店李老板的床上，全身一丝不挂。舒大姐知道，自己被李天力迷奸了。她心里很气愤，穿上衣服，到派出所报案。

但是，接下来的事情让她万万没有想到。李天力亲戚也就是派出所所长，给出了结论：舒大姐和李天力是双方自愿，属于通奸。他们说出的理由是，舒大姐身体无任何部位受伤，并睡在李天力的床上，另外舒大姐本身是单身，熟女，难免会有那方面的想法，因此告李天力强奸，严重违背了基本事实。

听到这一结论后，舒大姐彻底失望了。她知道这世界信他们，就好像山羊相信了狼。后来，舒大姐离开了该饭店，到了 D 城的一家发廊，干起了性工作者的行当。

时间很快，一晃 5 年过去了。

现在，舒大姐干这行，越发不易。尽管她容貌姣好，风韵犹存，但是，其年龄在徐安琪姐妹中明显偏大。在相貌和身材上面，她也吃了亏。但为了赚钱，舒大姐和徐安琪这些年轻女的不一样，她舍得付出，舍得花时间专研男性的各种心理、生理需要和特征。一些难伺候的客人，一般都是舒大姐出马。她会满足他们提出的全套要求、“吹拉弹唱”等个性化服务，让每一个顾客都能满意地走出房间。

还有一些年老的、长相丑陋的男人到发廊里来找小姐。年轻貌美的姐妹，很多时候都不愿意接这样的客人。这时候，舒大姐就会出面周旋。

对于顾客，她从不挑剔。她说只要是个男人，她都会认真伺候。因为，钱对于她来说太重要了，再加上她已有几年的“工龄”了。

舒大姐的儿子叫小乖，在城里的一所小学上三年级，成绩可好了，总拿年级第一。舒大姐没事时，就常常坐在发廊里，对徐安琪她们赞扬自己的儿子。

可是她从来没告诉儿子自己在干什么工作。她的儿子小乖也从没被她带到发廊里来玩过。

不过，徐安琪接触过她的儿子。当时，徐安琪的同学孙丽给徐安琪介绍了一个家教工作。家教的对象就是舒大姐的儿子。可是，后来徐安琪干上这行后，舒大姐就再没请过徐安琪。而徐安琪也更没有了教孩子的时间。

后来，徐安琪很少见到舒大姐的儿子，只是，偶尔在农贸市场买菜时，会看到她的儿子。那个瘦瘦的、有些害羞的男孩，总是跟在舒大姐的身后，显得有些胆怯。

舒大姐当晚生意不好，从下午 5 点上班后，一档生意也没做成。她脸色很难看，心情变得有些急躁和不安。

一些形形色色的男人，将脖子伸得老长老长，远远地看着她们。就像在看一幅幅精美的人体艺术。

他们越走越近，脚步故意放得像蜗牛的节奏，很慢很慢。

仿佛她们就是一块块奶酪，这些男人个个都想含在嘴里，慢慢品尝，慢慢咀嚼。

是的，在这里工作的人从来不会怀疑自己的相貌。要知道，从事这个行业的人，都是靠身体挣钱的。如果，没有一定的容貌让顾客欣赏，谁会心甘情愿掏钱呢？

徐安琪也不例外，在山村，她被称为金凤凰；在学校，她也曾是系上的名花。追她的同学，当时已排上了长队，但她却不爱他们。

徐安琪知道，现在的花心男人一般只和同一个小姐接触一次，之后大多数不再重复。她们基本是没有回头客的。因为，这些嫖客寻求的是新鲜、刺激。谁会反复地去找同一个小姐呢？这是情色场所，谁都不应该带着感情。

时间过得很快。一些中年男人被妻子挽着手臂从徐安琪身边经过。他们装得正气凛然、目不斜视，好像全世界都与他们无关，哪怕外星人来到地球，哪怕地震就发生在他们故乡，他们也无动于衷。

虚伪的男人们，其实内心深处早已悄悄物色到他们感兴趣的女人。等到哪天时机成熟，老婆不在家或者自己休假，他们就会来到发廊里，那时，就像脱缰的马儿，表现得比谁都轻浮。

徐安琪站在街道旁的榕树下，风吹得有些冷。她用手抱住自己的肩膀，望着远处过往的人群。

“妹妹，来，亲一个，今晚陪哥哥玩玩！”一个戴着银色耳扣，染着金黄头发，顶着鸭舌帽的小伙子，走了过来。他吹着口哨，抛着媚眼，轻浮地对安琪喊道。

“可以啊，帅哥……”徐安琪极不情愿但又极无奈地轻轻吐出这几个字来。

徐安琪知道自己干着这份职业，就算心里有一千个不愿意，脸上也必须挂着受宠若惊的笑容。谁叫自己是小姐呢？虚伪，做作，假装，必须成为专长。

夜色依旧弥漫，霓虹照样灿烂。

三

一辆出租车在不远处停了下来，车里有一个男人，二十多岁的样子，戴着深度的近视眼镜，眼睛很小，眯成了一条缝。

这个男人，徐安琪好像在哪里见过，但是一直想不起来。

跟着他进了宾馆，开了房，打开电视，徐安琪躺在床上有些累。

其实，这个男人就是贾小刀。他和学松从酒吧分手后，本想回学校睡觉，但是一想到刚才那漂亮的姑娘，下体就万分膨胀。他真后悔，当时为何没主动一点邀请那姑娘去开房。

贾小刀从酒吧出来，走在大街上，心里想反正都出来了，何不玩得更彻底与尽兴呢？

于是，贾小刀便搭了一辆出租车进了城里比较有名的红灯街。在红灯街，有着各种活色生香、婀娜多姿的美女。寝室里的李博就经常谈起这里的美女个个美如画、骚似火。

“哥哥，你别急嘛，人家还没准备好呢！”在宾馆里，贾小刀表现得急不可待。

“亲爱的，在想什么？快来……”贾小刀一把抱住了徐安琪的身子，急切地问道。

房间的灯光很暗。窗帘被拉得严严的。床上是被脱掉的衣裙，显得有些凌乱。

……

“哥哥，我想去冲个澡，你等一会儿。”不知怎么的，徐安琪突然有一种恶心感，便光着身子，挣脱掉贾小刀粗大的手，径直向浴室走去。

看着洗手间墙上的镜子，再看到镜中妖艳苍白的脸，徐安琪心里不禁升起了一丝寒战。她感到很迷惘：“是生活让我改变了命运，还是命运改变了我的人生？”

……

“小甜心，快出来啦，哥哥等不及了。”房间里，贾小刀将枕头垫在背上，打开电视遥控板，随意地翻看着电视节目。他表现得有些急不可待，十分烦躁。是的，这样的美女，他还是很少遇到，皮肤白皙，身材苗条，一看就有强烈的冲动。

徐安琪围着浴巾，风姿婆娑来到床边，轻轻用纤细的手指，在贾小刀的脸上滑掠而过。

瞬间，世界似乎停止了运行，一切寂静无声。贾小刀看着徐安琪洁白如雪的胴体，身体僵硬得像一块雕塑。他觉得时间，似乎停止了转动……

“哥哥，你怎么啦？快来啊！”徐安琪轻轻地躺在了床上，将被子盖住一小半大腿，用手摇了摇发呆的贾小刀。

贾小刀回过神来，猛地抱住了徐安琪的身体，将脸贴近她的嘴唇，她的手，不停地在她的身上游离，摸索。

……

墙壁上的钟指向了凌晨 1 点。

徐安琪依偎在贾小刀的胸膛上，感觉到有些累，脑海里一片空白。她将头埋得很低很低，微微地喘着香气，全身酥软。

“你叫什么名字？和你在一起，与别人真不一样。你真让人销魂！”

“我叫安琪。”此时徐安琪的脸庞，与贾小刀的胸口，挨得近乎一条直线，贾小刀感觉就像挨着一块暖和的棉花。

“安琪，呵呵，你还用艺名啊！”贾小刀微微笑了一下。

“真的，我就叫安琪！从小，大家就这么叫我！不过，你信与不信都没有关系。名字只不过是个代号而已，有什么要紧的呢？”徐安琪有些漫不经心。

“就算是叫安琪吧！不管怎样，你都是个尤物！”贾小刀将徐安琪搂在自己的心窝处。他心里想，妓女都不愿意告诉嫖客真名，这是多么正常啊。于是，他闭上眼睛，很快进入了睡眠，发出轻微的鼾声。

四

徐安琪静静地躺在床上，闭着眼睛。她想起了自己的身世。

往事随着墙壁上的时钟，嘀嗒嘀嗒地展现出来。

其实，徐安琪来自一个遥远的村庄。没有谁知道那个村庄的具体位置，就像没人能找到牛身上长着的黑痣一样。村子实在太小了，小得几乎可以被忽略掉。它是如此的微不足道，一如渺小的自己。

在她的脑海里，关于村子的记忆，已有些模糊。只记得那里到处是巍峨的高山和郁郁葱葱的树林，也有清澈的小溪和满山鲜艳的杜鹃花。

那是一个美丽纯净的地方，但是徐安琪却并不乐于记住它。以至于，多年过去，在她的脑海里只剩下一些散落的碎片，清晰可见的，只是一幅幅锥心的画面。

是的，在她的心里，自己的童年有着过多的眼泪和伤口。

徐安琪的爸爸是奶奶的大儿子，从小就体弱多病，十六年前，跟着学水泥浆的郭大叔一起到新疆打工，结果车子在半路抛锚，斜撞在一辆东风车下，当场丧生。

那年徐安琪五岁。这都是大人们在闲聊的时候讲的。事情的经过，究竟是怎么样，徐安琪并不清楚。之后多年，她的母亲也不愿提及。

徐安琪所能记起的，是她的母亲和奶奶趴在爸爸血淋淋的身体上号啕大哭的画面。她看见五岁的自己害怕地站在屋檐下，恐惧万分。

徐安琪的奶奶有两个儿子，小儿子精神有问题。听奶奶说，好像是叔叔小时候发高烧，没及时送到镇上中心卫生院医治，烧坏了脑子导致的。

奶奶的命很苦，因此脾气也十分暴躁。她对徐安琪的母亲很刻薄，也不喜欢徐安琪，没事的时候，常会拿母亲出气，说母亲是个克星，克死了她的大儿子。但是，徐安琪的母亲选择了隐忍。

因为父亲的离世，她们一家再也经不起折腾了。于是，徐安琪在其母亲的细心培养下，最终跳出了农门，成了村里的骄傲，考上了本科大学。母亲用粗陋的生活和残酷的岁月支撑起了徐安琪的幸福和梦想，给她的未来染上一些色彩和希望。

五

自那之后，村里的人对母亲和奶奶刮目相看。徐安琪领到录取通知书的那一天，村长用高音喇叭对着山里的叔叔阿姨喊："徐家湾出大学生了，山里飞出金凤凰了，今晚大家到徐厚德家里祝贺哦！"村长显得十分兴奋，早早地带上家里的腊肉和香肠到了徐安琪家，并帮着徐安琪的母亲一起做好吃的，招待村里的长辈们。

那天吃完饭，奶奶出乎意料地问了徐安琪一句"吃饱了没有"，徐安琪心里一疼，含着泪连忙说："吃饱了，吃饱了。"

是的，在村民的眼中，徐安琪就是那条跳过了龙门的鲤鱼。这条鲤鱼很快就能到大江里乘风破浪。在他们的印象中，只要考上了大学，就一定能当上大官。

他们甚至还天真地认为，毕业之后的徐安琪能回到镇上，为村里的乡亲父老们撑腰。可是，谁又真正知道，现实却让人无法预料。

徐安琪背着行李离开村里的那天，村上的叔叔阿姨、婆婆婶婶，全都跑到村口的山梁上来送她。他们大声对徐安琪喊："阿妞，到外要长出息了，你是我们村里飞出的一只金凤凰。我们全村人，都盼着你回来，回来为我们村做大事。大家可指望你了！"听到这些，徐安琪感到十分自豪和激动。

徐安琪的母亲也在那一天喜极而泣。她想起去世的丈夫，感受到了最大的安慰和荣耀。然而，徐安琪清楚地知道，她现在仍然不能改变母亲的生活。

徐安琪含着泪水向母亲挥了挥手，从此之后，离开了家乡的高山和河流，一个人踏上了在大城市的求学之路。终于，她开始了人生的新征程。

这所城市是D城，是三国时期孔明大展雄图的地方，也是当年司马相如和卓文君卖酒营生的地方，更是现代人一来便不想离开的大都市。

在很多年轻人眼里，D城是天堂，D城有他们的梦想。

D城真是如此吗？其实，徐安琪自己也不知道。

总之，那一天晚上10点20分，她下了火车，踏上了D城的土地，开始了一段新的旅程。

六

那是到学校的第一天，盛夏的热浪还没消。徐安琪感到身体有些难受。

出站口的地方拥着很多人，他们手里拿着各式各样的牌子，像是迎接某人的。在这些数目众多的牌子上环视一圈，一个淡蓝色的牌子上赫然用橙黄色的大字写着徐安琪就读的大学，她心里一喜，可以顺利到学校了。

拿牌子的是个男生，当时急于到校报到，徐安琪也没有仔细打量他的脸。犹豫了一下，她走上前去，称自己是这所大学的新生，问那个男生是不是负责新生接待的师兄。

“是的，美女！”一个富有磁性的男中音响在徐安琪的耳畔。徐安琪放下行李，仰起头一看。阳光把他的轮廓勾勒得光芒四射。在光影下，徐安琪隐约看见他的脸，星眉剑目，轩昂挺拔。这是她到 D 城来遇见的第一个男生。

“嗯，跟我到那边接待处去一下，我帮你拿行李吧！”

“我自己可以拿，谢谢。”对于那些外貌英俊的男生，徐安琪有些排斥。她一手拉着自己的行李箱，一手提着一个大大鼓鼓的行李袋，倔强地向着男生指的方向走去。

“哗……吱……”运气真的不好，徐安琪的行李箱不知什么原因，轮子突然掉了。没办法，她只能将行李箱用手提起来。

“别逞能了，美女，还是我来帮你吧！”说完之后，帅男孩立即从徐安琪手中夺过行李箱，轻松地扛在了肩上。

“走吧，还愣着干吗！”有些尴尬的徐安琪只能跟着他的脚步朝接待处走去。

接待处有四个学生，其中一个女生指引其他两个男生帮徐安琪把行李搬到校车上，然后告诉她今天报到的程序。

说完“谢谢”之后，徐安琪迅速地上了车，半个小时后，到达了自己所就读大学的新校区。办理完入学手续，天已近黑了。校园里亮起了橙色的路灯和一些为了迎接新生的彩灯。

夜很美，而徐安琪却很孤独，很疲惫。

徐安琪进入寝室的时候，靠近门的右首方有一个新生和一个家长。看到徐安琪进来，母女俩瞥了她一眼，冷淡地问了好。呵呵，她的衣着暴露了她的贫穷。徐安琪放下行李，整理好从家带来的被子，快速离开了寝室。

在后门的一条灯火通明的巷子里，飘散着各种美食的香味。以前在镇上读书的时候，徐安琪就听老师说起过这条巷子，它是这所大学的“春熙路”“好吃街”，所有美食应有尽有。

徐安琪在各店门前散漫地走着，仔细地注视着旁边写着的价位。一顿饭有上百元的，最低的也得七元。七块钱，可以够母亲买好多天的青菜了。最后她低着头离开了，是的，她没有钱去奢侈。

徐安琪到食堂二楼买了一碗素面，2 块 5 毛钱，找了一个偏僻的位置静静地吃了起来。食堂墙壁上挂着一个 47 英寸的平板液晶电视机。学生们可以一边吃东西，一边看有趣的娱乐节目。

一边吃面，一边看电视，不一会儿，徐安琪就将肚子填得饱饱的。

吃完面后，徐安琪到学校超市里买了一些毛巾、洗漱用品，然后提着塑料桶回到寝室。

当晚，寝室里一共来了四人。她们来自五湖四海，来自大江南北。她们分别是山西的宋柯西、新疆的唐子君、湖南的巨茉，以及来自四川的徐安琪。

宋柯西的父亲是山西的煤矿老板，他说，只要等到宋柯西毕业，就让她到美国留学，然后投资移民，最后在美国做生意。唐子君尽管来自镇上，可她爸爸是个包工头，家境也十分宽裕。巨茉的爸爸是湖南某县财政局局长，人脉关系也自不用说。她们的未来都很清晰，一片光明。

然而，来自农村，除了一颗贫穷的自尊心，徐安琪什么都没有。也不知道读书能不能改变这一切。

徐安琪把手指深深地卡进手心，在心里想着，这些疼痛与侮辱，总有一天她会把它们全部抹去。与同寝室的室友做了一番自我介绍之后，大家就各忙各的了。

宋柯西拿出自己的笔记本电脑，用无线网卡和山西的男友聊天。她一边视频，一边吃着巧克力，还一边哈哈大笑。

新疆的唐子君看到宋柯西的样子，调侃地说道：“柯西真是，几天见不到老公就寂寞难耐啊。”

宋柯西却说唐子君吃不到葡萄说葡萄酸，于是两人开始争论起来。唐子君说：“老娘当年玩男人的时候，你还不知道在哪里打酱油呢。”

巨茉脸上贴了一张面膜，刚刚做完了一整套脸部美容，从学习室过来，看到唐子君和宋柯西正争论得起劲，心里觉得好笑，于是扯开嗓门喊道：“你们吵啥子，吵啥子。上过几个男人嘛，就不得了啊。”说完后，也加入了这场争论之中。

这些话题都是以前徐安琪没听说过的，她感到十分陌生，脸有些绯红。

徐安琪洗漱完之后躺到床上，拿出一本杂志开始看起来。她想，本身大家就不是一个世界的人，何必要参与其中呢?

那一晚，她们三人仿佛无视徐安琪的存在。几个人讨论了一晚上。而徐安琪看了几章小说之后，就躺下睡觉了。

七

第二天上午，寝室里来了几个女生，她们都是高年级的师姐。

她们拿着宣传单在徐安琪寝室里介绍，当时徐安琪刚刚从食堂吃完早餐回来。宋柯西还没有起床，穿着一件睡衣。巨茉又在做她的美容。唐子君打开了寝室门。

“师妹，你们好。我们校园记者团的学生记者，这次来是向你们宣传我们社团的基本情况，希望你们能加入我们这个新集体。”带头的一位师姐向徐安琪她们展示了自己社团的基本情况，还大肆吹嘘记者团出了一位校园作家，名叫贾飞，他的书现在怎么热销之类的话。另外，师姐还提到了，记者团毕业的许多师兄都到了电视台、报社工作，当上了让人羡慕的记者、主编等。

这些诱惑对于徐安琪这些大一的新生来说，无疑是极具杀伤力的。就连宋柯西也从睡梦中醒来，问了一句非常白痴的问题："当学生记者，发不发工资啊？"

"这位同学，我们是学生社团，直属于学校宣传部，是一个学生团体组织，不存在工资可言。这个组织是给学生提供学习和提高能力的地方，在那里你可以和其他成员共同交流学习，至于工资嘛，毕业以后找到用人单位，再提这些也不迟吧。"一位师姐对宋柯西做了回答。

宋柯西听了后不好意思地笑了笑，她说记者这个职业还是很吃香的。因为她有一个亲身经历。三年前，她家的煤矿出了事，死了两个矿工。本来都和各个部门打了招呼了，不再追究责任。但是，没想到这个消息被一个记者知道了，记者就来到煤矿进行了暗访调查，最后，还找了宋柯西的老爸，采访这次事故的原因。

宋柯西那天看到自己父亲在记者面前表现得唯唯诺诺的样子，就知道记者这个职业还是有一定权威性的。"防火防盗防记者，记者就是苍蝇，无孔不入。"宋柯西正想睡觉，听到师姐们的介绍也顿时来了精神。

而徐安琪想加入记者团的原因是想学习到更多东西，以后能具备一定的知识和素养，为将来的命运改变做准备。于是，徐安琪和大家一起拿了报名表，填上了自己的名字和联系方式。

临走时，师姐们还向徐安琪她们介绍了笔试和面试的时间，让她们提前做好准备，到时要在全校进行选拔。

对于这次的参选，徐安琪心里还是有些紧张，因为这是她来学校参加的第一个社团，希望能在这个社团里学到更多的东西。第三天，徐安琪来到了班上，认识了新同学，结交了新朋友，还竞选了班干部。徐安琪竞选了班上的宣传委员，负责班上的活动宣传。

接下来的日子，徐安琪开始变得忙碌起来，除了上课努力听老师讲授外，下课后，她还到图书馆查阅资料，巩固学习。因为，她知道穷人家的孩子就一定要比别人更努力。笨鸟一定要先飞。

寝室的其他室友都有了自己的娱乐方式。唐子君很快就谈了一个男朋友，是体育系的散打冠军。每天下午，他都会跑到她们寝室楼下，大声喊唐子君。然后，他们便一同去吃饭、游玩。

宋柯西现在还和她的远方恋人保持着亲密的关系，每天晚上都会在寝室里和男朋友视频，甜言蜜语。

巨茉的眼光很高，在班上属于非常漂亮的那一类，追她的男孩子已经排成了长队。每天放学后，她就一个人在寝室里看其他男人写给她的情书。

其实，她是有男朋友的，男朋友在陕西。但是，为了排解寂寞，巨茉常一个人待在寝室看书。有时，看到徐安琪回到寝室，巨茉会拿书给徐安琪，并问徐安琪："你看过《羊脂球》？"

其实，巨茉是想在徐安琪的面前炫耀罢了。

而徐安琪，将日子安排得很紧，每天上课，进图书馆看书，然后到英语角练习口语或者准备学校的一些比赛。尽管也有许多男生和她套近乎，想追她，但都被直言拒绝了。在他们的眼中，徐安琪就是一个冰美人。

徐安琪知道，自己没有资格和人家相比，唯有通过努力，才能改变自己的命运，至于爱情，或许还不是自己考虑的时候。

学校记者团的新生选拔很快就开始了，为了这个机会，徐安琪参阅了大量的资料，还在网上专门学习了关于新闻写作的理论知识，希望对她的竞选有一定帮助。

竞选的那天傍晚，徐安琪走到 214 教室时，里面早已坐满了人，少说也有两三百个。

徐安琪想，这些学生以前很少有这么准时吧。这次参加竞选，大家怀着不同的目的过来。男的许多是来找女朋友，女的很多是来看帅哥。当然大家的主要目标或许相同，但是醉翁之意不在酒。

徐安琪找了最后一排的位置坐下来，在她的前面都是些人头和背影。学校宣传部的老师在上面讲了一番冠冕堂皇的发言，也许前几届竞选会也这么重复讲过，然后，挺了挺身子，对同学们说："要把握机会，努力表现自己，这样被选上的机会更大。"

其实，当时徐安琪在下面非常紧张。因为，她想尽快展示自己的才华，让同学们都尊重她、认识她，不想让寝室的室友们只把她看成是农村来的、没有多少涵养和知识的乡下人。她要用实力证明给他们看，其实农村姑娘也能在大学有好的表现和成绩……

“25 号，25 号，徐安琪。”徐安琪正在发呆，上面喊到了她的名字。怀着忐忑不安的心情，她走上讲台。

“大家好，我叫徐安琪。我来自农村，一个大山里的姑娘。虽然贫穷，但是志气却不穷。来参加今天的竞选会，我想自己有几个优势。第一，我爱好写作，也长于写作。在高中时，我就在一些报刊杂志上发表过文章，成为一名学生记者，我相信自己有这个条件。第二，我吃苦耐劳。由于常在山里，从小就不怕苦不怕累，这会对我从事记者采访活动有一定的帮助。第三，我心地善良，朴实勇敢。这些品质，一直伴随着我成长……这次参加记者竞选赛，尽管有些紧张，但我并不惧怕，因为我相信，只要执着、坚持、虚心、努力，就一定会有好成绩。希望各位评委老师，给我这次机会，让我在这个大家庭里学到东西，与大家共同将记者团办得越来越好……”

做完自我介绍之后，徐安琪还唱了一首歌。当她下台的时候，响起了热烈的掌声。当时，她心里知道，这次离成功不远了。

果然不出所料，几天后，学校宣传栏上公布了记者团新成员的名单，上面有徐安琪。徐安琪感到非常高兴和快乐。

寝室的宋柯西和巨茉落选了，唐子君和徐安琪一同被选在记者团宣传部。

从那以后，宋柯西再也不崇拜记者了。她总是说，像徐安琪这样的农村姑娘也能当记者的话，就没什么好崇拜的。她依旧和自己的男友亲密不断，不过同时在学校也有了一个暧昧男性朋友。

巨茉依旧很挑剔，对于学校的帅哥们依旧没有兴趣。她总是认为，本校的男生高矮胖瘦样样不行，琴棋书画无人精通，要相貌没相貌，要才华没才华。并吹嘘学校没有一个男人有自己的男朋友帅。

大家都笑巨茉是自恋狂，心中只有她那远水不能解近渴的帅哥。

日子就这样平平淡淡地过着，徐安琪像大部分普通大学生一样，做着一个乖巧的学生。读书，写作，看书，然后就是在学校做一些兼职工作。徐安琪还申请了 2000 元助学金，一部分寄回了家，其余的留下来当了生活费。

有时，徐安琪还会去做家教，赚一些钱勉强维持生活。

她很清楚自己的家境，从不闲着，希望通过多读书改变自己和母亲的命运。

对于爱情，徐安琪从不敢奢望。因为，在她心里，穷人家的孩子有什么资格在学校里风花雪月呢？那是有钱人才玩的游戏，这些太奢侈了。

但是有些事情，你越不想它，它却来得更快。

一天中午，徐安琪在食堂吃过午饭，按惯例去图书馆借书。结果图书馆的电脑坏了，无法打卡，她只好悻悻而回。

寒冷的空气冻得她浑身僵硬。刚一回到寝室，她就连忙躲进被窝里，暖和一下身子。由于没有热水袋，捂了半天，身体仍然冷冰冰的。她蜷缩成一团，死死地用手臂抱着双脚。

寝室里一个人都没有。同寝室的另外几个同学大概又出去逛街约会、旅游、回家了吧。

一个人的寝室显得有些冷清，却十分安静，没有那些世俗的攀比和讥讽，徐安琪忽然变得很高兴。

可是做点什么好呢？桌上放着徐安琪的《泰戈尔诗选》和一个笔记本。

正在这时，寝室门被敲响了。

“谁啊？”徐安琪躺在床上问道。

“你好，我是院报的，是来送报纸的。”一个清脆的声音轻轻地有些小心翼翼地回答道。

“哦，谢谢，你夹在门缝上吧，我一会儿来拿。”

脚步声渐渐走远了。身体渐渐暖和了起来，徐安琪穿上鞋，起身打开门将那份报纸拿了进来。

有些奇怪，按照惯例，徐安琪会把它随便扔在桌上。她一直都觉得上面无非就是一些“不识愁滋味，为赋新词强说愁”的有钱人家孩子发的牢骚，他们有几个能真正体会到生活的艰辛、社会的黑暗的，成天抱着零食边吃边叫减肥，成天游手好闲花前月下赏风景感叹时光，只追求辞藻比喻铺张排场，完全是在浪费时间浪费生命。

尽管徐安琪在记者团做事，却很少出去采访。因为，团里的相机本身就不多，几个团干部就把相机给占了。他们这些新来的，除了请师兄师姐吃饭后能屁颠屁颠跟着跑几天外，像徐安琪这样新来的，很少能出去实践。

然而，今天，徐安琪却很奇怪，醒来的时候，没什么事干，便随手拿起一张报纸靠在床上，百无聊赖地看了起来。

确实大多数都是垃圾，除了左下角的一首诗，题目叫《今夜，我骑着一匹瘦马》。

今夜，我骑着一匹瘦马

今夜，我骑着一匹瘦马
亲爱的
马蹄声驱赶着死亡
夜色拉开帷幕
欣欣向荣的野草在疯长

亲爱的，我保持缄默
一根麦子背着
岁月的行李
在你的命运里摇晃
摇晃出稻田
摇晃出汗水

这是一座荒芜了的空城
除了那些摇着尾巴的狼
剩下的都是胭脂与水粉
亲爱的，我不能把握住善良
也不能将自己的身体
埋进土壤

今夜，我骑着一匹瘦马

亲爱的，我拒绝人类

只关心天堂——天使的眼睛

正在适应光明

黎明的太阳

被敲打出声响

诗的后面有一小段对作者的介绍。

贾小刀，2005 级学生，现任 ×× 文学社社长。已在全国 20 余家公开刊物发表文章 200 余篇，公开出版长篇小说 2 部。曾入选由中国教育部、人民日报社共同指导评选的中国大学生年度人物 100 强。

贾小刀。徐安琪在心里轻轻念了一遍这个名字。

然而，谁又知道，这个名字后来成了徐安琪的噩梦。

八

时间过得很快，三个月转眼就过去了。

校园里的枯树竟奇迹般地活了过来，一些不知名的花开得正艳。宋柯西已经和她的男朋友分手了，现在躺在一个中文系才子的怀里。唐子君和她的散打王子天天闹得难舍难分，怎一个亲密了得。

巨茉最近也很少在学校出现了，每到节假日就没了人影。大家都不知道她在干些什么。她告诉大家，是在一个大酒店里弹钢琴，陶冶情操。但是，徐安琪一次也没看到过，也没去过。

寝室里又来了两个女生。她们是大一的，由于课程不一样，上课时间差距太大，徐安琪与她们很少有交集。

这是元旦节的第二天，校园里有些冷清。下午，徐安琪去食堂吃完饭，沿着栀子园走到了一座废弃的球场。北风轻轻地割着她的脸，手冷得有些发红。

站在空旷的操场上，看见那些枯黄到苍白的野草在寒风里不停地摇晃，有些像故乡的山坡，徐安琪忽然就笑了。生命换季，没有悲哀。在下一个春天，它们又可以重生，尽享一场盛宴。徐安琪忽然感到有些悲伤。

学校附近的网吧收费比较便宜，晚上一块五一个小时。徐安琪到柜台，要了张两块钱的卡，可以上一个多小时。

作业有些烦琐，要把历朝历代的文学特点和作品罗列出来。徐安琪打开百度，在里面一个朝代一个朝代地搜。做完作业已经过了 7 点 40 分，打开电脑的管理软件，看到里面还剩一块钱，于是徐安琪登上QQ，查看一些网络作家的博客和文学新闻。

有些无聊，想起那首喜欢的诗，徐安琪就在自己的日志里发表了，落上了贾小刀的名字。

刚过大概十分钟，屏幕下方的小喇叭亮了。徐安琪点开，准备删掉，心想无非就是某些无聊的人爱在网上到处乱加好友。可是点开的时候，看到下面的备注里竟然写着“贾小刀”几个字。

贾小刀，徐安琪心里咯噔一下，竟意外地同意了。

贾小刀：你好，很高兴认识你！

安琪：你好！

贾小刀：你空间里有我的诗。

安琪：嗯，觉得很喜欢就发在日志里了。

贾小刀：谢谢你的喜欢。你叫什么名字？

安琪：我叫安琪。

贾小刀：不是你的网名？

安琪：我就叫安琪，网名也是这个，我觉得没有什么好回避的。

贾小刀：看来你挺直率的。你是在大学的院报上看到我的诗的？

安琪：是的，我也是这所大学的学生。

贾小刀：你的空间为何不放照片呢？

安琪：为何要放照片呢？网络本身就是虚幻的。谁会期待在网络中有什么交集。

贾小刀：你的想法很怪。

安琪：或许吧。

……

那天和贾小刀聊了很久，徐安琪觉得他人很真，他应该就像他诗里的那个人，心里有着深厚的感情，带着一些沧桑和对社会的绝望。

从那天以后，徐安琪和贾小刀断断续续地联系着。她很反感那些从陌生马上就变熟的朋友关系。她有很长的心理距离，希望这样保护自己。

后来，徐安琪开始关注院报上贾小刀的文章，读了几篇以后，慢慢喜欢上了他的文字。

徐安琪觉得，他的文字和同龄人的不同，很真诚，在那些文字的背后，有着很深刻的感情，觉得他和自己看这个社会的眼光有一些像，并且感情细腻，内心都是特别脆弱的孩子，对过去发生的每一件事情，都死死记着，对帮助过自己的人，带着万分感恩的心。

徐安琪就这样淡淡地和贾小刀联系着，尽管在网络上成了朋友，却始终未曾见面。

其实，贾小刀当时是大学 ×× 文学社的社长，人们很少见到他，听说他都研究写作去了，神龙见首不见尾。

九

人生就是这样，你越想见到某个人，就越见不到，而你不想见到的人，却在机缘巧合见了面，并从此走进你的生活。

这是后来的事了。徐安琪当时参加了学校通讯社举办的新生作文大赛。

那一天，阳光灿烂，白云满天，春风和煦。

当她赶往223教室时，教室内已来了50多人。徐安琪低着头，找了一个偏僻的角落入座。

她从包里拿出手机和笔，把手机调为静音后，无所事事地开始打量教室里的每一个人。

大家两三个一群，摆着龙门阵。只有少数几个人，在低着头看书。徐安琪拿出手机，胡乱翻着信息。

这时，一个穿着咖啡色外衣的男孩走了进来，手里拿着一叠卷子。徐安琪一看，怎么又是他，就是进校时送她到寝室的那个男生。他帅帅的，是一般女孩都会心动的男孩。

这个男生负责徐安琪他们考场的监考。他向大家介绍了作文的题材和相关要求后，闲聊的同学们开始安静下来，纷纷开始提笔拿着卷子答题。

徐安琪选择写关于校园生活，她把自己构思的结构理了理，并没有急于答题。随后，就是沙沙的落笔声。

不知过了多久，教室里忽然安静了起来。徐安琪抬起头，看见他就站在自己身边，看她写作。她在心里小声地嘀咕："人家写作文，还看什么哦，影响思绪。"

他抬起头，在教室里扫了一眼。徐安琪连忙把头埋下去，生怕他看出什么端倪。

不知什么时候，徐安琪写完了作文。她交卷的时间有些晚，便偷偷用眼角的余光扫描了一下教室里的考生。

原来，其他人早已经走了，只剩下了徐安琪等几个女生，还有这个监考的男生。徐安琪感到非常吃惊，或许是因为自己写作时太投入了吧，以至忘记了时间。

“是你，怎么会是你？”在考场内，徐安琪有些惊讶。

“哈哈，是啊，有缘吧。”他站在教室的走道上，调皮地对她眨着眼睛。

这个男生就叫林峰，其实是贾小刀的室友。但徐安琪却不可能知道。直到后来贾小刀付给她业务钱时，才了解了一切。但，那都是后来的事了。

林峰在学校算是一个风云人物，也是情种。另外他还是中文系八大旷课“护法”之一，每周翘课的次数竟然高达十多节。中文系辅导员每次在课上点名批评时，都拿林峰当反面教材。

但是，徐安琪怎么会知道这些呢？

“怎么样？写好了吗？可要认真哦，这次你们现场作文考试，其成绩的好坏直接影响到你们在学校的发展！”林峰小声温和地对徐安琪说。

“嗯，谢谢，我会的，要相信我的实力！”徐安琪信心满满地回答。因为她知道，自己从小就喜欢写作，曾经还代表镇上小学参加过全市的作文大赛，得了二等奖。

因此，徐安琪非常有把握。但是，她还是有一些紧张，因为这是她第一次在大学参加比赛，选手的实力对于她来说是一个未知数。

徐安琪写的作文题目叫《天使的翅膀》，是想通过一个特别的故事来叙述一个人对于一段感情、一段路的留恋和回首。她觉得自己就是作文中的那个天使，有着隐隐的忧伤和痛苦，而脚下的路就是那一段无法抹去的记忆。

“写得不错，很投入，这次一定能得奖，我挺你！”考完试后，林峰拍了拍徐安琪的肩膀鼓励道。

“谢谢，我写的文章不好，以后还希望师兄你多多指教。”

“呵呵，哪里，互相学习罢了。对了，这么晚了，一起吃饭吧。作为你的师兄，我请你到学校后面的烧烤店吃烧烤，味道非常不错哦！”

“还是不麻烦你了吧，师兄。”

“什么麻烦，走吧，你刚来学校，师兄请你是应该的。走啊，别犹豫了哈！”林峰将考生的作文卷子收好，然后拉着徐安琪一起到学校后面去。

他们走在学校的石子路上，两个人的话很少。林峰走在左边，徐安琪走在右边。他时而给徐安琪介绍学校的历史，时而告诉她自己喜欢什么明星。在林峰的口中，徐安琪知道了这个学校的过去。路上的学生很多，许多情侣拥抱着，走在学校的小道上。

看到他们亲密的样子，徐安琪第一次感觉到自己有些孤单。读高中时，看到本班的学生早恋，她就一直很排斥。那时，老师也常常告诫班上的同学，不要过早牵扯到爱情中去。爱情对于年轻还没成熟的中学生来说，其实就是一粒毒药。因为他们根本就尝不到爱情的甜蜜，就已经被这颗毒药给毁坏了前途和希望。

徐安琪在中学期间，一直都是班上听话的孩子，也是老师眼中优秀的学生。

她依靠自己的努力，终于考上了这所还算不错的大学。记得她考上大学的那一天，全班同学和老师还专门为她举行了一个庆祝大会。因为，在他们的眼中，徐安琪是山里的凤凰、山里的骄傲。

然而，现在徐安琪才渐渐觉得，自己是多么渺小。她的学习、生活，其实一切都被掌握在别人的世界里，她的努力与骄傲，在这个社会是那么不值一提。

“在想什么呢，安琪！”林峰拿着一个香味浓烈的鸡翅递到徐安琪的嘴边，“快吃吧，这里的味道很正宗，是地道的巴蜀风味，很有特色。你一定要好好尝尝！”

徐安琪从想象中回过神来，接过他递给自己的鸡翅，说了声“谢谢”。他们两个人那一晚上点了许多好吃的，有鸡腿、芹菜、火腿肠、鸡爪、豆腐干，等等。林峰吃到高兴时，还从老板那里拿来了两瓶啤酒，一个人喝得极为尽兴。

那一晚，对于徐安琪来说，有些特别。因为她没有料到，自己当晚会看到林峰的迷茫，能从另一个角度，去认识真实的林峰。

她认为，自己对林峰这样的富家子弟一直存在着误会。其实，他们和普通人一样，都有迷惘和恐慌。人们眼中那个光芒四射的林峰，其实也不过只是个普通人。

林峰将徐安琪送到了寝室楼下，“晚安，安琪，我相信你，你一定会成功的，好好努力！”

“嗯，谢谢，我会的。”对林峰做了一个再见的手势，徐安琪小跑着进了女生宿舍。

林峰拖着长长的背影，在校园里没有方向地游荡。

夜很静，人海茫茫。

第四章 罪恶

一

徐安琪和林峰第三次见面是半个月后。那天，林峰给她发了一条短信，信中这么写道：“安琪，你好，祝贺你，你的作文在这次比赛中得了第一名。你非常优秀，以后要更加努力！”

看到短信的那一刹那，徐安琪感到特别不可思议，尽管对自己的实力感到自信，但是万万没有想到会获得全校一等奖，心里十分激动。“真的吗？不会吧，你是不是在唬我呢，师兄！”

“怎么会呢，下周你就能看到你获奖的信息，它会挂在学校的宣传栏上，到时可一定要好好庆祝一番哦。对了，晚上有时间吗？我想给你祝贺一下！”林峰发来了短信。

“这，这，……好吧。”徐安琪本想拒绝，但不知道是什么原因，林峰的邀请总让她鬼使神差无法抗拒。

“那好，我晚上到你寝室楼下等你。”林峰发完短信后，便在寝室里打了一会儿游戏。寝室里的贾小刀正在写小说，李博士拿着一本性爱宝典在研究。

林峰打完游戏后，已是晚上 6 点多了。他便到了徐安琪的楼下，等到了她。随后，他们一同到了市区的广场。

林峰告诉徐安琪，这个城市的烧烤，他最有发言权。他知道哪个地段的烧烤便宜，哪个地段的味道更好，哪个地方没用地沟油。这些，都让林峰每次吹牛时有了谈资。

他们到了林峰朋友张一洪开的烧烤店。这家烧烤店只有简单的几张桌子和凳子，再摆上必要的酒水。

“林帅哥，你来了，很久不见你了哦。”张一洪看到林峰走来，远远地就打起招呼。

“呵呵，别笑话我了哈，张叔。对了，最近生意怎么样呢？”

林峰客气地问道。

“生意一般啦，勉强能维持生活吧。对了，我要搬家了，我在国际新城买了一个小户型房子，房价才 2000 元。现在买房要趁早啊，不然看这个涨势以后肯定会惊人。过几天来帮我搬家哈，谢谢了哦。”张一洪为自己能早点买房而窃喜。

“好的，张叔，到时打电话就是。”林峰对张一洪十分敬重，在他看来，一个农村的人，能够在城市立足，还能拥有一套属于自己的房子，是十分难能可贵的。

二

“师兄，你吃什么？”徐安琪问林峰。

“随便点几样吧，弄点鸡翅、韭菜、豆腐干什么的，张老板的这几样东西还是很不错，都是他的主打菜呢。”林峰和徐安琪坐了下来，顺便还叫了两瓶啤酒。

“喝酒吗？安琪。”林峰问。

“不喝，师兄，你喜欢喝啊。”

“也不是，只是特别无聊没事的时候喝，我们寝室的几位兄弟比较喜欢喝酒，并且喝的还是好酒。”他打开了瓶盖对徐安琪说道。“你也应该学习喝酒吧，中文系毕业的人不会喝酒，以后可难混哦。”

“你不知道，现在许多单位招聘新人，面试的问题就是问求职者对酒文化有研究不。你说，酒在我们这个社会中多重要啊。不喝酒，枉在世上走，不喝酒怎么办事呢。给领导送礼，离不开酒，给亲人庆生，离不开酒，几个朋友小聚，离不开酒。酒已经深入我们的交际了。”林峰继续说。

“呵呵，也是哦。不过也有很多事件都是因为酒引起的。什么醉酒驾驶、醉酒调戏，等等，有的人因为喝酒还影响了自己的前途呢。”徐安琪发表自己的见解。

“没事，喝醉了，师兄给你撑起，等会儿送你回家。喝一点吧，今天大家高兴，就尝尝青岛啤酒的味道。”林峰给徐安琪倒了一小杯啤酒，然后介绍了自己的家庭情况。林峰的父亲是某电视台的台长，母亲是一公司老总。但林峰却标榜以后要靠自己的能力吃饭，绝不依赖父母。

听到林峰的话，徐安琪有一些小小的感动。她一边和林峰吃夜宵，一边想到了自己的家乡。她开始思念自己的母亲。不知道家里的母亲现在怎么样了，前一周给母亲打电话，母亲告诉她，自己的身体变得很不好，还经常感冒。

家里的农活儿也耽搁了下来，她的生活费现在也十分少了。徐安琪心里很是难过，其实她应该更努力的，但是自从和林峰接触后，却有了一丝丝懒惰。

是啊，有人说，一个人最开始总是把自己的择偶条件标榜得特别苛刻，但一旦认识了自己喜欢的人，以往的所有条件都不是条件了。

就像认识林峰一样，徐安琪最开始有些排斥富二代。但和林峰接触之后，她却依旧和富二代林峰接触，甚至产生了爱慕之情。这就是他 × 的爱情，一旦来临，就如洪水猛兽。

徐安琪觉得自己是在浪费时间和青春，她认为自己有些愧对自己的亲人。但是，她掉进了爱河，无法自拔了。

“师兄，我每天感觉压力好大。”徐安琪向林峰说出了自己的心思。

“其实每个人都有压力。就拿我来说，尽管不愁生活，但我也愁理想和人生。感觉一切都很空虚。”林峰劝解道。

“对了，我给你介绍一份家教吧。我认识一个朋友，他要为孩子找一个家教辅导英语和作文。你如果有兴趣的话，可以试一试。”林峰突然想起了这件事。

“真的吗？那我运气也太好了。我愿意接下这份差事。”徐安琪表现得十分高兴。

“嗯，对的。待遇还不错，每小时 30 元，一次两个小时。每周去五次。一个月也有 1200 元左右的收入，够你生活费了。这个事情就这么定了，过后我给我朋友打电话，谈好之后就去上班。”林峰称自己把这个事情包了，随后又挑了一筷子韭菜吃。

那一晚，他们很晚才回学校。两个人聊到了学业、人生和梦想。

最后，徐安琪回到寝室。躺在床上，她心里感到甜甜的幸福。晚上做梦时，她脑海里浮现出了林峰的影子。

三

学校的作文大赛颁奖仪式很快就举行了，当主持人念到徐安琪的名字时，徐安琪心里特别幸福。她觉得，或许这才是自己该实现的人生价值。随后，她走上讲台，迎着下面观众热烈的掌声。

看着台下密密麻麻的人群，徐安琪觉得自己终于可以像一只天鹅，飞上了白云蓝天。而更令她感到幸福的是，给她颁奖的人，居然就是自己的师兄林峰。

“下面有请通讯社林峰为徐安琪颁奖。”主持人报了颁奖嘉宾林峰的名字。“怎么会是他，真的是他！”徐安琪心里感到既惶恐，又兴奋。

当林峰将奖杯颁给徐安琪时，她看到了他鼓励的眼神。就在那短短的一秒钟，她觉得眼前的这个男子，仿佛就是自己今生寻找的那个真命天子。

得到了校园作文大赛一等奖后，徐安琪很顺利地被安排到了记者团编辑部工作，每天负责全校学生寄来的文艺稿件，当然她自己的作品也更容易上报了。

随后，她又利用周末到了林峰所介绍的朋友那里当了家教。她辅导的那个孩子牛牛，是一个十分聪明的小孩，什么都爱问，特别爱学习。并且牛牛还能轻易将地图上面的国家名称说出来，闭着眼睛说出非洲一些小国家在地图上的具体位置，还能准确地说出经纬度。

现在的小孩智商还真高。更令人感到不可思议的是，现在小学四年级的数学题，有些还真的很难。徐安琪竟然做了半个小时，也摸不着头绪，最后还假装比较深沉地对牛牛说："这个题嘛，其实很简单。"

"不过呢，我不能轻易告诉你，因为我得让你动脑筋嘛。不然，我就是对你不负责。"徐安琪每次都这么对牛牛解释，牛牛也信以为真。哪知道，回到学校后，她就去询问其他同学，最后费了九牛二虎之力，终于将题给解了。

然而，正当徐安琪兴高采烈地到牛牛家给他讲题的正解时，牛牛却自豪地对她说："安琪姐姐，你说那个题目确实很简单呢，我昨天晚上想了许久，终于想通了。原来是这么解，我给你说嘛！"这让徐安琪感到不可思议，对于牛牛的智商她真是佩服得五体投地。

想到农村的小孩，有几个能有城里人这么聪明呢？因此，由于条件的限制，农村的小孩，只能学笨鸟先飞吧。

那段时间，徐安琪不仅找了一份家教，还成了移动公司的一名校园销售员，在学校卖手机卡、充值、代销手机，等等。

从那以后，她再也没有向家里要生活费了。母亲的病也好转了，现在能下田干活了。徐安琪感觉自己突然之间幸福了起来，没有了负担，学习成绩也得到了很大提高。

四

意料之中，大二上学期时，徐安琪已经成了林峰的女朋友。本来她也没有刻意与他交往，但是缘分来了，谁也挡不住。

交往之后，徐安琪的内心像一团火焰，不停地跳跃、欢呼、激动着。她知道，这个决定会让她生命的直线转一个弯。只是谁也没有料到，这个弯会转得那么狠。

恋爱时，徐安琪总是希望夜晚的到来。因为，在夜晚，她就可以和林峰到学校后花园的情人坡上，看天空的星星。林峰会给她轻轻唱情歌。

他们似乎过上了幸福的生活，每天都甜甜蜜蜜。

寝室内的室友们看到徐安琪的这一变化，就像拿破仑发现了新大陆，不停地尖叫：“MY GOD！丑小鸭也变成白天鹅了。”她们心中一百个不愿意，但是木已成舟。

那段时间，巨茉一点也不高兴，看到徐安琪，就像看到仇人一样。她总是在徐安琪面前抱怨：“安琪，你说中文系的林峰怎么看上你的，你给我们透露透露有什么绝招。”

对于巨茉的极度不平衡，徐安琪觉得没必要解释什么。因为，在她们这些富人的眼中，穷人是没有资格谈恋爱的，特别是不应该得到那些优秀的男人。

“一切都是缘分吧，该是你的就是你的，不是你的就不是你的。一切顺其自然。”徐安琪懒懒地解释。

巨茉扔掉手中的美容面膜，有些生气地说：“现在美容护肤品质量越来越差了。什么意思哦。”巨茉暗地里对其他人说：“总有一天林峰会将徐安琪甩了，到时就是她最痛苦的时候。”

当时，徐安琪以为是巨茉太嫉妒，就没太搭理她，便拿了本书到教室里看书去了，只留下巨茉一个人在寝室里心情烦躁。

其实，徐安琪完全没有必要理会她的无理取闹，她们看不惯穷人比她们强。她们每天都会穿不同的新衣服，在徐安琪面前炫耀。但是，徐安琪并不嫉妒。她心里想：有本事自己挣钱去买，别整天拿着父母的血汗钱，在那里铺张浪费，还一个劲地在同学面前显摆。

要是她们和穷人一样，没有父母的支援，说不定早就饿死街头了。想到心里，徐安琪心里有些气愤，看不下去书了。她给林峰打了电话：“在哪里呢，心情不好。”

“怎么了，亲爱的。”林峰关心地问。

“没怎么，就是心情不好。”徐安琪有些倔强。

“你在哪里，我马上过来。”

“在 228 教室。”

说完后，徐安琪挂了电话。她想林峰应该正在忙手中的事，这个时候打扰他，其实是她的不对了。她不能这么任性，总是去打扰他的个人空间，真的有点对不住他。

几分钟过去后，林峰出现在了徐安琪的面前。他走进来，一把搂住了徐安琪。“亲爱的，什么都不要担心。有我在身边，没人敢欺负你。”说这话时，林峰的眼神中饱含深情。

徐安琪心里偷偷乐了好一阵子，心里想，有什么可抱怨的呢？上天已经对徐安琪不薄了。她还苛求什么。学习成绩全班第二名，今年又得了一等奖学金。男朋友又帅，她已经很满足了。

两个人在教室里拥抱着待了好久。偷偷地接吻，偷偷地看着对方，就像两只老鼠，在阴暗的仓库里，偷着农民伯伯的粮食一样，心里面还是很紧张。

不过，拥抱着林峰，让她心里感觉踏实。

五

又是一个节假日，林峰早早地背上了行李，在徐安琪的寝室楼下等她。

他给徐安琪发了一条短信："亲爱的，起床了。我在楼下等你下来。"

其实，徐安琪很早就醒了，也做好了相关准备。她一直在窗前等他，希望他出现在自己的视线之中。

然而，当林峰出现在楼下时，徐安琪却突发奇想，想让他多等一下。两个人拥抱之后，徐安琪和林峰一起乘火车去了西安。他们在西安古城大声喊着："我爱你，林峰！""我爱你，安琪！"徐安琪听到这些，竟情不自禁地笑了起来。

他们住廉价小旅馆，吃路边摊，在西安古城墙上骑情侣自行车，夜晚在华清池看历史剧《长恨歌》。她们一起躺在秦始皇兵马俑博物馆区里的草地上听历史的风声、车轮声，她们在大唐芙蓉园里看那朵传说中的古莲。

林峰说："你就是那株盛放的莲花，我就是发现那个种子的人。我们有宿世的情缘。"

徐安琪听后，便幸福地笑了。

他们是在清晨到达西安的。那天晚上，两人要的标间。

走了一天，脚酸腿软，洗过澡，徐安琪把床铺理好，拉起一个被角，然后躺在干净的床上看电视。

不知过了多久，徐安琪就迷迷糊糊地睡着了。

在梦里感觉有什么东西在碰她，她的身体软软的，有一些痒。

睁开眼睛，林峰竟然躺在她的身旁抚摸她。看到她醒来，林峰轻轻地抱住徐安琪，凑到她耳边说："亲爱的，我想要……"

徐安琪一时不知如何是好，心里一阵乱跳，挣扎着推开林峰。

“我……我还没有准备好……”徐安琪有些嗫嚅地说，脑袋中一片空白。

“人生总有第一次的，安琪。你看你不是为了我第一次谈恋爱吗？那次也旷了课。安琪，我是真的爱你，想要和你在一起一辈子。我们早晚都会结婚的。”林峰紧紧地抱住徐安琪，轻轻地咬着她的耳朵。他的鼻息越来越重，他一只手抱住徐安琪，一只手慢慢地伸进她的衣服里。

“不，我害怕！”徐安琪用力推开林峰，声音有些发抖。

“你是真心爱我吗？安琪！”林峰脸色有些变了，一屁股坐在床上。

“是，可是……”徐安琪坐在另一张床上，用被子死死捂着自己的身体。他们就那么坐着，谁都没有说话。

“林峰，我爱你。”过了大约十分钟，徐安琪轻轻地说，随后闭上眼睛。

林峰便小心翼翼地脱掉徐安琪的衣服，关上了灯……

六

然而，就在半夜徐安琪、林峰都睡着时，他们的门被踢开了。刹那间进来四五个人，蒙着面，拿着匕首，对他们挥舞。

其中一个高个子蒙面男人，飞起一脚将林峰踢下床，然后用手按住林峰的头对他说：“老实点，不要动。”

徐安琪立即拿起被单蒙住自己的身子。然而这时，一个矮个子的蒙面人，却一手扯开了徐安琪的被单淫邪地说：“别的男人都看得，我们几个就看不得了啊。快点，把你们的钱全部拿出来。”

徐安琪当时吓傻了，蹲在房间的角落里哭泣。这时林峰便大声呼叫：“抢劫了，抢劫了，快来人。”但他刚刚没喊几声，就被几个彪形大汉围住并将嘴巴蒙住，使劲用脚踩他的头。林峰只能抱住自己的头，使劲往门外爬。

看到林峰被这些不明身份的人乱打，徐安琪心里像刀割一样疼。她抓住矮个子的手，狠狠咬下去。

“哎哟，他 × 的，敢咬老子，弄死你！”矮个子火了，立即抓住徐安琪的头发把她拉起来，一手就扔到床上。这时徐安琪一丝不挂地躺在床上，想找被子盖住身子，但是，被子却被这群土匪给掀开了。

矮个子看到徐安琪雪白娇嫩的身体，眼神中充满了淫意。“大哥，看这小妞真不错，要不要我先品尝品尝？”

“你真是狗改不了吃屎。”其中踩住林峰的一个中等个子蒙面人狠狠骂了几句，但也没有反对。看到这情形，矮个子这下来了精神，吆喝着跑到床上来，急不可待地开始脱裤子。

另外一个男人看到矮个子的样子，也加入进来。他们两个按住徐安琪的双手，把徐安琪压在身下，眼神中露出邪恶的淫光。

“你们这些挨千刀的，没有好下场。”徐安琪一边挣扎，一边朝床下移动。然而，他们的力气太大了，徐安琪实在没有办法动弹。

突然，一阵刺痛冲击她的全身。矮个子压在了徐安琪的身上……

徐安琪痛晕过去，迷糊中她看到林峰痛苦欲绝的表情，看到他使劲地挣扎。然而，这无谓的挣扎却换来一顿暴打。

一个又一个男人，解下了裤子。

……

七

第二天早上起床的时候，床单上那些血渍红得让人惊心。徐安琪全身痛得厉害，身子下面全是血。

林峰还躺在房间的角落里，整个脸肿得厉害。他仍旧昏迷着，没有醒来。

房间里十分凌乱，窗帘、被单、床罩全都被掀开了。鞋子、袜子扔得满地都是。

看到眼前这一幕，徐安琪满面泪花。命运啊，为何对他们这般薄情。徐安琪心里想不通，为什么要让她承受这么多委屈和灾难。

她整个人全身无力，来到浴室，想冲掉身上所有的污渍。

徐安琪的身体已经不再干净，她的人生在这一刻被划上了很深的一道伤痕。在浴室里，她使劲搓着自己的身体。狠狠地，狠狠地，直到搓出一丝丝血迹。

突然，徐安琪被一双手从身后抱住。她使劲挣扎，使劲挣扎，然后狠命地打向他。

“琪琪，是我对不起你，我无能，我没有保护好你。”睁开双眼，看到是林峰。徐安琪心里的委屈一下子发泄出来，她的眼泪不停地流，不停地流。

她的嗓子嘶哑得不能说出一句话。世界暗无天日。

“对不起，对不起。”林峰一个劲地对她道歉。在他心里，这一次对徐安琪的伤害是多大啊。

他们两人紧紧拥抱着，好像全世界都抛弃了他们。就那样一直拥抱，任凭浴室的热水冲在他们的身体上。一直，一直。

不知道过了多久，徐安琪和林峰疲惫了，便开始整理东西。

“琪，琪，我们去报案吧。”林峰对徐安琪说，他一定不会放过这群蒙面人。他向徐安琪发誓一定要找到他们，将他们碎尸万段。

在林峰的陪同下，徐安琪不知道怎么讲完了自己被害的过程。

那一段问讯实在太过漫长。徐安琪真切地感觉到，报案的人反而像是犯人一样。那些公安的问话，也太没有人情味。她依稀还记得他们不断地重复着那句：“他们一共有几个人，是一个人强奸你，还是几个轮奸你？”

这些话就像一根根针一样刺进了徐安琪本已受伤的心脏，让她无法呼吸。

这些公安对他们承诺，说一定会尽快抓到犯罪嫌疑人。但是，直到这事发生两个月后，也一直没有任何进展。

从西安回来后，徐安琪和林峰很少说话了。两个人的性格发生了翻天覆地的变化。双方总是沉默，以冷战维持着彼此的关系。

这件事，徐安琪没有告诉学校的任何人。那一段时间，她常常一个人待着，没有心情看书，没有心情学习，整个人还活在痛苦的世界里。

尽管林峰对她比以前更好了。但是，徐安琪却一直没有高兴过。谁遇到这样的事情能高兴起来呢?

这是徐安琪的宿命，她没有办法抗拒。

林峰每天给她打电话打得更勤了，在电话里他总是对她轻声说:“我爱你，永远爱，我一定会娶你。”

然而这些甜蜜的诺言却让徐安琪感到了内疚。她不是一个完美的女人，她不能给林峰一个女人应拥有的一切。她只是一个残缺不全的人。这辈子她欠林峰一个完整的身体。她觉得自己的身体很肮脏，她不配拥有这样的爱情。

多少次想离开林峰，但徐安琪却一直舍不得离开。

八

徐安琪经常在晚上做噩梦，一闭上眼睛，就会想起当时可怕的场景。她恨他们，恨那群蒙面闯进他们旅馆的匪徒。可是，令人敬爱的人民警察，却一直都没能够破案。这让徐安琪的内心，更加恐惧和无奈。

母亲打电话来了，她说由于天气不好，今年家里的庄稼收成不好。前几天，还到邻居家去借了 300 斤粮食，希望能将这一难关渡过，等到丰收了再还给他们。

母亲提醒徐安琪要注意身体，在学校别太累了，家里的事不要担心。母亲说，什么时候徐安琪能够回一趟老家，去吃地里的柑橘，已经熟透了，顺便回去看一下亲人。

听到母亲的话，徐安琪心里很不是滋味。她不敢将最近发生的事情告诉母亲。要是母亲知道后，一定会伤心死的。徐安琪不想让她再背负更重的负担。徐安琪对母亲说，别担心，一切都好。

徐安琪心里开始怀疑，或许是因为她得到了不该得到的东西，最终得罪了上帝吧。不然，上帝怎会如此待她。

她恨命运，也恨自己。

这段时间，室友一直没有发现徐安琪的变化。毕竟，徐安琪在她们的眼中算是可有可无吧。同住寝室这么久，徐安琪很少和她们一起出去吃饭。她们有什么聚会，也不会喊徐安琪。因为，她们所参与的活动，是徐安琪消费不起的。这次徐安琪从西安回来后，除了巨莱问起过她外，其他人都忙着自己的事情，一点也没有注意到徐安琪的变化。

其实，这样更好。徐安琪害怕被她们看出自己的悲伤和痛苦。

宋柯西现在已经换了几个男朋友了，除了跟她的山西老相好偶尔联系外，她还在音乐系找了一个会弹钢琴的白马王子。徐安琪见过这个王子，有点女人化，她想应该是经常练舞和在女人堆里成长的缘故吧。

唐子君和她的散打男朋友闹了很多次分手。原因是，唐子君有了另外的心上人。但是，一向血气方刚的散打男友却始终不服气。一天晚上，他跑到徐安琪的寝室楼下大声辱骂唐子君，说唐子君是个贱人，是个烂货。

这一次辱骂就像泼妇骂街一样，完全没有任何情面可言。唐子君火了，她站在三舍的宿舍阳台大声对散打男友骂道："我 × 你 ×，老娘给你说，明天起我就去和我的白马王子约会，看你怎么办？"骂完之后，唐子君回到了寝室，用耳塞堵住耳朵，然后一个人躺在床上，蒙上被子睡安稳觉了。

而她的散打男友在楼下一顿乱骂之后，不见反应，再加上楼上的女生开始向他扔矿泉水瓶子和皮鞋。迫于无奈，这位散打帅哥最终落荒而逃。

果不其然，第二天唐子君就和外语系一位帅哥缠绵上了，还大张旗鼓地把他叫到寝室来玩。对于大家的惊异，唐子君就说："美女们，我的同行战友们，看我新交的男朋友还是帅吧。"

宋柯西、巨茉对于唐子君新交的男朋友并不感冒，只是懒洋洋地说了一句："还可以，还可以。真是一朵狗尾巴草插在烂泥上。"

这时，唐子君就会抓住宋柯西的手，往床上压去，还一个劲地对宋柯西说："柯西啊，你是不是活得不耐烦了哦。这么英俊的帅哥，你不会欣赏。哎，真不愧是从山西煤矿里出来的，土得掉渣。”

巨茉在这时总是坐山观虎斗，看稀奇。她拿着一个黄瓜皮，绕到唐子君的新男友面前，用黄瓜皮在他的脸上轻轻撩拨，“不错，不错，还细皮嫩肉。就是不知道功夫怎么样，什么时候让我领教领教。”

巨茉的话让帅哥很不好意思。他一屁股坐到唐子君的床上，对着电脑屏幕若无其事地开始打起游戏来。这时，寝室里的几个女人在床上闹得天翻地覆。

而徐安琪总会走到隔壁的学习室内，用看书来打发痛苦的时光。

第五章 困境

一

家里已经很久没有寄钱来了。而那事发生之后，很长一段时间，徐安琪也没有恢复过来。她把以前的家教工作给辞掉了，学校食堂服务员的工作也没再去过。

每一天，要么待在寝室里打发时光，要么就一个人跑到情人坡上，看天上的云朵。她真希望自己就是那天上的云，可以随风飘到任何地方。可是自己不是，她还得独自舔舐自己的悲伤。

一向不旷课的徐安琪，也开始学会了旷课。她害怕走进教室，害怕同学们知道自己的事。每当看到她们不太友善的笑容时，徐安琪就感觉她们在议论什么，全身不自在。

徐安琪的学习成绩不断下滑，从老师批改的论文中就能看得出来。系上的很多老师都发觉到了徐安琪的异样，他们本能地以为，在大学里，即使是穷人家的孩子，也会跟着这个环境慢慢地变化。他们眼中的乖学生也会在同学们的影响下，开始旷课，开始上课看小说，开始一个人开小差。

可是，这已经不是高中时代。大学老师是不干预学生的学习的，只要你不在课堂上扰乱他们的课堂秩序，只要你不做出特别违规的举动。他们是没有时间来管你们的生活和学习的。

对于徐安琪的反常表现，系上的老师也不愿意多问。毕竟他们就相差那么几岁，再加上都已经是成年人了，谁又愿意不讨好地来干预徐安琪的生活呢？

大二下学期很快就要结束了，系上的助学金又开始申请了。徐安琪报了名，毕竟这些钱可以解决下学期的生活费。但愿这次能像上学期一样，顺利申请到。毕竟这是她生活的一部分了，如果没有助学金，徐安琪的生活将陷入拮据。

填了表，提交了申请，然后交到了系上。再然后就是等待结果下来。

回到寝室，唐子君跟宋柯西在埋怨："这年头，哪个家里穷哦。不都吃得起饭，穿得起衣服。我没见哪个去要饭嘛，凭什么助学金就得给他们。这次，我们也去申请。"

"就是，我们有什么不可得的。我家的小煤矿今年受灾了，现在都还在亏呢。奶奶常年有病，父亲还没工作，还是小个体户。我也要去申请。"宋柯西对唐子君埋怨道。

"就是，我爸爸今年的工程款还没收到，家里都揭不开锅了。现在十万火急，迫切需要助学金过日子。虽然不多，就那么两三千元，还是能够解决个把月生活的。我们不能小瞧啊。”唐子君附和道。

看到徐安琪回来，唐子君张大了嘴巴，说道：“亲爱的安琪，这次你申请助学金应该是十拿九稳吧。上学期，你已经是榜上有名，这次应该不会例外。放心，我们可不敢和你争那个 3000 元的助学金，我们只要 2000 元的，要是老师同学不公正，来个 1000 元也行。”

“就是，皇帝轮流当。谁规定，就是她们几个人独享了。我提议，我们也有份。”宋柯西随后补充道。

徐安琪没有心情和她们理论，拿了一本书往隔壁学习室走去。

这时唐子君和宋柯西继续抱怨着自己“贫穷”的家事，说得可怜兮兮的。

二

除了宋柯西和唐子君在争这次助学金外，班上几乎一大半的人都加入到了这次的抢斗之中。许多原本家里不贫困的，这次也成特困户了。许多本是城市居民，这次也说成了城郊，许多家里做大生意的，这次申请表上却填成了个体户，许多家里年收入上百万，这次也写上了年收入仅几千。许多爷爷奶奶没死的，也写成了归西，许多父母健在的，也填成了常年多病。

总之，这次班上大多数都成了贫困户、救济户。大家纷纷在班委干部和老师面前喊穷，说如果没有助学金，家里将揭不开锅，日子没法过。甚至还有许多同学，跑到老师的办公室里，哭哭啼啼地说："老师，这次你一定要救救我。我父母双亡，爷奶早逝。家里没有任何经济来源，这助学金将是对我的雪中送炭。"不知道这些人说的是真是假，却感动了老师。

一时间，系上老师的办公室成了班上学生哭诉的地方。有喊穷的，有喊苦的，有喊悲的，还有喊活不下去的。系上老师没有办法，不知道怎么处理才好，弄得他们愁眉苦脸。

助学金的评选工作一度陷入了僵局。看到这些势利的鬼脸，徐安琪心里无比气愤。这年代，为了钱，什么都干得出来。

最后，不知是谁提议，"王侯将相，宁有种乎？！应该共同富裕，人人有份。既然大家都喊穷，倒不如平均分给每一个人。这样哪个的嘴巴都被堵上了，谁也不会说什么。"

系上老师听到这个建议，觉得是解决的好方法。于是紧急召开班委会议，公布将班上的 2 万多元助学金平分给同学，平均每个人有四五百元。

国家资助贫困学子的一笔资金，最终却导致了徐安琪班的一场闹剧。就像草原上狮子、野狗、秃鹫瓜分一头受伤的鹿子，最终将鹿子撕得血肉模糊。

领着 400 多元助学金，徐安琪的内心一片悲伤。是啊，这是不是命运给她开的最大的玩笑？

三

人落魄的时候，连狗都会欺负你。

刚刚经历了一场磨难，不久又经历一场痛苦。命运，总是伤害贫穷的人。

拿着手中的钱，徐安琪真想大哭一场。她开始怀疑当年母亲的话，读书能够改变命运。可是，她努力读书，最终改变了什么？

是的，很讽刺地改变了自己的人生。让她经历一次又一次磨难。让她变成了一个浑身是伤痕的人。这就是命运。

早知道，就该像村子里的其他姑娘一样，干农活儿，找一个健壮的男人，然后在山里耕作。或许，日子还过得平淡，没有波澜，也不会经历后来那么多事。

徐安琪就像一只没有依靠的小船，在大海中任凭风吹浪打，四处漂荡。没有一处是她停靠的港湾。

林峰给徐安琪打了不下数十个电话，徐安琪一直没有回复他。她不想再见到他，因为她不配他。她已是一个残缺不全的人了。

徐安琪无精打采地回到寝室，看到宋柯西和唐子君在寝室里庆祝，另外还有一个不认识的男生。他们拿着啤酒和零食，在寝室里狂欢。看到徐安琪进来，宋柯西说："安琪，今天我心情高兴，晚上请你吃饭。×× 的，这次也拿到助学金了。"

唐子君拿起一个鸡翅膀，也阴阳怪气地说："是啊，助学金可比奖学金难拿多了。这次真是上天眷顾我们啊。好好欢喜欢喜，一定不能辜负了这一笔白花花的银子。”

“就是，老子最看不来的就是某些人，眼睛就盯着助学金。凭什么这些国家的钱，就得给她们呢？世界是公平的，也是竞争的，这些钱大家都有份。”宋柯西拿了一块巧克力，塞进他男友的口中，“亲爱的，味道不错吧，喂你吃。”

看到她们这个样子，徐安琪心里很不是滋味。她想，老天为什么偏爱这些本已经得到太多的人，却对她这么吝啬。

徐安琪提起一个塑料桶，没有回答宋柯西和唐子君的问话，就到开水房打水去了。走的时候，宋柯西的男友很奇怪地问了一句：“她是怎么了，好像不高兴的样子？”

“别管她，安琪一直都是这样。哎，清高嘛，哪里会和我们这些人相交哦。人家是白雪公主，人家是文艺女青年，我们可不敢和她比。”唐子君说这话的时候，故意将语调弄得阴阳怪气，徐安琪知道，这是在讽刺自己，但她装着没有听到，快步走出了寝室。

四

林峰又来电话了。徐安琪依然决绝地挂掉了它。自从上次从西安回来之后，他们已经一个月没见面了。她不愿意看到他，也不愿意让他再来陪自己走以后的路。

徐安琪想让这些悲伤都成为过去，永远永远，都不再被人提起。

很多次，徐安琪都想过自杀，到情人坡的小亭子上，准备从亭子上跳下去。可是她试了几次，最终却没有勇气。

有很多次，她也到了寝室的顶楼阳台，幻想自己就是一只小鸟，从高空落下，然后在空中画成一条弧线，最后飘落到硬硬的石板上。然后全身是血，这些血会慢慢流干，流到停止心跳。

可是，每一次她咬牙准备结束自己的生命时，耳朵里总会响起母亲的叮咛，脑中总会浮现母亲在田间忙碌的背影。要是这样走了，母亲怎么办？为了自己读书，为了让徐安琪成才，母亲几乎放弃了自己的一切。

可是自己却这么不争气，她觉得愧对母亲对她的抚养。

心里的怨，心里的恨，最终只能化成泪水。

一切还得继续。为了母亲，徐安琪还得继续在学校里待着。尽管心里感觉自己特别肮脏，可是她没有办法。家里欠的一屁股债，还需要她毕业后去还。

毕业后，她又能拿什么去还。她自己也说不清楚。因为这些，徐安琪去找系里的老师，反映了家里的情况。

这次助学金的事，使徐安琪的生活陷入了困境，再加上下学期学费的事情，徐安琪希望能申请助学贷款。但是，系上的老师回复徐安琪，由于名额有限，又由于她错过了报名时间，因此，他们也毫无办法。

一次又一次的挫折打击着徐安琪，让她对这个世道感到绝望。握着手里仅有的几百元钱，她该怎么办？接下来的日子，她还能做什么？

向家里要钱是万万不能的事了，学校的助学金和贷款，看来也泡汤了。找林峰帮忙，徐安琪打死也不愿意。徐安琪不想再看到他。

其实一开始就不应该和他相识，和他在一起本身就是个错误。要是当初不和他交往，或许徐安琪现在还活在自己的童话世界里。都怪自己幻想什么灰姑娘会遇到白马王子，梦想自己能成为天使。可是，到头来，却遍体鳞伤。

钱的问题为难着徐安琪。她该去筹下学期的学费和生活费了。马上就要放假，期末的考试成绩徐安琪一定会不理想，也没有心情复习，更没有心思去上课。想要考一个理想的成绩是不可能的。短短两个月时间，她怎么去筹这上万元。一想到这些，徐安琪心里就很焦急。

细细数了身边的朋友，能借给她钱的人真没有。自己从乡下来学校之后，就很少接触陌生的朋友。在学校里，她的朋友很少。就连寝室里的宋柯西和巨莱，和徐安琪也只是抬头见面，低头各做各的事。虽然同寝了这么久，但是要说有什么交情，却实在谈不上。

心里有着这个疑虑，这几天饭也吃不好，徐安琪想完了自己身边的一个个朋友，也没能找出一个能帮上忙的。怎么办？她该怎么办？徐安琪就像热锅上的蚂蚁，感到很无助。

五

正在徐安琪为这事烦恼时，她接到了一个惊喜的电话，是高中同学孙丽打来的。她告诉徐安琪，自己找了很多人，最后打听到了徐安琪的消息。

孙丽和徐安琪一同读了初中和高中，由于她成绩不好，又早恋，在读高二时，就被学校开除了。最后，她就到了大城市打工，从那以后徐安琪再也没有她的消息了。

她给徐安琪打电话，徐安琪还有点不相信，一再确认之后，才发现的确是她。

老同学相遇，格外高兴。她们约好了在城里的一个茶楼见面。当徐安琪看到孙丽时，眼前的一幕让她十分惊诧。孙丽身穿一身艳丽的服装，穿着雪亮的纯牛皮高跟鞋，妆化得很浓烈。看上去和高中读书时区别太大了。

现在的她性感、妩媚，对男人有着极强的诱惑力。

“老同学，很久不见了。你变了，越来越漂亮了。”孙丽见到徐安琪时，表现得很热情。

在她浓妆艳抹的打扮面前，徐安琪才感觉到自己一双白色球鞋，蓝色旧衣打扮，简直就是一个土包子。

“你现在混好了哦。向你学习。”徐安琪由衷地赞叹道。

“哪里，哪里，混口饭吃。”孙丽告诉徐安琪，自从高二她被开除后，来到城里，相继干过许多工作，在饭店当过服务员，当过保姆，在文化公司当过销售员，等等。但是，这些工作都让她感到囊中羞涩。每次看到别人手里大把大把的钞票，看到她们买漂亮的新衣服，而自己只能穿地摊上淘来的便宜货，她的心里就很不是滋味。

凭什么一切好的都让城里人给占了。他们不过就是投对了胎，生在了一个好的家庭。那个时候，孙丽感到很不服气。她想通过自己的努力，改变自己的现状。

可是，在城里打拼一年之后，没有背景，没有关系，没有资金做后盾的她，连养活自己都成问题。一年里，她起得比鸡早，睡得比狗晚，每天的劳动强度是 14 个小时，有时甚至睡不成觉。

但是一到年头，除了昂贵的房租和生活开支外，她几乎没买过什么新衣服，卡上的存款却不到 2000 元。要是再这样继续下去，她何年何月才能有自己的家，何年何月才能有属于自己的一块天地。这让孙丽陷入了深深的迷茫。

农村人在城里，要发展是多么困难。因为，这根本就不是她们能待的城市。

“你看，现在的房价。两年前，我来这个城市的时候，才 3000 元一平方米，可是现在已经 1 万元了。你想想看，当年我一个月挣 2000 元，还算多的。除了一年最便宜的单间也要 6000 元的房租，加上每年的生活开支，还只能吃白菜胡萝卜，也要 1 万元。再加上平时的通信、车旅费用，一年下来剩得了多少。不仅剩不下钱，还可能倒贴钱。这样下去，何年是头呢？”孙丽向徐安琪谈起以前她的苦，“你不知道，当时我睡过桥下，睡过地下室，连续三天都没有吃饭。日子是多么艰难。那个时候觉得，这真不是人待的地方。”

“是啊，这座城市，让我们乡下人感到了绝望。”听到孙丽的诉苦，徐安琪心中积聚很久的怨恨也爆发了出来。

“是的，再说说你们大学生吧。在我们农村，觉得考上个大学就可以跳出农门，就可以在政府当官。可是真像这样吗？刚出来的大学本科生，一个月也就 2000 多元钱，能干什么？除了房租、生活费、通信、差旅、日常用品等费用，还剩得了多少？父母用完了家里的所有积蓄，供出了一个大学生。孩子们本希望毕业后，能好好回报他们的养育之恩。哪知道，父母眼中骄傲的大学毕业的孩子，却连自己都养不活。城市里的房子，他们想也别想，城市里的生活节奏，他们也无法跟上。读书无用论于是开始悄悄蔓延。”在茶楼里，孙丽喝了一口茶，然后给徐安琪说道：“人在很多时候都是无奈和绝望的。”

“你说的是很对，但你是怎么改变自己的呢？看你现在活得真光鲜，还不是挺过来了吗？”

“有些事，说来话长。就不谈过去了，先喝茶，等会儿请你吃饭，然后再去做个头发。”

“好的。”

那一天，徐安琪和孙丽聊了许久。在这个城市里还能遇到自己的老乡，还能遇到自己儿时的同学，真是一件难得的事。

晚上，徐安琪没有回寝室，就到孙丽在城里租的房间里睡了一晚。孙丽和另一个女孩租了一个两室一厅的套间。房子装修得非常简单，但是很别致。晚上，她们一同睡在一张床上，又聊起大家的童年。

“要是时光能够倒流，多好。”徐安琪这样想。

六

林峰已经很久没和徐安琪联系了。听人说，他已经有了另外的女朋友。徐安琪听到这儿，心想有什么办法呢？她知道，自从发生那件事之后，就会出现这一天。只不过这一天出现得太早了。

和孙丽联系上后，孙丽给徐安琪找了一个兼职，就是帮一个男孩补习功课。这个男孩叫小乖，那一天，徐安琪在孙丽租住的房间里看到了他，矮矮的个子，白白的脸，看上去瘦瘦的，有些胆怯。徐安琪心里产生了一种疼爱之心，他就像自己小时候一样，善良，还带着些害羞。

“读几年级了？”徐安琪问他。

“小学二年级了。”

“成绩好不？”

“不好，妈妈会打我。”小乖回答得很胆怯。

“嗯，那就好好学习。让妈妈高兴，好不？”

“嗯。”

接手小乖的补习后，徐安琪又开始忙碌起来，每天很晚才会回寝室。

而寝室却发生了巨大变化。宋柯西最近胆子更大了，竟然将男朋友叫到了寝室来睡觉。尽管这样，唐子君和巨莱却没有反对，反而觉得很新奇，并大肆表扬宋柯西：“你的表现不错，打破了常规，值得我们学习。”

当时，徐安琪本来有些反感，但是其他两位都没说什么，她说了反而会引起公愤，也不再发言了。只是，每天晚上回去得更晚了，她不希望和她们有正面的交锋。

果不其然，没过几天，唐子君也叫自己的男朋友到寝室来。她们说，要向学校革命。凭什么男生寝室里可以睡女生，女生寝室里就不能留男生过夜呢？宋柯西和唐子君对于她们的做法，很是骄傲，并决定坚持到底。而她们的男友，却求之不得。

或许，阅男无数的她们想找更多的刺激吧。

这些本不该出现的现象出现在徐安琪她们寝室。徐安琪对此感到无比郁闷。这年代怎么了？大学寝室难道成了淫窝。女人啊，自从五四运动之后，早已不像封建时代那么保守了。

七

一天，徐安琪回到寝室，宋柯西和男朋友正睡在床上。宋柯西的大腿露在了被子外面。唐子君和男朋友正在亲热。

徐安琪感到无语，没有脱衣服就躺床上睡了。夜很安静，除了唐子君和她男友的喘息声。

巨茉这段时间好像都没怎么回寝室。

哎，谁管她呢？徐安琪和她本来就没怎么深交过。她的事对于徐安琪来説，只是一阵风，吹过就算了。

徐安琪还像往常一样，给小乖补课，平时看书。日子似乎恢复了平静。

一天，徐安琪在食堂二楼的超市买东西，看到了一个熟悉的身影，是林峰。

他也在这里买东西吗？这么久没有见到他，徐安琪心里还是有些想念，但她心里却一直很排斥。徐安琪想等这段痛苦的时间过去之后，再把他约出来好好谈谈。

毕竟，她还是爱他的。

徐安琪看到他站在一排排零食架子前面，好像无所事事的样子。不像是来买东西的吧。

该不该过去跟他打个招呼呢？徐安琪正犹豫着。

突然，从货架缝隙中看到的一幕让徐安琪有些出乎意料。一个女孩，从林峰的背后抱住了他的腰，然后在他的脸上亲了一下。

怎么会是这样？这个女孩，她太熟悉不过了。他们是什么关系？

这段时间，林峰和她发生了什么？他们为什么表现得这么亲密？心中的疑虑不断增生。徐安琪不知道是向前去，对林峰说“你好，祝福你”，还是对他大喊大叫。她陷入了矛盾和痛苦之中。

“咦，这不是安琪吗？安琪，在买东西啊，过来，过来，我给你介绍一下我的男朋友，林峰。怎么样，还不错吧。”巨茉假装不知道徐安琪和林峰交往过，在她面前炫耀着，肆无忌惮地显示自己的优越。

看到徐安琪后，林峰显得十分尴尬。他不知道说什么，只是用一种不知道是愧疚还是理所应当的眼神看着徐安琪。

超市里，徐安琪感觉自己是多余的。一种强烈的吃醋感弥漫她的全身。她说不出任何话，便哭着跑了出去。

来到学校的鸢尾湖旁，看着波光粼粼的水面。徐安琪使劲地哭了一场。她以为自己能接受这场景，但当自己亲眼见到时，却无法控制自己的悲伤。

其实，一开始就是一个错误。徐安琪觉得自己本身就不该向往爱情，这条路直接通往地狱。因为，她的命不会让她拥有爱情。她只是天下最大的傻瓜，明明知道有些东西不是她应该得到的，却还像个痴呆人一样，傻傻地去等待。哪知道，最后受伤害的永远是自己，伤口还那么深。

那一晚，徐安琪没有回寝室。她去孙丽租住的房间睡觉了。孙丽告诉她，女人千万不要相信爱情。一切爱情的谎言，都是在骗童话中的孩子。而她们，从农村出来的姑娘，没有谁会真正关心她们。这些男人只不过将她们当成手中的玩具，玩够了就扔掉。

孙丽说，一个没有钱的女人还能奢望什么。聪明的女人，都看淡了这些东西，她们变得麻木不仁。就像红灯区的妓女一样，她们才是最早醒悟的一批人。找一个男朋友，不仅给他提供了自己的身体，还倒贴自己的青春和容貌，最后却弄得一无所有，值得吗？

没有什么想不通，一切都应该向前看。什么名节，什么声誉，什么爱情，这些能让人吃饱饭，穿暖衣吗？

不能，绝对不能。孙丽跟徐安琪聊了一晚上，跟她谈到了社会上许多很现实的东西。从跟孙丽的谈话中，徐安琪想到自己的人生，才发现自己以前真的不懂事。

再说，一个被人侵害过的女人，还有什么资格对别人说，自己很完美，很纯真。林峰是不会像以前那样喜欢自己的，不会了。在他的心中，早已经留下了阴影。徐安琪已不是一个完美的女人。她已不能给他的生活带来欢愉。因此，他最终选择了放弃。

徐安琪还能怪他什么？她只能怪上天对她的刻薄和不公。

八

从孙丽家回来的时候，已是第二天下午了。上午没有去上课，徐安琪随便找了一个教室，听了一堂社会政治人生课。这一次，徐安琪前所未有地听得认真。

政治老师讲得十分偏激，听着听着，徐安琪就开始觉得非常在理。他告诉大家，人不应该总是生活在幻想之中，总是梦想自己能挣百万千万。其实，这些美丽的光环，只是留给那些有准备的人的。

“21 世纪最缺的是什么？缺的是人才。什么是人才，促进社会发展，推动社会进步的是人才。但是这样的人又有多少，只是一少部分而已。现在所谓的大学生呢，你们是什么，你们是人才不？告诉你，你们不是。为什么，大学读了几年，你们学到了什么？知识？技术？还是挣钱的手段？没有，有人说，大学学到的就是毕业之后用不到的陈旧理论！我赞成这种观点，你们知道最近重庆万人弃考的事吗？你们知道现在大学生毕业后出来当乞丐，卖串串吗？这说明什么，人才不一定非要读大学！”

“那不读大学，干什么？”其中一个同学站起来，有些质疑地问道。

“同学，我可没有建议你不读大学。读大学就得有读大学的样子，就得学到自己所感兴趣的知识和技能。”政治老师反驳道，徐安琪感到他今天好像喝了点酒。

“爱迪生说过，天才是百分之九十九的汗水和百分之一的灵感。鲁迅先生提到，他是把别人喝咖啡的时间，用来写作。是的，他们不相信天才，他们相信自己。谁说他们成不了比尔·盖茨，成不了李嘉诚，他们行的，你们一样能行！命运掌握在你们自己手中，你们自己改变……”政治老师的话振奋人心，坐在后排的徐安琪有些被感染了。

徐安琪旁边坐着一个漂亮女孩。她发现这个女孩好像并没认真听。

徐安琪轻轻碰了碰女孩的肩膀，低声地问，“你怎么不听啊，讲得挺好的，比大多数教授好多了！”

“呵呵，我听过很多次了，嘿嘿！”女孩有些尴尬地笑了笑，她称这个老师只要一喝了酒，就会这样胡乱说话。

徐安琪继续听着政治老师传授心得，他讲得铿锵有力，激情四射。随后，政治老师又喝了一口茶，他激情昂扬地对大家说：“现在我们就要记住黑板上的两个字，奋斗。为了我们的理想奋斗，为了我们以后美好的生活奋斗，为了我们的人生价值奋斗！大家说，好不好！”政治老师说到这里的时候，台下的人却无动于衷。是啊，大家都习惯了。大学生对于老师讲的课已经麻木，已没有多少激情。

一个同学轻轻拍了一下徐安琪的肩膀：“你知道他是谁吗？”

“政治老师啊。很有水平的政治老师。”

“错了，他不是。政治老师今天生病了没来。这个人在当调研员，听说前不久离婚了，精神有点问题。这次，应该是顶政治老师上课的吧。政治老师没来的时候，他偶尔会来顶课的。”

“我怎么看不出他精神有问题啊。”

“哈哈，你知道他家里有什么？有一台大望远镜，他说要和外星人打招呼，邀请他们到地球。大家都知道，他精神有问题。你不知道啊？”这位同学有些奇怪地看着徐安琪。

徐安琪这才发现，教室里的同学大多在做着自己的事，有的用耳塞听音乐，有的看小说，有的打游戏，很少有人在台下听老师的高谈论阔。

“这位老师都是纸上谈兵，他自己还不是穷光蛋一个，每天总想发财致富，可是到头来，一分钱没挣到，结了三次婚，离了三次。他的老婆都说他是个神经病，不从实际出发，还去搞过半年多的传销，专门骗学校的老师和亲戚。最后大家都不相信他了。”这位同学告诉徐安琪，刚才政治老师所讲的，就是他在传销组织中学到的那一套理论，然而他的这些所谓“金玉良言”早就不被学生们接受了。因为，一切都得从现实出发，遵循马克思主义的观点，给自己最适合的定位，然后客观规划自己的人生。

听了同学的话，徐安琪才觉得自己真是一个傻瓜，心中还存在着一些幻想，还幻想实现以前村民们对她的期望。什么只要考上了大学，就一定当官，然后改变家乡的面貌。其实这一直都是不现实的。这都是他们心中的幻想罢了。他们灌输给徐安琪的梦想理论，其实就是一场传销。

再想起自己的爱情。徐安琪以为林峰会爱她一辈子。哪知道，两个月不到，他就和别人在一起了。这个女孩，还是自己的室友。

因此，徐安琪所追求的浪漫爱情，只是在欺骗相信童话的孩子。徐安琪生命中所经历的短暂爱情，只不过是昙花一现。徐安琪被这颗流星迷惑了双眼和方向，相信得那么彻底。

九

徐安琪在学校外面吃了一碗面，然后精神憔悴地回到寝室。

寝室里正热闹欢快。进去一看，宋柯西和她的男友在床上翻腾，唐子君带着男友，随着音乐在跳迪斯科。

巨茉的床上，用被单遮着。徐安琪看到了一个熟悉的背影。巨茉和这个男人正在缠绵。其实，不用看他的脸，徐安琪也知道，那是林峰。

真的想不到，他们会这么快，居然跑到寝室来了，还发生了不该发生但又铁定会发生的关系。那么，徐安琪现在还是他什么人。

呵呵，徐安琪认为自己反而成了一个多余的人。

“安琪，回来了啊。快来，快来，跳舞。”宋柯西故意刺激徐安琪，她明知道林峰是徐安琪的男朋友，却还要说这些话来伤害她。

这时，床上的男人听到宋柯西的挑拨，一骨碌爬起来，然后脸色苍白地看着徐安琪。

“你们是一个寝室的？”起来的男人正是林峰，他装着很惊讶地说道。

是啊，他们已经公然在一起了。徐安琪和巨茉是不是一个寝室的，又有什么重要的呢？

徐安琪心里万分悲伤。她用牙齿咬着嘴唇，狠狠地，咬出了血。

他们就算在一起，又何必让自己亲眼看到呢？还公然到徐安琪的寝室里来寻欢做爱。心里太过愤怒，徐安琪想要报复他们。有了这个念头之后，徐安琪对床上的林峰狠命地盯了几眼，眼神就像刀子一样，想要穿透他的心脏。

“林峰，你个贱人。”说完这话，徐安琪愤然向门外跑去。

她一个人在外面待了很久，直到夜深人静。

徐安琪知道，这世间哭是没有用的，没有人会可怜徐安琪这样的农村姑娘。当初，就不应该相信他。

要不是他，徐安琪的人生不会发生这么大的转折。要不是他，现在的徐安琪还是一个完整的自己。

……

晚上，徐安琪在学习室待了一个晚上，没有回寝室，她不想看到他们，不想看到他们肮脏的嘴脸。

第二天醒来时，教室里已有学生陆陆续续进来。徐安琪回到寝室，开始洗漱。寝室里只有唐子君，其他人都走了。

“安琪，我们开始不知道你是林峰的女朋友。不过，现在的男人女人都一样，谁没有要过几个相好呢？看淡些，没什么大不了的。追你的人那么多，随便找个也比林峰强。”

徐安琪没有说话，然后走到洗漱台开始刷牙。突然，她的肚子有些痛，有想呕吐的感觉。怎么了，难道自己生病了。徐安琪并没有在意，强忍着这种难过的状态，洗漱完毕，然后到教室复习功课了。

然而，接下来的几天，徐安琪的呕吐症状更加激烈，全身都酸软无力。这是怎么了，带着疑虑，徐安琪到了市里的一家医院检查。

检查结果显示，徐安琪怀孕了。

这犹如晴天霹雳，绷住了徐安琪的整个神经。医生说，孩子有 3 个月了，建议她尽快做手术。不然再过段时间，只能把孩子生下来。

怎么办？怎么办？徐安琪一度陷入了迷茫。

她给林峰发了一条短信，短信这样写道：“你有空吗？想找你聊聊！”

“我们之间，没什么可聊的。再说，我们已经没有关系了。”

“真的，耽误不了几分钟。我想跟你说个事。”

“没必要了吧。既然已经过去了，我不想再和你有什么瓜葛。”发完信息后，林峰很快将手机设置了来电拒绝。徐安琪发的短信，他也没再回过。

医生说，手术至少要 2000 元，还要加上术后营养治疗，让徐安琪准备 5000 元。徐安琪身上哪有这么多钱呢？她的脑海中不断闪现出可以借钱的朋友。真失败，来学校这么久，却没有几个真心的朋友。

给孙丽打电话，她的电话不在服务区。她去哪里了？关键时候，她却不在这个城里。这可怎么办？

那几天，徐安琪真的感觉到了世界末日，每天在城市的街头游荡，找不到可以求助的人。学校的课，她再也没有心思去上了。整个人就像游魂一样，在街头流浪。

学费，生活费，手术费，这些钱怎么来？就算让妈妈把家里的所有家产卖了，也没有这么多钱。这学期以来，徐安琪的学习成绩一落千丈，就连微薄的奖学金也没她的份了。

打工，兼职，短时间内，徐安琪也无法筹集这么多钱。怎么办呢？她走在霓虹灯闪烁的街头，心事重重。

“帅哥，来耍哈嘛！”在街上的一排排门市旁，徐安琪看到了许多穿着妖艳的年轻女子，横坐在椅子上，撩开裙子，露出雪白的大腿，对来往的男人们轻浮地笑着。

有一些表面正经的男人，在女人的诱惑下，停下脚步，然后在一群女人的胸前看了看，几秒钟的徘徊之后，最后挑选了自己喜欢的一位少女，然后牵着手，像情侣一样消失在人们的视线之中。

徐安琪一边走路，一边拖拉着缓慢移动脚步。整个人无精打采。

……

“小妹妹，服务不？多少钱？500 元行不，哥哥很喜欢你。”一个中年男人，或许喝了点小酒，从背后轻轻拍了徐安琪一下。

在这个特殊的街头，这个特殊的时候，他或许以为徐安琪是这里的妓女了。

徐安琪本能地反抗了一下，愤怒的眼神中带点恨意地看了这男人一眼，转念一想，自己不正为了钱的事发愁吗？

这难道是天意？天意让自己在这条街靠出卖肉体才能解决目前所面临的困难。可是，除了这行，徐安琪还能依靠什么赚钱？难道去买彩票，中个五百万。那更是痴人说梦了。徐安琪这样想。

“小妹妹，怎么了，不喜欢哥哥。再加你 200 元，怎么样？今天看到你，就觉得有缘。”中年男子对徐安琪或许真的在意了，舍得下血本了。

看来，这是天意的安排。谁叫自己是贫民子弟呢？现在已别无他法。

“我很贵的。”徐安琪小心地说。

“有多贵？”

“很贵。”

“哥哥，你喜欢不？哥哥今晚出 1000 块，怎么样？”中年男子显得有些急不可待。

徐安琪没有回话，以沉默表示答应。中年男子顿时高兴了起来。

“走，妹妹，哥哥先带你吃夜宵。”说完便拉着徐安琪的手，朝小吃街走去。

……

那一晚是徐安琪第一次做生意。第二天早上醒来时，中年男子没有违背他当初的承诺，给了她 1000 元钱，还留了徐安琪的电话，说以后给她介绍生意。

……

经历了一次，就再也不能自拔。钱，这个东西，徐安琪忽然间觉得那么重要。

第二天，徐安琪买了一套漂亮的衣服，打扮了一番，然后到一个比较高档的洗浴中心，找到老板，向其推荐了自己。老板看到徐安琪苗条的身材、秀美的脸庞，当即拍板说她将是他们的第一招牌。

接下来，徐安琪干上了这档生意，每天有着还算不错的收入。

过了半个多月，徐安琪筹齐了手术的钱，然后找了一个医院，打掉了肚子里的孩子。其实，到最后徐安琪也不知道，这孩子到底是那些匪徒的，还是林峰的。不管是谁的，她都认为这是一个野种。

徐安琪开始从事妓女这一行。学费、生活费，已不再是她担心的问题。有了余钱后，徐安琪给母亲寄去了一部分。她总是对母亲撒谎说，这些钱是她在一个文化传媒公司做文案挣来的。善良的母亲对于徐安琪的谎言没有任何怀疑，只是劝她不要太累了，要注意身体。

听到这些话，徐安琪的心里很是愧疚。是啊，一个农村的姑娘，最终没有像村民想象的那样，走上康庄大道，而是选择了最直接的赚钱方式。这会是她的错吗？

之后，徐安琪还换过一些地方，直到来到现在的这家店，遇到了舒大姐。看到徐安琪后，舒大姐很惊讶，惊讶之后，是短暂的沉默。后来，她没再让徐安琪教小乖补习。而徐安琪，也顺其自然成了她的同行和姐妹。

之后，也正如前面所叙述的那样，徐安琪遇到了贾小刀。贾小刀从酒吧出来，看到漂亮的徐安琪，将她带到了宾馆……

第六章 刀子

一

“起床了吧，美人！”贾小刀睁开眼睛，看到身旁的徐安琪还微闭着眼睛，秀发飘香，便在她的额头上亲了一下。

昨夜无眠，徐安琪想起了以前的故事。那些回忆和痛苦，都已经离她远去了。

贾小刀轻轻掀起被子，静静地欣赏徐安琪那美丽诱人的胴体。他感到全身不自在，这是一个难眠的夜晚。

“× 的，世界上怎么有如此动人的女人，每一处都那么绝妙，每一处都让人内心颤抖。”贾小刀的手指在徐安琪的身体上游离，就像探寻神奇异宝一样，他感到新鲜刺激。

徐安琪轻轻地翻了翻身，嘴唇动了动。那感觉就像一场梦。

“啊，这是什么，好美！”贾小刀的手指摸到了徐安琪身上的一处近似文身的图画，一朵红色玫瑰。文身和玫瑰一般大小，文在她的背上，正盛开着。

他惊讶极了："我从没看到过这么美丽的文身。颜色鲜艳，构图精致，位置也恰到好处，印在你的身上，简直是巧夺天工，神来一笔。"

徐安琪没有说话，继续闭着眼睛，想着自己的心事。

贾小刀抚摸着徐安琪的文身，感到很亢奋。他低下头去，张开嘴唇在徐安琪的文身上，小心翼翼地亲吻。

徐安琪发觉了贾小刀的异动，微微地睁开眼睛，慵懒地问，"你在干什么啊，不许亲。"

"不，我就要亲，你的文身太漂亮了。"贾小刀不听，继续亲吻。

徐安琪有些愠怒，将身子翻过来，两只眼睛睁得大大的。

贾小刀像个孩子似的撒娇："给我亲一下嘛，我要亲也。"

"不，不，就不！"徐安琪和贾小刀僵持着。

贾小刀继续撒娇："我要亲，亲一个，亲了我加钱。"

"加钱也不亲，文身有那么好看吗？"

"我也不知道，看了你的文身，就像看到内心深处的某样东西，总想占有它，亲吻它。"

"神经，你个神经。"徐安琪感到有些气愤。

贾小刀表现得有些无辜。他自己也不清楚，在眼前这个尤物面前，自己仿佛就像个孩子一样。而徐安琪就像是磁铁，具有磁性，把他的整个心也一起黏住了。

"在想什么呢，呆了啊。"徐安琪看到贾小刀陷入了沉思，推了推他。

贾小刀入神地看着徐安琪美丽的胴体，真想把她给吃了。

“我要走了，工作结束了。”徐安琪坐起来，拿衣服开始穿。徐安琪她们这种人，一旦事情做完，绝对不拖泥带水，也很少和客人谈感情。因为，这行的女人，要是再相信爱情的话，谁还会来这里堕落呢?

贾小刀一下将她拉进被窝，近乎请求地说，“不回去了行不，今天多陪我一会儿。”

“不回去，哪有钱赚，你养我啊！”她感到很可笑，瞬即挣脱掉贾小刀的手，继续将衣服往身上套。

“再等等，让我再看看你，我再包你一天。”贾小刀看着眼前的这个女人，实在太喜欢了。他从没有看过如此美貌的女孩，苗条的身材，雪白的皮肤，亲吻着她的肌肤，就是一种享受。

“那好，先拿钱来。”

“好的，给你。”贾小刀这次花了血本，他又从口袋里掏出了600 元给徐安琪，然后躺在床上看着美丽的姑娘。

徐安琪收好钱后，便说：“帅哥，我先去洗个澡哈。”说完便进浴室去了。贾小刀躺在床上，微睁着眼睛，看着墙顶上亮着的灯，它们似乎在闪烁。床旁边的桌子上放着一个写有“按摩服务，请拨打 123×××”的牌子，牌子上是著名歌星的玉照。牌子周围是一些饮料和零食，零食旁边的盒子上写着“为了你和他人的安全，请使用超薄型 ×× 避孕套。”贾小刀侧了侧身，看到从浴室中走出来围着浴巾的徐安琪。

徐安琪走到床边，爬到床上，用被单盖住身子，然后从被单里抽出了浴巾放在旁边的桌子上。她问：“你要去洗澡吗？有热水。”

“不用了，累。”贾小刀没有力气地说。

二

“你在读书？”两人又来了一次之后，徐安琪躺在贾小刀怀里问。

“是啊，××大学。”贾小刀很随意地回答。

“啊？你是？”徐安琪感到有些惊讶，但马上又装着若无其事地说：“哦。”

贾小刀听到徐安琪有些异样，心里猜想，难道徐安琪也是自己学校的。贾小刀在心里这样怀疑道。

“咋了，在想啥？”徐安琪问贾小刀。

“我想，天下唯小人与婊子无情也。”

“你说什么，你这太无理了。”徐安琪似乎有点愠怒。

“哦，我错了，不该用这个词，对了，告诉我，你家是哪里的？现在还在读书吗？”

“问这个不太好吧，这可是违反职业规则啊！”

“没事，俺是诚意要结交你这个朋友，说吧。我先介绍一下自己：本地人，农村户口，身高一米七八，家有农田三亩、瓦房四间，更添一个鱼塘，每年挣点微薄收入。读书四年，学无所成，泡妞无数，偶有文章发表于诸家报刊。近来无业，闲逛于大街小巷，阅美女无数。有幸结识美女小姐，春宵一夜，终身难忘。”

“看来，你这个人很特别。好吧，告诉你。我在读书，护理专业，芳龄暂不告诉你，但不超过二十。我家老爸在沿海开一鞋厂，近年亏了，和我老妈离婚正在办理之中。还要问其他的吗？”徐安琪装着向贾小刀坦白，隐瞒了实情。

贾小刀看到徐安琪露出的娇美的脸庞，心里惊叹这婊子简直是个尤物。嘴唇红润，如五月之樱桃晶莹剔透；眉毛轻舒，似三月之柳条柔美流畅。牙齿如玉，象牙般洁白。

贾小刀看到这儿，生理的冲动反应开始彰显出来。贾小刀在女孩额头间吻了一下，继续问：“你家不算贫穷，又有书念，为何来做这种职业？”

“呵呵，谁知道呢，无聊吧，或者对人生的冷漠，唉，一切以心情说话。”

“对了，你以前谈过男朋友没？”

“怎么问这个幼稚的问题？现在的年轻人，哪个没谈过异性朋友？人家小学三年级的小弟弟，都懂得手拉手亲亲嘴了。”

“也是哈，那谈谈你和男朋友的过程。”

“哎，你怎么有这么强烈的打听别人隐私的欲望。”

“没办法，问到这个地步了，不得不继续下去。正如《三国演义》里陈琳对曹操说的那样，‘箭在弦上不得不发’。说说看，你男朋友那个方面牛不牛？”

“无可奉告！”徐安琪有些生气，拒绝回答。

“哈哈，你以后找男朋友也要找我这样的，大战三十回合不在话下，不让你舒骨销魂，也让你回味无穷。俺的某方面是不是出类拔萃？”贾小刀得意地说。

“说得也是，但是每个客人都像你这样，那我们的生意就做不下去，早就宣告破产了，还谈什么住洋楼，奔小康？基本生活保证都达不到，更别说化妆品、护肤品了。”徐安琪说。

“呵呵，是不是哦。有时我想，如果我的物质基础像我的性欲基础一样雄厚的话，那我早就不可一世，飞扬跋扈了。唉，上天是公平的，给了你左边的幸福，就赐予你右边的磨难。”

“瞧你说得那样深奥，说句话安慰你吧，以后老公就找你这样的，虽然物质上不一定富裕，但在生理上不应该匮乏。”徐安琪附和道。

“是，是，我完全赞同你的观点。”贾小刀呵呵地笑了起来，他仔细注视着眼前这个上天造就的尤物，内心不停地在颤抖。他的脑海里就像清晨大海的潮水，不停地击打着自己的心房。他仿佛到了一望无际的草原，听着风吹着草地发出“刺刺”的声音。他的心里面充满了无限的渴望与遐想。

贾小刀又觉得自己搂着的不是一个单纯的肉体，他觉得自己怀里面是一朵很大很美丽的春花，花香迷人，沁人心脾。

三

“对了，你还没告诉我，你这个刀子是怎么来的啊，是她给的，还是？”火车上的女人和贾小刀一边打着扑克牌，一边问。

贾小刀抽出一张黑桃K，甩在桌上，懒懒地说：“别慌，我慢慢给你讲来。”

车厢内许多人都睡着了，有的用手捂着脸，靠在座位的椅子上，有的用衣服蒙住头，有的张开着嘴吧，露出灰黄的牙齿，打着呼噜。卖晚饭的列车员，推着车子从车厢里经过，再也没有喊出叫卖的声音。

贾小刀微笑着看着女人，继续讲起他的故事。

第二次醒来时，都已经快中午了。徐安琪还睡着，贾小刀到浴室里洗了一个澡，回到房间里打开了窗帘，阳光射了进来，屋里突然很光亮。

徐安琪也被射进来的阳光弄醒了，她睁开蒙眬的双眼，看了贾小刀一眼。“怎么，这么早就起来了。哎，天都亮这么久了，有点累。”说着便披着浴巾去洗澡。

贾小刀坐到床上，随手拿开女孩的衣服，从衣服里掉出一张身份证。贾小刀拿起身份证一看：徐安琪，汉族。89年3月26日生。四川×市人。

贾小刀看完后，将身份证放回她的衣服口袋，他无意中又摸到了一些东西，一把刀子和一张学生证。贾小刀拿起刀子，这把刀子很小巧，上面有着被磨过的痕迹。

贾小刀看了看学生证，发现并不是她所说的护理专业，而是 ×× 大学。贾小刀没再看下去，将学生证放回原处，把刀子放进了自己的口袋。

他终于知道，这个女孩就是自己曾经在 QQ 上聊过一次的网友，也是自己的大学校友。他也知道，同寝室的林峰还曾经给他们谈起过自己的某任女友，后来因为一些说不清的原因分手了。

没有想到，大学生也出来卖淫。以前听说的传言，贾小刀第一次亲身碰上了。他竟然睡了自己室友的前任女友，并且还是以付钱的方式。贾小刀感到世界真奇妙，什么稀奇古怪的事都可能发生。

贾小刀躺在床上，望着天花板，想着以往的许多事。他觉得自己变得很坏，变得失去了自己。他已不再是以前那个单纯天真的贾小刀，不再是那个和女友亲嘴都吐了一地的人。

贾小刀猛然用手扇了自己一耳光，骂道："× 的，变吧，和这时代一起变吧！"

贾小刀想到这儿，女孩披着浴巾从浴室走了出来，她在用毛巾擦自己湿润的头发。"将我的衣服递给我。谢谢。"

"嗯，好的。"贾小刀将衣服递给徐安琪后，便一声不响地拿着刀子离开房间，朝外面的街道走去。对于这变态的人生，贾小刀无法理解。天下之大，无奇不有。贾小刀有些无奈。

街上依旧是人来人往，车来车往。

贾小刀拿出手机给学松打了一个电话，电话那头响了好几声，才被学松接了。

“贾小刀，你起床了？我现在已在车上，我要到A地办点事。下次回来和你好好聚聚！”

“好的，兄弟，回来再说。”

“说那些，你我兄弟，好了，我不说了，回来后再找你消遣。”

“好，拜拜。”贾小刀挂了电话，找了一个小吃店叫了一碗杂酱面。贾小刀一边吃，一边想下午该去做什么。

贾小刀觉得该去找一个学校教书，或许还可能成功。于是贾小刀又觉得下午有事做了。

四

“那个刀子，就是和你发生过关系的女子给你的吧。对了，她叫徐安琪。哎，好年轻的姑娘，也好糊涂的姑娘。那么小，那么漂亮！”车厢里的女人叹息地说，随后抽出一张小王。

“呵呵，吃，紧吃，大王。”贾小刀打出大王，笑着说。

“对了，从那后，你没看到过那个徐安琪？”

“没有，不过谁想到那条街娱乐的话，或许可以看到她，或许。”

“唉，现在的年轻人啊，比我们那时候都还疯。”

“是吗？谈谈你年轻时是怎么疯的，你也才30吧，还不和我们一样，混沌的一代。”

“也是，你最后找到学校教书没？”

“倒是找到了一个学校，私人办的，我教了一个月，工资太低，最后不干了，离开时，校长还扣了我半个月的工资，× 的，只收了几百块钱。”

“继续说你的故事吧，我都听入迷了。”

于是贾小刀继续谈着他的故事，车厢里更安静了。

贾小刀吃完面后，看了一下时间，11 点，觉得时间早了点，便跑到网吧消磨时间。贾小刀在网上遇到了自己高中时的兄弟，雄未。

雄未告诉贾小刀，文字被抓了，判了十年，因为在外绑架，好像还把被害者打残了。贾小刀感到很凄凉，曾经的文字，是多么敦厚的一个人，说话时都怕大声，没想到出去漂泊几年，就变成这样。雄未还说，阿兵减刑了，在监狱表现良好，可能会提前出狱。想起初中时，和阿兵一起去结拜，去打架，去喝酒抽烟用假钱，贾小刀内心深处有一些酸楚。

是啊，很多时候，都是环境影响了一代人。而有的人，走入歧途，或许很大程度是因为贫穷让他们失去了人生的方向。

贾小刀还遇到了和自己从小一起长大的张河。张河现在在北大，读的是中文系。贾小刀和他谈话时，骨子里隐藏着一种自卑。是啊，就是这个从小一起读书、一起放学回家的张河，现在在北大。北大，这个贾小刀做梦都想考上的北大。现在，已是一个遥不可及的梦想。

贾小刀想起小时候和张河一起去大河洗澡，被老师知道还被罚站了几小时；想起小时候和他一起到学校后面的坟场炸金花，输掉了不认账，还把其他人给打了一顿；想起幼时一起偷别人的甘蔗、橘子，被没收了衣服；想起那时候考试总比张河多考几分，惹得张河哭红了眼睛……

可是现在，贾小刀和张河说话时，总感觉他们之间有一堵墙。这堵墙是无形的，但是却那么清晰地摆在他们面前。张河说，他要去美国留学，想拿全额奖学金。张河说，他们寝室的人，最低目标就是留学。

贾小刀听到这儿，突然之间觉得自己和他产生了巨大的差距，这种差距就像牛郎与织女之间的那条银河，广阔而无边际。

张河问贾小刀最近在忙些什么，工作找好了没有。贾小刀却不知道怎么回答。是啊，贾小刀自从上大学以来，就没有真正为自己奋斗过，他和这个学校的绝大部分人一样，每天没有理想，没有目标，过一天算一天。实在无聊时，就去找一个女人过一下。

是的，贾小刀有时想，人最大的悲哀，就是失去了奋斗的勇气。许多人都因为自己目前的状况而灰心，他们丧失了继续坚持的决心。

张河告诉贾小刀，他可以保送研究生了，但是他想放弃。他说他要去美国哈佛，他想到外面的世界去看看。

是的，齐秦有一首歌唱得好：“外面的世界很精彩。”这首歌感动了很多人。

贾小刀只是祝愿他，祝愿这位兄弟，希望他能实现自己的理想，能够实现自己的追求。

可是贾小刀自己却感到茫然起来，是啊，他连一个工作都还没找到。毕业证已经拿到许久了，也找了不少的地方。

前几周也去考了公务员，可是贾小刀面试时被刷了下来。

五

贾小刀和张河谈了一会儿就下线了，因为他实在找不到话题和张河聊下去。是啊，他们现在已经不在同一条起跑线，共同语言也少了许多。贾小刀想，这个世界自古以来就把人分成了几类，什么样的人在一起，就注定什么样的群体。所谓物以类聚，就是这个道理。

贾小刀开始打游戏，其实以前贾小刀是不打游戏的，是寝室熊杨教会他的。游戏这个东西，就像鸦片一样有巨大的诱惑力，几天不摸，手就有点痒。

贾小刀还好，还没有沉浸进去，可是熊杨却完全不能自拔了。在寝室没安网线的日子，熊杨一个月就有一大半时间在网吧，一天几乎只吃一顿饭，一个月下来，人没有个人样。

熊杨那时几乎完全沉迷于游戏了。最后寝室里安了网线，寝室哥们儿也买了几台二手电脑，这种情况才好了些。因为至少可以累了就躺，醒了又继续奋斗。熊杨的游戏技术算是比较高的，他的《反恐》打得不错，经常在寝室吹嘘，说中国像他这样的狙击高手，简直是凤毛麟角，少之又少。中国军事大学应该破格录取他，给他表现自己才华的机会。可是，千里马常有，伯乐少有。

是啊，一个人再有天赋，可是条件极其艰苦或者环境恶劣，你的天赋就会随着时间的远去而消失得没有痕迹。

贾小刀怀念在寝室的日子，因为他们寝室可以凑起一桌麻将，可以分成小组进行《反恐》游戏。贾小刀今天手不顺，没过一会儿就被别人击毙了。

贾小刀感到极度不爽，于是退出了游戏，开始浏览一些网站。贾小刀爱去一个叫灰姑娘的论坛。不是因为这个论坛多么多么好，是因为这个论坛的名字好听。贾小刀小时候听了一些故事，其中的一个故事就是《灰姑娘》。可是贾小刀不是王子，所以他遇不到自己的灰姑娘。

贾小刀认识灰姑娘论坛里的水草姐姐。水草姐姐是苏州人，贾小刀看过她的照片，美得如若天仙。水草姐姐会时常和贾小刀聊天，也会在贾小刀的博客里留言。有时候也会打一个电话向贾小刀问问情况，嘘寒问暖。贾小刀在灰姑娘论坛没有看到水草姐姐。

贾小刀又进了学校的贴吧。贴吧里有让他产生幻觉的人，子墨妹妹。贾小刀还特地写了一篇文章《想念曾子墨》发表在当地的一家报纸，为了纪念贴吧的子墨妹妹。可是贴吧里在线的人很少，贾小刀没有找到自己要见的人。

他感到很空虚，觉得自己的脑海里，突然之间没有什么可以占据了一样，感到所有的思绪都被拔掉了。贾小刀呆呆地坐在那里，没有说话，整个人都好像僵硬了似的。

其实人在很多时候，都会像这样失去知觉，不知道自己将做什么，会做什么，整个人失去任何关于下一步的思虑。

贾小刀呆了很长时间，突然想起自己早就想看一部电影，可是一直都没能看成。于是贾小刀在百度里搜索《夺帅》。是的，《夺帅》这个电影的明星阵容，是贾小刀所喜欢的。他喜欢任达华的冷酷，喜欢洪金宝的稳重，也喜欢吴京精致的武打动作。还好，《夺帅》的视频并不卡，很顺畅。

贾小刀坐在网吧里看这部电影。贾小刀很小的时候就喜欢看这种大片，喜欢李小龙、李连杰、甄子丹、吴京。他们的电影好看而刺激。不知道是不是因为自己压抑的东西太多了，还是别的什么原因，贾小刀看动作电影，可以放松自己沉闷的情绪。

最近河南武林风出了一位百姓英雄，名叫王洪祥，这是个人物，在数十场比赛中保持全胜，这在武术界是罕见的，就是当年的柳海龙、宝力高，还有外国的泰森或者刘易斯等，都没能拥有全胜的纪录。贾小刀觉得王洪祥是位英雄。

贾小刀一边看电影一边笑，他觉得自己是一个不能把全身注意力集中的人，做一件事情，总是会想其他零散的东西。正如看《夺帅》时，他想到拳击，想到王洪祥，想到暴力。

六

下午两点，贾小刀离开网吧，他要到本市一个中学去找校长，希望能够找到进校教书的途径。贾小刀是走路去的。这所学校就在市区，并且在本市甚至本省都相当有名气。

贾小刀曾经听人说过，这所学校的工资待遇很不错，每个月能挣好几千元。贾小刀想，能进这所学校，就已经很幸运了，还要求什么呢。

贾小刀到了该校的门口，看到大门处写着苍劲有力的 ×× 市第一中学。他想起了自己刚上高中时的模样，那时候自己上了国家级重点中学，看到自己高中的大门，就有点眩晕。贾小刀读的中学在别人眼中是一个无法实现的梦。

那时，他们中学给人的印象就是，只要进了这所中学，就算有一只脚踏进了大学的门槛。而更令人感叹的是，贾小刀读的是这所中学的特尖班。想到这里，贾小刀就很惆怅。他的高中是荒废了：特尖班把他赶了出来，到了尖子班，最后又到了普通班。普通班读了一段时间，因为打架不得以去了一所职业中学读书。

结果可想而知，贾小刀仅读了一个死路一条的专业。贾小刀在心里发誓，将来自己的儿子要是敢报中文专业，他就打断儿子的腿。如果是个女孩，学学中文也就将就了，陶冶情操、增加内涵。

的确，贾小刀是这样想的。他要让儿子去学经济或者医学。

现在科学技术决定生产力，不是几句空口号就可以产生效益的。学经济，还能干点投机倒把的勾当，学了医术，还能收些红包。但是学了中文，可就是天下文章一大抄，满山猴子是大王。

但是贾小刀无法改变现在的状况，正如人不能改变自己的命运一样，上帝早已经将自己的未来注定，你没法阻挡，没法抗争。

贾小刀和许多学生一样，在大学放纵自己，颓废自己。贾小刀忘了刚到大学时所立下的豪言壮志，“北大又怎么了，十年之后，谁他 × 都是好汉！”可是这仅仅是一句泄愤的话，贾小刀仍旧和其他的学子一样，堕落在这个城市，颓废在这个年代。

贾小刀顺着中学茂盛的林子走去，他来到了行政楼，看到一个戴眼镜的姑娘，拿着一本书从前面走过来。贾小刀叫住她，问：“同学，问一下，你们校长办公室在哪里？”

“哦，六楼，最外面那间就是！”

“谢谢！”

“不用谢。”姑娘回答完后继续向外走去。贾小刀顺着楼梯向上走。贾小刀想，自己的人生就像这延伸向上的楼梯，不断地向上，转弯，没有尽头，没有终点。不过你仍旧得向上攀登，或许你累了想休息一下，但是你命运的路程依旧向前延伸着，展开着，从不会因为自己的劳累而停下来。

楼梯外有几朵云的天空，没有一只鸟，也没有火红的太阳，有的只是那认不出颜色的霞光和灰尘。

学校的操场上有几个男孩，正跟着一个花色的足球奔跑着。他们的头发飞扬，正如他们飞扬的青春。是啊，贾小刀觉得他们还有着这么丰盛的青春，这青春就像江河一样，正奔腾地流逝着，滔滔不息。

球场边上是一排排柳树，柳条垂吊下来，看上去像羞涩的少女。贾小刀想到古代许多诗词里都写过杨柳，柳永和周邦彦都曾赞叹过它们。可是贾小刀看到这些杨柳，却无法高兴起来。他感到忐忑不安。

不知不觉，贾小刀走到了六楼。他仔细地看着，寻找着校长的办公室。终于他看到了最前面的那一间，门上写着“校长办公室”鲜明的字样。贾小刀撑直了腰，拍了拍身上的灰尘，站在楼梯边窗户的玻璃旁，看了看自己，理理头发，然后定定神，便向校长办公室走去。

七

“你好，请问校长在吗？”贾小刀敲了一下开着的铁门，小声而有礼貌地问。

“你是——”一个看上去端庄美貌的女人从办公室的椅子上站起身。

“我是来应聘的，校长在吗？”贾小刀说。

“请问你有预约吗？”

“没有。”

“很抱歉，我们校长不在，再说你要有预约，我们才能接待你。”女人显出很为难的样子。

“哦，没事，我只是想问一下，要进你们学校当老师，一般有什么程序？”

“这个我不太清楚，好像是要经过教育局批准，再经过公开招聘考试，进行选拔。对了，你是什么大学毕业的？”

“××大学！”

“哦，就是原来的BBY哦。我们这种国家级重点中学，现在一般都只要研究生了。你这本科不够条件，再说你找校长也没用，因为要进学校，每年要统一招考呢。”

贾小刀沉默了一会儿，然后深深地吸了一口气，对女人说：“谢谢，打扰了，很抱歉。”

“没事，下次找我们校长，记得要预约。”

“嗯，知道了。”

贾小刀向门外走去，他走到校园的操场上，看着还在欢跑的孩子，心里有着说不出的羡慕。哎，人要是永远不要长大多好，那样就不会面临这么多烦恼，就不会看到这些有着剧毒的社会之花而不知所措。

贾小刀想起大学时，整天想着赶快毕业，赶快离开那个令人讨厌的大学，想快点出去开始新的生活。可是今天他却特别留恋那些颓废的日子，虽然每天都在迷茫，都在荒废，可是那时候却没有就业的压力，整天躺在床上想睡就睡，想看就看。只要不做违法犯罪的事，不干偷鸡摸狗的勾当，是没人来干涉自己的自由的。

是啊，自由对于贾小刀来说，突然变得弥足珍贵。贾小刀走在学校的枫叶林下面，一片片叶子，绝不会因为贾小刀的失落与无助，而停止生长。

这时一个孩子迎面跑过来，后面一个孩子正努力地追赶着他，突然间他撞在了贾小刀的怀里。贾小刀扶住这个将要倒下的孩子，心里感到很疼痛，他仿佛看到了曾经的自己。是的，那时的自己和他们一样，无忧无虑，每天快乐地和其他孩子一起做着自己想做的事，奔跑、游戏、放风筝……

孩子抬头看了看贾小刀，然后侧身继续向前跑去，前方传来欢快的追喊声。太阳不知道什么时候从云层中冒了出来，挂在天空正中。贾小刀透过枫叶林看天空，感到很晃眼。脚底下是刚被清洗过的，干净的石板水泥路。可是，这并没有给贾小刀带来清新和舒畅。他反而觉得自己的内心，变得更空，更寂寥起来。他的内心，似乎就像一块荒芜的田野，没有庄稼，没有稻草，也没有茂密的树林和丰盛的野草，有的只是空旷和冷清。

贾小刀不知不觉走到了校园的门口，学校警卫室的两个门卫正围坐在工作室里下着象棋。是的，现在并不是人流的高峰期，他们在无聊之时也会找点乐子。贾小刀从门口经过，门卫扫了一下贾小刀，然后转过头说道："走马，将。"

贾小刀笑了笑，脸部的肌肉紧绷着。是的，他要离开这里，正如离开一段富裕的岁月，离开一片繁华的土地。

八

贾小刀回到付阿姨的茶楼，他准备去拿回自己的行李。正巧，付阿姨出去办事了，只留下一个服务员在收银台无所事事地打着小盹。贾小刀走到放自己行李的房间，坐在旁边的椅子上休息。

他待了很长一段时间，窗外的行人稀少。是啊，低年级的学弟学妹还在上课，毕业班的兄弟姐妹早已经各奔东西。贾小刀从行李包里拿出自己的私人袋子，他从里面掏出一个塑料袋，袋子里装着照片和信件。照片是自己的一些同学和曾经的恋人。贾小刀翻到了一个女孩的照片，照片上她穿着傣族服装，看上去清纯而美丽。

贾小刀知道她就是自己曾经深爱过的原野。N 年前，在他最困难无助的时候，是她陪伴了他，在精神上，给了他莫大的安慰和帮助。他曾对自己说，他虽然不能给她带去幸福，但一定不能伤害这个女孩。因为她是那样善良，那样美丽与纯真。

贾小刀找出原野写给他的一些信，坐在椅子上开始看起来。

九

贾小刀坐在那里看了很久很久的信，他的眼睛湿润了。是的，他在感动，很久没有这样被感动过了。看着原野写给自己的信，虽然有点幼稚，有点天真，但又何等真实，何等让人无法拒绝悲伤。贾小刀想起那一年，他与自己的初恋王小梅分手了。

是的，6 年的马拉松长跑恋爱，最终没有结果，只能眼睁睁地看着那根感情的线，被时间拉断。他一点办法也没有。是原野拯救了他，在他最困难的时候拯救了他。

他一直以为世界上根本就没有“爱情”那两个字，他认为自己一直被“爱情”欺骗着。可是原野把他从感情的旋涡里拉了出来，每天给他打电话，给他写信。他知道他不可能再爱上别的女孩，也不可能给眼前的这个女孩幸福，他唯一要做的，就是一定不要伤害这个女孩。

是的，每周收到原野的信，从信中知道原野在广播站念他写的诗歌，一首一首地念，贾小刀很感动。他也知道原野为了自己，望着北方的天空，向爱神阿佛洛狄忒许愿，希望自己能早日来到原野身边。

贾小刀曾答应过原野，一定会到丽江，在丽江的百年客栈和原野一同坐在窗台，看天空的明月和星星。在丽江的酒吧，和原野一同听着歌声，品着咖啡与烈酒。

可是这个愿望，直到现在也没有实现。是的，世界上有许多事情，都是自己无法决定的。我们都在命运的河流中，随风漂泊，没有方向，没有终点。

那是一个阳光明媚的日子，原野只身来到了 C 城。贾小刀以为自己在做梦，以为这一切都不是真的。

然而，当原野握住他的手，他才知道，这个远方的女子，竟瞒着自己的家人，来到了贾小刀的城市。她说，她要见一见自己朝思暮想的人。

那些天，他们玩得是那么开心，那么自由与欢畅。夜晚，原野依偎在贾小刀的怀里，说着亲密的话。有很多次原野挑逗着贾小刀，但是贾小刀却强迫自己忍住了。

因为贾小刀曾经暗暗告诉自己，在没有能力给她幸福的时候，不能伤害怀中的这个女孩。是她拯救了崩溃的自己。贾小刀坚持了他的原则，和原野纯洁地度过了那些天。这让原野更爱贾小刀了。

原野回去的那天，他们在火车站旁热烈地接吻，全火车站的人都注视着他们。原野的泪水掉在贾小刀的嘴唇里。贾小刀知道这个女子占据了自己的内心。

她就像一只小鹿，在他温柔的心里欢愉地蹦跳。贾小刀搂着原野，对她说："原野，我一定会来昆明找你，一定会和你一起去丽江古城，我们在那里买房子，生孩子。"

原野搂得贾小刀更紧了。她的泪水就像刀子一样掉在贾小刀的手指上。

火车站人声喧哗，人来人往。老人、小孩、少女，背着包，提着行李与食物，走向列车。他们将去赶赴下一段旅途，赶赴下一段人生。

一只狗，孤单地行走在列车轨道旁边，它看着这即将行驶的列车，眼神中不知道是迷茫，还是恐慌。一个乞丐，凌乱着头发，从人行道上经过，他暗淡无光的眼睛，紧紧盯着每一个排队等车的人，不知道是因为疑惑，还是因为向往。

突然，乞丐低下了身，捡起了一瓶还未见底的矿泉水，拧开瓶盖，快速地倒进自己的嘴里，然后用黝黑肮脏的手掌揩了一下自己的嘴巴，显出久违的笑意。一个打扮光鲜整洁的车站员工走向乞丐，嘴里说着："又是你啊，滚开滚开，脏死啦！"

乞丐看了看气势汹汹的员工，害怕地跑开了。他的背影消失在这人群中，显得那么渺小。

贾小刀抱着怀里的原野，觉得自己就像这一乞丐，什么都没有，贫穷得不能养活眼前的女子，不能对她说："别走，好吗？我养你！"

他不能这样说，是的，他不像电影《喜剧之王》中周星驰那样勇敢，不像他那样洒脱。他在自己身无分文的时候，敢对张柏芝说："我养你啊！"可是贾小刀敢说这句话吗？他不敢，正如他没有勇气到D城去对王小梅说："请跟我走吧，哪怕乞讨，我也要养活你。"可是他退却了，他被残酷的现实主宰着。他只是一个懦夫，他什么也不能做。

火车终于要开了，原野走上火车。贾小刀看到原野的背影，心里像被刀子在割一样，疼得无法呼吸。

火车的鸣叫，很是嘶哑，像喉咙里塞住棉花似的，听上去凄切悲伤。

十

贾小刀看完信，将信重新装到自己的口袋里。这时在外办事的付阿姨回来了。贾小刀走出房间，跟付阿姨打招呼：“阿姨，回来了啊，最近还好吧！”

“还好，不过近段时间是淡季，毕业班走了，感到很冷清啊。”

“阿姨，我来拿行李，明天就要走了。”

“那么急干吗呢，多玩几天嘛！”

“不了，阿姨。”

“哎，别那样，中午一起吃顿便饭，阿姨亲自下厨，别说‘不’字哈。”

“好吧，麻烦你了。”

“没什么，别客气。”

于是贾小刀留了下来，准备在付阿姨的茶楼吃饭。他想，或许这一次远走，永远都不会回来了。

谁知道什么时候能见面呢。他看着茶楼窗外的树，觉得他们正在岁月里茁壮地成长，正如他自己的年华一样，正在剧烈地疯长。

他似乎听到这“成长”所发出的声音。

第七章 纪念

一

在贾小刀的印象里，林峰的女朋友不仅仅是徐安琪一个人，还有许多许多。在学校，贾小刀看林峰换女朋友，就如走马观花似的。

那么，毕业之后，林峰又干了什么勾当呢，又做出了什么丰功伟绩？首先，他泡妞 4 个，找了 3 份工作，睡了 45 次懒觉，和老爸干了 17 次口架。

这不，林峰正在娱乐酒吧里喝着闷酒，他身边是自己的高中同学张冒。张冒拍了拍林峰的肩膀，说："老兄，毕业了在你老妈的公司干得怎样？"

"别提了，烦得很，我早已经不在老妈公司干了，受不了公司的职工看我那种眼神，要么是对我表示艳羡，要么就伪装着对我打招呼。× 的，我反感那种眼神。"林峰喝了一杯啤酒，抿了抿嘴唇对张冒说。

“呵呵，这很正常啊，谁叫你是富家子弟，人家是羡慕又嫉妒你吧。”

“得了，你难道没感觉那些眼神像眼镜蛇一样，让人感到害怕吗？”

“我倒觉得挺骄傲，哎，你到你老爸的电视台去吧，做个记者或者编辑什么的，然后待两年就混个中层干部。”张冒又叫了两瓶啤酒继续说。

“我？当记者？俺小学作文都写不好，当什么记者。更别说做编辑了。俺就知道有个孔子、孟子，什么屈原、李白的，其他都不知道，再说我对那个东西也不感兴趣。实在混得不行再看看！”

“你还好点，我讨厌文学，我说那些作家一天吃饱了撑着没事干，写什么文章，大好年华都给浪费了，多出去泡几个妞，及时行乐。勿浪费青春年华。‘牡丹花下死，做鬼也风流’。”

“看来你大有长进啊，对女人更感兴趣了。对了，今天我们打个赌，谁先将女人泡上床，另一个人输 200 个大洋。”林峰淫笑着说。

“没问题，开始行动。”说完，林峰和张冒各自端着两杯啤酒向舞厅人多的地方走去。

是的，这并不奇怪。林峰和他的兄弟们常常以这种方式泡妞，不知道遇到了多少次一夜情。

现在的女人开放，只要有感觉，只要那天开心，就会陪你上床。林峰读大学时，在学校后面的酒吧，遇到了许多音乐系的小妞，个个都水灵水灵的，妖精一样妩媚。林峰有一次在酒吧泡到的那个女人，读大二，歌唱得特好，要是机遇好的话，早就是明星了。林峰和她上床时内心在颤抖。

二

“小姐，能请你喝杯酒吗？”林峰走到一个打扮妩媚的女子旁边说。

“呵呵，我不会喝酒啊。”女子有点羞涩地说道，看上去清纯美丽。

“没关系，我教你。”林峰将身体凑近女子。

“呵呵，你真是个牛皮糖。”女子笑着露出雪白雪白的牙齿。

“哪里啊，元好问《摸鱼儿》中不是写过‘问世间，情为何物，直叫人生死相许’。是啊，感情这个东西自己怎能控制呢？正如你的美貌，是天生俱来的一样。”

“呵呵，你怎么不说伟人也一样对感情无法自拔。但丁因为热爱贝亚特丽奇而写《新生》，彼特拉克喜欢劳拉而写《歌集》，普希金热恋少女而写感动天地、惊世脱俗的情诗。更何况你自己呢？呵呵。”

“就是，我正有此意。哎，谁叫你具有天生丽质的视觉效应呢。对了，小姐，给你讲个笑话吧。一夜激情之后，阿林起身从裤兜中掏出一根香烟，却找不到他的打火机，于是阿林问那女孩身边有火吗。第一个抽屉里好像有火柴，女孩回答。阿林打开床头柜的抽屉，看到一个火柴盒，火柴盒的下面有一张陌生男人的照片，阿林觉得很奇怪，于是好奇地问：‘他是你丈夫？’‘当然不是，傻瓜！’女孩依偎在阿林身边。‘那是你男朋友？’阿林接着问。‘不，也不是！’女孩一边回答，一边轻吮着阿林的耳朵。‘那，这会是谁？’阿林充满疑惑地问。‘那就是手术之前的我。’怎么样，好笑吧。”林峰鬼魅地看着女子。

“都老掉牙了，不好笑。”女子从口袋里掏处一根烟点上，在嘴里吸了一口。

“呵呵，再给你讲一个！”林峰继续说，“希特勒到精神病院演讲：‘我是阿道夫，你们的领袖。我的力量之大，可以与上帝相比！’病人们微笑着，同情地望着他。其中一个人拍拍希特勒的肩膀说道：‘是啊，是啊，我们开始得病时，也像你这样子。’”

“哎，对了，你做什么生意，在哪里高就？”女子问。

“在电视台。”林峰说。

“呵呵，很好啊，不错的单位。”女子说。

“没什么，电视台网络部。你呢，做什么呢？”

“哎，和一些朋友做点小生意。去跳支舞吧。”女子说着便拉着林峰的手往舞台走去。

在劲爆的音乐声中，林峰搂着女子的腰陶醉在迷人的氛围中。林峰迈动着步子，想起大学的往事。他开始怀念大学的生活，怀念寝室的兄弟们。《反恐》能和林峰抗衡的熊杨，还有像痞子一样，游离在校园与社会之间的贾小刀，乖孩子王洪，做爱技术高超的李博。

三

林峰大一时，是老妈开车送到学校的。林峰一万个不愿意，可是老妈却放心不下，一定要将林峰平安送到大学校园。可是来了后，林峰彻底失望了，这就是传说中的大学吗？和难民区没什么分别，学校的周围是光秃秃的山，没有河流。图书馆只修了个框架，就像早晨刚起来还裸露着身体的男人，没有西装，没有领带，穿着那条浅色的仿造名牌的内裤，站在镜子旁欣赏自己身体的曲线美。

林峰当时就有“打道回府”的冲动，可是被中文系老师糖衣炮弹的攻击后，顿时犹豫起来。说什么一个人的成才，不完全在于学校的好坏，毛泽东还是从长沙师院出来的呢，古往今来多少名人不是从小地方走出去而有大成就？虽然今天你不能以学校为荣，但是若干年后，你要争取学校以你为名。再说，学校中文系具有得天独厚的优势，本地文化底蕴浓厚，本校走出全国知名作家多人。学校师资力量雄厚，教学科研成果显著，在全省乃至全国都有名。林峰听到中文系老师旁征博引、才华横溢的吹嘘，觉得火车不应该是推的，牛皮吹的可能性也不大，再就是老师的口水说的是“横空飘扬，气势磅礴”。再这样牢骚下去也不是办法，再加上这个学校那些裸露半个胸脯的女人，让林峰流连忘返。

于是林峰住进了空调房。其实说起住空调房，林峰心里还是有意见。他老妈本打算在某某宾馆为林峰租一个单间，常年居住。但是系上领导说，这万万不可。一是为了学校便于管理，二是对家长和学生负责。中文系老师大谈安全的重要性，把俄国作家奥斯特洛夫斯基写的《钢铁是怎样炼成的》中某个片段某句话也引用了过来，说什么生命对于每个人来说只有一次，生命是宝贵的，应该珍惜。住在外面万一发生了什么意外怎么办。接着，中文系老师又提到了某某高校在外学生被人轮奸杀害的事。在说情况的同时，又充分用他的语言文字天赋大肆渲染一番，还表现出痛苦状，搞得林峰的老妈吓出了一身臭汗，不停地拉着林峰的手说：“儿子，老师说得对，要住校，安全重要啊。”林峰听后在心里想：“俺一个大男人谁来强奸我，再说我真的希望有个美女晚上到我的房间聊天呢。”

林峰的母亲被中文系老师说得口服心服了，她握着老师的手说：“哎，老师啊，我儿子不听话，你可要多管教啊，有什么事情给我打电话。我一定要严厉批评他。老师，晚上一起吃个便饭。你们是园丁，是孩子教育的领路人，没有你们，就没有下一代的健康成长，老师，你们太伟大了。”林峰的母亲说着这些话，弄得中文系老师的脸上像妩媚的少女般灿烂开来。

林峰搬进了空调房，发现寝室里还有几位异乡哥们儿。其中一个大为感叹道：“兄弟，‘同是天涯沦落人，相逢何必曾相识’。

看到学校荒芜的模样，没把你吓着吧？你会不会想起《神雕侠侣》中绝情谷的那个被盖在井里的老太婆的秃顶？”

“没呢，怎会呢？好歹也突起了那么一部分，还有温暖的寝室和上课的教学楼嘛。总比看一个‘飞机场’的女人要好过一些吧！”林峰调侃地说道。

他的母亲到市区找饭店去了，准备晚上请中文系的老师全部出去搓一顿，并每人送上一个大红包。说什么“出门在外都是客，四海之内皆知己”的套话。

四

“对了，兄弟们，做个自我介绍吧！”林峰提议道，“我叫林峰，你们叫我小林就行，彼人没什么本事，《反恐》、泡妞、喝酒算我的拿手好戏。《反恐》打遍天下至今没遇到敌手，泡妞无法统计，喝酒喝到腿抽筋也不见得醉过。家住 A 市，老妈经商，老爸为某电视台台长。”

“呵呵，高干子弟、富家少爷啊，俺叫熊杨，没什么长处，懂点武术，爱好音乐，曾获得过校散打冠军。业余的。”坐在 3 号床上正拿着剪刀修剪脚指甲的男孩说。他戴着一副深度眼镜，看上去不像个练武的，倒像个吸粉的。

一个男生将捧在手里的《人体艺术》放在一边，然后看了看寝室周围的人说："大家好，很高兴认识大家，相遇就是缘分，古人说，做任何事情，或者遇到任何人都讲究缘分二字，那么我们今天在同一个寝室就是一种缘分。我叫贾小刀，身高 178 厘米，和毛泽东、邓小平一样都是农民出生，吃的是红苕稀饭，喝的是高粱白酒，端的是农家小菜，拿的是铁犁锄头，求的是升官发财，想的是佳人美女，做的是黄粱美梦，干的是小人勾当，读的是三流大学，上的是一专二本……如今有幸认识大家，望诸位以后多多指教。"高高瘦瘦的贾小刀穿着一个内裤，光着身子坐在床上介绍道。

林峰看着这厮，觉得他是在卖弄文采，但是又找不到合适的应对语言，只能说："兄弟，看来你报考中文系是天下最正确的选择。官场、情场、商场，都需要你这样的马屁人才。"

"林峰兄弟，过奖了，刚才看了点人体艺术，觉得该说两句漂亮话来开点口味。对了，看书的朋友怎不说话呢，看的是《史记》呢，有前途。"贾小刀看着坐在椅子上一边听他们介绍一边看《史记》的同学。

"贾同学，哪里啊，我叫王洪。我也学你的介绍方法介绍一下自己哈。王洪者，生于巴山之侧，长于州河之间，4 岁读书，5 岁识字，6 岁 100 以内算术无不精通，7 岁暗恋英语老师，8 岁与小学女生抓扯，9 岁学会水浒英雄绝技——河中游泳，10 岁写考场作文《我的父亲》，11 岁开始读四大名著，12 岁英语成绩有所下滑，13 岁暗恋校花直到高三毕业，14 岁爱上文学并发表处女作《剥皮记》，15 岁第一次和不良少年旷课，16 岁第一次在网吧通宵上网，17 岁写小说当了一回杀手，18 岁参加文学大赛得过安慰奖，19 岁猛然醒悟一梦很多年，20 岁立足本大学中文系与诸兄畅谈人生浮沉。好了，再添一点就是，俺是农村户口，如假包换！”王洪看了看寝室里的其他人，也这样幽默道。

“× 的，太有才了，春晚宋丹丹的那句话太经典了。”林峰听完王洪的介绍后大声感叹。

“看到你们神采飞扬的介绍自己，我都不知道怎么说了，看来我只能当观众了。不过，作为师兄，我得提醒你们，刚来的时候，对这个学校是失望，过了一段时间，对这个学校是希望，最后，对这个学校是绝望。大一时，你们是激情高涨，热情澎湃，有理想有报复，说话跟打雷一样；大二时你们是腌了的萝卜，情绪低落，抑或沉浸于温柔之乡，抑或流连于网里网外，抑或孤独于梦境与现实之间，哎，看到你们这个样子，就想起我大一的时候。往事不堪回首，问君能有几多愁，恰似一江春水向东流。”戴着眼镜蓄着平头的大二师兄说，“我叫李博，以后叫我博士师兄，为什么这样叫呢，是因为我对性爱这方面颇有研究，记得某年某月，某个电视栏目专门给我打电话，向我请教关于怎样提高性功能的问题。”

五

“师兄，看来你是高手，我林峰也不赖，高中期间也算是学校的风流人物，更算是早熟青年。真是人生难得逢几知己，把酒对歌共寻欢。等会儿大家出去喝几杯，我老妈已经找好饭店了，别客气。”林峰望着李博说。

“师兄，你为何如此悲观，怎那么形容我们学校呢，又那么看低我们大学生呢，难道大学生涯就是这样过的吗？”熊杨问。

“对啊，并不一定好大学才能培养优秀人才，北大又怎么了，十年之后，老子和他们一样，也是英雄好汉。”贾小刀有点不服气地说。

“就是，我觉得一个人还是要相信自己，所谓‘知松高洁，待到雪化时’充分鼓励自己。”熊杨在旁附和道。

“呵呵，过一段时间，你们就知道了，要不了两个月，你们就会觉得我说的话多么千真万确，接近真理。慢慢等着瞧吧。”李博很有把握地说。

“哎，不说这么多了，谈点其他什么吧。对了，你们来大学最想做的一件事是什么？”林峰开了一瓶脉动，喝了一口问他们。

“我啊，就是来实现我高中未实现的梦想，好好学习，争取考研，争取到北大去。要知道我以前的同桌，在北京大学读书，那环境，那姿态，那牛劲，叫人羡慕啊。哎，想当初他好多次都考不过我，一把眼泪一把鼻涕的，请教我学习的奥秘。哎，好汉不提当年勇。好好学习，来到这个学校就要为自己而奋斗。石康不是写了一个剧本叫《奋斗》吗？他 × 的就要好好奋斗，为了下半生，为了自己。”贾小刀很有激情地说。

“我啊，就是找一个女朋友好好爱她，毕业后和她回家乡教书，过一种平静的生活，求那种神仙般的日子。”熊杨陶醉着说。

“这小子是不是琼瑶小说看多了啊，现在什么年代了，相信这个，哎，没被教化啊，看来中国还需要再来一次思想大教育。我的理想就是想方设法多泡妞，及时行乐。这念头，岁月转瞬即逝，就像白驹过隙一样。我要做好一切准备。”林峰似乎很有见解地说。

“林峰还差不多，思想开放，这才是成熟的标志。什么爱情，没看过一个作家写的小说《毕业之后，我们一起说分手》的书吗？里面不是清清楚楚明明白白地写了大学的爱情？现在这个社会，女人和谎言一样不可靠。”李博说。

“哎，爱情，说实话我真的不相信爱情了，我和我的初恋谈了六年，马拉松啊，可最后还是分了。因为距离，因为第三者的插入。哎，感情这个东西，你付出得越多，失去得就越多。我再也不谈恋爱了。恋爱就像毒药一样，会让人昏迷，失去知觉。”王洪感伤地说。那种眼神就像欧洲曾经风行一时的感伤主义文学中，那些感伤人物的感伤眼神一样。让人看了后，真以为天要塌了，地要陷了。

林峰他们一伙在寝室里交谈了许久，他们觉得寝室的几个人就像是前世认识一样，很快成为好朋友、铁哥们儿。林峰也浅浅认识到贾小刀的理想远大，王洪的情怀感伤，熊杨的爱恋情结，李博的消极悲观。这些都让林峰感到新鲜与欣慰。

是的，他又认识了不同的人，不同的朋友。他老妈已经打来电话，催他快点到某某饭店去，因为中文系的老师和他母亲已经在酒桌上了。林峰邀请寝室的兄弟们到市区吃饭，寝室的人都委婉地拒绝了。他们说，改天他们几个兄弟找个地方痛快地喝几杯。

林峰没办法，自己到市区去了。他赶到母亲订的饭店，和中文系的老师喝酒喝到很晚。

林峰隐约地感觉到自己将在这个城市度过四年的时光，他在心里安慰自己。四年啊，四年的岁月，到底有多长，谁又能够衡量。

六

过了没多久，学校就开始正式上课了。林峰基本上认识了中文系的老师和领导们，也和寝室的兄弟们关系处得很好。王洪要去参加文学社，熊杨加入了学校的跆拳道协会，贾小刀正在为进通讯社做准备。他们似乎个个都在找着自己的事情做。

李博对大家说："看你们进个小屁社团，都那么积极，真想不明白，大一的小弟弟咋这么天真呢。"林峰他们不明白李博为什么会这么说。但是他也加入了参加社团的行列。当然加入一个社团，要交 20 元的会员费。开学时，林峰他们口袋里都有点钱，不在乎这个。他们都起哄着加入了三四个社团协会。加入协会的原因有很多，最主要的几点就是，一是因为新鲜好玩，二是那些社团的宣传人员很多都是漂亮的师姐，长得水灵水灵的。林峰他们几个怕在漂亮师姐面前丢面子，怕让师姐们觉得他们舍不得那 20 元钱，都慷慨掏出人民币，好像是集体献殷勤似的。

开学的第一个月，林峰他们都在忙着加入社团的事和考虑周末去附近哪里玩。林峰听说贾小刀要去竞选通讯社编辑，他虽然对编辑不感兴趣，但为了好玩，也去了。

林峰这小子学他老爸办事情都讲究一个“套”字，他始终相信这世界没有钱办不成的事情，所谓“有钱能使磨推鬼，无钱寸步也难行”。因此林峰请了通讯社长和各部部长一起吃饭。最后竞选的时候，林峰很轻松地就通过了。而贾小刀却在紧要关头被刷了下来。原因是贾小刀这小子太狂，不懂规矩。贾小刀感到很郁闷，看着林峰进了编辑部，心里有点不平衡。

贾小刀骂道：“狗日的通讯社，你不选我，是你们的损失。”林峰看着贾小刀，哈哈大笑，他说：“贾小刀啊，放开点，现在官场那一套见怪不怪了，何必动气，伤了元气，以后咋和老婆做‘功课’。”

贾小刀看了林峰一眼，不再说话。贾小刀觉得“天生我材必有用，千金散尽还复来”。他想了想，安慰自己，说什么“此地不留爷，自有留爷处”，走着瞧。贾小刀想到文学社正在招人，于是便去了。恰巧王洪也参加了文学社。贾小刀去的时候，王洪已经参加完初赛、复赛，现在都开始决赛笔试了。贾小刀找到文学社社长。社长是个女的，长得小巧玲珑。贾小刀对她说：“我想竞选文学社编辑部干事，可以吗？”

“可以啊，每个人都有机会。”女子说。

“但是我没参加初赛、复赛。”

“这个有点麻烦。但是你高中如有发表的作品，初赛、复赛可以免试。”

这让贾小刀突然有了优越感。于是，他便将自己高中发表的作品交给了文学社长，因此也顺利地走进了笔试的教室，领来一张纸开始大笔挥舞。

若干分钟之后，贾小刀写了一篇《狗日的文学》交了上去。没想到几天之后，宣传栏文学社海报登出，贾小刀和王洪榜上有名。贾小刀对王洪说：“兄弟，还是文学社好啊，慧眼识英才，伯乐常在。”

“是啊，兄弟，以后多多关照哦。”

“彼此彼此。”

林峰看到贾小刀和王洪那么高兴的样子，心里想，这两个小子，一个小小社团都高兴得要死，那要是个大美女不都流鼻血了。

林峰入了通讯社以后，在通讯社编辑部发现一个美女，大二的，长得真他 × 漂亮。林峰觉得她简直就是个尤物，简直就是个天使坯子。林峰想，他一定要把她弄到手。

七

林峰实施了进攻计划，首先他得做好充分的准备。对于泡妞，林峰经验丰富。林峰先到市区买了几套最近流行的服装，将自己打扮了一翻，然后开始从侧面为自己赢得人缘。林峰打听到大二师姐叫袭人，也知道她的一些关系好的朋友。林峰想，要打动袭人，首先就得打动她身边的朋友。在恋爱的初级阶段，她身边的朋友对林峰的看法是起举足重轻的作用的。于是林峰跟她身边的每位朋友套近乎，也经常买些零食给她们。这样实施一周之后，林峰开始向“主要领地”迈进。林峰首先了解到，袭人每周二要到播音室播音，于是便借口自己普通话差劲，申请让他到播音部实习，向袭人学习。袭人是一个乐于助人、心地善良的女孩，看到林峰如此好学，爽快地答应了。接下来，林峰开始实施第二步计划，与袭人联络感情。林峰经常给袭人发短信，嘘寒问暖。他知道周二袭人没时间自己买饭吃，便主动担当起为袭人送饭的艰巨任务，这让袭人增加了对他的印象分。

林峰做到这一切后，便开始实施第三步计划，约袭人出来进行亲密接触。这一步很难做到。林峰开始约人的时候很注意分寸，约袭人的时候，他都请了袭人的好几个朋友，也找了充足的借口。说什么上山去采风啊，说什么到 A 湖划船啊。袭人见到这些人都是自己的好朋友，便欣然同意了。林峰在出去的时候，充分展示了自己过人的口才，把袭人逗得快乐无比。这让袭人对林峰产生了一种广义上的好感。

当然林峰采取这些计划的时候，一点也没忽视袭人周围的朋友，经常找一些理由请她们吃饭，把她们奉承得忘了天南海北，忘了爹娘贵姓。于是便有许多人在袭人面前夸林峰这个人如何如何大方耿直，如何如何平和近人啊。袭人也慢慢地对林峰产生了好感。林峰做到这些之后，开始对袭人进行深层次的关怀，每天发两个笑话给袭人，问她吃饭了没有，要注意身体什么的暖心话。这样过了大约一个月时间，林峰追袭人的计划就要实现了。但是林峰却不像其他人那样俗，对情人说什么“我爱你，我们交往吧”。林峰要做的就是要让袭人主动找他。

是的，这一点，寝室的兄弟伙伴们都很佩服林峰。这不，林峰在寝室里大声疾呼：“天赐我也，大好良机，兄弟们，瞧你林峰哥哥怎么把袭人追到手，今天就成功了。”寝室的熊杨大惑不解，问：“林峰兄，今天什么好运呢，我咋没发现啊！”

“是啊，我也丈二和尚摸不着头脑。”贾小刀也疑惑着说。

“唉，告诉你吧，今天是什么天气？”林峰问。

“大雨，有点冷。”王洪说。

“这就对了，王洪，把你伞借给我一下。”林峰说。

“你不是有把伞吗？”王洪问。

“你的那把要小一些。”

“呵呵，你小子这样哦，明白了。”贾小刀笑着说。

“就是，伞给我，王洪。”林峰说。

“不给，至少得有什么好处。”王洪讲条件。

“唉，你咋这么俗气，回来请你们吃火锅。”林峰洒脱地说。

“好。”寝室里兄弟们欢呼一阵。

八

林峰若干天之前就打听到了袭人的课程表，他知道袭人今天上专业课，在412教室。林峰先到阅览室看了一会儿NBA篮球杂志，了解到了今年A队引进的新队员强大无比，最近刚得了西部第一。其实林峰最喜欢的是湖人队科比，在几人夹击之下，他都照样得分。有时候他的动作出神入化，技术炉火纯青，让人眼花缭乱，为之倾倒。林峰不得不佩服科比的天才球技，觉得以后生个儿子就要像科比。像曹操曾经说的那样，“生子，当如孙仲谋也。”可惜林峰身高有限，还不到170厘米，因此林峰要想儿子有科比的高度，以后只有去找个篮球女队员结婚，再买点什么长高药吃，或许可以让儿子长得更高大一些。阅览室里有许多同学在看书，有的埋着头看《知音》《女人坊》，有的侧着脑袋欣赏《娱乐新闻》《最新足球》，有的拿着《英语周报》《李阳英语》在那里阅读。林峰惊奇地发现阅览室里所谓的《诗刊》《芒种》《人民文学》却少有人问津。

林峰冷笑了一下，在冷笑的一瞬间，他无意中发现自己前排的位置上坐着一个美女，穿着休闲的衣服，紧身的，看上去如莲花般美丽。林峰想找一些词语来形容女子的美丽，想了半天想不出好词语。突然他想到贾小刀那次写的那篇《想念一个人是没有办法的事》中这样形容一个女子，于是他把它引用了过来。大致如下：这个女人真她×的纯，像雪一样的皮肤，像鱼一样滑动的身材，特别是那一头乌黑的长发，看了后你的眼珠就不能移动了，我坐在她的后面，看她像玉一样的颈部，佩戴着一串银白色的项链，就算你没有什么想象力，也会联想到你进入了水城，水城里有你的梦。

是的，就是这几句来形容此时林峰的心情恰好不过。林峰看着女子垂涎欲滴，他觉得她就是巧克力，就是奶酪，就是冰激凌。他真想走上前去一口把她给吃了，给吞了，他真想把她卷起来，藏在自己的口袋里，想的时候看一下，不想的时候藏起来。

林峰拍了拍女孩的肩膀，对她说，“同学，能请你帮个忙吗？”

“什么忙，能帮当然帮啊，一个学校的。”女孩很有礼貌地说。

“是这样的，我的手机好像坏了，我自己也不确定，打不出去，我想用你的手机试一下，看能不能打进来。行吗？都是一个学校的，大家互相帮助，对不？”林峰反客为主地说。

“哦，这个，这，好吧。”女孩犹豫了一下，然后从袋子里掏出手机递给林峰。

“谢谢啊，你心地真好！”林峰接过手机按自己的号，并输上自己的名字保存在女孩的通话录里，然后拨了电话。过了一会儿，电话响了起来。“嘿，能打进来，再打给你看看。”林峰又反打了回去。女孩的手机也响起了铃声，是郑源的《一万个理由》。“是好的，谢谢你啊。”林峰这样说。

“不用谢，或许你是哪个键按错了才这样，我原来也出现过这种情况。结果我跑到市区找手机店的人给我修，店主看了一下，对我说，‘要修吗？’我说：‘当然！’”

“‘十元钱。’店主说。”

“‘没事。’我无所谓地说。结果店主摆弄了不到两秒钟就给我，说行了。当时我大呼上当，感觉自己是个傻子似的被忽悠了。接过手机才发现，我按错了键设置了呼入限制，只要解开锁就是。

唉，那次可糗大了。”

“呵呵，没什么啊，手机这个领域你又不懂，没什么糗不糗的。你问他几个常识性的问题，他也不懂，难道就证明他丢面子了吗？每个人擅长的不一样，没有哪一个是全才。”

林峰安慰她说。

“对了，我要走了，很高兴认识你。我叫林峰，中文系的。”林峰看了一下时间，再过几分钟袭人就下课了。

“呵呵，知道了，再见。”女孩向林峰招手。

九

林峰爬到四楼，来到 412 教室门口。他站在窗户外往里望，看到袭人正在收拾书和本子。大家做着下课的准备，他们班的班长正在关多媒体设备。一些女同学正围着老师请教关于小说创作的问题。外面的雨仍旧下着，雨水冲洗着石子路，让路面变得洁净起来。这时候，袭人班上的同学陆续走出来。林峰看到袭人也在人群中。林峰向袭人挥手。袭人看到了他，眼神中有惊讶的味道。接着她笑了笑，问：“你怎么来了？”

“雨下这么大，给你送伞了。”林峰说。

袭人看着林峰的脸，沉默了一秒钟，然后说：“谢谢。”

于是林峰陪着袭人走出教学楼，他们打着伞走在雨中的石子路上。

“小时候，我特别喜欢下雨，因为下雨我就可以光着脚丫到雨水中打水仗，水清凉清凉的，好舒服。”袭人对林峰说。

“是啊，下雨的日子就是好啊。”林峰附和道。

“记得小时候，我总在古城的小河边，将脚丫子浸泡在水里，就像温柔海绵一样，整个心儿都飘了起来。”袭人继续说。

“你是江南的啊，难怪这么美丽，就像造物主故意偏爱你一样，把你造得像个尤物。”

“是啊，我住在江南小城，我们那里美丽极了。”说着这话，袭人看了林峰一眼。她猛然发现，林峰将整个伞都遮住了自己，他的手臂都被雨水淋湿了。袭人的心里突然被什么东西填住了一样，感动了。她看着眼前的这个男孩子，清清秀秀，心里面涌动出一种说不出的情愫。她伸出手去拉过林峰的手说：“看你都淋透了，挨近点吧。”

林峰这时候适时地紧握住袭人的手，两个人的心交融在一起。袭人的手颤抖了一下，接着就是一股暖暖的清流从他们的手中传送着。他们的身体挨得更紧了。

林峰陪着袭人一起吃了饭，然后送她到女生宿舍。临别的时候，林峰拉住袭人的手，含情脉脉地看着她，他眼神中的深意或许只有袭人一个人清楚。林峰伸出右手理了理袭人的头发，对袭人说：“回寝室早点休息，注意身体，回去换套衣服！”

袭人点了点头，眼神中多了几分依赖和柔情。袭人回寝室了，她临走的时候又回眸一笑。这一笑倾国倾城。

林峰往寝室走去，他在路上哼起了小调。“妹妹啊，你看着哥哥坐船上啊，哥哥啊走，哥哥啊走……”

十

回到寝室，林峰高声宣布：“革命已经成功，同志们快快前来领赏！”说着林峰将一包糖撒向寝室的兄弟们。

贾小刀、熊杨、王洪一伙跑了过来，齐声问道：“真的？”

“当然，我林峰办事哪有不成功的道理，想当年我横扫千军、纵横情场时，比现在风光多了。兄弟们，你们也得多加努力啊！”林峰说。

“林峰说得对，你们要追女朋友首先就得抢尽先机。《孙子兵法》中不是这样说道，作战讲究天时、地利、人和。因此第一步，你们就要抓住天时，抢占先机，不要让其他的同人占先行动，所谓‘先下手为强’就是这个道理。”大二师兄李博说。

“你们个个都是高手呢，佩服！小弟对两位仁兄的敬仰之情如滔滔之水，连绵不绝。你们就是我学习的榜样，× 的，现在坏人当道，不得不坏。所谓‘近墨者黑，近朱者赤’。身在情场，不得已而为之。以后我得改变人生观和价值观了。”贾小刀自言自语。

“就是，贾兄，早该开窍了。”林峰附和。

“哎，我要做一个好人，不想坏。”王洪在一旁说。

“呵呵，王洪是个乖孩子。”熊杨插嘴。

“是的，我一直都是。”王洪说。

“切，你 10 岁暗恋那个女老师现在怎样，是不是在跟你通信？”李博调侃道。

“你去死吧，李博。”王洪说。

“对了，还有你那个初恋情人，现在一定还爱着你，哎，兄弟，失恋一次也不应该这么消沉，所谓失去一棵大树，前面还有一片茂密的深林。跟我们前进吧，我们可不愿意落下你啊，我们要仁慈地对待我们的战友，让每一个人都有面包，每一个人都有牛奶。我们要学习纳粹党的精神！”贾小刀笑着说。

“得了吧，我睡觉了，你们慢慢海阔讨论。”说后，王洪用被子蒙住自己的脸。

“随他去吧。”于是林峰、李博等几个继续吹了一中午。下午上课的时候，大家都睡眼蒙眬。

第八章 青春

一

林峰感到中午没休息好，有点想睡觉。他半闭着眼睛，掏出手机发了一条短信出去：“你好，我是林峰，今天阅览室那个，在上课吧？我们上的是‘形势与政策’，感到很枯燥，想睡觉。”

等了一会儿，短信过来。林峰似乎提起了精神，“呵呵，那门课程啊，是很无聊的，你要学学其他师兄师姐，选修课必逃，必修课选逃。要学会逃课。呵呵。”

“是吗？看来我是孤陋寡闻了，好的，信你的，下课后回去睡觉。”林峰发短信过去。

“呵呵，你可别当真，要是考试挂科，别说我害了你啊。”

“不会，不会，咋敢怪你呢，对了，你叫什么名字呢？”

“巨茉。”

“很好听的名字，又很有品位，你老爸一定是个知识分子。”

“猜对了一半，我老爸在财政局工作。”

“啊，高干子弟，不错。”

“哪里哦，谈谈你的情况吧。”

“老爸电视台台长，老妈经商。”

“呵呵，很好，你的家庭条件不错。”

“多谢，以后可以约你出来玩吗？”

“行。”

……

林峰在教室里发着短信，他抬头看了看老师正讲得泡沫飞天。林峰又看了看班上同学，有的在睡觉，有的在打手机游戏，有的在看青春爱情小说，当然还有少数几个伸着脑袋做笔记，生怕少听了几个词似的。

更令林峰惊讶的是，班上大头不知什么时候竟把班花S给追到手了，现在正坐在一排手拉手，甜甜蜜蜜，卿卿我我，感觉好不舒服。林峰想了想，扭过头，轻声骂道：“该死的大头，动作还蛮快的啊，你还真的只吃窝边草啊。”

二

第一节下课后，林峰拿起书本悄悄离开了教室，是的，他开始翘课。林峰回到寝室，脱掉衣服就躺到床上睡觉。没过多久，这小子就进入梦中。林峰做了一个梦，梦到自己变成了孙悟空，拿着金箍棒要挟白骨精，说："快，答不答应做我的三老婆，不答应可别怪我金箍棒，棒下不留情！"只见白骨精大声呵斥："哪里来的野猴子，在本大小姐面前耍流氓，你也不去打听打听，在这个山头我白大小姐的厉害！活得不耐烦了是不！"

"俺齐天大圣孙悟空你都不认识，这是什么年代了，网络技术这么发达，你到百度、谷歌里随便一搜，便可出现俺的大名，哎，你们这里山穷水尽，哎，是该发展发展了。对，修公路没？俗话说，要想富，先修路。瞧你们这里山路崎岖，水道蜿蜒，真他 × 的难于上青天！"林峰继续说道。

"大胆妖猴，竟敢在本地胡言乱语，蛊惑群众，该当何罪。小的们，把它绑来泡酒喝！"说后，一群小喽啰蜂拥而至，七上八下要围捆林峰。

林峰飞身一跳，便在云层之上，高声说道："俺八九七十二变，一个筋斗云十万八千里，区区小辈在太岁老爷头上动土，拿命来！"说后，拿起金箍棒一棒打去，小喽啰死去一片，有的痛苦呻吟，有的高声大叫，有的胳膊肩膀皆已断裂，有的跪下求饶。白骨精见这妖猴有些本事，拿出自己的看家本领，吹一口冷气，变成一团巨大乌云，向林峰袭来。悟空见状，吐出熊熊大火将乌云燃烧，随着便是大雨倾盆而下。

白骨精不是对手，一闪而去。林峰飞身追赶，在一山崖边看到一美妙少女，大喜过望，停下，两只毛手痒痒难耐，便上前问道："小姑娘，你可知此山此地有一神仙？"

"是啊，我爷爷的奶奶，奶奶的爷爷，曾提起过，此山 S 洞中住着一白骨大仙，大仙法力无边，更具闭月羞花之容，各路仙尊踏破门槛向她提亲，但都被一一拒绝。哎，此地百姓称其为奇女子也。”少女这样说道。

“果有其事？”

“千真万确，如假包换。”少女说。

“呵呵，白骨精竟有如此美名？”林峰心里想。他抬头看了看路中少女，婀娜多姿，身材匀称，皮肤白皙，头发秀丽，好一个山中凤凰，花中牡丹。心里如江流汹涌，寂寞无比。林峰拦住少女问其曰：“可问小姐尊姓大名，芳龄几何，婚配否？”

“小女子姓白，名金，今年十六，尚未有媒家。”少女答道。

“哈哈，天助我也，竟有如此好事。”林峰施展迷魂大法，对少女甜言蜜语：“快快陶醉，投我怀抱。”

少女竟被林峰之神法迷晕，倒在林峰怀里。林峰欣喜非常，遂抱住少女欲行不轨。正手忙脚乱之间，突然一声巨响，“大胆妖猴，竟在光天化日之下调戏民间少女。其罪也，天不容恕！”

林峰回头一看，见是如来佛主迎面赶来。吓得出了一身冷汗，大呼救命。醒来一看，原来是惊中一梦。林峰摸了摸脸上的汗水，不觉笑起声来。他自语：“× 的，下流坯子，睡觉都不老实！”

三

林峰醒来后，拿起一瓶矿泉水猛往口中灌。此时，门被打开，贾小刀下课回来，“兄弟，你要参加吉尼斯大赛？这么猛烈喝水。”

“不是，刚才做个梦。”林峰解释。

“做的什么梦？”

林峰将梦中情景大致叙述一通，逗得贾小刀哈哈直笑。“林峰兄弟，你真是狗改不了吃屎，做梦都想着女人，女人对你真有那么大吸引力？”

“笑个屁，贾小刀。你还不一样，改不了欠揍。”林峰微愠地说。

“也没什么，这很正常，卢梭、伏尔泰年轻时一样做春梦，人之本性也。”

“就是。对了，你们没课了？”

“没了，今天上了三节课便没上。你呢，不是有课吗？”

“翘了，这年头，翘课比什么都舒服。”

“呵呵，这小子有前途了，值得表扬。”

“对了，告诉你个事，我们班大头那小子速度太快了，把班花追到了，现在还甜甜蜜蜜，好不亲热。”

“怎么，吃醋了，谁叫你兔子不吃窝边草，何必要出去找呢？”

“哪里，这年头，要女人跟炒股一样，时机就是上帝。”

“是的。”林峰的手机响了。

“喂，袭人啊，吃饭了没？”林峰问。

“没呢，你呢？一起吃饭吧。”电话那头说。

“好，我马上到你楼下，你等我。”林峰接完电话，穿起拖鞋便向外跑去。

“怎么不打扮呢，林峰。”贾小刀问。

“× 的，鲜肉都到手了，还用得着去洗手吗，拿起吃就是。”林峰一边跑一边说。

贾小刀看着林峰远去的背影摇摇头。林峰来到袭人楼下。袭人住在三舍。人们都说三舍出美女，像袭人这样的美女，三舍有很多很多。多到什么程度。袭人曾对林峰说，就像天上的星星一样，数也数不清。林峰站在袭人的寝室下面，时而看看天，时而看看地，时而看看自己的脚指头。林峰说，人啊，就要学脚指头，低调低调再低调。这时林峰看到一个熟人从身边经过，熟人向林峰打招呼，“林峰，在等女朋友啊！”

“不是，我在晒太阳。”林峰狡辩地回答。

“今天是阴天吧，哪儿来的太阳？”熟人指了指阴暗的天空。

“哦，是啊，天气说变就变啊。这年头。”林峰这样圆自己的漏洞。

熟人笑着走了，袭人也紧接着来到林峰的身边。袭人挽起林峰的胳膊问，“到哪儿吃饭？”

“百花深处！”林峰调侃地回答。

“你坏，不理你了。”袭人在假装生气。

林峰走上前去，拉住袭人的手，亲昵地说：“乖，来，亲个！”

“不，不要！”

“我吃了口香糖的，薄荷味的，真的。你亲亲就知道了嘛，就一下。”林峰引诱地说。

“不，你亲了一下，还有第二下，现在亲了，明天又想要。反正男人没一个好东西。”袭人继续拒绝。

林峰看计谋不成，就说，“首先申明，男人不能说是东西，我是东西的话，你就是东西的女人。知道不？哎，好吧，不勉强你。不过，你看看我的眼睛，你知道不单我的嘴唇可以使你的嘴唇湿润，我的目光也行。不然古书怎么会说‘柔情似水，秋波涌起’呢。”

“不听你损了，我肚子饿了，去吃饭吧。”袭人挽着林峰的胳膊向学校后面的饭店走去。

四

这样的日子过了许多天，林峰在通讯社居然干上了个副部长，手里面也小有权力。王洪他们写通讯稿都交给林峰签稿，好处是期末帮林峰抄笔记。王洪当了文学社编辑部部长，贾小刀退出了文学社。这小子现在对什么事情都不感兴趣，好像是因为感情。

贾小刀追了中文系大三的一个师姐，从校门口追到人家寝室，从人家寝室又追到校门口，可是死皮赖脸、苦口婆心都没能打动人家。贾小刀郁闷极了，在寝室高呼：“天啊，你何苦为天，地啊，你枉为大地。你睁眼不知道我之怨情，你闭眼不知我之痴心。

你让我怎见于世人，你让我何以面对江东父老。人家项羽在乌江自刎，不肯过江东，难道我要从二舍楼下跳下，不肯多活一瞬？”贾小刀这小子看来是痛苦难过，无法自拔。林峰几个劝他都没管用。谁叫这小子神魂颠倒去追大三姐姐，人家要么是残花败柳，要么是金刚不坏之身。贾小刀不是说过，追她的男生都排到天安门去了吗？贾小刀只不过是这茫茫众生中一员而已，顶多是滥竽充数罢了。

大家不好打击贾小刀，只任他郁闷几天。王洪混得不错，当了文学社编辑部部长，隔个几天就有几个姑娘请教文学问题。熊杨本来在辩协当了秘书部干事，现在也主动不去了，这小子嫌麻烦。李博每天旷课不断，上网不断。林峰呢，和袭人谈得如胶似漆，又和巨莱处于暧昧阶段，并且还钓着高中时期的女朋友。林峰说：“我们要有战略眼光，要吃着碗里的，想着锅里的，不仅在外有女朋友，满足精神需要，在内也要有红粉佳人，得到生理满足。还要有一个情人，堪称完美。”是的，李博说人家塞万提斯的小说《堂吉诃德》里的骑士堂吉诃德都将牧人姑娘称呼为自己的情人，那么作为21世纪祖国的栋梁之才，又为何不能有情人呢！这话赢得了寝室全部兄弟的欢呼声。

熊杨也追到了女朋友，他追到女朋友还得感谢林峰。因为他借了林峰的西装。是的，熊杨的女朋友喜欢成熟的男生，她觉得有安全感。这真是一个不能拿上台面的想法。熊杨现在每天春风得意、喜气洋洋，好不兴奋。每天歌一曲，这不，中文系的歌手大赛，熊杨居然唱刀郎的《情人》获得了一等奖。寝室的兄弟们都想不通，熊杨的鸭子声音也能获奖。大伙猜测一定是那天的一等奖、二等奖的选手拉肚子没来，不然就是评委老师集体失恋，结果熊杨的《情人》一唱，便赢得老师们的泪水。他们沉浸于过去的美好回忆与现实的悲伤情怀中，于是一直感慨，一直感慨，感慨到《情人》唱完。这些失恋老师想道，只要大赛一结束，就奔去找个情人。接着熊杨就得一等奖了。熊杨听到他们的猜测，气得直跳，说："你们太低估我的水平了吧，你们难道不知道我唱这首歌的时候声情并茂，催人泪下，感天动地吗？哎，最重要的一点，俺唱这首歌的时候基本上和原唱没分别。"于是熊杨说起曾经和自己高中同学去澡堂洗澡，他唱了刀郎的《冲动的惩罚》，唱了一段就停下来洗澡。结果洗完澡出来穿衣服的时候，其他洗澡出来的同学说，× 的，刚才是哪个在放磁带，放到一半就不放了，欺骗老子的感情。熊杨把这个故事不知道在寝室里灌输了多少遍，以至于寝室里每个兄弟都能把这个故事背下来了。但是，熊杨又拿来佐证自己。还没说完，林峰的书，贾小刀的臭袜子，李博的烟盒就扔向了熊杨。"× 的，有完没完，你还让不让我们活！"大家齐声骂道。

"好，这可是你们说的哈，本打算请你们出去吃串串，庆祝我得了一等奖，看来……"熊杨这样说。

"啊，吃串串！"大家惊奇地跑向熊杨，个个表现出一副奴才嘴脸。

"哎，兄弟，我们都是跟你开玩笑的，谁不知道你的实力啊。"

"就是，你熊杨不得一等奖，谁得？"

“是啊，熊杨不入地狱，谁入？”王洪说。

“该死。”说着，大家一起将王洪按在床上狂扁一顿。

“救命！”王洪的喊声惊动了整个楼层。

五

随后，熊杨请寝室的哥们儿搓了一顿。之后，他以为自己得了个一等奖，就认定自己是个名人了，总是飘飘然的，唯恐天下谁不认识他一样，逢人便吹嘘，便哼歌曲。熊杨的女朋友崔莺莺越发喜欢他了。这不，熊杨在国庆节期间约女朋友到 H 城游玩，晚上开一间旅馆把“正事”都做了。熊杨回来大肆吹嘘，说莺莺是多么柔情似水，是多么销魂绝代，又大谈特谈自己费了多少的口舌和精力，才搞定了崔莺莺。这弄得贾小刀羡慕不已。贾小刀现在还是光棍一条，自从上次受打击之后，发誓只要是个女的，零件齐全他就要。可是说了这么久，还不见他行动。林峰和袭人现在已经到出去的地步了，但是林峰不着急。

林峰说，他一向都希望女人自己有这方面的需求之后，再做行动，这样他感觉才有成就感。王洪参加了新生杯文学作品大赛得了一等奖，可是没得奖金。寝室其他兄弟没能捞到油水，所以并不买王洪的账。不过大家都很照顾王洪，因为他的笔记是大家期末考试的法宝。李博仍旧是三天读书，两天上网，周末开房，生活安排得井井有条，杂而不乱。

各个社团在开学的前两个月都举办了一些活动。林峰他们这个学期都奔波于搞活动的浪潮之中。什么新生欢迎典礼，什么文学社作文大赛，什么跆拳道比赛，什么辩论大赛，等等。当然还有社团选干事干部之内的一些大事小事。更关键的就是大家像狼一样，到处嗅自己的如意情人，希望能找得佳人归。

寝室里李博、林峰、熊杨现在都有佳人在旁，这让贾小刀、王洪羡慕不已。贾小刀觉得自己也该去找一个了，不然等到残花败柳、落日余晖就什么都完了。林峰看着贾小刀着急的样子，很是感到同情，但是又不能帮他解决燃眉之急，只能说两句安慰的话。

林峰似乎是春风得意，一切都顺顺利利。可是没想到，麻烦却来了。一天，一个长得花枝招展的女生，找到他们学校，找到了林峰。贾小刀几个人打听之后，才知道是林峰高中时耍的女朋友来“探亲”了。

林峰慌了手脚，他真怕自己穿了帮，掉了线。被袭人知道，后果相当严重。于是林峰求贾小刀几个一定要保守秘密，不能走漏半点风声。可是天有不测风云，月有阴晴圆缺，最终还是被袭人知道了。林峰在女友与袭人之间成了一个受气包，他安慰这边不是，讨好那边也不是。这可急坏了林峰。林峰最后迫于无奈，只得忍气吞声送女友回 S 城。

当女友踏上火车的瞬间，林峰的脸上响亮地被扇了一耳光。女友生气地骂了一句“贱人！”便挥袖而去。这弄得赶车的乘客都愣愣地盯着林峰。林峰脸上火辣辣地疼，他飞快地跑出火车站，想找一个洞钻进去。这种滋味说不出是什么感觉，不能用任何语言来形容。

林峰回到学校，袭人已经向他提出分手。林峰虽然不感到难过，却憋得慌。是啊，林峰对寝室哥们说，在情场虽纵横多年，但被女人甩是很难受的事。正如伍佰曾唱过的一首歌曲一样，“爱上，别人，是件痛苦的事，……”那么林峰就是“被一个女人甩掉，是件痛苦的事”。林峰想，要是再多一点时间，轮到林峰甩她们多好，可是没机会了。林峰郁闷极了。他感到自己仿佛被老天抛弃了一样，难受得要命，于是跑到酒吧，大把大把地花钱，认识酒吧里的美女。

小说之外：故事讲到这里，作者有点累了。是的，这几天心情颇不如意，自己感到很迷惘。不知道下一步该怎么走，因为一件事情，打乱了我的人生规划，我已经感到失去了希望的勇气。本想放弃写这篇小说，但是一想到既然都写了一半，那就坚持写完吧。学校的毕业生都实习回来了，许多人的感慨就是“在校学得太少，没抓住机会好好学习，出去以后才感到压力好大”。同寝室的李博士出去找工作，连续几个月也没有任何起色。每天看到他满怀信心地出门，然后失望地回到寝室。我的心里很不是滋味。是啊，像李博士这样的大学生还有许多，在大学生涯，他们并没有将主要时间花在学习上，而是忙于泡妞谈恋爱，抑或是在寝室打游戏。可是，毕业之时，出去找工作却成了一个难题。因为，在他们的简历上，实在找不出光彩的地方。看到李博士找工作的艰辛，我的内心深处有一些无奈和触动。是啊，其实要是我再像这样荒废下去，或许他的今天，就是我的明天。

每天，我还是这样昏昏沉沉地过日子，看着学校里的情侣分了又继续，继续了又分，一切是那样常见，又那样麻木。

是的，我们不得不承认，人似乎应该放开一些。我是一个放不开的人，一个活在理想中的人，总幻想着最完美的事。可是这一切都没能让我如意。翻了翻自己发表的文章，数了数，在省内外刊物杂志上发表的有 100 多篇了，可是我却一点也不高兴。因为接触了一些人之后，就会觉得这能算什么呢。我的心态出了问题，我不知道所拥有的到底是财富，或者说一无是处。

我就像一碗水，可是别人却是江河之流，无穷无尽。前几天恩师批评了我，说我没怎么看书，靠灵气写作是不能长久的，他不想让我这个苗子，成为方仲永，只是昙花一现。是的，我已经感觉自己在许多方面有欠缺。仿佛自己就是个文盲一样，懂的太少太少。

于是我对自己说，等我发表 150 篇文章之后，便不再求数量了。是的，我想写一部能称为作品的著作。可是这谈何容易啊。任何事情都好像不那么简单。正如爱情、事业。人一生中最重要的两件事：一是婚姻，二是工作。可是我一样也没有得到。本来我也曾真心喜欢过一个人，但是付出了那么多，却是海底捞月、雾里看花。一切都是过眼云烟。

这段时间看了许多小说名著，感慨良多。不管是于连也好，还是伽西莫多，只要做自己喜欢的事情，不在乎别人去说就足矣。

是的，迪克牛仔不是有首歌这样唱道："有谁能真的了解自己，有谁又真的问过自己，需要和什么样的人在一起。"是的，我们一直以来都不太了解自己，也不曾问过自己，到底需要什么样的生活。

这篇小说，它有一条大主线，就是贾小刀从传销回来的火车上，开始回忆他挥霍的青春，进行深度剖析和反思。接下来，有三四条小主线。比如徐安琪、林峰、王洪等人。我用大主线、小主线，以及穿插的不重点的线条，将一群大学生的青春给描绘了出来，并进行了细致的刻画。

其实，我知道，人生不过就是由一条又一条线条组成。我们的命运，就像这些主线与次线一样，不断交集，也不断地分离，最终形成一个点，然后慢慢消失。

前几天在网上碰到了自己的高中同学，她现在在浙江做着张开大腿的勾当。是的，作为她的朋友，我不能这样说她。我对她说，我在写一本小说，里面会有许多色情描写，还需要关于风尘女子的心理描写。她听了后，便滔滔不绝地告诉了我许多关于她们的故事，让我选择着写。是的，这个朋友，曾经像花朵一样美丽。因为一时失足，在舞厅被社会上的朋友下了迷药，然后发生了不能告人的事。从那以后，她便变了模样。

我有时候想，这到底是一个怎样的时代啊？为什么这么多年轻人感到迷惘，感到失去了自己？我们的娱乐方式，似乎总在MP3、舞厅、游戏、电视剧中打着圈。我们好像从来没有离开过这个圈子。正如钱锺书的《围城》，我们都没有离开过围城半步，都在围墙内外，一群人围成圈子在原地徘徊。

我常问自己的朋友，我们知道些什么，可是大家却无从回答。是的，我们许多人没看过四大名著，没读过劳伦斯《查特莱夫人的情人》，也没有认真研究过《唐璜》和《荷马史诗》。有时觉得自己很无知，在这个知识型的社会，我就像一粒尘埃，随风飘扬。

有人说这是这个时代的罪过，有人说这是大学扩招的罪过。是的，大学生已经不是以往的香饽饽，有时候却成为社会的负担。每年毕业的大学生，有将近一半找不到工作，或者找工作困难，可是这一切都是因为什么？或许谁也无法真正说清楚。

好了，感慨了这么多，该继续讲故事了。希望读者不要把小说中的人物对号入座。因为这些人物，也许是几个人共同的合影，也许是一个人物的分身，或者什么都不是。

六

林峰在舞厅里搂着小姐的腰，感觉细腻柔软。他笑着问：“小姐，能问你叫什么名字吗？”

“呵呵，名字真的那么重要吗？”女子一边跳着轻快的步子，一边说。

“是啊，名字都是用来叫的啊，要知道在这个世界上，如果没有名字会是什么样子，一定会不可想象。”

“呵呵，我叫什么不重要，你叫我白云吧，名字仅仅是一个称呼。”女子淡淡地说。

“白云，嗯，一个不错的名字，虽然不是你的真名。听你的口音好像不是本地人，哪里的呢？”林峰继续问。

“呵呵，猜猜。”

“嗯，广西一带的？”

“呵呵，云南。我们那里风景秀丽，山水怡人。去过没？”女子问。

“没呢，不过，以后有机会会去的。”林峰说，然后不自觉地将女子的腰搂得更紧了。舞厅里的灯光在闪烁，在迷离。一切都感觉梦幻起来。

林峰搂着女人的腰沉浸在美妙之中，音乐声轻柔动听。林峰问：“白云，你上的什么大学呢？”

“很惭愧，我读的是五年制大专，护理专业！”

“是吗？那说明你是医生了，能不能帮看看我的心有点疼，到底是什么原因呢？”林峰说。

“这个要问你自己，或许你做了什么亏心事，让你内心不安。”

“我可是大好人一个，怎会做亏心事啊。俺读书的时候还得过见义勇为证书！”

“是吗？”

“当然，那是一个烈日炎炎的中午，我一个人从A市的桥上经过，突然看到一个小男孩掉入水中，那个情况啊，比当初董存瑞炸碉堡、黄继光堵枪口、邱少云烈火烧身还紧急，我当时什么都没想就跳下去，就是为了救那个孩子。要知道那个孩子是一个多么乖巧的孩子啊，眉目清秀，一看就知道以后会成为祖国的栋梁之才。是我，冒着生命危险把他救上了岸，为祖国、为人民交了一份满意的答卷。就是那次，学校给我颁发了一张见义勇为荣誉证书。以后有机会我把证书拿给你看。学校领导还当着全校师生的面表扬了我。你说，我伟大不伟大？”林峰笑着说。

“伟大，对了，那小孩叫什么名字？”

“这个我倒不清楚，俗话说，做好事不留名是中华民族的传统美德。我在将它发扬光大。”林峰实在想不起那个小孩的名字，因为救小孩确有其事，但不是林峰救的，而是其他系的人。林峰张冠李戴据为己有了。

“呵呵，你还真会编故事。”

“哪里，你可别误解好人。这事绝对属实。”

“好吧，就当你是好人吧。哎，有点累了，下去喝点饮料吧。”于是白云和林峰走到了沙发处，从茶几上打开一瓶冰红茶喝了一小口。

林峰感到很热，用手掌给自己扇风。他静静地注视着白云，发现这是一个皮肤白皙的女孩，身材很好，眼睛在微微的灯光下妩媚动人。

舞厅里其他人还在忘情地挥舞着双臂、摆动着身躯。白云笑着抬头看了看舞台前一个唱歌的女孩，觉得这个女孩很漂亮。是的，有时，女人也一样会看美女。

“在看唱歌的女孩是不？其实我们学校音乐系的一些女生，在读书时，也会到酒吧唱歌挣外快，这个女生不会也是学生吧？”

“看上去蛮像，清清纯纯的。”白云说。

“是很淳朴可爱的。”林峰附和着说，“对了，你做什么生意？”

“医药器材生意，我学医的，做这个对口。”

“怎么不在你们云南工作呢？”

“呵呵，我们是从云南进货，然后运到这边倒卖，从中获取利润。”

“这样啊，也好，真羡慕你们出来打天下。”

“羡慕我们，我该羡慕你啊，有一份稳定的工作，生活平淡充实，多好！”

“哎，别提了，一言难尽，往事不堪回首。喝酒。”说着，林峰干完了杯中的红酒。

七

“白云，我觉得仿佛我前世就认识你了一样，那么熟悉又十分陌生。这种感觉怪怪的。”林峰说。

“呵呵，你这种中世纪的求偶方式早已经过时了，想追我就明说嘛，何必这么扭扭捏捏的。难怪台湾作家柏杨先生在《丑陋的中国人》中写道，中国人做事、说话总是拐弯抹角，何必呢，浪费精力和时间！”白云抿了一口红酒对林峰说。

“看不出来你还是个文学爱好者呢！”林峰很惊讶。他还发现，白云的酒量不错，太小看了她。觉得用灌酒的方式，让白云喝醉行不通了，林峰陷入沉思中。

他想起，当时和徐安琪分手之后，约了巨茉出来。每天晚上，林峰和巨茉到校门后的娱乐城喝酒唱歌。他们常常包一个单间，在里面鬼哭狼嚎。林峰的嗓子比乌鸦还差劲，却自恋得每次都要高歌《青藏高原》，仿佛自己是大牌歌星似的。巨茉看到林峰狂飙的样子，每次抱着肚子，前俯后仰地大笑。

他们出去唱歌时，总会有几个女生。林峰通过巨茉也认识了音乐系的一些女孩。她们可比中文系的女生开放多了，但是又过于不掩饰自己。她们口头禅就是“干你 × 的，× 死你，再说就把你 × × 了”等一些粗话。

林峰和音乐系女孩搞在一起，自己的祖宗八辈不知被骂了多少回，总之被骂得体无完肤，厚茧重重。林峰知道巨茉的男朋友在西安，毕业已有一年。林峰经常和巨茉一起出去疯玩，唱完歌后，林峰会送巨茉回校。他们走在校园的石子路上，月光淡淡地洒满一地，花园里的花朵，散发着夜晚特有的清香。一些情侣抱在一起热烈地亲吻。

是的，这个学校一到夜晚，操场上、花园里、假山上、人工湖旁等，凡是能待下人的地方，就有情侣出没。这跟宋代著名词人柳永很是相似，“凡有井水处，皆能歌柳词”，也和最近北大中文系教授曹文轩大言不惭说的那样，“凡是有读书声处，皆有《草房子》”。结果被青年作家贾飞骂得七窍流血。而他们学校该怎么形容呢，林峰这样想道，“凡是能容下一臭屁处，皆有鸳鸯调情亲呢。”这个学校本身并不大，学生却蛮多，谈朋友找不到消遣场所，就挤满了校园各个角落。于是，只要等到夜晚，你拿一台录音机，偷偷放在某一角落，至少可以录到N对情侣的甜言蜜语以及发情的呻吟。

林峰这小子比较奸猾，每次陪巨茉散步都选到“百花深处”，那里鸳鸯成群，这让巨茉好不伤心。女人都是怀春的坯子，巨茉看着别人卿卿我我的样子，就悲从中来。林峰恰到好处地一安慰，结果巨茉就倒在林峰怀里轻声抽泣。林峰抱着巨茉对其曰：“别哭，别哭，这不还有我吗？”

巨茉不说话，只是将头埋在林峰怀里。不知道是为了取暖，还是为了发泄情绪，林峰便抚摸着巨茉的头发，慈父般疼爱有加。

八

林峰在心里想：“× 的，还说你多爱多爱自己的男朋友，现在比叫春的猫还色。哎，这年代还有哪个女人可信吗？还是李博说的好，‘女人跟谎言一样不可信’。”

林峰跟巨茉在人工湖旁边接吻了近半个小时，两个人最后筋疲力尽。巨茉倒在林峰怀里，用手指抚摸着林峰的胸膛，对林峰说：“我好想我男朋友，好想。”

林峰没有说话，他心里面却想发笑，眼前的这个女人想的不是自己的男朋友，想的却是欲望。林峰偷偷看了看时间，发现寝室已经到了关门的时刻了，于是想方设法和巨莱摆话，使出浑身解数拖延着。不知过了多久，林峰假装惊奇地说："坏了，寝室门关了，回不去了。"

"都怪你，也不看看时间！这可咋办？"巨莱发着小脾气。

"怪我，怪我好不，只有去住旅馆了。"

"我才不呢，要去，你去！"巨莱装着坚贞不屈的样子。比刘胡兰英勇就义、王二小送鸡毛信还坚决。

"那我可去了哈，你一个人就在这里待一晚。"林峰假装要走的样子。

"待一晚就待一晚，谁怕谁啊！"

"呵呵，你知不知道，这个学校曾经有人自杀过，好像就在人工湖，那时，这个湖里装满了水，一个女孩因为失恋想不通，跳进湖里淹死了。再后来，这个湖就没装过水，现在就成这个样子了。你要是愿意和那个自杀的女鬼做朋友，你就待在这里吧。我走了！"说着，林峰甩着手扬长而去。

"不要，不要，我怕，我怕！"巨莱害怕得追上林峰，拉住他的手，将头埋在林峰的怀里。"睡旅馆，每人一间。"

"是吗？也好啊，反正今晚女鬼找的是你，也不是我，你要自己睡一间，我也没意见！"林峰继续恐吓。

"烦死了，那找双人间的睡！"

"这还可以考虑！"林峰见计谋得逞，心里好不痛快。他哼起了小调。

“别哼了，唱得差劲死了！”巨茉打击道。

“喜欢，你管不着！”林峰继续唱歌。

他们在学校后面的旅馆登记了一个房间。巨茉先到浴室洗澡，她进去的时候，又转过身防贼似的对林峰说：“不许偷看！”

“哎，放心好了，你又不是大明星，也不是绝世美女，更不是赵飞燕、褒姒等古典美女，我看你干吗？别自恋了，快去吧。我困得不行。”林峰打开电视机，躺在床上，电视里正放着《红楼梦》电视剧。情节正是贾府的仆人和丫鬟在神台处偷食禁果，林峰看了后呵呵地笑。他想：“× 的，连名著里也有偷情的勾当，那我何不跟……”

林峰想到这儿，阴阴地笑出声。林峰于是偷偷摸摸地走到浴室旁，敲了敲门说：“快点呢，我还要洗澡，小姐，速度啊，现在是什么社会了，要的是效率，好不好！”

“别急嘛，马上就好！”巨茉在浴室里回答道。浴室里传来哗哗的水声。

“你把门开了，我要上厕所！”

“不开，你使坏！”

“不开，我拉到哪里呢！快点！”

“拉到你裤裆里，要不就给我忍住！”

“我强行进来了哦！”

“你敢！”

林峰见不行，又回到床上继续翻电视遥控板。中央 5 台正转播着 NBA 比赛。林峰他们寝室的兄弟们都喜欢看篮球比赛。特别是贾小刀和李博，每场他们都想方设法去看。有时在网吧待到凌晨4点，也要一睹NBA群星风采。

呵呵，篮球影响了一代人啊。电视里播放着火箭队的主场比赛。林峰看到麦迪，想起麦迪时刻。曾经麦迪35秒连得13分。这让所有的NBA球星都望尘莫及。那一刻麦迪无人能敌。

九

“吵什么吵嘛，我不正在里面吗？”巨茉从浴室走出来。

“哎，就你们女生麻烦！”林峰起身往浴室走去，他三下五除二就将全身洗了一通。走出浴室时，巨茉已经盖着被子睡在床的一头了。林峰回到床边，脱光衣服，拿起一床被子盖在身上睡在另一头。林峰看着电视，心不在焉，但是又装着全神贯注的样子。

“喂，你咋不说话呢？”巨茉问。

“我看电视！”

“电视那么好看吗？”

“比你好看！”

“是吗？我不信！”

“当然！”

“傻瓜！”

“你说谁是傻瓜？”

“你！”

“啊，你敢说你林大哥，看来我要好好修理你！”

“你敢！”

“看招！”说着林峰便爬到巨茉的那一头，按住她的身子，在她的身上搔痒。“还说不说？”

“要说，要说！”

“看来你是不见棺材不掉泪哈！”林峰压住巨茉的身子，在她的身上到处乱摸，使得巨茉笑得左右打滚。

“不说了，不说了，你放开我。”巨茉求饶地说。

“没那么容易！”林峰低下头，将嘴唇贴到巨茉的嘴唇上。巨茉将头一偏，林峰没对准，亲歪了。“别动，老实点！”林峰说。

“就要动，怎样？”巨茉撒娇蛮横地说。

林峰见巨茉说话放松之际，按住她的双手，猛地亲住巨茉的嘴唇。巨茉突然之间安静下来，她将林峰的头紧紧地抱住，吸吮着这甜蜜的汁液。林峰和巨茉在床上不停地接吻和拥抱。很久很久。

林峰接着轻轻掀开巨茉的被子，将自己的身体也盖在被子里。他躺在巨茉的身上，用灵巧的手开始解开巨茉的衣服。一切都进展得那么顺利。当林峰轻微地要解开巨茉的裤带时，巨茉条件性拉住林峰的手：“你要怎样？”

“不怎样啊，你怎么了！”林峰心里想：“这女人怎么了，他 × 的在床上了还问我怎样，这不明摆着吗？”

“不要。”

“别，别那样，会很舒服的，你什么都不要想，闭上眼睛。”林峰想起一本心理学书上的某句话，于是借用了过来。“对，闭上眼睛，深呼吸，对，什么都不要想，放松，对，放松，听话……”林峰轻轻地，以闪电般的速度，脱掉了巨茉的身上的一切。

第九章 背叛

一

林峰和巨莱激情之后，巨莱躺在林峰怀里，小声地说：“我对不起他，真的对不起他。”

“别那么难为自己，现在是什么社会，只要你心中有他就行，何苦给自己施加压力呢？”林峰劝解着。

“可是我这样做，对吗？我是在背叛他啊！”

“你觉得这个年代，还有谁背叛谁呢。好好爱自己吧，一切事情都是天注定的，你也不要那么死脑筋。做你自己的事，让时间去证明吧！”

“哎，不知道他现在怎样了，是不是背着我谈了其他女孩？”

“这谁能说得清楚呢，哎，顺其自然就好。”

“不想了，心烦。”巨莱紧紧地抱着林峰的身体。林峰想起王洪在寝室讲起的一本小说，好像是英国作家劳伦斯写的，叫什么《查特莱夫人的情人》。说的是一个夫人与她的丈夫、情人之间的故事。林峰想，这年代，谁不偷着来点外遇呢？《知音》《人之初》等女性刊物不经常写这些纪实文学吗？要不然，这些杂志还有谁看呢？

想到这里，林峰才明白，其实许多人都无法克制自己的本性，常做一些随意的、伤风败俗的事。而林峰就是这些堕落分子中的一员。因此，巨茉和林峰之间发生的事，也就不足为奇了。

林峰搂着巨茉，小声地说："你和你男朋友是什么时候认识的？"

"高二啊，那时我读高二，他读高三。当时很无聊，每天没什么事做，他天天给我发短信，嘘寒问暖，很关心我。过了一段时间，我们交往多了起来，最后我就答应了他。"巨茉说这话的时候，仿佛又回到了以前。

"你就没觉得，他已经是要毕业的人，和你谈朋友不现实吗？"

"我是想过，但是，真正的爱情，会因为这个而夭折吗？"

"也是，真正的爱情！唉，真爱在哪里，真爱在田野里，还是在草原上？"

"真爱在彼此的心里！"

"呵呵，是吗？"林峰听着这个女人的话，不由得在心里暗笑。他 × 的，这就是她所谓的爱情。爱情，爱情是什么呢？爱情是个屁，有的人放不下，有的放不了，有的人连放屁的机会都没有。

"听，什么声音？"巨茉问。

林峰仔细听了听，然后呵呵地笑了起来。

“你笑什么？”

“是鸳鸯在戏水，是青蛙在调情！×的，这旅馆里住的都是本校的情侣，都来共度良宵。声音还弄得挺大的啊！”林峰听到隔壁房间正传来的叫床声。

“你才色！”

“我色？这可是你先听到的好不好？”

“可是我不知道是那个！”

“是哪个？”

“那个。”

“哪个嘛？”

“不说了，你才烦！”

“不烦，不烦，再来一次！”林峰说完后，又将巨莱压在了身下。今晚是十五，窗外的月光明亮无比，月光洒满了整个城市。

二

“主人，接电话啦！接电话啦！”巨莱的电话响了起来。巨莱示意林峰不要说话，安静点。林峰将头偏向一边，将电视设置为静音。

“老公，还没睡啊？”

“没呢，你呢！在做什么？”

“睡觉了啊，这几天很忙。”

“哦，注意休息。”

“知道了，老公，你也一样！”

“我会照顾自己的！”

“老公，你什么时候回来啊，我想你了！”

“公司很忙，分不开身，等公司闲了，就回来看你！”

“那要等到什么时候啊！”

“快了。好了，我挂电话了，晚安！”

“老公，亲个！”

“嗯，亲亲！”巨茉的男朋友接完电话，从洗手间里走出来。躺在床上的陌生女人问：“谁啊？”

“公司的同事，现在还在加班呢！”

“哦，快睡了。这么晚了。”女人将被子向上拉了拉。巨茉的男朋友便钻进被窝，搂着女人，关了台灯。

林峰问：“你的男朋友吧？”

“是啊，他说过段时间就回来了！”

“那多好啊，你不一直想见到他吗？”

“可是，那要等多久啊！”

“慢慢等呗！睡觉了。”

“嗯。”说完后，巨茉背靠着林峰的背，闭上眼睛。

第二天早上，是林峰先醒的。他抬头看了看巨茉，觉得这个女人很懒，现在还呼呼地大睡。林峰走到窗子旁，拉开窗帘，早晨的阳光真美。一块一块的掉到树叶上、草丛中、石子路上。

一些开房的情侣一前一后，走在旅馆下面的水泥路上。大致都是女孩拿着一个手提包，男的睡眼蒙胧、无精打采地紧跟在后面。女子掏出袋子里的小镜子，照着自己的面庞，用纤细的手指，理了理昨晚被弄得凌乱的头发。他们的眼神中，不知道是迷茫还是恐慌，似乎没有了童年的清纯与洁净。

林峰又看了看校外通向远方的铁路，一些早起的工人扛着铁锹从上面走过，有的吹着口哨，有的唱着黄段子。一些女人或者男人赶着黄牛，从宿舍后的灰土路上经过，这些黄牛膘肥健壮。黄牛背负一包沙、数百块砖或者其他什么东西，它们低着头，喘着粗气，就像是去赶赴一次集会，一次征途。

这些黄牛、女人和男人，在这个前途颠簸的年代，麻木地，没有方向地，拉着自己的命运，在三月或者四月，摇晃，摇晃，摇晃出一场雨水、一路阳光，抑或一段旅途。

林峰回到床边，看了看时间，已是 9 点整。他又来到洗手间，将清凉的水喷在脸上，用手指轻轻揉搓着脸部的肌肉和细胞。林峰发现，就是这张脸，曾经在多少女人的眼中成为尘埃，成为记忆。

林峰看了看洗手间大镜子中清秀的自己，发现岁月已经过去了很久，年华消失了许多。不想了，人生哪能没变化。就当这辈子对不住徐安琪了吧。现在，及时行乐吧。时间就是金钱，别浪费了这大好时光。

三

林峰又想起高考之后，他到 S 市玩。朋友都是高干子弟。朋友带林峰在城市中到处疯玩。林峰对这些已经麻木了，觉得没什么新鲜感。最后，大家到了一家美容美发店。那是H兄弟的朋友开的一家美容美发店。店主是一个风韵犹存的少妇。林峰的朋友轻车熟路地和老板谈好了价钱，很快就进了单间。那时的林峰还有点畏惧，最后放弃了。林峰坐在发廊里和店主聊天。他从少妇那里了解到，店主的老公在外做生意，每个月回来一次。林峰壮着胆子问："你老公不在身边，你不寂寞吗？"

"有时会。"

"呵呵，留个电话吧，以后给你介绍生意！"

"好，139××××××××。"

店主笑了起来，露出洁白的牙齿。林峰猛然间发现，原来少妇也如此具有魅力。

从那以后，林峰会时常给少妇发短信。慢慢地他们熟悉了起来。

后来林峰又一次到 S 城，去找少妇。

四

林峰突然感到有一点内疚，徐安琪还好吗？林峰有些觉得自己对不起徐安琪，要不是他带徐安琪到西安，就不会发生那件事情。林峰心里面是喜欢过徐安琪的，因为她是那么善良，对自己又那么好。徐安琪可以作为结婚的对象。但是，自从那事之后，林峰已经无法真正喜欢上徐安琪，每一次想到，他的内心就有一种恶心感，也有一种罪恶感。

当时，是和袭人分手之后，林峰一度有些空虚。寝室的兄弟们回来，都谈论袭人最近又交了男朋友，体育系的，长得威猛高大。寝室的兄弟们戏弄林峰，“人家比林峰强悍多了，貌似张飞，猛如李逵。大战三百回合不在话下。”林峰听了后不屑一顾，自我解嘲：“不过就是我穿过的一双鞋吧。”

林峰在心里赌气，一定要追一个比袭人更漂亮的女孩。这小子有的是钱。不过一月，林峰就通过渠道，认识了中文系的师妹徐安琪，并将其搞定。这让李博几人好不羡慕。

那段时间，李博和自己女友杜丽娘发生摩擦，两人闹得沸沸扬扬。一天夜里，林峰几个人在寝室睡觉。电话铃声响个不停。是贾小刀接的电话，说是找李博的。李博却说：“× 的，给她说，不要给我打电话，叫她滚！”

“怎么了？”林峰问。

“把杜丽娘给甩了，× 的，管得老子好不心烦，我打麻将输了钱，就在那里哭哭啼啼。”李博说。

“管你难道不好吗？我倒希望有个人来管我！”贾小刀说。

“锤子，你懂个屁！那女人，你把她当个金元宝，她就冲翻天！不甩她，她还是得厚着脸皮来给你赔礼道歉。”李博发表自己的见解。

“深有同感，这两天我老婆崔莺莺就显得特牛，早点啊什么的都要我去帮她买。看到其他系的仁兄每天睡到太阳高照，醒来后还有女朋友买着吃的等他。想起自己的命就苦！”熊杨发着牢骚。

“呵呵，你们发现没有，最初的时候，都是男生跑到女生宿舍等着，后来就是女生跑到男生宿舍候着。真可谓‘三十年河东，三十年河西’，风水轮流转啊。”林峰说。

“就是，我们宿舍楼下经常看见如花似玉的姑娘站在那里，等待啊等待，等待在春天百花盛开，等待在夏天烈阳高照，等待于秋天落叶黄，等待于冬天寒风呼呼地吹……她们也不怕太阳晒黑了皮肤，也不怕大雨淋湿了头发，也不怕狼来了要了她们的命。”熊杨继续说。

“人家那叫青春无悔，为爱牺牲！”贾小刀感叹。

“是啊，五月天唱的《为爱而生》，就是为爱而牺牲。”林峰说。

“呵呵，别吵了，好不好，睡觉！”王洪突然插了一句。这小子听得不耐烦了。

“好，不吵了！”

于是大家突然变得鸦雀无声，寝室里安静了下来。林峰倒在床上，想安安静静地睡上一觉。可是没过多久，就有人敲门。

“李博，开门。”

林峰以为是管理员来查勤，便大声说：“睡了！”

敲门声又响了起来，外面传来“李博，开门，开门……”近似哭泣的声音。林峰猛然觉得这声音好熟悉，于是爬起床来，穿上拖鞋，光着身子打开铁门。一看，原来是师姐杜丽娘，李博的同居对象。只见她散乱着头发，哭成了泪人。

“李博，你女朋友找你！”

“叫她滚！”李博躺在床上喊道。

“李博，你个挨千刀的！”说着这话，杜丽娘便冲进了寝室，跑到 3 号床，使劲地打被子里的人。“痛啊，痛啊！”林峰他们发觉杜丽娘打错了人，原来今晚，李博和王洪换了铺位睡。杜丽娘刚才打的是王洪，而不是李博。这弄得大家好不尴尬，很想笑，但是在那种情况下，却无法笑出声来。杜丽娘见打错了人，便在寝室呼叫：“李博，你 ×× 的在哪里？”

“× 的，谁叫你跑到男生寝室来的。”李博说了话。

“你个挨千刀的，你个……”杜丽娘一边说，一边跑到李博睡的床前，撕扯着李博的被子，对其说，“你给我滚下来，滚下来！”杜丽娘似乎发了疯，将李博的被子撕扯到了地上。王洪在一旁大叫，“我的被子脏了，我的被子脏了”。

杜丽娘的这一行为，引起了寝室兄弟的公愤，大家说：“李博，你还要不要我们活了啊，明天还要上课！”

李博见赖在床上也不是办法，便起身穿好衣服，推着杜丽娘往外走去。“走，出去说，跑到我们寝室来闹什么，管理员知道了，你就死了！”

“死了就死了，我就不想活了！”

“走，走，别说这些，出去说。”李博关上门，推着杜丽娘向宿舍外走去。林峰感到纳闷，寝室管理员平时耳朵尖得很，今晚怎么这么大的动静，都没被听到呢?

话说李博和杜丽娘这一风波闹过之后，第二天早上就看到他们手牵手，出现在大庭广众之下，好不亲热。所以，林峰断定，男人都是他 × 下半身思考的动物。昨晚杜丽娘的柔情似水让李博忘掉了所有不快。而杜丽娘却压根像没发生昨晚的事一样，见到林峰他们，还笑得跟花儿一样。

五

巨茉大三了，找林峰的次数少了。巨茉称自己毕业后就要回老家去。她老家在湖南。她老爸叫巨茉回去考公务员，说已经把她的路都安排好了。林峰问巨茉，为什么不到陕西去找男朋友呢?

巨茉却大为不爽地说：“别提那个贱人，背着我在那边耍了女朋友。还找他干吗，分了。”林峰在心里想：“你他 × 的还不一样背着他偷男人。”林峰没把这话说出来，他只是说：“以后就不能常见你了。”

巨莱说：“没事，有时间到湖南来。”林峰和巨莱就这样慢慢淡下去。就像一个水泡飘在空中，慢慢地化为乌有。

林峰大学的日子就这样每天重复，不知不觉已一年有余。屈指算来，林峰旷课 376 节，挂科 11 门，123 个夜晚没回寝室，考试作弊被当场抓到 4 次，这些都是有记录的，不用林峰自己统计。寝室里唯一能与林峰抗衡的便是李博，不过李博比他高一级，这没说的，师兄嘛，起好带头模范作用是应该的。

林峰、贾小刀、熊杨三人的英语四级也是作弊考过的。当时，是贾小刀的一个朋友从 D 城找到了答案来源，于是三人一共凑了 1500 元钱，买了一份答案。贾小刀、林峰还去买了作弊工具，那种可以将设备放在耳朵里的小磁铁。大家买到工具后，还进行了多次演练，生怕最后关键时刻就不灵了。

最后，上考场时，贾小刀的作弊工具根本没用。对方念的答案根本就不清晰，贾小刀听不到。最后，贾小刀只得掏出手机看短信。幸好，监考老师监考不严，贾小刀以迅雷不及掩耳的速度很快抄完了答案，并满意地大摇大摆走出考场。考试成绩公布后，贾小刀、林峰、熊杨三人都过了分数线，他们几个还专门为了这次胜利出去潇洒了一晚。

其实，林峰挺羡慕王洪，没挂过一次科，每学期得一等奖学金。王洪是那种比较乖的好学生，但是这小子家庭条件不怎么好，现在都还没谈到女朋友。本来有女生喜欢那小子，他却癞蛤蟆想吃天鹅肉。要求出奇地高，又要女生长得漂亮，还要有才华。这样的女人哪里找啊？有一张天使的脸蛋却是个花瓶，满腹经纶的女子又吓死人。王洪这小子看来要打光棍了。

熊杨还是和他的崔莺莺如胶似漆，就像被粘上了520，怎么都拆不掉。贾小刀最近谈了几个女朋友，但都没过多久就分了。不知道这小子是怎么想的。

林峰将寝室的人组织成了麻将小组，寝室五个人，除了王洪是替补之外，其他四个常在一起打麻将。有时一天楼都不用下。王洪负责给他们带盒饭。林峰自己出钱买了一副麻将，每天在学习室大战到凌晨两点，有时通宵达旦。林峰他们感叹自己寝室什么都不缺，生活充足有味。林峰和李博都买了电脑，林峰的是联想笔记本，李博的是台式电脑，熊杨、贾小刀后来也都各自买了台回来。因为最近寝室安了网线，所以他们都准备好了。林峰经常对王洪说："我们开网吧，你上网。五毛钱一小时，开始竞拍。"李博要价四毛九，熊杨要价四毛八，贾小刀听了后大声说道："我忍痛割爱，四毛五一小时，王洪上我的电脑。"

"四毛四。"李博说。

"四毛二"熊杨继续降价。

……

最后经过激烈竞争，贾小刀赢了，因为他不太爱打游戏，平时上网的时间少，所以以两毛三一小时的低价给了王洪。

王洪这小子可赚了，两毛多一小时上网，普天之下哪里去找。于是王洪大为高兴，帮他们打盒饭打得是不亦乐乎。王洪上网都是看一些文章，这小子是榕树下、红袖、杨柳青等文学网站的特约作家，还接受了文学网站记者的采访。在网站那是相当有名！可是这小子运气一直不好，除了在本校的报纸发表过文章外，外面的刊物投一次被退一次，这可深深地打击了王洪的自尊心。贾小刀那小子，文章不怎么样，却每次投稿都能中。这让王洪大为不满，但是又毫无办法。

六

王洪找出自己文章发不出的原因，一是，也就是最致命的一点，自己对创作没有太大的天赋，文学创作这个东西，讲究的是缘分，是一家人，方能走到一起；二是，贾小刀属于天才型的那种，但是他的缺点就是人太俗，不雅，思想没有王洪深沉。贾小刀想到的是怎样生活，怎样规划自己的人生，怎样幸福地过好自己的将来。他没有大思想家那种为苍生奋斗的理想，也没有屈原忧国忧民的情怀，小农意识比较严重，虽然人很善良，却只是局限于对下层百姓。所以贾小刀成不了一个诗人。

还有就是，贾小刀文学底蕴还稍稍欠缺，他这个人比较懒惰，知识面虽然广，但是都不精通。更特别的一点，是贾小刀机遇比较好，每次投稿，遇到的都是欣赏他文笔的编辑，所以发的文章比较多。

王洪觉得自己更适合做学者，研究学问，而不适合当一个作家。可是王洪英语又不过关，要不是这样，王洪现在早在重本大学洋盘起了，或许还吹着口哨，唱着《国际歌》。王洪大学时大部分时间都花在学英语上，可是英语四级现在也没有过。当时，林峰叫王洪一起买答案时，王洪却打死不相信，这么正规的考试居然还能买到答案。王洪打心眼里就怀疑林峰他们买答案的真实性，他坚决认为，林峰等人的答案肯定是骗人的，最终钱财被骗。但是，令人郁闷的是，最终林峰他们以考试过关的结果，狠狠地抽了王洪一耳光。王洪不得不相信，这年代，什么事都可能发生。因此，王洪恨死英语了。毕业那年，王洪将赌注压在作弊上，没有想到当年监考太严，王洪的答案是错答案，他才是真正被骗了钱财。

林峰这一段时间，都在寝室里和李博、熊杨、贾小刀四人打麻将，李博的运气霉，输得骂爹骂老子。“他 × 的，他 × 的”的骂腔就像嚼口香糖一样频繁。

李博的女朋友杜丽娘，熊杨的女朋友崔莺莺都坐在他们旁边观战。这些娘儿们顶着学校不准女生进男生寝室的规章制度，悄悄溜了进来。当然在男寝室过夜，是常有的事。寝室里除了王洪有意见外，谁都没有意见。

于是王洪就将床搬到了学习室睡，林峰把笔记本电脑借给王洪，让他学习学习。林峰他们几人和自己的女朋友在寝室里小心翼翼轻轻悄悄地干着那事。王洪在学习室看电影、写小说。这小子网上的小说、评论等文章就是在这些无以言表的夜晚写出来的。所以李耳的“塞翁失马，焉知非福”真是经典非常。

王洪在心里骂道："他 × 的，这是什么社会。他 × 的，老子以后有钱，以后有本事，比你们还牛。"不过王洪想到这儿，又想到林峰他们几个的女朋友，觉得自己一个也看不上。李博的女朋友杜丽娘，看上去丰满丰满的，但没文化，王洪觉得不适合自己。贾小刀、熊杨的女朋友更不敢恭维，在他们学校随便用手一抓，都能抓到好大一把的那种。王洪想到这儿，心里平衡了一些，和阿 Q 倒有几分神似。想到这儿，王洪不想了，还是回学习室睡觉，顺便看一部《红高粱》。

七

不知不觉，已是大四。林峰惊奇地发现，正如李博当初所言，寝室里的兄弟们个个都变了样。贾小刀现在堕落得和瘾君子一样，当一天和尚撞一天钟，女朋友换了好几个，可没有一个是他中意的。这小子不知道怎么了，谈女朋友没有一个固定的革命根据地。熊杨倒还不错，和崔莺莺到现在还要起的，虽然几经波折，但终于风平浪静，他是寝室公认的好男儿。如果非要评什么奖的话，那么"中国好男儿"大赛，熊杨一定夺魁。李博和杜丽娘有分有合，真搞不懂这厮怎么想的。

贾小刀谈了三个女朋友了，据贾小刀自己交代，不是她负了女人，而是女人负了他。但是问他具体原因，这小子绝口不提。

于是大家都说贾小刀是现代版曹操“宁可我负天下人，休叫天下人负我”。

王洪这小子眼光高，一直没谈恋爱。女人认识得不少，可是很多都是名花有主，或者是小小草草不入流的角色。王洪很郁闷，但又无可奈何。林峰几次劝说王洪，“随便找一个女人凑合着过就是了，难道还幼稚地想和她结婚不可。亏你王洪自称为哲学家、思想家，我看就是臭狗屎，天真得很。”说得王洪脸唰地红了一大片。王洪没法反驳，只有默认接受。

不过，王洪去应聘了一份工作，去《S经济消费》当兼职编辑了。王洪说，他早就想离开学校了，这个学校让他郁闷，让他感到痛恨。其实大家都知道，王洪这小子早就抑郁得不行。是啊，他那种好孩子在这种环境下，要么随波逐流，跟寝室兄弟一同堕落，要么故作清高，孤独地老去。

王洪当了兼职编辑以后，周末白天一般不在学校。王洪说，还是外面好啊，心情都愉快很多，并且还有钞票赚。大家都羡慕起王洪来，虽然一个月只有几百元，但是也可以换点口味。贾小刀女朋友柏芝与他不同，柏芝是一个爱好学习的人，贾小刀却整天打麻将、上网。大家问贾小刀为什么要找柏芝谈恋爱，贾小刀说，“学习啊。你们不是说环境影响人吗？那么我找个学习成绩好的，人老实的，这样我不就是一个好学生了？”

李博首先提出反驳：“这让我想起一个故事，说当年马克思在法国时，一个长得非常漂亮的女歌星追他，这个女歌星给马克思写了一封信。信中说，根据达尔文进化论的观点，我们是最适合做恋人的，你的智慧再加上我的美貌，我们的孩子将是一个何等聪明的孩子啊。而马克思回了一封信，说，亲爱的小姐，你的观点很正确，但是要是出现意外，如果是你的智慧再加上我的外貌，那么我们的孩子，会成为什么的人呢？”

“哈哈，一定是个丑八怪！痴呆儿！”熊杨大笑着说。

“所以，贾小刀啊，要是你影响了人家乖乖女柏芝，那不是害了她啊，她可是黄花闺女哈。”李博说。

“他害的人还少吗？”林峰插话。

“你我半斤八两，林峰你也好不到哪里去，甚至可以称为禽兽！”贾小刀反驳。

“我那是正常消费，及时行乐！”

“每一个犯罪的背后，都有一个不为人知的秘密。”

“哎，不和你争辩，你强词夺理！”

“呵呵！”大家笑得前俯后仰。寝室兄弟们这样的争辩时有发生。

八

“喂，什么，大声点！哦，好，马上，马上就到，你们等我！”白云接了一个电话，然后站起身对林峰说，“真对不起，我有事，先走一步了，你慢慢玩！”

“不能再待会儿了？”林峰问。

“真的不行，很紧急！”白云已经在收拾口袋了。

“那我开车送你去！”林峰提议道。

“不用，已经有人来接我了，你自己玩得开心！”说完后，白云向舞厅外走去。

林峰送白云到了酒吧门口，对白云说：“还能见到你吗？”

“看缘分吧，我相信会的！”白云已经打开车门，进了奥迪A6轿车。开车的是一位40岁左右的中年人。

林峰转身走向酒吧，回到原来的椅子上，继续看着舞厅奔放的年轻人。林峰在那里坐了一会儿，然后走进洗手间，关上门，掏出电话，拨了一个号码，“睡了没？”

“没呢，在看电视，你呢？”

“我也没，在外办事！”

“注意安全，别太累了！”

“知道，老婆，等会儿到你那儿。”

“嗯，好，我等你！”

林峰给自己的女朋友打了一个电话，女朋友是他母亲介绍的，是他们市交通局局长的女儿。林峰的母亲说，门当户对才是硬道理。林峰打完电话，在洗手间排泄了一下，此时他想起贾小刀经常对寝室哥们提起当代作家池莉写的小说《有了快感你就喊》。贾小刀在寝室大声呼叫，兄弟朋友们，有了快感一定要喊，一定要喊。

林峰从洗手间走出来，然后到舞台中跳了一会儿华尔兹，接着去收银台结了账，走出酒吧。林峰远远地掏出钥匙，打开大众途观轿车的车门，开车远去。夜里，一切都很寂静。这已经是凌晨了，街道上行人稀少、车辆稀少，偶尔有一两个清洁工用大扫帚清扫着满是灰尘的街道。

路旁的灯光好像卫兵似的守卫着这个浮躁的城市。街道上偶尔有一只黑色的流浪狗，孤单地小跑着，它伸出长长的舌头，仿佛要去赶赴一场巨大的盛宴，这盛宴是不容缺席的。

远处居民楼的灯有的还亮着，这或许是一些加班的人为了生活、为了命运在拼搏在奋斗。

林峰打开了车窗，风冷冷地吹着他的头发，他的头发飘起来。林峰觉得自己仿佛是风中的蒲公英，在随风飘扬，也似乎是三月的柳条，迎风摇摆。

林峰看了看身旁的大榕树，它们从来没有停止过生长，正如岁月，从来没有停下来一样。林峰向女朋友阿娇的住所开去，今夜，他将在那里度过。

林峰觉得这就是旅途，这就是临时的港湾。

九

林峰开车到了女朋友的楼下，然后向 6 楼走去。他掏出钥匙，打开房门，看到阿娇还倒在沙发上看电视。

“还没睡？”

“在等你，你不是说要回来的吗？”

“哦，其实你不用等我！”

“没什么，看下电视剧，《蓝色生死恋》，好看！风靡全球哦。”

“是吗？有那么好看吗？”

“当然，韩国作家写得多好啊。”

“你们这些女人为什么都喜欢看电视剧，我读大学的时候，班上的大部分女生上课时间都在看手机下载的电影，有时竟看得入迷，哈哈大笑起来，弄得老师莫名奇妙。那时女生的娱乐方式离不开MP3、电视剧（特别是韩国泡沫剧）、QQ游戏等。女人，永远都这么小资，梦想白马王子，梦想灰姑娘变成白天鹅。”

“哎，你没品位！”阿娇仍旧看着电视屏幕，懒懒地说。

“是，我没品位，对了，有吃的没？”

“冰箱里有西红柿、西瓜、香蕉和冻了的水饺！对了，周末再去买口锅，前几天用锅炒菜，忘了洗，现在洗不掉了。”阿娇说。

“老天，买了好多锅了，还要买，两个月之内都买了八口锅了。你咋不勤快点，动手洗了呢！”林峰无奈地说。

“我讨厌做家务！”

“看来，还真得给你找个保姆了！”

“我也是这么想的，找个保姆做饭，自己做太麻烦了，但是保姆做饭不好吃怎么办？”阿娇表示疑惑。

“那怎么知道，换吧！”

“说得也是，现在保姆不好找啊，年轻一点的都去当服务员了，年老的做事又不勤快，还不怎么卫生。”

“哎，你毛病多！”

“你才毛病多！”

“呵呵，不说了。”林峰走到冰箱旁，打开冰箱，拿出两根香蕉剥了皮放进嘴里，吃了一口，问：“你要吃不？”

“不要，你自己吃！”

“哦。”林峰吃完香蕉，然后走到卧室，脱掉衣服便躺下了。阿娇还在沙发上看着电视，林峰很快就进入了梦乡。房间里安静得只剩下电视剧《蓝色生死恋》的声音。

林峰做了一个梦，梦见了徐安琪，徐安琪穿着白色的裙子走在前面，像云一样轻轻地飘。林峰在后面追赶，他跑啊跑，可是始终差那么一小段距离。他大声地喊叫，也不能将徐安琪呼唤答应。林峰觉得自己的喉咙仿佛被什么堵住一样，他的喊声就像空气，静止，没有声音。

房间里，阿娇仍旧坐在沙发上，她喝了一口杯子里的咖啡，继续看着电视中的情节。她眼睛紧紧地盯着屏幕，脸上时而露出笑容，时而显出怒意，时而又表现得特别紧张。她整个人，似乎都沉浸在电视剧情节中，仿佛自己就是电视剧中的女主角，和电视剧中的人物同喜同乐。

阿娇瞧了瞧卧室，林峰已经躺下睡着了。台灯还开着。床前的桌子上，放着林峰和阿娇的合影。阿娇想起第一次见到林峰，是林峰毕业后来参加阿娇表姐的婚礼。林峰问了阿娇的电话号码。两个人从那以后经常短信联系。再后来，阿娇的母亲神神秘秘地让她去见一个人，说是什么阿姨的独生子。于是阿娇陪母亲去见了。谁知道会是林峰。他们碰面后，都感到很惊讶。这让阿娇的母亲欣喜异常，说："你们认识就更好了。"

于是林峰和阿娇在双方父母的撮合下，谈起了恋爱。他们打算过几个月就结婚。这所房子是林峰的父亲送给阿娇的，说等他们结婚后就住这里。这是间 130 平方米的套房。阿娇现在一个人住在这儿，林峰住在另一个房子里，挨着电视台。林峰说，上班方便。林峰有时也来这里居住，他们会做"小夫妻"。阿娇想到这儿，电视剧《蓝色生死恋》就结束了，说明天晚上继续。

阿娇关掉电视，走进卧室，关掉台灯躺进被窝里，她搂着林峰的身体闭上眼睛。

梦，在寂寞的边缘弥漫开来。

十

林峰又到电视台上班了，今天又来了个实习生，是某某重点大学的，林峰带他。这个实习生表现得唯唯诺诺、小心翼翼。林峰感到很奇怪，他 × 的重本大学就培养这样的人才，装得还真像啊。

林峰很少做事，来了后，任务都分配给部门的其他同事做。

实习生来了，林峰就叫实习生做。林峰知道实习生家在农村，所以养成了这种胆小的性格。林峰觉得，这小子还真没见过大世面。

实习生一口一个老师的叫得林峰心里奇痒痒。林峰长这么大，还真没被人叫过老师。不过，林峰想，他 × 的，大学里学的那东西，出来还真没用上。反而喝酒、抽烟、拍马屁，这些林峰自学成才的手艺倒让他获益匪浅。林峰觉得以后儿子读书，一定要选技术含量高的专业，没它不行才牛逼。

熊杨在小镇教书很悠闲，还真应了贾小刀开学时介绍的那句话“吃的是红苕稀饭、喝的是高粱白酒”，不过还得补一句，就是打的是“一二四八”麻将。熊杨说：“下半年就结婚，女人是镇上的一个小学教师，长得不咋样。他 × 的，追她的人还蛮多。有医院的医生、邮局的职员，还有学校的光棍老师。”熊杨说，也是太寂寞了，他就随波逐流，向她献殷勤，把看家本领唱歌天赋显现出来，每天在她楼下高歌一曲，然后又彰显运动健将的热血精神，在校运动会上赢得最佳人气奖。

结果，这妞就主动投怀送抱了。当然，熊杨也抄袭了王洪的许多情诗，还有普希金、拜伦、泰戈尔、彼特拉克的。这样，无论是身体上，还是精神面貌上，熊杨都独占鳌头，在众多“应考者”中独中头名，赢得状元称号，把她骗到了手。现在他们可是卿卿我我，好不甜蜜。哎，熊杨现在还真后悔，要是大学多耍几个女朋友，现在也会觉得满足了啊。熊杨说：“这一生只能束缚在此女子身上也。别看她干干瘦瘦，他 × 的，典型的一个母老虎。”现在熊杨的所有资金和财务都被严格看管着，每个月只给他必要的烟酒钱。现在熊杨都开始学着藏私房钱了。什么鞋子里、衣柜里、书里等都有他的私房钱，弄得他日子好不难过。

林峰听了后，哈哈大笑，大赞熊杨上辈子讨来的福分。说等熊杨结婚，一定送一个母老虎玩具给他，让他放在家里天天观赏，每天反省自己。

第十章 书信

前面几章，我们用不同方式讲了徐安琪、贾小刀、林峰、李博等人的大学生活，并从他们的角度去详细描述大学的无悔青春。从这章开始有必要讲一讲王洪。

众所周知，歌德的长篇小说《少年维特之烦恼》之所以成为德国第一部产生世界影响的作品，那是因为小说写的是一个特殊少年维特，对已婚之妇的狂热爱恋，从而产生一系列烦恼，并濒临绝望，最终开枪自杀。

可是在本部小说中的青年王洪，在青春期挥霍的那个时代，其实也有许多烦恼，一直困扰着这位年轻人。

一

2005 年 9 月 13 日　　　晴

莫名，握住你的内心，给我一个春天。

这已经是来学校的第 10 天了，可是我却怎么也没有找到曾经梦中大学的影子。我想我的梦是被抽空了，感觉自己是一个被欺骗的人，自己以前一直生活在幻想之中。记得读高中时，老师不断给大家灌输，只要努力学习，奋力拼搏，那么大学的日子就是天堂。高中老师将大学勾画成美丽的乌托邦、无与伦比的王国。可是到了这所学校，我才深深地体会到，什么都是骗人的。正如光良在《童话》唱的“童话里都是骗人的”一样。是的，高中老师、家长都给我们编织了一个美丽的童话，可是到了大学才知道，童话终归是童话，没有谁能让童话变成现实。

这几天认识了寝室的同学，我把他们介绍给你。林峰，来自D城，家里很有钱的那种。他吹嘘自己说：“我啊，每天这样睡，一直睡到大学毕业，一样找个好工作，娶个好老婆，住个好房子。”是的，他要比平常人的孩子少奋斗30年。正如网上一个作家这样写道，“我奋斗了18年，才能和你一起在茶楼里喝咖啡”，这难道公平吗？

贾小刀，一个自负清高的孩子，每次看到我，便大声嚷嚷：“老子一定要让北大的兄弟们瞧瞧，像我们这样不入流的大学，也会出人才。”熊杨是一个冷静沉默，却对游戏万分热衷的小镇来的孩子，读大学唯一的愿望就是谈一个自己喜欢的女朋友，然后领着回家结婚生子。李博，大二的师兄，每天悲观却又懂得享受，开口就是大一的小师弟现在幼稚得很，什么事情都感兴趣，过了这个阶段就会明白，什么都是无趣的。李博的女朋友叫杜丽娘，一个丰满性感的女人，长相平平，十句话中有三句是骂人的。

莫名，前几天，我们寝室出去玩了一次，也一起聚了餐。晚上回来后，林峰和李博带头摆上了黄段子，熊杨、贾小刀开始评比班上的班花，系上的系花，可是争论了很久也没有得出结论。大家最后一致认为，允许并列。

今天天气不错，本想出去打乒乓，但是羞于技术欠佳，所以待在寝室一直没出去。我们住的五楼一抬头就可以俯览半个城市。离宿舍不远的地方，一条铁路从那里经过，还有一个火车站，一些民工、司机、煤炭老板住在那里。我看着那条铁路，一直在猜想，这路到底通向哪里，会不会通向上海，会不会到达黄浦江。可是我却一概不知。我想，我开始变得抑郁起来，我变得沉默、忧郁。

莫名，大学真的那么美好吗？这是我以前常问自己的一句话，那么现在我可以回答自己了，大学不美好，至少我现在这样认为。

二

2005 年 9 月 17 日　　　阴，有风

莫名，握住你的内心，给我一个春天。

前几天，学校各大社团的师姐师兄拿着传单来到各个寝室宣传，目的是希望我们加入他们成为其中的一员。来我们寝室的是一男一女，男的据说是什么部的部长，女的是一个皮肤雪白、身材匀称的姑娘。林峰看着这位姑娘，眼睛似乎要掉出来，他蛊惑大家都加入社团，熊杨、贾小刀也充当帮手，最后我不得不也掏

出了 20 元钱。那段时间，我们加入了好几个社团，其实有些社团我是不愿意去的，比如外语俱乐部、跆拳道协会等，我并不想参加，贾小刀几个说加入后互相照应，好有个伴，我就参加了。现在想来，那时真是懵懵懂懂，什么都不知。

林峰说，加入社团是看在美女的分儿上，不想让那位如花似玉的师姐空手回去。李博陪女朋友回来之后，听到我们加入了社团，便讽刺地骂道："呵呵，又是几个傻 × 被骗了，被骗之后还帮人家数钱！"林峰却反驳，"被美女骗，我愿意！"说到这儿，贾小刀、熊杨便跑去按住林峰，"你小子，那可是血汗钱啊，你就这样蛊惑我们去泡妞！"

呵呵，莫名。你知道吗？我加入了文学社，听说这个文学社以前培养了许多全国著名的作家。我高中时就想过，以后读大学一定要加入文学社，和那些志同道合的人一起吟诗作对。想想唐朝的李白、杜甫、高适曾经在一起喝酒吟诗的那段日子，多令人艳羡。文学社还举办了新生杯作文比赛，我也投了自己的一篇作品。但是我却没有信心拿一等奖，因为我不清楚中文系的新生到底实力如何。我问贾小刀参加不，他笑了笑，不呢。贾小刀说他参加全国文学作品大赛得过许多奖状，参加学校的比赛不是不想，而是怕得不到一等奖，丢了面子。是的，贾小刀放不下自己的自尊。我看过贾小刀的文章，没看几篇，他是一个有天赋与灵气的人。

莫名，明天就要竞选干事了。我竞选编辑部，可是我还没准备好说什么。毕竟上去，人家是看你能表达什么让大家记住你。

你也知道，我是一个不爱说话的人，口才可想而知。莫名，我现在还在打草稿，希望能在竞选时有用处。我在学校外的地摊上买了几本《演讲与口才》，想从中了解到演讲的窍门，可是我看了好几遍，却一点也不管用。我想，我快完了。李博师兄每次和杜丽娘开房回来，倒在床上抽一根烟，养养神。他看到我在为竞选干事而背演讲稿，便戏谑地说："我说啊，王弟弟，你要是真想进那个文学社，我给文学社社长说一声，你不就进去了，用得着这么用功吗？"

"我还是希望靠自己！"我这样回答时，李师兄像看怪物一样看我。"哎，这是什么年代，你以为凭自己就可以成功哦，以后你会慢慢知道的！"说完这，李师兄继续抽着他的黄果树香烟。

莫名，我不明白，难道做什么事非要去拉关系吗？为什么不能堂堂正正、公共平平给大家一个展示自己的机会？

三

2005 年 9 月 25 日　　　小雨

莫名，握住你的内心，给我一个春天。

告诉你一个好消息，我竞选编辑部干事成功了，我的名字在最前面。贾小刀也来到了编辑部，他说，他去应聘通讯社被刷了，结果寝室的林峰什么都不懂就进了通讯社。贾小刀说："滚你 ×

的通讯社，此地不留爷，自有留爷处。”贾小刀来到文学社，我很高兴，我想他是我最强劲的对手。毛泽东说，“与天斗，其乐无穷；与地斗，其乐无穷；与人斗，其乐无穷。”那么贾小刀就是我需要的对手。他来了，我感到很有干劲，也很欣慰。

我们加入跆拳道协会、外语俱乐部的事，看来真是被骗了，李师兄说得一点也不错。我们每人只领到了一个苹果，就没再干什么事。贾小刀在寝室心痛他的钱啊，哭天喊地的样子让人忍俊不禁。林峰最近在追通讯社的袭人师姐，袭人师姐很漂亮，高高瘦瘦，像上帝亲手捏成的一样。大家都说林峰追她肯定没戏，因为林峰是浓缩的精华，身高只有一米六多一点。林峰却大笑，身高不是问题，年龄不是问题，只有没钱才是问题。李博师兄也大发评论，爱情就和商品交换一样，你值什么样的价钱，就换什么样的东西。有的人天生一副好皮囊，所以他的外在价值便体现出来，能够找到水灵水灵的姑娘，有的人虽不帅气，但是相当有钱，他的物质价值也充分展示出来，一些女生因为这个愿意接近他。书中时常提到的内在价值，却要自己功成名就之后才能彰显。是的，现在是一个只看结果的社会，在那里自吹自擂是没有用的。李博说着这些话，表现得像个高人似的。

熊杨喜欢上了一个女生，叫崔莺莺。她小巧玲珑，看上去像个小学生。熊杨每天都去等她，看上去还挺执着。贾小刀喜欢上了一个大三的师姐，这个师姐可不得了，文采好，歌也唱得好，并且具有一张西施的脸蛋、貂蝉的身段、王昭君的神韵。贾小刀觉得，大丈夫当娶此女子也。于是贾小刀每天短信炮轰，从寝室追到学院门口，从学院门口追到寝室门口。贾小刀说要坚持不懈。可是这却遭到了李博师兄的打击，他说：“贾小刀啊，你真是脑壳缺根筋，人家都是要毕业的人了，怎么会和你谈朋友，要是谈的话还能轮到你吗？”不得不承认，李博的话说得很有道理。但是贾小刀却没有听进去。仍旧做着他的白日梦。

林峰买了一台手提电脑，联想牌子。可是寝室没有网线，只能打点游戏，并且还是单机游戏。熊杨于是去买了许多碟子到寝室看，每天晚上几人便挤在一起看碟。李博师兄不知从哪里找到A片，熊杨便飞奔过去抢过来给大家看。其实大家都明白，都是成年的人了，看这个也没什么。

过两天就是国庆了，我想回家去，不知道会放几天。

四

2005 年 9 月 28 日　　阴天

莫名，握住你的内心，给我一个春天。

莫名，我有点想家了。我很想回到家乡的田野上，坐在草地里，呼吸着农村的新鲜空气，感受只有乡村才能体味的气息。莫名，这两天我写了一篇文章，你看看，你可以从文章里了解我的心境。文章如下：

想象力缺乏的一个夜晚

这是一个想象力缺乏的夜晚，你坐在窗前，想起三毛文集里的那句话，“长大后，我要当一个乞丐，做一个自由的人，可以去拾新奇的石头与鲜艳的花。”于是，你的内心就像这即将到来的黑夜，迷失了方向。

记得很小很小的时候，你坐在乡村的田坎上，望着远方。刚收割完稻谷的农田呈现出一片空旷与寂寥，风清新地吹着，还带着泥土的味道，蓝色的天空游动着几朵棉花似的白云。田野间时常会有一个赶鸭人握着一根长而轻巧的竹竿站在农田里，在他的视线范围内，有着上千只鸭子正在刚收割完的稻田里欣喜地吃着掉落下的稻谷。旁边放着一个竹条制作成可移动的棚子。那时你就想，长大后你也要当一个赶鸭人，拿着竹竿，守卫着你的鸭子去很远很远的地方。下雨了，就住在竹棚里，倾听着滴答的雨声。太阳暖照的日子，就坐在田边的草垛里，看着成群的鸭子欣慰地发呆。时间慢慢地流逝，悄无声息，最后你终于没有做成赶鸭人，你做了一个城市流浪者。每一次回到故乡，你站在村口，望着空旷的稻田，等待良久也等不到那童年时守卫在田边的赶鸭人。远处的一部分农田已经长起了茂密的野草，一些农田里堆着刚被烧过的稻苗的灰烬。你转过身问奶奶，奶奶告诉你，村里年轻力壮的村民都去了外省打工，剩下的全是一些老人与小孩，有些田地没人耕种，荒芜了，而你那童年时清晰的赶鸭人形象早已隐没在这无端的岁月，就像一滴水、一个意象、一段感觉，转眼间消失得无影无踪。

你突然想起《长江七号》里小男孩的那句话："长大后我要当一个穷人，穷人不撒谎，不打架，不骗人。"可是看着村里眼前的景象，你感到茫然。这个村里的穷人有的去了沿海，有的坐了牢，有的被枪毙了，还有的在外面做着见不得人的勾当。而剩下来的村民仍旧守着这黄色混沌的土地，在太阳底下流着汗水。他们黝黑的眼睛就像一片灰色的天空，暗暗的找不到光亮。有时，你会看到一堆孩子或者一位老人站在田边，兜里揣着还有着泥土的脏手在那里遥望，遥望山外的路，遥望山外的人。

你开始觉得自己似乎走失了，走失在城市，或者走失在一段岁月里。而家乡的一条河流、一棵树、一幢瓦房、一个消失了的赶鸭人，都让你内心颤抖起来。想想自己每年从乡村里走出去，从那些巍峨的山和清澈的水旁走出去，可是你带走了什么？是带走了"我是穷人，我不撒谎，我不打架"还是带走了"我要做一个乞丐，我要做一个自由的人"。可是你带走了吗？你自己怀疑起自己来。

伸了伸腰，背有些疼了，外面已是漆黑一片，城市的灯光在迷离，在闪烁。你知道这又是一个想象里缺乏的夜晚，你坐在电脑屏幕旁，眼睛有些胀痛，视线有点模糊。夜幕下，你知道，其实大家一直都在希望里完美地生活着，尽管这种生活就像杯中的水、花朵中的露珠、石头里的野草……

你站起了身，走到五楼的阳台，远处城市的街道上依旧是人来人往，车来车往。是啊，这不正向我们预示着：亲爱的，你要相信，这是一段富裕的岁月，这是一个繁华的时代。

在光明的庭院里，

二十一年的炊烟散去，

谁吃过的苦，谁流出的蜜？

谁的一生，已从时间的身上过去多久，

而今陪伴在你身边的人，又是谁。

五

2005 年 10 月 9 日　　晴天

莫名，握住你的内心，给我一个春天。

新生杯征文比赛的结果出来了，我获得二等奖。这完全出乎我的意料，心里有几分高兴。中文系的一些学生开始关注我了，有些师兄师姐还叫我帮他们写通讯稿。对了，忘了告诉你，我们系每个人每学期要交文章到通讯社，这是任务。大二、大三的师兄师姐叫我帮他们写。我不知道怎么拒绝，就答应了。莫名，熊杨唱歌得了一等奖，他唱刀郎的《情人》，据说感动了许多人。这小子磁性的声音有点凄切也有点哀婉。

我们这一学期搞了许多活动。师兄师姐都说，大一是来玩的。是啊，组织生活每两周一次，上去都是表演节目，唱歌、跳舞、相声、小品等。我是一个害羞的人，没怎么参加，看到其他人在上面快乐无比的样子，我很羡慕他们。

还有一件很重要的事没告诉你，我们学校没有图书馆，新修的图书馆现在还是个框架。不知道什么时候才能到图书馆看书。每周只能拿着借书证到图书间去借，可是我们周一到周五都有课，很少有时间去。周末图书室的工作人员却不上班，这让我很纳闷。这不颠倒了吗？周末不看书，我们做什么。就算这样，我总是在周一到周五抽时间去借书，可是很多次门都关着。有时真想不明白，这些管理员上的什么班，比公务员还不守时。

莫名，我感到莫名的悲伤，我想起曾经一个网友对我说，找大学不看大学好不好，要看那所大学的专业、师资力量，其中还提到一点，就是选一个大学，一定要选一个图书馆藏书丰富、环境优越的大学。现在想来这位网友说的真是肺腑之言。如果再给我选择的机会，我不要活动，我只要图书馆。

是啊，我一直纳闷为什么学校周围的网吧生意那么好，很大的原因是因为没有图书馆。周末，这些学生没有事做，又不能看书，那么能做什么呢？看着别人上网，自己也渐渐跟着去了。尽管上网的费用惊人，但还是咬牙承受。其实环境影响人这句话，真的是千年难变的真理。

莫名，《易经》里面说：“道可道，非恒道也。名可名，非恒名也。”如果可以用言语和文辞来表达我此时的心情那该多好，可是却不能。“道”与“名”对于我说，似乎不再具有任何益处。莫名，你知道吗？我开始感到孤单，林峰已经和袭人走得很近了，熊杨现在拉起了崔莺莺的手，李博还睡在他的安乐窝。尽管贾小刀现在还在孤军奋战，但是却有短信发，有女孩聊天。我记得，贾小刀把发给大三师姐的短信让我参考，我能知道什么呢？曾经的自己颓废过，可是我再也不想那样。但是我能坚持下去吗？在这个环境下我能坚持下去吗？

贾小刀给大三师姐发的那条短信是这样的，其实很搞笑。写给你，也让你愉悦一下。“如果政府规定一个人一生只能找一个女子，我情愿那个人就是你，我无怨无悔，至死不渝！但偏偏政府没规定……可我还是只找你！”

六

2005 年 12 月 3 日　　　晴转多云

莫名，握住你的内心，给我一个春天。

来校已经快一学期了吧，现在我对什么事情都没有激情。刚当上了文学社编辑部的副部长，可是我却一点也不高兴。我已经开始变得颓废不堪。

昨晚，林峰、李博、熊杨都把女朋友带到了寝室。大学生将女孩带到男寝室过夜其实也算正常，可是我却感到不舒服。半夜醒来，听到女人的呻吟声，我无法入睡。贾小刀出去上网了，他是眼不见心不烦。可是我却难受得要命。我不知道一个女人是怎样说服自己当着外人的面脱光衣服，和他的男友做爱。难道真的是因为这个时代不同了吗？古时候的女子深居门内，很少抛头露面。可是现在的女子，却早已经忘记了那些美德。

其实我也想过找个女朋友，可是我却一直找不到生命中的那个人。网友都说我要求太高，要现实一点。是啊，我所期盼的女子，是才情与美貌兼有的奇女子。可是这样的女子哪里去找。很多女孩长得妩媚动人，可是一张口就会骂你祖宗十八代。是的，正如一位作家所说，上天是公平的，给了你一半，就会夺取你的另一半。这不正是吗？听说某娱乐明星居然披着日本国旗拍广告，某歌星说老子是秦国的宰相。上天给了他们靓丽的外表，却夺取了他们的内涵。

莫名，我已经不想去上课了。每一门课程还没怎么学，就要丢下再学下一门。我不知道这样学了又丢，丢了不管的教育方法真的可以培养出人才吗？更为郁闷的是，我们系的人把写作当作不务正业，他们时常讽刺那些文学爱好者，说些难听的话。是的，中文系会写文章的几乎没有，连贾小刀这种稍稍有天赋的人也把写作看淡了，他似乎平静如水，又愤世嫉俗。

莫名，难道中文系真的不搞写作，只搞政治吗？贴吧里一个叫雪路的吧友问道："中文系何时才能向着文化的方向发展？"可是这个问题谁能回答呢？

我将这话跟贾小刀说，他却嗤之以鼻。"你难道觉得写作真的有出路？如果你真的喜欢文学，就不应该读中文系，北大中文系教授也不提倡培养作家。正如一位领袖人物说的那句话，中文系培养文学蠢材。"说到这儿，贾小刀问我看过李亚伟的诗歌《中文系》没，我说没。于是贾小刀就说，这就是我疑惑的原因。

后来，我到网上查询了这首拍价 110 万元的诗歌，觉得真的是名不虚传。莫名，我发给你看一下，或许你能学到一些东西。

中文系（李亚伟）

中文系是一条洒满钓饵的大河
浅滩边，一个教授和一群讲师正在撒网
网住的鱼儿
上岸就当助教，然后
当屈原的秘书，当李白的随从
然后再去撒网

有时，一个树桩般的老太婆
来到河埠头——鲁迅的洗手处
搅起些早已沉滞的肥皂泡
让孩子们吃下，一个老头
在奖桌上爆炒野草的时候
放些失效的味精
这些要吃透《野草》《花边》的人
把鲁迅存进银行，吃他的利息

当一个大诗人率领一伙小诗人在古代写诗
写王维写过的那块石头
一些蠢鲫鱼和一条傻白蛙

就可能在期末渔汛的尾声
挨一记考试的耳光飞跌出门外
老师说过要做伟人
就得吃伟人的剩饭背诵伟人的咳嗽
亚伟想做伟人
想和古代的伟人一起干
他每天咳着各种各样的声音从图书馆
回到寝室

亚伟和朋友们读了庄子以后
就模仿白云到山顶徜徉
其中部分哥们
在周末啃了干面包之后还要去
啃《地狱》的第八层，直到睡觉
被盖里还感到地狱之火的熊熊
有时他们未睡着就摆动着身子
从思想的门户游进燃烧着的电影院
或别的不愿提及的去处

一年级的学生，那些
小金鱼小鲫鱼还不太到图书馆及
茶馆酒楼去吃细菌
常停泊在教室或

老乡的身边有时在黑桃Q的桌下
快活地穿梭

诗人胡玉是个老油子
就是溜冰不太在行，于是
常常踏着自己的长发溜进
女生密集的场所用腮
唱一首关于晚风吹了澎湖湾的歌
更多的时间是和亚伟
在酒馆里吐各种气泡

二十四岁的敖歌已经
二十四年都没写诗了
可他本身就是一首诗
常在五公尺外爱一个姑娘
由于没有记住韩愈是中国人还是苏联人
敖歌悲壮地降了一级，他想外逃
但他害怕爬上香港的海滩会立即
被警察抓去，考古汉
万夏每天起床后的问题是
继续吃饭还是永远
不再吃了
和女朋友一起拍卖完旧衣服后

脑袋常吱吱地发出喝酒的信号
他的水龙头身材里拍击着
黄河愤怒的波涛，拐弯处挂着
寻人启事和他的画箱

大伙的拜把兄弟小绵阳
花一个半月读完半页书后去食堂
打饭也打炊哥
最后他却被蒋学模主编的那枚深水炸弹
击出浅水区
现在已不知饿死在哪个遥远的车站
中文系就是这么的
学生们白天朝拜古人和黑板
晚上就朝拜银幕活着很容易地
就到街上去凤求凰兮
中文系的姑娘一般只跟本系男孩厮混
来不及和外系娃儿说话
这显示了中文系自食其力的能力
亚伟在露水上爱过的那医专的桃金娘
被历史系的瘦猴赊去了很久
最后也还回来了，亚伟
是进攻医专的元勋他拒绝谈判
医专的姑娘就有被全歼的可能医专

就有光荣地成为中文系的夫人学校的可能

诗人老杨老是打算
和刚认识的姑娘结婚老是
以鲨鱼的面孔游上赌饭票的牌桌
这条恶棍与四个食堂的炊哥混得烂熟
却连写作课的老师至今还不认得
他曾精辟地认为大学
就是酒店就是医专就是知识
知识就是书本就是女人
女人就是考试
每个男人可要及格啦
中文系就这样流着
教授们在讲义上喃喃游动
学生们找到了关键的字
就在外面画上漩涡画上
教授们可能设置的陷阱
把教授们嘀嘀咕咕吐出的气泡
在林荫道上吹过期末

教授们也骑上自己的气泡
朝下飘向手执丈八蛇矛的
辫子将军在河上巡逻

河那边他说“之”河这边说“乎”
遇到情况教授警惕地问口令：“者”
学生在暗处答道：“也”
中文系也学外国文学
着重学鲍迪埃学高尔基，在晚上
厕所里奔出一神色慌张的讲师
他大声喊：同学们
快撤，里面有现代派
中文系在古战场上流过
在怀抱贞节的教授和意境深远的
月亮下面流过
河岸上奔跑着烈女
那些头洞里坐满了忠于杜甫的寡妇
后来中文系以后置宾语的身份
曾被把字句两次提到了生活的前面

现在中文系在梦中流过，缓缓地
像亚伟撒在干土上的小便，它的波涛
随毕业时的被盖卷一叠叠地远去啦

快冬天了，天气冷了起来。我想念我的故乡，那里或许下雪了。记得小时候，我爱到雪地里奔跑，捧着雪花把它们做成雪球，在雪地里滚着玩，那时多快乐啊。

七

2006 年 3 月 20 日　　晴

莫名，握住你的内心，给我一个春天。

不知不觉已经来校快一年，现在我已经对其他事完全麻木。文学社社长小周不干了，他辞职了。个中原因我也不太清楚。最后我顶替了他的位置，当了代理社长。林峰早已经和袭人睡在了一张床上，熊杨现在迷上了游戏，崔莺莺已是他的女朋友。李博的女朋友杜丽娘前几天怀孕了，昏倒在我们寝室。我们几个帮李博把杜丽娘送到了医院，医生说营养不良，所以才昏倒的，他嘱咐李博要好好照顾杜丽娘，好好善待肚子里的孩子。

李博听了后，脸都煞白了。经过一段时间的调养，最后，杜丽娘和李博终于狠下心来去医院打掉了孩子。熊杨看到这一情况后，吓得出了一身冷汗。他说，以后一定要带套，为了安全，为了一切。林峰却在幸灾乐祸，“每年全国医院打掉的孩子少说也有上千万，区区李博的一个孩子算什么。我倒觉得该把孩子生下来，好让我当个干爸！”林峰这样说，大家都仇恨地看着他，恨不得把他杀了。

贾小刀没有追到大三的师姐，听说师姐回江南去了。师姐的家乡在江南，贾小刀说，那是一个美丽的地方，山好，水好，人更好。贾小刀后来和一个大二的姑娘谈起了恋爱，那个姑娘看上去很妖艳。熊杨每天晚上几乎不回寝室，林峰也到外面租了房子，因为他们终于觉得在寝室睡觉不安全，也不是长久之计。李博这一段时间一直在外陪着杜丽娘。

莫名，我也想去找个女朋友了。可是我却不知道从何下手，也不知道到底谁才适合。是啊，任何事情都讲个缘分，可是缘分这东西捉摸不定，它到底在哪里呢？有时候真羡慕《唐璜》里的浪子唐璜，遇到的姑娘都与他那么有缘。可是唐璜却是一个花心的人，爱上了那么多姑娘。

莫名，爱情到底是什么。我真的说不清楚，也想不清楚。法国作家小仲马《茶花女》中玛格丽特和阿尔芒的情感纠葛算爱情吗？莎士比亚戏剧中罗密欧与朱丽叶之间是爱情吗？还是司汤达《红与黑》中，于连与市长夫人之间的偷情是爱情？我真的不太明白，我们所谓的爱情，是需要什么来做支撑。我已经感到迷茫与无知了。

莫名，你说我该怎么办。有的时候想着一些事情，就无法自拔。是的，我自己就像迷失在深林的山羊，找不到我的草原在哪里。前面是阴森的荆棘丛林，后面是恐怖的悬崖峭壁。莫名，我现在已经到了人生的重要十字路口，我无法看清方向。我的眼睛像被什么蒙住了一样，不知道何去何从。

你知道吗？上学期我得了一等奖学金，可是我并不感到高兴。因为，我所熟悉的一个师兄，前几天去找工作，尽管他也每年拿奖学金，但是仍没应聘上，反而被他班上一个不怎么优秀的人把位置给夺去了。这一点给我打击很大，有时候觉得来学校到底学习什么啊。以前我是有理想的，我想来大学弥补年少时的过失，可是那仅仅是想象而已。慢慢地我已经受了旁人的影响，我开始颓废，尽管我知道这样下去没有什么好下场。可是大家都在做某一件事的时候你不去做，人家就会觉得你是异类。舆论的压力是很可怕的，如果大家都不写诗，你写诗的话就是疯子怪人。

莫名，我现在越来越看淡一切了。什么事情对于我来说，都失去了意义。

八

2006 年 10 月 16 日　　　小雨

莫名，握住你的内心，给我一个春天。

很久很久没给你写信，你还好吧。现在的我，已经全变了，遇到了很多的事，也见过许多的人，才觉得这个世界上有许多是你无法决定的。这里面不确定的因素太多太多，人为操作的情况，也让你触目惊心。

莫名，我已经没有了理想，我的世界观也似乎发生变化。我不知道要为自己形成怎样一个理论，来支撑自己的行为。莫名，以前我一直为贫苦百姓写文章，我的文章都深入到社会底层。可是这一次的乘车事件，却让我犹豫起来。那天，我赶火车到 B 城办一件事，在车厢里遇到一群农民工。以前我很同情他们，觉得他们善良、朴实，可是现在这种看法却不是正确的。在车厢里，我听到他们的议论。谈的都是讲把某人打成重伤，和建筑老板一起出去打群架，把谁打死了没有人来追究责任，等等。他们说这话的时候露出自豪的神色，这让我内心剧痛。是啊，以前一直以为他们虽然处于社会底层，但是心地是善良的，没有想到这群农民工却如此彼此相轻。

莫名，我无法悲伤。是的，正如雁宁写的长篇小说《无法悲伤》一样，我将自己的疼痛抑制在自己的肋骨里，因为我害怕自己掉下眼泪。

莫名，你还好吗，我虚构的朋友。这几日我想起了初恋，那个和我一起跨越过青春期的女孩。她现在还好吗？听说她在北大过得很好，读的是法律专业。可是莫名，你知道吗？曾经我们是那么相爱，可是现实却让我们不能走在一起。莫名，令人欣慰的是，每年我回到老家，她都会打电话给我，问我的情况，问我是不是还单身。我沉默着说不出一句话。是的，莫名，我不知道我和她算是朋友，还是算是别的什么关系。我真的不知道。

莫名，我知道我和她之间已经有着无法衡量的距离，这距离超越了城墙、马路或者河流。莫名，一个人的悲伤总是被另一个人遗忘，可是我的悲伤被谁遗忘了呢？在学校待了一年多，可是我到底学到了什么啊？在别人眼中我是个勤奋学习的好孩子，可是这能给我带来什么。是的，我孤独，我没有理想，我每天啃的是以后不用的知识，我看的是毕业后就会扔掉的书。可是这一切，我还是麻木地坚持着。

莫名，告诉你，这个城市的秋天并不美丽，落叶、乌云、行驶的车辆，在这个城市安居。人群在穿梭不息。如果，有一天，我虚构的朋友，你要来这座城市，我劝你打消这个念头。因为这里将有着你无法抗拒的绝望，无法磨灭的忧伤。

最近我又投稿了，可是被退了回来。我知道许多杂志的风格已经不再是作者的风格，现在是作者跟着读者走，读者需要看什么，你才得写什么。莫名，你知道那些文章是没有任何思想的，或许在看过之后就成为泡沫。可是，这个浮躁的时代需要这些泡沫来填充人们精神的空虚，而不是用真正的纯文学来启迪人们的心灵。

莫名，我想告诉你。90 年代，纯文学已经到了一个跨越时代的高峰期，贾平凹、陈忠实、阿来凭借《废都》《白鹿原》《尘埃落定》赶上了这般浪潮。可是莫名，现在文学已经走向了下坡路，我们接受的是文化的泡沫现象。莫名，我不知道自己还该不该继续坚持下去，因为前方的路被大雾遮盖着，我真的看不清方向。

九

2007 年 3 月 15 日　　　晴朗

莫名，握住你的内心，给我一个春天。

前几天，朋友介绍了一个文学网站给我，名叫榕树下。她说，这是全球都很有名的文学网站之一。我到网吧去注册了一个用户名，并投了3篇稿子。今天打开邮箱一看，我的稿子通过了两篇，被退了一篇。我感到很高兴，这是我第一次在网上投稿。于是我迫不及待地打开网址，惊奇地看到编辑给我的文章做了小评。还有一些读者也在文章后面做了评论。我兴奋极了，今天心情一直很激动。

还有就是，贾小刀不在文学社干了，他上学期就辞了职。现在他换了第二个女朋友，记得上个女朋友他只谈了2个月。我不明白他们到底是为了什么，难道谈朋友只是闹着玩吗？莫名，学校举办了许多大赛，什么课本剧大赛、小论文大赛、三笔画大赛，等等。我没有参加这些，其实许多人都没有参加。因为大家已经看淡了学校的许多比赛，大家都懒于去理任何事。

林峰上次被前任女朋友打了一耳光，原因是他一只脚踏两条船。他回来后大骂，脾气相当不好。熊杨和崔莺莺早就搬到外面租房子去了，李博去实习了，听说到了一个小镇的中学。过了5月，他就要离开我们，不知道什么时候才能相见。贾小刀现在什么都不做，就躺在寝室睡觉。而我也渐渐地堕落成一个懦夫。

寝室里转来了一个大一的师弟，看上去文文静静的那种。刚来没多久，他就去追文学社秘书部的部长，所谓人不可貌相。他每天电话不断，还偷偷把泰戈尔的情诗抄去拿给那个女生看。林峰有时回来，装着一副前辈的模样为大一小师弟出谋划策。说怎么讨得女孩子欢心，怎么做一些让女孩子感动的事。大一小师弟学得很快，唯唯诺诺，谦谦逊逊的。

熊杨现在的游戏瘾已经达到相当严重的地步，白天回来打游戏，晚上出去陪女朋友睡觉，课已经不上了。据他自己粗略统计，大一到现在旷课共达600多节。辅导员已找他谈过几次话，可是这小子一直都没有改正。我想，他是改不了了。崔莺莺每每提到熊杨的游戏瘾，便摇头。这女人很温柔，对熊杨照顾有加。

莫名，春天是美好的，阳光温暖，绿树茂盛，空气也清新了起来。可是这份美好我却无福消受。因为春天，我会看到许多灿烂的笑容，这些笑容绽放在别人的脸上。莫名，我已经懒于做任何事，学习、看书、写作，我一样也不想做。包括静下来给你写信，我也烦于提笔。我想，是不是我已经苍老，或者像女人一样到了更年期，做什么事都感到烦躁。我自己也想不清楚，正如到现在为止，我也没为自己规划满意的人生。我是不是疯了，还是怎么，我的眼前是一望无际的森林，我看不到它的另一边。

十

2008年10月15日　　晴朗

莫名，握住你的内心，给我一个春天。

我虚构的朋友，从明天开始，我不再给你写信。因为我就要离开大学，离开这个让我伤心的地方。我在《S都市消费》找了一份兼职。工作之后，我感到自己心情好了许多，再也不像以前那样压抑。

莫名，今天我将自己所看的书整理了一下，归了类，对自己做了一个总结。我才发现自己似乎是一个文盲，看得太少太少，我是不是荒废了青春？我把自己看的书整理了一下，推荐给你看。希望你能在书里学到点什么，不像我什么也没学到。

附：近一年所看外国文学书籍整理。

西方文学

一、古代文学

1. 古希腊神话

2. 荷马史诗《伊利昂纪》、《奥德修纪》荷马（古希腊）

二、中世纪文学

1.《圣经》

2.《神曲》但丁（意大利）

三、文艺复兴时期文学

1.《堂吉诃德》塞万提斯（西班牙）

2.《威尼斯商人》《罗密欧与朱丽叶》《奥赛罗》《李尔王》《麦克白》《哈姆莱特》莎士比亚（英国）

四、17 世纪文学

《吝啬鬼》《伪君子》莫里哀（法国）

五、18 世纪文学

《少年维特之烦恼》《浮士德》歌德（德国）

六、19 世纪文学

1.《唐·璜》拜伦（法国）

2.《巴黎圣母院》《悲惨世界》《九三年》雨果（法国）

3.《上尉的女儿》《叶甫盖尼·奥涅金》普希金（俄国）

4.《红与黑》《法尼娜·法尼尼》司汤达（法国）

5.《人间喜剧》《高老头》《剥削者》巴尔扎克（法国）

6.《双城记》狄更斯（英国）

7.《死魂灵》果戈理（俄国）

8.《罪与罚》《白痴》《群魔》《卡拉马佐夫兄弟》陀思妥耶夫斯基（俄国）

9.《德伯家的苔丝——一个纯洁的女人》哈代（英国）

10.《安娜·卡列尼娜》《复活》列夫·托尔斯泰（俄国）

11.《玩偶之家》易卜生（挪威）

12.《哈克贝利·费恩历险记》马克·吐温（美国）

七、20 世纪文学

1.《母亲》高尔基（苏联）

2.《静静的顿河》肖洛霍夫（苏联）

3.《约翰·克利斯朵夫》罗曼·罗兰（法国）

4.《老人与海》《太阳照常升起》《永别了，武器》海明威（美国）

5.《荒原》艾略特（美国）

6.《卡夫卡全集》卡夫卡（奥匈帝国）

7.《尤利西斯》乔伊斯（爱尔兰）

8.《死无葬身之地》《自由之路》《墙》萨特（法国）

9.《等待戈多》《莫非》贝克特（爱尔兰）

10.《第二十二条军规》海勒（美国）

11.《百年孤独》《霍乱时期的爱情》《家长的没落》加西亚·马尔克斯（哥伦比亚）

东方文学

一、古代文学

1.《旧约》希伯来人的经典

2.《沙恭达罗》迦犁陀娑（SUO）（印度）

二、中古文学

1.《一千零一夜》《古兰经》《安塔拉传奇》阿拉伯

2.《源氏物语》紫式部（日本）

3.《蔷薇园》萨迪（波斯）

三、近代文学

1.《我是猫》夏目漱石（日本）

2.《泰戈尔诗集》《戈拉》《沉船》泰戈尔（印度）

四、现代文学

《戈丹》普列姆昌德（印度）

五、当代文学

1.《雪国》《招魂节一景》《伊豆的舞女》《温泉旅馆》《花的圆舞曲》川端康成（日本）

2.《新开罗》《我们街区的孩子们》《宫间街》《思宫街》《甘露街》三部曲　马哈福慈（埃及）阿拉伯

第十一章 怀念

一

“嘿嘿，你醒了？昨晚你睡得好沉！”车厢里的女人对正睁开眼睛的贾小刀说。

“呵呵，昨晚什么时候睡的，我都不记得了。”贾小刀揉了揉眼睛。

“我们打完扑克，你说你瞌睡来了，说完后不一会儿就睡着了。”女人说。

“是吗？看来是太累了，这一段时间一直都没好好睡过觉！”

“睡舒服了吧，昨晚跟死猪一样！”

“嗯，这样才好，终于睡了一次好觉。”

“对了，你还没告诉我你大学的情况啊，说说看，到底怎么回事？”女人好像又来了兴致。

“哎，你天生一个做狗仔的料子。好吧，吃完饭再给你说。”说完后，贾小刀叫了两碗稀饭、两个鸡蛋和一份咸菜。“给，吃点稀饭，我请客！”贾小刀对女人说。

“这多不好意思，还是我自己开钱吧！”

“客气啥，看不起我？”贾小刀表现出微怒的样子。

“看来盛情难却啊，那就恭敬不如从命！”女人端起稀饭便吃起来。

车厢里其他乘客有的还睡着，有的正端着饭津津有味地吃着，有的啃着鸡腿和猪尾巴，看来生活非同一般。列车员换了一批新的。

贾小刀看了看手机，时间已经是早晨8点整。贾小刀想起自己从湖南逃出来的狼狈样，心里不免有些心悸。

是啊，这列火车开了9个多小时了。他想，家乡马上就要到了。这一次告别，差点让自己回不去。

“快讲啊，别胡思乱想。你乱想的这一段时间，不知道要发生多少事了。”女人说，“如果你的生活就是一部小说，那么这个作家或许就把你寝室的林峰、王洪、熊杨几个人的故事情节给写好了！”

“呵呵，你想当作家吗？”

“这个保密！”女人微笑着说。

“呵呵，也没什么！作家是要受穷的，还是不要当的好！”贾小刀对女人说。

“呵呵，吃橘子不？”女人剥了一个橘子递给贾小刀。

“谢谢！”

这时车厢的乘客将窗帘打开，阳光射了进来，落到贾小刀的身上。贾小刀的身上开始闪着光亮。“要是能握住阳光多好！”

“会的，生命中到处都有阳光，只要你坚信！”

“是吗？”

“是的，只要你坚信自己，没有做不到的事情！”

“对了，你到湖南去干什么？”贾小刀问。

“回家！你到湖南呢？”女人问。

“找工作啊，没想到被骗了。”

“这么精彩，说说怎么被骗的？”

“你是搞啥的，调查啊。”

“嘿嘿，我是作家。我想把你的故事写成小说，然后编成电视剧！”

“哈哈，果然不出我所料。你一直问我，我就知道你要么是记者，要么是作家。”

“嘿嘿，不客气。继续说说你的故事。”

贾小刀其实心里一直在猜想，这女的应该是调查工作者。他不想给她说那么多，但是当时的贾小刀在传销组织待得太久，与世界隔绝得太久。能有一个人听他讲讲故事，他的心情会好受一些。

于是，便和这女人谈起了自己的故事。

火车嘟嘟地叫着，发出洪亮的声音。是的，它不停歇地驶向下一站，不知疲倦。

二

尽管贾小刀与林峰是一个寝室的，但是林峰对待爱情太过泛滥。贾小刀压根就不知道，在林峰交往过的女人里，还有这么一位朴素善良的姑娘。可惜，直到在宾馆，贾小刀才算与徐安琪见第一面。

寝室里，李博士依旧给大家吹嘘着性爱知识，用先行者的口气给大家讲做爱十八般武艺。王洪仍旧是一个读死书的迂腐学生，每天作文章，看书，写信。他写的信，谁也没有看过。贾小刀想，说不定他的信中，记录了他们一寝室的故事，记录了他们的青春。

在大学，王洪没能谈到恋爱。因为，大学女生选择男性的标准，已从成绩优秀改为高富帅。像王洪这种沉闷型的，是很难找到爱情的。

贾小刀的女友中，有一个女孩比贾小刀高一年级，确切地说，贾小刀该叫她师姐。贾小刀是在网吧认识的她。当时贾小刀正在上网，她就坐在贾小刀旁边。那天太阳很大，阳光从窗户照射进来，在网吧的地板上闪着块块光芒。

“你好，你有烟吗？”女孩问贾小刀。

“哦，烟？有。”说着，贾小刀从口袋里掏出万宝路香烟给女孩。

“谢谢！”女孩从贾小刀的烟盒里抽出一支，说：“有火吗？”

“好的。”贾小刀给女孩点上。

女孩抽了一口，眼睛闪了一下，问：“大几的？没怎么看过你。”

“哦，我大一，刚来的。”贾小刀开始认真看这个女孩，她画着淡妆，皮肤像牛奶一样白皙，嘴唇红润，牙齿洁白。算是一个美女。

“呵呵，不错，又来了一群受骗的小屁孩！”女孩笑着说。

“同学，我可不是小屁孩，俺是青年！”

“哈哈，你真有趣！”

“哪里，我只是确认而已！”

“叫什么？”女孩吐出一个烟圈问。

“贾小刀，贾小刀的贾，贾小刀的小刀。”

“什么，有你这么介绍名字的吗？”女孩惊诧。

“那要怎么介绍？”

“反正不是这样介绍。对了以后叫我英姐就是了！”

“为什么要叫你英姐呢，我比你大！”

“让你叫就是，还犹豫干吗？”女孩微微有点怒意。

“呵呵，认识你很高兴。”

“但愿吧！”

贾小刀就这样和英姐认识了。

一天下午，因为没课，贾小刀在寝室睡觉。他的手机响了，拿起一看，是英姐发的短信：“在做什么呢，没上课？”

“没，在睡觉！”

“有前途！”

“哪里哦，在堕落。”

“呵呵，你想不想不堕落？”

“想啊。”

“那有没有兴趣来听你英姐班的课？”

“好啊，好啊，但是怕听不懂。”

“听懂了还要你认真听吗？要来的话就到 309 教室。”

“嗯，我一会儿就来！”

“快点哦，等会我改变主意可不接待哈！”

“遵命！我一定比刘翔的速度快十倍奔来，绝不让领导大人您失望！”

于是贾小刀穿好衣服，整理好头发后，就向 309 教室奔去。

贾小刀来到 309 教室旁边，定了定神，轻轻将门推开一点点。妈呀，那么多人。贾小刀有点胆怯了。他站在门口迟迟不敢进去。

“对不起，领导大人，由于我第一次上前线，不敢冒着枪林弹雨杀敌，所以在门口犹豫不定。请领导一定出来带我。”贾小刀发了一条短信给英姐。

“呵呵，看来你小子人高胆小啊，亏你还 178 厘米的身高！”

“是啊，每个人都有第一次啊，你也体谅体谅下属吧。”

“不用怕，有我罩着你，我就在最后一排，你打开门，径直朝我走来，老师不会说的。哎，说白了，大学老师都不管你的，或许他还以为你是我班那个迟到的学生呢。进来吧，上帝会保佑你的。”

贾小刀收到短信后，便又一次来到教室门口，他深呼吸一口气，把门轻轻一推，看到大学老师正往门口走来。贾小刀吓得魂都掉了，他赶快把门拉紧，跑到一边，拍着自己的胸口。

“领导，我确实不敢进去，还是你出来吧，我在门口等你！”

“哎，怎么这么胆小？”

“你出来吧，你不是说老师不管吗？”

“好吧，真服了你！”

过了一会儿，英姐从教室里走出来。她看着贾小刀，笑着说：“哎，没想到你这么胆小。没办法。”

“还去上课不？”

“不去，翘了，咱们出去逛逛吧！”

“好，我正有此意！”

三

贾小刀和阿英往学校后面的铁路走去。下午的阳光微热，偶尔有一丝风。英姐走在贾小刀的右边问：“怎么样，来这所大学是不是觉得被骗了？”

“有这种感觉，但是还得坚持下去。”贾小刀轻描淡写地说。

“来读大学，有没有想找个女朋友的冲动？”

“你觉得我属于那种生理不正常的人吗？人家说，大学不恋爱后悔一百年。”

“大学恋爱，你就痛苦一百年，信不信？”

“是吗，不会那么恐怖吧！”

“呵呵，慢慢你就会明白的。”

“我在网上看到描写大学生活的诗，要不要我背给你听听？”

“说说。”

“大学情侣　　诚知此恨人人有，贫贱夫妻百事哀。

大一女生　　杨家有女初长成，养在深闺人未识。

大二女生　　后宫佳丽三千人，三千宠爱在一身。

大三女生　　花开堪折直须折，莫待无花空折枝！

大四女生　　秋已无多，早是败荷衰柳。

大一男生　　强整帽檐欹侧，曾经向天涯搔首。

大二男生　　一片宋玉情怀，十分卫郎清瘦。

大三男生　　当时共我赏花人，点检如今无一半。

大四男生　　劝君莫作独醒人，烂醉花间应有数。”

“写得多有才，这小子一定古代文学学得好。谁写的，不会说是你写的吧？”英姐问。

“我多希望是自己写的，可惜才疏学浅。”

“呵呵，慢慢你就能超过的，任何事都需要坚持与相信自己。”

“谢谢鼓励！”

“对了，你男朋友呢？”

“没有。”

“不会吧，你这么漂亮！”

“没有就没有，你是不是想毛遂自荐？”

“是啊，有这个意思。”

“那行，答应做你两天女朋友。”

“不会是做梦吧，还是开玩笑的？”

“你觉得是什么就是什么。”

“不可思议，我是不是昨晚遇到幸运之神了。”

“也许。”

“呵呵。真让人难以置信。”

“不相信？好，给你点表示。”说完后，英姐用手拉住了贾小刀的手。“这够了不？”

“啊，啊，够了，够了。”贾小刀的心跳得厉害，她没想到恋爱会来得这么快。简直让人一时之间难以接受。

贾小刀和英姐走在这陈旧的铁路上，旁边是搬运的工人和过路的农民。偶尔有一些情侣从铁路上经过。贾小刀拉着英姐的手在铁路上逛游了几个小时，直到月光洒满整个城市。贾小刀想起寝室林峰说的那句话，在女人面前千万不要害羞，要做的小动作不要怕不好意思做。其实有些女人比男生还寂寞。贾小刀觉得林峰说得很有道理，要不然今天这么快就恋爱了。

铁路旁的一个车站停着许多辆货车，一些司机蹲在月光下，端着一大碗米饭在那里津津有味地吃着。他们的身旁放着铁锹、工作帽以及满是煤灰的衣服。这里是一些煤炭老板的货运地。

英姐拉着贾小刀的手，转过身来看着贾小刀的眼睛，仿佛要把贾小刀的人给吞了一样。“你觉得我漂亮吗？”英姐问。

“漂亮啊，晚上比白天更漂亮。”贾小刀觉得晚上的英姐比白天更具有魅力，或者说更有诱惑力。

“哦，你的嘴唇有点干裂，需不需要擦点唇膏呢。”

“我们男生一般不擦唇膏的啊。”

“我这里有，要不要擦点。”

“还是不要了吧！”

“来点嘛。”

“好吧，只允许这一次哦。”

“呵呵，好。”说完，英姐的嘴唇便贴到了贾小刀的嘴唇上。

贾小刀终于明白英姐说的唇膏指的是接吻。贾小刀被英姐甜润的舌头钩来钩去，他感觉自己似乎失去了所有直觉，自己的舌头被带着进入了一个神仙的境界，又仿佛自己含着最香最甜的糖果。

“怎么样，唇膏不错吧！”

“很好啊。”贾小刀说。

“要不要再来点。”

“要啊。”

于是贾小刀这次主动搂住了英姐的腰，在她的嘴里吸吮起来。

四

那夜很晚才回寝室，贾小刀躺在床上久久不能恢复平静。他将这个情况说给林峰他们听，除了李博，没有一个人相信。林峰说贾小刀肯定是神吹的。

李博只是冷冷地笑了笑，提醒了一句，对贾小刀说："有蹊跷哦，贾小刀。"

贾小刀并不明白李博所指的是什么，他仍旧沉浸在美妙之中。

突然，贾小刀的手机铃声响了起来，贾小刀拿来一看是英姐发来的短信："知道我在做什么吗？给你5个选择：a、想你；b、很想你；c、非常想你；d、不想你不行；e、以上皆是。"

"呵呵，我也在想你。"贾小刀回了短信。

"如果有来世，就让我们做一对小小的老鼠吧。笨笨地相爱，呆呆地过日子，拙拙地依偎，傻傻地在一起。即便大雪封山，还可以窝在草堆紧紧地抱着咬你耳朵……"

"你的耳朵是不是特别甜美？"

"那是。给你发个笑话哈。一个三岁的小男孩拉着一个三岁的小女孩的手说：'我爱你。'小女孩说：'你能为我的未来负责吗？'小男孩说：'当然能！我们都不是一两岁的人了！'"

"呵呵，我们也不是一两岁的人。"

"是吗，我看你还没满月。"

"才怪。"

"对了，还没睡，做啥呢？"

"想你啊。"

"你就贫吧。早点睡，晚安。"

"晚安。"贾小刀关掉手机，躺在床上，仍旧睡不着。他想着当天发生的事情太突然，以至于自己心慌意乱。寝室里，李博出去陪女朋友了，林峰还在给袭人发短信，熊杨坐在电脑旁打着游戏，王洪在学习室写信。贾小刀本来想找个人聊天，看大家都有自己的事，便打消了这个念头。

贾小刀觉得或许真的是上天给自己开了一个小小的玩笑，让他意外地收获了一份感情。可是贾小刀总觉得英姐的眼神有点问题，他怎么猜也猜不到。后来贾小刀不想了，他觉得既然这么快来临就接受吧。是啊，人有的时候对意外来临的事件，总是感到怀疑，譬如有一天你真的中奖了，你的邻居这样给你说，可是你却不敢相信。你总觉得这事太突然太让人费解，于是很多次你放弃了从天而降的幸运。

明天，贾小刀要做什么呢？贾小刀躺在床上思索着这个问题。正如沉思者大卫皱着眉头，在思考明天穿什么衣服一样。

寝室里，熊杨打着游戏，发出特别的尖叫声，或许他入迷了，就像自己真的把人杀掉一样，兴奋到了极点，完全到了忘我的境界。贾小刀想到这儿，打游戏有点像吸毒一样，明知道那是个坑却要往里跳，为了他们的信仰，心甘情愿放弃其他一切。林峰收到短信就趴在床上呵呵地笑，仿佛明天就要过年。王洪从学习室走了回来，他拿着一本《道德经》。贾小刀很想问一下，《道德经》给人以怎样的启迪，又给人们带来了什么呢？王洪将书摆在桌子上，脱掉衣服正准备睡觉。

“王洪，这么早就睡了？”

“不早了，都快 12 点了，你们也早点休息吧。”

“好了，谢谢。”

贾小刀见没人说话，便倒在床上，不一会儿就进入了梦乡。

五

“其实，你和英姐谈恋爱很正常，现在的年轻人3秒钟就能喜欢一个人，更何况你们呢？”车厢里，贾小刀对面的女人轻描淡写地说。

“不会吧，我怎么认为喜欢一个人需要很久很久。我不相信一见钟情。”贾小刀对女人说。

“对了，后来你和那个英姐怎么结束的。”

“那是后来的事了，哎，或许是我当初太传统了吧。”

贾小刀和英姐谈恋爱之后，他们一起吃饭，一起散步，一起上早晚自习。其实每一对谈恋爱的情侣要做的无非就是这些。散散步、聊聊天、上上网，等等。贾小刀本来以为这样的日子会一直继续下去，可是后来突然发生的事，却让贾小刀放弃继续走下去。

一天夜里，城市的上空没有月亮，隐隐约约地可以看到天空有几颗星星。

英姐和贾小刀走在学院树林里的石子路上。贾小刀看见一些情侣坐在树林的石凳上相互依偎拥抱着，旁若无人地亲吻。英姐走在贾小刀的右边牵着他的手，贾小刀感到英姐步幅沉重仿佛有什么心事。

“怎么了，是不是不舒服？”贾小刀问。

“没什么，别担心。”

“别骗我，你一定有什么事，这几天你都无精打采的。”贾小刀继续询问。

“真的没什么，别想得太多。”

“告诉我吧，其实我可以和你一起分担！”

“真的，没什么。”英姐漫不经心地说。

“哎，何苦呢，这样憋在心里很难受的。”

“贾小刀，问个事。”

“问吧。”

“如果一个男孩和一个女孩正在谈恋爱，可是这个女孩却怀上了另一个男孩的孩子，你觉得和她谈恋爱的男孩会怎么想呢？”

“你是说的谁啊？”

“我是指假如。”

“哦，如果真这样的话，这个男孩会崩溃的。”

“哦，知道了。”

说完后，英姐一直没有说话。那一夜他们聊得相当少。最后，两人在树林里静静地待了许久，贾小刀觉得没趣，就送英姐回寝室了。

又过了几天，贾小刀和英姐吃完饭后在网吧上网。英姐正在打 QQ 游戏，耳机套在耳朵上以至于没有听到电话铃声，贾小刀拿起英姐的手机。

“喂，你找谁？”

“你是谁？”

“我是他男朋友，你是谁？”贾小刀问。

“什么……哈哈，他 × 的婊子！”电话那头沉默了几秒钟之后，骂了一句就挂了电话。

贾小刀一看来电号码编辑着“老公”的名字，他又翻了已读短信，几乎除了贾小刀发给英姐的短信之外，都是“老公”的短信。贾小刀打开几条短信发现下面的文字。

“老婆，睡了没，想你了。”“老婆，过一段时间我就回来，你一定等我哈。”“老婆，要注意身体，钱我已经寄到你卡上，去把孩子打掉了吧，你也知道现在我们还不能要孩子，对不起，不能在你身边陪你……”

贾小刀看到这儿，脸一下子煞白。他把手机丢到网吧桌子上，一个人走了出去。他来到网吧外面，整个人都是昏沉沉的。他感到眼前一片空白，什么都无法看清。他觉得自己被全天下的人欺骗了，整个人已经失去了精神支撑。贾小刀在外面待了许久，来往的行人依旧穿行在这段岁月。

六

不知过了多久，贾小刀冷静下来。他来到英姐身边，坐在她旁边的位置上进入游戏社区，他疯狂爆破敌方的头，希望以此来消解自己烦躁的情绪。

在网吧待了几小时之后，贾小刀和英姐往学校走去。贾小刀一路上没有说话，直到把英姐送到女生宿舍。

晚上的时候，英姐打来电话。

“贾小刀，出来有事给你说。”

“什么事？不想出来。”

“你一定要出来，有些事必须说清楚。”

“好吧，在老地方见吧。”

于是贾小刀来到花园假山旁的雕像旁，英姐已经在那里了。

贾小刀和英姐走在夜晚的学院里，今晚的感觉与以往不同，空气中有着压抑的气息。

“既然你已经知道情况了，对不起，是我骗了你！”英姐开口说话。

“没什么，这不怪你！”

“我真的不是有意的，你也知道我和他已经不太现实。”

“现实？那你为什么当初要选择他？”

“有些事情是我无法决定的，这里有许多的偶然与必然因素。”

“是吗？你怀了孩子，为什么不早点告诉我，让我做乌龟？”

“我真的没想瞒着你，我很想找个机会对你说。”

“呵呵，对不起，我是一个比较传统的人，我忍受不了这个！”

“如果你要离开我，我不会说什么。”

“你觉得我们还可能在一起吗？”

“我没奢望跟你能继续下去，这一切都是我的错。”

“不是你错不错的问题，是你不应该隐瞒我。你现在还没和他断关系？”

“怎么断呢？不在一个地方了，还用说断与不断吗？再说他有能力养我吗？我会为了他远奔到一个完全陌生的地方，放弃自己的家人？现在已经不流行私奔了。爱情不是你喜欢谁，就可以和谁在一起。我们都还没有能力履行自己的承诺，以前太傻太傻，以为喜欢一个人哪怕要饭也要跟着他。可是现实中我们能做到吗？不能，我们都是很自私的。”

英姐说到这里，贾小刀的痛比以往更甚了。他想起了自己的初恋王小梅，想起了原野。他们都在自己的生命中占据了重要的位置，可是他却没有能力为她们做些什么。

是的，现在年轻的我们都还太天真，以为爱一个人就可以到永远，可是这行吗？泰戈尔说，爱一个人最遥远的距离，是我在你身边，你却不知道我爱你。其实他的这句话并不一定正确，爱一个人最遥远的距离是虽然我爱你，但是我却不能和你在一起。

“我知道，我也理解。但是你不应该隐瞒我。其实有些事情可以当面说的。”贾小刀温和地说。

“哎，事情已经发生了，也没什么挽回的余地。很高兴和你相识！”英姐伸出了手。

“其实你愿意，我们还可以在一起！”

“算了，你喜欢的是以前的我，而不是现在的我，正如一杯咖啡加了糖之后，再也不是以前的原味，一块玻璃破碎之后，是不能用胶水粘成以前的样子的。”

“你说怎样就怎样吧！”贾小刀伸出了手紧紧地握住英姐。那一晚吹着冷风，隐约可以听到蛙鸣。

七

又过了几天，英姐打来电话。

“贾小刀，今天我到医院做人流，能陪我去吗？”

“你真的考虑好了吗？不打算留下孩子？”

“不，留下做什么呢？”

“好吧，我马上就来，你在你宿舍楼下等我。”

说完，贾小刀穿好衣服就往英姐宿舍楼下走去。贾小刀和英姐去的是市中心医院，听人说这家医院妇产科声誉很好。贾小刀帮英姐挂了号，然后陪她上四楼妇产科。医院里人满为患，挤得水泄不通。贾小刀挽着英姐的手进了电梯，瞬间工夫电梯里就挤满了人。

“让一让，让一让！”这时几个护士推着一个重病病人进了电梯，一个护士举着正在为病人输液的瓶子。电梯顿时超载，发出警报声。

“真烦人。”电梯里的人开始抱怨起来。

“大家有谁能让一下吗，这个病人急需抢救。”

“我们去走楼梯吧。”贾小刀对英姐说。

“也好。”说完后，贾小刀和英姐出了电梯，向楼梯走去。这时从电梯也跟着走出来几个中年人，嘴里在叽咕地抱怨着。

贾小刀陪着英姐从楼梯上了四楼，来到妇科室。接待英姐的是一个40岁左右的妇女，她长得很胖。中年妇女严肃地说：“打掉孩子要考虑清楚哦，现在国家虽然提倡计划生育，但是毕竟这是一个小生命。”

“我想好了，大夫。”

“小伙子，都是你做的好事！”中年妇女盯着贾小刀，眼神中有一种责备。

贾小刀低着头没有说话，默默地接受着。

“到楼下去把费用交了，拿个号，然后等你的位置，就在隔壁的椅子上。”医生对贾小刀说。

贾小刀将英姐扶到隔壁的木椅上，一个人跑下楼梯，来到底楼的缴费处付了费，拿了一个位次单，到了英姐的身边。

英姐握住贾小刀的手，眼神中有种害怕与惊恐。

“别紧张，放松，没什么，一会儿就好了。”贾小刀安慰英姐。

英姐的手心出了汗，打湿了贾小刀的手。贾小刀用另一只手理了理英姐凌乱的头发，对她说：“别怕，没什么，就像去喝一杯咖啡那样平常。”

英姐看着贾小刀，不说一句话。贾小刀可以感觉到她的内心在发抖。贾小刀开始想起英姐远在外地的男朋友，不知道现在在做什么。是啊，一个男人爱一个女人，却不能陪在她身边，难道这也是爱吗？一位哲人说过，什么是爱，爱是在你最需要他的时候，他会出现你身边，给你温暖给你安慰。可是我们嘴里常提起的爱，却是那么淡薄，就像一块薄冰，经不住烈日的暴晒，就化成了水。

贾小刀握着英姐的手，开始想起自己的初恋。是啊，以前他是多么天真，那么义无反顾地坚持了六年，这六年里小心翼翼地经营着他们之间的那份爱情，就像呵护一朵刚要开放的花朵一样，给它的根浇水，给它除去泥土上的小草，可是最后这些努力却被突然来临的一阵大风给吹走了。贾小刀觉得一个男人应该像一棵树一样，为自己心爱的女孩遮挡阳光，可是他们这些孩子却在自己是一根草的时候，就去追寻自己的爱情。因此这所得的爱情，是那么脆弱，经不起风吹雨打和雪雨冰霜。

“27 号，进来！”一个护士在喊。

“是你，英姐。快去吧。”贾小刀推着英姐说。

“我，我，我怕。”英姐表现出犹豫的样子。

“别怕，我在外面等你，很快就过去了。”

贾小刀扶着英姐到了手术室旁，英姐回头看了看贾小刀。贾小刀向她点点头，做了一个胜利的姿势。

英姐进去了，贾小刀坐在外面是漫长的等待。

八

英姐出来的时候，她的脸苍白得像一张纸，汗珠从她的脸颊掉下来。从她苍白的脸上可以看出，她刚才经历了巨大的痛苦。

“没事吧，一切都过去了。”贾小刀扶着英姐。

英姐拉着贾小刀的手说：“回去吧，没事。”

贾小刀和英姐提着医生开的一袋药走出医院，在街口拦了一辆出租车。贾小刀脱下外衣披在英姐的身上，看着她满是汗珠的脸，心里面有一种无法言语的痛。

贾小刀想，做女人真难，每个月要经历一次痛苦，到最后还要从自己身上割掉一块肉。难怪《圣经》里说，是蛇蛊惑夏娃吃了智慧果树上的果子，才让上帝惩罚女人，让她们经历痛苦与折磨。贾小刀想，上帝是自私的，凭什么要让自己的子民愚昧。是的，这正如封建王朝的当权者一样，用三纲五常来约束自己的臣民，使他们永远愚笨地臣服自己的统治。因此上帝和皇帝没什么分别。

贾小刀对英姐说：“医生说，这段时间要注意身体，多吃有营养的饭菜，还有你去请个假，不能去上课了，在外面你租的房子里住吧，明天我去买只鸡，炖鸡汤给你喝，再买点其他蛋白高的营养品给你吃。一定要好好照顾自己。”

“谢谢你，为什么要对我这么好？”英姐的眼睛里闪烁着泪花。

“这个时候我不能当逃兵啊，再说你现在最需要人照顾，换了是别人，一样会这样做的。”

贾小刀陪着英姐回到她租的房子。英姐躺在床上休息。贾小刀给英姐倒了一杯水。

“喝吧，口一定渴了。”

“谢谢。”英姐接过杯子，喝了一小口。

“坐吧，桌上有苹果，你自己削一个吃。”

“谢谢，我会的。你好好休息，我现给你熬点粥。”说完后，贾小刀走到厨房给英姐做起饭来。英姐打开了电视，看着一些乱七八糟的电视节目。

那一段时间，贾小刀一直陪着英姐。他的男朋友自从寄钱到英姐的卡上之后，一直没打过电话回来。贾小刀知道英姐现在已经伤心麻木了，对什么已不再抱有奢望。每天贾小刀为英姐做好饭，端到英姐面前陪她一起吃。贾小刀也会为英姐削水果。

英姐看着贾小刀忙碌的样子，眼神中是无以言表的感激。每当贾小刀为英姐做饭的时候，他就会想到自己村里的一个叫“疤子”的男人。男人曾经在外面打工多年，因为家里贫穷，没有父母，所以一直没有人愿意嫁给他。一次偶然的机会，一个长得漂亮的女人认识了他，可是这个女人却怀着另一个男人的孩子。这个女人在外给一个老板当情妇，这次怀孕了。疤子无微不至地照顾着她，帮助这个女人把孩子生了下来。后来这个女人陪疤子过了一段日子，还是走了。疤子很伤心，但是又毫无办法。

是啊，疤子只是一个穷人，有谁会看得起他。他的付出仅仅是一厢情愿。贾小刀想到这儿，再看了看自己，发誓一定不要做这个疤子，是的，他对于英姐的照顾，仅仅是因为一种道义上的责任，他不能要求太多。

想到这儿，贾小刀的心情放松了许多。

九

“贾小刀啊，我觉得你们的人生很具有传奇性，你们的经历太多太多了，几乎可以写成一本书了。”车厢内的女人感慨地说。

“呵呵，每个人的人生都是一本精彩无比的书，只是看我们自己怎么看待它。”贾小刀说。

“说得也蛮有道理，贾小刀，后来你和英姐怎么样，是不是走到了一起，还是？”

“后来，平淡地成为陌生人了啊。再后来她就毕业了，现在好像在老家的某电信局当职员呢。”

随后，贾小刀又继续讲起了他的故事。

贾小刀照顾了英姐大概一个月，最后英姐完全恢复健康了。那一天晚上，英姐亲手做了饭菜给贾小刀吃。他们觉得这顿饭格外香甜。

吃完饭后，贾小刀坐到椅子上看电视，看了一会儿发现时间到了 10 点多。贾小刀对英姐说：“我想，我该回去了，你早点睡吧。”

“别忙，我有话给你说。”说完英姐走到贾小刀的身边，俯下身子对着贾小刀的嘴唇就是一个热吻。英姐的舌头像一个钩子钩住贾小刀的舌头，他们缠绕着。贾小刀的呼吸急促起来，他仿佛进入了一种状态，这状态是不能用任何语言形容的。

“今晚留下好不？”英姐对贾小刀说。

“不，医生说你一个月之内不能做那事。再说，现在我已经不是你男朋友了。”

“这重要吗？我愿意。”英姐紧紧地搂住了贾小刀的肩膀，将贾小刀按在了椅子上。

“不行，我不能这样做。”贾小刀坚持着。

“为什么？”英姐松开了嘴唇，坐在贾小刀的旁边问。

“因为我不想你以这种方式来感激我，如果是那样的话，这个月我做的所有都没有任何意义，因为这会让我内疚。”

“为什么，我是心甘情愿的。再说，我又不是好女人。”英姐坚持着。

“其实有一句话我一直想说，我们这一代人在爱别人的时候，能不能有一份责任呢？对自己的爱人多一份责任，让我们好好地爱她或者他。”

“你知道这是什么年代吗？诺言和谎言一样不可靠，再说这个年代，哪个男人对女人有过诺言，这诺言他们履行过没有？”

“不管怎样，我想让自己成为一个有责任感的男人。”

“你真的这么想？”

“是的。好了，我要回去了。你早点睡，我相信你是我最好的朋友之一。”

“好吧，你真的要走，我也不勉强，你对我的照顾，我没什么可报答你的。”

“如果你想帮一个人，是不需要得到回报的。”

“好吧，你是个好人。我送你到楼下！”

“还是不用了吧，我自己走下去。”

“不，我一定得送，你不能拒绝我。”

“呵呵，谢谢，走吧。”

贾小刀和英姐往楼下走去，外面的月光很明亮，照在这个城市，就好像给大地披上了一层水银制作成的衣裳。星星眨着眼睛，好像在给谁暗送秋波。风吹在身上，很舒服。

英姐送贾小刀到了男生寝室下面，然后一个人消失在月光下。

十

从那以后，贾小刀没再去找过英姐，他们成了最熟悉的陌生人。贾小刀和寝室的兄弟们迷上了一段时间的游戏，他也渐渐地忘记了和英姐之间的那些故事。

后来贾小刀觉得没什么事做，开始了他的创作生涯。贾小刀到阅览室查看了许多杂志，然后记下杂志的投稿信箱。或许是运气好的缘故，贾小刀的第一篇文章就被某女性杂志给发表了。贾小刀得了 400 多元的稿费，他觉得这是一条生财的路子。贾小刀那段时间看了许多书，也在网上接触了文章高手。贾小刀认识了周远，这个大学毕业后出去流浪 5 年的青年人。周远毕业于云南大学，也是马加爵所读的那所大学。周远不认识马加爵，但听说过马加爵的事。周远说，其实穷人如果被逼疯了，一样会干出心狠手辣的事来。马加爵就是一个例子。马加爵在狱中曾经说过，大学时寝室的同学曾在他的被子上撒过尿。不知道做这件事的那个人当初有没有想到，因为自己的不良之举，害了几个人的性命。

周远 13 岁离家百里，18 岁离家千里，21 岁行走于大半个中国。周远在流浪，为了理想，为了自己的梦，他义无反顾。

贾小刀有时想，如果有一天自己也背着行李去流浪，该多好，远离世俗，远离纷争。可是贾小刀做不到这点。贾小刀只能对自己说："亲爱的，你什么也不做，你只能待在自己的世界里，与命运妥协，你只能为了生活，去将自己的梦想埋葬。"

贾小刀很羡慕王洪，这个喜欢文学却不苛求什么的人。他在自己的世界里，他的视觉只局限于那些处在底层的人。可是贾小刀不能，他只能扭曲着自己的灵魂，去做一些自己不愿意做的事。

是的，很多时候，我们都活在别人的世界里，因为舆论、因为压力、因为一些世俗的观念，你不得不改变自己的初衷。你就像一只寻求自由的马，在草原上奔跑，你呼吸着新鲜的空气，你吃着鲜美的野草，可是你正在陶醉的时候，却被一个凶狠的猎人逮住，你被套上了马鞍，被拴上了缰绳。你望着那一望无际的草原，流下泪来，你对自己说：“幸福总是那么短暂，幸福就是一场惊梦。”

贾小刀变得越来越消沉，越来越颓废。

王洪说：“贾小刀，或许你可以做点其他什么，看点书，练一下字，或者出去找一份兼职。”王洪说得没错，贾小刀是该去找一份兼职，为自己找一些事做。

贾小刀真的去了，他来到了书店旁边的石板上，和其他学生一样铺着一张白纸，白纸上写着：“贾小刀，汉语言文学专业，本科，辅导中学语文、数学、物理。有意者请联系1338872××××。”白纸旁边摆着贾小刀所获得的荣誉证书和发表的文章。

贾小刀在书店对面待了两天，他感觉自己就像个乞丐，在等待别人的施舍。一些人从他们的面前经过，看着这些应聘家教的学生，那种眼神就像过去农奴市场上待买的奴隶一样。这些老板看着哪个奴隶彪肥身壮，就敲定买下。而这些找家教的人，很多都是看着应聘者的脸蛋说话。贾小刀身旁坐着的一个女同学是外语系的，长得眉清目秀。贾小刀看到一个中年男人盯着女孩看了许久，然后问道：“请问，补习英语不？”

“是啊，我就是外语专业的。”女孩看来了顾客，激动地说道。这种表情就像一个乞丐几天没吃饭，突然一个路人塞给她一个馒头一样。

“我最近在学外语，想找个外语好的老师给我补习一下。”

“你考几级啊？”

“什么，几级？你们一般过几级啊？”

“我们过专业四级、六级、八级。”

“哦，我还没报呢，先看自己学得如何，再做决定。你们怎么收费的？”中年男人问。贾小刀可以看到他的眼神有着怪异与淫邪。

“一个小时 20 元。”

“钱不是问题。你留个电话给我吧。”中年男人表现得急不可待。

“138××××××××。”

“好，我会给你打电话的。”说完后便离开了。他走的时候又朝女孩看了一眼。

贾小刀隐隐地感觉到，他的眼神里有着说不出的怪异。

第十二章 站点

一

“你找到家教了没？”车厢内的女人问。

“没，最后放弃了。我回到了学校，我不想把自己卖出去。”说完后，贾小刀喝了一口农夫山泉。

“呵呵，你啊，什么都不想做。”

“呵呵，是啊，不过我常给《女人坊》投稿，听说过没？”

“多出名的杂志。看来你大学一点也没闲着。”

“不是，是没事干才写稿的！”

“好了，谈点其他的吧。”

“爱情，我也不想谈爱情了，因为我大学没有得到过爱情。后来又谈了两次恋爱，一个女孩是因为自己真的不喜欢，所以没到一个月就分手了，一个女孩自己喜欢，但因为她得了无法治疗的遗传病导致我们分离。其实有的时候，命运在跟我开玩笑，开很大很大的玩笑，这个玩笑让我输不起。我不知道爱情到底是什么，一直以为只要爱着对方，就能在一起，其实有这种想法是多么幼稚。爱情需要的，不仅仅是情感，还需要有在一起的现实基础。哎，回头一想，世上哪有爱情呢？”贾小刀说这些话时，心里有一些沉闷。

“没有爱情就虚构吧，对了，一个青年作家写过一篇文章，叫《虚构一场爱情》。我拿出来给你看，在我包里。”说完后，女人从她包里掏出一本书。

虚构一场爱情

你走在三月的指间上，指间上没有脉络，没有血管，只有一条条浅浅的裂痕，和一根根淡青色的绒毛。这时候，没有风，没有雨，只有即将到来的黑夜和天空里游动的云。你低下头，看着被自己踩着的土地，做了一个深呼吸，你对自己说，走吧，路在脚下，去虚构一场爱情。

其实你清楚，她深黑色的眉毛，以及亮丽的头发都曾让你窒息，只不过你不愿承认，也不愿提起。你走到一棵树旁，这棵树已经年老，这棵树对青春也不抱有任何渴望。而你坐在了树下，树下有一块石头，一块带着伤疤的石头。你坐在石头上，对着自己在黄昏时遗落下的影子，干一杯酒，兄弟，一切都会过去，就像东南的潮水很快就会消退。你的影子似乎并不领情，它在夜色拉开帷幕之前，扭曲着自己，变成一个可怕的怪物。你说，那样扭曲着干吗？兄弟，不过是一次偶然的遗失而已。你的影子始终沉默着，你愤怒了，用你紧缺的想象力，在这个黄昏，再一次干一杯烈酒。一些情人从你的身旁经过，你看着他们，你想，他们是不是走失了自己，或者你正在被他们丢失。你盯着那被风吹过的白色衣服，和女人身上特有的镀金项链，你说，这不是你的，这不是你的，这只属于过去，这只属于未来。

你又一次干了一杯酒，兄弟，你对自己说，在这个桃花开着的日子，有谁愿意，有谁愿意，愿意陪你走一段旅程，陪你经历一场风雨。你说，你想听一首歌，这首歌谁也不曾听过，这首歌只属于你自己。你唱了，每一首苍老的诗，每一首孤独的歌，都写在雨后的玻璃窗前，都写在梧桐树下……可是，兄弟，你唱得并不完整，正如你曾写过的日记一样，并不完整。你对自己说，算了，其实任何一面镜子都不曾完美过，正如你的人生，你的爱情。

兄弟，在这个没有想象力的夜晚，你对自己说，你要虚构一场爱情。你说，你爱着的那个人属于上帝。他 × 的，你一定也不心疼自己，你坚定地走在青春的刀子上，对自己说，哪怕有血液，哪怕有伤口，你也向那精神的领地走去。可是你爱着的人却在另一个世界里，你想，你们之间是不是有一堵墙，或者一条汹涌的河流，因为你始终无法超越，无法摆渡。亲爱的，你终于认真地叫了一回自己亲爱的，这亲爱的，一直是爱情的专利，可是你却用给了自己。兄弟，夜色已经黑暗下来，而你仍旧不愿意清醒，你扔掉了酒瓶以及你黑色的诗集。你对自己说，滚你 × 的诗集，滚你 × 的幻想。你只想回忆，回忆过去，回忆那不可抑制的梦。你觉得，它们都无法预知。

兄弟，她在你身旁停了下来，眼睛并不曾注视你，她望着黑色的天空对你说，闭嘴，你什么也不是。喝酒，抽烟，以及堕落其实解决不了什么。你安静了下来，脸部肌肉扭曲着，你说，其实我什么也不是，是的，什么也不是。你站起了身，走了过去，张开手掌，你说，我真希望这手掌能留在你的脸上。然后你不说了，你的脑子很乱，你丢了啤酒瓶子，你丢了黑色诗集，甚至你丢下了和你一起喝酒的影子。然后你跑开，你要跑过这个三月，跑过这个春天，可是你不能，你连这个晚上也不能跑过。于是你哭了，你的泪水掉在你的手指上，你甩开泪水，就像甩开这段岁月。

夜色更为朦胧起来，你走到她的身前，拉住她挣扎的手，亲爱的，一切都已经过去，一切都不再发生，你属于你自己，你是自由的，你会像一只青鸟在你的领地飞翔。她的眼睛有着泪水，这泪水预示着解脱，还是幸福，对于你来说已经毫无意义。

……

这是三月的夜晚，你梦想着自己骑一匹马，开始新的征程。其实你很清楚，这个三月，有的故事在发生，有的爱情在虚构。

二

“呵呵，爱情怎能虚构？这篇文章只是在发泄自己的抑郁罢了。”贾小刀看完后对女人说。

“那你也可以发泄啊，写文章发泄。你不是说自己是文学青年吗？就充分利用自己的文字资源吧。”

“别谈文学，我对它已完全失去希望。是的，我现在已经失去了希望的力量和勇气。一个作家说过，文学是个狗 × 的，我觉得一点也不假！”

“呵呵，看来你太偏激了。好吧，谈点别的。”

“嗯，算了吧，也没什么谈的！”

“那我们打扑克牌？”

“好，休息一下也行。”

于是贾小刀从包里拿出扑克盒抽出纸牌来，女人伸了伸腰，说：“可以开始了，昨晚都不知道打到什么时候，最后打着打着就睡着了。”

“呵呵，现在不会睡着吧。”

“不会。”

于是贾小刀和女人面对面坐着，开始打起扑克牌来。车厢里一些人拿着面巾从洗手间走出来，看来是去洗了把脸。一些人站在抽烟室吸烟，烟雾一圈一圈地缭绕在他的面部周围。一些人还没有睡醒，蒙住自己的头在梦中的世界遨游。一些人打开车窗，从外吹来的风迎面而来，给车厢内带来了凉意。

车窗外是望不到边的土坡、果林、青草。偶尔可以看到一些农民扛着铁锹走在山坡上，他们有的看着疾驰的火车，似乎在思考着什么。天空中太阳正照耀着四方，将阳光洒向大地，给大地添上了金色的衣裳。

一只鸟或者一群鸟从车外的电线杆旁飞过，发出尖锐的叫声，仿佛在歌唱，也仿佛在诉说。偶尔可以看到骑着驴子的老人吹着笛子走在乡村的路上，他们对于这安稳的日子是那么欣慰，又那么满足。

贾小刀抽出一张黑桃 A 丢到桌上说："怎么样，输得不行了吧，现在投降还来得及！"

"才不呢，我要坚持到底！"

"有个性，有追求，那就等着看招吧。"说完后贾小刀甩出三个 2。

"你牌还真好。"

"那是。"

贾小刀和女人在座位上打了许久的扑克牌。时间就这样慢慢地流逝。

D 城车站快要到了。一些人着急地背着大包或者提着口袋往车门口挤，他们此刻的心情一定非常激动。

是啊，有的人或许在外漂泊了一生，现在终于可以回到故乡。他们可以看到自己朝思暮想的亲人或者朋友不知道有多么高兴。

有的人或许是怀着美好的梦想到这个城市拼搏，他们希望在 D 城这个古城寻找到属于自己的那片天地。有的人或许经过这座城市，希望在这个城市留下自己的足迹，希望能够在自己有限的人生中留下一段美好的回忆。

贾小刀看着这些奔忙的人群，真心地祝愿他们，一切都会幸福地开始，一切都将美好地结束。

“你看什么呢？”

“看这些急着下车的人啊，他们终于可以回到故乡了。”

“呵呵，是啊，故乡这个词对于每个人来说都那么触动内心。每一个在异乡漂泊的人都曾思念自己的故乡，都曾思念自己的亲人。”

“那你呢，你这次离开四川后，有没有想念亲人？现在，终于能平安回去，是不是更思念他们？”

“这还用说吗？其实，我对不起他们。为了去寻找自己缥缈的理想，一个人就急急地去了湖南，哪里知道竟遇到了传销。这就像一场梦。”

“别叹气，这次回去后，你会吸取教训。你的梦想，也将会很快寻找到。因此，你不要对自己失去信心。”

“信心，我拿什么来增强自己的信心？我只是一个被命运拖着鼻子走的孩子，我没有方向，没有目标，一直悲观，一直绝望。”

“我想你是没有真正走出去过，如果你出去走了一遭，你就知道，其实命运是靠自己改变的，要坚信自己。”

三

后来贾小刀渐渐地看淡了感情，他想为自己找点事情，他不想那样堕落下去。于是他开始为普通话考试、英语四级考试、计算机等级考试而拼搏。

就在贾小刀为考试奔波的时候，从别的寝室又转来了一位低年级的师弟。他占据了李博的空床。贾小刀对林峰说，这会不会又是下一个李博。林峰淫邪地笑着说："说不定他 × 的比李博还厉害，不仅给我们讲解性爱知识，还是泡妞学校博士后毕业。"

"× 的，有道理。"寝室熊杨附和着说。

但是，我们谁都没有猜准。低年级的师弟远远低于我们的预期。不仅不开放，反而很内向，他是一个沉默寡言的人，每天拿着笔记本电脑坐在寝室里，就没怎么出去过。贾小刀知道这小师弟不谈女人，却对游戏感兴趣。看来，人都有那么一些特殊的嗜好。女人，香烟，美酒，抑或游戏，玩乐。

贾小刀对此已经司空见惯，麻木了。他每天三点一线地生活着，他默默地等待毕业的来临。吴兵被减刑了，原因是举报了监狱里准备越狱的犯人。再过几年，他就能出来。贾小刀心里想，曾经的兄弟，因为没有人指点，到外地去迷失了自己，到头来却成了囚徒。命运真他 × 的多变啊。

王亮从北京回到了故乡，和他的父亲一起在一个高中旁边开了一家小吃店。是的，他放弃了自己不现实的梦想，或者说是幻想。斗辉，依旧和他的大龄妻子在县城开面店，幸运的是，每年的收入还算可观。斗辉还告诉他，自己在县城买了一套房子。

张冒开了一间茶楼亏了，现在准备到广州去发展。然而，到底是去做什么，其实他自己也不知道。

王洪在一家大报社当记者，再不像以前那样愤世嫉俗。李博已经毕业了，在一所中学教书，听说花了几万块才勉强得到了这个饭碗。贾小刀系上的难兄难弟，仍旧过着没有规律的生活，白天睡觉，晚上出去通宵上网。一位师兄在某酒楼举行了婚礼，听说他的妻子和他是两小无猜、青梅竹马。

在贾小刀离毕业还有一个月时，他们四川遭遇了一场大地震。贾小刀和寝室的兄弟当时全都将席子和被单搬到了校园的空地上。× 的，那几个晚上，真浪漫。虽然，大家都害怕，说不定地震就震到自己的脚下，然后自己就掉进了陷坑里，从此再无踪影。但是，一到晚上，星空灿烂，月光皎洁，和身旁的美女睡得那么近，一伙男人顿时再无畏惧。趁着月光，贾小刀看到对面班花那丰满的乳房，尽管隔着白色衬衣，内心就十分膨胀。

最后，地震终究没有震到贾小刀所在的学校。一伙人在校外睡了四五个昼夜后，便兴味索然地搬回寝室。

“真不尽兴。”寝室一帮人都有点兴致未尽，他们早已忘记了地震刚来时的恐惧，反而还抱怨就这么草草收场，没能和系上的美女谈笑风生。

后来，在地震结束后的一个晚上，还发生了一件事。贾小刀当了一回英雄，他亲自参与了一次抓小偷的行动。那是凌晨 5 点左右，贾小刀被尖叫声吵醒。起来一看，原来是宿舍的兄弟们正追一小偷。贾小刀和寝室的兄弟们，披上衣服，光着脚丫，就狂奔出去，经过大家的齐心协力，终于抓住了行窃之人。可没想到的是，这个小偷却是未成年人，就住在学校附近的农村。晚上翻墙进来，准备偷点上网的费用，然而倒霉过头，才第一次就被抓住了。贾小刀很扫兴，这个英雄称号很窝囊，没能将小偷送进监狱。因为小偷是未成年人，只能是批评教育。

贾小刀在毕业前亲眼看到了那些哭泣的情侣，他们抱着对方依依不舍，悲痛欲绝。是的，相爱四年终于要说再见了。可是真正说再见的时候，却无法抑制自己的悲伤。崔莺莺恳求熊杨回她的老家，可是熊杨却无能为力。是的，熊杨并不是一个能力突出的人，他没有能力到一个陌生的城市养活自己的爱人。崔莺莺走了，熊杨也离开了。熊杨走的那天，贾小刀没来得及送他。

林峰仍旧是那样，没有悔改之心，每天黏着女人，打麻将，和体育系、音乐系的朋友到舞厅疯玩。

系上的一位师弟自杀了，从五楼跳下去的，因为他欠了网管很多钱，最后无力还清跳楼了。外语系的一位姑娘，夜晚在学校外的铁路上散步，被路过的农民工给强奸了。学校为了不张扬出去，承诺该女生免试读研。贴吧里还有一位吧友，因为被女朋友甩了，写了一封忏悔信，现在住进了精神病医院。一个网友组建了一支乐队，在学院继续欺骗低年级不懂事的小师妹。体育系的某人喝醉酒打了一女人，这个女人陪社会上的青年睡了一晚，于是体育系的某人最后便躺在医院，伤得很重。学校贴吧里走了一些老江湖，又进来了一批新人。吧主好像也换届了。音乐系某些女生出夜的价钱仍旧没有变，夜晚的出租车司机仍旧对此津津乐道。值得庆幸的是，中文系出现了一些写诗的学生，他们再也不被人称为疯子。

学院新栽了许多树，贾小刀想总有一天，这些树会成为祖国的栋梁。

四

“站就快到了吧，瞧，都能闻到 D 城的气味了。”贾小刀心里高兴起来，他又有点紧张。是啊，出来差不多两周了，因为盲目相信朋友，差点再也回不来了。

“真有些舍不得呀。对了，我还有几个疑问，你给说说。最后徐安琪怎么样了呢？还有学松干什么去了？”女人有点依依不舍，抓住时机问道。

贾小刀一边整理行李，一边继续给女人说起身边的故事。

自从和徐安琪发生关系的那天夜晚，贾小刀一共只见过徐安琪两次。有一次在红灯街，贾小刀见到徐安琪后，徐安琪并没有认出他来。或许是装着不认识吧。还有一次，在学校，徐安琪在教务处办理相关手续。对于徐安琪的最终消息，贾小刀听到了一些传言。传言说，徐安琪在宾馆跳楼自杀了。也有人说，徐安琪办理了休学手续，离开了 D 城。听说到了北京，继续干她的老本行。后来，还听说她成了天上人间的花魁。一时间，徐安琪成为京城娱乐场所炙手可热的人物，也住上了别墅。但是，这些都仅仅是传言。

贾小刀并没有见到徐安琪跳楼的照片，也没有在官方媒体见到徐安琪跳楼的新闻。同时，他也没有佐证徐安琪去了北京。徐安琪在他的印象中，就像一个谜一样，自此朦朦胧胧，无法清晰。

但是，传言也好，听闻也罢，自此，贾小刀再也没有见过徐安琪了。他和徐安琪也自此没有联系过。

至于学松，离开 D 城去湖南的前一段时间，贾小刀见到了他。两人见面时，学松开了一辆奥迪 A6。贾小刀坐上学松的奥迪之后，便和他一起去了一个高级会所。经过交流得知，学松通过高利贷生意，如今已挣了七八百万元。有了基础之后，学松还在 C 城承包了一个土石方生意，听说完工之后可以赚数百万元。但是，谁也不会想到，已经实现阶层跨越的学松，居然也栽了跟头。当时，他曾经的大哥找他一起合作地下六合彩坐庄的买卖。据称，只要一次就能赚上几千万元利润。学松禁受不住这样的诱惑，便拿出了自己的全部积蓄，参与了这次坐庄。然而，谁会料到，也就是一次尝试，就让他输得倾家荡产。多年以后，学松到成都找贾小刀。这时的贾小刀已经在业内是一个人物。看在当年的兄弟情谊上，贾小刀给学松介绍了一份工作，便是给市领导开车。学松成了领导身边的司机，也借助领导的影响力开了一间茶楼，生意慢慢步入了正轨。虽不能大富大贵，但也算过上了小康日子。或许，这便是人生。

多年以后，贾小刀和学松便很少联系。至于他的茶楼生意到底怎样？是亏了，还是赚了，贾小刀也不太清楚。因为，这时的贾小刀已经去了北京。关于 D 城的往事，他也不太愿意提起。

“火车要到站了，确实没时间和你再聊，以后有机会相聚吧。”火车缓慢了下来，D 城车站到了。

“互相留个电话吧，QQ也行！”贾小刀提议。

“好，这是我的名片。给你。”女人抽出一张名片递给贾小刀。

贾小刀接过一看，惊讶得说不出话。他张开嘴唇，整个人呆住了。“你是……你是作家安妮？！”

“是的，别惊讶。很高兴能听到你的故事。”

“能够遇上你，真不可思议。你的文字我喜欢。”

“呵呵，谢谢。再见，信自己，不要悲观，理想决定命运，自信决定人生！相信自己，未来会更好！”

“再见。”贾小刀和安妮在火车站分开，各自朝着自己的方向走去。

贾小刀回到学校后，找到了系上的老师，向他们深深地表达了歉意，检讨了自己大学几年来的错误，比如不努力学习、旷课、打架、谈恋爱，等等，不仅耽误了学习，还得到了教训。

看到贾小刀诚心思过，系上的老师于心不忍，给了贾小刀一次机会。让他尽快复习，系上准备给他一次补考的机会。

办完这些以后，贾小刀开始了投入到了紧张的学习之中。大学几年来，没有什么时候比现在更努力，也更有激情。

事情办得很顺利，一个月后的毕业生补考，贾小刀在系上领导的宽容下，很顺利地考过，也幸运地拿到了毕业证和学士学位。

五

两年之后，贾小刀坐在电脑前聊着 QQ。房间里的装饰精致得无可挑剔，一个年轻貌美的女人在厨房里为贾小刀做着饭菜。

熊杨：贾小刀，在北京怎样？

贾小刀：还行，在一家上市企业内刊杂志当编辑，你呢？

熊杨：哎，一般。考了乡镇公务员。

贾小刀：没当教师了。

熊杨：没了，要与时俱进啊。公务员清闲、稳定、有想头。

贾小刀：你真厉害，兄弟。

熊杨：厉害个锤子，老子考了四次才考上。× 的，一个乡镇单位招 2 个，也是 300 多人报考。老子可是过关斩将进来的。

贾小刀：牛 ×，你他 × 的。现在可以了，以后生老病死，都由国家买单。

熊杨：哎，兄弟。你过奖了，对了，据说李博不仅教书还在养猪。你知道不？

贾小刀：真的？没听说，不过，他 × 的，不仅教育孩子，还教育猪崽啊。真有前途。不过，现在养猪有赚头。物价都涨了，猪肉肯定也涨了。猪肉之中自有黄金嘛。

熊杨：哈哈，你狗 × 的。

王洪：贾小刀，好久不见了。

贾小刀：是啊，王兄，杭州小妞不错吧？

王洪：别开玩笑，现在哪有时间谈那些，我考研了，现在在江南大学。

贾小刀：真羡慕你，满腹经纶、博闻强识。

王洪：贾小刀，最近书市上出来了一本书，安妮和一个不出名的人合著的，其实也不是合著的。就是在扉页上写了一句话，感谢人生旅途上那位为这本书提供素材的Q。这个Q到底是谁呢？不过，书中的内容，我看了，简直就是你我大学生活的翻版呀，名字叫《中国式青春》。

贾小刀：是吗？呵呵，你我只是这个时代迷惘的年轻人的一个缩影，现在大学生的生活几乎都是相似的，不见得多奇怪。每个人都有迷惘的一个阶段。但是现在回过头来，才觉得那个时候是多么幼稚啊，那时我们就像井底的青蛙，永远不知道外面的世界是多么广阔，多么精彩。其实我们的迷惘，现在看来完全是没有必要的，那时如果真的懂得好好努力，多学点知识，现在的命运或许不会这样！

王洪：是啊，那个时候在四川，我们的眼光太狭窄了，没有看到外面的天空是多么灿烂，多么辽阔。其实一个人千万不要自己看轻自己，应该有理想，为了理想奋不顾身。不应该怨天尤人，靠关系铺成的道路是不牢固的。

贾小刀：是的，天行健，君子应自强不息。嗯，我们的青春那样就浪费掉了，现在想来真后悔。孔子说，十五有志于学，三十而立，四十不惑。真是有道理呀。一个人在青春芳华时，学习才是最主要的事。不然，等到白了少年头，空悲切。我们的大学呀，真是错过了青春。

熊杨：就是，如果我没有离开四川，或许到现在，我还是迷惘中的一分子。在我的眼睛里，还是那片阴暗的天空，还是那段颓废的青春。

贾小刀：曾经往事，不堪回首。多少芳华，就此浪费。除了亡羊补牢，别无他法。希望，在未来的日子，可以多学习，多勤奋，还能看到山那边的太阳。

熊杨：嗯。就是。珍惜吧，时光。对了，贾小刀，你知道林峰吗？他出事了！

贾小刀：不会吧？到底，到底怎么了？

王洪：出了什么事？

熊杨：在一个酒吧，和别人争女友，被砍了。砍了十几刀，看来要残疾了。砍他的人是当地市领导的儿子。虽然林峰的老爸也是个人物，但是这次一点也没占到便宜。后来，经过残酷的博弈，只能是赔钱私了。

贾小刀：真有此事？林峰能吃这么大的亏，确实也是罕见。

王洪：真的。出来混，始终是要还的。所以呀，哪里有永远的高山，一山还有一山高。《易经》说得好呀，龙战于野，其血玄黄。龙战于野，其道穷也。一个人不要过于高调，不然会深受其害。

熊杨：是呀。出来混，总是要还回去的。生在女人丛中，终究会因为女人而起火。女人的这团火，一旦燃烧，可不一般。

王洪：哈哈，这小子做的任何事，都好像跟女人有联系。

贾小刀：也是。我承认都是女人惹的祸，那样的美色太美丽太动人。

王洪：哈哈。不要幸灾乐祸了。毕竟大家是同学。小刀，熊杨，你们什么时候到浙江来玩？

熊杨：怎么，你要全程买单吗？过来，都有什么安排？是不是五星级酒店有特色服务？

贾小刀：对，对。最好安排极品。不然，来看你这个男人，没什么兴趣。飞机票太贵，不值。

王洪：林峰才被女人伤害了，你们还不长记性。难道他的前车之鉴，你们也要再去尝试尝试？

熊杨：不能这么说。我们说的是一锤子买卖。周瑜打黄盖，一个愿打，一个愿挨。心甘情愿的事情，市场行为。和林峰的有本质的不同。

贾小刀：对，就是，是两码事。

王洪：你们强词夺理，邪门歪道。不过，真是想念你们了，期待早日喝顿大酒。

贾小刀：彼此彼此。

熊杨：好哥们儿。一定。暑假就来。等着我！

……

贾小刀关了QQ，坐在沙发上陷入了沉思。他想起了与林峰分手的徐安琪，其中到底发生了什么呢？那么漂亮的姑娘，成绩又那么好，后来居然会沦落风尘。

厨房里的女人仍旧忙碌着，北京城市的天空漫无边际。

这无不向我们预示着，这是一个繁华的时代，这是一段冲破迷惘的岁月。

六

贾小刀站起身打开窗帘，他看着楼下繁华的北京街道，想起了自己当初逃出传销的那一件埋葬在心底的往事。

当时和王明到湖南A城后，贾小刀最开始还是很相信王明，对于小杰姐姐的讲演，也是佩服得五体投地。传销之所以那么容易控制人，贾小刀总结下来，无非就是抓住了人们的心理。

贾小刀那个时候正是人生最无助的时期，无法拿到学士学位，工作也没有着落，因此这时他最希望的就是能尽快找到一份工作，好排解自己的心绪和失落。

但是，后来发生的事却让贾小刀明白，其实他们的传销理论，只要稍微有点理智，都不会被他们洗脑了。就像慕容雪村说的那样，中国少了那么一味药。这味药，就是常识。

在小杰姐姐对传销队伍中的人多次洗脑后，贾小刀发现自己到这个家庭中第一没有干实事，比如销售产品、跑生意、谈项目，而是每天千篇一律地听课学习。这让贾小刀感到很郁闷，难道就这么听课，就能赚到小杰姐姐所称的百万、千万吗？贾小刀在传销队伍的前两周，几乎连钱的影子也没看到。第二，所吃所住的条件太差，贾小刀发现十多个人拥挤在一个民房里，每天不能吃肉、不能喝酒，也不能出去买好吃的。这件事令贾小刀很郁闷。贾小刀是一个无肉不欢的人。餐饮搞差了，他很有意见。贾小刀便因此而闹别扭，提出抗议。但是传销队伍中的领头羊却辩解道，出来奋斗都得吃苦，吃得苦中苦，方为人上人。难道吃几块钱的烂菜叶子，就能为人上人，就能谈到大生意，挣到大钱？贾小刀对这个理论一点不感冒，也表示自己的强烈不满。第三，就是贾小刀在队伍中住了一周多之后，小杰姐姐就给大家下任务了。让大家给自己的亲戚朋友打电话，谎称自己在这个城市做着大项目，欺骗他们到 A 城来做大业务，挣大钱。贾小刀看到这里才明白，小杰姐姐以前给自己讲的理论，只不过是纸上谈兵。在他们的蓝图里，根本就没有什么大生意。他们的业务，就是欺骗一个又一个亲戚走进传销，然后继续发展下线，直到把自己的亲戚给骗完为止。

小杰姐姐让贾小刀也给自己的亲戚打电话。贾小刀明白之后，坚决不干。这就惹得王明等一伙的强烈不满，他们也对贾小刀提高了警惕，对他监控得挺严格，生怕贾小刀坏事。

但是，贾小刀逃走之心，却更坚决了。

在一个月黑风高的夜晚，贾小刀趁人不注意，悄悄打开房门，狂奔而去。他跑向了火车站，在没能买到车票的情况下，蒙混了进去。

带着满腔的悔恨与无奈，贾小搭上了归乡的火车。然而，从踏上火车的那一刻起，又将是一段不同寻常的旅途。

中国式青春

下

就业时代

贾飞 著

人民东方出版传媒
People's Oriental Publishing & Media
東方出版社
The Oriental Press

图书在版编目（CIP）数据

中国式青春．下，就业时代／贾飞著．—北京：东方出版社，2023.5
ISBN 978-7-5207-3405-9

Ⅰ．①中…　Ⅱ．①贾…　Ⅲ．①长篇小说—中国—当代　Ⅳ．①I247.5

中国国家版本馆 CIP 数据核字（2023）第 065035 号

中国式青春　下　就业时代
（ZHONGGUO SHI QINGCHUN　XIA　JIUYE SHIDAI）
作　　者： 贾　飞

策划编辑： 鲁艳芳
责任编辑： 王晶晶
出　　版： 東方出版社
发　　行： 人民东方出版传媒有限公司
地　　址： 北京市东城区朝阳门内大街 166 号
邮政编码： 100010
印　　刷： 成都旭美印务有限公司
版　　次： 2023 年 5 月第 1 版
印　　次： 2023 年 7 月北京第 2 次印刷
开　　本： 880 毫米 ×1230 毫米　1/32
印　　张： 7.875
字　　数： 163 千字
书　　号： ISBN 978-7-5207-3405-9
定　　价： 168.00 元（全三册）
发行电话：（010）85924663　85924644　85924641

自 序

一个人最大的才华是认知和格局

确实没有想到，时隔十年之后，长篇小说《中国式青春》系列三部曲，终于又要再版了。我十分欣慰，也颇有感触。这套书分为三部，即上中下三册，分别叙述了“中学时代”“大学时代”“就业时代”。三个“时代”，三段非同寻常的人生，也是三种不一样的境界。

《中国式青春》上册，写于我的高中时代。当时，我正在故乡四川渠县的一所中学读高三。学习的压力、成绩的苦闷、爱情的感伤、前途的迷惘，等等，困扰着我的青春。我从小成绩就名列前茅，最好的一次，还曾考过全县第一名。但是，后来因为学习上的懒惰、思想上的抛锚，成绩渐渐下滑，到高三时已是班上的倒数了。百无聊赖，我在高三那年，开始鼓捣起了小说，其中一部就是《中国式青春》上册。在这本书里，有我的童年，有我的爱恋，更有我的彷徨和悲伤。写完之后，刚好是我的高中生涯结束之时。没有任何悬念，更没有惊喜，我意料之中没能考上好大

学。心理的落差、亲朋的调侃、父母的责难，一系列问题都摆在了我的面前。但是，这又有什么办法呢。那一年，我所有的苦闷，都装在了这本书里。这部书，似乎是我中学的全部。

写《中国式青春》中册时，我已经大二了。当时的我，从迷茫中走了出来，给自己设定了学习的目标，人生中第一次有了梦想的概念。那些年，因为韩寒、郭敬明、九把刀等青春作家的横空出世，中国的文学掀起了一个小高潮。网络文学、青春文学等，在这片土壤上相继开花结果。我也有幸赶上了这个时代的火车，开始踏上了自己的文学征程。于是，我经常一个人待在寝室，每天认真看书、记笔记，勤奋写作。很多个夜晚，我一个人坐在电脑旁，敲击着键盘，书写着文字。我编着一个又一个故事，然后将它们寄给杂志社、报社，甚至大型文学网站。或许是一种机遇，我的文章一篇又一篇被刊物发表。有一段时间，我几乎每个月都会收到稿费。当然，我也会去参加全国的征文大赛，如《中国作家》杂志社、《星星诗刊》杂志社等刊物举办的全国文学大赛，紧接着就接连不断获得全国一等奖、二等奖、三等奖等。到大三时，我自己都感到惊叹，我居然写了 80 万字，发表文章 150 余篇，获 10 余次全国大奖。在此期间，便有了我的第二部长篇小说《中国式青春》中册。到大学毕业时，我已是小有名气的青春作家，在全国的青春作家中，排名十分靠前。同时，我也入围了全国大学生年度人物，从 2800 万大学生中脱颖而出，最终定格在了全国第 96 名。

《中国式青春》下册，就是我毕业之后的事了。当时，我先后

就职了几家媒体，中途定居在达州，其间也到过成都。在毕业多年之后，有了新的体会，也感受到了就业的艰辛。在工作的过程中，更是体验到了人情的冷暖。于是，我开始创作《中国式青春》下册。这部书写了美丽的成都，叙述了一群年轻人跌宕的就业路程，也再现了生活的艰辛和困苦。但是，尽管前路漫漫，他们并没有放弃梦想，最终找到了适合自己的方向。

再后来，《中国式青春》系列三部曲都分别出版了，也取得了较为巨大的影响，并荣幸地被业内赞誉为："中国十大青少年必读青春小说"，同时北师大中学语文教材也高赞其为："中国最好的青春小说之一"。

三部小说相继出版后，我经历了多次的工作调整，包括记者、编辑、老师、警察、公务员、秘书、基层领导、巡视专员，等等。每一次工作的变动，都给我带来了宝贵的人生财富。我也随着岁月的磨砺，慢慢成熟起来。其实，我们在时代和历史面前，就是一粒尘埃。如果不是因为伟大的时代给我们提供了良好的机会和平台，那么我们也不可能在自己擅长的领域中闪光。另外，我深刻地认识到，一个人最大的才华，其实不是学历，不是知识，也不是技术，而是认知和格局。因为，真正的认知和格局，能帮助我们判断是非，从而做出正确的人生选择。诚然，在许多时候，选择往往大于勤奋。

目录

第一章 今夜请让我发光

一

冬天悄然过去，寒冷再也没袭击这个多情的城市，成都的一切变得暖和起来。

深夜时分，窗外满街灯火，贾小刀蜗居在与朋友搭伙的出租屋，静静地坐在台灯下面，正写一封信。这封信，他写给自己。

亲爱的贾小刀：

见字如面。

很久没给你写信了，只是因为近来太忙，事情太多，再加上也不知道写什么好。毕竟来成都这么久，也没有混出个什么名堂，总感觉很寒酸，更无颜见D城的父老乡亲和同学好友。见谅，亲爱的，这一切都是我自己的错。

最近，喜欢看一些与工作无关的书籍。偶然，我在一本新书上看到，井冈山一带有一种能闪闪发光的树，当地人称它为“灯笼树”。它是一种常绿阔叶树，每逢晴天的夜晚，树上荧光点点，就像夜里的萤火虫，照亮着田野中的禾苗和小树。

前段时间，在同事电脑桌面上看到一段视频，新东方的俞敏洪说，我们都应该做一棵树，活着是美丽的风景，死了依然是栋梁之材。是的，我就想做一棵这样的树，一棵在成都能发光的树。即使在遥远的地方，人们也能远远地看到我。

大约一年前，我从大巴山深处出发，踏上开往成都的火车。那时，我忐忑不安，有些后怕，还有一丝紧张。确切地说，成都对于我而言，完全是一个陌生的地方。只是儿时读《三国演义》，零星记得那是蜀汉的都城，那里有武侯祠，那里有诸葛亮指挥千军万马的影子……火车上，我看着窗外的故乡——巴山巍巍，渠水泱泱。是的，亲爱的，我将离开故土，去追寻自己的理想。在那里，我将生根、发芽，然后结出丰硕的果实。

尽管我知道，在北京、上海，我没能让自己发光，甚至很狼狈。

但是，亲爱的，我并没有放弃希望。抱着对成都这座“来了就不想走的城市”的美好期望，我再次鼓起勇气出发了。我知道，在这里，我得再次振作，也满怀期待。

时光飞逝，岁月如梭。

不知不觉，来成都已将近一年。在这个陌生的环境、陌生的领域，我做着有些陌生但又似乎熟悉的工作。每天早早起床，很晚睡觉，与白领、老板、领导打交道，与炒饭、面条、米粉“套近乎”。看书的时间少了，做事的时间多了。懒散的心情没了，紧张的情绪滋生了。是的，尽管日子很苦，压力很大，但还得鼓起勇气去面对。我要不断地学习，掌握文字处理技巧、采访手段，以及人际交流技巧，然后好好消化它们。记得雪莱曾说过，冬天来了，春天离我们还会远吗？

我固执地相信，光明就在远方。春天就在人生的下一个路口，我正在向它赶去。

近日，D城的一朋友来成都。他是一位作家，在上世纪80年代年少成名，其后在文学圈悠闲地混了一辈子。曾经有过辉煌，但也有过低谷。夜里，他请我吃饭，并介绍了一些朋友给我认识，托付他们照顾我。饭桌前，这些成功人士举止淡定、自信、从容，“羽扇纶巾，谈笑间，樯橹灰飞烟灭”。从他们的脸上，我仿佛看到了自己的明天。

饭后，朋友拍了拍我的肩膀慈祥地说：“小刀，你在成都好好混，长江后浪推前浪，未来终归是你们的！”听到这话，我似乎一下来了精神，仿佛打了鸡血，看到了阳光灿烂的景象一般。但是，回过头来好好想想，酒桌上的话还是尽量别太相信。毕竟，能不能在成都立足，还得看成都的米贵不贵，还得看自己的才华是否过硬。我们都知道长安米贵的典故，但并不一定知道白居易的背后又是什么。于是，我们只能美好地期望，祝福总是好的，未来也一定会是光明的。

深夜，我并没有外出，而是待在和朋友共租的房间里，冷风徐徐，思绪万千。打开窗户，遥望苍穹，星星在闪烁，在跳跃。这时，手机信息的铃声响起，我打开一看，是远在乡下的母亲发来的短信，“儿啊，要坚持，不要怕困难。如果真失败了，就回家，家里有我们！”

看着这短信，我泪流满面。我在心里默默地对自己说：“贾小刀，你要坚强。你是一棵树，一棵发光的树，成都，将来会让你发光！”

贾小刀

2010 年 3 月

写完信，贾小刀抬头看了看挂在墙上的钟，时针已指向 11 点。他虽然感觉很累，却睡不着，也没有洗漱，就躺在床上胡思乱想。未来是什么样子呢？贾小刀并不清楚。对于明天，他总是感到迷茫。

近些天，单位的工作压力很大，贾小刀还没有转正，他心里多少还是有一些浮躁。毕竟成都这个城市的消费水平的确较高，像他这样从农村走出来的青年，如果没有一份稳定且收入丰厚的工作，是很难在这个城市立足的。高中读书时，老师们常挂在嘴边的承诺：“同学们，坚持吧，奋斗吧，考上大学，你们就能拥有闪耀的明天！”当时，备战高考的学子就像打了兴奋剂一样，顿时激情高涨。但是，没过多久，又都像蔫了的茄子。于是，各科老师又会想方设法鼓动大家，俨然“战场上的宣传斗士”，为每一位学子加油助威。

然而，时过境迁，当年老师们的身影早已远去，留给大家的却是对现实的无奈和对未来的迷茫。

贾小刀到成都，是从一封自荐信开始的。当时，他刚刚去了北京和深圳，在顶级大城市的漂泊经历，让贾小刀彻底傻了眼。仅是二本学校毕业的贾小刀，在这些大城市找工作四处碰壁。当时，他甚至带着简历去新华社毛遂自荐。当他转了三次地铁，又搭上一路公交，到了新华社总部时，贾小刀彻底傻眼了——新华社的门前是武警站岗。当贾小刀兴冲冲地准备进去找总编时，却被武警拦了下来，“没有预约，不能进入！”

年轻的贾小刀当时就像一个泄气的皮球，这个中国顶级的媒体，他连门也进不了。没有办法，贾小刀在新华社门口呆坐了一小时，最后遗憾地落寞离去。

之后，贾小刀在北京的大街小巷穿梭，奔波于各类文化公司之间，那一段经历让他终生难忘。也是从那时起，贾小刀才深深地体会到孤独与弱小有时比贫穷和饥饿更为可怕。

在北京，贾小刀在报纸上看到了一篇报道，文中对当前的就业现状作出分析：在北京、上海等一线城市，一个异乡人，月薪8000元也仅仅够吃饭，谈不上其他娱乐消遣，更谈不上小康。这些一线城市，已成为他们可望而不可即的山峰。

看到这篇报道后，贾小刀觉得似乎就是在写自己。他像大多数人一样，成了北漂一族。当时，他寄住在一个网友那里。网友姓李，名耳，老家在贵州。李耳所租住的公寓在北京二环，房间是一个单间，一共只有15平方米，每个月的房租是3800元。在李耳左边隔壁住着一个中国传媒大学的研究生，每天早出晚归，极少碰头。在李耳右边隔壁住着一个北大的本科生，学法律的，这人是外地人，在北京待了6年。6年里，由于他一直未能发迹，所挣得的工资仅够生活。三十岁往上数的人了，却没有一个女朋友。因为，现在的女生大多都很现实，没房没车没潜力，免谈！不过，也不能怪这些女生。人往高处走，谁不想过上美好富裕的生活呢？谁愿意跟一个穷书生混吃一辈子呢？年轻时，还有青春和美貌，或许不太在意；一旦年老色衰，姿色不再，那时最现实的就是生活。穷困的日子，让一些女生望而却步。所谓的名牌大学，如果没有经济基础做后盾，在现实面前也只是个笑话。

在北京等地漂泊的经历，让贾小刀彻底屈服了。他感到灰心丧气，觉得再也没有明天。当时，一大批大学生掀起回乡潮，开始逃离一线城市。贾小刀也加入到了这一大军之中。无奈的贾小刀最终回到了家乡D城。回到故乡的贾小刀，想起自己刚毕业时的年轻气盛，感到十分可笑。刚毕业时，他还天真地以为可以像李白一样，仗剑行遍天下，施展远大抱负。虽不能一日散尽三十万，但至少能有北京的汪伦给他斟酒倒茶。然而，后来仔细想想，他才知道自己被骗了。

所谓的李白、杜甫等人，在唐朝时也是到首都长安“西漂”，只不过李白是“富二代”，杜甫是“官二代”而已。李白的父亲是盐商，万贯家财，李白仗剑出游时，一年之内接济落魄书生的钱就有 30 余万。而杜甫的爷爷杜审言是初唐“文章四友”，父亲还是奉天县令，40 岁之前杜甫还是靠家里出资游览祖国四海河川，年纪轻轻写出了“会当凌绝顶，一览众山小”。想到这些，贾小刀才明白，自己的“北漂”有点不靠谱，一切都要量力而行。

贾小刀在家乡 D 城找了一份保险公司的工作，顺便备战公务员考试。但是，虽然回到了家乡，但 D 城对于贾小刀来说，依旧陌生。因为，他在农村长大，家也在农村。即使到了离家不到两小时车程的 D 城，他依旧没有安全感，依旧没有自己的归宿。在 D 城的一年里，贾小刀参加了两次公务员考试、一次教师考试，但是都名落孙山。地方越小，工作岗位就越少，争抢的人也就更多。贾小刀依旧不幸运，没能找到稳定的平台。

不过，后来还是等到了柳暗花明。有一次贾小刀上网，在新浪微博看到了成都一家报社总编的认证账号。于是，贾小刀再次采取毛遂自荐的方式，向这位总编推销了自己。庆幸的是，贾小刀遇到了人生中的第一个“伯乐”，他没有被“钱规则”，顺利进了这家单位。

当时，贾小刀背着一大包自己发表的文章，在成都见到了这位总编。总编翻了翻贾小刀的作品，轻轻地点了几次头，然后说：“基础不错，先来锻炼锻炼吧！”于是，贾小刀便成了《西都晨报》的一位试用记者，一干便差不多一年。

但是，到成都来的这段时间，贾小刀并不快乐。很多次，他都想离开成都，回到自己的家乡D城的一个小镇，尽管他知道小镇所能提供给他的工作机会几乎为零。犹豫纠结了一次又一次，他依旧没能下定决心。毕竟在成都市找一份媒体的工作还是相当困难的。

贾小刀没有花家里一分钱，凭运气和才华打入这个圈子。他的家里人很自豪，认为贾小刀很上进，大学没有白上，没有辜负父母的期望，为他们减轻了不少负担。当家乡人听说贾小刀是报社记者时，大多竖起大拇指感到自豪。其实，家乡人哪里知道，记者也不过是一个跑腿的“文字棒棒”而已。

二

躺在床上，贾小刀一边想着过去的往事，一边听汪峰的歌。其实，歌词他一句也没听进去，脑子里全是家里的境况和对未来的迷茫。

夜很深了，但贾小刀始终睡不着。他甚至有些怀疑自己，觉得无论在哪里，他都生活得十分吃力。正当贾小刀为这些而心烦意乱时，手机铃响了。

这么晚了，是谁还没睡觉，给他打电话呢？贾小刀心里有些烦躁，很不情愿地接了电话："喂，哪位？"

"贾小刀，我不想活了，我要去跳立交大桥，我要去锦江大酒店跳楼！"

电话那头响起了油漆工丁伟的声音。

提起丁伟，贾小刀就感到头疼。他是在一次采访中偶然认识丁伟的。通过对丁伟的采访和了解，贾小刀发现丁伟与其说是人们眼中的一个悲剧，不如说是供人消遣的喜剧。

丁伟，27 岁，从小生活在内江市的偏远大山里。高中还未毕业，就辍学了。一是因为家里穷，没钱供他读书；二是他成绩差，不好好学习，还在学校给漂亮姑娘写情书，被班主任知道了。多重原因之下，丁伟便离开了高中课堂。其实，他内心深处还是想读书的，但是家境贫寒，明知无法上大学的他便自暴自弃，最后也就顺理成章地告别了校园。

在村里挖了大半年的田地之后，丁伟便跟村里的大叔一同来成都打工。其实，成都离内江并不远，一个多小时就到了。在成都，丁伟在工地上干过泥灰工；当过学徒，为砖匠师傅提灰桶；也在娱乐场所当过保安；甚至在地下通道做过流浪歌手。干的工种很多，但丁伟都只懂个皮毛，并没有花心思去钻研。

他唯一感兴趣的就是唱歌，应该说是从小就喜欢。不然，高中时，他就不会给隔壁班的漂亮女生写情书，情书里还夹带着他写的歌词。虽然，歌词没一点文采，他却常常自鸣得意。出来务工之后，丁伟依旧有空没空就哼哼。或许因为缺乏专业人士指导，又没多少天赋，更没有一副好嗓子，他的歌唱水准一直没多大进步。

不知是因为神经有问题，还是对梦想太过执着，一有空闲时间，丁伟就到处找酒吧去应聘。但由于实力有所欠缺，找了很多家也没有老板看上他。

塞翁失马，焉知非福。虽然事业不顺，但爱情却能走点好运。

在求职的过程中，丁伟遇到了美丽的姑娘李小雪。工地上的民工都说丁伟是祖坟上冒青烟，本该打光棍的他却找到了漂亮媳妇。

李小雪初中毕业便从老家内江市到了成都。最开始，她是在成都龙泉驿的一家纺织厂当工人，由于不懂技术，文凭不够，工资其实并不高。没干多久，嫌工资低还辛苦，李小雪就辞职了。她又到了一家酒吧当服务员，虽然经常上夜班，但待遇比工厂高一些。不过，也有不少麻烦，就是常常遇到骚扰的客人。一个人在成都打拼的李小雪，便常常觉得自己很孤独、无助。

丁伟就是在李小雪上班的酒吧应聘时，认识她的。当时，丁伟已是第 N 次到酒吧应聘。一次又一次的打击，依然没有击垮他。丁伟就像一个充满气的不倒翁，跌倒了又爬起，他固执地认为，千里马常有，而伯乐不常有。他觉得是自己运气不够好，没有遇到欣赏他的伯乐，不然他早就出名了。

丁伟的口头禅就是：为什么王宝强可以出名，旭日阳刚可以出名，西单女孩可以出名，而我就不能？

尽管有着一身的倔劲，但丁伟依旧没有等到出头之日，也没能挣到半点名声。虽然丁伟没遇到一个伯乐，却认识了李小雪。这是上天送给丁伟最美的礼物。

那一天，丁伟像往常一样找到酒吧老板说明应聘来意。老板犹豫了一下，便安排丁伟到台上试唱。然而一曲歌还没唱完，酒吧老板就大拍桌子，叫了停！“× 你个天，老子都不知道怎么说你，唱得这么烂，怎么还好意思来献丑？”在他眼里，就连树都知道需要一张皮，而丁伟竟然连皮都没有。

丁伟实在太业余了，很多音调不准，音色也不好，特别是高音上不去，低音下不来，中音更是底气不足。在酒吧老板看来，丁伟的歌声就像母鸡憋着蛋，不仅下不出来，发出的声音还刺耳。他可没有多少闲情陪丁伟玩，便打发他尽早滚蛋！

丁伟心里尽管有些难过，但这已不是第一次了。他的内心变得异常强大，有一种死猪不怕开水烫的淡定。

正当他收拾东西准备离开时，一个服务员叫住了丁伟。

“大哥，你是内江市的吧？刚听你唱歌，就听出我们家乡的口音了。”李小雪看到丁伟在台上唱歌有着浓烈的家乡口音，心里不禁咯噔了一下。自己一个人来到成都，很久没有回去了，在这里她连一个亲戚朋友也没有。

在丁伟下台时，李小雪就想认识这位同在成都的家乡人。虽然，她知道丁伟唱歌不好听，但是觉得丁伟很朴实，更为重要的是，遇到家乡人并不容易。

“是的，你的判断力真准。”

“我也是内江市的，我叫李小雪。”

“我叫丁伟。”

“我知道，刚才你都介绍了。”

丁伟想到在这个陌生而又让人窒息的成都，还能遇到自己的同乡，并且是一个美丽的姑娘，心里别提有多高兴。怕耽误李小雪上班，他们简单寒暄了几句，互相留了电话号码，丁伟便离开了酒吧。

从酒吧走出来时，丁伟心情愉快地唱着歌。他完全忘记了酒吧老板对他的不满和嘲笑，因为他脑海里浮现着酒吧里的小雪姑娘。

三

从那之后，丁伟还是在成都各处找唱歌的活儿干，尽管辛苦奔波，到处打拼，但依旧成绩平平。无奈之下，丁伟又突发奇想，他也想学习西单女孩，到成都的地下通道去唱歌，或许还能得到某一个音乐制作人的赏识，从此就一举成名了。

丁伟为什么一直想去酒吧唱歌，是因为以前他在一本书里看到台湾歌手张惠妹就是在酒吧驻唱，被前来喝酒消愁的张雨生看中了，从此踏进歌坛。有了张雨生的提携，张惠妹开始大红大紫。

而大陆著名的歌手羽泉组合和沙宝亮，也都是在酒吧唱歌的，后来被音乐人相中包装，从此改变了命运。

丁伟以为自己到酒吧唱歌之后，某一天也能遇到伯乐，这样他就能实现音乐梦想。但是，丁伟的运气一直不好，找了大半年，也没有一家酒吧愿意聘请他。

一般人要是遇到这种情况，或许早就放弃了，但丁伟一点儿也不气馁。在他的印象里，西单女孩、旭日阳刚就是这么走出来的。

有了这一想法，丁伟在成都市天府广场的地铁站口找了一小片地方，开始独自演唱。唱歌时，丁伟遇到了于飞龙。

于飞龙比丁伟来成都更早一些。高中时因为打架，不得已辍学在家。最后，经不住父母的埋怨和唠叨，他愤然到了成都。

于飞龙天真地以为，在成都可以实现自己的梦想。他写了一封信，放在了父亲的床头柜上，便买了一张开往成都的火车票，只身到了这个陌生的城市，希望在省会城市能找到自己的天地。

但是 5 年过去了，于飞龙在成都仍旧没有混出点名堂。除了在地铁线混了个脸熟外，根本就没有什么起色，甚至连一个女朋友也没有。很多时候，于飞龙静下来，就会质疑当初的选择，如果当年好好读书，或许命运会不一样。

最近一段时间，于飞龙一次又一次怀疑当初的冲动。

“怎么可能有女朋友呢？我来成都这么久，住的是地下室。冬天阴冷，夏天潮湿，还得防蚊子咬。”于飞龙向丁伟说起了自己的艰辛和无奈。在他看来，每天几十元的收入，除去房租和生活费，一点余钱也没有，他还怎么去谈恋爱呢？给女朋友买花的钱都没有，更别说看电影、旅行等。

于飞龙的痛苦，触动了丁伟的神经。“兄弟，你至少比我好点，我现在什么也没有。别说唱歌，连唱歌都常被人看不起，他们都说我唱得不好。我哪点唱得不好了？是他们不懂欣赏罢了。”丁伟和于飞龙在地下通道放了一张报纸，铺展开去，然后两人坐在报纸上。

于飞龙从口袋里掏出一包烟，是红塔山，递给丁伟一支，自己留了一支。点上烟，两人聊起了自己的故事。

是的，成都有时并不像张艺谋拍印象系列称的那样是“一座来了就不想离开的城市”。在于飞龙的眼里，成都尽管有历史底蕴丰厚的杜甫草堂和武侯祠，还有吃住玩一条龙的宽窄巷子，但是这些美妙的东西，却不属于他。成都就像闹市中花枝招展的美丽少女，但不属于于飞龙。

有时，于飞龙觉得，成都对他很薄情。

不过对于成都本身而言，无论你是贫民子弟，还是高帅富，她依然亭亭玉立。至于，最后她会给你带来什么，或者你想从她身上获得些什么，那完全取决于天意和你的努力付出。因为，你走与不走，在与不在，成都，她都在那里。这一点，于飞龙并不明白。

“兄弟来成都多久了？”于飞龙问丁伟。

“有两三年了，干了不少事，但我还是喜欢音乐。”丁伟回答。

“是啊，我们都有梦想。但有时空闲下来，就觉得自己真够傻，为了梦想，总不能不吃饭，不穿衣，不结婚过日子！”于飞龙有些后悔了，眼眶中有着隐忍多时的泪花。这几年的漂泊，让他开始怀疑自己当初的决定。

他有点羡慕起当年的同学来。当初和他一起读书的还有贾小刀。贾小刀虽然读了一个二本，但怎么说也是大学生，毕业后就进了报社，当上了令人羡慕的记者。

于飞龙想到自己满怀信心地跑到成都，以为可以像张学友一样，遇到欣赏自己的伯乐，然后出唱片，开演唱会，最后风靡全世界，但哪里知道现实如此残酷！

“梦想真他 × 会捉弄人！”于飞龙狠狠地抽了一口烟，然后长长叹了一口气。

“别这么说，有一本书里写道，我们其实一直都站在通向梦想的大门口，努力地敲门，只不过我们的响声不够大，还没有叫醒屋内主宰梦想的主人。我想，他可能还在睡觉呢！等他醒来之后，就会为我们打开大门，欢迎我们走进屋内。那时我们就能走上康庄大道，成就一番事业。再等等吧，已经都这样了，还在乎什么失败呢？”丁伟依旧坚持着自己的信念。

“或许这一辈子，我也等不到那一天。”经历过几年的等待，于飞龙显得没有了信心。但除了在地铁站唱歌，他还能干什么呢？

当初因为打架，连高中文凭也没拿到。他这样的低学历青年，到哪里去找工作呢？在北京，别说大公司或者国企，随便一个小公司，私营企业，至少也要全日制本科文凭。对于于飞龙来说，机会就像牛身之角，少之又少。理想很丰满，现实很骨感。

“兄弟的话，我也感同身受。但谁叫我们骨子里就喜欢这个音乐呢？没有办法，都已经豁出去了，我们别无退路。”丁伟想起自己和于飞龙没什么分别，深知两人已经停不下来。

两人在地铁通道处坐了很久，谈了许多。

快到中午时，李小雪打来了电话，这让丁伟很惊讶。

“丁哥，还知道我是谁吗？”李小雪在电话那头说。

“知道，知道，怎么会不知道呢，你就是美女小雪。怎么了，有什么事啊？！”丁伟感到很惊喜，自从前几天与李小雪有过一面之缘后，他心里就常常想起这个女孩。但一想到自己什么也没有，心里不免有些惆怅，觉得自己是癞蛤蟆想吃天鹅肉——异想天开。

“今天单位放假休息，想找你聊聊。”李小雪这天轮休，百无聊赖，突然想起还有一个老乡丁伟，便打了电话过来。

“多谢你还记得我，中午一起吃个饭吧，我们找个地方好好聊聊。”丁伟与李小雪商量好了地方，便挂了电话。他对身边的于飞龙说：“兄弟，一个老乡找我，我们中午一起吃个饭吧？”

“算了，兄弟，你去见美女，我就不去了。我去不仅是当灯泡，还干扰你的好事。这年代，我们就像落水者，而美女就像救命稻草，抓住了千万别放啊，不然我们将会死无葬身之地！”于飞龙心里有一点羡慕，眼前的丁伟并不高大威猛，更谈不上有钱，因为运气好，结识了一位姑娘。而自己几年来，却没能找到自己心爱的女人。

“快去，快去，别让美女等太久。”于飞龙说着催促丁伟。

“我先去了，拜拜。”

告别于飞龙之后，丁伟便到了与李小雪约定的地点。丁伟先坐车到了宽窄巷子，与李小雪会合后，他们又一同过了西安南路，穿过长富新城，在大桥下的一家烤鱼店停了下来。

“丁哥，就吃这家小店吧。以前我来吃过，这里的烤鱿鱼很香很麻辣，味道特别好。店主是一位老爷爷，听说都经营了很多年了。”

“好吧，就在这里吃吧。”于是丁伟和李小雪找了一处位置坐了下来，两人要了两瓶啤酒，点了十串鱿鱼和其他小菜。

“给我多放点洋葱，大爷！”李小雪高喊道。

“你对这里还挺熟悉嘛！”

“那当然，以前我经常来这里。后来，我在酒吧上班后，就来得少了。”

“嗯，你推荐的肯定不错。今天，大家吃就吃好，随便点哈！”丁伟打肿脸充胖子地说。

“我们都是出来打工的，挣个钱不容易，不要浪费！”李小雪知道丁伟没什么钱，所以她才决定就在这家地摊上吃东西，也故意只点了两个小菜和几份鱿鱼。

丁伟见李小雪这么善解人意，心里有些感动。他拿过菜单，争面子地说道：“菜少了点，再加点羊肉串和饮料吧！”说着便在菜单上画了起来。

“不用了，不用了，我们吃不完，浪费。”李小雪有些心疼。

“没事，没事。”丁伟装着满不在乎的样子。

点菜之后，两人谈了一些日常生活小事。无非就是来成都多么辛苦，想回家乡之类的话。对于感情，两人是第一次单独见面根本就不敢提及。

看着李小雪白嫩清秀的脸庞，丁伟心里就像小鹿乱撞般怦怦直跳。但是考虑到目前的处境，再加上彼此还没深交，他没敢向李小雪表露半点心声。

两人吃完饭后，便又去逛了春熙路。

去过成都的人都知道，春熙路是成都的一面招牌，很多人只要一提到春熙路，便是看美女、逛商场、品小吃。但是，很少有人知道春熙路的历史渊源。春熙路号称“百年金街”。据有关历史资料查证，春熙路的前世肇始于商贾，发命于官府，完成于军阀时期。春熙路以前本是一条窄街小巷，与走马街相连，形成一条南北直线，横贯其中的东大街是出东门下川东的必经之路，来往行人特别多。东大街是老成都最为富庶的一条街，绸缎铺、首饰铺、皮货铺，最大最豪华的都在东大街。当时城中心已有一个商业场，是商业中心，从东门上来的客商，经东大街去商业场，中间要经过九弯十八拐的羊肠小道，实在不便。羊肠小道周围，是清朝时的按察使衙门。民国后，衙门废置，在空地上胡乱搭建的店铺不少。1924 年，当时的四川省督办杨森下令把旧衙门全部拆除，在此修建了从南到北一条街，其后又修建了东西两条街，分别叫“春熙路东段、西段、南段和北段”。最初根据他“森威将军”的头衔将其命名为“森威路”。但是后来，一个叫江子渔的前清举人，根据老子《道德经》中“众人熙熙，如登春台”的句子，将其改名为“春熙路”，以描述这里商业繁华、百姓熙来攘往、盛世升平的景象。自此，春熙路红火了一百余年，直到现在也是全国各地游客到成都的必打卡之地。

丁伟和李小雪在春熙路逛街，但是并没有进入商场。李小雪很体谅丁伟，她知道以丁伟的经济实力，是不可能在春熙路的商场为她买东西的。李小雪也不敢有过多的奢望，她知道自己来自农村，并不是白雪公主，也不能不顾实际地要求男生为她额外付出什么。

她明白自己的根在乡村，自己只是一棵普通的小草，并不是高贵无比的兰花。

逛完春熙路后，差不多是黄昏了。李小雪赶地铁回到了酒吧住处，丁伟送她。送李小雪回家后，丁伟又回到了于飞龙身边。这时，于飞龙刚吃完饭，正在地下通道唱歌。

“兄弟，进展如何？应该有戏了吧！”于飞龙有些羡慕地问道。

“还早呢，就普通朋友一起出去走走。再说，我仅仅是只丑小鸭，是不会变成白天鹅的。我也只是癞蛤蟆，吃不到天鹅肉的。现实点吧，希望越大失望越大！”丁伟失落地说道。

“要是将你对女孩的理智放在对音乐上，也不会走到现在的地步啊。读书多好，何苦要出来受苦呢？”于飞龙若有所悟地说道。

“唉，一码归一码，别扯到一起说。对音乐，我是梦想。人生短暂，我不会轻易放弃梦想的。”丁伟说。

“好吧，好吧，你的毅力让我敬佩。不过，兄弟我还是期待你这次恋爱能成功！”于飞龙表达了自己的祝福，随后便开始弹起吉他来。

四

自那之后，丁伟经常有事没事就去找李小雪。与其说是去找李小雪谈事，不如说是想约李小雪出去玩。李小雪心里也清楚，丁伟可能爱上她了。但想到两人的境况，就不免有些失望。她最开始联系丁伟，只是觉得自己一个人在成都，没有亲人在身边，难免有些无助和孤独。想认识一个老乡，多一些温暖，也能彼此照应。但是，现在事情变得有些微妙起来。

李小雪深知，她和丁伟两个人都没有固定的工作，更没有多余的经济收入，怎么能够走到一起呢？两人要真成家了，以后生儿育女怎么办，那不是很可能要喝西北风？

爱情在现实面前，总有那么多羁绊，显得举步维艰。

对于丁伟的暗示，李小雪假装不知道。因为，除了这样，她别无他法！

丁伟的心思哪有女人那么细，他以为只要自己努力，用真心打动李小雪，就能追到她，但他却忽略了现实。

经过一段时间的接触，丁伟仍旧没能和李小雪确定关系。他感到有些气馁了。有好几次，他都强迫自己，再也不要去见李小雪了，见了也是白见。没有结果的事，还不如不要去争取。不然，到时候竹篮子打水一场空。

但每一次丁伟都阻止不了自己的内心，还是鬼使神差地想着去找她。

在丁伟爱李小雪爱得心烦意乱、深夜难眠时，他和于飞龙的流浪演唱有了磨合和新思路。虽然他们都在一个地下通道唱歌，但并没有像其他歌手那样争夺地盘，打得头破血流，反而显得很友好，最后索性便一起合作了。丁伟和于飞龙组成了一个小乐队，丁伟负责弹吉他，于飞龙负责唱歌。这么一来，比以往单打独斗效果更好一些。以前每天每人只能收入几十元，最多一百元。而现在两人合作之后，形式变了花样，观看的人多了，愿意丢钱的行人也多了起来，钱比以前挣得稍多。这时，他们每人每天可以分到 100 元，生意好时会有 200 元。

尽管这样，除了必要开支，他们还是剩不了多少钱。丁伟依旧到成都各大酒吧去应聘工作，他还是希望自己能有更大的舞台。他甚至天真地为自己规划了梦想的流程，那就是先在酒吧唱歌，等唱到有一定知名度，有了一定的经济实力，就去找唱片公司签约，最终出自己的专辑。

想象是美好的，但现实却是残酷的。包括于飞龙都劝他不要再去做白日梦。在于飞龙的眼中，酒吧歌手大多是学校毕业出来的音乐才子，像他们这样半路出家的歌手根本入不了酒吧老板的法眼。

因此，他就没有将希望放在酒吧驻唱上。而丁伟却不死心，一直倔强地做着努力。

正如于飞龙预料的那样，丁伟没能找到一家酒吧聘用自己。但丁伟还是不死心，他仍旧固执地认为是没有遇到伯乐，却不愿意从自身找原因。

其实明眼人一看就知道，难道真的是没有伯乐吗？那可未必！

或许很大程度上，是因为丁伟缺乏歌唱实力罢了。

于飞龙对丁伟的歌唱比较清楚，他知道丁伟音色不是很好，这是一个缺陷。对音乐这东西，于飞龙现在有了越来越清晰的认识，光凭努力是不够的，还得有一些机会，更要有人捧你，不然穷其一生，也不会获得成功。

正如四川D城一位知名作家原野老师说的那样，成功的人必有成功的道理。比如作家，他们的成功大致可以分为“三气”：“一气”是才气，没有才气，写出的东西没有水准，也没有人喜欢，得不到读者的认可；“二气”是灵气，文艺创作属于一门特殊的技术，没有灵气则没有天赋，天赋对于艺术家来讲至关重要；“三气”则为运气，不管大文豪李白、杜甫、苏东坡，还是现代的莫言、阿来、余华等，在文学成就上，都需要运气。没有运气，连出版都成问题，又怎么会有后面的读者认可和专家好评呢？因此，搞音乐也一样，没有所谓的“三气”，光明不一定就在远方。

对于丁伟，于飞龙知道其实他缺乏“三气”。但是，人无完人，于飞龙认为丁伟身上也有优点。比如，丁伟的音乐感觉比较敏锐，吉他弹得不错，相对来说有一定的造诣。

但是，于飞龙了解丁伟的性格，为了维护他的自尊心，他也一直不愿意将这层纸捅破。

有一天，正当丁伟和于飞龙在地下通道唱歌时，李小雪突然打电话过来了：“丁哥，我……我……我家里出事了。”

“什么？你别哭，你别哭，你在哪里，我马上就过来。”听到李小雪在电话那头哭，丁伟心里很难受。他希望自己这时能长出翅膀，迫不及待地想见到李小雪问明情况。

“我在人民公园。”李小雪对丁伟说。

成都人民公园原名“少城公园”，始建于1910年。少城公园之由来，与旧成都的城池命名直接相关。早在公元前311年秦惠文王派张若、张仪在成都修筑城池，称为“秦城”。秦城分为太城（亦称“大城”）和少城（亦称“小城”）。到了清康熙年间，四川提督年羹尧在秦少城旧址上又筑新城，专门驻扎满蒙八旗官兵，名曰“满城”。清末宣统年间，朝廷筹备立宪，废除旗民供给制度，旗民生活日渐窘迫。为解决这一困境，驻防成都的将军玉昆与四川省劝业道道台周善培于祠堂街兴建公园，唯许旗民于园内开业谋生，并收门票，任人游观。遂于祠堂街关帝庙后侧的水田、荒地、正蓝旗前厅、马厩、仓房、柴薪库，以及将附近旗人居住的永顺、永清、永济三条胡同拆房迁户的空地，用半年时间栽花种树，修建迎禧楼、观稼楼、松韵楼、湖心亭等，面积50余亩，这就是公园的雏形。辛亥革命后，满城被改称“少城”，所以公园正式命名为“少城公园”。新中国成立后，政府对少城公园进行了改造和扩建，并改称“人民公园”，成为平民百姓品茶观景、游玩休憩、养生健体、流连忘返的好去处。人们身在其中，心情无比舒畅。

当时，李小雪正好休假，本打算在人民公园看看风景，放松心情的，没想到家里母亲打来电话称父亲住院了，情况十分危急。

在公园里，一时无主的李小雪顿时蒙了。她不知道怎么办，便在公园的湖边痛哭起来。可是哭有什么用呢？她想到找人帮忙，才给丁伟打了电话。

丁伟接到电话之后，迅速把吉他扔给于飞龙，便箭一般地跑出地下通道。

“丁伟，你家死人啦！跑这么快，吉他都差点被你扔坏了！”于飞龙气愤地喊道。

“抱歉，龙哥。小雪家出事了，我得赶过去看看！”

“× 的，没见过女人。”于飞龙握住吉他，又坐下来重新调试琴弦。

丁伟跑出地下通道，拦了一辆出租车，就朝人民公园奔去。

原来李小雪的父亲李大权在收割稻谷时，舍不得花钱请人来帮忙，老两口便独自干活。但是，天气太热，气温反常，身体一直不好的李大权在田间突然就晕倒了。晕倒之时，他的手又刚好被拖进了收割的机器里，手指就被机器切断了，鲜血直流，他也痛得昏死过去。

李小雪的妈妈吴菊花见到当家的手指都被割断了，还痛得昏死了过去，顿时脸就吓得惨白。她跑到大权的身边，摸着大权的衣服，一把鼻涕一把泪地哭喊道："快来救人，救人哪！我家当家的快不行啦！"

由于正是收割季节，村里的村民基本都在田间收割稻谷。听到吴菊花这么一喊，便知道出事了，不一会儿就跑来了几位壮汉。他们见李大权浑身是血，知道情势危急，必须赶快送医院。于是，几个壮汉便将李大权抬了起来，村里的三幺也前来帮忙，他赶紧将自己刚买回的三轮车开了过来。三幺是村里的光棍，前不久买了一辆三轮车，专门用来拉稻谷。村里人有的嫌挑稻谷麻烦，便请三幺将三轮车开到田间的公路上，帮助他们运输。三幺也因此收一些工钱，虽然不多，却是一笔不错的收入。这不，见李大权受伤了，三幺知道肯定要用车，就火速回家开上了三轮车到了田间。这样不仅可以挣上一笔运输费，还有了助人为乐的名声。

村里的壮汉将李大权抬上了三轮车，便各自回到自己的田里忙自己的活路了。吴菊花则蹲在李大权身边，招呼着三幺："三幺，快开车，到市人民医院。到时，工钱不会少你的，下车时还要靠你帮忙抬下大权！"

"好嘞，加油出发了！"三幺答应下来，便踩足油门，"轰"的一声，三轮车便嗒嗒地朝市区驶去。

一个小时后，李大权被三幺送到内江市人民医院。经过医生检查，李大权的手指断了，需要做接指手术。幸亏吴菊花在抬大权上三轮车时，就将李大权的断指用自己的汗帕包上放在了口袋里。不然，李大权的手就成了没有手指的断手了。

虽然，医生说手术并不难，只是一个小手术，但是，花费却不便宜。这一下急坏了吴菊花。要知道，在农村，很多中老年人是没有医保的，他们也享受不了全额报账。前不久，村主任来村里宣传购买农村合作医疗保险，每人只交 15 元。当时，李大权舍不得交钱，他对吴菊花说："领导，你说我们这身体棒棒的，一不感冒，二不气喘，交什么钱给医保呢？还不如拿去买二两烧酒，弄点花生米自己慢慢吃。我说啊，现在什么保险，都是他 × 的骗人的！"

因为李大权的固执，当时吴菊花就没有买这医疗保险。但是，谁能想到，自认为身体倍儿棒的李大权，没过几个月，就在收割稻谷时把手指弄断了。这真是人算不如天算，事情也太出人意料了吧！

于是，李大权看病，不能报账。没办法，就只能全款支付。

李小雪家里一直是靠种庄稼维持生计，根本没有余钱。这下李大权受伤需要动手术，一时间他们找不到这么多钱，简直愁坏了一家人。

吴菊花在病床前抱怨道："大权啊，大权啊，你看嘛。当时你不买医保，现在可好了，我们真是遭了报应哟！"

李大权忍着疼痛躺在床上，一声不吭。

没有办法，吴菊花便只有走借钱这条路。娘家人都借遍了，也没有几个亲戚掏出几个子儿来帮吴菊花解围。实在找不到路子了，吴菊花才打算给李小雪说。其实，吴菊花是不想告诉李小雪她父亲住院的事。她怕女儿在成都担心，还怕影响女儿的工作。

但是，事情已经逼得她再也无法独自顶住时，吴菊花还是给女儿小雪打了电话。

当吴菊花将情况告诉女儿时，李小雪泣不成声。父亲也快上60了，现在手指就这么伤了，即使接好了，以后一只手也算废了。

家里以后该怎么办？谁来支撑这个家，以后的日子又该怎么过？现在，父亲动手术的钱又到哪里去找？

李小雪来成都不是很久，工资很低，除了日常开支，存下的钱并不多。她想到的唯一办法就是借。但在成都，人生地不熟，她到哪里去借钱呢？

给几个同学打了电话，大家都身处异乡，也都是寒门，根本没有余钱资助别人。

无奈之下，李小雪便给丁伟打了电话。

听到这消息后，丁伟立即赶到了人民公园。在公园湖边的一棵树下，丁伟找到了李小雪。这时，一些游客悠闲地欣赏着湖中秀色和林中花草，但是李小雪却坐在椅子上，低着头，一个人嘤嘤地哭泣。

这世界就是这样，有的人笑着，有的人却哭着；有的人心似死灰，有的人却激情高涨。

丁伟走了过去，拍了拍李小雪的肩膀，安慰地说道："小雪，不要哭，有什么事我们一起想办法。"

"我，我父亲受伤了，在住院……"李小雪说到这里，又哭了起来。

“别难过，慢慢说。”丁伟继续安慰道。

李小雪一边哭一边将来龙去脉，断断续续地告诉了丁伟。

在听李小雪说完整件事情后，丁伟内心十分沉重，“别哭了，小雪，事情已经发生了，谁也无法改变。现在，我们不应该悲伤，最紧要的是要想出解决的办法。”

“可是，能有什么办法呢？我在成都一个亲人也没有。虽然，到成都很久了，却没存到钱，现在卡上只有 6000 元，父亲的手术费至少要 15000 元，这可怎么办啊？”李小雪想到这又哭了起来。

“别哭，小雪，我卡上还有 4000 元，可以拿给你先用。剩下的钱，我们一起想办法好不好？”丁伟决定把自己的所有存款全部交给小雪，尽管不多，但是他的一片心意。

“不，我不能要你的钱。你在成都也不容易，这钱你借给我了，你怎么办？你马上还要交房租。”李小雪很感动，但一想到丁伟的难处，随即又觉得很过意不去。

“没事，你不要想那么多，我有办法的。”说完，他便拉着李小雪的手往外走，“走，我们先去银行取钱，别耽搁时间了，你妈妈还等着要呢！”

僵持了一会儿，实在也想不出别的办法，李小雪只好与丁伟一起去银行取了钱，随后就汇到了吴菊花的银行卡上。

汇了钱之后，丁伟将李小雪送到了酒吧为其安排的住处。

直到李小雪情绪稳定后，不再哭了，丁伟才拖着疲惫的身子，又马不停蹄地去找于飞龙。

丁伟把李小雪的情况对于飞龙说了，希望他能借一些钱。于飞龙脸上表现出为难的神色，“你也知道，我根本没什么钱，这几年在成都，都是在街头卖唱，这个钱挣得也不稳定，有时多点，有时少点，有时甚至都没有。除了吃喝拉撒，我几乎就没剩下丁点儿余钱。”

“兄弟，我知道你的难处。如果你手里真的紧张，就不勉强了，我再想想其他办法。”丁伟见于飞龙不太愿意借钱，也比较理解。毕竟，高中都未毕业的丁飞龙，在成都的确很寒酸。这么多年，于飞龙甚至连个女朋友都没谈。不是因为不想，而是因为没有机会，也没有女孩子会喜欢一个街头流浪歌手。

虽然知道于飞龙不容易，但是丁伟还是没放弃希望，他不得不厚着脸皮请于飞龙相助。

“兄弟，这样吧。我只能给你余出 1000 元，多的就真没有了，你看如何？”于飞龙想帮忙，但是有心无力。他自己也需要花钱，他不敢将自己的积蓄全部借给丁伟。1000 元钱，或许只是他的一个姿态。

“真的太谢谢你了，于哥。”得到于飞龙的 1000 元钱后，虽然还差得远，但是有总比没有强。或许，积少成多，也未必没有可能。

随即，丁伟又出去找了在成都为数不多的几个朋友。但大家都是年轻人，手里都很吃紧，哪里还有余钱借给丁伟呢?

没办法，忙乎了两天，找了好几个朋友，丁伟才借到 3000 多元。

3000 多元，对于富二代、官二代来说，或许还不够给坐台姑娘的一次小费，但是对于丁伟来说，却是整整几天的辛苦功劳。

是的，他知道自己没有富豪朋友，也不属于这些人的圈子，他只有尽自己最大的努力，去帮助李小雪。

五

收到李小雪汇的钱后，吴菊花急忙交了李大权的医疗费。更令人庆幸的是，李大权的手术很成功。

但是，手术过后没几天，李大权就不顾医生的嘱托——住院观察，坚持出了院。

当时，医生对此感到很无奈。他们知道，李大权是怕继续花钱。

回家后，李大权在床上躺了一个多月。见手没有大问题了，李大权又开始下床做一些轻活，虽然只能用一只手，但他还是坚持要做。因为，他想减轻妻子的负担。

那一段时间，李小雪几乎没有睡过安稳觉。她本想辞职回家照顾自己的父亲，但是酒吧却没批准。因为，那时正是酒吧的旺季，老板也不想临时再去招人，嫌麻烦。没回去照顾受伤的父亲，李小雪感到遗憾和内疚。

听母亲说父亲伤势好转，李小雪很是高兴。悬在心里的一块大石头，也终于落了地。

一个节假日，李小雪给丁伟打了电话，把他约了出来。其实，她早就想感谢一下丁伟。在她最需要帮助的时候，丁伟站在了她身边，给了她莫大的勇气和帮助。

这一天，李小雪有些破费。他们去了武侯祠旁边的一家咖啡厅，这是李小雪第一次进咖啡厅。以前李小雪走在街上，看到咖啡厅窗户旁坐着的那些悠闲的人，心里就有些羡慕。她想，要是有一天自己有了闲钱，能够安然地坐在咖啡厅里，静静地望着窗外，看蓝天白云，听轰鸣的飞机声，那是多么惬意呢！

今天，为了感谢丁伟，李小雪决定豁出去了，她要好好招待一下丁伟。

“小雪，我们别这么浪费，一杯咖啡 78 元，太贵了，都够我三天的生活费了。”丁伟有些不愿意到这么好的地方。他觉得与其拿了 78 元喝一杯咖啡，还不如去吃一碗米粉，更实在一些。

“丁哥，今天我要好好感谢你。这咖啡代表我对你的感激。78 元不算什么，重要的是你对我的帮助。”李小雪坚持要和丁伟在咖啡厅里聊聊，尽管丁伟心疼得不得了。

两人在咖啡厅靠窗的位置坐着，他们望着窗外穿梭的人群，心里不禁感慨万千。

“丁哥，你说什么时候我们也能像其他人一样有车有房，还能坐在咖啡厅里，享受美妙的人生，过幸福的生活呢？”李小雪眼神中充满着对这样美好生活的无限期待。

“早着呢，我们穷苦人家，哪里能有这样的生活啊，这几乎就是一种奢望。你知道吗？有一本书这样写道：我寒窗苦读 10 年，然后又在社会上拼搏 8 年，一共辛苦奋斗了 18 年，最终才能和富二代、官二代一样，坐在咖啡厅喝一杯咖啡。而富二代、官二代从一生下来，就享受这安逸的生活，真他 × 不公平！”丁伟想起书中的这段话，心中有些悲愤。

喝咖啡时，丁伟感到的不是甘甜，却是苦涩。

“你说得不对，谁说需要 18 年，我们今天就来喝了，我们也要喝得理直气壮，潇潇洒洒，兴高采烈！”李小雪嘟着嘴不满地回应道。

“小雪，别逞能，我们毕竟身处社会底层，和他们比，相差十万八千里。”丁伟一边愤愤地说，一边喝着苦涩的咖啡。

“这有什么办法呢，那些有钱人不过就是运气比我们好而已。”李小雪无奈地低头，心情有些失落。

“别想这个了，既然今天我们两个都破费了，就豁出去吧，玩就要玩得高兴，玩得开心。人生能有几回醉，把酒对歌须尽欢！”

丁伟说着又喝了一大口咖啡，舌头还在嘴角舔了舔，好像回味无穷的样子。

“嗯，喝咖啡，大口喝，凭什么不喝？”李小雪也学丁伟的样子，狠狠地喝了一口咖啡……天色渐暗，街灯开始亮起来。

吃过饭的人们，已经出来悠闲地逛夜市。他们行走在路上，愉悦而轻松。街道旁的广场上，一群人一边放着音响，一边摆着手，抬着腿，在欢快地跳舞。

丁伟提议两人再去吃大排档，得到了李小雪的认同。

从咖啡厅出来后，丁伟和李小雪去吃了大排档，并喝了点小酒。之后，他们便到人民公园去逛路。

成都的晚风，吹得有些撩人。公园的风景很好，林木葱绿，草色青青，湖水荡漾。

一些情侣在湖边拉着手，一边走一边听着手机里的音乐。一些老头拿着扇子，在湖边收听收音机播放的戏剧。还有一些小孩，拿着荧光棒在嬉戏玩耍。

这时，只要你抬头，便可以看到满天的星星。一轮月亮不知何时也已挂在了枝头，似乎还对丁伟笑开了花。在成都，能看到星空的日子并不多见，这一天仿佛都是为丁伟和李小雪准备的一样，让他们在城市也能享受到乡村的夜色风景。

两人静静地在公园湖边的石子路上散步，微风撩起李小雪的头发，一股薄荷香味，扑进了丁伟的鼻子里，让他感到心旷神怡。

“丁哥，真的谢谢你，这次要不是你，我真的不晓得该咋个办。”李小雪发自内心地感谢丁伟。出手相助的丁伟，就是李小雪父亲的救命恩人。

“再也不要给我提啥子感谢，你的事就是我的事，在我面前千万不要客气。客气了，大家就见外了。”见李小雪这么说，丁伟心里很高兴。他知道，无论李小雪家里出了什么事，他都会不顾一切去帮她，去支持她。因为，她早已在他的心里。

“丁哥，你真好……”李小雪突然停下脚步，两只亮亮的大眼睛，深情地望着丁伟。夜光下，李小雪长发飘飘，十分迷人。

突然见李小雪专注地看自己，丁伟感到有些紧张。他心里头就像有一只小梅花鹿在蹦蹦跳跳，汗水从他的脸颊流出来了，手心不禁出了汗，耳根也发热发烫，显得特别紧张。

望着美丽的李小雪，丁伟有些控制不住自己。他的双手时不时地在大腿上戳着，仿佛要将手指戳进肉里。

“小雪，我受不了了……”丁伟看着李小雪，说出了句蠢话。

“什么受不了了啊？”李小雪明知故问。

“我，我……”丁伟更为紧张了，活了20年，他还是第一次这么近距离地面对如此美丽的姑娘。以前家里穷，丁伟一直不敢对女生有多大期望，因为他知道即使自己真心去追，人家也不一定能看得上他。高中时，丁伟就喜欢过隔壁班的一个女生，长得很漂亮，秀眉大眼，身材苗条，还有黑而发亮的长发。每次下课后，丁伟从隔壁教室走过，他的眼睛便斜着透过窗户看那个漂亮的女生，如痴如醉。

后来，丁伟实在忍受不了相思之苦，便悄悄给这个女生写了一封情书。这封情书是他上地理课时写的，当时地理老师正在台上讲法国巴黎，而丁伟则在下面悄悄地写情书。他用一本大字典遮住了写字的手，写一会儿情书，又瞅瞅地理老师，然后又写一段，整个过程就像做贼一样。不知过了多久，丁伟终于写完了情书，还将自己平时课堂开小差时写下的一首歌词顺便抄了上去。丁伟觉得，情书虽然没多少文采，但是他的那首歌词却十分出彩。不仅很有感情，还用了几个排比句。

但是，当丁伟将情书和歌词交给隔壁班的那个姑娘时，却没有起到任何的正面效果。他顶着被老师惩罚的压力写下的情书，在隔壁班那个姑娘眼中什么也不是。

丁伟的情书表白最终以失败告终，他的这段经历反而还成了班上男生拿来取笑的段子。当时，丁伟觉得面子可丢大了。每次见到隔壁班那个漂亮女生，他都把头埋得很低，生怕让人看出自己的懦弱。

后来，丁伟便从学校出来了，他没有读完高中。

从那以后，丁伟就再也没有遇到隔壁班的那个女孩。听说那个女孩最后考上了四川师范大学，也在成都。但是，丁伟却没有勇气再次去见她。因为，他知道自己在那女孩的眼中，其实就是一粒尘埃，轻得可以忽略不计。这段感情就像一朵浮云，飘过的那一刹那，便成了雨和雾，再也没有了踪影，留下的只是无尽的悲伤和遗憾。

李小雪是丁伟第一个近距离接触的女孩子，白嫩的皮肤，大大的眼睛，深黑色的头发，以及身上那特有的薄荷香味，让丁伟感到心醉神迷。

此时，他们的眼睛相隔不到十厘米，两人的嘴唇相隔也不到十厘米。

丁伟似乎还能感觉到小雪的呼吸，听到对方的心跳，咚咚的声音，此起彼伏。

“丁哥，我冷。”夜晚的风吹来，李小雪的几根头发从丁伟的嘴唇边飘过。丁伟吻到了那一抹特别的发香，让他顿时感觉脑海一片空白，似乎进入未知的令人愉悦的奇妙仙境。

“我想……”埋藏在心里很久的话，刚到嘴边又被丁伟吞了回去。这时，他隐忍到了极限，整个手指的骨头似乎就要从肉里蹦出，身体也似乎要被倾慕的情愫给撕裂开来。实在无法忍受了，丁伟突然展开双手，前进一步，一把就将李小雪抱在了怀里。紧紧地，紧紧地，生怕李小雪飞走了一样。

“小雪，我喜欢你，真的喜欢，就像喜欢我的眼睛和生命。”

丁伟抱着李小雪，深深吸着李小雪身上的香气。他咬着了李小雪的几根头发，含在嘴里，闭上眼睛静静地享受这温暖幸福的一刻。

“你弄疼我了，丁哥……”李小雪被丁伟这么一抱，虽有些吃惊，却感到很幸福。面前的这个男人用善良和诚实深深地感动了她。

此时，她几乎想要把自己交给这个男人，从此白头到老，幸福一生。

月光皎洁，夜色迷人，似乎还有一股暖流随风拂来。

六

李小雪和丁伟开始恋爱了。

随后，丁伟和李小雪商量了一下。由于丁伟在成都租了房子，就让李小雪搬到丁伟租的单间，虽然是地下，但好歹能够取暖并抵挡风雨。再加上，有了爱情的丁伟，即使住在地下室，也觉得世界都是阳光的，都是温暖的。

接下来便是一段美妙的恋爱时期，丁伟就像吃了蜜糖一样，每天精神饱满，斗志昂扬，而李小雪也变得更爱打扮。

那一段时间，他们虽然没挣多少钱，却去了成都的许多景区。比如非物质文化公园两河公园薰衣草园。他们之所以选择这个公园，最大的原因是门票才 10 元，不仅可以在里面尽情游玩，还能喝到用香草泡的茶。在公园里，丁伟和李小雪一边散步，一边兴高采烈地拍照。公园里留下了他们美丽的倩影。当然最吸引李小雪的还是公园里种植的大片薰衣草。李小雪为什么喜欢薰衣草，是因为她看了一部台湾电视剧，她希望能成为电视剧中的女主人公，能够获得幸福的爱情。当然，薰衣草公园的确没让丁伟和李小雪失望，大片的薰衣草给他们带来了强大的视觉冲击，就仿佛步入了世外桃源、人间仙境，让他们在甜蜜的恋爱中，得到了愉悦的洗礼。

除了薰衣草园，李小雪和丁伟还去了青羊绿舟公园。在公园大门的石头上有简介，丁伟在此了解到，青羊绿舟公园采用了特别的“叶脉”布局形式，综合运用植物、建筑小品及铺地等多种手法，形成不同程度的封闭及开敞空间，创造出富有特色、层次丰富的广场空间环境，即在公园内设计了一条宽 7 米的公园区间道路，将公园零星的地块串联起来，并在这条公园主道路一侧设计了游步道路，让这些观景小道深入高大茂密的树林中。丁伟看了简介后，并不相信公园的魅力，还对李小雪说：“简介上都是吹牛的！”没想到，当他们真正漫步在树林中专用的游步道上，与自然亲密接触，才发现人间仙境此处唯一，别有一番滋味。

丁伟为了赢得李小雪的欢心，几乎带她逛遍了成都的所有人文公园。比如距离成都市区约30公里、占地约213亩的怡湖公园。比如，以现代园林为主，融入古典园林风格，古今结合，园内植被极为丰实，以芙蓉景点著称的清水河公园，等等。

似乎每一对情侣，在恋爱初期，都会游玩许多地方，他们的爱情就像蜜糖一样，他们甜得就像掉进了蜜缸。这就是恋爱的高潮期，让人刺激又倍感幸福。

但是，爱情终归是海边的潮水，虽然会有最高的浪头，但也会退回到低点，最后消失，然后归于平静。

丁伟和李小雪的恋爱，并不可能是例外，他们最后也没能摆脱这个怪圈。

半年的甜蜜日子过去了，他们的生活也终究趋于平淡。激情就像泄了气的气球一样，渐渐散去，然后回到了现实。

那么是什么原因导致他们的爱情回归低点的呢？原来，是因为丁伟的工作关系。

丁伟为了追求所谓的梦想，一直在街头卖唱，收入极不稳定。

另外，他还隔三岔五去唱片公司毛遂自荐，却总是失败而归。因为这些，两人便渐渐有了一些摩擦和矛盾。

刚开始，李小雪还有些欣赏丁伟唱歌，觉得一个男生喜欢音乐是一件好事，好歹也算是一门才艺。但恋爱之后，她就想着怎么过踏实日子，想着结婚生子。

丁伟的才艺，不仅不能挣到钱，反而还要取卡里的存款，李小雪对此很有意见。

特别是当李小雪怀上了丁伟的孩子后，坚持不要丁伟再去唱歌，还要丁伟的父母到成都来。这样，她才能安心生孩子，父母也能帮忙照顾。

面对现实，丁伟最终妥协了。他与李小雪回家办了结婚证，并说服母亲到了成都。看着成都繁华的高楼大厦和热闹的地铁，丁伟再次觉得与它们有了很长的距离。

紧接着，两人顺利办理了结婚仪式，李小雪也给丁伟生了一个可爱的胖小子。

为了照顾妻子和儿子，丁伟在李小雪的再三要求下，决定改行做点其他的。

于是，经过村里的熟人介绍，丁伟便再也没有在街头卖唱，而是选择在青羊区一家装修公司上班做工人。从那时起，他正式成了一名油漆工。丁伟每个月有了稳定的收入，差不多有 4000 多元。这个收入，在成都市还算中等的水平，虽算不上小康，但养家糊口已经足够。

然而，倔强的丁伟仍旧是个不安分的人。在当了一段时间的油漆工后，他的内心就有些忍不住了，隔三岔五便和朋友去酒吧唱歌。不唱歌，他心里就不舒坦。另外，他还热衷于炒作。每天还没完工，他就早早下班，跑到网吧，去混论坛、逛网页。在论坛里，丁伟爱发自己的最新消息，发用手机拍摄的唱歌视频。视频传到网上之后，有人盛赞，有人嘲笑。丁伟看到那些盛赞的网页，一时间似乎找到了满足感。

丁伟白天干油漆工，晚上到网吧上网，这几乎成了他特定的生活方式。

由于将时间花费在网上，家里的孩子，丁伟也很少照看。对于妻子李小雪，丁伟也似乎忙得顾不上了。

对此，李小雪多次找丁伟理论，称丁伟对家里不负责，是个神经病，每天忙活那些异想天开的事。

但丁伟却像着了魔一样，沉迷于网吧，去炒作自己的新闻。他这时总认为，自己为什么一直没有出名，没有像王宝强、旭日阳刚那么火，不是因为自己唱得不好，而是因为还没有炒作。

丁伟还在网上看到一篇文章，名字叫《姜太公是靠炒作起家》。

原文如下：

姜太公靠炒作起家

提起姜太公，许多人就会想起《封神演义》中那位呼风唤雨、无所不能、近乎神的军事统帅。其实，真实的姜太公，哪里如此。

姜太公，本名叫姜尚，这厮有几大特点：一是活了70多岁，都没有得到重用，本来想像阿里巴巴总裁马云那样靠创业发家致富，但因为没有生意头脑，卖牛肉、面团、酒，最终都亏本了。这足以说明，在生意方面，他只能是武大郎，不能成为西门庆。基于这，他那不算漂亮的村姑老婆，也觉得他没啥出息，就与其离婚了。

时光飞逝，岁月如梭。一眨眼，姜尚就快80岁了，但他仍旧没有发迹。人之已老，脑袋也灵光了，他也终于明白，穷一代想要成功，就得引起王侯的注意。但自己不出名啊，不认识媒体，比如电视台啊，晚报啊，他连一个记者也不认识。再加上，他又没有宣传经费，银行卡上一分钱也没有。

无奈之下，姜尚就想到了炒作，于是便在渭水河畔钓鱼。所谓钓鱼，却着实是一个幌子。人家用弯钩和蚯蚓钓鱼，他却用直钩钓鱼，并且还没有饵料。目的就是故意引起过往市民的注意。最后终于有那么一位爱管闲事的市民，发现了这一奇观，便给媒体报料。因为，这市民觉得又可以弄点报料费了，买点油盐米醋回家讨好老婆。

很快，姜尚直钩钓鱼的新闻，就被各大媒体宣传报道了。效果果然不错，很快一传十，十传百，最后就传到了周文王的耳中。周文王觉得有意思，便派了一个大臣去问。

姜尚这厮，便又卖起关子，忽悠这位前来看稀奇的大臣道："大鱼不来，小鱼来。"大臣回去将事情说了后，周文王就更吃惊了，觉得这姜尚竟把自己比作大鱼，胆子不小，可见必有一些本事，觉得他肯定不同寻常。

于是，周文王便亲自和儿子姬发一同到渭水河畔去请姜尚。见面之后，经过深入交流，周文王才明白这老头原来是个大才子，大有相见恨晚之势。于是，立即将其召回宫内，一同谋划，最终打败纣王，成就一世霸业。

姜太公，除了具有不错的军事才能，还是一个老寿星，他居然活了 130 多岁。要是放在现在，那可是奇迹了，全国不少媒体怕又要报道一番了。另外，春秋战国时所谓的齐国，便是周武王封给姜太公的领土。只不过后来，姜太公的子孙不争气，被田氏代替了。

因此，姜太公的故事告诉我们。炒作，或许是一个人成功的手段，但绝不是万能的钥匙。因为，炒作的前提得有真才实学啊，不然就像一条河里的鲫鱼，在火上一烤，就被烤糊了。这就正如姜太公的子孙，没有本事，别说炒作，就是给你万亩良田、千万资产，也无法守住基业，最终还得被田氏吞并。

自从丁伟在网上看到这些人因为炒作取得了成功，心里就痒痒的，他觉得自己这 20 多年白活了。以前一直没有找到出路，是因为没懂得炒作的妙处。他希望通过非常规渠道，实现自己的梦想，达到自己的目的。

于是，丁伟便在麻辣论坛到处发一些自己与某某明星有染，什么时候得到什么音乐大师盛赞的假新闻，甚至还吹嘘得到某某娱乐公司老总的赏识，等等。

除了这些，丁伟还将自己的音乐视频放到网上，自己注册了十多个马甲，然后不断地去顶，就是希望能引起网友的注意。这一点，他似乎有点自娱自乐。有时一个帖子，除了他自己一个人在吆喝外，根本就没有掌声和响应，但丁伟却忙得不亦乐乎。

李小雪对丁伟的行为感到彻底失望，她嫁的这个男人，脑袋像是缺了一根筋，每天去做一些不切实际的行为，总认为能遇到伯乐，然后成名天下，火遍全世界。但对于家庭，对于孩子，丁伟却像个陌生人一样，缺少关心和重视。

由于丁伟把大量的时间花在论坛炒作上，工作上也开始有些马虎了，很多时候都不太认真，比如在给房子墙壁刷油漆时开小差，不是将漆的颜色调错，就是粉刷错了位置。这些错误，直接导致客户大发雷霆，有时甚至不给工钱。

丁伟的失误，让装修公司老板很是生气，见自己招了一个这么难搞的工人，心里很不是滋味，便随便找个理由把丁伟给开除了。

丁伟失去了工作，又不好意思回家，不敢将实情告诉李小雪。每天，丁伟就装做正正经经去上班，其实则是偷偷摸摸去了网吧。大多时候，他都是逛论坛看帖子，醉心于炒作自己。

世上没有不透风的墙，丁伟的谎言不久就被揭穿。一段时间后，李小雪发现了他的异常，心里便嘀咕起来，对丁伟产生了怀疑。特别是在月底时，李小雪向丁伟要儿子的奶粉钱，丁伟翻遍整个衣兜，也拿不出半毛钱来。

李小雪问他钱到哪里去了，丁伟就撒谎称自己的钱被小偷偷了。

本来已经有些怀疑丁伟的李小雪，哪里会再相信他。她气愤地骂道："丁伟，你一天到底在搞什么名堂？不要把我当三岁小孩，你的钱到哪里去了？娃儿现在正需要营养，你连奶粉钱都拿不出来，到底是想干啥子？"

"真的被小偷偷了，今天坐车时被偷了。"丁伟死到临头还在狡辩。

李小雪彻底火了，她愤怒地说："小偷就那么巧，就专偷你的？大街上比你有钱的人多了去，他们咋个不偷。你骗鬼大爷去吧，是不是外面有人，将辛苦钱给了哪个女人？”

“我外面没人，你不要诬陷好人！”

“好人？哼，好人连儿子的奶粉钱都骗？”

“我真的没外遇，你别乱猜！”

“好，好，你既然说钱被小偷偷去了，我就打电话去装修公司。”说完，李小雪便拿起电话准备给装修公司打电话问详情。

丁伟见隐瞒不过，觉得再撒谎也没有益处，便坦白道：“老婆，你别打电话了，我把实情告诉你吧……”没有办法，丁伟于是将来龙去脉告诉了李小雪。

不说不要紧，一说家里就炸开了锅。李小雪开始摔凳子，扔碗筷，一把眼泪一把鼻涕地大骂道：“这日子没法过了，没法过了。我居然嫁给了你这么不争气的东西，你说你一天都干了什么，都是孩子的父亲了，却像个混蛋似的，像个混蛋似的。”

“我去上网，还不是去寻找机会。等哪一天我真的火了，有钱了，到时你们就能过上好日子，就能像其他有钱人一样。”丁伟试着给李小雪解释。

“别给我说火不火，我从见你第一天起，就知道你这辈子也火不了。你以为人人都能唱歌，都能红。你是不是吃屎了，现在的歌星有几个是平民老百姓。你怎么这么傻呢，每天还癞蛤蟆想吃天鹅肉——异想天开！”

“人家旭日阳刚都出名了，为何我就不能出名？”丁伟有些生气地反驳道。

“出名，出名，你一天就想出锤子的名！你儿子现在奶粉钱都没有了，你出名，出名了怎么不拿钱出来养儿子！”李小雪气得要吐血。

“不是要等机会和时间啊，我相信日子不远了。”

“反正我是等不了，你去出你的名吧。我受不了你了，好好的油漆工不干，不好好照顾儿子，每天就干些白日做梦的事。哎，当初我是眼睛瞎了，为何会嫁给你啊？”李小雪抱怨道。

“怎么了，你嫁了还后悔是不，后悔就滚出这个家。”丁伟也不甘示弱。

“这可是你说的，这个家我没法待了，真没法待了，你自己去和你的旭日阳刚过日子吧，去和你的西单女孩过日子吧，去和你这该死的吉他过日子吧！”李小雪气愤难当，她将怀中的孩子丢在了床上，然后什么也没有带，就朝门外跑去。

“有本事，出去了，就不要回来！”丁伟继续说着气话。

“你八抬大轿请我回来，老娘都不会回来了！去你 × 的，老娘眼睛真是瞎了！”李小雪一边哭，一边飞奔，她的背影很快就消失在街头的人群中。

丁伟并没有去追，他生气地坐在椅子上，望着年幼的儿子，心里十分难过。但事情已闹到这个地步，他也力不从心。

“走就走吧，走了就别给老子回来，× 的王八羔子，王八羔子！”丁伟这样骂着李小雪。

城市街头车流如织，仿佛这里发生的一切，都与此无关。

七

第二天，丁伟将孩子交给了母亲看管，然后一个人去了岳父家。他以为李小雪回娘家了，便乘车去内江准备把李小雪找回来。但当丁伟来到岳父家时，岳父却告诉他，李小雪根本就没有回来。不过岳父坦言小雪给他打了一个电话，说是到外地打工去了。

“你们怎么搞的，怎么说吵架就吵架？两夫妻要恩恩爱爱，要互相宽容互相谦让，不要动不动就闹得你死我活，这不是小孩子过家家，闹着玩儿！”岳父李大权有些疑惑地劝解道。

“爸爸，其实也没什么，我们就是吵了一架。当时，小雪生气了，便一个人跑了出去。我以为她回你这里了，结果人影都见不到。”丁伟向岳父解释说。

“是不是你在外面有人了？小丁，作为过来人，我可得奉劝你。男人要对得起家庭，对得起妻儿，不要在外面拈花惹草。”岳父李大权问丁伟。

“真没有，这压根就没有的事，你也知道我的为人。我是不会在这上面犯错误的。我和小雪吵架，不是因为感情，是因为我辞工了，小雪很生气，于是我们便吵了一架。”

“没事就好，你去把李小雪给找回来。找不回来，我可要拿你是问。我就这么一个女儿，把她交给你了，你得好好待她。”

“知道了，爸爸，您放心。”丁伟在岳父家里没有找到李小雪，就又到其他朋友家去寻找，但是都没有结果。

可能李小雪到北京去了，丁伟猜测。

因为家里脱不开身，丁伟并没有去北京找李小雪，而是留在了成都。再加上，小雪到底去没去北京，谁也说不清楚。北京那么大，找一个人谈何容易呢？

没有办法，李小雪出走后，丁伟将儿子交给了母亲照看。他的母亲也不容易，本来在家里种庄稼，照顾丁伟的爸爸。但是，自从有了孙子后，她便从内江的农村来到了成都，帮着照看丁伟的儿子。这闹得丁伟的爸爸很有意见，以前丁伟的爸爸在家里还能吃上现成的饭菜，每天干完农活有好吃好喝的，自从丁伟有了儿子后，他这个老年人也就只有给小孩让路了。不仅饭菜需要自己做，衣服也要自己洗，干完农活后，还得自己一个人暖被窝，日子过得十分枯燥和孤独。

但是，有什么办法呢？现在年轻人的孩子，几乎都是老年人帮着带。这可谓是，带大了儿子，还要带孙子，孙子大了，也就该入土了。由于母亲在成都帮丁伟带儿子，也就没有工作，这就需要丁伟想办法挣生活费和儿子的奶粉钱。最开始，李小雪在家时，就对丁伟的母亲承诺，每个月给儿子 1000 元的奶粉钱。丁伟的母亲将这钱拿来买菜做饭，顺带给孙子买奶粉。但现在丁伟被公司辞退了，也就没有收入来源。李小雪也不在家，孩子奶粉钱的事也就成了空头承诺。这可急坏了丁伟的母亲。

对于家里的处境，丁伟其实也很急。他这时迫切地希望自己能尽快成名，以改变家里的境况。他甚至天真地以为，只要自己出名了，能开演唱会了，李小雪就会主动回来找他。说不准，李小雪正在公司上班，突然看到电视里唱歌的大腕明星就是丁伟，于是便高高兴兴地背着包回到了家，然后找到丁伟对他说："对不起，老公，是我错了。"

可是，这仅仅是丁伟的幻想。丁伟的成名之路依旧十分渺茫。

之后，丁伟大多数时间都在网上炒作，很少去干装修的事，实在没钱了，就去当搬运工。更令人惊奇的是，为了唱歌，他还一个人提着劣质音响，跑到天府广场，免费给过往的市民唱歌，不收观众一分钱，只是想引起媒体的注意。

对于他这一举动，许多市民都感到惊奇。不要钱的歌手，在他们的印象中好像还从来没有过，一些市民便给电视台记者打电话报料这个新闻。

这不，接到热线反映的记者就是《西都晨报》的贾小刀。

贾小刀认为丁伟的行为很有新闻价值。

所谓的新闻价值，贾小刀也是受前辈们熏陶的。前辈们常说：这年代，所谓的新闻价值就是：狗咬人不是新闻，人咬狗才是新闻。

丁伟在街头卖唱，不要钱，也不做公益，纯粹是为了吸引观众，这似乎也有点价值。要是丁伟再做出一点出格的举动，说不准就能产生轰动效应了。

接到热线，贾小刀便挎着摄像机坐上了出租车。

来到天府广场，贾小刀看到远远围着一群人正叽叽喳喳地讨论着什么。

"这人还真怪，为了练习胆量，跑到广场来唱歌！"

“他来卖唱，还不收钱，难道他是富二代？但看他的打扮，也是一个穷人。”

“歌唱得不行，就不要出来丢人现眼。真服了现在的年轻人，脑袋发热，缺了一根筋。”

“听说他为了唱歌，老婆都跟别人跑了，真是个神经病！”

……

贾小刀从人群的讨论中，大概听出了一些端倪。等一首歌结束后，贾小刀走上前去对丁伟说自己是记者，希望可以采访一下他。

丁伟看到记者顿时就兴奋起来。这一段时间的炒作，终于收到了效果。于是，丁伟十分高兴地回答：“等我唱完最后一首歌，就接受你的采访。”

接着，丁伟便再次拿起话筒，将音响的音量调节好，唱起了张雨生的《我的未来不是梦》。

“我的未来不是梦，我的心跟着希望在动。我的未来不是梦，我认真地过每一分钟……”正当丁伟唱得投入、感情充沛时，一个中年妇女背着一个背篓冲进人群，一把扯掉丁伟的话筒电源线，顺手扯着丁伟的衣领，开始打骂起来。

“你个混账东西，挨千刀的，一天到晚就知道唱歌，唱歌，老婆都唱没了，还唱！我们丁家的脸都被你丢尽了……”中年妇女是丁伟的母亲，名叫邱梅。她一边骂，一边哭。

周围的人见到这情景，大致猜到了八九分。有的人便开始去劝架，有的人试着将丁伟和邱梅分开。

“不要打，他喜欢唱歌就让他唱。我家的孩子，什么都不干，每天就知道打游戏，都二十几岁了，还不去上班，他好歹没有乱来。”围观的一个中年妇女劝说道。看到丁伟在街头唱歌还被打，她反而觉得丁伟很委屈。想到自己不争气的儿子，中年妇女就有些心酸。

“别打，别打，年轻人都不懂事。等他明白了，就会好的。”

其中一个老头也开始劝说。

“有梦想是好事，总比没有梦想好啊。你看，我们都这么大年纪了，还不知道这辈子为了什么。他这么执着唱歌，我们该鼓励，不要让年轻人丢掉梦想。”一个六十多岁的老年人感慨道。

“不过，他确实唱得不怎样，还把老婆唱没了，这可不值得学习。”

“是啊，每一个人都像他这样，这世界就乱套了。悲剧，悲剧！”

……当大家你一言我一语地讨论时，丁伟已被群众给解救了出来。

他哭着拿着话筒对大家说：“今天真对不起大家，我得走了。有机会我还会来唱歌，谢谢你们的支持，谢谢你们的支持。”说着就向在场的观众鞠了一躬。

“你还敢回来？你回来，我就打断你的腿。你真是不孝子啊，走，跟我回去！”邱梅开始拉他走。

“你把手拿开，我知道走，不要你来拉！”丁伟放下手中的话筒，开始收拾行李，邱梅流着泪在一旁恨恨地盯着他。

贾小刀为了及时采访到这个好新闻，也帮着丁伟收拾音响和电源设备。当然，刚才丁伟被母亲打的精彩一幕，也被贾小刀的摄像机给记录了下来。贾小刀心里有些窃喜，从新闻的角度分析，邱梅暴打丁伟的场面，决定了这将又是一个好新闻，到时报纸刊登出来之后，一定会大火。

不一会儿，丁伟就收拾好了行当。

在丁伟的带领下，贾小刀来到了丁伟租住的房子。

这是青羊区老城的一个小院子，是七八十年代的老房子，显得十分破旧。丁伟租住的是五楼一个小单间，很小很小，大概一共只有 20 多平方米。可能是房东老板为了多赚取些房租，便将一个套房，生生地隔成了许多小单间。

在丁伟的房间内，只有简单的一张床，一个 17 英寸的旧电视。

走进屋内，贾小刀闻到一股难闻的臭味。

以前，丁伟和老婆李小雪一起住在这里。李小雪在时，房间虽小却很干净整洁。但现在什么都成往事。

邱梅经过这一番折腾后，又赶火车回到了农村。对于丁伟，她彻底感到失望了。邱梅恨自己没有让丁伟去读书，有时她觉得要是丁伟像其他孩子一样去读了大学，或许就不会这么笨了，就不会为了所谓的梦想，异想天开，甚至失去了家庭。丁伟的“不务正业”，让她和丈夫伤透了脑筋。孙子丁盼盼现在才一岁多，就没有了母亲照顾。

邱梅有些埋怨和郁闷，觉得自己的命很苦，年轻时自己养儿子，一养就是 20 年。现在人老了，却又要养孙子。

在将丁伟送到出租房后，邱梅就回了老家。因为家里还有牛羊需要喂食，还有孙子需要照看。

邱梅为什么会去天府广场打丁伟，是听村里李三娃说的。前一段时间，李三娃从城里回来，告诉邱梅丁伟在城里不务正业，不仅不当油漆工，还每天到处炒作，在天府广场唱歌丢脸。

于是，邱梅便赶火车来到了成都，当她赶到天府广场时，丁伟正好在表演，然后就发生了刚才的一幕。

事情平息后，邱梅回乡下了。而贾小刀跟着丁伟到了他租住的房间，对丁伟进行了一次详细的采访。

采访中，贾小刀了解到丁伟的过去，也知道他为什么去炒作。其实，贾小刀对丁伟还是很敬佩。为了梦想，丁伟有着常人难以拥有的勇气，而贾小刀没有。

丁伟可以为了梦想，抛开一切，固执地朝着自己的梦想大步迈进。而贾小刀在现实面前，总是会不断妥协，最后将梦想深藏在心底，直到它发霉腐烂。

尽管，丁伟实现梦想的方式有些偏激，甚至有些违背常规，但是他的坚定，让人敬佩。

于是，贾小刀迅速将丁伟在街头唱歌、被母亲暴打的故事，写成了一篇专题报道。第二天早上，报社就刊登了这条新闻。如贾小刀意料的一样，该新闻立马引起了反响，各大网站纷纷转载，成了大街小巷、茶楼酒肆市民纷纷讨论的话题。

新闻火了以后，贾小刀的主任刘明海很高兴，便安排贾小刀为丁伟做了一期后续。这一刊登不打紧，丁伟在成都引起了舆论的巨浪。

八

其实，舆论就是一把双刃剑。它可以让你生，生得光辉璀璨。也可以让你死，死得惨不忍睹。

这不，贾小刀的两条新闻刊登之后，丁伟彻底火了。但火的同时，却给丁伟带来了不少麻烦。许多观众对丁伟的行为，表示极大的鄙夷和不满，特别有的观众看了报纸，加上在网上论坛看到丁伟的炒作，对丁伟的批判之声不绝于耳。甚至，各大网友还团结起来，形成了一股很大的反对力量。

有过激的观众还人肉搜索丁伟，在网上不断发表批判他的文章，对他进行人身攻击。有的还打电话给丁伟，大肆骂他是狗杂种、人渣，等等。

新闻火爆之后，有一天，丁伟正从网吧出来，突然有两个青年看到丁伟，便朝他淋了矿泉水。

“这不是网上那个炒作的变态歌手吗？你他 × 的，唱歌唱得像杀猪叫，还到处丢人现眼。锤子吃多了没事干，吐他口水！”两个青年不仅往丁伟身上淋矿泉水，还使劲向他吐口水。

丁伟很是生气，冲过去要与两位青年对干。但两位青年却飞起一脚，将丁伟踢开，一溜烟地跑了。

丁伟心里很是愤怒，他生着闷气朝家走。这时电话又响了，他打开电话一看，是一个陌生号码。丁伟不想接，但电话一直响个不停。

没办法，丁伟只好接了。

“丁伟，× 你个先人，你他 × 的是一个怪胎，长得丑还出来丢人现眼，唱得差还出来到处卖弄。你他 × 的，是不是你老妈生你时脑袋被门夹了？你老婆李小雪都受不了你唱歌，都去给别人当二奶了。她宁愿当二奶，也不愿意跟你，说明你唱歌真他 × 的差劲。”

一个陌生人在电话那头大声骂丁伟，并羞辱丁伟的老婆给他戴了绿帽子。

这一骂，让丁伟彻底受不了了。最近一段时间以来，他遭遇了太多的打击和辱骂。许多网友直接攻击他的家人，侮辱他的人格。

这些辱骂，使丁伟丧失了尊严。面对这些情况，丁伟感到特别无助，身心受到了巨大的伤害。

突然面临这么多的辱骂和不理解，丁伟觉得自己活着真累。自己的老婆也不理解，母亲也不理解，甚至跑到大街上去打自己。连儿子看到他后，也躲到一边，感觉是见陌生人。

丁伟觉得人活在世界上，真累。为了梦想，他有什么错？为什么这么多人要排斥他，嘲讽他，甚至还要侮辱他的家人？

丁伟越想越觉得生活在这世上，没有多少意思，越想越觉得舆论是一把杀人不见血的刀，他的心理彻底崩溃了。

于是，丁伟给贾小刀打了电话。

“贾小刀，我受不了了。我要自杀，我遗书都写好了，我不想活了。我死后，你要写新闻，如实报道。我的死，是那些读者、那些网友逼的，他们脱不了干系！”丁伟在电话那头显得特别无助。

“你在哪里？千万别做傻事。有什么想不开，别和他们一般见识。”贾小刀听到丁伟关于自杀的电话，被吓到了。他的脸上冒出冷汗，这通电话让他感到胆战心惊。要是丁伟真有什么事情，他也是幕后推手之一。

“我在锦江大饭店，你来了，可能就只能看到我的尸体了。或许还看不到呢，我可能就像雪花一样飘下楼层，然后被飞驰而过的汽车碾过，从此消失在这个世界。”丁伟在那边仿佛说着遗言。

听到这话，贾小刀没有多想，立马冲下报社大楼，跑到街上拦了一辆出租车就匆匆飞驰而去。

幸亏去得及时，贾小刀赶到现场时，丁伟还在锦江大饭店楼上。

只见丁伟坐在窗子旁，正望着奔流不息的车辆。

“丁伟，别做傻事。你才二十多岁，死了不划算。”贾小刀一边靠近丁伟，一边劝说。

“有什么不划算的，人都是哭着来，又哭着去。20 岁和 70 岁有什么分别，还不就是一个死。我不想活了，这人生没意思。”丁伟像下了决心要死似的。

“你别说这话，你想想你还有妻子李小雪。她还等着你回心转意呢！”贾小刀继续劝说。

“李小雪，她都跟别人跑了，还谈什么回心转意？都不是我的女人了，我都被戴了绿帽子了。”想起李小雪，丁伟就有些悲愤，觉得这个女人对不起自己。

“你错了，李小雪不是那样的人，你要坚信。你还有母亲，她把你养大不容易，她老了怎么办？”

“别提我母亲了，她也不理解我，还打我，我都被全世界抛弃了！”

“你错了，他们都爱你，没有抛弃你。另外，你还有儿子，他才不到两岁。那么可爱，那么漂亮，那么聪明，你难道要丢开他，让他没有父亲，让他成为一个孤儿？”

“儿子，我对不住你了。爸爸不争气，没能让你过上好日子。但我有什么办法啊，现在的人们太坏，个个都是《狂人日记》里吃人不见血的恶魔，我斗不过他们，我只有走了才能解脱。儿子，我要走了，以后跟爷爷奶奶过，长大了要听话。”丁伟听贾小刀说起自己的儿子，心里就特别难受，眼泪哗啦啦地顺着脸颊流。

丁伟一边流泪，一边竟抬起自己的脚，准备往下跳。他有些无法控制自己，情势十分危急。

“丁伟，你他 × 的是不是个男人？连儿子你都不要了，你难道要让他当孤儿吗？你给我下来，不能死。不仅你儿子离不开你，很多人都离不开你。你他 × 的，不是要实现梦想吗？人都死了，还谈锤子的梦想！别跳了，你要将梦想实现了给那些人看。”贾小刀情急时刻，想到了自己，一直因为家庭贫困不断搁浅梦想。为了在成都生存，能有一套自己的房子，他放弃了写作，每天都为了生存而劳累奔波。当他看到丁伟为了梦想，闹得妻离子散，差点跳楼自杀，他有些火了，并对丁伟大骂道：“丁伟，你他 × 不是一个东西，堂堂七尺男儿，竟要去跳楼。你这么一跳，只会被全天下人耻笑。你他 × 的，明天就上新闻头条，‘油漆工追求音乐梦想街头卖唱，不堪网络暴力跳楼自杀’。你他 × 的，你一跳下去，就是一个天大的笑话，就成了人们茶余饭后的谈资！你以为这样很英雄，其实他 × 的很狗熊。”

听到贾小刀的痛骂，丁伟好似当头被打一棒。他停下翻越，然后瘫坐在地板上，对贾小刀说：“你说得对，我不能死。我要是真死了，他 × 的，可便宜了那些看轻我的人。我要好好活着，我要为儿子好好活着。”

“对！你一定要坚强地活下来。你不是为你自己而活，而是为你儿子而活，为你的梦想而活。对看轻你的人的最大回击，就是自己变得足够强大。”贾小刀继续劝道。

“嗯，我不能这么傻。我要是死了，正中了他们的圈套。我要好好活着，活给所有人看。”

贾小刀劝服了丁伟，两人离开了锦江大饭店。周围聚集的看热闹的路人，扫兴地一哄而散。

贾小刀坐在回家的出租车上，司机正放着信乐团的主打歌曲《海阔天空》：“……冷漠的人，谢谢你们曾经看轻我，让我不低头，更精彩地活……”

第二章 一条沧桑的河流

一

从那以后，丁伟再也没有谈论过自杀的事。好长一段时间，丁伟消失在了人海。而网上的麻辣论坛，似乎再也没有出现过丁伟的马甲。

突然之间，丁伟不炒作了。倒是让网友们感到吃惊和纳闷，仿佛这世上少了让他们嘲笑和戏弄的对象，心里就有些怅然若失。

不知过去了多久，终于有一天，贾小刀接到了一个陌生电话，接后一听，原来是丁伟打来的。

“贾小刀，感谢你对我的采访和帮助。我现在找到了李小雪，与她重归于好。另外，我报了一所民办的音乐培训机构。我想，最近几年我会接受专业系统的学习，希望自己在音乐上接受专业的指导。”

丁伟在电话中这么告诉贾小刀，他的语调和说法方式，仿佛一下变得成熟了许多。

“兄弟，好好混，你的选择是正确的，总有一天你会成功的。”贾小刀祝福道。

“对了，贾小刀，再告诉你一个信息。我现在还有一个身份，那就是货真价实的油漆工，我重新找了一个装修公司。由于我有一定的基础，来了后很快就上手了，工资也相对稳定。当然，空余时间我可是不断地在准备做音乐呢。”丁伟对贾小刀说。

贾小刀听了后很是欣慰，尽管不知道丁伟是否会实现自己的梦想，但至少可以肯定，丁伟已经走在梦想的路上。

当丁伟讲述自己的近况时，报社的张川川正来找贾小刀商量租房的事。

提起张川川，还有一段渊源。

张川川大学读的是计算机专业，本科，从学校毕业出来时，到广州、上海找了很久的工作，但都未能找到。其间父母还要负担他的生活费。最后实在没有办法，张川川选择回到家乡成都。

回到成都后，张川川想要稳定，只有三种选择，要么进国有企业，要么进事业单位，最后就是考公务员。

没有家庭背景，自己又不够优秀，考试时不能以一敌十，几乎很难挤进这些单位。特别是现在公务员都成了金饭碗，想进去的人多如牛身之毛，而成功的人却少如牛身之角。

张川川参加了三次公务员考试，次次败北。其中有一次，300人争夺两个职位，他考了第256名。

父母辛辛苦苦将张川川抚养成人，并供他读了大学。但张川川毕业后不仅找不到工作，前途还让人担忧。

“这年代，硬的不行，只有来软的。”张川川的父母便想到了托人找关系，让他进一个稳定的单位，招聘的也行。因为，事情到了这地步，他要是再不识时务，就彻底落伍了。

有了想法，接下来便是行动。张川川的父母找到隔壁村子的王二娃。因为王二娃的表哥在成都市当局长，至于哪个局就不方便说了。有了这层关系，张川川的父母就像抓到了救命稻草。

在一个夜晚，张川川的父亲张达和王二娃一同到了局长的家里。本来王二娃想约表哥吃饭。但人家局长每天日理万机，哪有时间见王二娃这种闲杂人员呢。能够答应见上一面，也是看在王二娃的父亲曾经帮助过局长。不然，即使是亲戚，也是老死不相往来的。

他们来到了局长的家，是在浣花溪的一栋洋房里。局长家的花园并不大，但特别精致。在闹市中，能有一处花园，过的已经是高端生活了。进了房间，王二娃和张川川的父亲穿了鞋套，小屁股坐在沙发上，有一些紧张。

王二娃见到自己老表从书房出来，便站了起来，张川川的父亲也站了起来。

王二娃热情地介绍了一番，大意就是请局长表哥帮忙。

局长听了后，没有接王二娃的话，反而问起了王二娃父亲的身体状况。

“现在挺好的，就是腿有点风湿，一到下雨天，小腿就痛，其他倒没什么。”王二娃说。

“那要注意休息，我这里有抗风湿的膏药，你给表叔拿回去。”

说完，局长就进了书房，拿出一包膏药来。

“谢谢老表。谢谢老表。”王二娃受宠若惊，对局长的热情还有些不适应。

王二娃接过膏药后，局长便站了起来，说晚上还有个紧急会议，就不留他们了。

王二娃见正事还没说，就特别紧张，激动之下，便拉着局长表哥的手说：“表哥，张川川侄儿工作的事，您看给费心费心呀。”

这么一请求，局长倒显得为难起来，嘴里说：“这事难办，这事难办，你们也知道现在凡进必考。”

“老表，你是一把手，只要你开金口，考不考全在你，再说你要是给哪个单位打个招呼，考试还不就是个形式而已！”王二娃一边拍自己老表的马屁，一边从口袋里掏出一个大信封，从桌子底下塞到了局长的沙发枕头下。

“老表，你这是什么意思？要不得，要不得！”局长看到了王二娃的举动，便半推半就地拒绝道。

“老表，人要吃饭，树要穿衣，哪个办事不需要协调？这个小意思，你拿去协调也需要经费嘛。”王二娃劝说道。

“亲戚之间，你们这就客气了。这个坚决不能要，你这可是在害我！”虽然，局长嘴里说得斩钉截铁，但是手上却没有过多推辞。见王二娃将信封放进了沙发底下，局长便又说道：“都是一个地方的人，还这么客气干吗？下周一叫张川川到我办公室来，我先了解了解。”

“真是太谢谢你了，太谢谢了！”张达像是找到观世音菩萨，一下感觉自己遇到了救星。至于那大信封里厚厚的几万元钱，看在儿子工作和前途有着落的份儿上，也觉得是理所应当，送得万分值得。

他怕的不是钱多，而是生怕局长不收。这年头，没钱办不成事，但有钱了，也不一定就办得成事。因为，你的钱能送得出去也算本事。

这次，局长收了钱，张达心里反而觉得更加踏实。

之后又是小一阵寒暄，局长中途接了一个电话。

张达和王二娃便知趣地离开了，局长也没有送，依旧在打电话。

随后，张达和王二娃便走出房间，匆匆消失在夜色中。

“你说，这么晚，局长老表还要开什么会呢？”张达问。

“人家是大忙人，晚上开会很正常。”

“说不准。可能是床上开会呢。应该是找小秘了吧，春宵一刻值千金呢。”

“乱说。我老表不是那种人。来，来，我们哥俩去喝两杯，祝贺老哥的儿子找到工作。”王二娃拉着张达，两人打了一辆出租车，准备去酒楼痛饮。

“谢谢你啊，这次全靠老弟帮忙。不然，我那不争气的儿子还不知道能干什么！”张达对王二娃表示十分感激。

“不客气，不客气。都是沾亲带故的，帮忙也是应该的。”王二娃和张达喝得微醺。当晚，他们从酒楼出来后，张达还请王二娃去了洗浴中心。当然，这个洗澡肯定是美女给洗的那种，同时还提供点“特殊服务”。澡洗完之后，张达也没有忘了规矩，给王二娃送了一个小红包。

自那之后，张川川便在局长的安排下，进了《西都晨报》，还结合自己的专业当了一个排版编辑。

张川川和贾小刀，一个在楼上，一个在楼下，两人经常见面，长此以往，就成了朋友。这不，张川川正从楼上下来，找贾小刀商量租房的事。

张川川不是城里人，在成都市里没有房子。没办法，租房便成了他的头等大事。刚来时，张川川租了一个单间，每月 600 元。但是后来房东要涨价，张川川觉得压力太大，一个人吃不消，便想找人合租。听说贾小刀也要租房子，便来找贾小刀了。

“你觉得怎样，我们去合租一个套房。要是三间的话，我们还可以租一间出去，说不定还能赚点。”张川川跟贾小刀商量道。

“有道理，现在三室一厅的房子每年也要 12000 元。而单间单独租也是 600 元一个月，一年差不多就是 7000 元了。要是我们租一个套房，按三间计算，除了自己住，还能 500 元一间低价租出去。这样，我们每人只摊 300 元不到了，这个办法还是可行的。”张川川给贾小刀算起经济账。

听张川川这么说，贾小刀也觉得在理，便满口答应了，并说：“要不，你先在城里找找，有合适的，我们再商量。”

二

贾小刀和张川川正在谈租房的事，电话突然响了，铃声很大，有些刺耳，放的是信乐团的《死了都要爱》。这电话是张川川买的山寨机，看上去像苹果，其实是一个冒牌货。但张川川却以为能糊弄人，满足自己的虚荣心。

“干吗？”张川川朝电话那头不冷不热地说。

“你死哪儿去了？”电话那头一女孩问道。

“我在贾小刀这里。”张川川回复，“你要过来就过来，等会儿一起出去吃饭。”

“要得，你等会儿。”

给张川川打电话的人，名叫舒小雅，在移动公司上班，属于招聘的那种。现在一个单位，有几种性质的职工：一种是有正规编制的。这些人仗着自己有编制，工作轻松，工资丰厚，奖金也高得离谱，属于典型的“贵族型”；还有一种，就是招聘制，这类人和公司签订了正规合同，享受参照编制员工的待遇，但是工作却相对要辛苦一些，“五险一金”公司也是给买了，有一定的保障性；最后一种，就是所谓的“临时工”。临时工，不享受上述两种身份员工的良好待遇，也没有保障，工作强度也最高，但是他们不得不忍耐干着。因为工作对临时工来说是一个谋生的饭碗，丢了饭碗或许更无法生活。因此，临时工待遇最低，风险最大。现在新闻报道里，出了事的单位，最终来背黑锅的大多是临时工。

酒驾的是临时工，贪污的是临时工，偷工减料的是临时工。“临时工”这个词成了最近一两年最火的词语，也成了知名度最高的工种之一。

舒小雅属于招聘类的员工，虽然没能进入编制内，但是同工同酬，对此她已经很满足了。能够进国有企业，也算是很大的安慰。

舒小雅老家是农村的，但从小在城里长大。父亲当兵退伍后，在一个局谋了一个差事，就是给领导当司机。虽然没有实权，但偶尔也能有点外水，克扣点油费。母亲在一个钢铁厂当工人，钢铁厂已经要垮不垮了，每年都在裁员，但她是老员工，资格老，一般排不到她那里。

一家人在城里，虽算不上富裕，相对来说还算小康。舒小雅是独生女，在家里受到了“国宝”级的待遇，从小父母什么事都依着她。或多或少，舒小雅便有一些“千金小姐”的味道。

和舒小雅谈恋爱之后，张川川万事都依着她。由于自己是乡下人，他内心深处总有那么一点自卑。

有一次，张川川的母亲王菊花给他们打电话过来。电话中王菊花叫张川川让舒小雅接电话，她想和未来儿媳妇聊聊。但是，舒小雅打死不接王菊花的电话，并生气地说：“有什么好说的？没什么说的！不接，就是不接！”

这弄得张川川很尴尬，他只有向母亲撒谎说，舒小雅刚好有急事要出去，没时间了，只能下次再聊。王菊花感到很失落，在电话中告诫张川川：“儿子，不要羡慕人家真金白银，只要吃饱穿暖就行。”

“知道了，妈！”张川川挂完电话，心里很酸楚。他来到舒小雅身旁，眼睛恨恨地盯着她：“你是什么意思，我妈妈的电话都不接。你想咋样？”

“我不接又咋了，你管得着吗？这是我的自由，张川川，不要给你笑脸，你就觉得阳光灿烂。”舒小雅理直气壮地反驳张川川。

“你这样做就是不对，一个姑娘家一点都不懂礼貌。”

“我哪点不懂礼貌？她让我接电话就接电话，她是我什么人呢？”舒小雅有些生气了。

“她是你什么，她是你妈。”张川川也有点火大。

“谁承认她是我妈了？她是你妈。我妈在凤凰小区，不在你们的山沟沟里。”舒小雅见张川川朝自己发火，便扔掉手中的开水杯子，打开房门扬长而去。

张川川见舒小雅离开，条件反射性地朝前去追。刚追到门口，他又愣了一下，然后骂道：“城里人，你他 × 的有什么了不起？老子追你，追锤子！”张川川又返了回来，打开电视不停地转换频道，心里生着闷气。

对于舒小雅，张川川心里有万般的讨厌。有一次，张川川到舒小雅家做客，舒小雅的母亲张丽听说张川川从农村来，心里便有了一些鄙夷，谈话也不再热情。

“在城里买房子没？”张丽开口就问了张川川这问题。

“没有，现在还年轻，正在奋斗。”张川川回答得有点心虚。

“小伙子，不年轻了。房子这事是终身大事，没有房子就没有窝，老婆孩子以后睡哪里，住哪里？不可能一辈子都租房住吧，又麻烦，又不方便。特别是房东说涨价就涨价，叫你搬还不能讲条件！”舒小雅的母亲张丽给张川川讲了一大串的道理。

其实，张丽之所以会讲这些道理，她是深有体会的。年轻时，她不懂事，一心崇拜“兵哥哥”，喜欢他们的军装，崇拜他们的英姿飒爽。但进入生活后，她渐渐明白，与兵哥哥结婚之后，等于要守多年“活寡”。经济上没有多少优势，生活上、生理上还受折磨。特别是张丽和舒小雅的父亲结婚后，挺着个大肚子，还租房住。张丽才怀上舒小雅几个月的时候，房子到期了，房东老板一口咬定要涨价。当时，张丽和舒小雅的父亲没多少积蓄，正是用钱的时候，突然面临房东涨价，心都凉了。她清晰地记得为了节约钱，她挺着个大肚子和舒小雅的父亲一起搬家，委屈的泪水夺眶而出。

因此，舒小雅出生之后，她就下定决心，以后不能让舒小雅走自己的老路。

对于张川川这个农村孩子，张丽压根儿就不看好。不是因为她嫌贫爱富，而是因为现实所逼。特别是张川川的个人能力在年轻人中又不算突出，要口才没口才，要文采没文采，除了一张好皮囊外，其他什么都没有。对于张丽这样的过来人来说，早已拿所谓的爱情不当饭吃了。她知道，爱情终归要化为亲情，终归要走向现实人生。

听到张丽说房子的事，张川川心里很没底气。自己找工作就已经花了家里好几万，如果再说房子的事，他在乡下种田的父亲，就是去砸锅卖铁也不行。

张川川没有反驳，也不能反驳，就只有一个劲儿地点头说是。

其实，舒小雅的父亲舒文对张川川也没什么好感。舒小雅和张川川刚谈恋爱时，舒文就有些反对。他觉得自己就是吃了没有钱、没有关系的亏，而张川川就是自己年轻时的影子。他不能再让自己的女儿，嫁给一个像自己一样的男人。这样，对女儿太不公平。

父母的反对，让张川川和舒小雅的关系发生了一些微妙的变化。

舒小雅对张川川，也不再像刚认识时那样。一开始，她觉得张川川长得帅，高大威猛，是自己心目中的白马王子，表现得有些绵羊般的温顺。但后来，见到周围的同学个个都嫁了好老公，结婚后就买了车，有了房，还全身名牌，舒小雅心里就不平衡了。觉得男人长得帅有个屁用啊，又不能当饭吃。

舒小雅对张川川也不再那么仰慕崇拜，相反还显得有些排斥和冷嘲热讽。

没过多久，舒小雅就从移动公司走过来了。移动公司和《西都晨报》都在一条街上，两家单位相隔很近，就一百多米的样子。

见到贾小刀，舒小雅礼貌地打了招呼，然后对张川川说："你不是说去吃饭吗？怎么还不走呢？"

张川川对贾小刀尴尬地笑了笑，然后就和舒小雅一同朝楼下走去。贾小刀大声嘱咐道："那租房的事，你先联系着。有消息，随时通知我。"

“好的，刀哥！”说完后，张川川和舒小雅走进了电梯。

三

得知丁伟找到李小雪后，贾小刀心情平静了许多，他又继续过着枯燥而单调的采访生活。

后来有一天，贾小刀突然接到同事电话，称记者部主任刘明海正在办公室等他。

贾小刀走进办公室，刘明海笑嘻嘻地请他坐下来慢慢谈。

“贾小刀，告诉你一个好消息，或许也算坏消息。”刘明海有些沉重地对贾小刀说。

“什么好消息坏消息？我有些没弄明白。”贾小刀有些疑惑。

“好消息就是，经报社党委研究决定，准备从全社抽调一批精英记者到新闻调查部上班，其中就包括你。当然，由于你表现突出，还给你安排了一个职务——首席记者。这对你来说算是升迁了，加油兄弟！”刘明海说完之后，表示祝贺。

“这也不算好消息，部门还有这么多兄弟，我怎么舍得呢？”贾小刀并没有表现出兴奋和激动。他知道，调查部的记者都很累，还常常曝光重要企业，有时得罪人了还有生命危险。对于他这样一个寒门记者来说，有时安稳比冒险更重要。

“这就是接下来我给你说坏消息的原因，毕竟你在我们部门待了这么久了，大家其实很舍不得你。你去了之后，我们见面的机会就少了。现在又差人手，我社会新闻部可是少了一员大将。”刘明海接着话锋一转，“不过，年轻人就是要多锻炼，你的文字功底好，领导自有他们的考虑。”

贾小刀沉默了一会儿，然后礼节性地回复道：“听从领导安排吧，领导的棒指哪里，我就去哪里。”

“这才是优秀同志嘛，就这么定了。今天晚上，部门准备给你搞一场晚宴饯行，就在西州大酒楼，房间都定好了，你到时准时参加。”贾小刀要调走，刘明海作为主任，肯定要做做领导的样子，于是在客户单位定了一个大房间。

所谓的客户单位，其实就是报社的广告单位。打广告，采取收一半现金、一半消费的模式。于是，这一半消费对于栏目组同事，便算是一种很好的福利。有时需要请客，便会吆喝上兄弟伙，去把这消费用了。这在媒体行业，已是司空见惯的事了。

当天晚上，新闻部十多号人在西州大酒楼狠狠地吃了一顿。反正大家用的都是客户的钱，鲍鱼、鱼翅都点了，还包括烤全羊。当然茅台酒是必不可少的，尽管茅台酒不断涨价，但对于招待却一次也没见得少过。

大家在酒楼里大口吃着羊肉，大口喝着茅台酒。个个谈天说地，尽情欢歌。

吃完饭后，刘明海还安排大家去温泉泡了澡，之后有的同事还要求去酒吧娱乐一下。毋庸置疑去的也是客户单位。

四

第二天贾小刀起了个大早，便去了新闻调查部办公室报到。本以为自己算是很早的了，没想到调查部的主编上官文清比他更早。

“你是贾小刀吧？来，来，你的座位就在那里！”说着上官文清便把贾小刀引到报社给他腾出的位置上，示意他坐下。然后又转过身去，到饮水机给贾小刀倒了一杯开水。

“谢谢，上官主任。”贾小刀接过开水。

“这是张主任的座位，这是李记者的座位，这是王编辑的座位，隔壁的就是美编室。当然你认识的张川川，就在隔壁那个办公室。等下他们来了，你们好好熟悉熟悉，大家以前本来就是同事，一个系统，现在一起上班了，就更亲密了。”上官文清显得很热情，一边忙着打扫桌子上的垃圾，一边给贾小刀介绍同事。

“嗯，谢谢。”贾小刀将挎包放在了座位上，然后打开了电脑。

“那电脑是刚给你配的。这你还得感谢记者田大兵呢，是他最近采访，曝光了一家商城，商城为了不影响声誉，便主动提出给我们报社提供 8 台电脑，电脑的钱以版面相抵。所以，这次田大兵功勋显著，我们大家都跟着沾光享福。你运气好，刚好就分到了一台新的。你看李记者现在还用以前的老式呢，速度慢得很！”

“嗯，不错，这电脑是崭新的，感谢感谢！”贾小刀坐了下来和上官文清聊天。

“贾小刀，听说你爱写作，还写了一本书？”上官文清问。

“唉，那都是过去的事了。当时那本书被一个书商买去，只给我了 8000 元稿费，然后卖多卖少和我屁关系都没有，真寒酸！现在的知识分子就这样，臭老九，连擦皮鞋都比写书赚钱！”贾小刀如实对上官文清回答。

“唉，别这么说。我还真羡慕你呢，年轻还能有梦想。我都老了，没什么想法了，也没冲劲了。实话告诉你，我年轻时也是文学青年，也有当作家的梦想。”上官文清提起了自己的往事。

“唉，什么梦想。现在这年代，梦想比一斤豆腐还不值钱！梦想能给我们饭吃，能给我们衣穿，能让我们过上幸福的生活？”

“年轻人，别极端，心态好一点。有梦想是一件幸福的事，不是能用钱来衡量的。”其实，上官文清以前也是一个文学爱好者。

高中毕业后，他没能考上大学，本来要出去打工，却被镇上领导看上，调到了镇里。

当时镇上正需要一个人写材料，但东挑西挑，也没在系统里找到合适的人才。在一个副镇长的推荐下，上官文清便被招聘到了镇里，负责镇上的宣传事宜。因为高中时，上官文清就在全国许多杂志发表了一些文章，在该镇也算小有名气。

一时间成了公务员，虽然是被临时招聘的，上官文清依然感到十分兴奋，家里人也为他自豪。那时，他来了精神，对写作更有信心，认为是写作改变了他的命运。

一有空闲时间，上官文清便写文章到处发表。同时，他也准备大干一场，开始着手写长篇小说，甚至憧憬有朝一日，能一举成名天下知。

但终因为单位事情杂乱，业务繁忙，自己又缺乏恒心与毅力，这部长篇小说，上官文清一直也没能写完。

上官文清在镇上干了四五年，有一天在报纸上看到《西都晨报》正招聘记者，怀着对写作的浓厚兴趣，和对“无冕之王”的向往，他毅然决定去报名参考。经过笔试与面试，仅有高中文凭的上官文清，过五关斩六将，最终打败许多本科大学生，以优异成绩考进了《西都晨报》。

上官文清于是辞掉了镇上的工作，进入了报社。然后，他从一个小记者干起，一干就是 8 年。8 年时间内，他很少休息，勤勤恳恳，因为文凭低，一点也不敢懈怠，终于在去年如愿当上了主编，负责新闻调查部这个核心部门，手下 30 多号人。

“只要你喜欢，随时都可以写。你看，齐白石年老时才出名呢！”贾小刀安慰上官文清。他在安慰的同时，自己却没有底气。为了生存，他还未毕业，就到处奔波劳累，哪里还考虑什么文学创作呢?

从学校出来之后，贾小刀满脑子都是生活，都是房子，根本就没有闲心去考虑写作，至于梦想，常常被他勒进裤腰带里。

“贾小刀，你现在还不理解，等你到了我这个年龄，你就明白了。年纪一大，精力就不足，再加上要考虑孩子上大学、工作事业、父母养老等等，每天忙这些杂事，也忙不完，哪里还有闲心搞写作，真是有心无力。”上官文清说出了实话，他心里清楚，即使自己有这份闲情雅致，也没有精力写作。

“或许你说的是对的吧，但又能怎样呢？我们一生中本就不断地对生活妥协。”贾小刀感同身受。

“好了，你收拾收拾东西，今天正式上班吧！等一下单位还要开策划会，你也一起参加。”上官文清这么说时，采编部的同事也一个个陆续到了，其中就有张川川。

当看到贾小刀时，张川川表现得很吃惊。吃惊之后，他装着很平静地回到隔壁的办公室。

五

在办公室待了一个小时，总编便招呼大家去会议室开策划会。

会一开始，总编张松先是向在座的各位编辑记者介绍了贾小刀的情况，并刻意将贾小刀文学青年的头衔，着重说了一番。

“贾小刀是个文学青年，写过一本书。”总编张松在说这句时，从内心深处，其实有一些说不出的滋味。或许不屑的因素，更多一些。他的表情很复杂，难以捕捉。

接着大家开始策划新一期报纸的选题，大家想了不少的点子，好的都被确定了，最后的深度报道，大家一直犹豫不定。

原来这一期的深度报道，是李记者报选的。他想写一位成都市的老年作家，名叫加成。加成以前是一所小学的老师，但后来校长无中生有，怀疑加成与自己的妻子有染，便叫人将加成打了一顿。

加成老师不服气，觉得自己没有干那种事，却被诬蔑，被诬蔑不说，还被校长找人教训了。他认为自己倒了八辈子霉，才会遇到这样一位不讲理的校长。

回到班上，加成便将校长打他的事，跟一个学生说了。

为打抱不平，该学生于是组织一大帮同学商量，鼓动大家为加成讨回公道。

之后，一帮学生闹到校长办公室，摔坏了校长的东西，并差点打了校长。

这事不闹不说，一闹就闹大了。后来教育局对此展开调查，查到了加成以前违规违纪的一些蛛丝马迹，比如补课收费什么的问题就出来了。在校长的多方活动下，加成被开除了公职。

从学校出来之后，加成干过许多工作，进过酒店，去过工厂，当过建筑工，干过纤夫。但没有一样工作让他赚到钱。后来，他开始写作，并陆续出版了两本书。

书虽然出了，但并没有改变他的境遇。出版社给他的稿费，很难维持生计。再加上加成还有一位80岁的老母亲目前瘫痪在床，需要人专门照顾。万般无奈之下，加成选择留在老城区内，当棒棒解决生活。但仅靠当棒棒挣钱，日子肯定特别艰难。

尽管这样，但加成却毫无办法。令人惊讶的是，加成并没有因为自己是棒棒，就感到自卑与可耻，相反却觉得十分平常。

在成都市的滨河路上，你会看到一位年过半百的老头，胸前挂着一个收音机，抱着一根扁担，在到处溜达找活做。其坦然的态度，令很多人不解。

单位的李记者，发现这个故事之后，想给这位棒棒作家写一篇深度报道。他在会上信心满满地说，只要把这个报道写出去，必定会产生巨大的反响，而这个新闻定会大火。

“这个新闻十分有价值，就像贾小刀兄弟写的油漆工唱歌那条新闻一样，具有看点、亮点，以及催泪点。我觉得只要去深度挖掘和采访之后，稿子出来必定会带来巨大的影响。”李记者在会上对大家发表了自己的看法。

听到李记者的陈述后，大家开始议论纷纷。一些同事对李记者的看法并不太认同，还提出了反对意见。他们说，这新闻一是影响作家形象，二是看不到经济效益，还带有嘲讽的味道，在社会上会形成一种不好的风气。因为，要是把这位棒棒作家的事迹到处宣扬了，以后就没年轻人愿意当作家了。人们会觉得，作家就是和贫穷挂钩。

“的确，稿子出来之后会引起市民的极大反感和嘲笑，还是要慎重。”

“一个作家，不去找一份稳定的工作，却每天在街上当棒棒，到底是为了体验生活，还是无奈为了生存？我看，他可能思维有问题，他不为自己想想，也得为自己的老母亲想想，毕竟都 80 多岁了，要是生个病，谁又来负担呢？”

“这样一个人，还是有负面作用。当初，他被学校开除，毕竟也有不可见人的一面，谁说得清楚？因此，对于作家的整体形象还是有一定影响。”

“呵呵，作家。现在，作家都不值钱了。有个叫原野的诗人还写了首诗，好像是这样的，你们看了就知道作家的地位了。”

作家

大街上，遇到的熟人，
其实，大多是陌生人。
熟人从不和作家打招呼，
陌生人却格外热情。
熟人说，你好，朋友。
陌生人说，日！
作家说，日，就是太阳。
陌生人说，作家，就是吃饱了没事干，
还叫春！
作家，就是天上知一半，
地上全知道！
陌生人中，还有些女人。
她们和裙摆做爱之后，会叼着一支烟，
冲着作家傻笑，
作家，明天下不下雨，
出不出太阳？
作家于是大骂：你爸是作家，你妈是作家，
你爷爷奶奶也是作家！
骂完之后，作家吞了吞口水，

然后吐向天空。

原来有一朵云彩，

落在他的肩上……

策划会上，反对的声音高过赞成的声音，这让李记者有些为难。其实，他最开始的想法仅仅是从新闻本身出发，觉得这新闻具有一定的价值。但经过大家这么一发言，他有些觉得最开始考虑得不是很周到，反而有一种弄巧成拙的感觉。

听了大家的发言，轮到总编张松作总结了。他轻咳一声，顿了顿，然后不快不慢、腔味十足地总结道："你们的担心有一些道理，我认为这个棒棒作家，心态确实有一些问题。你看，他写了一辈子文章，结果写出了个什么？什么都没写出来。你说在全国有影响吧，确实也没什么影响；你说没影响吧，但是他却得到了许多人的同情。但无论怎么说，一个作家沦落到当棒棒的地步，是一种悲剧。从某种程度上来说，是在给作家群体丢脸。"张松向来对当代的许多作家看不上眼，嗤之以鼻。在他的办公室里，摆着一大堆本土作家送给他的书。这些书都是一些所谓的作家，到处求爷爷告奶奶，终于得到企业家的一点赞助，或者自己省吃俭用存了几万元钱，然后带着钱去找出版社自费出版的。其实这些所谓的著作，压根儿就没有进入过新华书店，也从没有在市面上销售。没有办法，家里堆着上千本书，怎么办呢？销售吧，文学价值也不高，因此没人买。那就送人吧，送人该有人要吧，但有时候书多，人少。于是，像张松这样还有点身份的领导，其办公室便是这些作家的首选之地，当然便堆了很大一堆。堆着的这些书，其内页里很多都写着：

“请张总编批评、斧正”等自谦的话语。

但是这些被送出的书，却很少被人看过。在张松的心里有一杆秤，有时一些收废纸的商贩到报社收东西，张松就把堆在办公室的书给卖了。“好歹还卖了十多元钱，可以买包烟抽。”

张松对文化人一向都不感兴趣，心里带着丝丝嘲讽和不屑。因为，他觉得不是每一个文学爱好者都能成为阿来。既然成不了大家，何苦要与自己的生活过不去呢？只有物质条件提高了，精神生活的满足才会有意义。

有的时候，一个人静下来，张松有些满足和骄傲。幸亏当初他放弃了文学，不然怎么会有今天呢？想想自己现在坐在总编的位置上，好歹也算一个正县级干部，另外家里也买了几套房子。生活滋润而幸福，至于年轻时的文学梦想，早就飞到天边去了。

有时，张松自己也不明白，到底是自己变了，还是这个时代变了。当前的大多数人已没有年轻时的激情和信仰，梦想和爱好，早已被残酷的现实给打败。人们所谈论的不再是精神价值的丰富与否，而是金钱、名望和权力，以及鲜花和女人。张松自己也成为其中具有代表性的典型例子，对于知识和文化，他有的并不是真心尊重，大多时候是不屑和嘲讽。

第三章 光明在远方

一

其实，提到张松，他身上还有许多故事。年轻时，他是一家乡镇医院的外科医生。但从小热爱文学的他，总是喜欢写一些豆腐块。当时的《西州日报》办得红红火火，张松每次都将写好的文章，用信封小心地包裹好，然后涂上胶水封口，等晾干以后，便拿着信封去邮局寄信。

寄信之后，就是漫长的等待。有时，只要镇上有邮递员从医院的门口经过，张松就会充满希望地问："大叔，有我的信吗？"

然而，大多时候他都得到了否定的回答。终于，有一次，邮递员带来了《西州日报》给他寄来的信。兴奋异常的张松立马接过信，跑到医院后面的树林里，坐在树下的石头上，小心翼翼地打开信封。原来是《西州日报》编辑给他的回信，告诉他文章十分不错，报社准备刊用，但需要到城里去改稿。

张松还记得那篇文章叫《兄弟，喝了这杯酒》，是张松读医学院时写的。毕业后分到镇上，张松便将大学时写的这篇散文寄给了报社。

兄弟，喝了这杯酒

兄弟，喝了这杯酒，我们都来自异乡，我们都是民工，我们都在夜晚，孤独地想念家人。兄弟，你的牙齿，已被烟熏得发黄。没关系，我们对爱情已不再有渴望。

兄弟，你看上衣掉了扣子。没关系，我抽屉里有针和线。兄弟，干了这杯酒，干了这杯廉价的高粱白酒。不要嫌弃，因为我们都不曾挨饿。兄弟，昨天你做了好几个活，真羡慕你，你有强壮的身体，你有坚硬的骨头。兄弟，健康是最富有的，我们都是富有的人。

兄弟，承蒙你多照顾，我真心感谢你。要不是你，我在这里无法立足。兄弟，别说那些见外的话。都是些朋友，互相帮助是应该的。

兄弟，再干一杯酒，再挑一筷子红烧肉。就当这是我们的必需，这是我们的渴求。兄弟，来，抽一支烟，2 元钱，冲劲十足。兄弟，你的头发该剪了，我认识一个理发师，手艺还不赖。兄弟，你该换一条裤子了，你看，都洗得发黄。

兄弟，听说最近铁路上，撞死了一个妇女，现在还没有人来领尸。兄弟，真可怜。没事的，兄弟，尸体会有人来招领的。兄弟，听说你儿子今年考大学，希望大吗？还在为上学的费用发愁吗？没关系，要真的没有办法，把我的先拿去。不行，兄弟，你有生病的老婆，还有年迈的母亲。我怎么好要你的钱呢。我儿子的事，我会想办法。兄弟，别见外，都是朋友，你的事就是我的事。你儿子真争气，成绩那么好，考大学应该不成问题吧。是啊，我儿子真争气，可是一旦他考上大学，每年上万的学费，我哪有能力去找啊。兄弟，别灰心，我们会替你一起想办法。

兄弟，你的结石没问题了吧，没关系，钱可以再挣，身体养好才是真的。嗯，兄弟，我知道，谢谢你关心。对了，兄弟，你和老婆真的要离婚吗？是啊，兄弟，常年分居，已没什么感情了，她要走，我不怪她，谁叫当初我不多读几年书，多识几个字，到现在没本事呢。兄弟，别灰心，一切都会好起来，面包会有的，牛奶会有的，老婆也会有的。呵呵，兄弟，谢谢你的祝福。

兄弟，听说你儿子毕业要找工作了，是吧？嗯，兄弟，是这样，可我正为这事发愁呢。我没有关系，儿子找工作，要塞红包呀，不然就要调到乡下去。哎，好不容易从乡下走出来，又要分配回去，枉费心血。兄弟，别想不开，想办法找点关系，让儿子留在城里。嗯，谢谢，兄弟。嗯，兄弟，别想太多。一切都会好起来的。

兄弟，喝了这杯酒吧，我们都来自异乡，我们都是民工，我们相信，一切都会好起来。

从信中得知编辑让他修改的情况后，张松感到非常高兴，当时他就激动得跳起来："我的稿子被回复了，被回复了！谢天谢地！"

张松就赶车去了成都市。他们的镇离成都市并不远，才一个小时车程。

来到《西州日报》的大院里，报社的保安不准张松进去。张松说自己去找某某编辑，但保安就是不相信。没有办法，张松才将编辑写给他的回信和那篇稿子展开后递给保安看。

“你看嘛，这是我写的稿子，《兄弟，喝了这杯酒》，我大学时写的。编辑要发我稿子，叫我来改稿！”

保安见张松是个文学爱好者，还有编辑回信，才放行让他进去了。

在七层的现代大楼里，张松就像走进迷宫的孩子，转了很久，才问到了文艺副刊编辑部的办公室。见到编辑后，张松说不出的激动，就像见到了再生父母一样。

“您好，老师，我是张松，就是投稿的那位医生。”

“哦，是张松啊，请进。你的稿子，我们看了。不错，但是有一些细节，需要让你来改一下。”

这是他人生中一段难忘的回忆。同时，也是他第一次在公开刊物发稿。

于是，编辑开始对张松进行指导，也和张松一起将文章进行了修改。修改之后，编辑请张松出去吃了一碗面，然后帮张松买了一张回镇上的车票。张松坚决拒绝，但编辑还是硬塞给了张松，并告诉他以后要多到报社交流，并鼓励张松多写文章。

有了编辑的鼓励后，张松可就来了精神，不断写出了不少的优秀文章。他一有时间就到报社去找编辑请教，经过交流学习，写作水平进步很大，张松在《西州日报》相继发表了不少篇文章。

后来，县里组织部招聘文职人员，张松把自己的作品拿给县组织部部长看了后，部长对他很满意。

之后便是形式上的笔试和面试，张松考了第二名。本已经打算去组织部当公务员了，但最后因为张松不是共产党员，只得先安排张松下乡锻炼后再调到组织部。

张松回家将情况告诉了父亲，但他父亲却担忧地说："你也知道现在的官场，要真到了乡下，上来不知有多难。如需要上下打点，以我们的家底，还是有些吃力。另外，一旦你下去之后，再上来可是说不准的事。我看，还是放弃算了。"听到父亲这么一说，年轻的张松有些犹豫了。他觉得父亲说得有一定道理，毕竟自己下去之后，就难得再见到领导。等他干满基层时，说不定领导早把他忘了，到时可就得一辈子待乡下了。张松便放弃了这次机会，又去参加了《西州日报》举行的全市招聘考试。

因为有一定的文字功底，张松如愿考了第一名。很顺利，张松进了这家报社上班，住进了城里，开始了他的报社打拼生涯。

担任记者之后，张松写了不少有深度的新闻，获得了领导的好评和盛赞。但尽管受到表扬，每一次升职却没有张松的份儿。张松很纳闷，难道自己没有才能吗？难道工作没做好吗？他越想越想不通，觉得很冤。但他又毫无办法，官场，没有背景，没有后台，没有资金，想升职比登天还难。

张松开始有些泄气，他甚至认为自己会在《西州日报》干一辈子小记者，永远没有出头之日。因为这，他工作变得没有激情，甚至有些消极起来。

二

事情的变化，往往超出人们的意料。正当张松无望之时，风向说变就变了。

不久之后的一次清明节，张松回家去给祖先上坟，遇到了村里的余三幺。余三幺告诉他，村里出了一位大人物，现在当大官了。

张松感到很吃惊，心里纳闷道：会是谁呢，怎么自己一直没有听说过？

细细一打听，原来是村里王五叔（王天的父亲，名叫王月川，大家都喊他王五叔）家的儿子王天，刚从市委调到《西都晨报》社当社长了，一下就成了领导，管理几百号人。

听三幺这么一说，张松想起了这位王天。小时候他们去学校读书，村上的老师总是夸耀说，王家沟出了一位北大生，叫王天，不仅聪明，而且能干。其中有一个老师还说自己是王天的数学老师，当时老师做不来的题，王天也能做来。

后来，王天以全县第一名的成绩考上了北大。村上的老师，便常常以教过王天为荣，并鼓励张松等孩子一定要向王天学习，将来考上北大、清华，光宗耀祖，然后回家修建希望小学和公路大桥。

三幺说王天真发达了。但发达的原因，却有几个版本。三幺说，王天北大毕业以后，最开始被安排在了成都市下属一个县国土局当普通的办事员，一直干了四五年也没有被提拔。很多领导见他是北大生，故意冷落他，让他坐冷板凳。他们最见不得下属比他们厉害，能干的人都会被冷藏。王天就是被冷藏的一个例子，在县国土局一待就是五年。

机会从一次同学会改变。当时，王天正在县国土局上班，突然接到了一个电话，是以前北大的同学打来的，叫王天速速赶到北京市去参加同学会。王天本来不想去，一来自己没有混出个名堂，二来单位不好请假。

但电话那头的同学，却死活不准王天缺席，并放言道，王天要是不去，他们就给市委书记打电话。无奈，王天只有厚着脸皮，去向局长请假。局长脸色很难看，但还是批准了王天的请假请求。毕竟，国土局最近确实也没什么事干，王天去参加了同学会，对单位的工作也影响不了什么，走了反而清净。每天见着这个清高的高才生，局长心里很不是滋味。用呢，又觉得自己本领恐慌，压不住王天。不用呢，又怕人家说闲话，说他不重视人才。真是，令局长头痛。只能进行冷处理，让王天在单位里自生自灭。

三

王天赶飞机去了北京，在一个大型宾馆会议室找到了正在热烈欢庆的同学们。当然，还有他北大的师兄师弟们。由于王天迟到了，班上的同学便罚王天唱了一首熊猫歌，还让他蹲在地上表演了几声蛙叫。

会后大家一起吃饭，敬酒的敬酒，喝酒的喝酒。在酒宴上，他们玩得不亦乐乎。其中，有一个师兄赵庭安在跟王天喝酒时，拍着王天的肩膀关切地问："师弟，现在在哪里高就呢？"

"真不好意思说。"对于师兄这样的提问，王天感到有些无地自容，毕业已经五年了，竟然还是县国土局的办事员，连个一官半职也没有捞到。

"说说，到底哪里呢？"该师兄是某省委秘书长，权力大得很呢！从官位的性质来看，就像一个节度使的"总管"，手里的资源丰富得让人眼花缭乱。

赵庭安听王天说了自己的工作单位后，便出去打了一个电话，又转回身去和王天喝了一杯酒，小声告诉他，好好干，不能给北大的学生丢脸，要为母校争光。

房间内，一伙人正敬酒划拳，玩得不亦乐乎。

四

王天在北京玩了两天，结交了一批混得不错的师兄师弟。这些资源，对他以后的发展，起到了至关重要的作用。他的人生，也因为这次的同学会而发生了巨大的变化。

回来之后，国土局局长对王天突然就变了脸。看到王天时，就笑嘻嘻地讨好。王天感到十分纳闷，这到底是干什么呢？

谜底很快便被解开。自从赵庭安师兄给市里一领导打过电话，领导当天就派人调查了王天的情况。两周之后，就下发了调动文件，将王天调到市委办公室当秘书去了。

这一次的同学会，彻底改变了王天的命运。自那之后，王天给市委一领导当了几年秘书。最后，该领导被调到了省人大，走之前对王天进行了安排。当时，《西都晨报》社里老社长刚好年老退休，正差一个名额。于是，王天便提前进入了角色，被调去当社长了。

这王天一当社长，张松的老家可就沸腾了，大家又再一次掀起了吹嘘的热潮。张松这次回去后，听到三幺这么一说，仿佛自己的春天也来了一样。

第二天早上，张松特意买了水果，便去了村里王五叔家。见面后，张松找准时机谈起了自己爷爷和王五叔之间的交情。

王月川是石匠，年轻时跟张松的爷爷学习手艺，并到处打石头为生，两家人走得十分近。后来，因为石匠这门手艺渐渐没有了需求，王五叔也只能待在家里专心干农活了。对于王五叔当石匠这事，王天大学时还专门写了一篇文章，因为这篇文章，王天被学校领导看上，便提拔他为学校学生会副主席。

当时，这篇文章名叫《深山的老石匠》，发表在《中国农村日报》，文章内容如下。

深山的老石匠

大巴山一个偏远的乡村，村上除了零零星星有几幢涂着白色石灰的新修瓦房外，剩下的大多是一些年久失修的老房子。离村子不远的地方有一条不大不小的河，河上有一座桥连接着南北的村庄。桥已破旧不堪，两边的栏杆不知被谁拆除，桥两岸堆着刚拉来的石头、砖头、水泥和沙。

桥上几个上了年纪的老人蹲在栏杆旁，正用铁锤小心地敲击着石头，火花在太阳的照射下，飞溅开来，闪闪发光。老人们在秋日的天空下聚精会神地凿着石头，不时发出一句卖力的吆喝。而其中一个戴着帆布帽的老人，就是76岁的王月川。

贫穷 拜师当石匠

王月川出生在上世纪30年代，那是一个战乱纷争、硝烟滚滚的年代。他的童年是困苦的，由于家里贫穷，小学没毕业，便辍学在家。10岁的他就开始帮着父母承担起了家庭的重担。成年后他当过挑夫，可挑夫也不是那么好当的。每天凌晨两点从村里开始启程走，一直到晚上10点才能到达。一路上，只能吃几个红苕。

16岁时，家里看王月川一天在外当挑夫也挣不到几个钱，后经一亲戚介绍，拜村里的一个石匠为师。那时，石匠还是一个不错的职业，不仅可以赚钱，还能在外吃客家饭。王月川说，他拜师的时候，给师傅磕了三个响头，敬了师傅一碗茶，还送师傅一些好吃的。做完这些后，便跟着师傅出去揽活。但是最初的一年，学徒不能自己抄铁锤，只能帮师傅背箱子和工具。做工的时候，替师傅搬东西，拉风箱、磨锥子。有时从外做工回来，还要完成师傅布置的“作业”——锻炼手劲，用铁锤将大石头敲碎。给师傅打了一年下手之后，学徒才能自己试着去打石头，比如将大石头的边角削平等等。王月川很聪明，也很勤奋，在师傅的严厉教导下，一年半后，他开始能独立做活了……

在后来的几十年里，随着农村经济的发展，粮食增产，家庭副业收入增多，许多农民的口袋里开始有了积蓄，改善住宿环境的要求也越来越强烈。王月川的活儿变得格外的多，他给别人打房屋基石、修石坝子、造栏杆、建桥墩等等，起早摸黑，年年如此。

善良　成就了家庭

一次，他给一个雇主打水缸，打完之后雇主付给他工钱。王月川看都没看，就信任地收下了。他回家后一看，却发现雇主多给了 10 元钱。王月川又立即赶回雇主家，将多给的钱退还给了雇主。这件事让雇主很是感激，王月川在当地的名声也更加响亮起来。

于是，开始陆续有人给王月川介绍对象，许多父母都愿意把女儿嫁给他，他们觉得他有一门手艺，而且人善良，可靠踏实。而王月川还钱的那位雇主，也给他介绍了对象。见了几次面后，他们就组成了一个家庭。婚后的生活虽然清淡朴素，但是很幸福。凭着王月川精湛的手艺，远近许多人都愿意请他去做工，因此他的收入在村里算不错的，一家人靠着他的工钱生活得十分惬意。

后来，王月川的儿女相继出生。王月川在“叮叮咚咚”的打石头声中，尝到了生活的甜蜜与乐趣。每次从外面做工回来，他都会从主人家带回许多好吃的东西，譬如熟鸡蛋、花生、糖果等等。他用那双长满茧子的手，抚摸着自己的孩子，给予子女最甜蜜的爱。

上世纪 80 年代初，打石匠渐渐在村子里火起来了，不少年轻人抢着拜他为师，非要跟他学石匠。王月川一个人揽不了太多的活儿，也只好广招徒弟扩大队伍，一时之间就收了二十多个身强力壮的徒弟。

他便成了名副其实的师傅，主要精力放在接洽业务、指挥做活儿的大事情上。在具体安排施工上，就分给大徒弟或二徒弟去操办处理。他呢，成天反背着双手，叼一根有三尺来长的叶子烟杆，手里捧着一个熏得黑黢黢的浓茶盅，这里走走，那里看看。

艰苦　辛酸的征程

石匠这活其实并不轻松，有时还有生命危险。那是 1986 年的一天，王月川正在一个石厂帮人开采石头。可没想到的事发生了，由于滑坡，一块石头从山上滚落下来，压在了他的腿上。当时他的裤子就被冒出的鲜血给染红了。一旁的工友看到这情况，立即将他送到了医院。王月川在医院躺了一周多，在医院时仍想着石厂里的事，巴不得自己马上就能上工。

做石匠这一行，受伤的事是免不了的。王月川说，钢钎用久了，它的顶盖就爆开了花，锤子落下，常常迸起碎钢。这些像铁蒺藜一样的碎钢不长眼，能飞进石匠的腿里或身体的其他部位。如果碎钢飞进谁的腿里，那就要立刻停下工作，用刀子把它剜出来。如果这碎钢不立刻取出来，过后它便在你的肌肉里和你捉起了“迷藏”，从小腿钻进大腿，甚至其他部位。说着，他就挽起了裤腿指着一块伤疤说：

“一次我腿上就迸进一块，做过两次手术都没有取出来，不知它要走到哪里去，神出鬼没，至今还在腿里养着。有时摸到了，有时又不见了，一到阴天，它就折磨你。”

据王月川说，当石匠一年四季都露天作业，风吹日晒雨淋，没有“硬打硬”的吃苦精神是吃不消的。酷暑天，高温难耐，没举几下铁锤就满身是汗了，所以许多石匠经常赤膊上阵，皮肤被晒得黑黝黝的，甚至晒到脱皮。在寒冬，虽然可以戴着手套打石头，但由于长期用力，石匠的双掌都被磨得非常粗糙，甚至皲裂。

光彩　悄然淡去

随着年龄的增长，王月川的活路也渐渐变少，他再不用每天清晨早早起床，背着他的工具箱到外打石头；再不用到山上将大锤在空中挥舞出一道优美的弧线，然后“咚”的一声砸在石头间的铁楔上……

王月川老人今年已经76岁了，黝黑的脸上布满皱纹，诠释着岁月的磨难与沧桑。他和石头打了一辈子交道，出身贫寒的他，一直认为自己的身体像石头一样坚硬。可是岁月不饶人，他现在已经不能干重活，背点东西都会气喘吁吁。

而春节来给他拜年的徒弟也越来越少，似乎已经消失了。现在他每天从家里拖出一把椅子，摆在院子里，他躺在椅子上，看着远处的田野，眼神里有了莫名的忧伤。他的手指已经不能像以前那样灵活，身体也变得单薄，面容憔悴，神色凄凉。他总是自我安慰地对孩子们说："这辈子以石头为生，或许缘分真的尽了，人老了，是该歇歇了。"

随着经济的浪潮席卷而来，农村的年轻劳动力一窝蜂地奔赴沿海发达地区。石匠这门古老的技艺，再也找不到年轻的继承人，正在渐渐地消隐。它曾拥有的耀眼光芒正渐渐地退去，悄悄地丧失。

现在王天在城里当了官，王月川也没再种庄稼，在家安享晚年。

中午，王月川留张松在家里吃了午饭，大家还一起闲聊了一些家常。临走时，王月川从屋内的卧室里找出了几十个皮蛋和一大串腊肉，然后嘱咐张松给自己儿子王天带到城里去。

其实，王月川的意思很明显，就是想创造条件，让儿子帮助张松一下。毕竟他年轻时，张松的爷爷有恩于他。这一次，儿子有前途了，当大官了，是时候回报师傅的大恩了。

张松心领神会，提着王五叔的皮蛋，一个劲儿说"感谢关照"之类的话。同时，他礼节性地邀请王月川到城里，一定到他家去玩玩之类。

张松本以为自己会在《西州日报》干一辈子，没想到命运改变得这么快。

张松将王五叔给王天的东西和自己买的礼品送到了王天的家里。王天详细了解了张松的具体情况，第二周就创造机会将张松调到了《西都晨报》上班。从一个县级媒体一下调到了省级媒体，张松觉得自己的命运似乎一下改变了。这时，他才知道，“朝中有人好做官”的深刻含义。

没过多久，张松写了一篇深度调查报道，引起了强烈的社会影响，还获得了国家新闻一等奖。有了这些成绩，一直想提拔张松的王天，便顺势将张松提拔成了新闻调查部主任。

后来的几年，除了张松的个人努力外，与王天的提拔也不无关系。张松很快便从主任升到了总编，并全面主持《西都晨报》的采编经营工作。从那之后，张松变得不可一世。因为，他已经是正县级干部了，好歹也算是一个领导。于是，时不时会讥讽本土的作家，称写作都是他 ×× 的白干，还不如十个皮蛋。

这不，策划会上张松对棒棒作家进行了一顿批评，并称用一个整版报道，纯粹是浪费版面。因为，不仅不能赚回一分钱利润，反而把文化人的形象都搞坏了。

“要是把他刊登出来，一个作家还要靠当棒棒为生，这难道不是他自己有精神问题吗？”张松担心这个报道刊登之后引来不必要的麻烦，经过权衡便放弃了这个选题。

但每一期报纸都必须要一个深度报道，李记者报选的深度报道被枪毙了，总得重新找一个。于是，大家又开始冥思苦想起来。

最后达成了统一意见，由李记者执笔，对最近炒得最火的地沟油事件进行深度调查和挖掘，因为这个报道，既能提起老百姓的兴趣，同时又能挑动相关部门的神经，同时还对报纸的影响力大有益处。

会开完后，大家便各自散了。

第四章 爱与恨的纠缠

一

策划会结束后，贾小刀开着他的摩托车，飞驰在大街上。

夜里霓虹灯在闪烁，街上人来人往，贾小刀骑在摩托车上，吹着风，觉得仿佛这一切繁华都与自己无关。他现在感到有些冷，只想尽快回到出租屋。

其实，在最开始，贾小刀为了节约钱，便在成都市火车站附近的农贸市场货场处租了一间清水库房。库房的面积只有 15 平方米，除了在里面摆一张床和一张椅子外，便几乎没有任何空间。屋子很小，空气也不好，潮湿不透风，晚上老鼠在旁边叽叽地叫，很令人心烦。但为了生活，为了能在城市立足，再大的苦，贾小刀也只能忍着。他将无奈与艰辛全都吞到了肚子里，害怕被人看穿。

后来，在单位干了大半年后，贾小刀的同学得知这一情况，实在看不下去了，便好心让贾小刀搬过去借住，并没有收他房租。其实，这也是为了帮一下落难的贾小刀。

夜开始深下来，贾小刀骑着他的摩托车，在街上吹着风。

这个摩托车是贾小刀写情感小说挣来的。当时，他给国内几家著名的情感杂志投稿，不久之后就得到了 3000 多元的稿费。虽然不多，但却能解贾小刀的燃眉之急。拿到稿费后，贾小刀最先是想去买一套衣服，但觉得每天上班需要一个交通工具，于是便买了这辆摩托车。刚开始骑的时候，各项功能都还不错。但是，骑了几个月后，什么问题都来了。一会儿刹车需要换，一会儿轮胎又容易爆，一会儿引火器又打不燃，弄得贾小刀焦头烂额，大骂便宜无好货，好货不便宜。

但不管怎么说，摩托车的确给贾小刀带来了不少方便。当时，他常常开着心爱的摩托车到处兜风，带着女朋友几乎玩遍了城市的每一个角落，青城山、都江堰、彭州、温江等，贾小刀心爱的摩托车立下了汗马功劳。

大概过了半个小时，贾小刀骑着摩托车回到了出租房。

刚刚脱下衣服准备大睡一觉，村里的贾二娃就打了电话过来。

“小刀，在哪里？快到人民公园来喝茶，顺便给你介绍一个美女。”贾二娃是贾小刀村里的一个儿时伙伴，初中毕业后，就来到了成都打工。最开始在工厂给人开大货车，后来觉得不够稳定，便又到了成都一国有企业的车队上班，工作稳定而有规律，工资也不算少。

有了钱的贾二娃便开始休闲起来，也懂得享受生活了。每逢周末，他都会到人民公园的露天茶馆喝 5 元钱一杯的清茶。这天他又一次去了人民公园，还带了两个美女。一个男人，两个女人，玩得无聊，便打电话给了贾小刀，让他赶快去陪他们。

贾小刀本来不想去，但经不住贾二娃的再三催说，最终还是穿上衣服到了滨河路。来到茶摊时，贾二娃正在和两个美女打扑克。看到贾小刀过来，贾二娃便给茶老板说："再来一杯清茶，老板，杯子洗干净点，消毒哈！""好嘞！"茶老板是一位丰满的中年妇女，除了皮肤有点白外，其他都不太中看。

贾二娃见贾小刀坐下，便放下手中的扑克，对他说："兄弟，给你介绍一下，我左边这位美女叫赵小静，是江南大学的本科生，今年刚刚毕业，目前在成都市印堂保险公司上班。右边的这位就是我们西州师范学院的高才生，叫曾巧巧，现在在金风旅行社上班，当导游哟！你什么时候想去九寨沟、丽江，可别忘了找她。"贾二娃将两位美女介绍完之后，又开始介绍贾小刀："这可是我们成都市鼎鼎有名的大记者、青年作家。不仅写新闻在全省名声很响，小说也写得超级棒。"哪里，哪里，只是文学爱好者，离作家还有十万八千里路程。别听贾二娃乱说，根本没那回事。"贾小刀表现得很谦虚，对身边的两位美女笑了笑。

"幸会，幸会，以前都是在课本上见作家，今天在现实生活中见到活人了，什么时候给我们签个名送本书呢？"两位美女比较崇拜地问道。

"别听二娃瞎说，作家哪里像我这样寒酸，我只能算文学爱好者。"贾小刀谦虚地这么说时，心里却对姑娘的夸赞感到很受用。

一阵寒暄之后，大家便一起打扑克，玩得十分尽兴。

很快，就到了夜里十点。

大家打完扑克后，又到大排档去吃海鲜，喝啤酒，然后一起去酒吧唱歌。在成都唱歌，贾二娃是老手。哪里有什么歌厅，哪里的歌厅收费便宜，哪里的歌厅不安全，闲杂人员多，他都一清二楚。在某种程度上，贾二娃比老成都人还了解成都。

唱歌时，贾二娃表现得十分豪爽，尽管嗓音很差，点歌却很积极。他不仅选了伍佰的几首经典歌曲，还把屠洪刚的《霸王别姬》唱了一遍。这首歌，几乎成了求爱者的专利，就像一头大猩猩一边拍着胸脯，一边嗷嗷大叫，唱出霸王的求爱气势。

唱完《霸王别姬》后，贾二娃又点了一首《知心爱人》。他缓缓走到曾巧巧身边，深情地对视着曾巧巧，低下头，陶醉地唱道："……把你的情记心里，直到永远，漫漫长路拥有着，不变的心，在风起的时候让你感受，什么是暖，一生之中最难得，有一个知心爱人……"

不仅这样，他还拉起了曾巧巧的手，猛地将她抱起来，并在房间绕了一圈。放下曾巧巧后，贾二娃便安静地一手搂着曾巧巧的腰，一手拿着话筒，对着曾巧巧眉来眼去，大献殷勤。那双色眯眯的眼睛，在暗红的灯光下，仿佛要看穿曾巧巧的薄衬衫，看穿曾巧巧的裙摆。

二

提起曾巧巧。她其实并不是成都本地人，她家在攀枝花市。

在西州师范学院学习时，她学的是导演专业。大一开始，就和成都市温江区一个大一的男生庞青谈朋友，对学业也没有足够的重视。

一到晚上，曾巧巧就和庞青到学校外面的铁路上散步，望天空的月亮和星星，或者唱着乏味的歌。散完步之后，他们很多次都选择不回寝室，而是在学校附近的廉价旅馆住一晚上，两人把该做的事情都做了，不该做的事情也做了。

没有办法，对于现在的某些大学生来讲，同居就像家常便饭一样平常。曾巧巧不仅与庞青同居，还为庞青打掉了几个孩子。这些孩子，曾巧巧还喜剧般给他们取了名字，叫什么“大庞”“二庞”“三庞”。

像曾巧巧这种在大学期间与人同居并人流的例子还有许多，也给了一些民营医院很大的市场。当时有些民营医院还专门将接待处开到了学校附近，有的还找到某些学校的领导，在给领导行贿后，便在学校的大门口打了一幅很大的广告。广告内容大致便是：不要担心，不要惊慌，有问题找快乐医院，手术不痛苦，学生一律打六折！

不过这个快乐医院，最终并没有快乐。最后，因为这个违规广告而吃了罚单。当时，这一广告的确在一定程度上增加了快乐医院的影响力，却违反了相关法规。再加上运气不好，恰好被一省报记者给发现了。这位记者送女朋友回西州师院，无意中发现了这一条广告。他立马就觉得有了财机，拍了照，写了一段新闻，将新闻和照片拿到了快乐医院的院长办公室，对该医院的院长大谈其严重性。如果他们不引起重视，后果将会很严重云云。

当时，那位民营医院的院长，或许是年轻气盛，或许是太坚信自己的过硬关系，对这位省报记者的曝光，竟然没有丝毫畏惧，反而做出一副无所谓的样子。

这可惹恼了省报记者，于是他便愤然离场，并立马回到单位，在办公室电脑前，洋洋洒洒写了上千字的曝光新闻。新闻刊登出来后，迅速引起了强烈的反响。其中还包括外地的网友，大家纷纷指责医院的无耻行为。为了私利，竟然在神圣的大学殿堂传播这种无耻下作的广告，这对整个城市都是一个讽刺，对西州师范学院也是一个讽刺。

影响很快就有了，相关部门对此高度重视，责令工商、卫生等单位，建立联合监督执法小组，对该医院进行了调查处理。最终羊毛出在羊身上，快乐医院得到了应有的惩罚，不仅广告牌被撤下，还吃了不小的罚单。

不过，那都是后话了。

三

大学毕业以后，曾巧巧为了爱情，留在了成都。两人在成华区的老城区租了一个单间，并决定在成都扎根奋斗。但现实是残酷的，并没有朝着他们期望的美好方向发展，而是充满了坎坷和荆棘。庞青学的是数学专业，这个专业很偏门，离开学校后，许多公司对庞青并不感兴趣。无奈之下，家里人便急着让庞青回到老家县城教书，但他考了几次也没有进入面试环节。

以前，很多学生觉得男人当教师没什么前途，工资低，还又酸又臭，但现在教师却成了一个宝贝，不仅稳定，还清闲，不仅可以补课，工资还不低。两份收入，让老师的生活过得十分滋润。

庞青没考上教师，便向家里人豪言，自己要在成都发展。但嘴上这么说，心里却没底，他没什么特长，一直没能找到满意的工作。

而曾巧巧由于在大学期间只顾着和庞青谈恋爱，英语四级没有考过，导游证也没有拿到，除了一张大学本科文凭，她几乎没别的什么有价值的东西。无奈之下，她便去了一家旅行社。

由于没有导游证，旅行社平时很少让她去带团。多数时候，她被安排到旅行社的办公室，每天接接电话，打打文件，或者接待前来咨询的游客。

不能出去当导游，也就没有外水，每月仅 1000 多元的基本工资，这对于曾巧巧来说，连买化妆品都不够。像她这种喜欢打扮但又没有经济实力的大学毕业生，微薄的工资就是一件辛酸与寒碜的事。

没有钱，又要交房租，又要生活，又要买化妆品，随时感到窘迫，曾巧巧就把希望寄托在庞青身上。

但庞青也不争气，在大学没能学到本领，出来之后又不愿意吃苦，只能在小公司上班。有一段时间，他甚至到一家酒楼当餐厅服务员。

除了工作不顺心外，庞青还不爱学习。每天下班之后，就一个人坐在电脑桌前，弓着腰，对着电脑屏幕继续打他的游戏。一打就是几个小时，等到曾巧巧把饭做好了，他还沉浸其中。甚至晚上，庞青还经常会打通宵。

看到自己的男人这么不争气，曾巧巧感到很无奈。一个女人，大学时见一个男人稍微有那么一点长相，便不管他贫穷与富裕，不管他上进与否，便盲目地选择在一起。于是有了那句很有名的话："年轻时，你貌美如花，身材窈窕，皮肤嫩白，全身都散发出青春时尚的气息，但你却被一个乳臭未干的男人，在一间三十元的旅馆内，要去了美妙的身体与青春。后来你人老珠黄，身材臃肿，青春不再，怎却好意思要求男人必须有房有车，还必须是大款！"

这话虽有些极端，却不无道理。男人和女人，都具有平等选择的权利。既然一个男人奋斗了十年，获得了物质上的东西，那他为何就不能选择自己心中的女神？既然一个女人轻易就将青春献给了别人，她又有什么资格要求另一半什么都得有？物质的价位是相等的，当一件物品已经贬值，或者低于那个价位，那么也就失去了本该拥有的绝对选择权。

看到眼前的这个男人没有梦想，每天在游戏中消磨时光，曾巧巧有些等得不耐烦了，也有些厌倦了。见自己的青春，已没有多少时间可以荒废，她便想与庞青摊牌。

大学时那亲亲热热、卿卿我我的场景，变得越来越少。剩下的只是不断的抱怨："你他 × 还是不是一个男人？一天除了打游戏，还能干什么？”“人家某某某，刚结婚就买了车买了房，你呢，什么都没有！”“跟你生活在一起，真没意思了！”……曾巧巧的痛骂不仅没起到作用，反而激起庞青的愤怒和攻击：“你也不撒泡尿照照自己，你又像什么东西？一个月 1000 多元，还想化妆，还想买名牌衣服，你他 × 连自己都养不活，还要求别人？！”

“你一天就想嫁给富二代、官二代，你也不看看自己是什么货色，人家能看上你吗？”

……

从那之后，两人类似的争吵，变得越来越频繁。

四

有一天晚上，两人终于摊牌了。

庞青一直在深圳打工的母亲回到了成都，在了解到儿子和曾巧巧已相处几年，到了该结婚的年龄，便极力希望他们能尽快把大事办了。母亲的建议，庞青如实地告诉了曾巧巧，并希望两人立马就结婚。

曾巧巧却有些犹豫，琢磨了许久才提出了结婚的条件：一是必须在成都买一套房子，至于哪个区，并不重要。重要的是不能按揭。（以当时的房价，按揭一套 100 平方米的房子，每月的房贷至少要还 3000 元。这对庞青来说，都不是能吃得消的事。）二是必须准备15万元的装修款，不然房子交了，装修的钱却没有，房子拿来又有什么用，难道是喂老鼠？三是庞青得在一年之内找一个稳定的工作，或者去一个实体企业上班，不然两人结婚之后根本就不能维持生活，只有喝西北风，求观音菩萨施舍了。四是按照曾巧巧老家当地的风俗，庞青家必须给曾巧巧的父母交一份礼钱，多少在于男方的态度和诚意。

听完这些条件之后，庞青忽地跳了起来："你他 × 的，让我去抢银行啊！我哪有那么多钱？你真是站着说话不腰疼！房子、装修钱，这是一个天文数字。老子的卡上3000元存款不到。不想嫁，就不嫁，提出这么多花花理由干啥呢，不就是为难老子吗？"

"作为男人，这要求都不能满足，你结锤子婚！你去跟布娃娃结婚吧，反正它也没什么要求！"对于自己的条件，曾巧巧觉得提得很合理。

对此，庞青心中对曾巧巧便隐约有了一些看法，他认为天下的女人没一个好东西，都一样势利、虚伪、无耻！

僵持了许久，也没有商量出一个头绪，反而使矛盾更为激化，两人也开始进入了冷战。

五

曾巧巧越想越想不通，便去找闺蜜赵小静聊天。赵小静听到曾巧巧的倾诉之后，却显得异常平静。

赵小静像过来人似的安慰曾巧巧说："亲爱的，万事看淡点吧！现在的男人都一个德行。不争气的男人，你就得陪他吃一辈子苦。青春很短暂，遇上个有钱的男人，立马转向！你看，良禽也要择木而栖，更何况人！庞青没什么前途，除了打游戏，还能干什么？要能力没能力，要文凭没文凭，家境也一般，我劝你应该思考思考自己的前途了，不能在一棵树上吊死。"赵小静不仅没有劝说曾巧巧，反而火上浇油。

曾巧巧听到这话，再想起毕业之后所面临的困境，觉得赵小静说得有几分道理。但毕竟几年的感情，不是说算了就能算了的，就算是养条狗，也知道向着主人摇尾巴，更何况是个人，还一起同吃同睡好几年。虽然平时吵架很厉害，但她对庞青还是抱有一丝希望。

赵小静是江南大学的本科生，毕业后回家考公务员，考了四次也没考上。赵小静家住在镇上，在成都市没什么当官的亲戚，更别说有什么背景了。当不了公务员，进不了事业单位，退而求其次进国企，但赵小静家里又没有这方面的人脉，无奈之下只能像曾巧巧一样进公司。公司又没有选到一个好公司，而是进的保险公司。保险公司也有混得好的，工资高福利好的，但那都是合同工和编制内正式员工，而赵小静只能选择临聘的那种，"五险一金"没有买，挣一分钱是一分钱。

保险哪有那么好卖呢？卖个保险也要有点关系，家里有三亲六戚的，或者有朋友当单位领导的，便可以联系一些业务。赵小静什么也没有，嘴巴也不甜，不愿意被“潜规则”，又不是大美女，在保险公司跑了一年，业绩很一般。每天顶着太阳冒着风雨出去拉业务，求爷爷告奶奶，却收效甚微。每个月只能领点保底工资，几乎就没什么收入了。一个女孩子，在城市各方面都要开支，并且她喜欢打麻将，隔三岔五还要买点化妆品，尽管都是廉价的，收入依然远远抵不上花销。

赵小静在江南大学谈的男朋友，毕业没多久就提出了分手。那个男人叫卢海，在当官父亲的帮助下回家乡进了电业局。工作稳定，房子也不用买，每年轻轻松松挣十万块，便后悔与赵小静谈恋爱了，总觉得凭自己的条件，还能找一个更漂亮的。再加上在学校与赵小静谈恋爱，很大程度上是因为寂寞，因为生理需要。于是，赵小静便被动接受了分手。当时赵小静接受不了这个事实，认为男方有些不仁义，典型的“当代陈世美”，却毫无办法。这年代，都讲自由恋爱，提出分手并不犯法。哪怕结婚了，也可以耍流氓，被对方一脚踢了，也没有谁会为你主持公道。赵小静就这么被卢海踢了，什么青春损失费那些都是过眼云烟，拿不上台面。

刚分手那段时间，赵小静整天以泪洗面，有时连自杀的心都有。

这年代连结婚证都不能保证爱情，更何况单单只是恋爱。无论是男方，还是女方，一旦提出分手，别说哭哭啼啼，即使上吊自杀，另一方也觉得与其没有瓜葛。

赵小静的痛哭没有换回男朋友的回心转意。不到两个月，卢海便与另外一个女的好上了，该女在当地的旅游局上班，老爸还是煤管局局长。由于两人门当户对，甚是情投意合。经济基础决定上层建筑，在感情方面，经济基础也一样有效。

赵小静见人家已成事实，自己也彻底没有希望，便一个人赌气回到了成都上班，进了一家保险公司。刚回来时，赵小静依旧忘不了自己的男人，一到夜晚就觉得寂寞和悲伤。

为了打发痛苦的时间，她常一个人到酒吧喝酒。

酒吧里，赵小静总会遇到一些来搭讪的男人，大多对她都有着特别的意思。刚开始，赵小静还表现得很矜持，很严肃，对这些男人连睫毛都不抬一下，并总是严词大骂，但后来次数多了，对这种现象也就习惯了。正如电影《人在美国》中，一位老头对王子说的那样，要找良家妇女，千万别在酒吧找，应该去图书馆、咖啡厅、学术厅“淘金”。既然自己身处酒吧，赵小静还能要求别人怎样呢？在一个大染缸里，就别要求人家出淤泥而不染。

有一天夜里十一点，赵小静依旧在酒吧里，一个人听着音乐，喝着闷酒。这时，对面走来一个三十多岁的男子，名叫吴江，他留着一小撮胡子，显得成熟、稳重。

“美女怎么了，和男朋友吵架了？”吴江从对面走了过来，坐在赵小静的身旁，顺手对路过的服务员打招呼，点了一瓶红酒。

“关你什么事呢？”赵小静不冷不热地说。

“关啊，怎么不关呢？见到你这么美的姑娘，哪个男人不想保护，不动心呢？”吴江先给赵小静倒了一杯酒，然后又给自己添满，继续说，“来，美女，别想那些不开心的事，我们来喝一杯。抛开一切烦恼，美酒解千愁。”

见吴江敬酒，赵小静并没有拒绝，反而接过吴江递过来的杯子，将酒倒进嘴里一饮而尽。

“好酒量，美女。来，继续干一杯。”见赵小静的酒量不错，吴江心里暗自高兴了一下。

“喝吧，谁怕谁呢，这日子不就是纸醉金迷吗？”赵小静有些放开了，她有些不吐不快、不喝不爽的感觉了。

“来，今朝有酒今朝醉，哪管明天无爱情。”吴江便和赵小静在酒吧的桌位上喝了起来，音乐渐渐舒缓起来，就像在水中荡漾着的小船，慢慢地，游进你的心扉。

赵小静将与男朋友分手的前前后后，都告诉了吴江。这一段时间以来，她心里感到很空虚，好想找一个人将心中的苦倾诉出来。

遇到吴江后，她就像被堵在灰色石洞里的求救者，突然一阵巨响，石洞开了一个小口，见到了一缕光亮，于是她将头部伸出小口，将所有不快与烦恼，都急忙往外倾泻，想呼吸洞外那新鲜的空气。

当晚，两人聊到很晚，喝了许多酒，聊了许多事。渐渐地，赵小静有些醉了，说话也开始迷糊起来。

夜很深，吴江扶着赵小静走出酒吧时，外面不知何时下起了小雨。于是，吴江将赵小静扶到了车上，将其塞进前排座位，然后开着车朝郊外驶去。

赵小静醉得有些神志不清，嘴里不停地小声咕哝：“你个挨千刀的……不要以为……你多了不起……”

开车的吴江听到这话，心里一阵窃喜，看到赵小静躺在座位上迷迷糊糊，他眼神中露出一丝淫笑，并将右手放到赵小静的大腿上，轻轻抚摸。

六

一缕阳光从窗户射了进来，天已大亮。

城市的街道，人流拥挤，车辆如织，赵小静从沉醉的梦中醒来，发现自己全身赤裸，便明白了几分。她有些悲愤，也有些沉痛。尽管知道当今物欲横流的社会，这样的事其实每天都在发生，但当发生在自己身上，还是有一些悲伤。

“醒了？”吴江从外面买回了早餐，看到了赵小静眼中的泪水，心里有些怜惜，“放心，我不会亏待你的。”

“你难道不觉得自己的行为可耻吗？”赵小静有些气愤地骂。

“小静，大家都是成年人了。昨晚的事，我会对你负责的。”吴江开始用社会上的那一套劝慰赵小静。

赵小静不再说话，她将头埋进被窝里，泪水再次汹涌。她觉得自己已不再像大学时代那么清纯与干净了。其实，赵小静认为自从谈朋友那天起，她就不再干净。因为无知和对爱情的信赖，她将什么都给了卢海，可是到头来却是竹篮打水一场空。

看赵小静不理他，吴江便坐在床上继续开导：“小静，我也是从大学走过来的，大家都谈过恋爱。你将最宝贵的东西，给了第一个男人，但这个男人给了你什么？什么都没有给，他却白白收获了不少。他给了你家庭和责任吗？给了你物质上的幸福吗？我不知道自己是你第几个男人，但我可以给许多你不能想象的东西！”吴江说这话时，将赵小静身上的被单拉起来，然后将她抱在自己的怀里。

赵小静感到很无助，很悲痛。她能有什么选择呢？在这个陌生的城市，她一无所有。眼前的这个男人，虽然有些可憎，但是哪个男人又可爱呢？

自那之后，赵小静成了吴江的女友。当然赵小静还不知道吴江早就结婚了。吴江的妻子在上班，每到周末吴江才回去和妻子团聚。

女人在甜言蜜语面前，总是会智商下降。没有办法，吴江既然从一开始就欺骗了赵小静，他也准备打持久仗，能欺骗多久，就坚持多久。

七

当曾巧巧来找赵小静诉苦时，赵小静显得特别淡定。

“你好好考虑吧，这样的男人真没什么可珍惜的。女人的青春就像清晨的露珠一样，虽然美丽，却很短暂。因此，在年轻时一定要清醒理智，要么找一个对你好的男人，至少可以享受点精神上的公主待遇；要么找一个有发展前景的男人，这样的男人就像股票，有着巨大的开发价值；或者就找一个事业有成的男人吧，省得你到处碰壁。年轻时过点清闲和富裕日子也不是一件坏事。”赵小静说出了自己的看法。

“你以为现在的好男人真有那么好找啊？满街都是些垃圾货。人家要是成功男人，能看上我们吗？我们又不是‘班花’‘校花’！”曾巧巧有些气馁地说。

“唉，这就要看运气和手腕了。慢慢来吧，我们都让年轻和无知给毁了。”赵小静若有所思。

“但我还是有些相信感情，虽然我和庞青每天争争吵吵，但两人还是有真感情。这人真怪，明知道不会有好日子过，却还坚持要在一起。难道真像杨修说的那样，看着碟子里的鸡肋，食之无味，弃之可惜？”曾巧巧想到庞青心里就觉得很气，她不知道当初为何会看上他，一个什么本事也没有的男人竟让年轻的自己着了迷。

之后，赵小静和曾巧巧两人经常出来聊自己的感情琐事。

曾巧巧与庞青，时而冷战，时而大吵，时而又甜蜜得如胶似漆。

庞青的母亲周翠看到儿子已到了结婚的年龄，便回家在成都温江区给庞青首付了一套 70 平米的房子。庞青一直没有找到满意的工作，稳定单位他又考不上，无奈之下周翠找到了庞青的舅舅，入股一起搞了一个小型木料厂。他们在成都市范围内，联系卫生纸销售业务，虽然规模不大，但凭借低廉的价格，还是有一定市场。

庞青从一个打工仔变成了工厂老板，尽管工厂小得十分不敢恭维，但庞青却好像觉得自己真是董事长了，真是企业家了。有了房子，有了厂，庞青在曾巧巧面前就没有好脸色了。

他永远都记得曾巧巧当初说自己没有本事，连一个工作都找不到，简直是一个窝囊废。于是，庞青也常常阴阳怪气地讽刺曾巧巧：“你不是说自己很有本事吗？怎么还在保险公司当业务员呢？每天低声下气地到处求人，你一个月又能挣多少钱？”庞青感觉很解气，他认为一个男人最恨女人讽刺自己，小看自己，而曾巧巧就是这样的人。

八

这不，贾二娃将贾小刀喊到滨河路喝茶时，曾巧巧和赵小静两人便倾诉了一番。倾诉完之后，几人又若无其事地打起扑克来。

大家聊了一会儿天，打了扑克，吃了饭，就到酒吧唱歌。酒吧里，贾二娃对曾巧巧特别关注，他不仅唱歌献殷勤，还不断给曾巧巧递零食。曾巧巧见到贾二娃这么善解人意，想到自己家的臭男人庞青，就气不打一处来。

“他当了个木料厂老板，就头上冒青烟了，说白了就是一个加工坊，连半个打工仔都比不上！”曾巧巧想到最近老是受庞青的气，很不是滋味。酒吧里，她就想报复庞青。见到贾二娃献殷勤，曾巧巧不仅没有排斥和拒绝，反而还与贾二娃搞得有些暧昧。

贾二娃看到自己有戏，不仅卖力大声唱歌，还不停地陪曾巧巧喝酒，讲笑话。

贾小刀坐在酒吧的沙发里，听着这些乏味的歌，感到一种失落，也有些无聊。

赵小静唱了几首歌后，见贾小刀一个人坐在沙发上，便也紧挨着坐了过来。她用开瓶器开了一瓶青岛啤酒，倒进两个空杯子里，然后端起一杯酒递给贾小刀，自己则拿起一杯：“兄弟，难道有什么心事？今天我们来喝酒，就要喝得痛快！”

说完，赵小静一饮而尽。见一个女人都这么豪爽地喝酒，贾小刀不好意思不尽力，也将一整杯倒进了嘴里，酒水在贾小刀的肚中翻江倒海。

两人一边喝酒，一边聊天。

“毕业几年了，贾小刀？”赵小静问。

“一年多了，现在一事无成。”贾小刀有些失落地回答。

“买房了没？”

“还早呢，我家是农村的，在这个城市没有根据地。目前，只能租房住。房子，就像一个遥不可及的梦，你呢？”

“我啊，想买，也有心无力。不过我现在的房租，都是男朋友给我出，每月他还给我一定的生活费。”赵小静说出了自己的现状，表现得还有些轻松。

“你还好，你男朋友很有能力。”

“也算是吧，他平时承包土建工程，挣了一些小钱。”

“多少岁了？”贾小刀好奇地问。

“年龄有点大，快四十了。”

“也是，这年代二十多岁的男人，如果不靠家里，有几个自己有车有房呢？有一个专家就发文说，现在的女人要嫁人，就要嫁三十岁以上的男人。”

“要是都这样，二十多岁的男人不就得当和尚，当光棍了？”赵小静有些吃惊地问。

“哈哈，那有什么办法？能忍受得住寂寞，才能见到绚丽的明天，等这些男人奋斗到三十多岁，再找年轻美丽的姑娘吧！”贾小刀一本正经地说。

“哈哈，这社会真奇妙。”

“不是社会真奇妙，是人千奇百怪。”

……

旁边的曾巧巧随着音乐，和贾二娃相互搂抱着在跳舞。他们似乎陶醉在了音乐中，仿佛周边的一切都不再重要。

贾小刀看了一眼曾巧巧和贾二娃，对赵小静说：“你看他们仿佛来电了。”

……

在酒吧里，大家正玩得开心，突然包间的门被推开，一个男人气冲冲地冲进来，抓起一个啤酒瓶子，就狠狠朝贾二娃的头上砸去。

“你他 × 的，老子要杀了你！”该男人就是庞青，从工厂里回到家后，见女朋友曾巧巧不仅没有给他做饭，连个人影都没有。

他给曾巧巧打电话，曾巧巧没接，只回了一条短信：“我在外面谈事，晚点回来。”

庞青很气愤，骂道：“× 的，这么晚了，还谈锤子事！难道在外干坏事，电话都不接！”庞青心里有了几分怀疑。

接着他又给曾巧巧打了电话过去，曾巧巧依旧不接，这就彻底激起了庞青的愤怒。他通过各种渠道，最后了解到曾巧巧和赵小静在一起。于是，他又打电话给赵小静，才知道她们正在成都市有名的春艳酒吧唱歌。

庞青随即奔出门去，拦了出租就朝酒吧奔去。不一会儿，他就来到了春艳酒吧，从酒吧前台知道了曾巧巧的房间。推开包间的门，庞青一眼就看到曾巧巧和另外一个男人正搂抱着跳舞，显得格外亲热与陶醉。

一个热血男人，看到自己的女人和另外一个男人在灯光迷离的房间跳舞，傻子也会气急败坏，冲上前去大干一架。

这不，庞青冲进屋内，拿起一个啤酒瓶子就朝贾二娃的头部砸去。“我 × 你 ×，× 你 ×！”庞青一边砸，一边大骂。

贾二娃突然被一个人用啤酒瓶子砸头，整个人有点晕了，鲜血也从头皮上顺着耳根处流下来。但他不顾头痛脑昏，一边躲一边用手中的话筒，和庞青对打起来。

但终因没掌握先机，贾二娃总体上吃了亏。这时，贾小刀和赵小静看到这情况，立即赶上前去，分别拉着两人，想把他们散开。而庞青与贾二娃，却互相不服输，两人抓扯得更厉害了。

没有办法，贾小刀和赵小静只得使劲将贾二娃拖到一边，而曾巧巧则整个人都挡住了庞青的进路，使他不得靠近贾二娃。

“你他 × 的让不让，你个贱人。”庞青一边推曾巧巧，一边往里冲。

“我和他根本就没什么，庞青，你不要无中生有！”曾巧巧解释道。

“不要把老子当傻子，老子戴了绿帽子还要信你的话。× 的，你给老子滚开，老子要弄死那狗 × 的。”庞青继续冲，但被曾巧巧给抓住了。

“庞青，你要是再这样，我们就没法过了。”

“谁他 × 稀罕跟你过，你个瓜婆娘！”庞青骂道。

“庞青，你不要后悔！”曾巧巧见庞青没有停下的意思，便一把推开庞青，朝门外跑去。

曾巧巧跑了，庞青还傻待在房间里。

这时，赵小静便推了推庞青，喊道：“你还不快去追？她要是出了什么事，后悔的就是你自己。”

庞青一下回过神来，然后对着贾二娃大骂道：“你龟儿子，老子过几天再找你算账。”说着，便紧跟着曾巧巧跑了出去。

“老子随时奉陪。”贾二娃还在那里说狠话。

“兄弟，别争了。是你的不对，人家的老婆，你搂什么搂！”贾小刀拍了拍贾二娃的肩膀劝说。

赵小静见闹成这样，觉得再继续唱歌也没什么意思，便提议：

“大家还是散了吧，有机会再出来玩。”

“好的，散了吧。赵小静，我们就不送你了，我带贾二娃去诊所包扎下，你看他满脸都是血。”贾小刀对赵小静说。

“不用，不用，我有人来接，你们先走吧。”说着赵小静便给自己的男友吴江打了电话，“你在哪儿呢？我在春艳酒吧，你过来接我下。”

“到春艳干啥呢，一个人三更半夜的。”吴江在电话中关心地问道。

“朋友过生日，大家一起聚聚，你快过来吧。”赵小静撒谎说。

“好吧，我等会儿就来，你先等下。”吴江接电话时，刚与一个客户吃饭后分手，接到赵小静电话后，他便从酒楼出来，开车朝春艳酒吧奔去。

贾二娃买了单，赔了话筒，然后和贾小刀一起去了老城区的一个诊所，简单地进行了包扎。

然后，两人各自分头回家。贾小刀骑着自己的摩托车，回到了成都的出租屋。

第五章 来生彷徨

一

回到出租屋，贾小刀睡不着，他起床打开了电脑，登上 QQ。

几天没有上网聊天了，登上 QQ 时有七八个消息在闪烁。其中，丁伟给贾小刀留了言。丁伟告诉贾小刀，他现在学了一段时间的专业知识，唱歌技巧增进了不少。教他音乐的老师，指出了丁伟的错误，说他以前唱歌时发音方式不对，因此高音就上不去。现在他按照音乐老师所教的专业方法，感觉唱歌比以前更轻松了。丁伟现在还是白天去干刷漆的活，一个月有四千多的工资，晚上去地下通道唱歌卖唱，每天还能挣几十上百元。这点工资比公务员的正常收入还高，因此丁伟感到很满足。他发现，只要能吃苦，生活还是能够维持下去的。

丁伟还告诉贾小刀，有一个文化传媒公司找到了他，并提出要对丁伟进行包装。现在圈子里的许多人，都知道了丁伟这个名字，也知道油漆工唱歌的事。于是，这家文化传媒公司就帮丁伟联系了一个演唱业务。丁伟说下个月他会去三亚演出，尽管演出费并不是很高，才 3000 元一场，但这是他第一次靠唱歌挣钱。以后，他还会更加努力地学习专业知识，一定要提前做好成功的准备。

正当贾小刀要睡觉时，他的邮箱里显示有一封新邮件。贾小刀打开邮箱，邮件是自己的一位富豪朋友发来的，富豪朋友名叫刘成，和贾小刀是老乡。

贾小刀是在一次采访中认识刘成的。当时，贾小刀刚到报社上班不久，有一天接到了一个任务，就是去采访一个项目开盘的新闻。

贾小刀赶到现场时，项目楼盘的售楼部早已经围满了前来购房的客户。其中有一些市民前一天晚上就来排队了，为的就是买一套打折的房子。

现在的房子都是抢手货，很多人为了买房子，不仅要提前预订，还得摇号。等到摇号开始后，还得通宵达旦不睡，在楼盘外排队购买，希望能选一个好户型。这里面不能排除一些关系户，在房子还没出来时，开发商就已经把最好的户型给他们留下。有的甚至是以成本价卖给他们。但毕竟能享受到这样待遇的人是极少数，大多数购房者都必须老老实实去排队购买。

其实，每一次贾小刀去采访楼盘销售的新闻，心里就有些难过。

因为自己从小在农村长大，在城里面没有一个有权有势的亲戚，没有任何靠山。父母都在家务农，他们以前天真地幻想，儿子大学毕业工作了，或许一切就好了。哪里知道，大学毕业却仅仅是磨难的开始。贾小刀觉得自己和晚清的穷秀才有些像，以为学到了知识，就能改变命运。哪里知道，他也只不过就是孔乙己，一副穷酸相而已。

由于在城里没有自己的房子，贾小刀不得不租房居住。

“你和小雪现在怎么样？”贾小刀问。

“挺好的，她现在在龙泉驿的厂里上班，做电子产品，就是安装相机。这些相机被安装好后，都会拿到国外去卖。每个月工资还可以，有 3000 元。”丁伟在 QQ 上表现出了一丝兴奋和满足，认为目前的生活状况，慢慢开始有了好转。

贾小刀和丁伟聊天时，还看到了张川川的留言。张川川在留言中，称自己已经找到了房子，就在成都市青羊区。房子的户主在深圳发展，因此房间便一直空着，一共三室二厅，一年只要 12000 元。张川川说，同等条件下，这可能是成都市最便宜的房子了。他觉得可以考虑租下来，就问问贾小刀的意思。

贾小刀认为这个价位比较合适，想起毕业时租住的清水库房，尽管一年的房租不是很贵，才 3000 元，但清水库房十分潮湿，会严重影响身体健康。贾小刀甚至怀疑，自己的脚每次遇到下雨天就有一些酸软，或许就与租住清水库房有关。

看到张川川找到的这个房子，贾小刀觉得比较值得。如果三个人租的话，一个人一年也才 4000 元。价钱与清水库房差不多，但条件各方面都高了一个档次。

看完这消息后，贾小刀便掏出手机想立即给张川川打过去，但拿起手机一看，已是深夜 12 点多了，估计张川川早睡了。贾小刀便在 QQ 上给张川川回复了一下，表示自己愿意租下这房子，叫张川川先答应下来。

房价天天在涨，而租房的价格也顺理成章地不断上升。贾小刀没有丰厚的工资，只能租最便宜的民房。当他作为一个记者，每一次看到这些人排着队挤破头，就只为了买一套房子时，心里很不是滋味。

自己何年何月才能有一套属于自己的房子呢？房子，好像成了一个男人成功的标志。没有房子，就没有面子和尊严。

贾小刀想起一次在公交车上，看到公路旁边的户外广告牌上，有一段很有意思的广告语，上面写着："你有面子吗？没有房子，就没有面子！"

这句话，深深刺痛了贾小刀的心。

正当贾小刀在为房子的事焦虑时，他的电话响了。"你是贾小刀吗？我是凤凰花苑的负责人刘成，你现在在哪里了，到了没？"

"您好，刘总，我已经到了你们楼盘的大门口。"贾小刀接电话时，正看到楼盘大门口不远处，一个身材高大的老人，60 岁左右，正朝贾小刀挥手。

贾小刀明白这就是凤凰花苑的老总刘成。

"刘总，您好。祝贺，祝贺！"贾小刀客气地与刘成握手。

"谢谢，谢谢。小贾，这边坐。"随即刘成便将贾小刀引到了自己的办公室，从抽屉里拿出一盒南京九五之尊塞进了贾小刀手里。

"等下就要辛苦你了，多拍点火爆销售的照片，把文章给写长点。”刘成把自己的想法告诉了贾小刀。

“没问题，您是社长的朋友，这事我会全力办好。对了，什么时候开盘呢？”

“快了，还有十多分钟就开始了。”

“今天来的人不少啊，我看差不多有几百号人。”贾小刀有些惊讶地说。

“还行，在修建时就已经有500多人登记了，今天来的人大多是以前登记的。”刘成向贾小刀坦言道。

“我看今天来的很多人，都是提前来排队的，既然他们已经登记了，难道还怕买不到房子吗？”贾小刀有些不解地问道。

“很正常，我们这里登记的每一个客户，都有一个号。一共登记了500多位，但是我们今天开盘只推出100多套。所以，只有四分之一的客户能买到房子。如果他们不来排队，那么他们就极有可能买不到房子。那么长时间都等了，一个夜晚又算什么呢？”刘成对前来排队的客户不以为意，好像胜券在握的样子。

“今天大概能卖出多少套呢？”贾小刀咨询道。

“应该会销售一空吧！房子这东西，自古以来都是一种固定财产。不管是秦汉唐宋元明清，还是现当代，它都是一种重要的财产保障。现在的有钱人多了，又不愿意钱在银行闲着。有钱了，不投资房子，那投资什么呢？对于购房居住的客户来说，房子就更重要了。毕竟中国人都讲求一个安定，对家有着特殊的情愫。所以，一套房子可以拴住一个人的心。这样分析，房价当然会不断上涨了，这是一个趋势。”刘成和贾小刀分析起房价来。

“有道理，但房价这么高，‘80 后’工薪族，何年何月才能买得起呢？”贾小刀感到有些气馁和迷惘。

“这是没有办法的事。因为，我们的物价在涨，我们的经济水平在提高，房价自然会随之上升。打几个比方吧，十年前，我们的猪肉三块五一斤，现在十六块一斤。涨了多少？差不多五倍！十年前，一个鸡蛋三毛钱，现在一个土鸡蛋一块五，整整涨了五倍。再比如，十年前你买一套衣服，五十元，现在稍微像样点的衣服，也要五百元一套。这之间，差距了十倍。十年，时间不长，但肯定不短。那么再过十年，你觉得鸡蛋还会是一块五一个吗？如果真是这样，那就说明这个社会没有进步了。所以，任何事物都是向前发展的。”刘成抽出一支烟递给贾小刀。

“刘总，请过来一下，张总找您。”一个销售人员过来找刘成。

“我过去一下，小兄弟，今天的新闻，辛苦你了。结束后，给我打个电话，我们有材料给你。”随后刘成便与销售人员一同到外面去了。

贾小刀其实心知肚明，刘成所说的“材料”，其实就是一个小红包。

二

贾小刀在椅子上坐了一会儿，节目就开始了。随着礼炮声响，打扮得花枝招展的主持人走上舞台，开始一一介绍嘉宾。

贾小刀走下台去开始照相，看到台上是区上一位熟悉的领导。但贾小刀很识趣，没有打招呼，自己在下面照自己的相。他很清楚，这样的场合，领导是不希望照片刊登上报的。因为，这就是官场潜规则。即使你照了照片，到时也会被删除。

贾小刀清楚地知道，在记者圈流传着这样一个故事。当时，一个偏远地级市的一家报社刊登了一条市委书记去楼盘剪彩的照片。报纸登出来的那天，省上一位领导正好在该地检查督导工作。这位省上领导在宾馆休息时，随手翻开了茶几上摆放的一叠报纸，其中就有当地晚报。晚报上很醒目地刊登着市委书记为楼盘剪彩的消息。

省领导感到很生气，认为这楼盘与市委书记肯定有扯不清的关系，但又没有实实在在的证据，不能过分为难市委书记，便打了一个电话给市委书记："老王，今天你们市的报纸上面你的照片还挺精神的嘛，你可以看看。"

说完这句后，省领导就挂了电话。市委书记接完电话，心里很是纳闷，于是他打电话叫秘书拿了一份本市的报纸，翻开一看，原来是自己去楼盘项目的照片被刊登了。再一想到省领导的语气，他顿时明白了几分，随即火冒三丈。

"这稿子是哪个狗 × 的写的？！"市委书记骂了一通狠话后，便摔门而去。

秘书在一旁看了这阵仗，知道书记生气了，这家晚报闯大祸了。于是，书记秘书便给报社总编打了电话，暗示了书记生气的事，并声称要派员调查。

接到书记秘书电话之后，该晚报的高层顿时吓瘫了。

这次报纸闯了大祸，稍不注意整个报社都会受牵连。为了保住自己，总编便痛下狠心，将写稿的记者开除了，同时还将值班编辑、主任免职，调离岗位。而他本人和副总编还分别写了一份检讨交到了市委办公室，希望书记大人有大量，能宽大处理。

后来，这事由于省上没有过多追究，市委书记的怒火才消了一大半，见该晚报总编态度比较端正，处理也及时，便没有深究。

这件大事在新闻界成为一个深刻的教训，一些老前辈在教实习生时，都会把它当成典型案例对新来的小毛头进行指导。

看到区委某熟悉领导，贾小刀很知趣地没有照相。他将镜头对准了购房者。

照了相，采访了几个购房的客户，在刘成那里拿了一份小红包，贾小刀便乘车回到了报社。在办公室，贾小刀草草听了录音，随后写了一篇稿子，交给了编辑。

三

第二天做完工作，贾小刀提前离开了办公室。他找到张川川一同去了出租房。看到出租房面积很大，空间十分充裕，价格在同等条件下，还算较低。贾小刀最终拍板，答应与张川川合租这个房子。

与房东签了租房合同，贾小刀便回家收拾东西，准备搬家。

搬家时，贾小刀叫上了自己的女朋友青草。

提起和青草的相识，其中还有一段浪漫的故事。当时，贾小刀刚刚从学校出来，在报社实习。

有一天晚上，贾小刀闲来无聊，便在网上胡乱搜索新闻信息。当他搜索自己写的一首诗歌时，竟发现被另外一个网友放进了博客日志里。

贾小刀便打开该网友的日志，里面赫然写着这首诗歌。

我和一只青蛙蹲在阳台上

中秋之节的夜晚
我和一只青蛙蹲在七楼的阳台上
天空中的月亮
散发着青春和故乡的气息
青蛙张着嘴巴　小声与我嘀咕着爱情和幸福
我们都曾是童话中被欺骗的孩子

青蛙爬上满是皱纹的窗台等待
那与她相守的王子
而我蹲在阳台上　望着青蛙的背影
对她说　你真傻啊　青蛙
其实你的爱情早就被埋葬在了

那一片　荷花盛开的池塘

青蛙说　请你相信我
我的王子曾对我许下　千年不变的诺言
他说过　会在中秋节的晚上
和我一起共赏月光
此时青蛙的眼神中
有着强烈的盼望与迷惘
而我则转过头　一行悲伤从骨头里流出

亲爱的啊　我是谁的王子
我又在为谁等待
这风雨飘摇的岁月　这年华易逝的夜晚
我仅和一只青蛙　蹲在阳台上
探讨月光下
那不知何时才会出现的　另一只青蛙

“这网友还真不客气，转载了我的诗歌，也不标注一下作者是谁。”贾小刀很是气愤，便在该日志的留言板上写了一句话：“你好，朋友，这是我写的诗歌，请尊重著作权，本人贾小刀。”

留言之后，没过几分钟，该网友居然也在线，还回复了贾小刀。

“对不起，我不知道这诗歌是您写的，我也是在网上找到的，觉得很不错，便转载到我的日志里。但是，我在归类时写了‘来源于网络’，真对不住。”

“原来这样。事情弄明白了，就没关系了。”贾小刀知道了事情的原委，觉得对方也是一个热爱文学的人，因此不但没有生气，还问了对方的名字和电话号码。

之后，贾小刀和青草就交流了起来，但彼此都没有想到恋爱那个层面去。当时的贾小刀，刚刚失恋——谈了一年的大学女友，回到了故乡，不愿意和贾小刀在一个陌生的城市打拼。失恋后的贾小刀，对于爱情，几乎没有抱多大的希望。在他的眼里，爱情可能就像天边飘浮的云彩，看上去很美，却永远没有定数。

直到后来的一天，贾小刀的生日，青草打来了电话。

其实，贾小刀自己也记不住生日了，活了 20 多年，他也没怎么过过生日。因为家在农村，条件很一般，再加上刚出来工作没有钱，就把生日放一边了。甚至于哪一天是自己生日，贾小刀都忘记了。

“贾小刀，在上班啊，你知道今天是什么日子吗？”青草在电话那头神秘地说道。

“什么日子，今天不是过节吧？好像不是节日呢？”贾小刀有些丈二和尚摸不着头脑。

“真不知道今天是什么日子？”青草有些不可思议地问道。

“真的，今天好像不是节日。”

“唉，你真是大忙人，今天是你生日，你都忘了啊？”青草提醒道。

“哦，哦，哎呀，你看我这人，把自己的生日都忘了。但是，也不是一次两次啦，我都很多年没有过过生日了。”贾小刀坦言道。

“那可是你的错，生日可要好好过。对了，你现在在哪里？”

青草轻声地问。

“就在单位呢，你呢？”

“那你赶快下来，我就在你楼下，准备给你惊喜。”青草神神秘秘地说。

贾小刀听到青草记得自己的生日，心里很感动。青草叫他下楼，他心里就隐隐约约地感受到，可能青草给自己买了生日礼物。

贾小刀便挂起包包三步并作两步朝楼下跑去。在报社大门口，他看到一个正抱着棕色布娃娃的女孩，她就是青草。

贾小刀看到青草，觉得她美极了！

“贾小刀，我在这里。”看到贾小刀下楼来，青草小跑着过来。她眼睛大而有神，甜蜜地看着贾小刀，“这是送给你的生日礼物，一个超级可爱的布娃娃，还有一支笔。”

“谢谢你，青草，礼物我都喜欢，特别是这支笔。”

“不要谢，我们谁跟谁啊！这支笔是我托朋友从国外寄回来的。我们当初认识，不就是因为一首诗吗？我想给你送一支笔，希望你以后能亲笔给我写诗，以后你要是出名了，你写给我的诗那可就是无价之宝了。”

“哈哈，你还想得挺远嘛！”

“那是，你看人家莫言，获得诺贝尔文学奖了。现在一本签名版的书能卖好多钱。要是哪天你也得大奖了，写给我的诗歌不是就也很值钱吗？到时，我可就是富婆了。哈哈！”

“你可真会想象。不过，那一天应该是个幻想！”

“谁说是幻想？我相信你的实力，你终究会成功的。”

“好了，不说了，我们还是先去吃饭吧。我请你。”

“那怎么行？今天是你的生日，我给你庆生，一定得让我请你！”说完，青草便拉着贾小刀的手朝街上走去。

他们来到了成都市内的一家西式餐厅。贾小刀坐在纱帘笼罩的小隔间里，要了一壶果茶。青草叫来了服务员，点了一些贾小刀听都没有听说过的好吃的。

随后，青草从包里拿出了一盒小蛋糕，点上小蜡烛，然后握着贾小刀的手说：“贾小刀，你快许愿，许你最美好的愿望。”

贾小刀有些感动，看到青草安排的这一切，他顿时觉得自己是世界上最幸福的人。尽管大学时也曾谈过恋爱，但没有一个女人为自己的生日而精心准备过，青草所做的一切，让他明白了什么是感动，什么是幸福。

那一刻起，贾小刀明白，以后要对眼前的女人好。因为，是青草让他找回了真正的爱与善良。

贾小刀闭上眼睛，在心里许了一个平时期待的愿望，他希望在烛光的照耀下，在上天的帮助下，自己能实现这个梦想。

“愿望许好了没？快吹蜡烛！”

贾小刀使劲吹灭了正燃烧的蜡烛，仿佛要吹走一直以来的坏运气。

“祝愿贾小刀从此天天开心，事业丰收。”

接着，两人在西餐里静静地享受着美妙的食品，畅谈着未来的幸福生活。关于梦想，关于人生，关于爱情。

这一天，青草还带贾小刀去了武侯祠，去了杜甫草堂和巴金文学院。青草说，要想成为一个作家，不去杜甫草堂，不去巴金文学院，是完全说不过去的。因为，在这些前人的足迹里，当代的作家可以接受一些文脉和气韵。

虽然青草说的带有一些迷信，但是贾小刀对于杜甫草堂的确有着一份向往。

当贾小刀和青草一同来到杜甫草堂，小桥流水、亭台楼榭，花草绿叶，蝴蝶纷飞，他们感觉到了仙境。特别是在草堂的大厅内，看到那么多优秀诗词和伟人题词时，贾小刀才深刻感受到，文学和文学作品真的可以永垂不朽。

在草堂的大墙上，贾小刀看到了一段关于杜甫草堂的介绍：杜甫草堂古朴典雅，规模宏伟，占地300多亩。其中大廨、诗史堂、工部祠三座主要纪念性建筑物，坐落在中轴线上，幽深宁静。廨堂之间，回廊环绕，别有情趣。祠前东穿花径，西凭水槛，祠后点缀亭、台、池、榭，又是一番风光。园内有蔽日遮天的香楠林、傲霜迎春的梅苑、清香四溢的兰园、茂密如云的翠竹苍松。整座祠宇既有诗情，又富画意，是人文景观和自然景观相结合的著名园林。在杜甫草堂中行走，似乎还可以感受当年杜工部所过的田园生活，还仿佛可以看到浣花溪处杜甫作诗吟唱的身影。

之后，两人又去了巴金文学院。看到巴金的名言“用心对待读者”，贾小刀心里震了一下，他终于明白自己在文学方面所做的努力根本不够。对于文学，他并不虔诚和专一。就像对于爱情，他也没鼓起足够的勇气，去挽留，去争取，去深爱。

“青草，谢谢你。你让我明白了坚持的真正含义！”

“说这话干吗？只要你明白我的心就行。”青草看到贾小刀的真情表白，心里就像吃了蜜糖一样。

那一刻起，贾小刀彻底接受了眼前这个美丽的青春女孩。他与青草确定了恋爱关系，迈上了幸福的征程。

四

人们都说一个成功的男人背后，一定有一个伟大的女人。以前的贾小刀对此并不太理解，但自从遇到青草后，他深深地体会到一个成功的男人，多么需要一个善解人意的女人。

从那之后，贾小刀有了更多的责任感，也不再荒废青春。他打心眼里觉得，挥霍青春，其实就是在浪费生命。现在的挥霍，就是扼杀以后的幸福。

贾小刀深刻地理解到，自己得为房子奋斗了。在城里要是没有房子，就不算有自己的家。

贾小刀如此迫切需要一套房子，还与张川川有一定关系。

张川川租了房子之后，贾小刀也搬了进去。有事没事，张川川会将舒小雅带进租住的房间。有一天，贾小刀刚从外采访回来，遇到了张川川和舒小雅正在吵架。

“舒小雅，你不要逼人太甚！”

“我怎么逼人太甚？本来这就是合理要求。我妈妈说得有道理，我们不可能一直这么过下去，结婚没有房子怎么过？以后要是有个孩子又怎么过？难道要孩子在小伙伴面前说，‘我住在租住的房子里’？！现在大家都说不要让孩子输在起跑线上，但没有房子，孩子就输在了起跑线上！”舒小雅理直气壮地说出理由。

“但你也要看实际情况，我刚毕业不久，每个月的工资不到3000元。除去房租，生活费以及车费，还要拿出钱给你买东西。我一个月剩得了多少？现在要我买房子无异于要我的命！”张川川说出了自己的难处。

“父母不努力，儿女徒伤悲。你现在这样，都怪你父母不努力。说其他的没有用，反正人家男朋友都有房子，就你没有。不是你的错，就是你父母的错。没有房子，我是不会同意结婚的。”舒小雅有些怒了。

“反正我是没有办法，你爱谈不谈，你觉得人家有房子的更好，那你就去找有房子的，反正暂时我是没有的。”张川川说了这句话之后，就不再理舒小雅。

“那好，这可是你说的，我明天就答应妈妈给我介绍的那男的。人家是主治医师，现在有房有车，家里装修买一个茶几都三万多元。你看看，你能和人家比吗？”说完，舒小雅提起手包愤怒地朝门口跑去，正好撞上了从外面回来的贾小刀。

舒小雅没有说话，继续朝外跑去。

这样的情景发生了不少次了，张川川已经感到麻木。他不再去追舒小雅，而是“当”的一下把门关了，一个人在房间里抽烟上网。

贾小刀看到这一切，回到自己的房间，心里很受触动。尽管青草现在并没有要求自己有房子，但并不表示她以后不会。现在她是一个学生，学生的世界都是很单纯的，对男朋友的要求都不是很高。

她们看重的是感情，但一旦进入社会，就会被残酷的现实所改变，所异化。以前的恋人曾乔不就是这样吗？

贾小刀有些担心了，自己会不会成为下一个张川川，而青草会不会成为下一个舒小雅？这谁也不能断定，也不敢否定。

想到这里，贾小刀惊出一身冷汗，他觉得自己该为房子努力了。

从那之后，贾小刀更加拼命地工作挣钱，因为房子就是他的所有动力。

为了多挣稿费，他采访得更有激情了。除了稿费，贾小刀还到处拉广告。在记者圈子里，广告也是一份不菲的收入。这个行业，做得最好的不是采编人员，而是广告人。报社里出了几位千万富翁，以前都是广告起家的。贾小刀以他们为榜样，不断地辛苦努力着，希望早日实现自己的目标。

但是广告并不是那么好拉，需要的是关系和人脉。有关系和背景的人，一个电话就能拉到几十万的业务；但没有关系的人，哪怕是磨破嘴皮子，给人家下跪求爷爷告奶奶，也不见得有什么收获。

贾小刀一点也不敢马虎，他得努力抓住身边出现的每一次机会，而开发商刘成则是他的一次好机会。

给刘成写了新闻后，反响不错。贾小刀为了和刘成套近乎，给他送了一本自己大学时写的长篇小说。当他将东西送到刘成的办公室时，刘成正在练书法。

“刘总的字真不错，堪当专业书法家。”贾小刀夸赞道。

“小贾，沙发上坐，我这书法只能算一般，很多年没练了。”刘成谦虚地说道。

“哪里，哪里，我看您的书法比一般的书法家都还好。没有几十年功力，根本达不到这个水准。”贾小刀继续赞道。

“过奖了，过奖了。对了，你的新闻写得不错，我看了，很好。”刘成在写“云淡风轻”四个字，当他写完字后，便搁下笔回到椅子上，和贾小刀聊天。

“刘总，上次的新闻，我刻了光盘，你们销售部可以拿去进行推销，当作材料播放用。另外，这是我大学期间出版的一部书，希望您多多指正。”贾小刀把东西递了过去。

“很好，很好，谢谢。”说完，就从他身旁的抽屉里拿出一包红河道烟，递给了贾小刀。

“谢谢，谢谢，您客气了。”贾小刀接过烟，把它放在旁边的桌子上，然后与刘成继续闲谈。

刘成随手翻开了贾小刀的长篇小说，赞道："不错，贾小刀，你还是一位作家呢！年轻有为，我小时候喜欢书法，喜欢画画，但是后来因为要生存，便将这些放弃了，真是可惜。你不知道，我儿时的伙伴有一位现在是全国大名鼎鼎的画家，一幅画就能卖 100 万元。"

见贾小刀是作家，刘成找到了共同语言，心里产生了亲近感。

在办公室里，刘成对贾小刀讲起了自己的过去。

年轻时的刘成什么都干过，小时候挖过煤，当过纤夫。之后还去参了军，成了军队里的诗人。后来从部队转业后，被分到了机关，给局长当过两年秘书。后来，因为局长贪污被双开，他也受了牵连，工作也被调动，最后被下放到钢铁厂。

在钢铁厂没干几年，遇上国有企业改革，厂子很快就垮了。无奈之下，刘成便下海经商。

刘成卖了所有的家当，凑齐了 20 万元钱，开始从事煤炭倒卖生意。但这个行业不是想象中那么好做，因为不仅仅要考虑煤炭的来源，还得考虑销路。即使这两样都有了，还得考虑质检。

由于刘成在钢铁厂工作过，对煤炭的来源还是有一些资源。他找到以前和自己有业务往来的煤矿老板李得友，前期购买了 1000 吨煤炭。但是有了煤炭之后，要往煤电厂销售却又是一道难题。刘成找了关键链条上的好几个负责人，都搞定了，但其中一个管质检的主任却不买账。刘成找了他好几次，他都说刘成的煤炭质量不好，热量和挥发量不达标。这可急坏了刘成，东西放在货场里，进不了煤电厂，自己的资金也无法回笼。

无奈之下，刘成只好另想办法。煤炭的质量，他已经无法改变，已成事实；煤炭的价格，也谈到最低，要是再低的话，刘成就只有保本卖了；在价格和质量无法改变的情况下，刘成只有做购买方的工作。

于是，刘成对这位质检主任进行了更为深入的调查了解。他发现这位名叫赵通的主任，今年已经 59 岁了。当了解到赵通 59 岁时，刘成突然灵光一闪，觉得自己找到答案了。

为什么赵通一直都说刘成的煤炭质量有问题，坚决不让他的煤炭销售进来呢？原来是因为赵通有自己的打算。在官场混了几年，刘成明白赵通年纪已大，马上就到点退休了，这次自己去找他，或许是他最后一个“捞金”的机会。因此，赵主任可能是想在退休之前好好捞上一把，不然以后就没机会了。

刘成想明白这个道理之后，当天晚上就把煤电厂负责质检的赵通给约了出来。赵通半推半就了一会儿，就答应了。

晚上，刘成带赵通去了最好的餐厅吃了一顿大餐，还拿出了自己珍藏的 30 年茅台酒，和赵通大喝起来。两人在酒桌上聊得很是尽兴，刘成也绝口不提煤炭销售的事。

吃饭之后，刘成还将赵通带到了成都市最好的娱乐场所，两人开了一个豪华的包间。

事情过了三天，刘成接到了赵通的电话，叫他去煤电厂开会。

去了现场，大家就开始讨论刘成的煤炭进煤电厂的事，其中赵通最为卖力，并盛赞刘成的煤炭没有任何问题，刘成的公司实力也不错，可信度很高。他强烈建议煤电厂与刘成签订一个常年合同，让刘成源源不断为煤电厂供煤。

在赵通的帮助下，刘成的这笔生意取得了意想不到的成功。他不仅销售出去了自己已经购买的 1000 吨煤炭，还得到了一个非常不错的价位。更令刘成感到意外的是，煤电厂还与刘成的公司签订了一个常年合同，成了刘成的稳定合作伙伴。

这一次让刘成彻底翻了身，他也明白自己之所以成功，主要是搞定了赵通。刘成不是那种不会办事的人，合同签订之后，他将赵通又约了出来。除了这，刘成还给赵通送了五万元的现金。

他知道这年代生意没有一个人能做完的，饼子也没有一个人能吃完的，这笔生意能成功，一半的功劳都在赵通。赵通是一个讲情意的人，在退休之际享受到了高规格待遇，他也回报了刘成一个常年合同。

刘成和煤电厂签订合同之后，他再也不愁销路了。短短两年时间，他便从 20 万起家，渐渐成了一位千万富翁。

这两年来，他没有忘记已经退休的赵通，空闲时依旧会去找赵通，给他安排一些娱乐活动。

五

有了经济基础之后，刘成开始从事房地产事业。然而，房地产比煤炭行业更难操作。刘成在房地产行业摸爬滚打了七八年，有过太多的酸甜苦辣。

为了争夺一块地，不仅会闹出砍杀，甚至有的还会丢了性命。

像刘成这类的开发商，哪一个没有养几十上百个小弟呢？说是小弟，其实就是一些无所事事的混混。平时没有事干，就上网、赌博。没钱了，就去找老板要几百上千元；遇到拆迁时，便凑上几十号人去摆场子，吓唬老实人。当然，也有起冲突的时候，这些混混还真不要命，拿着家伙就会和人火拼。

“贾小刀，我们这行并没有你们想象的那么光鲜。每天都得去陪喝酒，陪玩，陪赌。提起现在这个酒，我真是恶心得很！在我从事房地产初期，为了得到一个项目，天天都得去跑手续，跑手续就要喝酒。领导喝一杯，你要喝六杯；领导随意，你要干了。有时喝酒喝得都想吐。你也知道，现在的酒，有几种是好东西？酒精勾兑，度数高得很，对身体危害大呢！我现在还有酒精肝、胃穿孔。很多次，想起人活着真没意思！”刘成向贾小刀坦言。

“刘总，您这就谦虚了。很多人做梦都想成为像您这样的亿万富翁呢！”

“唉，你还不太理解，给你说一个故事吧！”刘成随后对贾小刀说起了两年前发生的一件事。

当时，刘成和许多开发商争夺川南某县的一块地。但是，争夺的对手十分多，刘成本以为那块地能手到擒来。但是哪里知道半路杀出一个程咬金，差点把地给抢了去。

刘成没有办法，又拿出了自己百试不爽的办法。但是这位领导却对女人和钱不是很感兴趣。因为，这位领导已经对这两方面麻木了。他自己玩过多少女人、收了多少钱自己都不清楚了。所以，刘成的常规办法，在他身上并没有见效。当然其他人也没能见效，大家都一时摸不准领导到底想要什么。

后来，刘成通过打听，终于了解到领导是一个书法爱好者，特别是喜欢南都籍书法家北山的字画。

其实，说起北山的书法，还有一段故事。这位领导的前任领导，曾经派人去找过北山。当时，该县要搞文化强县战略，便找到了北山，希望他能提供一幅字画，放在办公楼接待大厅里。但北山并没同意，原因就是北山在该县工作期间，不仅没有受到相关部门的重视，反而还处处被打压。

当时，北山在钢铁厂上班，由于工作太累，一心想当画家的他想调到美术馆上班，这样就有时间创作了。但是，北山跑了几年，申请写了好几次，就是没有人同意。他的申请也就成了一张张废纸。他处处受排挤，不被重视，于是愤而辞职，丢掉了工人的铁饭碗。后来，企业改革，工人下岗，而北山因为提前走出了体制，在外地居然混出名堂来了。经过 20 年的拼搏，北山终于成为一代大师。

因此，当该县领导派人去找北山要字画时，就被严词拒绝了。

当时还有一个老板，为了缓和这种气氛，便出价 120 万元想买一幅北山的字画。

“我不缺钱，最近也没有新作。”老板的购买想法也没能实现。最终，接待厅也没能挂上北山的画。

而刘成找的这位领导，更是一位字画爱好者，对北山的画特别情有独钟。但北山的性格很怪，很少有人能求到他的字画。刘成知道领导的喜好后，便打定了主意要去找北山。

因为他和北山还有渊源。刘成读初中时，和画家北山、作家苍穹，都在一个班。他们三人喜欢字画，也喜欢写作。但后来，刘成经了商，北山南下发展去了，而苍穹则经过刻苦努力，成了全国著名的作家。

几十年来，刘成和这两位老同学很少联系，一是觉得几个人不同道，道不同不相为谋；二是各有各的事业，大家都很忙。

这一次为了那块地，刘成准备去找自己的老同学北山。他希望北山能给自己面子，送自己一幅画。

有了这主意后，刘成打听到了北山常住在北京市。知道了北山的地址和联系方式后，刘成没有打电话，就直奔北京。

到了北山所住的小区，是一排排郊区的别墅房子。里面十分安静，空气异常清新。

到了小区门口，刘成给北山打了电话。

“老同学，我是刘成，几十年不见了，在家没呢？”刘成坐在车里，给北山打电话。

“阿成，几十年不见了，最近我刚好有空待在家里。”北山接到刘成的电话后很吃惊。

“三十多年不见了，时间过得真快。打听到了你在北京，就顺便赶车过来看看你。我现在就在你的小区门口，准备进来拜访你呢！”刘成对北山说。

“哈哈，你都到了啊。我马上叫保姆下来接你。”说完后，北山对正在烧茶的保姆刘梅说道："刘大姐，你去帮我接一个朋友，他就在小区门口，名字叫刘成。"

听到这话后，刘梅便放下手里的活，披上外衣，打开房门，朝小区门口走去。

大约过了五分钟，刘梅将刘成接到了家里。见到刘成走进来，北山快步走上前去，握住刘成的手高兴地说道："老同学啊，很久不见了，现在还好吧？"

"唉，一般，每天累得很。你现在都成了全国著名的画家，名声可是响遍大江南北。祝贺祝贺，老同学。"

"哪里，哪里，出了一点小名，离大师还远呢！"

"这你就谦虚了，你现在什么都有了，生活过得是有滋有味呢！"

"唉，只是清闲好耍罢了，其他真谈不上。来，老同学，沙发上坐。"北山请刘成入座，并安排刘梅给刘成倒了上好的铁观音。

两人坐下来谈起了儿时的故事。

"阿成兄弟，还记得我们小时候吧，当时我们一起去学画画，一起捉迷藏，那时真快乐，无忧无虑。"北山回忆起了当年的情景。

"是啊，当时我，苍穹，你，我们三人可都是班上的才子，画画，写字，作文，都算最优秀的。记得我还对大家说，我要当著名画家。没有想到时间过得这么快，都几十年过去了，我连画画的影子也没碰到。为了生存，劳累奔波，把曾经的梦想都抛在小河边了。"刘成有些感慨，想起自己儿时的梦想，现在并没实现。

在他心里，北山小时的画是赶不上他的，当时他的画是北山、苍穹等几人中，最厉害的一个。美术老师就特别夸奖过刘成具有画画的天赋。但因为生活，曾经这个最有天赋的孩子，却离画家越来越远。

“唉，人生多变。当年，谁知道今天的我们是什么样子！其实，我也没有想到自己会成为一个画家，因为谁能保证努力就一定能成功呢？我想或许是运气吧，让我有幸实现了梦想。”北山跟刘成谈论自己的看法和理解。

“但是你坚持了，你努力了，最后你成功了。而世界上大多数人，都没有像你一样，为了梦想去努力拼搏，不畏艰难，一直坚持走下去。他们走到半路，就打道回府了，再也没有朝前冲刺。真的很羡慕你，你一直坚持到了最后。”刘成很是羡慕北山，眼前的这个男人，将会因为自己的画作，名扬千古，流芳百世。中国的书画史，无论怎么写，都避不开北山，是他将巴蜀的画技提升到了一个新的高度，是他将新的作画理念带到了现实社会中。

“也谈不上笑到最后，因为我一直在路上，只不过我比别人多付出了一些时间和努力。现在，终于到了收获的季节。”北山很是谦虚地说。

然而，北山越是谦虚，刘成就越是羡慕。在他走进北山的家中时，就深深体会到，什么才是真正的自由，心灵的自由。北山可以每天不用为柴米油盐酱醋茶而烦恼，为了他的画家梦，可以待在家里休息，画画，看书。如果想出去旅游，不用给任何人请假，背上背包，就可以走出门去。他可以不对任何官员做出笑脸，不用给任何领导面子，酒桌上，他可以不敬酒，自己随意喝。不用去拍官员的马屁，不用去喝酒喝出胃出血，他的心灵是自由的。

而刘成的整个身心都被捆绑在了社会现实中，为了一块地，他要不断地给领导送礼，赔笑，敬酒。为了一个手续，他得低声下气地东跑西跑，不能发脾气，不能顶撞，只有默默地承受。

再比如这一次，因为领导喜欢北山的字画。刘成不得不亲自跑到北京市来找老同学，希望求得北山的一幅字画帮助他夺得利益。

从这点上，刘成是不自由的，他的整个身体都不能由自己支配，他得为整个公司负责，为整个集团利益负责。

“阿成，你这次来到底是为了什么事？不然你不会亲自跑到我这里来。说说看，有什么事？”北山有些疑惑地问。

“很多年不见了，这次看看你，只是想和你谈谈我们当年的青春岁月。”刘成有些怀念小时的生活，他与北山讲起了这一路走来的故事。

“嗯，儿时的梦是最纯真的，没有一点污染，没有一点利益冲突，它仅仅就是孩子的一个梦想，一个期望。”北山附和着说。

在北山和刘成聊天时，刘梅已做好了饭，并招呼两人上桌。

见刘梅将菜都端到了桌子上，北山便和刘成一起走向桌子边吃饭。“准备来玩多久呢，阿成？”

“马上还要回去，家里的项目，还需要我回去商量呢！这一天时间都不是自己的，我简直成了金钱的奴隶。”刘成有些抱怨。

“没有办法，鱼与熊掌不可兼得。你必须放弃一面，去追求自己觉得值得的另一面。”北山在一旁开导。

正当两人一边吃饭闲聊时，北山的手机响了，保姆刘梅从茶几上拿起手机递给了北山。

“喂，徐副市长，您有何贵干呢？”北山客气地说道。

“北山老师，明天是否有空？我一个德国朋友来中国了，明天我要招待他，他特别喜欢您的画作，想结识一下您。”电话那头的徐副市长诚恳地邀请道。

“真抱歉，徐副市长，我现在不在家，要过几天才回来。这次的聚会，可能来不了了，下次有机会再聚聚，你看行不？”北山很镇定地说道。

“那行吧，等你回来时，我们再聚聚。市里马上要搞一个文化大展演，到时还需要你来出谋划策呢！”徐副市长听说北山不在家，便有些失望地挂了电话。

刘成见北山委婉拒绝了徐副市长的邀请，很是不解，便问道：“老同学，领导邀请，对常人来说是一个很大的机会，你怎么都撒谎拒绝呢？”

“阿成，我平时最讨厌这些官方活动了，之所以我要当画家，除了自己内心深处真正喜欢外，还有一个原因就是能得到真正的自由。今天哪怕是省长邀请，我不愿意去，也没有任何人能强迫。因为我们的身体是自由的，我们的内心是自由的，我们只做自己喜欢的事情，从不为难自己。”北山对刘成解释了一通。

看到北山的生活，刘成从心底里有了一丝羡慕。想想自己为了挣钱，一次又一次违背内心。领导有什么喜好，还得变着法子去满足，不然就没有自己的生存之地。尽管现在挣的钱，刘成这辈子都用不完。生不带来，死不带去，就像小沈阳说的那样，人生最大的悲哀，就是人死了，钱还没用完。刘成心里渐渐明白，其实人生的追求有许多种。

刘成在北山家待了一下午，北山挽留他在北京多住几天。但刘成的项目还需要他回去处理，没有多余的空闲时间。临走之时，刘成还没有开口说自己求画，北山就主动给刘成送了一幅好画。

“阿成，我们 30 多年没联系。这次你来，我想不仅仅只是来叙旧，你不缺钱，不会来找我谈钱的事。那么，你定是来找我要画吧，这画可能不是你自己要，而是送给你的哪位朋友。因此，同学一场，我肯定不能不够哥们儿，这是我最近创作的一幅国画《气壮山河》，你拿去吧，希望能帮上你的忙。”北山从书房拿出了一幅早已经裱好的国画，送到了刘成手里。

这幅画是六尺国画，市面上以北山的名字，至少要卖 120 万。刘成拿着这幅画，心里觉得自己欠北山很大的人情。

“真谢谢你啦，老哥。”刘成很是感动。

“都是老同学，你说这些就见外了。”

“下次有空，我把苍穹和你一起约好，到时聚聚。”刘成说。

“嗯，有机会我们好好聚下。”

“好了，我要回去了，司机已将车开到了小区门口。”刘成拿到北山的画之后，便要告辞回去。

北山挽留不住，便亲自送刘成到了楼下。然后和刘成约定，有空以后大家多走动，常交流，老同学年纪大了，应该常来往。

六

从北山家里出来之后，刘成便火速赶回省城，找到了分管项目的领导，并将北山的画作送给了他。

领导很是高兴，见到自己偶像的国画《气壮山河》，心里别提有多高兴。尽管有多名竞争者，但他还是爽快地答应了将那块地给刘成。

刘成得到这块地之后，便以这块地为抵押，到银行去贷了数亿人民币，开始着手打造当地最大的商业广场以及公园型别墅小区。虽然这块地让刘成赚了不少钱，但是经过这次和北山的相聚，他对自己人生有了不一样的认识。

贾小刀听完刘成的故事，感到很惊讶，也彻底颠覆了他对亿万富翁的认识。

“小贾，你千万不要以为越有钱就越幸福，其实这个看法是错误的。最近，我才渐渐明白人活着不全是为了钱，人生还有许多种活法。”刘成对贾小刀回忆说，他年轻时为了挣钱，每天劳累奔波，到处贷款，心里压力很大。后来钱挣了不少，但又少了自由，每天都得为公司的事焦虑，根本就没有过过清闲日子。这一次，在见到老同学北山之后，他明白得为自己而活了。

“为自己而活？”

“对，就是为自己而活。我最近常常想起自己小时候是多么爱好画画，多么希望自己能像张大千那样成为一代名家，但我却没有为理想去奋斗。现在好后悔，年华易逝，时不再来。”刘成说这些时，脸上满是悲伤神色。

“你现在重新提起笔画画了？”贾小刀问。

“嗯，虽然今年我已经60岁了，梦想似乎都不属于我这样的老年人了，但是我还是不死心啊。我得为自己的梦想再活一次，再努力一次。虽然我知道不太可能成功，但至少在做我自己喜欢的事。”

刘成对贾小刀说起了自己的想法。

“也是，很多东西失去了才倍感珍惜。”

“是的，小贾，你可千万别被社会的谎言蒙蔽了，要有清醒的头脑，要追求内心的自由。”刘成对贾小刀坦言，他准备把商业广场的项目办完之后，从此离开房产行业。他的煤矿也交由自己的儿子打理。另外，刘成在长颈鹿公园区买了一块地，在那里建立了一个农场，修建了一幢别墅。他想在那里养老，并练习画画。

贾小刀从刘成那里回来之后，感触颇深。他觉得自己不应该放弃梦想，如果今天自己对生活妥协，那么明天他就是下一个刘成。尽管物质上得到了满足，但在精神上却失去了追求的意义。

第六章 婚姻是一杯毒药

一

贾小刀与刘成相识之后，内心深处受到了一些震撼。他也开始考虑，自己是不是应该调整方向，为梦想而努力了。

正当他在为这事烦恼时，赵小静出事了，把这消息告诉贾小刀的是贾二娃。

“贾小刀，赵小静出事了！”贾二娃打来电话。

“出什么事了？”贾小刀感到很迷惑。

“唉，都住院了，听说被捅了一刀。”

“为什么被捅？”

“当小三呗，她那个男朋友纯粹就是个骗子，那男人的孩子都在读小学了。这一次，赵小静的事被他老婆知道了。”贾二娃说。

“电话中说不清楚，我们见面再说吧，顺便去看下赵小静。”贾小刀提议。

“行，我在二医院门口等你，她就在住院部 12 楼。”贾二娃建议。

于是，贾小刀丢下手中的活，立即骑上摩托车朝二医院开去。

在二医院门口，贾小刀遇到了贾二娃。两人一同找到了赵小静的病房。走进病房时，曾巧巧已经在那里坐着了。

“小静刚睡着，真让人气愤。”曾巧巧对贾小刀他们说道。

“她伤得不重吧？”贾小刀问。

“不是很严重，背部被捅了一刀，大腿也挨了一刀。当时流了许多血，经过医生包扎，现在已经没事了，需要休养。”曾巧巧介绍了赵小静的伤情，顺便谈了事情的来龙去脉。

原来，自从赵小静和吴江谈恋爱后，生活压力小了不少。但是，随着赵小静对吴江的依赖加深，她越来越希望能早日和吴江结婚。

然而，赵小静每一次提这样的要求，吴江总是以工作太忙，事业还在上升期等理由婉拒。

赵小静刚开始还觉得吴江说得在理，但到后来她认为，即使吴江的事业需要发展，自己的青春也不能够再耽搁了。

一天晚上，赵小静与吴江摊了牌。吴江像往常一样很晚才回到家里，当时赵小静在看电视。

吴江回来时，赵小静走上前去，接过吴江的公文包，帮助吴江脱掉衣服，挂在客厅的衣架上。

“老公，你先去洗个澡，我等下有事和你商量！”赵小静轻声细语地说。

“什么事，亲爱的？”吴江走路有些摇晃，头显得有些晕沉。

“我们交往多久了，亲爱的？”赵小静很认真地问。

“一年多了吧，怎么了？难道我们在一起不好吗？”吴江有些疑惑。

“不是，亲爱的，我觉得我们该考虑婚姻的问题了。今年，我已经26岁了，女人的青春不能折腾，一晃眼就差不多快30岁了，这让人没有安全感哪！”赵小静说出了自己的担忧。

“哪里，你还这么年轻。结婚，我们先缓缓吧，我现在事业才起步，等我把这个工程弄完后，就准备结婚，你看怎样？”吴江商量地说道。

“还要等多久啊，我已经等不及了。再等，过了30岁，我就老了。我同学人家孩子都有了，我现在仍旧飘荡着。亲爱的，我也不希望你挣多少钱，只要够用就行。再说，我们现在有房有车，也不缺吃的穿的，为什么就不能早点把婚结了呢？”

“可是，我现在事业上真的需要时间。公司的事情又多，你能不能再等等？”吴江心里有些害怕，对于赵小静的催促，他有些找不到应对的办法，只有选择拖延。和赵小静认识后，吴江压根就没有想过会和她结婚，只想保持着恋人的关系就足矣。对自己已经结婚的事，吴江从来没有给赵小静坦白，也不敢告诉她真相。

吴江想起家里的老婆周小晶，对他和孩子一直都不错。周小晶和他是大学同学，毕业之后两人便结了婚。刚结婚时，吴江什么都没有，但是周小晶一直没有放弃他，鼓励吴江艰苦创业。后来，吴江在事业上取得了成功，家里有了几套房子，还买了车，他却觉得生活少了一些情趣，多了许多平淡。为了孩子读书，周小晶通过自己的努力，考到了当地一家事业单位上班。而孩子则进了最好的小学，接受最好的教育。

吴江则一个人在成都打拼，周末或者节假日才回家一趟。由于和妻子聚少离多，吴江的工作又忙，两人见面的机会变得越来越少。耐不住寂寞的吴江，便常常到酒吧闲逛，喝酒聊天。在酒吧里，吴江和好几位姑娘发生过一夜情。但他们之后都没有联系，彼此之间就像生命中的过客，相遇的一刹那，便是结束。

和赵小静的结识，吴江也是抱着这种心态。但和她发生关系后，一切都变了。

看到美丽而深情的赵小静，吴江心里有一些依依不舍。带着这种不舍情绪，吴江最后铤而走险与赵小静开始交往，并以男女朋友的关系相处。

二

吴江以为可以和赵小静就这么快乐地生活下去，不用结婚，不用扯证，只需要彼此爱着对方，直到永远。但他想错了，一个女人，大多情况下，婚姻就是她们最终的归宿。女人在爱情面前，都是耗不起的。女人过了如花似玉的年龄，也就是一朵即将开败的花，无人问津。

看到身边的朋友和同学都结了婚生了子，热恋中的赵小静也有些忍不住了。于是，她多次对吴江进行了暗示，但吴江却装作不理解一样，一次又一次想蒙混下去。

最后，忍无可忍的赵小静，终于下定决心要和吴江摊牌。她想结婚了，迫切地想，她不想再和吴江这么耗下去。婚姻对她来说，仿佛就像灵魂的归宿，深深地吸引住了她。

“别犹豫了，亲爱的。结婚这事，本来是男生主动的，现在却弄反了。我一个女人，让我主动提出结婚的事，本已经够丢脸了，你现在却还不答应，你让我怎么想？难道你本来就不喜欢我，一直在骗我吗？”赵小静心里有了一些愠怒，对于吴江的回应，她并不满意。

但是，吴江确实不能答应赵小静的要求。现在他骑虎难下，已经不能再伪装下去。是啊，他还有孩子，还有爱自己的老婆，一家人其实过得挺幸福。赵小静的突然逼婚，差点让他乱了分寸。但他又不能告诉赵小静实情。无奈之下，吴江只有敷衍着答应。

“好吧，结婚这事，过段时间吧。”吴江准备采取缓兵之计。

“亲爱的，你这是答应啦？好啊，好啊，明后天我就开始准备结婚的事。”赵小静听到吴江的回答，心里顿时十分高兴，她抱住吴江，在他的脸上疯狂地亲吻着，以此来表达自己的喜悦。

吴江则回应着赵小静的热情，将她抱上了床。

夜色很美，良宵贵重。

三

第二天醒来后，吴江便回了公司。赵小静兴高采烈地去逛商场，为结婚的事做准备。她想，首先得去买一张好看的婚床，还有被单等需要的东西。除了这些，赵小静还去了婚纱影楼，找到了成都市最好的摄影师，预约了她和吴江的婚纱照。除了这些，赵小静还神神秘秘地通知了亲朋好友，称自己就要结婚了。

这消息使得曾巧巧格外激动，赵小静的出嫁让她想到了自己，当时她正和庞青闹得不可开交。

在曾巧巧的眼里，自己提出的条件天经地义。因为，雄性园丁鸟要想与雌性园丁鸟进行交配，然后生儿育女，还得自己花费巨大的精力，去修建一个美丽的巢穴。另外，雄性园丁鸟还会到处去采摘野花和珍宝、菌类装扮自己的巢穴，以期得到雌性园丁鸟的好感，最终得到交配权。那么，既然动物都需要有了自己的巢穴，才能得到自己的配偶，难道人这么要求，还有错吗？

对于这一点，曾巧巧认为庞青没有诚意。而庞青，则通过这一次看到曾巧巧的势利，彻底看扁了心中一向还比较美好的曾巧巧。他在心里暗暗想道，除非不让我发财，一旦发财，就不会与你共享荣华富贵。

曾巧巧听说赵小静要结婚，在为她高兴之余，还有些悲伤和失落，自己的婚礼何时能够举行，还是一个未知数。

赵小静通知完亲朋好友后，便一心一意地到处购买结婚时的用品。其实，她希望吴江能陪自己去买这些东西，但每一次给吴江打电话，他总是推辞说自己在忙，没有时间。

赵小静满是抱怨，但一想到马上要结婚，心里的气就消了。

而吴江不是不想陪赵小静去买婚礼用品，而是他根本就不敢去。自己的权宜之计，却被赵小静当了真。

现在，赵小静真把自己当准新娘一样，到处张罗。而吴江，却无法将真相告诉赵小静。他能有什么办法，难道给赵小静说自己已有了老婆孩子？如果真这么说了，那么赵小静不疯了才怪。

没有办法，吴江只能采取拖的态度，能拖多久算多久。

时间总是不等人，有时你越希望时间慢一点，但是它却好像走得比谁都快。吴江都没反应过来怎么回事，赵小静就安排好了一切。房子已被她重新布置了一番。买了新被单、新枕头、新床，家里都重新贴了颜色喜庆的墙纸。另外，墙上四个角落，赵小静还自己花了整整两天，布置了许多彩色的气球。她希望自己的婚房能干净漂亮、温馨美丽。

事情已经到了这地步，吴江已彻底没了办法。他不知道下一步该怎么收场。无奈之下，吴江只有找自己最亲密的朋友倾诉。他找的人便是房地产开发商刘成。

他们是在成都市的翠花会所见面的。当时，刘成刚刚处理完一个项目，准备回自己买的农场去钓鱼。

在吴江的眼中，刘成一直是他的老大哥。在工程建设上，吴江和刘成合作了许多年，彼此之间有着深厚的合作友谊和私人感情。

另外，刘成在处理社交问题上，一直都是吴江的前辈。这次，吴江遇到了问题，凭他自己的能力已经无法解决，便想到了一向老练而颇具智慧的刘成，希望他能给予指导。

会所里，两人把话题聊开了。吴江将当前面临的情况给刘成说了一遍，并表现出极大的忧虑。

“老弟，你这事确实比较棘手。真不明白，你为什么会陷入这样一场情感纠葛之中？你做了十多年生意，难道还不知道感情这东西需要逢场作戏吗？”刘成说出了担忧和不解。

“刘哥，我有什么办法啊？当时因为一时冲动，和赵小静交流上了，接着便觉得自己很孤独，需要这样一个人来陪伴自己。但哪里知道，慢慢地日久生情，就忽视了本该注意的部分。”吴江坦言。

“唉，没办法，你还是没能挺住，没能忍受住美色的诱惑。你看，现在事情闹大了吧，人家现在就想要一个名分，想要和你谈真感情，和你结婚生子。”刘成继续说。

“老哥，事情都变成这样了，你帮老弟想想办法吧，这样下去谁受得了？”吴江恳求刘成道。

“办法倒不是没有，以前也有圈内人遇到这事，进行有效处理过。直到现在，好像也没有被发现。你不妨试试，看到底有多少可行性。”刘成于是附耳给吴江说起了这个主意。

“这个主意很好。”听到刘成提出的主意，吴江很是满意，他认为不愧是刘成，在商业圈混到风生水起，真不是白混的。

四

从刘成那里回来后，吴江便开始了自己的行动，并认为这样的操作手法有很高的成功率。

首先，他给自己老婆打了一个电话回去。

“老婆，给你说一个事。最近，公司要到国外考察，学习外面的先进经验，我可能要去一个月。这段时间，你在家里好好照顾孩子和父母，辛苦了。”吴江开始对老婆周小晶撒谎。

当吴江给周小晶打电话时，周小晶正在家里洗衣服。儿子去上学了，中午在学校吃，要晚上才会回来。周小晶所在单位放假，她便在家里打扫卫生，并顺便把脏衣服给洗了。吴江对她说要去外国考察，周小晶并不太怀疑，毕竟现在是21世纪了，世界就像是一个村子，都需要互相学习，才能进步。

“好，你去吧，出去注意安全，要懂得照顾自己，家里有我，你放心。”周小晶十分关心吴江，并嘱咐他要照顾好自己。

“嗯，好的，亲爱的，天下还是老婆最好。”吴江听到周小晶没有提出反对，还十分关心的样子，心里就感觉事情成功了一大半。他想，这一个月老婆不会天天打电话，手机一定会清静许多。

这样，他就有更多的时间筹备婚礼的事。

给老婆交代清楚后，吴江又到公司对员工交代了一番，并嘱咐自己的亲信，如接到自己老婆周小晶的查询电话，该怎么回答等，都一一进行了演练。

有了这些前期准备后，吴江便放心地抽时间和赵小静准备起了婚礼的事。

这不，吴江在家里正和赵小静商量，需要请哪些人到场祝贺。

赵小静说，要将家里的三亲六戚都请到成都市来，让他们瞧瞧自己嫁了一个多么好的老公，自己现在走出来了，不再是以前那个疯丫头了。听赵小静在那里掰着指头不停地唠叨，吴江只好一味地附和着，赵小静说什么都点头称是。

在听赵小静策划婚礼时，吴江心里正盘算着，怎么演好这样一场戏。当时，他去找刘成帮忙出主意时，刘成给他提的建议就是四个字“真戏假作”。何为“真戏假作”？刘成提出了具体的办法。

那就是，找一家隐秘而不张扬的酒店，然后请一些群众演员当作亲戚朋友。赵小静不是要请许多三亲六戚来吃酒吗，吴江这边当然也不得不请，但是吴江绝对不能请自己真正的亲戚，这样就露馅了，只有请一些临时演员来扮演。

但哪里去找这些群众演员呢？吴江一时陷入了困境。他左思右想，也没有想到合适的人选。毕竟不是一两个人，至少得几十个吧，同一天里，哪里去找几十个人呢？吴江给几个朋友打了电话，都表示为难，都称一时半会儿召集不到那么多人。

正在他为难时，一个保险公司的经理给他打电话，约他出去喝茶。经理姓靳，名关。靳关是吴江的生意合作伙伴，去年由于吴江在靳关手里给公司所有员工都买了保险，大家便成了生意上的朋友。这次，靳关请吴江喝茶，肯定又是想谈论来年员工买保险的事。

现在保险公司竞争这么激烈，稍不注意，生意单子就被人抢走了。为了抓住先机，不失去这么一个大客户，靳关便想到提前请吴江喝喝茶，聊聊天，培养培养感情。他希望自己的这单生意，能像岩石一样牢固。

吴江知道靳关的来意，他心想给别人做保险也是做，给朋友做也是做。于是，便爽快地答应了见面，叙旧。

当他来到成都市老城区一家叫“飞龙咖啡”的茶楼时，靳关早已经在大厅等他了。吴江到了，靳关便给他要了一杯上岛咖啡。

两人一边喝咖啡，一边谈论生意上的事。

但是，尽管靳关谈得很是起劲，吴江却有些心事重重。过了一会儿，靳关似乎察觉到了吴江有什么心事，便好奇地问：“兄弟，见你没精打采，有什么事吗？”

“没什么，兄弟，可能是太累了。”吴江撒谎解释道。

“我们认识这么久了，都是兄弟哥们儿了。有什么心事说给小弟听听，或许能帮上忙。”靳关热心地问道。

“唉，差点人手。需要几十号人去吃一顿饭。”吴江露而又隐地说道。

“请人吃饭，不要钱？”靳关有些惊奇地问。

“是啊，只是去吃饭，什么都不做。”

“真的还是假的？”

“真的。”

“那你得给说下为什么去吃饭，其中肯定有原因。”靳关细心地问道。

“好吧，兄弟。都到这份儿上了，我就将实情告诉你吧。”于是，吴江便将实情告诉了靳关。

“唉，老哥，你不早说，不就是几十号人的事，我来帮你办！你结婚当天，不，是假结婚当天，我叫我们公司的员工过来。吃了饭就走，不会出问题的。”靳关说话时显出一副很轻松的样子。

“此话当真，真没问题？”吴江有些不相信地说。

“真没问题，我们保险公司人多得很。这点小事，交给我办，你放一百个心。”

“谢谢了，兄弟，你可帮了兄弟大忙。”在得到靳关的肯定回答后，吴江心里悬着的石头终于落下了，他心里有说不出的感谢。

五

有了亲戚朋友，但是吴江的父母也得找人假扮。这个角色可不是一般的人员能胜任的，必须有表演天赋。

一想到表演天赋，吴江顿时茅塞顿开：何不去找专业演员来演自己的父母呢？

心里这么想时，吴江便立即做出了行动。他首先想到了一个朋友，这人是文化艺术团的，或许通过她能找到合适的人。

吴江要找的，是文化艺术团的团长赵萍。吴江之所以找赵萍，最大的原因就是赵萍也不是什么好人。这个女人年轻时貌美如花，人见人爱，后来因为长相秀丽，还被一位市领导看上，随后就给该领导当了几年情人。

由于她是领导的人，也没有人敢打她的主意。即使有人想打主意，也没这个胆子。几年之后，领导被调到了外地。赵萍自然不可能也跟着去，只得留在成都市，当了文化艺术团的团长。这个团长基本没什么权力，说白了就一个吃吃喝喝跳跳耍耍的群体组织。

赵萍是吴江在请官场中人吃饭时接触到的。吃过几次饭，慢慢就熟了起来。当晚，吴江提着礼物来到赵萍家，说明了来意，并送给她一个很大的红包，赵萍便爽快地答应了。

随后，赵萍便去戏剧艺术团找了两名专业的演员，让他们在吴江的婚礼现场扮演吴江的父母。当然，吴江也懂得规矩，给演员的报酬是他们平时的三倍。

在得到这个差事之后，艺术团的演员很是高兴。管他什么父母不父母，只要能挣到钱，他们就感到心满意足，他们认为才华就应该换成钞票，才不枉自己的辛苦努力。

得到演员的承诺后，吴江便将自己的具体情况与两位演员进行了长时间的交流，并说了一些现场的注意事项和细节。吴江也千叮万嘱一定要演得惟妙惟肖，不能让其他人看出端倪来。

“吴老板，这个你放心。我们可是专业的演员，演技是经得住考验的，你就放心地去办其他的事吧。”两位演员信誓旦旦地保证，生怕吴江会反悔一样。

为了让两位演员能发挥出好效果，吴江还专门预付了 3000 元现金，希望他们看在钱的份儿上，把当天的戏给演足。

人员安排妥当之后，吴江又包了一家在成都市还算有些名气的酒店，希望自己结婚当天，能不受到其他人的干扰，同时能顺顺利利地举办完婚礼，千万不要遇上熟人。

做好这一切之后，吴江便和赵小静一起去请了婚庆公司进行排练，当然还抽时间去照了婚纱照。赵小静看到吴江丢开工作，全心全意地将心思扑到婚礼的准备上来，心里就像吃了蜜糖一样甜。

六

时间过得很快，婚礼那天很快就来了。一切都按照吴江所安排的那样，他乘坐着奔驰车去接美丽的新娘赵小静。

一片喜悦声中，一行车队来到了酒店餐厅。音响师早就放好了音乐，音乐喜庆而轻快。吴江在主持人的引导下，走到了主持台上。台下已陆陆续续来了许多宾客，赵小静的亲戚朋友坐在了餐厅的左边，而吴江请来的托儿则坐在右边。

保险公司赶来的托儿在靳关的安排下，井然有序地去收礼台写礼，并说出送礼人的名字。其实，这些礼钱都是吴江提前给靳关的，靳关则将钱分给了保险公司的员工，每一个员工都记住了自己所代表的人的名字。在写礼时，保险公司的员工，都按照事先安排好的名字送礼钱，然后回到指定的座位上。

整个酒店里不一会儿就坐满了人。靳关看到吴江穿着新郎服，正半是喜悦半是担忧地看着周围的一切，生怕哪一个环节出了问题。于是，靳关走上前给新郎吴江、新娘赵小静送去了祝福，并特别夸奖赵小静长得漂亮好看。

趁新娘赵小静招待宾客时，靳关便给吴江打气道：“兄弟，你不要担心，今天我请的人都是经过排练的，不会出任何问题，你安心当你的新郎官吧！”

“谢了，等结束后，给他们每人发 200 元红包。”吴江为让事情进展得顺顺利利，又决定给前来吃酒的人员，都发红包。

“哈哈，吴哥真大方。散席后，我就把钱给他们发了，反正你那天给我的钱还剩了不少。”

“好的，兄弟，辛苦了。”吴江对靳关表示感谢，这时文化艺术团的赵萍也来了。同时，扮演吴江父母的演员也从大门处走了过来。吴江几步走上前去，亲热地对两个演员喊爸爸妈妈。

“我的儿媳妇呢，在哪里？我们去看看。”其中一个男演员顿时就进入了角色，并拉着“老伴儿”去看赵小静。

吴江喊过正在招呼客人的赵小静，赵小静看到后立马小跑着过来。

“小静，这是爸爸妈妈，由于最近几天身体不好，在家休养。现在才到。”吴江对赵小静解释道。

“爸爸妈妈，你们好，祝你们身体健康，万事如意！”看到吴江的“父母”，赵小静显得有些不好意思。

“媳妇真的很漂亮啊！不错，以后好好和吴江过日子，不要吵架，要互相体谅。”演员父亲嘱咐赵小静道。

这时，婚庆主持人也来了。她走到台上，开始主持婚礼了。吴江和赵小静则站在台下等待。

“各位亲朋好友，各位兄弟姐妹，感谢你们今天来参加吴江和赵小静的婚礼。在此，我代表新人祝你们财源广进，事业更上一层楼。下面，请允许我隆重介绍一下，今天的这对新人吴江先生和赵小静女士。请新人上台来，与大家见个面打个招呼。”主持人热情地主持道。

接着，吴江和赵小静便走到台上，面对大家。赵小静喜滋滋地说道：“大家好，我是赵小静，非常感谢你们百忙之中来参加我和吴江的婚礼，希望各位亲戚朋友吃好耍好。”随后，赵小静便介绍和吴江认识的过程，当然第一天晚上发生的事，她则换了一个说法。

介绍完之后，婚礼主持人便宣布婚礼正式开始，这时礼炮响起，礼花散开。伴随着动听的音乐，吴江和赵小静手牵着手，走在婚礼现场的红地毯上。

下面不知情的赵小静的亲朋好友，还在不停地为吴江和赵小静祝福，特别是赵小静老家的朋友更是热情举杯，为赵小静嫁了一个这么好的老公而赞叹不已，个个喝得十分尽兴。

七

现场一片热闹，大家沉浸在一片欢乐之中。吴江也喝得满脸通红，正在为自己的“真戏假作”而暗暗惊喜。

然而，事情要真如吴江所想的那样顺利，现实也未免太洒脱了吧！是的，令人意想不到的事发生了，并发生得十分突然。

正当大家喝得尽兴、吃得爽口时，一个妇女突然冲进人群中来，她快步跑上台去，抓住赵小静的头发又打又骂：“你这个死妖精，居然敢勾引我老公！你这个死贱人！”

在场的人都惊呆了，都没有反应过来到底是怎么回事，大家都有些蒙了。

原来，来打闹的女人就是吴江的合法妻子周小晶。吴江给周小晶打电话说自己出国考察时，以为就瞒过了她。但哪里想到，周小晶的同班同学蒋玉雪也住在成都市。有一天，蒋玉雪在成都市的摩尔百货逛服装店时，正好见到吴江和赵小静手挽着手在逛商场。

当时，蒋玉雪以为是自己的眼睛花了，吴江不是和自己的同学周小晶结婚了吗，怎么会和一个陌生女人在一起逛街买衣服？这真有些奇怪。开始蒋玉雪以为自己认错人了，但是她仔细看了半天，确定这人就是吴江。蒋玉雪心里越想越觉得不对劲，当天晚上她便给同学周小晶打了电话。

“晶晶，最近忙啥呢，怎么不来成都玩呢？我们差不多大半年没见面了吧！”蒋玉雪给周小晶打电话说道。

“阿雪，我也想出来玩呢，可惜我老公出国考察去了，要一个月后才回来。不然，我都来找你啦，顺便给你汇报汇报我的工作和生活呢！”周小晶客气地回复道。

“什么，你老公出国去了？是不是真的哟？他什么时候走的？”蒋玉雪听到周小晶这样说，心里更是十分怀疑，她细心地核实道。

“真的，我哪能骗你呢！我老公真到国外考察了，要过段时间才回来。”周小晶肯定地说。

“这就怪了，晶晶。今天下午，我还在成都市遇到你老公吴江呢，在摩尔百货买东西。”

“怎么可能，他真的出国去了，你没看错吧？”

“老同学，你还不相信我的眼力啊！班上，眼睛没有近视的同学就只有两三个，而我可是其中的一个。我的眼神还有什么值得怀疑，雪亮雪亮的，而且我还仔细确认了的，肯定是他。”蒋玉雪肯定地回答。

“这就怪了，他给我说他出国了啊，难道是骗我的？”周小晶有些怀疑。

“晶晶，有些话我不知该不该说，但我还是决定告诉你。今天下午我看到吴江时，他旁边还有一个美女，不知道你是否知情，看上去他俩关系还挺好的。”

“什么，他身边还有女人？这话可当真？”

“真的，我亲眼看到。”

“吴江啊吴江，你个挨千刀的，你居然背着我在外面搞女人，难怪对我说要出国考察，一个月才回来。原来你是去会你的小妖精去了啊！”听到蒋玉雪提供的信息，周小晶火冒三丈。

“好了，晶晶。我还有事，你老公的事，你好好查查。或许，并没有我说的那么严重，你自己调查核实清楚。”蒋玉雪建议道。

“好的，我会的，我自己会调查清楚的。有时间，大家聚聚。”周小晶说完后，就挂了电话。她气愤到了极点，这个吴江原来是一个这么恬不知耻的人。于是，她觉得自己应该好好去调查调查具体的情况，看看吴江究竟在玩什么花样。

八

为了不打草惊蛇，周小晶做了一番准备。她首先请了一个私家侦探，付了一万元，去调查吴江和赵小静的事。

经过私家侦探的跟踪和调查，周小晶查清了这个小三的真实身份，原来她名叫赵小静，大学刚刚毕业两年，已经和吴江在一起一年多了，两人最近正准备结婚。

有了这些准备后，周小晶心里有了数。她当时并没有急着去揭穿吴江对赵小静的阴谋，而是寻找最合适的机会，好好收拾一下赵小静。

很快，周小晶就知道了吴江和赵小静结婚的日子，也知道了他们要在哪个酒店举办婚礼。得知这些信息后，周小晶顿时气得说不出话，整个人感到肝肠寸断，绝望透顶。她没有想到自己深爱的老公，竟然这样人面兽心。

但是，尽管周小晶心里痛苦万千，她仍咬着牙忍耐着，想着一定找机会好好报复一下，不能就这么便宜了这个小妖精。经过几天的思考，她最后决定在婚礼现场去当众揭穿吴江的丑恶嘴脸，揭穿这个小妖精的荒唐之举，让这个小妖精从此受所有人的谴责。

于是，便出现了周小晶在婚礼现场暴打赵小静的荒唐一幕。当周小晶揪着赵小静的头发，使劲撕扯，大声辱骂时，现场的人个个看得目瞪口呆，一时都说不出话来。

“你他 × 的贱人，你是不是都卖不出去了，没有男人要你。你一天痒得很，到处来找男人。你勾引谁啊，勾引我老公，勾引我这个贱老公，你真不害臊，居然还来结婚。你是个傻货，你都被骗了还不知道，这纯粹就是个滑稽的婚礼，你还真当回事。”

周小晶一边骂，一边对现场的宾客大声说道，“她就是小三，小三，懂不，勾引别人老公的小三！”

赵小静的亲友听到这话，似乎看出了一些端倪，一些人便站起来看稀奇，一些人摇摇头，叹了叹气，然后离开餐桌，扫兴地朝外走去。

“各位朋友，你们看，这是我和吴江的结婚证，结婚证，看清楚了，是民政局盖章了的，法律认可了的。这小妖精她有吗？她真以为在酒店办一场酒宴，就算结婚了，她真是个大傻货！”周小晶说这话时，便从兜里掏出结婚证给身旁看稀奇的宾客看。一些好奇的宾客凑近脑袋，确实看到吴江和周小晶的结婚照。

“是真的，这女人真是吴江的老婆。唉，男人做到这份儿上，真绝了。世间万事，无奇不有啊。”一些宾客感叹道。

保险公司前来吃饭的员工，看到这种情况，生怕到时追究自己的责任，便零零散散一溜烟地走了。而表演吴江父母的演员，则害怕事情闹大，现场打起来，同时也生怕最后会找他们退还吴江付的工钱，便也悄悄从后门走了。

现场的宾客越来越少，赵小静家乡的亲戚朋友看到这情况纷纷摇头感叹。许多人摆着手，十分惋惜地说：“赵小静这女孩子，怎么会变成这样了呢？以前读书时，是多么听话的一个好姑娘，没想到现在给人当小三了。唉，今天真是倒了八辈子霉运，遇到这种事。走，回去啦，回去啦！”一些宾客便三五成群地离开了酒店。

赵小静的父母见到自己请来的亲戚朋友，个个都离开了酒店，感到无地自容，他们走上前去对赵小静说：“我们赵家的脸都被你丢尽了！我们就当没有你这个女儿！”

看到赵小静和周小晶抱着在扭打，赵小静的父母感到没有脸面去拉架，赵小静的母亲满脸羞愧，老泪纵横。他们灰溜溜地走出酒店，老两口朝着火车站走去。

站在一旁的吴江，看到两个女人在扭打，他不知道该去帮谁。

看到宾客们个个带着鄙夷的眼神走出门去，他这时才深刻地明白，什么才是丢脸丢到家了。

周小晶将赵小静按倒在地上，用酒瓶砸赵小静，赵小静也毫不示弱，随手拿起掉在地上的一块杯子碎片，就朝周小晶的脸上划去。

顿时，周小晶的脸上便被划出了一条口子，鲜血不断地流出。“你他 × 的，居然还敢划我，我要让你死得难看。”说着，周小晶便丢开自己按在地上的赵小静，跑到果盘处，拿起一把水果刀，径直朝赵小静冲去，一刀就捅向了赵小静。

“啊，杀人啦！”被周小晶这么一捅，赵小静的肚子就被捅出了一道大口子，鲜血就像水龙头冒水一样，喷涌而出。

“老婆，不要，千万不要。”吴江看到周小晶用刀捅赵小静，他吓住了，火速朝赵小静身边跑去，想去保护赵小静。

但是，周小晶又狠狠地捅了一刀，刚好捅在赵小静的大腿上。

赵小静被这么一捅，立时倒在了地上。

周小晶见赵小静倒下之后，也害怕起来，于是便丢下刀子，朝门外跑去，然后拦了一辆出租车，就离开了现场。

吴江紧跟着去追了一段路程，但终究没有追上。于是，他又折转了回来，将昏迷中的赵小静送到了医院进行抢救，并预交了五万元保证金，以支付赵小静的治疗费用。

做完这一切之后，吴江给曾巧巧打了一个电话，说明赵小静在医院住院治疗，而自己要去出差，希望曾巧巧能帮忙照看一下。

话刚说完，也没等曾巧巧准确答复，吴江便挂了电话。然后他离开医院，开车去寻找自己的老婆周小晶去了。

第七章 悲惨的房奴日子

一

曾巧巧去医院之后，见到了正在治疗的赵小静。经过了解，曾巧巧得知了整件事情的来龙去脉，心里不胜感慨。

原来，赵小静一直在给吴江当二奶，赵小静自己竟然不知道。

唉，恋爱中的女人，很多时候智商都为零。看来，这话还确实有一定的道理。

曾巧巧随后便给贾二娃打了电话，贾二娃又打电话给了正在采访的贾小刀。

贾小刀和贾二娃一同给赵小静买了水果，并带去了牛奶等营养品。当他们走进赵小静的病房，全面了解经过后，两人面面相觑。

贾小刀心里很是胆战心惊，对于赵小静遇到这样的情况，他感到震撼。

是啊，“80 后”压力这么大，面对的困境层出不穷，一些女人因为经济方面的原因，便总想找一个大款，但未婚的大款不是每一个人都能遇到的。赵小静运气不好，遇到了一个结了婚的骗子，而她却傻乎乎地白白陪吴江睡了近两年，最后才发现自己一直生活在吴江的圈套里，活在吴江的谎言之中。

赵小静的父母觉得很丢人。

亲戚朋友大老远跑来吃酒，没想到却发生这样的丑事。赵小静原来在外面给人当小三，其实压根儿就没有什么大款要和她白头到老。

哪里有那么容易的事，赵小静太天真了。赵小静经历的这一次沉痛打击，使得父母无奈被逼到了沿海地区打工。

老家，他们再也不好意思待了。赵小静这件丑事，在家乡都传开了，谁还有脸再回去呢?

赵小静的父亲很是抱怨，他真后悔生了这么一个不争气的女儿，居然会做出这么荒唐的事。因为赵小静，一辈子没出去飘荡的他们，六十多岁了还要背井离乡。

赵小静在医院接受治疗，整天以泪洗面。她万万没有想到，即使在小说中也难有的荒唐情节，居然在自己的世界里出现了，并且还闹得那么不可收拾。

为什么上天对自己这么不公，为什么这个人偏偏就是自己，赵小静住院这几天，一直想不通这个问题。她觉得自己就是一个大傻瓜，被一个禽兽骗取了青春和感情，却毫不知情，反而还天真地做美梦。

吴江自从给赵小静交了医疗款后，再也没有来过医院。其实，他怎么好意思来呢，他心情很糟，更不知道如何处理。

吴江想到孩子还小，周小晶要是选择离婚的话，以后孩子怎么办？要是让孩子从此过单亲家庭的生活，这对孩子是打击和摧残。

吴江心里想挽回婚姻，他希望能向周小晶认错，能与周小晶重归于好。但周小晶却像一缕云烟，突然之间就消失得没有踪影。吴江则每天忙于寻找周小晶。

在医院看望了赵小静，贾小刀回到了报社。对于赵小静的结局，贾小刀感到非常惋惜。他觉得，哪有那么容易就找到又爱你又有钱的大款呢？很多姑娘，都喜欢做着灰姑娘遇到白马王子的美梦，但她们很少会清醒地认识到，这些美梦大多都是白日做梦。

这一段时间，贾小刀在报社广告业务上下了不少功夫。除了刘成照顾了他，在报社打了 20 万元的全年广告外，贾小刀还在采访中认识了一位医院院长，该院长也与他签订了长期合同。再加上还有一些零散的小广告，贾小刀的广告提成有了很大的提升。

另外，他还给一些杂志社写情感稿子。虽然这些稿子，没有任何的文学价值，但为了挣钱，贾小刀豁出去了。

尽管有了这些收获，但离买房还有着很长一段距离。贾小刀只能咬紧牙关，继续努力坚持着。

一天，张川川从外面回来，看到贾小刀正在网上看房产的新闻，便凑过身来对贾小刀说："兄弟，别关注房子了。那是他 × 的一个无底洞，平生最悔当房奴！"

"怎么，你买房子了？"贾小刀转过身来问张川川。这段时间贾小刀因为采访及赵小静的事，很少与张川川沟通，也不知道张川川已经买了房子的事情。

“是啊，都买了差不多五个月了。”

“什么，五个月了？兄弟，你买房也不给我们透露透露。”

“唉，兄弟，一言难尽。真他 × 悔不当初。”张川川抱怨着对贾小刀谈起了自己的购房故事。

而那是五个月前的事了，当时贾小刀还在和刘成谈人生和梦想。而张川川却头疼不已，因为舒小雅的父母坚持要张川川买房才允许舒小雅与他来往。没有办法，张川川便将这事告诉了自己的父亲张达。张达听了这话后，在村里的田坝边一个人坐着望着天边的云彩，久久也没有说话。

看到父亲一直沉默，张川川不知道该怎么收场。其实，他是不该又来逼父亲，当时自己大学毕业，没能找到工作，也是父亲花了家里很大一笔积蓄，才把张川川弄到了报社。现在，张川川要谈女朋友，没有房子，舒小雅就不和他交往，这无疑又在给张达出难题。

“唉，现在儿子就像吃人的机器，一直不让人停歇。”张达满是感叹，对于现在的养儿子读书、就业，甚至结婚，作为父母就像老牛拉车，吃力得很。要是父母有能力，家里经济条件雄厚，还没什么，但对于张达这样的农村人，这却是一笔沉重的负担。

“你的意思呢，川川？在城里买房，可不是一笔小数目。”张达与张川川商量。

“有什么办法？在城里生存就得有房。不买房，你儿子就得打光棍。到时，我打光棍，你可别说我没给家里续香火、传宗接代！”张川川这么威胁张达道。

在农村，儿子娶媳妇，作为父母是很看重的。要是村里有哪位男青年到了二十五六岁还不结婚的话，就会被村民笑话，很多人还会怀疑这男的会不会打一辈子光棍，这家人会不会无后了，等等。

想到张川川在城里不好谈女朋友，张达也很着急，但他又确实想不到解决的办法。

“儿子，你先回城里。买房的事，我和你妈会想办法。回去把工作干好，其他都不要想太多。”看到张川川着急的样子，张达心里很不是滋味。儿子在城里没有房子，在外面被人看不起，他这个当爸的心里也不好受。毕竟，他不像其他孩子的父母那样，有体面的工作，有足够的积蓄。他只是一个农民，没有能力让儿子拥有更多。

二

回去没有收获，张川川没有办法给舒小雅承诺。“你不要逼我了行不行？我父母都是农民，我怎么忍心让他们再在身上割肉，给我买房子，你难道不觉得这很可耻吗？”

“怎么可耻呢？现在都这样。哪一个不是父母给儿子买房买车，难道有谁在二十多岁就能靠自己买车买房？这个社会就是如此，很正常的一件事，被你说得多沉重的样子。”看到张川川闷闷不乐，舒小雅有些不理解。在她的观念里，现在“80 后”“90 后”，都是父母给买房。

“如果父母不能给你创造一个好的条件，那么他们就不是一对称职的父母。”舒小雅用自己的理论对张川川说。

“不知道你受的什么教育，你怎么能这样去要求自己的父母？他们含辛茹苦把我们养大，并付出了自己的所有。他们没有能力，我们能要求他们什么？别以苛刻的眼光，去对待自己的亲人，这样会让人看不起的。”张川川对舒小雅刚才的理论感到不可思议，他甚至觉得舒小雅就是一个血吸虫，不仅吸干了自己的血，还要来吸干自己父母的血。

“你这人假正经，假孝顺。现在是什么年代了，生活压力这么大，房价这么高，如果不靠父母，我们靠谁？难道靠你要死不活的工资，得了吧！老虎小时候，还需要虎妈妈给找食物呢，更何况人。这都是自然规律，你是不是读书读傻了？”舒小雅对张川川的不作为感到很生气。

“别给我讲什么大道理，总之我不会再去找我父母要钱了。房子暂时可能也无法买了，再缓缓，等我们辛苦点，存了钱后自己买。”张川川说出了自己的意见。

“什么，自己买？你那点工资，要何年何月才能买一套房子？即使买得起，到那时候我们都老了。”舒小雅将头转向一边，不再理张川川。

“你爱怎么想，就怎么想吧，我出去一下。”听不惯舒小雅在耳边抱怨，张川川打开门往外走去。

舒小雅的势利和她的啃老理论，让张川川觉得自己似乎成了一个吃人的机器。小时候吃了母亲的奶，大了吃母亲的汗水，而现在成年了，还要喝母亲的血。从骨子里，张川川不想做这样的人。但不这么做，他在城市永远没有出头之日。

因为，他明白现在这个社会，女人的择偶标准完全变了。再也不可能只在乎爱情，只看人的道德和素质，她们更多的是看这个男人家里有多少钱，父母当多大的官，目前拥有多少套房子，工作在哪里，是公务员还是国企员工……这些已经成为女人择偶的首要条件。张川川有些怀疑儿时看过的关于爱情的书籍，是不是都是骗人的。很多次，他都怀疑罗密欧与朱丽叶，梁山伯与祝英台，根本就是作者的意淫，现实生活中压根儿就不会出现这样的事。

出租房外的小院里，张川川坐在石凳上，望着院子内休闲的人们，心里很是羡慕。特别是一些老年人，在院子里比较宽敞的平地上，听着音乐载歌载舞，他们似乎没有烦恼，没有忧愁。

是啊，这些有钱有闲的中老年妇女，她们怎么会体会到张川川这类农村出来的孩子艰苦的生活呢？她们除了跳舞唱歌，一天快乐地消遣，哪里会关心别人的喜怒哀乐？张川川却不能活得像她们那样洒脱，反而心中有着像石头般沉重的压力与苦闷。他从口袋里掏出一包黄鹤楼香烟，从中抽出一支，然后用打火机点上。

黑夜里，火光一闪一闪，就像萤火虫。

但是光亮太暗，似乎并没能照亮张川川人生前行的路。

三

与舒小雅吵了之后，张川川又照例去单位上班。舒小雅对张川川说，在三个月内如果不买房的话，她可能会抵抗不住父母的反对，只能选择和张川川友好分手。

舒小雅说不是自己不珍惜爱情，不重视和张川川的感情，是因为太在乎了，她才会如此慎重。再加上舒小雅的父母，一向都对物质条件颇为在意，而舒小雅从小就在这样的环境下长大，因此也有了这样的想法和观念。

张川川对父母并没有抱多少希望，他想这件事拖一拖就过去了，舒小雅实在要分手他也没有办法。但令他没有想到的是，自己的父母竟把这事当成了一件大事。

送走儿子后，张达一整夜没有睡着，整个晚上都在想着儿子房子的事。作为农村人，他其实明白，自己的儿子如果没有房子，在女人面前就要矮三分。作为父亲，他不希望自己儿子被歧视。

虽然有这种想法，但张达却感到力不从心。他和老婆把家里所有的存折、现金以及值钱的首饰，都找了出来，铺在桌子上，经过清点、估价，却发现一生的积蓄，离买一套房子的钱还有十万八千里。

“老婆，这首饰还是不要卖了吧，这些都是你的嫁妆，我们毕竟保存了几十年了。”张达见老婆王菊花准备卖自己的首饰，心里就有些悲伤。他觉得都怪自己不好，要是自己有本事，有能力，老婆怎么会沦落到卖嫁妆的地步呢？他有些后悔年轻时没有出去好好奋斗，没有出去努力打拼，现在人老了已经晚了。

“老伴儿，都到这个时候了，还在乎一个首饰干啥呢？首饰是身外之物，但儿子的终身大事才是我们这辈子该操心的。我们没有什么可给儿子，人家的儿子都可以住新房，买小车，还能找到一个好的工作。我们没有能力，儿子现在连谈恋爱都被欺负，这是我们的无能。这首饰算得了什么呢，能抵上儿子的幸福吗？卖了吧，以后有了钱再买。”王菊花安慰张达，其实从内心深处，她是舍不得卖这首饰的。

“老婆，谢谢你，我一辈子都没有干出什么事来，你还要跟着我，不离不弃。真的感谢你这一生对我们张家做出的贡献。”听到王菊花的回答，张达十分感动。眼前的这个女人，从 17 岁就嫁到张达家，一直跟着张达，无论再艰难再困苦，从没有抱怨过，变过心。想到自己有这么贤惠的妻子，张达十分欣慰。

“老伴儿，你算算看，我们一共有多少钱？”王菊花问张达。

“存款 8 万，现金一万多，再加上首饰，如果再算上家里的牛羊，差不多 12 万吧！”张达估计了一下全家的财产，对王菊花实话说道。

“老伴，12 万能在成都买多少个平方啊？”“在成都一个平方均价 1 万，这在全国还算低的，北京、上海、深圳都超过 3 万了。

你说我们的钱能买多少？在北京、上海只能买两个平方。两个平方是什么概念呢，就是你拉屎的茅厕那么大。即使在成都市，12万也只能买12平方米，12平方米就只有我们家的厨房这么大。知道不，就是这么大！”张达指着卧室后面的厨房，看着那一堆还没有燃烧的柴火，有些郁闷地形容道。“什么，就这么大？ 12万可是我们一生的血汗钱啊，你知道我们存了整整20年。平时舍不得吃，舍不得穿，连家里杀的过年猪也是卖了大半给别人的。上次，川川找工作，本来就花了几万元，那钱倒不说，因为川川能够挣回来。可是这次，我们的钱，不是，是巨款，就买12平方，买个厨房？是哪个挨千刀的修的房子，这不是要人命的吗？”王菊花感到十分不解，她不明白为什么自己眼中的天文数字、巨款，在城里却只能买一个茅厕，买一个厨房。

王菊花自从儿子考上大学后，心里就琢磨着以后要到城里去住。因为，她认为有文化的儿子，大学毕业后一定会留在城里，也一定会在城里安家乐业。儿子还会在城里讨老婆，生孩子，而王菊花就可以去城里帮儿子带孙子，这样全家人生活在一起最幸福。但听到老公张达说自己的积蓄只能买一个厨房时，她再也不想去城里了。她觉得城市就像一个血吸虫，简直要吸去她所有的血液。

“要不，我们不要儿子待在城里了？”王菊花带着商量的口气说。

“不待在城里，待在哪里呢？当初送他读大学，不就是为了让他能在城里安家。”张达有些诧异地望着王菊花。

“我觉得城里不好，不想让儿子在城里受苦。”“他只能待在城里，川川回来能干啥？能耕田？能种地？能挑泥抬土？”“叫川川回来吧，大不了我们养他。在城里，他一辈子连个睡觉的窝窝都没有，更别说生儿育女了。”“你别说了，你这是思想倒退。当初，鼓励儿子考大学的可是你，现在又叫他回来。好事坏事，都让你一个人干完了。”张达有些生气，但他又觉得王菊花说得有道理，便没有过多地指责。

当天晚上，张川川的母亲做了一个梦。

“儿子，告诉你一个好消息，妈昨天买彩票中奖啦！”王菊花十分兴奋。

“真的假的哦？”张川川不太相信地问。

“真的呢，我中了 500 万！”王菊花手舞足蹈地说。

“是不是哦，有了 500 万你想干啥？！”张川川问。

“儿子，这 500 万，我是这样安排的。首先，我拿 100 万给你买一套房子，20 万给你买一辆车子。然后我再去买两个店面，店面差不多 250 万吧。还剩些钱，再给你爸和我买两份社保，听说到了 60 岁就有工资发。你觉得这么安排如何，儿子？”王菊花勾勒着自己的美好蓝图。

“可是，你没中 500 万啊，老妈。”“什么，没中 500 万？哦，我们中了 50 万，对的，是 50 万，不是 500 万，我眼睛花了，没看清楚。50 万的话，只能给你付个首付了。儿子，以后月供的钱就得你自己还了，爸妈还要拿钱去买个社保，不然我们到时就老无所依了！”王菊花有些悲伤起来，她为没能中 500 万而有些惋惜。

“妈，你别多想了，你一分钱也没中。彩票哪有那么好中的！”张川川有些丧气地说。

“真的没中，真的没中？我的仙人啊，真没中，哪里会有这样好的运气啊，没中，没中……”王菊花在梦中这样大声喊道，喊声中带着哭腔。

“你哭啥子，喊啥子，大半夜吵得人不睡觉啊！”睡在一旁的张达摇醒了在睡梦中的妻子王菊花。

睁开眼的王菊花，看到身旁的张达，看到自己一贫如洗的家，泪水再次汹涌成河，她失声痛哭道：“儿子，妈没中彩票，没中……”

四

第二天清晨，张达早早地起床出去了，他要去找亲戚朋友借钱。

听到张达借钱的时候，亲戚朋友都很惊诧，特别是村里的张三幺最惊奇。

“老张，你为什么要到处借钱，你家里条件不是还挺不错的吗？在我们村还算吃得起饭。”张三幺说。

“唉，有什么办法啊？儿子在城里要买房，没有钱。我们现在把所有积蓄拿出来，还差一小部分，不得不借点。”

“什么，川川在城里买房差钱？哎，他大学毕业出来都工作两年了，怎么还没有挣到钱买房子？”

“钱哪里那么好挣！儿子刚出来上班，能养活自己都不错了。”张达有些泄气地回答。

张三幺听到这话，心里就来劲了。在他的印象中，当初张川川考上大学，全村的人都为他祝福，都认为张川川毕业后一定有出息，说不定就能为家乡办点实事，说不定可以争取点资金修桥修路等。张三幺还记得张川川走的前几天，村干部还为张川川送了行，放了鞭炮，敲锣打鼓，场面十分热闹。张三幺越想心里越兴奋，××的，张达以前因为儿子考上大学了，在村里走路趾高气扬的，村头田间，连咳嗽的声音，都故意弄得很大。现在，不行了吧，大学，大学，读了大学，顶屁用！

张三幺嘴里这么小声地嘀咕道，但还是被张达听到了。张达不好意思，脸上红了一片，又继续朝舅子家去借钱去了。

经过好几天的筹借，张达终于凑足了 20 万元钱，然后怀揣着巨款到了城里。到城里之后，他便拉上张川川一同到城里的各大楼盘看房子。两个人在城里，东串西串，都觉得房价太贵，简直没法下手。

成都市一环的售价每平方已达 15000 元，二环的 10000 元，三环的 7500 元，最低的也要 5000 元一个平方，张川川觉得有些贵，他想节约一些钱多买几个平方，考虑以后父母还要到城里来做客，家里要是没有三个房间，到时就得打地铺了。想法是好的，但价格却摆在那里。

“我们去龙泉驿看看吧，或许会便宜些。”张川川于是又带着父亲张达去了龙泉。去了龙泉的各大楼盘咨询后竟发现，价格差距并不大，最低的是 4000 元，高的也有七八千了。“这是他 × 的什么房价啊，怎么越问越贵？”张川川有些抱怨，听到一个个售楼小姐好像很轻易地就喊出高房价时，心里就不爽：“你他 × 的嘚瑟啥呢，房子又不是你修的。你们不就是个卖房子的，还表现得多牛哄哄的。”张川川看不惯售楼小姐对他和父亲的轻视，心里很不爽。

气归气，但是房子还是要买。走了一遭后，张川川决定去某个郊区看看，那里以前是一个小镇，经过发展现在成了城市发展规划的一部分。

“川川，郊区太远了。你上班很不方便，每天早上坐公交车都要坐一个小时，到时连睡个懒觉都不行。”张达提出忧虑。

“去看看吧，能节约点就节约点。”于是张川川便陪父亲去了龙泉郊区看房。逛了一阵之后，张川川发现郊区的房子价格确实如他所了解的那样，均价在 4000 元左右。

“一个平方节约 1000 元，就可以多买 20 个平方了。爸，要不就买这里？”张川川问父亲。

“儿子，太远了，你以后很不方便，要不我们再看看，说不定城里还是有稍微便宜的房子。”张达给张川川说了在郊区买房的弊端，上班、工作、购物、孩子读书都很不方便。

听到张达这么一说，张川川也有些犹豫。他想，买房以后会带来这么多后患，确实是一大问题。两人又去了温江，在温江的大街小巷找了不少楼盘，同时还去问了二手房。

经过差不多半个月的寻找，低价房子不仅没有找到，更发生了一件让张川川大跌眼镜的事。

在他们寻找房子的这半个月，房价竟然像飙车一样不停上涨。城区的房价，十天之内就涨了几百上千元，原来只要 10000 元的，现在却要 11000 了，原来 7000 多元一个平方的，现在突然飙升到 8000 元了。

“别再看了，现在行情一天一个样。你以为房子会一直等着你？现在开发商修房子都是银行贷款的，每天利息不断在增加，开支也在增加，房价怎么会不涨呢？”售楼小姐给张川川这么解释说。

眼看自己怀揣的钱越来越贬值时，张达和张川川慌了。他们觉得不能再这么等下去了，再等下去不知道房价会飙升到多高。于是两人立马决定到龙泉去买房子。

去了之后他们发现，龙泉的房子也涨了两三百。张川川无奈选了龙泉最偏僻的一个楼盘，花了 18 万付了首付，仅仅买了 90 多个平方。

“幸亏是三室一厅，要不然以后你们来城里，还没有地方住。”张川川想到买的房子有 90 多个平方，有三个卧室，心里还是挺欣慰。

对于房价，他觉得抱怨也没有用了。

你买与不买，房子都在那里。该涨，还是要涨，从不给你讲人情，从不给你开后门。

签了买房的合同之后，张川川便与张达一起去办手续。什么未婚证明、婚前公证、首套房证明、收入证明等等一大堆，他们跑手续就足足跑了近一个月。一切准备充足之后，张川川满怀信心地去银行办理按揭手续。但得到的结果却让张川川很是吃惊。银行利息真的太高了，张川川办 25 万元的贷款。当银行工作人员问他以什么方式进行按揭时，张川川就说等额贷款。

“你是住房公积金贷款，还是商业贷款？”在银行里，工作人员问他。

“什么住房公积金？”张川川压根儿就没有听说过住房公积金这个词。

“住房公积金都没听说过？住房公积金就是单位及其在职职工缴存的长期住房储备金，是住房分配货币化、社会化和法制化的主要形式。住房公积金制度是国家法律规定的重要的住房社会保障制度，具有强制性、互助性、保障性。明白了没？”当天银行工作人员似乎心情很好，像背书一般地给张川川解释。要是碰上平时，哪里会有这份闲心给张川川解释这么多，大多都会一句顶回去：“不知道就算了，回去了解后再来。”

“你直接给我说明白点行不？”张川川确实不理解住房公积金是什么意思，便刨根问底地说。

“说得简单点，比如你去借钱，如果你有享受优惠的证件，那么你凭这证件就能享受比商业性更低的条件。比如，住房公积金的贷款利率就要低于商业贷款。就是这么简单，明白不？”工作人员尽管心情很好，但看到张川川什么都不懂的样子，心里还是有些烦躁起来。

“知道，就是住房公积金贷款，利息要少些？”张川川将自己的理解说出来。

“对，就是这个意思。不过，现在好多人都没有，因为没在正规单位。你如果没有的话，就用商业贷款，最近银行贷款卡得比较紧，越来越不好贷了。”银行工作人员解释说。

“唉，真悲哀，连贷个款也得分等级，都有利息高低之分。”张川川心里很不舒服，但是他又有什么办法呢？无奈之下，他选择了商业贷款，利息整整比住房公积金贷款高出了几个点子。

在张川川买完房之后，张达便回了农村。回家之后，他对老伴王菊花说：“菊花啊，儿子的事，我们已经交差了，以后怎么混，就靠他自己了。我们是尽到责任了，再要我们有什么支持，几乎不可能。现在就希望他好好奋斗，能干出点成绩来。”

“是啊，我们两个老家伙，就只能帮到这个样子了，其他就看儿子的造化。”王菊花发表了同样的感慨。

五

买了房之后，张川川心情都好了很多。尽管房子属于期房，还没有交到手中，但张川川却仿佛把自己当作了城里人，好像他在这个城市也有了根。

看到张川川买了房子，舒小雅对张川川的态度也产生了变化。

她的父母也不大反对张川川与舒小雅的恋爱了。

日子似乎变得越来越好，张川川渐渐得到了幸福。

然而，事情远远没有结束。购房之后，接下来的问题却是一大堆。签了合同四个月后，房产公司打电话叫张川川去拿房钥匙。但拿房钥匙时，却让张川川交了一万多元的手续费，包括大修基金等项目的收费。

这一笔费用，说大也不大，比起当初的房款是九牛一毛。但对于张川川来说，却是一个庞大的数字。他已经不好意思再找父母拿钱交房，因为父母已经用完了家里的所有积蓄。于是，他只有通过各种渠道，找朋友东拼西凑借了一万多元。张川川将钱交给了房产公司，并在物管公司的乱收费下，提前交了一年的物管费和垃圾处理费。

其实，按理说物管公司不应该这么早就收费的。但他们就是看准了业主想提前交房的心理，便乱收了钱。张川川是哑巴吃黄连，有苦说不出。

张川川交的这些费用加起来，也是一个不小的数字。他觉得，从他买房子的那天起，房子就是个烫手山芋。但是，人就是一种奇怪的动物，明知道这个山芋很烫手，但还是要忍受着疼痛，去握住它。因为，肚子饿了就得吃东西；没有家，就得买房子。

缴清了所有费用之后，张川川拿到了新房的钥匙。他立即给舒小雅打电话，“小雅，在哪里，还在上班吗？快过来，打个出租车，到我们的新房子这里。房子钥匙交了，我们进去看看。”

“真的吗？我马上过来，你等着。”舒小雅听到这话，也十分高兴。有了房子，对她来说，比见到张川川还高兴。于是，她立即丢下手中的活，跑下楼去，来到单位旁边的大街上，拦了一辆出租车。

道路畅通，速度很快，半个小时舒小雅就到了张川川买房子的小区。张川川早已按捺不住喜悦开门走进了新房，四处观看。舒小雅直接坐电梯到了七楼，新房门敞开着，她知道张川川在里面，便直接走进了房间。

“小雅，快过来，你看我们窗子下是什么，是五星级大酒店！看吧，这是我们成都市新修的五星级酒店，以后这儿繁华着呢！当时，买这房子时，还觉得有些偏僻，挨着郊区。其实，照这个趋势发展下去，我们这个地方以后还会成为龙泉的核心地点，位置会越来越优越的。”张川川见舒小雅进来，便给舒小雅介绍起来。

“是啊，这酒店修得还真快，我们刚买房时，这酒店才开始打地基。才半年不到，房子都修好了，在装修了。我看，要不了几个月，怕就要正式营业了吧！”舒小雅看着窗外的五星级酒店，心里有一丝喜悦。

“嗯，你再看这房子，户型还是挺不错的。两间大卧室，一间小卧室。这个小卧室，我觉得可以用来做儿童房。大卧室，一个我们睡，一间客人来了睡。当然，这间大卧室里还可以设计半个书房，这样既能看书，又能省一个房间。到时床就弄那种小床，一米五宽的，这样就能给书柜节约些空间，你觉得怎样？”张川川和舒小雅商量。

“唉，弄什么书房，纯粹是浪费空间。平时，就没见你看过几本书，还搞什么书房呢！你真是戴着眼镜装有文化。”舒小雅对搞书房并不感兴趣，她觉得应该设计一些雕塑类的东西。

“哎，你别这么说好不好呢？虽然，我没有看过什么书，但不能让孩子以后也不看书。现在，孩子不多看点书，怎么能增长见识？到时孩子又成文盲，岂不耽误了？”张川川想得十分长远，他觉得以后有了自己的孩子，还是要让他多读点书，学一些知识，做一个有思想深度的人。

但舒小雅对书房的事却不支持，反而觉得是浪费空间，她觉得挣钱才是硬道理，没有钱，光有文化也是白搭。

两人在书房的事情上互不相让。

“算了，暂时搁置争议，先谈下一个项目吧。对了，厕所、厨房怎么设计，你说说看？”张川川问舒小雅。

“厕所、厨房，就搞明亮一点的颜色，瓷砖最好买好一点的，你觉得呢？”舒小雅提出了自己的意见。

对于厨房和厕所的装修，张川川是个外行，他没发表意见。

“那么，卧室和客厅的地板呢，是选木地板还是选地板砖，你说说看？”张川川继续和舒小雅商量。

“当然是木地板啦，木地板好看，实用，看起来舒服。特别是冬天坐在上面，有一种温暖的感觉。哪里像地板砖啊，又冰又冷，都不敢打赤脚。”对于地板，舒小雅强烈提出了建议，并表现出不容商量的气势。

“我觉得地板砖牢固呢，还十分耐用。”张川川试探性地问。

“不行，这个你必须听我的。木地板好就木地板好，你别争了，就这么定了！”舒小雅强硬地说。

“好嘛，你说怎样就怎样。对了，我们还是用大理石飘窗，这样夏天还可以在上面乘凉，看下外面的风景，不失为一个好的选择。”看着窗子，张川川提议道。

“这个建议还不错，对，设计个飘窗吧。”

“到时，家里的家具都找木匠制作吧，这样既牢固，又耐用，还能灵活，想怎么设计就怎么设计。不像去商场买家具，又贵又和家里的摆设不搭配，我觉得没什么意思。”

“嗯，那也行，到时就找木工来制作，我得提前在网上找点资料，参考参考，到时怎么设计更好。”舒小雅说。

两个人在新房里，东瞧瞧西看看，十分高兴。好像他们马上就要搬进去一样。其实，装修的钱，八字还没有一撇呢！

过了大约半个小时，张川川和舒小雅也讲累了，便拿了一张报纸铺在窗台上，两人并排坐着，望着窗外的街道。

“唉，我们真是穷高兴。现在装修的钱，不知道去哪里找，真急人。”张川川唉声叹气道。

“离装修房子还有几个月呢，看今年年终奖会发多少嘛，要是多的话，到时借点钱，就可以装修了。”舒小雅见到买了房子，似乎完成了愿望一样，觉得似乎压力小了些，整个人心情都好了不少。

而张川川看到这新房子，心里也别提多么高兴。这时，他才第一次感觉到自己是一个城里人，才真正融入了城里。想起父母将所有的积蓄，拿来为他买了这个房子，张川川心里很不是滋味。他既感到幸福，觉得自己是这个世界上很幸运的人，有这么无私奉献的父母，也觉得自己是这个世上最无能的人，没有学好本事，不能靠自己买房买车，还要压榨父母。

短暂的不快，顿时就消失在了他的脸颊。张川川拉住了舒小雅的手，向她的嘴唇吻去……

窗外，繁华初上，百里锦绣。

六

张川川拿到了房子的钥匙，比谁都高兴。舒小雅也不再骂他是窝囊废，两人有了结婚的冲动。

贾小刀看到张川川买了房子，心里很是羡慕。从单位下班后，他回到出租房，青草正在厨房做饭。看到贾小刀回来，青草立即迎上前来，接过贾小刀的公文包，然后给他倒了一杯开水："老公，辛苦了，喝一杯热水。"

看到女朋友对自己照顾有加，贾小刀感到很幸福，同时又有些失落。是的，他觉得自己没有给女朋友一个好的环境，没有带给她幸福。“亲爱的，张川川买房子了，在龙泉。现在房子都交了，可能要装修了。真的对不起，我不能给你买一套房子，我们现在还只能租住在别人的房子里。”贾小刀很是抱歉地对青草说。

“亲爱的，你不要想那么多。张川川是啃老族，他什么都靠父母。你看他父母生了这么一个儿子，有什么用呢？年纪那么大了，还要为儿子操心，还要将自己的所有储蓄拿出来。老公，你是最棒的。虽然，你现在什么都没有，但我相信，通过我们共同的努力，以后房子、车子都会有的。”

听到青草的安慰，贾小刀很是欣慰。有时，他觉得自己很幸运，遇到了这么一个好女人。人长得漂亮，又贤惠，还很持家。特别是她从不像其他女人一样提出不合理的要求。

“人生何求呢，不就是希望家庭美满、快乐幸福吗？”贾小刀心里这么想时，觉得自己可能是上辈子修到了福分，不然怎么会遇到一个如花似玉又善良的女人？

“老婆，你放心，我一定会加油的，在两年之内，我会买一套属于我们的房子。”贾小刀发自内心地对青草许诺道，他真心地希望自己能尽最大的努力，实现这个愿望。

其实，自从毕业后，贾小刀一直在努力。他还清了大学读书时欠下的助学贷款，还自己掏钱租下了这套房子。为了节约钱，贾小刀从不去娱乐场所，很少出去挥霍消费。除了平时的采访外，贾小刀还拉了不少客户，给报社拉广告，然后抽取提成。虽然这些钱加起来不多，但是每一分钱都是贾小刀辛苦挣来的。

田忌赛马的故事，一直激励着贾小刀。由于年少时的无知与挥霍，自己没能成为一等马。但是，他一定要做那匹可以奔驰的二等马。因为，奔驰的骏马如果怀疑自己，看不清自己，就会成为一匹驽马。贾小刀一直认为，苦难只是暂时的，幸福的曙光，光明的日子，一定会在乌云之后慢慢到来。

七

正当贾小刀为房子奔波时，单位却出了一件大事。这事情关乎个人的命运，也影响了一批人的人生。

由于经济环境变差，《西都晨报》财政开始出现紧张。以前，《西都晨报》每年都能有5000万元左右的广告收入，但当年却只有不到2000万元。总编张松把原因归为经济环境所致，但是副总编等却认为是总编的办报思路有问题。于是，一把手与二把手之间开始有了一些小分歧，再加上由于全国事业单位分类改制，这就更引起了单位人员的动荡和高层权力的争夺。

单位一些有编制的员工，很多都提心吊胆，生怕改制之后自己的铁饭碗就没有了着落。一些家庭有关系背景的员工，就开始四处勾兑找关系去了。而其他一些人，也在努力寻找着出路。有的准备调到电视台，好歹是一个系统，调遣相对容易些。但电视台是一个油水单位，职工生活过得好好的，突然从报社来几个人和他们抢饭碗，他们未免有一些排斥。

那一段时间，单位员工各自怀着鬼胎。作为总编的张松，对这件事十分在乎。他心里还有些希望改制，改制之后，单位的编制员工反而还要听话一些。平时，就有一些员工仗着自己有编制，父母都是报社的元老，很多事都不愿意做，还摆架子，不听使唤。

这次文化单位要改制，张松却是不在乎的。因为，他当初进来时，就放弃了医院的编制，也算是合同工。这一改制，大家身份都一样了，也就不会有员工在他面前装大。

为了笼络住人才，不让刚进来的年轻职工对这艘大船丧失信心，张松多次在会上表示："我们这样的单位，说句实话，已经有十多年没有向财政要一分钱了，都是自给自足。这次改了好啊，改了，我们挣一分钱就可以用一分钱，因为开支是可以自主的。以前是事业单位，卡上有钱还担心被审计部门审计，很多项目都不敢发。以后，这样的情况就要改善。所以，老员工不要担心，收入会比以前好的。年轻的同志，也不要气馁，以后多劳多得，不再分等级。什么补贴啊，绩效啊，住房公积金啊，新来的员工也都会有的。"张松这样给下属打气，但是并没有见到效果。

短短的一个月内，一位女记者便辞职走了。这位女记者来单位七年了，这次看到单位改制，心里就不踏实，便找了家里的关系，调到市园林处办公室了，可能是去写材料。其实园林处也没有什么材料可写，但是有编制，轻松稳定。

与此同时，一个男主任也被社领导找去谈话，最后被调到了社里的广告公司当副总，负责分管房产、建材等领域。一时间，单位一下走了两个人，并且都是老员工。大家更是感到十分恐慌，没有信心了。

八

变化总是比想象的还要复杂，现实往往比小说还要曲折离奇。这不，正当《西都晨报》的员工在为自己的前途和命运担忧时，单位高层也出现了变故。

突然，张松接到消息，社长要换人。听说，是“空降”一位领导过来。以前都是张松的老乡社长在关照他，现在突然就要空降一位新的社长，这让张松顿时乱了分寸。

古代“一朝天子一朝臣”，连老百姓都明白这个道理。现在，每一个当官的，都有一群自己的忠实下属。将要空降的领导，张松并不熟悉，甚至都没打过照面。他来了，张松这个总编的位置还能坐得稳吗？张松心里很担忧，他害怕新官上任，第一个革的就是自己的命。

在官场混迹多年，张松明白了诸多的潜规则。他知道自己如果不好好把握时机，前景将十分不妙。

很多事都是双面的，对张松来说，空降领导是坏事，但是对副总编郑洋来说，或许却是好事。是的，他等总编这个位置等了四年了。

就是因为社长是张松的老乡，他便很难有下手的机会。这一次，社长要被调走了，郑洋顿时喜出望外，觉得自己出头的日子就要来了。

其实，郑洋压根儿就看不上张松的为人。张松心胸狭隘，是一个典型的小心眼儿，在单位没多少中层看得惯他。他随时板起一副严肃的面孔，像个青瓜一样让人讨厌。另外，郑洋觉得张松就是靠关系才升到了总编的位置。论能力，他哪一样都比张松强。

在单位，考核员工的能力有几大方面：一是发行，二是广告业绩，三是个人采访写稿的实力。这三样，郑洋都远远超过了张松。

就拿发行来说吧，郑洋一个人竟然能征订 5000 份报纸。这在《西都晨报》的历史上，是一个奇迹。很多内刊杂志一共还没有印刷 5000 份，但是郑洋一个人却能够征订这么多。另外，在广告业务上，郑洋更是在单位排第一，每年的广告业务高达 500 多万元，特别是今年经济不景气的情况下，郑洋一个人的广告业务就差不多占了单位广告业务总额的四分之一。另外，郑洋是做记者出身的，当记者时在成都市采写了很多有影响力的调查报道，其中一些调查还引起了省上领导的高度重视和批示。这些耀眼的成绩和光环，使得郑洋对张松一直不太服气。

但是，在这个讲究潜规则的社会，郑洋却毫无办法。因为，社长不愿意提拔他，他不是亲信。道理就这么简单，尽管千般不愿，郑洋也只能忍气吞声，把这口怨气吞在肚子里。他没有别的方法去打击张松，只有通过一个又一个打破单位记录的数据，去高调叫板张松的权威。

这种方法确实也起到了一定的效果。单位许多中下层员工，对郑洋的能力表示了高度的认可，一些想要有所进步的员工还主动找郑洋表忠心，表示自己更支持郑洋，他们随时作为郑洋的坚定支持者。

这一次空降社长，使得郑洋信心大增。为了迎接胜利时刻的到来，郑洋提前做了准备。他将自己在《西都晨报》取得的成绩，花时间总结了下来，并列成了一个表格。目的就是为了等社长来之后，将这些信息传递给他。

是的，任何时候都不要打无准备之仗。郑洋的努力没有白费，过了半个月，新社长走马上任。上任之初，他便在社里作了一番调查，并叫了报社中层干部去谈话，进行民意调查，以便全面了解《西都晨报》的综合情况。

由于郑洋提前做了准备，他的民意调查很是乐观。许多中层都认为郑洋更优秀，郑洋更是适时地递上了自己的材料。新来的吴社长看了郑洋的资料，细致了解了社里的情况，心里就有了谱。

九

新社长到任不到三个月，便开始作人事调整。

秋天的一个下午，郑洋开着车正从一个广告客户那里出来，突然电话铃响了。是办公室主任周光打的，这个女的在单位待了十多年了，跟过好几任领导，平时做事十分老练。

“郑总，吴社长刚通知要紧急开一个短会，在我们晨报办公室，叫你30分钟内赶回办公室。”周光在电话那头说。

这是怎么回事，吴社长为什么突然要开短会呢？为什么通知得这么晚，难道有蹊跷？郑洋一边开车，一边纳闷地琢磨。

会不会是民意测评，要选新领导？不会真是吧，郑洋越想越不对劲，他心里猜测吴社长应该是搞一个突然袭击，进行民意测评。

“我就是个天才，一定是这样的。”郑洋想到这点后，心里激动了一下，有了数就知道接下来怎么办了。为了防止万一，确保成功，于是他立马就给自己的亲信打了电话。

首先他给分管经营的罗主任打了电话：“老罗，你只听着，不要说话。等下吴社长要在我们单位开短会，我猜测是民意测评。你懂得不？工作尽快做好。”

“明白。”罗主任在电话那头答应道。

“小刘，你在办公室没？在的话，你走出去，我给你说个事。等下吴社长要开短会，可能要搞民主测评。该怎么做，你应该明白吧？”郑洋接着给张松的手下打了一个电话，这个小刘是他安插在张松嫡系部门的一个眼线。

“我知道，我知道，我再悄悄发动下其他同事，你放心，我知道分寸的。”小刘听到这话受宠若惊，她知道自己表现的时候到了。接完电话后，小刘便将自己的伙伴叫到了厕所，把这一重大计划给说了一遍，并称这次表现好了，以后她们的工作就安全了，因为她们是功臣，郑洋扶正之后，不会亏待她们。

给小刘打完电话之后，郑洋又迅速打了几个亲信的电话，叫他们做好工作。不一会儿，他开车到了单位。进了办公室，郑洋立马收拾一番，并在笔记本上勾勒了几个竞选的主题，在脑海里过了一遍，以做好最佳的准备，迎接即将到来的光明时刻。

第八章 一场游戏一场梦

一

在郑洋做好这一切准备之时，张松却急得六神无主。他以为新来的社长理顺社里的人事关系至少需要半年，哪知他会搞突袭。因此，他没有做好充分的准备工作。由于前任领导对他有恩，他这段时间还忙着给领导送行，同时也不停地在诉苦。

很快，吴社长便到了《西都晨报》的办公室。晨报的全体员工都火速到位，恭恭敬敬地坐在办公室里，等待领导的发言。

在作了短短几分钟的讲话后，吴社长立马进入正题。

“最近一段时间，我摸清楚了报社的基本情况，经营状况不是十分乐观。可是经济状况再不好，也不可能一下就萎缩一半的收入吧？我看，可能是单位班子不够团结，员工人心散乱。今天，我们是来摸底的，看看你们心中到底要走什么样的路，需要什么样的带头人领你们向前行。你们也知道，现在报业单位改制成企业后，全靠自己挣钱养活自己，以前的大锅饭不可能再有了。所以，现在就要用企业的思维去思考问题。下面，会给你们每人发一张表格，上面有三个候选人的名字，这些候选人都是作为总编人选的。你们一定要慎重考虑，选出自己心中的总编。我们会参考你们的意愿作人事调整的。废话不多说，先让张松、郑洋、陈坤三位候选人发表下对晨报以后的走向的思考，说说接下来你们打算干什么！发表完意见后，在座各位就自己选择信任的候选人。”

于是，张松、郑洋、陈坤三人就自己的观点作出了陈述和演讲，大家针锋相对，各有观点和立场。

听完他们三人的演讲，吴社长作了简短的总结，便和秘书离开了办公室，办其他事去了。张松等三人也各自回避。留下来的是社人事科的科长和几位副社长，他们把表发给了西都晨报社的员工，然后就坐在主席台上等着大家填表。

随后，大家迅速将表填好了交上去，人事科的科长把表收集好后，便宣布散会。

民意调查的结果，当天下午就出来了。由于张松准备不够充分，尽管他是总编，但这一次却以 5 票之差，最终落榜。

张松很不明白，他最终竟会以这样的方式落选。想起自己以前好歹还主持工作，也算有一些亲信，但最终竟然败在了选票上。得知这一结果后，张松觉得天都快塌下来了。

当听说吴社长会上要搞民意调查，他当时就有些蒙了。觉得这事来得太过突然，但想下面的员工不会不知趣吧，至少他还在台上坐着，其他人是不敢造次的。另外，自己这几年来，也培养了一批亲信，在这关键时刻，他们也知道怎么维护自己的权利，明白如何作出选择。因此，对于选票的事，他心里是有信心赢过其他两位副总的。

然而，事实总是让人难以预料。“我太大意了，竟然就这么输了！”张松有些恨自己了，他觉得自己输得太不应该。但结果已经出来，他又能有什么办法呢?

任命通知很快就下来了，职位表也进行了公示。张松心不甘情不愿地从总编办公室搬了出来，和郑洋换了一个位置。

两人现在的关系很是尴尬，同一个单位，上下级关系变了样，以前叫老郑的，现在只能喊“老大”了。而郑洋则显得格外高兴，以前，他见到张松要喊“张总”，现在直接喊“小张”了。每一次这么喊，他都觉得十分愉悦。

由于张松成了二把手，再也没有了实权。他的亲信个个都背他而去，特别是总编室主任周光，以前几乎每天中午都会和张松一起吃饭。另外，还有发行部主任、编辑部主任，也与张松渐渐拉开了距离。他们害怕和张松走得太近，自己也会从主任的位置上被刷下来。

这些中层干部知道，一旦让郑洋觉得自己不是让他放心的人，自己的主任位置就保不住了。因此，很多次这些主任见到张松，只是尴尬地笑笑，生怕和他距离拉近了，引起郑洋的反感。

张松看到这些变化，心里很失落。他知道，自己现在已经不是总编了，这些主任看到他就像躲瘟疫一样，其实是很正常不过的事。就连单位的普通员工，平时只要有郑洋在场，也生怕表现得和张松十分亲密，回答张松问题时都显得有些敷衍。

张松知道自己不能自讨没趣，从总编位置下来之后，他也不主动找其他主任联系工作。每天中午吃饭时，他要么最先走，要么最后一个。他不想看到其他员工躲避他的眼神，中午便一个人在单位后面的自助餐店吃快餐，以前吃饭时谈笑风生的热闹劲儿已不在了。张松现在成了孤家寡人，显得格外落寞。

二

除了单位领导换了之外，还发生了一件大事。那就是西都晨报社正式改名为西都晨报广告传媒有限公司了。

成了企业后一切都变了，过年过节再也不发钱了。以前，是事业单位时，每到过年过节，贾小刀还能得到一两千不等的过节费，同时还有各种购物券。但改成企业后，一年的几个节日都打白板了，这些通通没有了，单位领导说因为经济不景气，单位又成了企业，一切都需要用钱，所以连过节费也不能发了。

除了过年过节不发钱外，普通员工的工资也少了不少。以前，《西都晨报》的职工，每人每个月至少也是 3000 元，贾小刀由于是单位骨干，每个月差不多有 5000 元。但现在变成了企业，工资是提高了，但是提高的不是员工，而是中层和高层。中层以前每个月 4000 多元，但变成企业后，就翻倍了，每个月差不多七八千元，更高的就是上万元。贾小刀想起当时单位领导说，变成企业后待遇会提高，原来是他们提高。除了待遇降低外，单位又在酝酿另一件大事。

那就是改成企业后，为了节约开支，要精兵简政，企业要裁员。这一下单位不少员工就慌了，特别是在张松手里进来的员工，很多都曾是被潜规则了的。现在单位换领导了，以前的潜规则不算数了，他们随时可能被扫地出门。

顿时，不少人可急坏了。其中就包括从张松任内进来的张川川。张川川本是以前从局长手里进的，局长临走之前吩咐过张松要照顾张川川。现在，不仅局长走了很久了，连张松也不管事了。一切都黄花菜凉了，不管用了。

此时的张川川，便成了无人关照的野鸟。没有了后台和靠山，张川川心里便悬吊吊的，感到胆战心惊。

然而，有些事情你越是担心，它来得越快。不久，单位就开会下达了通知。凡是连续三个月，广告任务没有达到一万，发行任务没有达到一百份，工作能力差的便被调到经营部门。

张川川在单位属于没有真才实学的那类人，当时进报社也是花了几万元才进来的。这次一考核，报社就有三位同志没有达到要求，其中就有张川川。

既然前面已经开会作了通告，张川川等三位员工便被调到了经营部。所谓的经营部，就是没有底薪，只能从业绩中提成。在经营部干得好的，一年可以有 200 万元的广告收入，提成就有 10 多万。但是，大多数人都没有多少广告收入。因为，出去拉广告也需要一些人脉关系，没有关系是很难拉到广告的。《西都晨报》不是本地最有影响力的报纸，也不算生活的必需品，报纸已成了市民可有可无的一种消费。有些人，十年不看报纸，一样过得好好的。

张川川没有完成一万元的广告任务，排版时还出了一个错误。他将一位文化部门领导的姓名漏掉了一个字，可能是排版时他有些粗心，在删除东西时，把这字给删了。这位文化干部看到报纸后，很是生气，于是打电话到了报社大骂一通。

单位本来正在裁员，张川川在这个节骨眼上，犯了这么一个低级错误，再加上他的广告业务没有完成，便顺理成章成了最先被裁掉的员工之一。通知宣布之后，张川川便和其他两位同事被调到了经营部。与其说是被调，不如说是被赶。因为，如果没有特别的策划能力，在经营部是混不下去的。那一行就像跑销售的，不给你底薪，一切都靠自己出去拉业务，然后靠提成吃饭。

张川川本来就有些内向，又不喜喝酒唱歌，这次去经营部等于是将他拿到火上烤。但单位裁员，他也没有办法。因为，当初招他进来的领导，现在已经离开了，神仙也救不了他。

这个变故，对张川川来说是致命的。开始，他还没体会到，当每月月底还房贷时，张川川才真正的慌了。最开始，他在编辑部，每个月再差也有 3000 多元的工资。每个月房贷 2000 元，他还能勉强维持生活。但现在去了经营部后，他没有了经济来源，到月底的房贷就成了他身上的一块重担。

“2000 元，我哪里去找这 2000 元呢？”头一个月，张川川一分钱广告也没有拉到。他前前后后跑了几十家企业，要么就是已经有固定的联络人，要么就是对打广告没有兴趣，张川川嘴皮子磨破了，也没人愿意照顾他生意。没有办法，第一个月他一分钱也没挣到。

等到月底该还房贷的日子，张川川就像热锅上的蚂蚁，心里焦急万分。卡上的存款就只有 3000 多元，要是这个月还了房贷，下个月要怎么生活？下个月要是再挣不到钱，房贷怎么办呢？张川川感到十分无助。

三

除了房贷问题困扰张川川外，还有感情问题。在移动公司上班的舒小雅知道张川川被调到经营部后，心里十分不爽。本来，她看到张川川把房子买了，以为两个人可以过点小日子。虽然她不求大富大贵，但两个人都是正规单位的员工，至少可以达到小康水平。

但美梦又被打破了，张川川竟倒霉到被单位调到了经营部，这不是像被打入了十八层地狱吗？

“怎么办？现在都不知道前路在何方。你被调到经营部了，说好听点是客户经理，说不好听你现在就是拉广告的业务员。以后，我们怎么生活，还能生活吗？”舒小雅对张川川的困境表示出了抱怨。

特别是她的父母知道张川川目前的境况后，更是强烈反对两人交往。“我说嘛，当初叫你不要和他谈恋爱，你不信。看看，现在怎么样了！一个农村出来的娃儿，还飞得了多高？我给你说，人一生下来，命运就是定了的。家里是什么样的种，就有什么样的命。你看，老鼠下的崽永远都是老鼠，狗下的崽永远是狗。虎父无犬子，这就是千古以来的真理。好了，现在不好收场了吧？看你以后怎么和张川川一起过，去喝西北风吧！”舒小雅的妈妈又开始马后炮起来。从一开始，她就不看好张川川和自己女儿的感情，但舒小雅心里还是有些舍不得张川川。后来，舒小雅和张川川感情都好得无法分开了，张川川的父母也在城里给他买了房子。她最后想，有了房子，勉强可以生活了，便没有再强烈反对，最后慢慢地就默许了。现在张川川连工作都搞掉了，她现在就不得不管起来。作为母亲，她不能让女儿跟着一个工作都不稳定的男孩在一起，这样会害了女儿。

其实，不用母亲反对和劝说，在得知张川川被调到经营部后，舒小雅心里就有些打退堂鼓了。她知道经营部是什么性质，在移动公司她也待过，出去搞销售的员工，大多数日子都是很难过的。只是极少数口才好的、会喝酒的员工，业绩相当优秀。而张川川所在的经营部，条件更是苛刻，居然没有底薪，一切都靠自己去挣，这不是将人逼上绝路吗？

舒小雅顿时对以后的生活失去了信心。看到舒小雅没有了激情，张川川心里也开始感到迷惘了。他觉得自己的一生彻底完了，他现在除了养活自己，还要养一套房子。与其说是养一套房子，还不如说是在给银行打工。他 × 的，张川川贷款 25 万，利息就要 15 万。这就直接导致张川川每个月必须得还 2000 元。要知道在成都市这样一个二线城市，2000 元，相当于一个普通人一个月的工资，这不是把人往死里逼吗？

万般无奈，张川川只好将卡里的钱取了出来，去还了房贷。因为，他知道要是不及时还房贷，接下来的麻烦事就会冒出许多来。银行有的是办法，什么违约金、诚信证明的，都得找上他。

第二个月，张川川照例每天坐公交车去拉广告。酒店、汽车 4S 店、游泳池等等，他都去找了一个遍。每一天，他都要去十多家企业，给人家递名片、送资料，却没有一家愿意在他那里打广告。张川川觉得自己就像一个乞丐一样，每天到处去求人，赔笑脸。

张川川被调到经营部的事，很快就被父亲张达知道了。张达晓得这情况后，气得生了病。他想去找以前的局长，但是有什么用呢？人家屁股一拍离开了这个单位，他找了等于白找。去找现在的《西都晨报》，人家更是不买他的账。当时，《西都晨报》的领导又没有收张川川一分钱。因此，他们会理直气壮地说："你儿子能力素质欠缺，我们让他去经营部锻炼锻炼，等时机成熟后，再调到新闻调查部去。"

四

张达感到很无助，一个人在家想不通，心脏病就犯了。张川川的母亲，见老公心脏病复发，便将张达送到了医院住院治疗。不住院不提，一住院住的就是钱。

张达去了医院后，医生建议住院治疗，并多观察几日。王菊花从存折里掏出了所有的钱也不够交住院费，她给张川川打电话："川川，你爸爸心脏病犯了，现在在医院住院。但我们家的钱，都给你买房子用了。现在你爸爸住院，没有钱。你卡上有没有钱？有的话暂时拿过来救急。"王菊花给儿子张川川打了电话，说了大概情况。

听到这话，张川川几乎陷入了绝望。房贷这个月都没有着落，父亲又生病了。家里没有钱，他去哪里想办法呢？左思右想，他也找不到能够借给他钱的人。

张川川给舒小雅打电话，希望自己女朋友能够帮他。但是，舒小雅一个月工资也只有 2000 多元，再加上她平时花钱大手大脚的，还喜欢买衣服和化妆品。因此，工作两年，舒小雅也没有存到钱。

舒小雅将这事给自己的父母说了，她父母听了后，彻底对张川川失去了信心。"小雅，你看，张川川的家里情况就这样，你知道了吧？你和他以后要是在一起了，他的父母又没有养老金，又没有退休工资，以后你们怎么赡养他们。到时，你还有自己的孩子，养孩子是很花钱的，你们现在这样子，连奶粉钱都挣不到，还谈什么婚姻美满？”舒小雅的母亲对张川川借钱的事，表示了拒绝。

听到父母的话后，舒小雅这一次仔仔细细地考虑了和张川川的爱情。她想，或许自己真的太幼稚了。她以为爱情可以当饭吃，以为人应该为感情负责任，但现在想来自己是不是太傻了。舒小雅对自己和张川川的感情产生了怀疑，她有些觉得自己似乎一直活在幻想中。

想了很久，舒小雅虽然对感情产生了怀疑，但她一时又放不下张川川，整个人十分矛盾。

第二天，舒小雅做了一个决定，她去银行取出了自己的所有积蓄，然后去了张达住的医院。在医院门口，她给张川川打了电话。

“张川川，你下来，我在医院门口等你，有事给你说。”

“小雅，你上来吧，顺便看看我爸爸。”张川川带些恳求地说。

“我不上来了，我还有事。你快下来，快点。”舒小雅有些急促地催道。

“好的，你等我，我马上下楼。”挂掉电话，张川川就快步走进了电梯。

在医院大门口，他看到了舒小雅，然后快步跑向她。“小雅，你为什么不上去呢？这个时候，你该去看看我爸爸。”张川川有些责备地说。

“不去了，我真的还有事。你过来，我给你一个东西。”说完，舒小雅就从手提袋里掏出一个信封，“信封里有我存的6000元钱，你拿去给你爸爸治病，希望他能尽快好起来。我走了，你先上去吧。”

“小雅，谢谢你，真的太感谢你了。”张川川握着信封，心里有说不出的感激。

“好了，快上去吧。”舒小雅快速离开了张川川，她小跑着朝医院外奔去。一行泪从她的眼睛里流出，她知道这应该是和张川川最后一次见面了。或许，这6000元钱能减轻自己的罪过。

舒小雅考虑了很多个晚上，最终决定离开张川川。因为，他们之间已经没有在一起的条件，与其以后因为婚姻不美满而分手，不如趁早断了吧！

张川川根本就不知道舒小雅给他送6000元钱，是下了决心和自己分手。由于父亲张达一直在医院里住院，张川川本来就在经营部上班了，也没有时间考核，最近他也拉不到广告，便索性搬到医院照顾父亲了。那段时间，他也没闲心去联系舒小雅。

然而，舒小雅自从和张川川在医院见面后，就在母亲的安排下，去相了几次亲。这些男人，要么是银行的职工，要么是电力局的职员，也有检察院、公安局的。舒小雅的母亲当时选择的标准就是必须工作稳定，正式职工，然后家里必须是城里的。因此，舒小雅相亲的对象，几乎都是城里人。

舒小雅最终选择了与检察院的一个男的谈恋爱。她给张川川留了一封信，并连同新房钥匙一起放在了张川川的床头柜上。

五

就在张川川被调到经营部时，单位更是人心惶惶。

一天，新闻调查部的热线接到了一个求助电话。打电话的是恒川县北山镇的居民潘银莲，她称自己的老公在恒川县的某煤矿打工，但是由于煤矿不注重安全生产，当天矿井内发生顶板坍塌事故，死了3个人，潘银莲的老公就在这场事故中死去了。

潘银莲去找煤矿要说法，但煤矿老板却不愿意按照法律规定给家属赔偿。万般无奈，潘银莲女士便打了编辑部热线电话。当时，由于单位人手较少，便派了贾小刀一个人去进行采访。

贾小刀到了北山镇，与潘银莲见了面，从她的口中了解到了事情的来龙去脉。在搜集到一些线索后，贾小刀又租了一个摩托车到了煤矿事故现场。

尽管煤矿刚刚死了人，但仍旧没停工。许多工人依旧在现场忙碌。

贾小刀刚从大门进去，这时一个保安便从门岗亭走了出来，喊道：“喂！喂！站住！你干啥的？干啥的？找哪位？”

见保安跟了上来，贾小刀便停下脚步。这时，保安小步冲上来，拦着贾小刀，大声粗气地问道：“我问你干啥的，怎么跑我们煤矿来了呢，找哪个？”

“我是《西都晨报》的记者，这是我的证件。我找你们煤矿负责的，想采访个事。”贾小刀讲出了实情。

“负责的不在，你改天再来！”保安的态度表现得有些强硬。

“不在，有没有联系方式？我给他打电话采访。”贾小刀继续说。

“联系方式也没有，你走不走？我给你说了领导不在。”保安有些气愤了，他走过来推了贾小刀一下。

“你别推人！你这是违法的知道不？记者采访受法律保护。”贾小刀严词说道。

“法律是个什么东西！在我们老大面前，它就不是个东西！你给我出去，狗 × 的记者讨厌得很，一天东曝西曝的，关你们锤子事！小赵，快叫人过来。”保安随即喊了里面几个人过来。这时，一伙五大三粗的硬汉便把贾小刀给拦住了。

贾小刀看情势不对，便转身想走。

“想跑？给我把他押住，检查下他身上的东西，然后等老大回来。”说着其中几个保安便将贾小刀押住，然后拖进了办公楼的一个房间内。“先把他关起来，搜下他身上的东西，相机、录音笔什么的都给我搜了。”

贾小刀被关在煤矿的房间里，他的包被保安搜走了。其中一个保安拿出贾小刀的记者证件说：“新闻出版总署，哈哈，我给你说，现在办假证的公司多得很，你别说记者证能办，就是联合国秘书长的证件，人家都可以给你办。你拿着这假证件出来骗谁啊，狗 × 的假记者！”

“你们把证件还我，扣押证件，非法限制我的人身自由，你们这是犯罪。”贾小刀据理力争道。

“我们才不管什么罪不罪，在我们这里只听老大的，天王老子来了，我们也敢收拾！”说完，一个保安就想用脚踹贾小刀，被其中一个保安给拦住了，“等老大来了再说。”

说完，其中一个保安便给矿长打了电话，同时还将情况汇报给了煤矿的大股东吴老板。

六

正当贾小刀以为会被非法限制人身自由，自己无法走出煤矿时，一个人从外面走了进来。

“怎么回事，你们这是怎么回事？来了个什么记者？我看看。”一个四十岁左右的中年人，夹着一个公文包，手里拿着手机走进房间。他看到保安正在纠缠贾小刀，有的还想动手，便制止道：“别动粗，把他的证件拿来我看看！”

这个人便是煤矿的矿长，姓谭。他从保安手中接过证件，然后问道：“你们这是干啥呢？外面的客人来了，要客气一点，平时跟你们说了多少次了！”说完，谭矿长开始认真看贾小刀的证件，“哟，是真的啊，新闻出版总署发的证件。《西都晨报》的，贾记者。真对不住啦，老弟，都是下面的人不好，他们不知道真假，得罪了。”谭矿长开始给贾小刀道歉，同时便招呼着将贾小刀引到自己的办公室，表现得十分客气。

在谭矿长的引领下，贾小刀走进了矿长的办公室。刚才的惊险一幕，让他还冒着冷汗。“以后真他 × 的不出来采访了，太危险了！今天要是把我撂到这里了，连个尸都收不到。”贾小刀心里这么念叨道。

“你们先给贾记者道个歉，简直没有眼力。真记者都认不出来啊，平时是怎么教你们的？”谭矿长开始批评刚才对贾小刀动粗的保安。

“对不住了，贾记者。我们是粗人，你别和我们一般见识。”

几个保安道歉之后，便被谭矿长给打发了出去。

在这个节骨眼上，贾小刀没法和他们较真。心里的愤怒，也只有忍在喉咙处。

“对了，还没问你，你来找我们有什么事啊？”保安出去之后，谭矿长开始问贾小刀。

“是，是这样的，我是来采访你们煤矿最近发生的事故的，想知道具体情况。”贾小刀于是再次将来意对谭矿长说了一遍。

“哟，这样啊。真抱歉啊，刚才招待不周，见谅见谅。你也知道，我们这里经常有假记者来敲诈勒索，我们都接待烦了。所以，刚才便有些情绪，以为您也是有目的来的。”谭矿长态度十分缓和，连声说是误会。

“既然是误会，暂时就不追究了。我给你说下我来的目的，昨天，我们单位接到报料，说你们煤矿发生顶板坍塌事故，想了解下情况，于是便派我来调查。”贾小刀坦言道。

“什么？顶板坍塌事故？没这回事啊，这是谁在造谣？我们煤矿好好的，压根儿就没有出现这种事，你一定是搞错了。”谭矿长表现得多冤枉似的，贾小刀觉得他整个就像一个“影帝”。

“唉，事情都这样了，你也别装了。其实，我已经了解具体情况了。死者的亲属，我也都采访了，什么时候，哪个地方，我都了解得清清楚楚。给你看下照片吧！”贾小刀渐渐知道，刚才自己被保安扣留，其实是对方想给自己一个下马威。如果他们真要动手，这矿长也不会出面来调和。另外，刚才发生的事，他已经给单位领导发了短信，领导已经派了记者前来搭救，于是他胆子便大了一些，直接把采访的照片给谭矿长看。

看到这些证据后，谭矿长脸色一下就变了。“贾记者，你别生气。其实这事还是有原因的，事情不像他们说的那样，你慢慢听我给你解释。”谭矿长一下态度好了不少，甚至有点低声下气的味道。接着，谭矿长便打了一个电话，“小王，拿条烟来，要好烟。”他随即又从抽屉里拿出一罐茶来，“这茶可是上好的铁观音，是我们老大送北京领导的，当时我也在场，剩了一罐我就拿回来了，一万多元一罐呢！你尝尝，味道十分不错的。”谭矿长随即拿出一个杯子，给贾小刀泡茶。

“不用了，我喝不惯好茶，再说现在也不渴，我有矿泉水呢！”贾小刀从包里掏出一瓶矿泉水指着说道。

“唉，出门在外要多交朋友，朋友多了路好走，你就别客气了！我年龄比你大，你应该叫我大哥了。”谭矿长继续讨好道。这时外面走来一个员工，他把一条中华烟递给了谭矿长，顺便小声说道：“老大马上就回来，叫你先招待着。”

“好，你先去吧。”谭矿长接过烟，立即递给贾小刀，“来，小兄弟，这烟你收下，小小意思。”

“真对不住了，谭矿长，我不抽烟，真不抽烟。你还是给我谈谈这次事故的原因目前是怎么处理的吧，上报给主管单位没？”

“不急，不急，等下吃饭时，慢慢给你解释。你放心，你要问的问题，我们都会一五一十地告诉你。”谭矿长只想拖延时间。

“饭就不用吃了，我采访完后，就要回单位了，单位领导还在等着稿子呢！”贾小刀坦言道。

“呀，这就是你不对了，贾老弟。什么事都是可以商量的，等下我们会把事情的前因后果给你说清楚。”说着谭矿长便转移了话题，说了一些煤矿的发展历史，最后他说，“我们老大是政协委员，和许多领导关系都好。不是吹牛，他经常和很多市级领导一起吃饭，一般的人他还不愿意见呢！”

“你们老大混得不错嘛！不过，即使是政协委员，也要遵纪守法，也要按法律规定办事。”贾小刀催促道，“你如果不愿意说，可以叫你们老大接受采访。他来回答，可能更好一些。”

“你别急，他听说你过来后，马上就赶回来了，说是一会儿就到，你再等等吧！这事，他十分重视。”谭矿长透露道。

七

为了等他们老大吴老板回来，谭矿长开始拖延时间。在办公室，谭矿长左一句右一句说一些不着边际的话，时间就过去了差不多二十分钟。

贾小刀从谭矿长的表述中，了解到了一些有价值的信息。他想，再继续待在这里，也不是办法，便准备打道回府。正当他要告辞离开时，从外面走进一个高大的男子，挎着一个金利来的皮包，脚上穿着最新流行的大头皮鞋，身上穿着一套很显眼的西装。他就是吴老板，是这个煤矿的大股东，现在还是市政协委员。

“你好，你好，是贾记者吧？我姓吴，是这个煤矿的负责人。你们副社长和我关系不错，都是哥们儿呢！你既然来了，不能让你白走一趟嘛！小谭，去准备一下。”说完，吴老板便坐在贾小刀的对面，准备和贾小刀拉家常。

见吴老板一直不说正题，贾小刀有些不耐烦了，便说：“吴老板，你能不能给我介绍一下事故发生后的处理情况？还有是什么原因导致事故发生的？现在你们上报给主管部门煤管局没有？还有事故发生了为什么不停止作业，你们的安全设施到位没？这几个你给回答完后，我就要回去了。”

“我给你说，我们的手续齐全，根本就不存在安全设施不到位的问题。另外事情已经处理好了，再说这完全是意外。你说，哪个煤矿敢保证不出现事故，不死人？这都是很正常的，你没必要这么较真吧！”吴老板解释道。

“既然你说处理好了，为什么受害者亲属还要打电话投诉，说你们不按法律规定进行赔偿？还有你们事故的原因调查清楚没，为什么还在作业？”贾小刀继续追问道。

“他们完全是乱弹琴，典型的敲诈！不就是想多要点钱嘛，给他们赔了都不错，还想咋样？你也不能只听一面之词！”吴老板说。

“你说的，我们也会客观报道的。”

“总之，我们现在已经处理好了。各项手续都是齐全的，这次事故是意外，不存在安全设施不到位的问题。”吴老板狡辩道。

贾小刀心里想，“你怎么回答，我就怎么写。至于最终调查结果是什么样子，那都是相关部门的事。”于是，他便起身准备回单位。

正在这时，外面一个小伙子拿着一个信封走了进来。吴老板接过信封，然后对贾小刀说：“这是一点小意思，请你收下。你下来一趟也很辛苦，给你解决点路费。”

“吴老板，我们单位是有严格规定的。你这红包我不能收，你这是要害我啊！至于稿子的事，我会如实报道。”贾小刀看吴老板要给自己送红包，心想这不是要害自己吗？刚才差点把自己扣押了，现在又来进行糖衣炮弹攻击，没准是给自己下套呢，真是居心叵测！

他严词拒绝了吴老板的贿赂，收拾好东西便朝煤矿外走去。吴老板使劲儿将信封塞给贾小刀也没有成功，同时还准备请贾小刀吃饭，贾小刀也没有接受，便奔上了停在外面的摩托车。吴老板追过来对贾小刀说：“贾记者，你别敬酒不吃吃罚酒。我给你说，我和你们很多领导都是哥们儿。”

贾小刀觉得这个吴老板不是善茬儿，他要赶快回单位，把稿子写出来，不然到时说不清楚。

八

贾小刀还在路上，就接到了新闻调查部主任上官文清的电话："采访完了？"

"嗯，是的。怎么了，领导？"贾小刀有些疑惑地问。

"刚才市里一位领导打电话过来问情况，说最好不要报道，以免造成不好的社会影响。但我们领导说，只要是客观事实就必须公布出来。你快回来，把稿子写好，争取赶在明天就登出来，免得到时说情的人多了，稿子发不出来。"上官文清主任说出了实情。

接到这电话，贾小刀知道煤矿老板有后台，自己必须早点回去。

于是，他午饭都没吃，很快就回到了单位。在电脑桌前，他花了差不多一个小时写了2000多字的调查新闻，然后署上名字就交给了编辑部。

当天下午、晚上，不少领导打来电话，要么跟单位领导说情，要么向贾小刀说情。但大家都敷衍着，都没有答应。一直到第二天，报纸把新闻刊登了出来，当天便引起了很大的反响。其他媒体看到之后，也迅速派了记者前去。

顿时，煤矿的吴老板暴跳如雷，他不知从哪里问到了贾小刀的电话，然后给贾小刀打了电话："贾大记者，你他 × 的真不识抬举！你知道这次给我造成多大的损失吗？我的损失你得给我好好赔偿。自己小心点，接下来你就知道后果了。"

"你想干什么？你这是恐吓！我给你说，我的采访受法律保护，我写的新闻都是客观事实。"贾小刀回答道。

"等着吧，吴哥很生气，后果很严重！"说完，吴老板便"啪"的挂了电话。

贾小刀将这事汇报给了单位的领导，领导给贾小刀打气说，吴老板不敢闹出动静的，有单位撑着就不要怕。

但是有些事情并不是想象的那么简单。后来发生的事，让贾小刀对记者生涯彻底失去了兴趣，也让他下定决心离开这个行业，从此告别媒体生涯。

不过，那都是后来的事了。

第九章 别了，颓废岁月

一

张川川的父亲手术成功之后，没住上几天，就闹着出院回了农村。当时，张达的病其实并没有全好，但是为了省钱，张达执意要回家。

送父亲回乡下后，张川川回到了单位，开始继续他的拉广告生活。

然而，当张川川从老家回来，一件令他意想不到的事却早已发生了。张川川回到租住的房子，看到床头柜上放着一张纸条，是舒小雅留给他的。拿起纸条时，张川川一切都明白了。原来上次舒小雅给他拿来了 6000 元钱，但又不愿意上楼去看他的父亲，竟然就是对他的告别。

舒小雅在纸条中说："川川，当你看到这封信时，我们的缘分就结束了。我知道，两个人在一起的确需要感情，但我更需要现实。你知道吗，和你相恋这两年，我感到好累，从未有过的累。

本来恋爱是一件快乐的事，但我们的恋爱却异常艰难。最后，我想了想，终于想通了。其实，我们本就是属于两个不同世界的人，我们是两条平行的线，永远没有交叉的点。即使强扭在一起，也不会幸福。明知道结局，何苦还要难为自己呢？我走了，你不要来找我。我相信，你通过努力，以后会有美好的未来，但是，你的未来，我等不到了。希望你快乐，幸福。给你的6000元钱，你不用还了。就算是我对你的弥补吧，再见，我的爱人。再见，可笑的青春……”

张川川看到纸条，知道一切都结束了。其实，他早就预感到有这么一天，却一直不愿承认，不愿去想它。现在，这一切都成了现实。以前的美好都成了一场梦，而张川川一直就活在梦中。他多希望自己在梦里，永远都不要醒来……回过头来想想现在的处境，张川川很坦然，他知道没有人愿意和他同甘共苦，也没人会和他一起从头奋斗。因为，他现在还没有起点，也就没有拥有爱情的条件。

张川川将纸条撕成粉碎，纸片在空中飘落，就像他们的爱情，成为碎片，成为雪花，成了消逝的云烟。

到了单位，张川川奋力地出去拉广告，但依旧一无所获。他知道，在这个单位已经没有发展的空间，自己的人生就要在这里宣告结束了。成都的一切，无论繁华与否，都将不再属于他。

后来的一个夜晚，张川川给贾小刀打了个电话，约好两人出去吃巴西烤肉。

贾小刀最近也很郁闷，工作不顺，还接到了吴老板的恐吓电话，随时都担心会有人拿着武器前来报复他，整个人感到恐慌和无助。

接到张川川的电话后，贾小刀感到心里堵得慌。觉得大家既然同是天涯沦落人，何不聚在一起聊聊呢？

饭桌上，张川川将自己与舒小雅分手的事给吐了出来，说这些时，张川川的眼中闪烁着泪花。

贾小刀知道张川川这段时间其实是很难受的。有苦说不出，有痛无处说。工作上从新闻调查部调到经营部遇到滑铁卢，经济上为了还房贷，他几乎被压得喘不过气来；爱情上张川川又受了伤。这不等于雪上加霜，进退维谷吗？

尽管心里能体会张川川的苦，但贾小刀就是找不到合适的语言去开导他。他们两人对坐着，沉默了好几分钟。最后，贾小刀打破了沉默。

"你们之间，还有可能复合吗？"贾小刀问。

"不可能了，她给我拿6000元钱时，我就隐约猜到有什么事。回家看到纸条之后，我就知道一切都不可能了，我们的爱情长跑到此结束了。我了解她的性格，她能做到这一步，一定是经过深思熟虑的。一切都过去了，爱情这东西，不是我的，我也勉强不了。"

"唉，现在的人真他 × 现实！什么都是钱，什么都是条件。没有钱，没有条件，连他 × 爱情也追求不起！"贾小刀有些抱怨地说。

"兄弟，你真幸运。遇到了一个不嫌弃你的姑娘，还能和你一起奋斗。”张川川有些羡慕地说。

“别说了，我最近烦着呢！刚刚采访了一个新闻，对方竟然电话都打过来对我进行威胁恐吓了。我明显感觉到，下班后有车跟着我，不知道会不会对我进行报复。”贾小刀提出了自己的担忧。

“唉，也是。记者这行，挣不了几个钱，还担惊受怕，随时都有危险。”

“是啊，风险太大了。所以，我们何必要让自己那么累呢，坚守什么信仰呢？你也知道，这年代记者千万别把自己当救世主，以为可以锄强扶弱。其实，他 × 的记者才是弱者，当你落难时，照样挽救不了自己悲惨的命运。”张川川附和道。

“真是傻到家了，为了所谓的正义感，为了所谓的信仰，选择干这行。但干了这行才知道，自己有多么无力。我们不过就是一根草，谁都可以来踩你一脚。”

“是啊，作为记者，你还起得比鸡早，睡得比狗迟，典型的一活受罪。”

“就是，我现在已经‘财政赤字’了。经营任务也没完成，前途暗淡哪！”张川川说出了为难之处。

“兄弟，我觉得你不适合待在经营部。现在广告不好拉，业务不好做，没多大前途。”贾小刀坦言道。

“是啊，我也这么认为。我想，过段时间我就要离开这个单位了。”

“辞职了，你准备干啥？”

“准备回老家，去种果树。”张川川说出了自己的打算。

“我也觉得再这么待下去也没什么前途，还不如早点给自己找点退路。”

“兄弟，你还好。你进来没有花钱，我进来可是花了好几万的！现在想起来，钱真的是白花了。人都走了，茶也凉了，现在我找谁要去？再说，当时人家是给我办了事的，又不是没有办。哪知道，领导换得这么快呢，走马灯似的！”提到自己的钱打了水漂，张川川就有些失落和埋怨。

“有什么办法，每一个领导都必须有自己的铁杆下属。你又不是人家的人，人家又没得到你丁点儿好处，不收拾你，收拾谁呢？抱怨也没什么用。”贾小刀和张川川在烤肉店里各自谈起自己的故事，都是感慨万千，抱怨重重。

当张川川和贾小刀吃完烤肉出来，在街上，他们看到了舒小雅。

舒小雅牵着一个男人的手，幸福得像一只小鸟。那个男的就是检察院的，舒小雅和他接触之后，觉得此人各方面条件都不错，自己父母也比较满意，很快便开始了交往。

和检察院那个男的谈恋爱之后，她再也没有因为经济问题发愁了，这时舒小雅才觉得父母说的是对的，没有物质的爱，就像空中飞舞的泡沫，终究会破碎。

看到舒小雅幸福的样子，张川川很失落，低声骂了一句。

站在一旁的贾小刀清楚地看到，一行眼泪瞬间从张川川的眼角处滚了出来。

“别看了，走吧，张哥！女人就是这样，谁有钱就跟谁好。人家现在已经有了自己的生活。”看到这一切，贾小刀拉着张川川离开了那条街道。

二

过了不久，张川川办了离职手续，他回到了老家的村里。走的那一天，张川川拿了一张纸给贾小刀，是一张委托书，委托贾小刀帮张川川卖房子。

“我那房子，你平时帮我留意下，有人要买，就给我打电话。到时需要签合同时，我便回来。”张川川希望贾小刀帮自己卖房子，他要回老家，无法自己亲自操作。

“卖了，你不要了？”贾小刀有些惊讶。

“是的，这房子对我来说没用了，一切都过去了。”张川川这么解释说。

“好吧，兄弟。如果有人买，我就给你打电话。”贾小刀接过委托书，心情有些忧伤。是的，张川川就要走了。当时，为了能在成都立足，他家里拿了几万元找关系。本以为找到了一个稳定单位，但是哪里知道变化总是比计划快。

“兄弟，人生变化太快，真的让人接受不了。当时，哪里知道会有今天。贾小刀，告诉你一个秘密吧，其实我也有梦想。我梦想能成为一个电脑专家，但我却一直没有机会去施展自己的才能，也没有那个条件。最后，我连进一个报社当个美编，也没能维持下去。有时，真的想不通。”张川川对贾小刀说出了自己心里的秘密，他的眼睛湿润了。是的，他很不明白，自己是因为权力进去的，最后也因为人家争夺权力，成了牺牲品。

“回去吧，我们不属于成都市。在这里，连谈个女朋友也需要这样那样的要求，能不把人给逼疯吗？”

“对，在这里待的几年，太压抑了。”张川川提着行李箱开始拦出租车。

“嗯，兄弟，我还是送你到汽车站吧。”贾小刀将委托书揣进口袋后，准备送张川川。

“不用了，兄弟，你还有采访任务，你忙你的吧！我东西不多，一个人能行。对了，以后多通电话，不要忘记我这个室友。”

“嗯，兄弟，绝对不会的，你放心。”贾小刀朝着远去的张川川挥手。

张川川将头伸出出租车，对着贾小刀喊道：“兄弟，走啦……”

贾小刀似乎看到张川川的脸上有着泪水，他的声音带着哽咽。

出租车就像一阵风，很快就消失在了车流中。

三

送走了张川川，贾小刀感到很失落。他拖着疲惫的身子，朝着报社的大楼走去，心里有着无限的感慨和悲伤。人生真他 × 的奇妙，变化也真他 × 的让人吃惊。谁知道以后的命运是什么呢，谁知道两年之后，自己又是什么样子？贾小刀觉得自己太渺小，对于未来他无法猜透，也无法预知。

这时电话响了，是单位领导打来的，领导在电话中语气有些沉重。“贾小刀，在哪里？”

“在外面呢，马上要回单位。”贾小刀回复道。

“你回来后，到我办公室来一下，有事给你说。”单位的副社长谢成在电话那头说。

听谢社长的语气，贾小刀感觉有什么事发生一样，心里就有一些纳闷。但他也猜不出什么事来，便一个人去了九楼的领导办公室。敲响了谢社长的办公室门，他正在办公室等着。“你来了，先坐下。要开水不？那里有茶杯。”

“谢谢，我不渴。”贾小刀回答。

“贾小刀，有个事给你说一下。你知道吗，你上次写那个煤矿新闻，最后把事情闹大了，领导也知道了，很不高兴。那个煤矿的吴老板，你知道是谁的亲戚不？他是现在一位大领导的亲表弟。这次你给他报出来了，这吴老板告了我们单位一状。”

“你说吧，领导。我内心很强大，能够承受……”贾小刀心里已经猜到领导顶不住压力，想拿他当替死鬼。

“贾小刀，你心里不要有怨气。因为，我们也是迫于无奈。这对你太不公平了，但是，现实就是这个样子，我们也没有办法。”

“那你说，你们想怎么处置我呢？”贾小刀有些怨气地说。

“单位研究决定，准备给你停岗半年的处分。当然，这只是暂时的，或许还有转机。”谢社长艰难地说出了这个决定。

“知道了，领导，既然你们都做出了决定，我服从命令就是。”贾小刀不再听安慰，站起来便气愤地冲出办公室，内心深处是万般的愤怒和无奈。

贾小刀跑下楼，来到外面的公园内，坐在公园木椅上，号啕大哭。

“单位安排我去捅了马蜂窝，惹了麻烦，你们又他 × 的不敢担责任，处分时就躲猫猫，让老子一个人背黑锅！我真他 × 的是笨蛋，是傻子，我竟然以为还有公平，还有正义。贾小刀，你他 × 的以后一定要长记性，一定要明白，这个世界上，只有你自己才靠得住，才能救自己。”贾小刀边哭边骂，引得周围的人都偏过头来看他。

贾小刀全然不顾，站起身，仰着头，朝着天空怒喊：“贾小刀，你是他 × 的傻子，你是他 × 的笨蛋……”

四

第二天，报纸刊登了一则处理结果：“贾小刀因为在新闻采访中存在不当之处，给本单位造成了不良影响，经研究决定，暂停贾小刀的新闻采访工作，作出停岗半年的处理。”

贾小刀离开了报社，回到了家。在租住的房子里，女友青草看到贾小刀难过悲伤的样子，便问贾小刀发生了什么事。

贾小刀本不想将实情告诉青草，但知道自己最终也瞒不了她，于是将此事的来龙去脉都告诉了女友。青草听到这话后，沉默半天，然后倒吸了一口气，平静地对贾小刀说："贾小刀，塞翁失马，焉知非福。这事已经发生了，想改变也不可能。不过，我觉得你应该换个角度看，其实，这不见得就是一件坏事。"

"怎么这么说呢，青草？现在，我都下岗了，成了下岗工人了，以后连房租都交不起了。你知道吗，当时张川川离开报社时，我还觉得他很可怜。其实，我和他一样可怜，我也不过是一个牺牲品。"贾小刀有些抱怨。

"亲爱的，你和张川川不一样。他至少是投资了几万元钱，被潜规则了。而你没有，你当时进报社时，一无所有。现在，即使你从报社出来，你一无所有也没有亏。这算什么损失呢？再说你不都从单位挣了不少工资嘛，这就叫'获利'。因此，心放宽些！"青草劝说着贾小刀。

"可是，我都不知道明天怎样了。这半年我不能上班了，我能干什么，难道就喝西北风？"

"贾小刀，你听我说，还记得我们第一次认识时，你对我说过什么吗？你说你喜欢文学，想当一个作家。可是，最后你当记者了，天天采访，你这个梦想都被搁浅了。现在，你被停岗半年。我觉得这是上天的安排，它让你有充足的时间，去实现你的梦想。亲爱的，这半年，我建议你什么也不做，就写你的小说吧！我现在不是在上班吗，就让我养你吧！”

青草的鼓励让贾小刀很感动，他觉得女友一语惊醒梦中人。自己不是一直喜欢文学吗，这难道不是天赐的良机？想到这里，贾小刀不再悲伤了，也不再抱怨了。他觉得这半年，或许是命运的安排。

于是，贾小刀去单位办了停岗手续，回到了农村，足不出户，开始创作他的第二部长篇小说。

那段时间，他感到了从未有过的安静，脑海里毫无杂念，心中只有那部小说的场景。他写得很顺，很快。小说中的情节，就像涓涓细流，在他的笔尖缓缓流淌，灵动而真实。

五

在贾小刀停岗休息写小说的这段时间，发生了不少事。亿万富翁刘成卖掉最后一个楼盘，再也没有心思经营房地产，他越来越认为自己该退休了。60 多岁的人，还要出去陪吃陪喝，还要出去为了一个项目，费尽心思，明争暗斗。他觉得累了，身心疲惫了。

想起自己的同学要么成了画家，要么成了歌唱家，而自己好像除了钱，除了一身的病，什么都没有。刘成有时怀疑，自己的人生是不是缺少了什么。儿时的追求，好像并没有实现，只是因为走运，最终侥幸成了亿万富翁。但当自己真正拥有万贯家财时，他才明白这些钱财填补不了空寂的内心。

刘成打定主意，他不再忙于自己的生意，而是将所有的项目都交给了儿子和女婿。钱是挣不完的，人的生命却是短暂的。在有限的人生中，一定去做一件自己喜欢的事。不管这事是成熟还是幼稚，在别人看来有没有意义，都一定要去尝试，要去追求。如果人一生中，只为了酒肉而活的话，这样的人生和猪有什么分别？

人到老年，刘成才渐渐明白这个道理。因此，他义无反顾地选择放弃生意，回到了他在郊外买的农场。在农场里，他修了一幢别墅，还请人修建了果园、鱼塘。刘成在乡间放开心去享受那久违的宁静。

除了这些，刘成还邀请了成都市有名的画家名流周末休假时都到他的别墅里相聚。所有的费用，他全部负担。他希望，这样能找回他的快乐。

和这些画家在一起，刘成再也不用像以前那样拘束，也不会像在酒桌上那样，领导喝一杯，他喝六杯，领导随意，他喝完。反而，他们在酒桌上，一切都随意，不讲辈分，不讲排行，不讲官职，也不讲身份地位，大家都是平等的，都是在一个酒桌上，为了真性情，随意洒脱。

那一段时间，刘成自认为终于找到了生活的乐趣。

但是，好景不长。在刘成归隐后，以前与他有过来往的官场朋友请他吃饭。刘成怎么也没能拒绝掉，便去赴宴了。在酒桌上，刘成喝了酒，醉了。当晚，狂风暴雨，刘成吃饭回来后，便一直感冒，请了许多医生也没治好。后来，又因为感冒严重而影响了心脏，最后竟然心脏病突发而去世。

六

一晃一个月过去了，贾小刀已经将小说写了 18 万字。这本小说，他写得出奇地轻松。每一个故事，每一段情节，每一处高潮，都好像在他的心里，那么熟悉，那么逼真。他只需要将这些故事，从自己的脑海里，复制到电脑上，然后变成小说，最后呈现给读者。

就在贾小刀写小说期间，赵小静打电话给贾小刀，她是来辞别的。原来赵小静从医院出来后，便离开了旅行社。因为这次假结婚事件，让她再也不好意思回去上班。单位的同事都知道了她的故事，很多人都将其当成一个笑料在看。

在赵小静住院的那段时间，吴江去过医院两次。但每次他拿着鲜花，走到赵小静病房门口时，都没有勇气进去。因为，他不知道怎么向赵小静解释，他也不知道怎么去安慰赵小静。

吴江知道，那次婚宴搞砸之后，自己已无法再与赵小静保持联络了，他们也不可能再走到一起。

没有别的办法，吴江只能悄悄将赵小静的住院费全部付清，希望这么做，能减轻自己的一点罪过。至于他和妻子的婚姻，已经名存实亡。但他妻子为了报复吴江，压根儿就不和吴江离婚，她觉得即使自己不要的男人，也不可能拱手让给别人。至于离婚，谈都不要谈。吴江的妻子，想用这种方法折磨吴江。

赵小静出院后，吴江始终也没有和她会过面。赵小静已经不想见这个男人了，她觉得吴江离得越远越好。这段伤心的过去，让她感到无地自容。对于自己的一错再错，赵小静几乎不能原谅自己。自己假结婚的事，在老家已被传遍了，赵小静再也不好意思回老家了。她做了决定，要去一个偏远的地方，那个地方再也没有浮躁，没有欺骗，更没有复杂的爱恨情仇。

那个地方，就是西部。赵小静出院之后，去了西部一个偏远的乡村小学，当了一个代课教师。

赵小静向贾小刀、曾巧巧等告了别，接着坐上了开往西部的火车。火车行进在蜿蜒的山路上。看到窗外的蓝天白云，崇山峻岭，赵小静内心终于宁静了下来，她觉得自己以前走了太多弯路，错了太多。现在，她将要去一个没有纷争的世外桃源，她真心希望一切可以重新再来。

七

在这一段时间，张松竟开始看《奇门遁甲》。作为一个四十多岁的中年人，他彻底地明白了人情冷暖和官场的权斗。

老子说，无欲，无求，无为，是人生一大境界。张松在位时，对这些并不理会。但当他离开了总编位置之后，才深刻地体会到老子思想的精髓。张松觉得有些愧对妻子。他的妻子和自己结婚时，还是县上艺术团的舞蹈演员，但为了照顾家庭，支持张松的事业，最后便放弃了自己的梦想，成了一名专职的家庭妇女。现在妻子已经老了，身材已经被岁月摧残得变形，曾经的舞蹈梦想，就像尘埃一样没有了踪迹。

妻子心里一直有着遗憾，但为了照顾孩子，照顾家庭，她只能忍痛作出了牺牲。

一天下午，张松像往常一样一个人回到了家里。以前，他都是单位司机给送回家，现在他已没有专车接送了。他自嘲地给自己解释，人老了，为了锻炼身体，每天便走路回家。

在路上，他遇到了他曾经在会上大肆批评的棒棒作家加成。

“张总编，真巧啊！最近忙什么呢？”加成显得很是热情。

“还能忙什么啊，现在差不多是退休状态了。”张松说这话时，心里还是有一些难受。

“唉，你的事我听说了。不过，我觉得你现在反而要自由些。以前，很多事都身不由己。”加成安慰道。

“加成老师，你现在怎样？”张松有些关注加成的动态了。

“现在好了，我被调到了文化馆，从事专业写作。但我还是忘不了以前当棒棒的岁月，有时还一样出来当棒棒呢！说得好听点是体验生活，说得实在点是我的根在底层，我离不开底层的生活方式。”加成谈起了自己的近况，对于现状他十分满意。

“你这种生活好啊，一觉睡到自然醒，雷打也不动。自由、清闲，做自己喜欢的事情。人生何求，不就求个快乐吗？”张松对此表现出了一丝羡慕。

“哪里，哪里。人生才刚开始呢！对了，告诉你一件事，我的小说要拍电影了，北芒导演执导。”加成轻描淡写地说。

“好啊，好啊，祝贺你，北芒导演可是中国有名的导演，他拍的电影一定会火，你的书也一定会更出名。”张松表现得有些兴奋，也有些羡慕。他想到自己年轻时的文学梦，后来因为进了官场便渐渐丢弃，有一段时间，甚至还有些排斥和不屑。现在他才知道自己是多么幼稚，“时光不再倒流了，我错过了最佳的创作时间。现在，我已经无法再提笔写作，也写不出好的东西。上帝是公平的，你作任何选择都有相应的代价。”张松这样感慨道。

两人寒暄几句，便各自朝不同的方向离开。

站在人生的分叉口，选择了什么路，你的命运就会因为这些选择，而伸向不同的远方。

八

几个月很快过去了，贾小刀写完了自己的长篇小说。他将小说寄给了国内几家知名的出版社。之所以贾小刀这么自信，他心里是有衡量的。一个人经历的风风雨雨越多，体会就更深。

或许是因为机遇，也或许是因为小说质量超过了贾小刀的预期，很快，便有几家出版社编辑找到了贾小刀。他们对小说很是满意，觉得真正写透了一个时代的变迁，写透了几代人的人生命运。有的出版社竟破天荒地先给贾小刀汇来一部分定金，并决定大力推销他的长篇小说。

接下来便是几番博弈，贾小刀最终选择了一家权威出版单位，将作品交给了对方。正当贾小刀准备签合同时，曾巧巧打电话叫他去参加自己的婚礼。

“男主角没有变吧？”贾小刀心里很是诧异，自己认为没戏的曾巧巧却最先结婚。

“没有变，还是那个懒散的男人。不过，有什么办法，或许是我上辈子欠他的吧，无论怎么吵架，我们最终还是选择在一起。这人，真怪。”曾巧巧这样感叹道。

“哎哟哟，都要当新娘的人了，还那么感叹！高兴点，人生的路才刚刚开始呢！”贾小刀除了吃惊，还有些羡慕。

“好了，不扯那么多了，记住到时一定要来。11 月 8 号，我的大喜日子。对了，准备一个大大的红包，越多越好。”曾巧巧半是认真半是开玩笑地说道。

“你这结婚还成了一门生意，准备赚大钱了啊！”

“那是，赚不到钱，那多没面子，你到时就准备大礼吧！”

“知道了，一定不会少的。”贾小刀满口答应下来。

挂了电话，贾小刀有些感慨。他坐在阳台上，沏上一杯巴山雀舌，品了一口。看到对面正建起一座高楼，街上车来车往，人流如织。

“亲爱的，你看，对面又在建房子了，地段还不错，旁边还有一条河。”贾小刀对正在厨房做饭的青草说。

“是啊，我早就注意到了。那房子修得很好，质量不错。”

“老婆，我们要买房，就买对面的房子，以后我们也要有一个家。”贾小刀突然发出豪言壮语。

“我们现在还没多少钱啊，怎么买啊？”青草有些不太相信地说道。

“老婆，你放心，最多一年，我们就会有自己的房子的。同时，我也会实现梦想，你相信吗？”贾小刀问青草。

……

后来，贾小刀的小说开始在各大书店热卖，还登上了各大网站的畅销书榜，不少大学开始向贾小刀抛来橄榄枝，邀请他去高校讲座，畅谈文学创作和梦想。

而前来采访贾小刀的媒体更是络绎不绝，贾小刀忙得不亦乐乎，实现了名利双收。

就在贾小刀签售新书的时候，在大山深处也有着这样一幅画面：

群山之中，又见炊烟冉冉升起。一所小学矗立在山腰，小学的石墙内传来琅琅的读书声，其中有一个美丽的姑娘，她叫赵小静，正拿着课本，怀着平静的心态，给山村的孩子讲课。她拿着一叠厚厚的试卷，分发给教室内的几十个孩子，试卷上有一道作文题，题目是《谈谈我的梦想》。

然而，正当这些天真可爱的孩子们，满脸灿烂，咬着嘴唇，充满期待地在试卷上唰唰地写着“我的梦想是……”时，赵小静却呆呆地站在原地，泪流满面……